Von Elizabeth Haran sind bei Bastei Lübbe Taschenbücher lieferbar:

14568 Im Land des Eukalyptusbaums
14727 Der Ruf des Abendvogels
14928 Im Glanz der roten Sonne
15159 Ein Hoffnungsstern am Himmel

Über die Autorin:

Elizabeth Haran wurde in Simbabwe geboren. Schließlich zog ihre Familie nach England und wanderte von dort nach Australien aus. Heute lebt sie mit ihrem Mann und ihren zwei Söhnen in Südaustralien, nahe dem Barossa Valley. Ihre Leidenschaft für das Schreiben entdeckte sie mit Anfang dreißig; zuvor arbeitete sie als Model, besaß eine Gärtnerei und betreute lernbehinderte Kinder.
Ihre fesselnden Australienromane erfreuen einen immer größer werdenden Kreis von Leserinnen und Lesern. Weitere Romane der Autorin in der Verlagsgruppe Lübbe sind in Vorbereitung.

Elizabeth Haran

Am Fluss des Schicksals

Aus dem Englischen von
Claudia Geng

BASTEI LÜBBE TASCHENBUCH
Band 15307

1. Auflage: Mai 2005

Vollständige Taschenbuchausgabe

Bastei Lübbe Taschenbücher in
der Verlagsgruppe Lübbe

Deutsche Erstveröffentlichung
Titel der englischen Originalausgabe: RIVER OF FORTUNE
© 2004 by Elizabeth Haran
The Autor has asserted her Moral Rights
© für die deutschsprachige Ausgabe 2005 by
Verlagsgruppe Lübbe GmbH & Co. KG, Bergisch Gladbach
Redaktion: Wolfgang Neuhaus
Australienkarte © Verlagsgruppe Weltbild GmbH, Augsburg
Einbandgestaltung: Gisela Kullowatz
Satz: hanseatenSatz-bremen, Bremen
Druck und Verarbeitung: Ebner & Spiegel, Ulm
Printed in Germany
ISBN 3-404-15307-3

Sie finden uns im Internet unter
www.luebbe.de

Der Preis dieses Bandes versteht sich einschließlich
der gesetzlichen Mehrwertsteuer.

Ich widme dieses Buch den Männern in meinem Leben.

Meinem Mann Peter, der mir Kraft gibt und mir immer zur
Seite steht, und meinen Söhnen Damien und Mark, die
das Beste sind, was mir je passiert ist.

Meinem Bruder Peter Haran, der ebenfalls Schriftsteller
ist und mir eines Tages beiläufig vorschlug, ich solle
doch auch mal ein Buch schreiben.

Mein ganz besonderer Dank gilt Michael Meller, der
das Potenzial meines ersten Manuskriptes erkannte
und meine Karriere ins Laufen brachte.

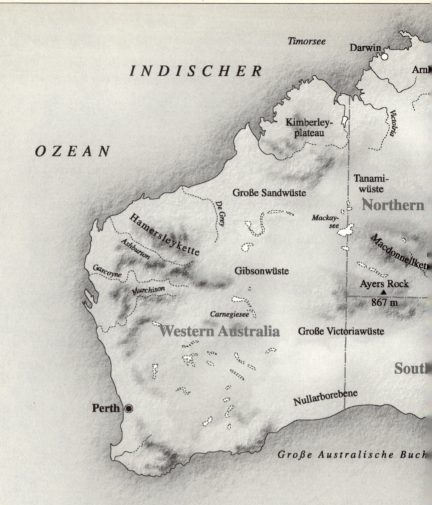

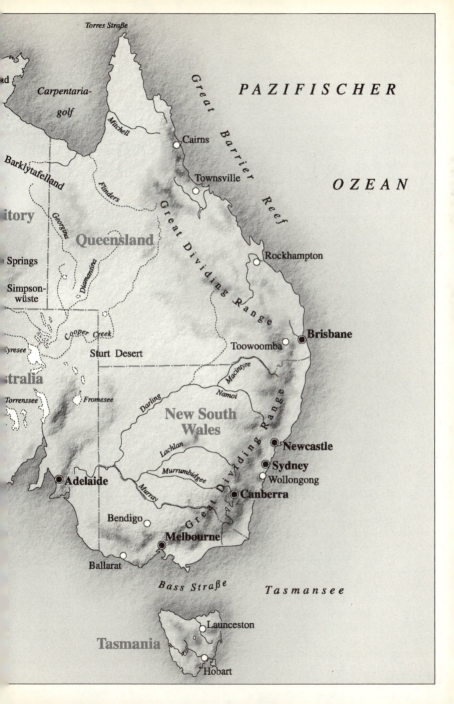

PROLOG

Echuca, 1866

Ein schriller Pfiff kündete von der Einfahrt des Zuges aus Melbourne in den geschäftigen Hafen von Echuca am Murray River, der hier die Grenze zwischen Victoria und New South Wales bildete. Als fauchend eine Dampfwolke aus dem Schornstein der Lok emporschoss und sich im Dickicht aus Eukalyptusbäumen verlor, das sich am Fluss entlang erstreckte, flatterten auf der anderen Uferseite, in New South Wales, die Kakadus mit protestierendem Kreischen von ihren Ruheplätzen in den Ästen der Bäume.

Der Bahnsteig befand sich neben dem dreistöckigen, von Eukalyptusbäumen gesäumten Pier – eine hässliche Konstruktion, eine Viertelmeile lang und mehr als sechs Meter hoch. Hier herrschte rege Betriebsamkeit. Die Hafenarbeiter – kräftige, narbengesichtige Raufbolde mit einer Schwäche für Rum und Faustkämpfe – waren damit beschäftigt, Holz, Tabak, Mehl, Tee, Wein, Branntwein und Weizen von den gut fünfzig Raddampfern zu löschen, die am Pier ankerten, oder die Schiffe mit Wolle, Stoffen und Gerätschaften zu beladen. Es war vier Uhr nachmittags, kurz vor Feierabend, und viele Arbeiter warfen sehnsüchtige Blicke zum Star Hotel an der Hafenpromenade, in dem sich die nächste der über zwanzig Schänken und Bars der Stadt befand.

Ein paar Dampfer nahmen vom Pier aus Kurs nach Westen, nach Wentworth, wo die Flüsse Murray und Darling zusammenströmten. Die Wollballen auf den Güterwagons am Ende des Zuges sollten per Raddampfer zur Mündung des

Murray transportiert werden, wo sie auf Frachter umgeladen wurden, die dann die Märkte in London ansteuerten. Auch Schafscherer nutzten die Raddampfer, um zu einer der zahlreichen Stationen überzusetzen, die den mehr als tausendsechshundert Meilen langen Fluss säumten – von der Quelle in den Snowy Mountains bis nach Goolwa, wo der Murray in den Pazifik mündete.

Unter den Zugpassagieren waren Joe und Mary Callaghan. Sie waren nach Echuca gekommen, um einen Raddampfer zu übernehmen, dessen Bau sie vor einem Jahr in Auftrag gegeben hatten. Nachdem ihre Reisekiste vom Zug abgeladen war und sie ihre Koffer in den Händen hielten, schafften sie es kaum, sich einen Weg durch das Gewimmel auf dem überfüllten Bahnsteig zu bahnen, während die Arbeiter sich daranmachten, die Fracht von den hinteren Wagons abzuladen. Es war Marys erster Aufenthalt in Echuca, während Joe bereits vor einem Jahr in der Stadt gewesen war, um eine Kaution zu hinterlegen und die Baupläne für den Raddampfer zu besprechen; zuletzt war er einen Monat zuvor in Echuca gewesen, um mit Ezra Pickering, dem Schiffbauer, die letzten Einzelheiten zu klären.

Nach harten Jahren auf den Goldfeldern konnte Mary der Anblick der derben, heruntergekommenen Gestalten auf dem Pier nicht mehr schockieren, und auch nicht die Dirnen, die auf der Promenade umherstolzierten und auf Kunden warteten. In den vergangenen zwei Jahren hatte Mary genug davon gesehen. Sie freute sich auf ihr neues Leben, auf die friedliche Atmosphäre am Fluss und darauf, in einem richtigen Bett zu schlafen, ohne jeden Morgen vom Scharren der Schaufeln und dem Murren verkaterter Männer geweckt zu werden.

Beim letzten Besuch Joes im Hafen von Echuca hatte es geregnet, doch heute funkelte die Sonne auf der friedlichen grünen Wasseroberfläche des Flusses, auch wenn eine stürmische Brise wehte. Tief im Herzen hoffte Joe, dass dies ein gutes Zeichen war.

Es war der aufregendste Tag im Leben von Joe und Mary Callaghan – und das Ende eines zwei Jahre währenden Albtraums auf den Bendigo-Goldfeldern. Die ersten sechs Monate hatten sie in einem kleinen, geflickten Zelt geschlafen und oft knöcheltief im Schlamm gestanden, um mit den anderen Schürfern, unter denen die Ruhr und das Fieber grassierten, nach angeschwemmtem Gold zu suchen. Als sich zeigte, dass es viel länger als erwartet dauern würde, auf eine Goldader zu stoßen, errichteten Mary und Joe eine Hütte aus Holzabfällen mit festem Bretterboden. Dennoch war ihr Leben eine Qual gewesen, besonders für Mary, die im Winter jämmerlich fror, während ihr im Sommer die Gluthitze zusetzte. Es war ihr vorgekommen, als würde ihr Leben sich nur noch um drei Eimer drehen: Der erste voller Trinkwasser, der zweite, um sich selbst und die Wäsche zu waschen, während der dritte als Toilette diente. Jeden Tag, wenn Joe auf den Goldfeldern bis zur Erschöpfung arbeitete, kümmerte Mary sich um das Feuer und die drei Eimer, die sie ständig leerte und füllte, leerte und füllte, immer wieder, bis sie glaubte, stumpfsinnig zu werden. Hätten sie und Joe nicht das Ziel gehabt, sich einen Raddampfer zu erarbeiten – Mary hätte es keine drei Wochen auf den Goldfeldern ausgehalten.

Vor seinem Weggang nach Bendigo hatte Joe drei Jahre lang im Hafen von Melbourne gearbeitet. Als ihm die Blockadetaktik der Gewerkschaft zu viel wurde, nahm er trotz geringerer Bezahlung eine Stelle im nahen Governor Hindmarsh Hotel an. Nachdem er alles gelernt hatte, was zur Leitung eines Hotels erforderlich war, sahen er und Mary sich nach einem anderen Hotel um, das bessere berufliche Aufstiegschancen bot. Die Wahl fiel auf das Overland Corner Hotel an der Anlegestelle Cobdogla, nahe der südaustralischen Stadt Barmera. Erst mit der Errichtung dieses Hotels, das zugleich als

Haltestation der Postkutsche auf der Strecke zwischen Adelaide und Wentworth diente, waren die ersten Europäer in der Gegend erschienen. Joe wurde neuer Geschäftsführer, nachdem seinem Vorgänger, Bill Thompson, die Leitung eines Hotels in der Stadt angeboten worden war. Da seine Ehefrau sich geweigert hatte, »in den Busch« zu ziehen, hatte Thompson die neue Stelle ohne Zögern angenommen. Mary hingegen sah es ganz anders als Mrs Thompson. Die Aussicht, in der Nähe des Flusses zu leben, begeisterte sie ebenso sehr wie Joe.

Das Overland Corner Hotel war aus Kalkstein erbaut. Die Mauern waren einen halben Meter dick – eine perfekte Isolierung gegen die trockene Sommerhitze –, und die Böden waren aus Eukalyptusholz. An dem Tag, als Mary und Joe Callaghan dort eintrafen, hatten sich fast dreihundert Aborigine-Frauen versammelt, um Joes »weiße Gefährtin« zu sehen. Damals war eine weiße Frau in dieser Gegend ein sehr seltener und exotischer Anblick, und Mary war irritiert von all dem Aufsehen, das um sie gemacht wurde. Zudem erkannte sie schnell, dass es auch Nachteile hatte, eine Art Berühmtheit zu sein, besonders, wenn die Hausarbeit liegen blieb, weil die Frauen der Aborigines ständig an der Hintertür zur Küche nach ihr riefen, um ihre Haare anzufassen und ihre Kleider zu betasten. Das Gelände, auf dem das Hotel stand, war tausende von Jahren von den Aborigines bewohnt gewesen. Sie hatten dort ihre Lager aufgeschlagen, primitive Verschläge errichtet und von dem gelebt, was der Fluss hergab. Als die Europäer kamen, begannen die Ureinwohner, mit dem hochwertigen Ocker zu handeln, den sie auf den nahen Klippen sammelten. Mary benutzte ihn, um die Kamine im Hotel mit roter Farbe zu verschönern.

Als Joe die Leitung des Overland Corner Hotels übernahm, gab es bereits den großen Holzladeplatz in der Nähe des Ufers, wo die hungrigen Kessel der anlegenden Raddampfer gefüttert wurden. Außerdem gab es einen Zeltplatz für Viehtreiber, die ihre Rinder oder Schafe an der saftigen Flachküste weiden lassen konnten, bevor sie weiter nach Adelaide zogen. Kurz nach seiner Fertigstellung wurde das Hotel zu einer Zwischenstation für die Postkutsche auf der Strecke zwischen Wentworth und Südaustralien. Doch die wachsende Zahl der Raddampfer auf dem Murray ließ Joe erkennen, dass die Geschäfte für Schiffseigner blühten, und er wollte daran teilhaben.

Er beschloss, für ein eigenes Schiff zu sparen. Da er wusste, dass er dieses Ziel mit seinem bescheidenen Lohn als Direktor eines kleinen Hotels niemals erreichen konnte, beschloss er, gemeinsam mit Mary auf den Goldfeldern sein Glück zu versuchen – ein riskantes Unterfangen, das Mary viel abverlangte. Aber nach drei Jahren im Hotel hatte sie genug von betrunkenen Viehtreibern und Schafscherern.

Doch das Leben auf den Goldfeldern erwies sich als Hölle auf Erden. Diebstähle, Schlägereien, selbst Morde waren an der Tagesordnung. Beim allabendlichen Ritual der Soldaten, die Schläger und Trunkenbolde außerhalb des Goldgräberlagers zusammenzutreiben und zu verprügeln, zitterte Mary jedes Mal wie Espenlaub und betete um ein Wunder.

Nach einem Jahr war sie am Ende und drohte Joe, ihn zu verlassen. Doch noch am selben Tag wurden sie fündig. Sie entdeckten einen ansehnlichen Goldklumpen, der es ihnen ermöglichte, eine Anzahlung auf den ersehnten Raddampfer zu leisten, der nach fast einem Jahr – das ihnen wie eine Ewigkeit vorkam – fertig war. Der Dampfer war weder besonders groß noch sonst wie außergewöhnlich, aber er war ihr erstes richtiges Zuhause. Ihr Glück wäre vollkommen gewesen, hätte auch ihr Wunsch nach einem Kind sich erfüllt, doch nach fünfzehn Jahren Ehe hatten die Callaghans die Hoffnung auf eigene Kinder begraben.

Jedenfalls sah Joe nun die Chance, beruflich auf eigenen Fü-

13

ßen zu stehen. Der Transport von Holz aus den Wäldern bei Barmah zu den Schiffswerften bot ihm und Mary die Möglichkeit, zu bescheidenem Wohlstand zu gelangen, zumal in den wachsenden Städten am Fluss immer mehr Sägemühlen den Betrieb aufnahmen. Wie seine Eltern, stammte auch Joe aus County Donegal in Irland; seine Familie war nach England gezogen, als Joe erst zwei Jahre alt war, und er hatte seine Kindheit an der Themse verbracht, die sein Vater als Kapitän eines Frachtkahns befuhr, bis er 1848 an einer Lungenentzündung starb.

Als Joe alt genug war, trat er aus Liebe zur Schifffahrt der Handelsmarine bei. Nachdem er sein Kapitänspatent erworben hatte, kehrte er nach England zurück und lernte Mary kennen. Nach der Hochzeit im Jahre 1851 wanderte das Paar nach Australien aus. Doch Joe hatte nie seine Liebe zu Schiffen verloren. Zwar wollte er nicht wieder zur See fahren – zumal es bedeutet hätte, dass er immer wieder für längere Zeit von Mary getrennt wäre –, doch der Murray River zog ihn magisch an.

Deshalb erschien es ihm nun, bei der Ankunft in Echuca, um seinen Raddampfer zu übernehmen, als wäre er an den einzigen Ort zurückgekehrt, an dem sein Herz und seine Seele glücklich waren.

Joe und Mary quartierten sich für die Nacht im Bridge Hotel ein, das nur einen Steinwurf vom Bahnhof entfernt war und Silas Hepburn gehörte, dem Gründer von Echuca und mächtigsten Mann der Stadt. Joe hatte erfahren, dass Hepburn zudem zahlreiche Geschäfte an der High Street gehörten sowie große Flächen Land in der Umgebung der Stadt, sodass er gespannt darauf war, diesen offenbar tüchtigen und erfolgreichen Mann kennen zu lernen.

Mary war der Ansicht, sie könnten sich ein solches Luxushotel nicht leisten, in dem die Übernachtung fünf Pfund kostete – dreimal so viel wie in einer Pension. Doch Joe erklärte, dass sie ein weiches, warmes Bett verdient habe, nachdem sie zwei Jahre lang in einem schmutzigen Zelt und einer primitiven Hütte gehaust hatte.

Das Bridge Hotel befand sich unweit vom Hafenplatz, wo sich die Karren reihten, um den Murray River auf einer Pontonbrücke zu überqueren, die ebenfalls Silas Hepburn gehörte. Das Hotel war ein zweistöckiges Gebäude aus weinroten Ziegelsteinen, mit weiß getünchter Veranda und einem Balkon, der von Holzpfählen getragen wurde. Zwei eingeschossige Seitenflügel erstreckten sich zwischen der High Street und der Promenade. Die Schankstube war ein beliebter Treffpunkt der Viehzüchter.

Als Joe und Mary am Tag ihrer Ankunft im Hotel zu Abend aßen, machten sie die Bekanntschaft von Silas Hepburn und dessen Frau Brontë, die sich als fröhlich und hilfsbereit erwies. Doch was Silas Hepburn selbst betraf – kaum hatte er den Mund aufgemacht, wurde offensichtlich, dass er arrogant, egoistisch und raffgierig war. Joe gewann den Eindruck, dass Silas ihn aushorchte, um sich zu vergewissern, dass er ihm mit seinem zukünftigen Geschäft keine Konkurrenz machte. Als Joe erklärte, er sei Besitzer und Kapitän eines neuen Raddampfers, beglückwünschte Silas ihn und bot ihm großzügig Hilfe in Form eines »Darlehns« an, sollte sich die Notwendigkeit ergeben. Joe wurde misstrauisch. Geldverleiher vom Schlage Silas Hepburns waren ihm schon immer suspekt gewesen.

Bei Joes letztem Aufenthalt in der Stadt einen Monat zuvor hatte er einen Mann namens Ned Gilford angeheuert und mit ihm vereinbart, sich an dem Abend, wenn er und Mary in der Stadt ankämen, im Hotel zu treffen. Mary wusste nur zu gut, dass Joe sehr empfänglich war für Menschen, die im Leben gestrauchelt waren. Nicht dass er naiv gewesen wäre; es war vielmehr so, dass er für jeden Mitmenschen, dem ein hartes Leben beschieden war, Mitgefühl aufbrachte. Deshalb war Mary nicht überrascht gewesen, als Joe ihr das erste Mal von Ned erzählt hatte.

Da Joe mit der Binnenschifffahrt nicht vertraut war, hatte er beschlossen, einen Matrosen anzuheuern, der sich mit dem Fluss und mit Raddampfern auskannte. Er war im Hafen gewesen und hatte dort verkündet, dass er nach einem fähigen Matrosen suche, als er eine Gruppe Arbeiter bemerkte, die johlend einen Mann umringte, der gerade versuchte, die Vorderräder eines voll beladenen Ochsenkarrens anzuheben. Der Mann war Ned. Er sah aus, als habe er die fünfzig schon überschritten, war aber noch fit für sein Alter – es gelang ihm tatsächlich, die Räder der Vorderachse vom Boden zu heben. Zuerst hielt Joe ihn für einen betrunkenen Angeber, erkannte aber gleich darauf, dass es sich um eine Kraftprobe handelte. Joe sah aber auch, dass Ned einen verzweifelten und traurigen Eindruck machte und seine Anstrengungen verspottet wurden. Bevor er sich verletzen konnte, trat Joe auf ihn zu und fragte ihn, ob er als Matrose für ihn arbeiten wolle – ein Angebot, das Ned mit sichtlicher Erleichterung und Dankbarkeit annahm. Sie vereinbarten ein Treffen im Hotel, um alles Weitere zu besprechen.

Allerdings tauchte Ned Gilford nicht zum vereinbarten Zeitpunkt auf und hatte auch keine Nachricht bei Mrs Hepburn hinterlassen, die das Hotelpersonal beaufsichtigte. Joe war enttäuscht; er war sicher gewesen, dass Ned ihn nicht im Stich ließ.

»Vielleicht ist er aufgehalten worden«, sagte Joe am nächsten Morgen zu Mary, nachdem sie vom Einkauf der Vorräte zurückgekehrt war, die aufs Schiff gebracht werden sollten, darunter Grundnahrungsmittel für die Speisekammer sowie Tischwäsche und Geschirr.

»Oder jemand hat ihm ein besseres Angebot gemacht«, entgegnete Mary.

»Tja, leider können wir nicht länger warten«, sagte Joe. Sie konnten sich keine weitere Nacht in dem Hotel leisten, zumal nicht nur das Zimmer, sondern alles in Echuca dreimal so teuer war wie auf den Goldfeldern.

Vor ihrer Abreise hinterließ Joe bei Brontë Hepburn eine Nachricht: Für den Fall, dass Ned doch noch auftauchte, sollte er sich am Flussufer in der Nähe der Werft bei ihnen einfinden.

Joe und Mary mieteten sich eine Kutsche, um mit ihrer Reisekiste, den Koffern und den Vorräten zur Werft zu gelangen. Auf ihrer Fahrt entlang des Flusses, auf dem Schaufelraddampfer in jeder Form und Größe zu bewundern waren, kamen sie an einem Ponton vorüber, der Silas Hepburn gehörte, wie der Kutscher ihnen erzählte. Hunderte von Schafen waren darauf zusammengepfercht, um von New South Wales hinüber nach Victoria transportiert zu werden.

»Schlachtvieh für hungrige Goldsucher«, bemerkte der Kutscher.

»Wie hoch ist die Transportgebühr, die Mr Hepburn von den Viehtreibern verlangt?«, fragte Joe.

»Bei den Schafen hängt es von der Anzahl ab. Bei Rindern verlangt er zwischen drei und sechs Pennys pro Tier, bei Pferden sechs Pennys.«

»Da wäre es besser, ans andere Ufer zu schwimmen«, sagte Joe, empört über diesen Wucher.

»Oh, auch das kostet. In diesem Fall verlangt Silas Hepburn einen Penny pro Tier für die Bereitstellung erfahrener Fährmänner, die sie hinübergeleiten. Die Fährmänner behaupten, sämtliche Strömungen und Untiefen zu kennen, und erzählen so manche Schauermärchen, um zweifelnde Viehzüchter zu überzeugen. Dabei wissen die Züchter, dass sie hereingelegt werden, aber sie können es sich nicht leisten, ein Risiko einzugehen.«

Joes erster Eindruck, dass Silas Hepburn ein gerissener Geschäftsmann war, bestätigte sich – was er dem Kutscher auch sagte.

»Ja, für einen ehemaligen Sträfling aus Port Arthur hat er sich ganz schön gemausert«, erwiderte der Kutscher und lachte beim Anblick der verdutzten Gesichter Joes und Marys laut auf.

Als Joe den Raddampfer am Dock der Werft erblickte, rief er: »Das ist er!« Auch wenn es bestimmt nicht das größte Schiff auf dem Fluss sein würde, fiel es wegen seiner breiten, schrägen, nach oben gewölbten Radkästen für die Schaufelräder auf – eine Idee, die Joe und Ezra gekommen war, als sie die Baupläne entworfen hatten.

»Bist du sicher, dass es unser Dampfer ist?«, fragte Mary.

Joe nickte bloß und lächelte.

Mary ließ sich von der Begeisterung ihres Mannes anstecken. »Ich kann es gar nicht abwarten, an Bord zu gehen.«

Zügig lud Joe ihr Gepäck und ihre Vorräte aus der Kutsche. Nachdem der Kutscher bezahlt worden war und sich wieder auf den Weg gemacht hatte, stellte Joe das Gepäck am Flussufer ab, nahm den Arm seiner Frau und sagte: »Komm, schauen wir uns unser neues Zuhause an.« Wie lange hatte er diesem Tag entgegengefiebert! Der Himmel war bewölkt, und es sah nach Regen aus, aber selbst ein heftiger Wolkenbruch hätte Joes Stimmung nicht trüben können.

Mary hielt inne. »Dürfen wir denn einfach so an Bord?«, meinte sie unsicher. »Müssen wir nicht zuerst die Erlaubnis einholen?«

Joe lachte. Mary hatte eine angeborene Scheu vor Autoritätspersonen, und das Leben auf den Goldfeldern hatte ihre Furcht nur noch verstärkt. Er wusste, dass es Zeit brauchte, um Mary die Erfahrungen der letzten zwei Jahre vergessen und ihr Selbstvertrauen wachsen zu lassen.

Mary war ein wenig rundlich und reichte Joe gerade bis

zur Schulter. Ihr Haar, das sie stets zusammengebunden trug, war braun und lockig, und ihre Gesichtszüge waren eher durchschnittlich, doch Joe hatte sich in die Wärme in ihren Augen und in ihr sanftes Lächeln verliebt, bei dem sein Herz stets höher schlug.

»Wir brauchen keine Erlaubnis, an Bord gehen zu dürfen, Mary«, sagte er nun. »Es ist *unser* Schiff.«

Als sie den Niedergang erreichten, erschien der Schiffbauer Ezra Pickering mit einem Notizbuch und einem Stift in der Hand vor ihnen. Er war ein ruhiger, pflichtbewusster Mann, der mit Joe eine unstillbare Leidenschaft für Schiffe teilte. Zuvor hatte er Joe erzählt, dass er seinen ersten Dampfer aus den Holz- und Eisenresten eines schrottreifen Pferdekarrens gebaut hatte, und Joe war von Ezras Liebe zum Detail und seinem unverhüllten Stolz auf seine Arbeit sehr beeindruckt gewesen. Die Schiffe wurden am Ufer gefertigt, wo es leicht abschüssig war, sodass man sie beim Stapellauf ins Wasser gleiten lassen konnte. Ezra hatte soeben kontrolliert, ob die Arbeiter seine allerletzten Anweisungen befolgt hatten. Er gehörte nicht zu den Leuten, die irgendetwas dem Zufall überließen.

»Guten Morgen, Joe«, grüßte er. »Kommen Sie an Bord.« Er ergriff Joes ausgestreckte Hand und begrüßte anschließend auch Mary.

An Bord wandte Joe sich seiner Frau zu. »Willkommen an Bord der *Marylou*, mein Schatz.«

Mary stockte der Atem, und sie blickte ihren Ehemann mit weit aufgerissenen Augen an. »Du hast ... unser Schiff *Marylou* getauft?«

»Ja, nach dir. Nach meiner Mary Louise!« Joe legte den Arm um ihre Schulter. »Komm und sieh selbst.« Er führte sie zum Bug und drehte sie in Richtung Ruderhaus. Dann zog er an einem Seil, an dem ein Stück Stoff befestigt war. Der Stoff flatterte herunter, und unter dem Fenster des Ruderhauses stand in großen Buchstaben: *P. S. Marylou.*

Mary war zu Tränen gerührt. »Oh, Joe. Du bist immer wieder für Überraschungen gut.«

Ezra Pickering kam zu ihnen. »Ich möchte Sie ein wenig mit den Daten der *Marylou* vertraut machen«, sagte er voller Stolz. »Sie ist für achtundfünfzig Tonnen Fracht ausgelegt. Ihre Länge beträgt dreiundzwanzig Meter, die Breite fünfeinhalb Meter. Sie hat einen Tiefgang von siebzig Zentimetern ...«

»Was bedeutet das?«, fragte Mary.

»Sie kann in Gewässern unter einem Meter Tiefe fahren, weil sie einen flachen Rumpf hat«, erklärte Joe. »Aber meist ist der Fluss viel tiefer.«

»Oh.« Mary beschlich ein ungutes Gefühl. Sie fürchtete sich vor tiefen Gewässern und konnte wie die meisten Neuankömmlinge in Australien nicht schwimmen, aber Joe hatte versprochen, es ihr beizubringen. »Gibt es denn Untiefen im Fluss?«, fragte sie Ezra.

»Ja«, erwiderte Ezra. »Man muss sich vor Sandbänken, seichten Stellen und im Wasser treibenden Baumstämmen in Acht nehmen. Und im Sommer trocknen bestimmte Flussabschnitte regelmäßig aus. Aber ich habe im Ruderhaus Karten hinterlegt.« Er sah Joe mit ernstem Blick an. »Ich schlage vor, Sie studieren diese Karten, und zwar gründlich. Aber für den Notfall ist das Schiff mit einer dampfbetriebenen Seilwinde ausgestattet, wie abgesprochen.« Er wandte sich um und wollte Mary die drei Kajüten zeigen, doch ihre Aufmerksamkeit wurde vom Maschinenraum gefesselt, der sich mitten auf dem Schiff befand und von einem Geländer umgeben war. Ein Schild am Dampfmotor stach ihr ins Auge: *Marshall & Söhne, Gainsborough, England.*

»Sieh mal, Joe, die Maschine kommt aus unserer Heimat«, sagte Mary.

»Das ist eine Dampfmaschine mit sechsunddreißig Pferdestärken«, geriet Ezra ins Schwärmen. »Sie ist erst vor zwei

Monaten hier eingetroffen. Am Ufer liegt eine Tonne Feuerholz, was für den Anfang genügen dürfte, aber beim Zerkleinern und Verladen werdet ihr auf Hilfe angewiesen sein. Ihr habt doch einen Matrosen angeheuert, oder?«

Joe zog die Stirn kraus und warf einen besorgten Blick zu seiner Frau. »Ja, er soll hier zu uns stoßen.«

»Gut«, entgegnete Ezra. »Es wird mehrere Stunden in Anspruch nehmen, bis der Kessel genügend aufgeheizt ist, dass ihr ablegen könnt. Ich schlage vor, ihr fahrt heute flussabwärts bis zum Campaspe-Delta und anschließend wieder zurück. Sollte es dann Probleme oder Fragen geben, können wir darüber reden.«

Joe warf erneut einen Blick auf die Uhr. Es war zwar noch früh, aber wenn Ned nicht bald erschien, musste er einen Ersatzmann für ihn suchen, und zwar rasch.

Die Callaghans besichtigten gerade die Kajüten, als Ezra rief, dass jemand am Flussufer Joe zu sprechen wünsche.

»Bestimmt euer Matrose«, sagte er, als Joe und Mary am Niedergang erschienen, von wo sie einen Mann am Ufer erblickten.

»Wer ist das?«, fragte Mary. Sie hielt es für ausgeschlossen, dass der Fremde ihr Matrose war. Er sah wesentlich älter aus, als sie erwartet hatte.

»Das ist Ned Gilford«, erwiderte Joe. Auch ihm kam Ned jetzt älter vor, als er ihn in Erinnerung hatte, aber gleichzeitig fiel ihm wieder ein, wie dankbar Ned darüber gewesen war, dass man ihm Arbeit angeboten hatte, sodass es Joe sehr verwundert hätte, wenn er nicht erschienen wäre. Mary hörte die Erleichterung in der Stimme ihres Mannes, doch ihre Bedenken blieben bestehen. Joe brauchte einen kräftigen und fähigen Mann. Sie hatte gehofft, dass er wenigstens einmal auf seinen Verstand statt auf sein Herz hören würde, doch Neds Anblick ließ sie zweifeln.

Ned stand am anderen Ende des Niedergangs, den Hut in

21

der Hand. Als Joe auf ihn zuging, bemerkte er, dass Neds Gesicht gerötet und erhitzt war. Er fragte sich, woher Ned gerade kam und ob er sich zu Fuß zur Werft aufgemacht hatte, bepackt mit seinem großen Seesack.

»Mr Callaghan«, stieß Ned keuchend hervor. »Tut mir Leid, dass ich so spät komme. Ich hatte für ein paar Tage Arbeit im Wald von Barmah, und ... und ich brauchte das Geld. Entschuldigen Sie, dass ich nicht schon früher kommen konnte ...« Doch Joe war nicht verärgert, ganz im Gegenteil freute er sich, Ned zu sehen. »Jetzt bist du ja da, Ned«, sagte er. »Willkommen an Bord der *Marylou*.«

Joe stellte Ned seiner Frau und Ezra Pickering vor.

»Sie kennen sich doch mit Dampfmaschinen aus, Mr Gilford?«, fragte Ezra.

Ned sah zu Joe und errötete. Nervös drehte er den Hut in der Hand. Selbst Mary hatte Mitleid mit ihm.

»Ich ... nun ja, nein ... Ich kann ein bisschen von allem ... eigentlich bin ich Holzfäller, aber ... ich lerne rasch ...« Ned war so blass geworden, dass Joe befürchtete, er würde jeden Moment in Ohnmacht fallen.

Ezras buschige Brauen waren so dicht zusammengezogen, dass sie wie eine haarige Raupe über seinen tief liegenden Augen wirkten. Er sah Joe über seine Zweistärkenbrille hinweg an. »Sie hätten jemanden anheuern sollen, der sich mit Dampfmaschinen auskennt, Mr Callaghan.«

»Ich habe noch nie Flüsse befahren und muss noch viel lernen, genau wie Ned. Aber gemeinsam schaffen wir das schon«, erwiderte Joe zuversichtlich. »Wir werden uns ein paar Tage Zeit lassen, um uns mit dem Schiff und dem Fluss vertraut zu machen.« Joe warf einen Blick auf Ned, der einen völlig verdutzten Eindruck machte. »Ned ist kräftig, sodass es nicht lange dauern wird, bis wir das Holz geladen haben. Stimmt's, Ned?«

Ned wollte seinen Ohren nicht trauen. Als Ezra gesagt

hatte, es sei ein Fehler gewesen, ihn, Ned, anzuheuern, hatte er bereits damit gerechnet, wieder fortgeschickt zu werden. »Ja ... ja, Sir«, murmelte er.

Ezra wandte sich an Joe. »Wie ich weiß, ist es schon eine Weile her, dass Sie zur See gefahren sind. Deshalb werde ich Ihnen einen meiner Männer zur Verfügung stellen, der Ihnen die grundlegenden Funktionen der Maschine und der Pumpen erklärt, sobald das Holz aufgeladen ist, damit Sie und Ihr ... Matrose sich mit der *Marylou* vertraut machen können. Es war ein Vergnügen, mit Ihnen Geschäfte zu machen, Mr Callaghan. Ich wünsche Ihnen viel Glück für die Zukunft.« Erneut bedachte er Ned mit einem Blick, als hätte er Angst um Joe.

»Sie haben gute Arbeit an der *Marylou* geleistet, Mr Pickering«, sagte Joe. »Verdammt gute Arbeit.« Er liebte den Geruch des frisch lackierten Holzes, und er genoss aus vollem Herzen, endlich wieder einmal Schiffsplanken unter den Füßen zu haben.

Bei Joes letztem Aufenthalt in der Stadt hatte die *Marylou* noch am Ufer gelegen. Er hatte sie gründlich inspiziert und mit Ezra die letzten Details abgesprochen, was den Anstrich, das Schmieren und die Anordnung bestimmter Maschinenteile betraf. Nun war er sehr stolz, Besitzer eines so großartigen Schiffes zu sein. Tatsächlich war es sogar der stolzeste Tag in seinem Leben, abgesehen von dem Tag, an dem er Mary geheiratet hatte.

»Es freut mich jedes Mal, wenn meine Kundschaft zufrieden ist«, erwiderte Ezra. Während Joe und Ned sich ans Ufer begaben, um den Holzstapel in Angriff zu nehmen, wandte Ezra sich Mary zu. »Wie wär's, wenn ich Ihnen die Kombüse zeige?«

»Kombüse?«

»Das ist die Küche auf einem Schiff, aber Sie können sie nennen, wie Sie wollen«, erklärte Ezra lächelnd.

Mary strahlte bei dem Gedanken an eine eigene, nagelneue Küche. Ihre Töpfe und Küchenutensilien waren in der Reisekiste verstaut. Nachdem sie zwei Jahre lang Gold gewaschen hatte, freute sie sich nun, dass ihre Hände in Zukunft nicht mehr so aussehen würden, als müsste sie für ihren Lebensunterhalt Lehmziegel formen.

Während sie Ezra zur Kombüse folgte, überkam sie ein Gefühl der Zuversicht, das angesichts der Umstände nicht unbedingt angemessen war. Das Schiff hatte ihre gesamten Ersparnisse verschlungen, und sie wussten nicht einmal genau, worauf sie sich einließen. Sie hatte keine Ahnung von den Preisen für Brennholz, geschweige denn von den Wartungskosten für das Schiff. Dennoch verspürte Mary Zuversicht, weil sie und Joe endlich ein Dach über dem Kopf hatten, ein Zuhause, das sie ihr Eigen nennen konnten.

Auf dem Niedergang bemerkte Joe, dass Ned leicht humpelte. »Alles klar, Ned?«, fragte er.

»Alles in Ordnung, Mr Callaghan.«

Joe jedoch hatte den Eindruck, Ned würde die Zähne zusammenbeißen. Er sah aus, als ginge es ihm gar nicht gut. »Sag Joe zu mir, Ned. Schließlich werden wir von nun an auf engstem Raum zusammen leben und arbeiten. Wir können auf Förmlichkeiten verzichten.«

Ned nickte, glaubte jedoch, Bedauern in Joes Stimme zu hören. Er versuchte sich einzureden, dass es bloß Einbildung sei, doch es gelang ihm nicht, und er hielt den Blick gesenkt, als könne er Joe nicht in die Augen schauen.

Joe befielen erste Zweifel. Er fragte sich, ob er überstürzt gehandelt hatte, als er Ned angeheuert hatte. Schließlich war er ein Fremder. Er musste an die Männer denken, die ihm auf den Goldfeldern begegnet waren. Viele von ihnen hatten eine zweifelhafte Vergangenheit, und Joe kam der leise Verdacht, dies könne auch auf Ned zutreffen. Außerdem brauchte er einen Matrosen mit Erfahrung, und das beschränkte sich nicht allein auf die Dampfmaschine. Es wäre hilfreich gewesen, einen Mann an Bord zu haben, der sich mit der Flussschifffahrt auskannte. Einen flüchtigen Augenblick lang fragte sich Joe, ob er eine zusätzliche Kraft anheuern sollte, verwarf diesen Gedanken aber sofort wieder. Das konnte er sich nicht leisten. Andererseits brachte er es nicht übers Herz, Ned zu sagen, er habe es sich anders überlegt und könne ihn doch nicht einstellen. Sie mussten eben gemeinsam das Beste aus ihrer Zusammenarbeit machen und rasch dazulernen.

»Richte Mary bitte aus, dass ich heute Nacht am Ufer schlafe«, sagte Ned. »Ich habe einen eigenen Schlafsack dabei und übernachte gern unter freiem Himmel. Ich will dir und deiner Frau keine Umstände machen.«

Joe sah ihn verblüfft an. Er wollte ihm eine Kajüte anbieten, hielt es jedoch für klüger, zuvor Marys Meinung einzuholen. Doch Joe brauchte nichts zu sagen; Ned hatte auch so verstanden. »Ich bin dir für diese Arbeit sehr dankbar, Joe«, sagte er und trat verlegen von einem Fuß auf den anderen, wobei er ein Bein zu entlasten schien. »In meinem Alter bekommt man nicht so leicht eine Anstellung, aber ich bin kräftig und halte mich in Form. Ich werde dich nicht enttäuschen. Wenn es dir hilft, kannst du mir ja eine Probezeit von einem Monat geben.«

Joes Bedenken legten sich wieder. Was immer mit Ned gewesen war – er verdiente die Chance, sich zu bewähren.

»Ich habe dich angeheuert, Ned, und ich stehe zu meinem Wort.« Dennoch spürte Joe, dass Ned ihm etwas verheimlichte. »Jeder hat eine Chance verdient«, fügte er hinzu. »Ich möchte, dass es mit meinem Schiff gut läuft. Und ich will Mary das Leben bieten, das sie verdient hat. Nur das zählt für mich. Verstehst du, Ned?«

Ned nickte. »Du wirst es nicht bereuen, dass du mich angeheuert hast, Joe, das schwöre ich.«

Joe nickte seinerseits und betrachtete die Schweißperlen in Neds Gesicht. »Bist du zu Fuß hierher gekommen?«

»Nein, Barmah ist mehr als vierzig Meilen entfernt. Ich bin auf einem Dampfer bis Moama mitgefahren und habe von dort auf Silas Hepburns Fähre ans andere Ufer übergesetzt, zusammen mit einer Schafherde.«

»Wir sind vorhin an der Stelle vorbeigefahren«, bemerkte Joe.

»Ja, ich hab die Kutsche gesehen und dich erkannt«, entgegnete Ned. »Ich dachte mir gleich, dass ihr auf dem Weg zur Werft wart.«

»Dann bist du mit deinem Gepäck von der Anlegestelle aus gelaufen?«, sagte Joe. »Das ist mehr als eine Meile.«

Ned nickte. Sein Magen knurrte, doch die Schmerzen im Fuß machten ihm am meisten zu schaffen. Der Marsch war ihm wie zehn Meilen vorgekommen, und sein Fuß fühlte sich an, als drohe er im Stiefel zu platzen.

»Möchtest du etwas trinken, bevor wir loslegen?«

Ned zog die Jacke aus und krempelte die Hemdsärmel hoch. »Nein, danke ... obwohl es heute Morgen ganz schön heiß ist«, meinte er, wischte sich den Schweiß von der Stirn und ergriff die Axt.

Joe kam es gar nicht so warm vor, sodass er vermutete, dass mit Ned etwas nicht stimmte, aber er wollte ihn nicht mit Fragen unter Druck setzen. Er wollte nur eins: dass alles reibungslos lief.

Während er ebenfalls die Jacke auszog, sagte er: »Ich schaffe erst einmal die Reisekiste und die Vorräte an Bord, damit Mary sich einrichten kann. Dann gehe ich dir zur Hand.«

In Hochstimmung legte Joe in der Abenddämmerung mit der *Marylou* an einem Uferstück an, das in seinen Karten als Boora Boora gekennzeichnet war. Am Zusammenfluss von Murray und Campaspe River hatte Joe nicht Halt machen oder umkehren wollen und deshalb dem Kapitän eines anderen Raddampfers zugerufen, er solle Ezra Pickering ausrichten, dass sie weitergefahren seien – für den Fall, dass Ezra auf den Gedanken kam, die *Marylou* wäre in Schwierigkeiten.

Nachdem Ned das Schiff an Bäumen am Ufer vertäut hatte, stellte er die Maschine ab. Obwohl sie auf dieser Jungfernfahrt von ernsten Zwischenfällen verschont geblieben waren, war der Nachmittag nicht ganz reibungslos verlaufen. Joe hatte im Ruderhaus das Schiff gesteuert, während Ned im Kesselraum dafür gesorgt hatte, dass das Feuer nicht erlosch. Es gab Abstimmungsprobleme, als Ned nicht sicher war, ob sie vorwärts oder rückwärts fahren sollten, nachdem Joe einige unfreiwillige Wendemanöver eingeleitet hatte, da er sich öfter mit den Steuerungshebeln irrte. Während Joe sich auf der rechten Uferseite hielt, behielt er gleichzeitig die Karten im Auge, um Klippen, Sandbänken und überhängenden Bäumen auszuweichen, die in den Karten eingezeichnet waren. Außerdem musste er sich in Erinnerung rufen, ob er ein-, zwei- oder dreimal die Dampfpfeife betätigen musste, wenn er den Kurs änderte oder sich einer Flussbiegung näherte, die man nicht einsehen konnte. Deshalb war es nicht verwunderlich, dass er das Schiff zweimal fast auf Grund gesetzt hätte. Doch als der Tag sich dem Ende zuneigte, spürte Joe, dass er sich allmählich an die *Marylou* gewöhnte, und auch Ned kannte sich bereits ein wenig mit der Dampfmaschine aus.

Sie ankerten an einer Stelle, in deren Nähe sich nach der Karte ein Holzladeplatz befand. Üblicherweise wurde der Holzhandel auf Vertrauensbasis abgewickelt. Das gefällte Holz wurde am Ufer der nächsten Anlegestelle gestapelt, und wenn ein Raddampfer festmachte, um Brennholz nachzuladen, und gerade niemand zugegen war, hinterlegte man einfach das Geld. Obwohl sie mit geringer Geschwindigkeit gefahren waren und Joe sein Bestmögliches getan hatte, dem Schiffsverkehr aus dem Weg zu gehen, schien der Dampfkessel eine erschreckende Menge Holz zu verbrauchen. Während Ned staunte, wie rasch eine Tonne Holz aufgebraucht war, hielt Joes Verwunderung sich aufgrund seiner langjährigen Erfahrung mit Dampfschiffen bei der Handelsmarine in Grenzen.

Zur Mittagszeit hatte Mary die beiden Männer mit Brot, Käse und Tee versorgt, was auch fürs Abendessen vorgesehen war, da Mary nichts anderes an Bord hatte. Doch kaum hatten sie angelegt, ging Ned mit seinem Seesack an Land und richtete sich ein Lager her. Kurze Zeit später breitete sich der verlockende Geruch von gebratenem Fisch aus.

Mary und Joe traten an Deck, um nachzusehen, woher der Geruch kam.

»Wollt ihr zum Abendessen frischen Dorsch?«, rief Ned freundlich herüber. »Für mich allein ist es zu viel.« Dabei hob er eine ziemlich große Pfanne hoch. Sie war nicht groß genug für den Fisch, dessen Kopf und Schwanz über die Ränder ragte und der offensichtlich ein schwerer Brocken war. Ned musste die Pfanne mit beiden Händen halten.

»Hast du diesen Prachtburschen eben erst gefangen?«, rief Joe verwundert.

»Aye. Von Hand, mit einer Schnur«, rief Ned zurück. »Vor langer Zeit habe ich von den Aborigines einige Kniffe gelernt, auch was das Angeln und die Jagd angeht. Seither habe ich nie mehr Hunger gelitten.«

»Kannst du das Joe beibringen?«, fragte die sichtlich begeisterte Mary.

»Ja, sicher. Sobald der Fisch gar ist, bringe ich ihn an Bord.«

Es wurde rasch dunkel. Mary hielt sich an der Reling fest und ließ den Blick über den Fluss schweifen. Ohne das Glitzern der Sonne auf der Wasseroberfläche wirkte er düster und unheimlich, aber sie würde sich schon daran gewöhnen. Aus dem Schilf am Uferrand vernahm sie das Zirpen von Grillen, und am pechschwarzen Himmel stieg ein silbern glänzender Mond empor. Der Schein von Neds Feuerstelle erleuchtete sein bescheidenes Lager; dahinter bildeten die Bäume eine undurchdringliche Mauer der Finsternis. An Bord zündete Joe gerade Öllaternen an.

»Hier ist es so friedlich«, sagte Mary, glücklich darüber, das Leben auf den Goldfeldern, auf denen sie die Nächte stets gefürchtet hatte, hinter sich gelassen zu haben. Nur der Traum von einem zukünftigen Leben auf ihrem eigenen Schiff und der Beschaulichkeit des Flusses hatten sie durchhalten lassen. Joe legte ihr die Arme um die Taille. »Ja, hier ist es wundervoll friedlich, nicht wahr?« Er war ein wenig abgelenkt, da er zu Ned am Flussufer hinüberspähte, der gerade mit der Fischpfanne zum Schiff kam. Selbst im Schein des Lagerfeuers konnte Joe erkennen, dass Neds Humpeln sich verschlimmert hatte. Er fragte sich, ob Ned irgendeine alte Verletzung zu schaffen machte, wenn er sich überanstrengte.

Beim Abendessen versuchten die Callaghans, den stets schweigsamen Ned zum Reden zu bewegen, doch nur mit mäßigem Erfolg. Mary erzählte ihm, dass sie und Joe seit fünfzehn Jahren verheiratet seien und keine Kinder hätten und dass die *Marylou* ihr erstes richtiges Zuhause sei. Dann stellte Joe ein paar persönliche Fragen, aber da Ned nur widerstrebend von sich erzählte, erfuhren die Callaghans lediglich, dass er niemals geheiratet hatte und nach seiner Reise von Cornwall nach Australien von der Port Phillip Bay bis zur Spitze von Cape York weitergezogen war, ohne jemals irgendwo Fuß gefasst zu haben. Offenbar hatte er sich mit jeder erdenklichen Arbeit verdingt, angefangen vom Schlangenfänger bis zum Wollpacker. Einmal, erzählte er mit dem Anflug eines Lächelns, sei er sogar mit der Aufgabe betraut worden, die Flöhe aus dem Fell der Hunde eines Farmers zu klauben. Dies sei einer der Tiefpunkte in seinem Leben gewesen.

Joe und Mary bekamen den Eindruck, dass es viele solcher Tiefpunkte gegeben hatte. Sie fragten sich, ob Ned jemals ein so genannter »Gast der Krone« gewesen war, wie man die Ex-sträflinge scherzhaft nannte, zumal mehr als die Hälfte der australischen Einwohner ehemalige Strafgefangene waren. Dieser Verdacht drängte sich ihnen auch deshalb auf, weil Ned nicht erwähnte, mit welchem Schiff – und wann – er eingetroffen war, und sie wollten ihn nicht direkt danach fragen.

»Boora Boora ist ein seltsamer Name, Ned. Weißt du, was er bedeutet?«, fragte Mary, nachdem sie den Fisch verzehrt hatten und den Saft mit Brot auftunkten.

»Vor ein paar Jahren habe ich als Hilfsarbeiter auf einer Farm mit einem Ureinwohner aus dem ansässigen Yortta-Yortta-Clan zusammengearbeitet, und der hat mir mal eine kreisförmige Boora-Stätte gezeigt. Wenn ich's mir genau überlege, könnte es sogar hier in der Gegend gewesen sein. Aber ich habe damals einen großen Bogen darum gemacht, weil der Ureinwohner sagte, dass sein Volk dort Zeremonien abhielte. Boora Boora ist wahrscheinlich eine heilige Stätte der Ureinwohner.«

»Und was für Zeremonien werden in diesem Boora-Kreis abgehalten?«, wollte Mary wissen, der schreckliche Bilder von Tier- und Menschenopfern in den Sinn kamen.

»Um ehrlich zu sein«, entgegnete Ned, »wollte ich es damals nicht wissen, und daran hat sich bis heute nichts geändert. Ich glaube, es ist am besten, sich von solchen Dingen fern zu halten.«

Mary sah Joe an. »Vielleicht hätten wir nicht hier anlegen sollen.«

»Wir stören ja niemanden«, erwiderte Joe.

»Mach dir keine Sorgen, Mary. Uns passiert schon nichts«, meinte auch Ned und rieb sein Bein. »Ich haue mich jetzt aufs Ohr.«

Im Lampenschein konnten Mary und Joe erkennen, dass Neds Gesicht verzerrt und bleich war. Auf seiner Stirn schimmerte ein Schweißfilm. Allmählich machten die Callaghans sich Sorgen um ihn, doch sie wussten, dass Ned abstreiten würde, krank zu sein, wenn sie ihn darauf ansprächen.

Mary warf einen ängstlichen Blick aufs dunkle Ufer. Neds beiläufige Beteuerung, dass nichts passieren könne, beruhigte sie kein bisschen – geschweige denn die Sorglosigkeit ihres Mannes, obwohl sie sich in der Nähe einer Kultstätte der Ureinwohner befanden.

»Morgen fahren wir früh los«, sagte Joe. »Danke für den Fisch, Ned. Er war köstlich.«

»Ja, er hat großartig geschmeckt«, pflichtete Mary ihm bei. »Und ich kann immer noch nicht fassen, wie riesig er war.«

»Es heißt, im Murray gibt es Dorsche, so groß wie Menschen«, sagte Ned und rappelte sich mühsam auf.

Wieder blickte Mary in sein schmerzverzerrtes Gesicht, und diesmal fragte sie geradeheraus: »Alles in Ordnung, Ned?«

»Ja«, presste er leise hervor. »Hab nur einen leichten Krampf im Fuß. Gute Nacht.«

»Warum schläfst du nicht in einer Kajüte?«, bot Mary an, als Ned sich zum Gehen wandte. Sie wusste, dass sie sich um ihn sorgen würde, wenn er mutterseelenallein am Ufer lag, zumal es ihm nicht gut zu gehen schien. »Es sind noch zwei Kajüten frei. Da macht es doch keinen Sinn, am Ufer zu schlafen. Man kann ja nie wissen, wer sich da draußen herumtreibt.« Erneut warf sie einen Blick auf das finstere Baumdickicht und schauderte.

»Ich komme schon zurecht, Mary«, erwiderte Ned. »Ich bin es gewohnt, unter freiem Himmel zu schlafen.«

»Aber es sieht nach Regen aus«, wandte Joe in nüchternem Tonfall ein, aus dem dennoch seine Sorge herauszuhören war.

»Falls es regnet, komme ich an Bord und schlage mein Lager an einer geschützten Stelle an Deck auf«, sagte Ned und humpelte davon.

Mary und Joe folgten ihm und stellten sich an die Reling, während er vom Schiff ans Ufer sprang. Obwohl er versuchte, trotz der Schmerzen die Zähne zusammenzubeißen, hörten die Callaghans seinen unterdrückten Aufschrei, als er auf den Füßen landete. Dann beobachteten sie, wie er zu seinem Lager humpelte.

Verstört blickten sie sich an, waren aber unschlüssig, was sie sagen oder tun sollten. Außerdem übermannte sie nun die Erschöpfung nach diesem langen, anstrengenden Tag.

Ned zog sich derweil eine Decke über, nachdem er sich neben sein erlöschendes Lagerfeuer gelegt hatte. Sein Fuß bereitete ihm Höllenqualen, aber er wusste, wenn er den Stiefel auszöge, würde er ihn nie wieder anbekommen.

Eine Stunde später hatte er immer noch keinen Schlaf gefunden. Die Schmerzen wurden schlimmer, und ihm war kalt, nachdem sein Feuer erloschen war. Dennoch hatte er weder die nötige Energie noch den Willen, nach Feuerholz zu suchen.

Eine weitere Stunde verstrich, und die Schmerzen wurden fast unerträglich. Ned setzte sich auf und massierte sein Bein. Er hätte nichts lieber getan, als den Stiefel auszuziehen, dachte aber an den nächsten Morgen: Joe erwartete von ihm, dass er Holz hackte und es aufs Schiff trug. Ned beschloss, Joe nichts von seinen Schmerzen zu erzählen, aus Angst, seine Stelle zu verlieren.

Plötzlich vernahm er ein Geräusch im Schilf hinter ihm – ein Rascheln, gefolgt von einem gedämpften Schluchzen. Ganz in der Nähe befand sich eine kleine Bucht, und das Geräusch schien aus dieser Richtung gekommen zu sein.

Ned verharrte regungslos und spitzte die Ohren. Zuerst dachte er an nistende Enten im Schilf, aber das würde das gedämpfte Schluchzen nicht erklären, das sich wie von einem Menschen angehört hatte. Nach einigen Augenblicken, als alles wieder ruhig war, fuhr Ned mit der Massage seines Beins fort – und vernahm erneut einen gedämpften Laut. Dieses Mal klang es wie ein unterdrückter Schrei der Verzweiflung.

»Das ist keine Einbildung«, murmelte Ned und beschloss, der Sache auf den Grund zu gehen. Stöhnend rappelte er sich auf und humpelte zum Ufer. Der silberne Mondschein warf einen Lichtstreifen auf die Wasseroberfläche, und in den dunklen Schatten unter den überhängenden Bäumen nahe der Stelle, wo der Bach in den Fluss mündete, schien sich etwas zu bewegen. Obwohl Ned nur eine verschwommene Silhouette ausmachen konnte, spähte er weiter angestrengt dorthin. Jetzt war er sicher, das verzweifelte Schluchzen einer Frau gehört zu haben, vermutlich einer Aborigine. Dann vernahm er ein Geräusch, kein Platschen, sondern eher eine Bewegung auf dem Wasser. Während er in die Dunkelheit starrte, überkam ihn die Gewissheit, dass irgendetwas vom Ufer ins Wasser gestoßen worden war, etwas Unförmiges, nicht besonders groß, aber für ein Boot eindeutig zu klein.

Gespannt beobachtete Ned den Gegenstand, der sich dem Lichtstreifen des Mondes auf der Wasseroberfläche näherte. Als er ins Licht eintauchte, erkannte Ned, dass es sich um eine kleine Badewanne handelte, über die ein Tuch in hellen Farben drapiert war, dessen Zipfel ins Wasser hingen. Ned verstand überhaupt nichts mehr. Es war mehr als unwahrscheinlich, dass ein Ureinwohner eine Kinderwanne besaß.

Während Ned beobachtete, wie die kleine Wanne auf dem Wasser trieb, rätselte er, was er davon halten sollte. Im nächsten Moment blieb ihm vor Entsetzen der Mund offen stehen, weil er ein Baby weinen hörte. Wieder blickte er zu der Stelle, wo er die Silhouette unter den Bäumen erspäht hatte, doch wer immer es gewesen sein mochte, die Person hatte sich mittlerweile aus dem Staub gemacht. Ned kam der Gedanke, dass das Baby in der Wanne absichtlich ausgesetzt worden war – aber aus welchem Grund? Das war doch verrückt!

Ned handelte instinktiv. Ohne die Schmerzen im Fuß zu beachten, humpelte er zur *Marylou,* wo er an Bord kletterte und nach Joe rief. Als Joe und Mary kurz darauf erschienen, sahen sie Ned weit über die Reling gebeugt.

»Holt eine Laterne«, rief Ned. »Da treibt irgendwas im Fluss. Es sieht aus wie eine Wanne ... und ich glaube, ein Baby liegt darin.«

Joe und Mary, mit einem Schlag hellwach, wechselten einen bestürzten Blick.

»Beeilt euch!«, rief Ned.

Er klang so verzweifelt, dass Joe rasch eine Laterne anzündete und sich neben ihn stellte. Auch Mary spähte in die Dunkelheit. Zunächst konnte Ned die kleine Wanne nicht mehr entdecken, da sie aus dem Lichtkegel des Mondes verschwunden war, sodass er sich ängstlich fragte, ob sie bereits gekentert war.

»Wie kommt denn eine Wanne mit einem Baby in den Fluss, Ned?« Mary fragte sich insgeheim, ob Ned geträumt hatte.

»Ich dachte, ich hätte eine Frau gehört ...«

»Eine Frau?«, rief Mary erschrocken.

»Es war zwar zu dunkel, um sie zu erkennen, aber es hörte sich an, als hätte sie Schmerzen oder wäre verzweifelt. Als Nächstes habe ich ein Geräusch im Wasser gehört, als würde ein Boot vom Ufer aus hineingeschoben ... aber es war kein Boot, sondern eine kleine Wanne. Mir war das Ganze unerklärlich, bis ich ein Baby hab weinen hören ...« Ned wurde bewusst, dass seine Worte sich ziemlich verrückt anhörten,

34

und er fragte sich unwillkürlich, ob er sich das Weinen des Babys tatsächlich nur eingebildet hatte. Es schien unfassbar, dass jemand ein Baby im Fluss ausgesetzt hatte.

»Bist du sicher, dass es kein Tier war, Ned?«

»Ich weiß, wie ein Tier klingt«, gab Ned ein wenig eingeschnappt zurück. Er wusste, wie fantastisch seine Geschichte sich anhörte, doch ihm missfiel die Vorstellung, dass Joe und Mary ihn für übergeschnappt halten könnten.

Joe und seine Ehefrau wechselten stumme Blicke. Sie wussten nicht, ob sie Ned glauben sollten. Mit einem Mal wurde die Stille vom erstickten Schrei eines Babys unterbrochen. Sofort wandten die drei sich um und spähten wieder aufs Wasser.

»O Gott«, stieß Mary hervor, die Hand vor den Mund geschlagen. »Da draußen ist tatsächlich ein Baby.«

Joe hielt die Laterne hoch, die einen schwachen, aber großen Lichtkreis auf das Wasser warf. Fassungslos beobachteten die drei, wie die Wanne mit dem Baby geräuschlos am Schiff vorüberglitt, von der Strömung getrieben. Ein Gefühl der Hilflosigkeit überkam sie, denn die Entfernung war zu groß, um die Wanne mit einer Stange einzuholen.

Als das Baby erneut jammerte, geriet Mary in Panik. »Wir müssen etwas tun!«, wandte sie sich an Joe. »Das arme Kind ertrinkt, wenn die Wanne kentert!«

Bevor Mary und Joe wussten, was Ned vorhatte, streifte dieser bereits seine Jacke ab und sprang unbeholfen über die Reling.

Instinktiv wollte Joe ihn zurückhalten, doch Ned tauchte bereits in die trüben Tiefen des Flusses ein und verschwand unter der Wasseroberfläche.

Marys Blick schweifte übers Deck. »Er hat seine Stiefel noch an, Joe«, rief sie. »Er wird ertrinken!«

Erneut hielt Joe die Laterne hoch, und gebannt verfolgten er und Mary, wie Ned wieder auftauchte und zur Mitte des

Flusses schwamm, der kleinen Wanne hinterher, die von der Dunkelheit rasch verschluckt wurde.

Joe rief laut nach Ned, doch alles, was er und Mary hören konnten, war das Platschen von Neds Armen und Beinen, während er der Wanne hinterherschwamm.

Mehrere qualvolle Sekunden später rief Ned: »Ich ... hab sie.« Seine Stimme klang schwach, da er sich bereits ein gutes Stück von der *Marylou* entfernt hatte.

»Gegen die Strömung kann er den Weg zurück unmöglich schaffen«, sagte Joe zu Mary. »Nicht mit den Stiefeln an den Füßen.«

»Dann werden er und das Baby ertrinken«, stieß Mary verzweifelt hervor. »Was können wir tun, Joe?« Mary konnte es nicht fassen, dass ihre erste Nacht an Bord so schrecklich verlief. Es war ein Albtraum.

»Ich hole ein Seil«, entschied Joe und stieg hastig in seine Stiefel.

Mit dem Seil und der Laterne sprang er von Bord und rannte am Fluss entlang, wobei er Ned zurief, er solle zum nächsten Ufer schwimmen. Joe wusste, dass Neds Kleidung und seine Stiefel ihn unter Wasser ziehen würden, und er gab ihm und dem Baby nur geringe Überlebenschancen.

In der Finsternis konnte Joe lediglich Neds Kopf und die dahintreibende Wanne erkennen. Er sah, dass Ned versuchte, zu einem umgestürzten Baum am Ufer zu gelangen, der seine Äste wie rettende Hände zu ihm ausstreckte. Doch er kam nur langsam voran, sein Kopf tauchte mehr als einmal unter Wasser.

Irgendwie schaffte es Ned, die dünne Spitze des nächsten Astes zu erreichen. Er schnellte zurück, als er danach griff. Joe watete ins seichte Wasser und warf das Seil aus, doch die Strömung riss es fort, bevor Ned es packen konnte. Als Joe das Seil eingeholt hatte, rollte er es schnell auf und band ein Ende um den Stamm des umgestürzten Baumes. Das Seil in der Hand, watete er dann bis zur Taille ins Wasser und warf das aufgerollte Ende noch einmal zu Ned hinaus. Wie durch ein Wunder landete es neben ihm. Doch in der Dunkelheit konnte Joe nicht erkennen, ob Ned danach griff.

Mary erschien, eine Decke in den Armen. Sie blieb am Ufer neben der Laterne stehen, die Joe dort abgestellt hatte, und beobachtete entsetzt, wie die Wanne zu kippen drohte. »Zieh ihn raus, Joe«, rief sie voller Angst, Ned und das Baby könnten in dem dunklen, trüben Wasser des Flusses versinken.

Als Joe Neds Gewicht am Seil spürte, zog er aus Leibeskräften daran. Die Wanne kam ein kleines Stück näher, doch von Ned war keine Spur zu sehen. Plötzlich bemerkte Joe Neds Hand, die aus dem Wasser ragte und mit der er sich seitlich an der Wanne festhielt. Joe sollte es ewig ein Rätsel bleiben, dass Ned die Wanne nicht zum Kentern gebracht hatte. Er watete weiter hinaus, bis das Wasser ihm unter die Achselhöhlen reichte, während er sich an den Ästen des umgestürzten Baumes und am Seil festklammerte. Schließlich erspähte er Ned, und es gelang Joe, ihn an der Schulter zu packen.

Marys Herz klopfte wild. Tränen der Erleichterung liefen ihr über die Wangen, als Joe Ned und die kleine Wanne ans sichere Ufer zog.

Dort wickelte Mary als Erstes Ned in die Decke und hob dann die kleine Wanne mit dem Baby darin hoch. Joe half Ned auf die Beine, indem er ihn mit der Schulter stützte. Obwohl Ned geschwächt war und viel Flusswasser geschluckt hatte, gelang es Joe, ihn wieder auf die *Marylou* zu befördern. Nachdem alle an Bord waren, nahm Mary das Baby aus der Wanne, hielt es ins Licht der Lampe und wickelte behutsam das Tuch auseinander, in das es gehüllt war. Eigentlich hatten sie damit gerechnet, einen kleinen Ureinwohner zu Gesicht zu bekommen, sodass sie fassungslos das weiß-

häutige Baby anstarrten. Ein winziges Mädchen, erst wenige Stunden alt. Die Nabelschnur war unbeholfen mit einem
Stück Faden abgebunden worden, und es war noch blutig
von der Geburt.

»Armes Würmchen«, sagte Mary mit Tränen in den Augen, als das winzige Kinn des Babys plötzlich zu zittern an-
fing. Rasch wickelte Mary es wieder ins Tuch und hielt es
schützend an die Brust, um ihm Wärme zu spenden. »Was ist
das für eine Mutter, die ihr Neugeborenes in einem Fluss aussetzt!«

»Ich werde mal schauen, ob ich die Frau finden kann«, sagte Joe und zündete eine weitere Laterne an. »Vielleicht steckt
sie in Schwierigkeiten.« Er vermutete, dass sie womöglich in
eine der heiligen Zeremonien der Ureinwohner verwickelt
war.

»Alles in Ordnung, Ned?«, fragte Mary, nachdem Joe sich
auf den Weg gemacht hatte. »Was hast du dir eigentlich dabei
gedacht, mitsamt den Stiefeln ins Wasser zu springen? Es ist
ein Wunder, dass ihr nicht ertrunken seid, du und das Kleine.«

»Ich musste die Gelegenheit beim Schopf packen, Mary.
Hätte ich nichts unternommen, wäre dieses süße kleine Mädchen bestimmt ertrunken oder tagelang auf dem Fluss getrieben und jämmerlich verdurstet.«

»Du hast Recht. Sie verdankt dir ihr Leben. Aber wir müssen unbedingt Milch für sie auftreiben. Ich weiß nicht, ob
dein Verhalten tapfer oder dumm war, aber du musst einen
Schutzengel gehabt haben, sonst hättest du es nie zurück ans
Ufer geschafft.«

»Ob ich einen Schutzengel hatte, kann ich nicht sagen,
aber ohne Joe hätte ich es bestimmt nie geschafft.«

Plötzlich sah Mary, dass wässriges Blut aus einem von
Neds Stiefeln sickerte. »Du hast dich verletzt!«

Ned folgte ihrem Blick und wurde blass. »Nein ... das

ist nichts. Ich hab ein bisschen Wasser geschluckt, aber das bringt mich nicht um.« Er zog seinen Stiefel zurück, um ihn zu verbergen.

»Zieh den Stiefel aus, Ned. Ich möchte sehen, woher das Blut kommt.«

»Es ist nichts, Mary, ehrlich. Wahrscheinlich nur ein Kratzer am Bein.«

Nicht zum ersten Mal spürte Mary, dass Ned irgendetwas verheimlichte. »Für einen Kratzer blutet es zu stark. Zieh jetzt den Stiefel aus, Ned«, wiederholte sie in einem Ton, der keinen Widerspruch duldete.

Ned gab sich geschlagen, zumal er keine Kraft mehr hatte, sich zu widersetzen. Da die Schmerzen in seinem Fuß schlimmer waren als zuvor, hatte er im Grunde ohnehin keine andere Wahl, als den Stiefel auszuziehen. Das würde ihn zwar seinen Job kosten, aber es musste sein.

Als Ned langsam den Stiefel abstreifte, stöhnte er laut vor Schmerz. Es fühlte sich an, als würde ihm das Fleisch von den Knochen gezogen. Es war eine Wohltat, als er den Stiefel endlich vom Fuß hatte und der unerträgliche Druck nachließ, doch gleich darauf erschrak er beim Anblick seiner Socke. Sie war mit Blut getränkt. Als er die Socke vorsichtig von seinem Fuß abschälte, erschrak Mary heftig.

»Oh, Ned ...« Auf dem Fußrücken war eine tiefe, klaffende Wunde. »Du lieber Himmel, wie ist denn das passiert?« Es war offensichtlich, dass Ned sich die Verletzung nicht im Wasser zugezogen haben konnte.

»Der Axtstiel ist abgebrochen, und die Klinge schlug mir in den Stiefel. Ich kann von Glück sagen, dass sie keinen Knochen erwischt hat.«

»Vor allem kannst du von Glück sagen, dass du noch alle Zehen hast. Wann ist das passiert?«

»An dem Morgen, als ich zu dir und Joe kommen sollte. Ein Mann, mit dem ich zusammengearbeitet habe, hat mir dieses Paar alte Stiefel geschenkt. Es hat eine Ewigkeit gedauert, bis ich den Fuß drinhatte. Darum bin ich zu spät zum vereinbarten Treffpunkt gekommen.«

Jetzt verstand Mary, weshalb Ned die Stiefel nicht einmal zum Schlafen ausgezogen hatte. »Du musst dich ja furchtbar gequält haben«, sagte Mary leise.

Ned begnügte sich mit einem kurzen Nicken.

»Warum hast du nichts gesagt?«

»Ich hatte großes Glück, dass ich diese Arbeit hier bekommen habe. In meinem Alter findet man nicht so schnell eine Anstellung.«

»Du kannst in den nächsten Tagen keinen Stiefel tragen, Ned. Sonst könnte sich die Wunde am Fuß entzünden und Wundbrand entstehen.«

In Neds Gesicht breitete sich Enttäuschung aus. »Aber ich kann ohne Stiefel nicht arbeiten, Mary.«

»Du wirst auch nicht arbeiten, Ned, sondern zusehen, dass du wieder gesund wirst.« Mary blickte in seine blauen Augen und wusste, was er gerade dachte. »Wenn es darauf ankommt, ist auf Joe Verlass, Ned.«

Bevor Ned etwas entgegnen konnte, tauchte Joe auf.

»Ich hab zwar niemanden gefunden, aber im nassen Sand am Ufer waren Schuhabdrücke, ganz in der Nähe der kleinen Bucht. Für einen Mann waren sie zu klein, und da die Ureinwohner keine Schuhe tragen, liegt der Verdacht nahe, dass sie von einer weißen Frau stammen.« Joe machte ein betretenes Gesicht. »Da waren auch frische Spuren von einer Geburt ...« Plötzlich fiel sein Blick auf Neds Fuß. »Du lieber Himmel. Das sieht ja schlimm aus, Ned.«

Als Ned keine Antwort gab, berichtete Mary ihrem Mann, was geschehen war. »Der Griff von seiner Axt ist abgebrochen, und die Klinge ist durch den Stiefel in seinen Fuß gedrungen«, erklärte sie. »In den nächsten Tagen kann er keinen Stiefel tragen.«

»Ja. Du musst schlimme Schmerzen haben, Ned, und ich kann dir nicht mal einen Schluck Whisky anbieten.«

Ned war sprachlos. Offenbar verschwendete Joe keinen Gedanken daran, dass er, Ned, jetzt als Arbeitskraft ausfiel.

Jetzt begriff Joe, weshalb Ned die ganze Zeit gehumpelt hatte. Und nun erkannte er auch, dass Ned die Verletzung verschwiegen hatte aus Angst, seine Arbeit zu verlieren. »Mary kann dir den Fuß verbinden, Ned«, sagte er.

»Das Holzhacken schaffe ich schon noch«, meinte Ned und klammerte sich an einen Hoffnungsschimmer.

»Nichts da. Das Holzhacken übernehme ich.«

Ned ließ den Kopf hängen.

»Du bleibst an Bord, Ned. Wie wär's, wenn du den Kessel anfeuerst? Dafür brauchst du keine Stiefel an den Füßen«, sagte Joe, denn er wusste, dass Ned nicht untätig herumsitzen konnte.

Neds Gesicht hellte sich auf, als wäre ihm eine Zentnerlast vom Herzen gefallen.

»Wir brauchen uns nicht zu beeilen, um das Holz aufzuladen«, fuhr Joe fort. »Außerdem müssen wir ohnehin einen Zwischenstopp in Echuca oder Moama einlegen, um das Baby den Behörden zu übergeben.« Er sah zu dem kleinen Mädchen, das Mary mit einem für sein Alter ungewöhnlich aufmerksamen Blick betrachtete.

»Wie konnte ihre Mutter sie verstoßen?« Mary schüttelte den Kopf, während sie dem Baby in die Augen sah. »Kinder sind etwas Heiliges … ein Segen …« Jahrelang hatte sie gebetet, dass ihr Wunsch nach einem Kind sich erfüllen möge; umso weniger konnte sie begreifen, dass jemand sein eigenes, hilfloses Töchterchen verstieß.

»Eine Fügung des Schicksals hat dieses kleine Mädchen zu uns geführt«, sagte Joe mit Ehrfurcht in der Stimme.

»Die Wege des Herrn sind unergründlich«, sagte Ned in sanftem Ton. Er hatte das Gefühl, von einer gütigen Macht hierher geführt worden zu sein, zumal es ein unglaublicher Glücksfall war, zwei so großherzigen Menschen wie Mary und Joe begegnet zu sein.

»Du hast Recht, Ned«, entgegnete Mary. »Die Mutter hat ihr Kind ausgesetzt und einer ungewissen Zukunft überlassen. Hättest du nicht darauf bestanden, am Ufer zu schlafen, hätten wir gar nicht mitbekommen, dass die Kleine in einer Wanne auf dem Fluss treibt.«

»Und wärst du nicht ins Wasser gesprungen, um sie zu retten, und zwar im richtigen Moment, wäre sie jetzt fort«, fügte Joe hinzu. Er schaute auf das Kind und wusste, dass es mit großer Sicherheit ertrunken wäre. Dank einer Verkettung unglaublicher Zufälle – darunter auch der, dass sie ausgerechnet bei Boora Boora angelegt hatten –, hatte das kleine Mädchen überlebt.

»Ich habe immer schon geglaubt, dass wir nicht alleine für unser Schicksal verantwortlich sind«, sagte Ned und richtete den Blick auf Mary. »Und nun glaube ich, dass dieses kleine Mädchen für euch bestimmt ist.«

Mary schaute Ned an. Seine Worte hatten ihr die Sprache verschlagen.

»Willst du damit sagen, wir sollten sie gar nicht den Behörden übergeben, Ned?«, fragte Joe. Das hatte er noch gar nicht in Erwägung gezogen. Liebend gern hätte er das Kind behalten, doch er wusste, dass es ungesetzlich wäre, die Behörden zu übergehen.

Ned schwieg. Er musste an seine eigene Kindheit denken, und ein solches Schicksal wollte er dem Baby ersparen – jedem Kind. »Wenn ihr sie abgebt, setzt ihr sie einem Leben aus, das viel schlimmer sein könnte, als wäre sie weiter auf dem Fluss getrieben.«

Ungläubig starrten Mary und Joe Ned an. Obwohl sie schwere Zeiten durchgestanden hatten und das Geld oft knapp gewesen war, hatten beide eine wundervolle Kindheit genossen, wohl behütet im Schoße der Familie. Aber nicht jeder hatte ein solches Glück. Und Neds Tonfall ließ sie erkennen, dass er aus eigener bitterer Erfahrung sprach.

Mary fühlte sich instinktiv für das winzige Wesen verantwortlich, doch im nächsten Moment kam ihr ein schrecklicher Gedanke. »Vielleicht überlegt ihre Mutter es sich plötzlich anders und möchte sie zurückhaben«, sagte sie. Ihr war der Gedanke unerträglich, dass man ihr das kleine Mädchen wieder wegnehmen könnte, nachdem sie es jetzt schon fest ins Herz geschlossen hatte.

»Bis zur Mündung des Murray ins Meer sind es noch mehr als tausend Meilen«, sagte Ned. »Hätte die Strömung das Kleine so weit fortgetrieben, ohne dass die Wanne gekentert wäre, dann wäre es verhungert, und sein Leichnam wäre aufs offene Meer getrieben. Ich habe den Eindruck, als wollte seine Mutter es loswerden und vermeiden, dass jemand es findet und lästige Fragen stellt.«

Vor Entsetzen traten Marys Augen hervor, und sie drückte das Baby fest an sich.

Ned stieß einen Seufzer aus. Im Grunde wollte er von der Mutter nichts Schlechtes denken – aber wie hätte man ihr verzeihen können nach dem, was sie getan hatte? »Ich kenne zwar nicht die genauen Umstände, aber eine Frau, die alleine ein Baby zur Welt bringt, an einem einsamen Flussufer, und das Kind dann in eine Wanne legt und im Wasser aussetzt, hat gehofft, dass das Baby entweder im Fluss entdeckt wird oder dass es aufs offene Meer hinaustreibt. Wie auch immer, jedenfalls rechnet sie bestimmt nicht damit, das Kleine zurückzubekommen.« Dabei musste Ned an seine eigene Mutter denken, die ihn wie ein lästiges Katzenjunges fortgejagt hatte, ohne einen weiteren Gedanken an ihn zu verschwenden.

Mary blickte Joe an. »Sollen wir es wagen und sie behalten?«

Joe sah den Ausdruck der Hoffnung in den Augen seiner

Frau. Er wusste, dass Mary ohne ein Kind nie vollkommen glücklich gewesen war. »Wir könnten bei den Behörden anfragen, ob wir sie adoptieren können«, sagte er.

»Das ist nicht so einfach, wie ihr glaubt«, wandte Ned ein. »Und in der Zwischenzeit wird die Kleine in ein Waisenhaus gesteckt und muss auf eure Zuneigung verzichten.« Erneut sprach Ned aus eigener Erfahrung. In diesen schweren Zeiten wollten nur sehr wenige Paare ein Kind adoptieren. Deshalb hatten diejenigen, die vermögend waren und es sich leisten konnten, eine riesige Auswahl.

»Aber was erzählen wir den Leuten, wenn wir die Kleine behalten?«, wollte Mary wissen.

Joe, der noch gar nicht fassen konnte, dass er ernsthaft über die Möglichkeit nachdachte, das Baby zu behalten, blickte Ned an, der auf alles eine Antwort zu haben schien.

»Was meinst du, Ned?«

»Ihr seid neu in dieser Gegend, nicht wahr?«, fragte Ned.

Joe und Mary nickten.

»Dann wissen nur wir drei, dass die Kleine nicht euer leibliches Kind ist.« Ned blickte Mary an. »Und was die Leute betrifft – du hast das Mädchen heute Nacht zur Welt gebracht.«

»Aber was ist mit Ezra Pickering? Er hat gesehen, dass ich nicht schwanger bin. Ebenso Silas und Brontë Hepburn.«

»Du hast doch im Hotel am Tisch gesessen, als die Hepburns sich vorgestellt haben«, erwiderte Joe. »Die haben bestimmt nicht darauf geachtet, ob du schwanger bist. Und bei der Begegnung mit Ezra hattest du einen weiten Mantel an.«

Die Blicke Marys und Joes richteten sich wieder auf das kleine Mädchen. Es war so winzig, so hilflos, und brauchte dringend die Liebe eines Menschen. Marys Mutterinstinkt war nun vollends erwacht. Als Joe den zärtlichen Ausdruck in den Augen seiner Frau sah, wusste er, dass sie das Baby fest ins Herz geschlossen hatte.

Den Blick auf das kleine Mädchen gesenkt, flüsterte Mary: »Man hat dich zwar nach deiner Geburt verstoßen, aber Joe und ich werden dich von ganzem Herzen lieben, solange wir leben.«

»Wie wollt ihr sie nennen?«, fragte Ned lächelnd, froh, dass diesem winzigen Wesen eine Kindheit ohne Liebe erspart blieb, wie er sie durchlitten hatte.

Mary hob den Blick. »Sie verdient einen besonderen Namen, insbesondere nach dem, was sie schon in den ersten Stunden ihres Lebens durchgemacht hat.« Sie lächelte. »Mir hat ›Francesca‹ schon immer gefallen. Ein schöner Name für ein schönes kleines Mädchen.«

Als wüsste es, dass alles in Ordnung ist, streckte das Baby in diesem Moment die Beinchen, sodass eines unter dem Tuch hervorrutschte. Mary bemerkte ein Muttermal an seinem Oberschenkel.

»Schaut euch das mal an«, sagte sie. »Sie hat ein Muttermal.« Sie strich mit dem Finger darüber. »Es sieht wie ein winziger Stern aus.« Sie sah zu Joe und Ned, und ihr Lächeln wurde strahlender. »Ich wusste gleich, dass sie etwas Besonderes ist.« Sie berührte die winzige Nase des Babys und fuhr fort: »Francesca ... Starr ... Callaghan. Wie hört sich das an?«

Ned und Joe lächelten.

»Sehr schön«, meinte Ned.

»Der richtige Name für eine Prinzessin«, sagte Joe. »Unsere kleine Prinzessin.«

1

Echuca, 1883

Als Francesca Callaghan aus dem Zug stieg, der aus Melbourne kam, vernahm sie mit Erstaunen den Lärmpegel im Hafen. Das Schwappen des Wassers, das durch die rotierende Bewegung der Schaufelräder entstand, und gellende Pfiffe bildeten die Hintergrundkulisse zu den Rufen der Männer, die auf dem Pier arbeiteten. Einen Moment lang fühlte Francesca sich von dem geschäftigen Treiben geradezu überwältigt ... bis ein abscheulicher Geruch zu ihr drang, sodass sie sich ihr nach Rosen duftendes Taschentuch vor die Nase hielt.

Die Hafenarbeiter verluden Wollballen, Talg, Tee, Kaffee, Kleie, Zucker und Rosinen. Zur Fracht gehörten aber auch Hunderte kahl geschorene Schafe. Ihre blutigen Schnittwunden sonderten Verwesungsgeruch ab und lockten Millionen Fliegen an. Zu allem Unglück wurde am Ende des Piers auf dem Ufer eine Kleinviehauktion veranstaltet, bei der Schafe, Ziegen, Ferkel und Hühner versteigert wurden. Beim Bieten herrschte ein rauer Ton, und der Gestank der Tiere wurde von der frischen Brise herübergetragen. Ein Glück, dass es an diesem Tag nicht so heiß war.

Bevor Francesca sich ein umfassendes Bild von ihrer Umgebung machen konnte, wurde sie plötzlich von Arbeitern zur Seite gedrängt, die sich anschickten, die Güterwagons am Zugende zu entladen, wobei sie die Passagiere zur Eile antrieben, um mit der Arbeit anfangen zu können. Da Francesca seit vielen Jahren an das Leben in der Stadt gewöhnt war – sie war in Melbourne zu Hause –, wirkten das Durcheinan-

47

der und das raue, mitunter primitive Leben auf dem Land wie ein Schock auf sie. Doch Francesca genügte ein kurzer Blick auf den Fluss, der friedlich inmitten des Tumults dahinströmte, um zu wissen, dass es richtig gewesen war, ihre Stelle in Kennedy's Eisenwarenladen aufzugeben.

Francesca war am Fluss nahe Echuca geboren, ein Ort, den sie trotz ihrer langen Abwesenheit als ihr wahres Zuhause betrachtete. Dennoch kam sie sich wie eine Fremde vor, als sie nun zum Pier ging, ihren kleinen Koffer umklammernd. Zugleich brannte sie innerlich vor Vorfreude. Sie war ganz aufgeregt, wieder daheim zu sein – aber auch ein wenig besorgt, wie ihr Vater reagieren würde, wenn er erfuhr, dass sie ihre Stelle bei den Kennedys aufgegeben hatte, ohne ihm Bescheid zu sagen. In ihren Briefen hatte sie ihm immer wieder geschrieben, wie unglücklich sie sei und dass die Kennedys sie zwar für die Buchführung eingestellt hätten, sie letzten Endes aber als Haus- und Kindermädchen für die schwangere Mrs Kennedy eingesetzt werde, zumal diese seit beinahe achtzehn Jahren ein Kind nach dem anderen zur Welt brachte – mittlerweile insgesamt dreizehn an der Zahl, darunter fünf Kleinkinder. Francesca war gar nicht dazu gekommen, sich um ihre geliebte Buchführung zu kümmern, da sie ständig damit beschäftigt war, die Kleinen zu füttern, zu wickeln und ihnen die winzigen Rotznasen abzuwischen. Nachdem ihr Vater auf ihren letzten Brief nicht geantwortet hatte und Frank Kennedy ihr vorwarf, sie würde die Buchführung vernachlässigen, hatte Francesca nach dem letzten Strohhalm gegriffen. Sie hatte ihren Koffer gepackt und mit dem Zug die Heimreise angetreten.

Im Alter von gerade siebzehn hatte Francesca ihre Schulausbildung im Mädcheninternat Pembroke in Malvern, einem Vorort von Melbourne, abgeschlossen und anschließend die Stelle als Buchhalterin bei den Kennedys angenommen. Die Kennedys hatten zur selben Zeit auf den Goldfeldern gearbeitet wie Joe und Mary. Auch wenn wegen des erbitterten Konkurrenzkampfes und der Geheimniskrämerei auf den Goldfeldern selten Freundschaften entstanden, hatten Mary und Joe sich damals Frank und Ida Kennedys angenommen, zumal diese in ihrem jungen Alter völlig unerfahren gewesen waren. Auch nachdem Frank und Ida in Melbourne ein Geschäft übernommen hatten, war der Kontakt nicht abgerissen. Joe hatte in einem Brief an die beiden erwähnt, dass Francesca ihre Schulausbildung abgeschlossen habe und eine Anstellung suche, worauf Frank geantwortet hatte, sie bräuchten jemanden für die Buchführung, sodass Francesca versorgt schien.

Damals schien es die perfekte Lösung zu sein, zumal Joe das Gefühl hatte, seine Tochter ruhigen Gewissens den Kennedys anvertrauen zu können, die ihr überdies ein Mansardenzimmer in ihrem Haus zur Verfügung stellten. Damals hatte Joe sogar die Hoffnung gehegt, Ida würde eine Art Ersatzmutter für Francesca werden, mit der sie von Frau zu Frau über die Probleme sprechen konnte, die jedes Mädchen in der Pubertät hat, wenn die Gefühlswelt auf dem Kopf steht und sich zugleich der Körper verändert.

Während Francesca nun über den Pier schritt und Ausschau nach der *Marylou* hielt, war ihr gar nicht bewusst, dass sie die Aufmerksamkeit der Hafenarbeiter auf sich zog. In ihrem bezaubernden Kleid aus burgunderfarbenem Brokatstoff und mit ihrem Spitzenhäubchen stach ihr Anblick in der grauen Menschenmenge auf der schlammigen Hafenpromenade nur zu deutlich heraus.

Sie war in Gedanken bei ihrem Vater und ihrer ungewissen Zukunft, sodass sie zusammenfuhr, als ein Hafenarbeiter ihr laut zurief: »Wohin des Weges, hübsche Lady?« Im ersten Moment war Francesca gar nicht bewusst, dass der Mann zu ihr sprach. Vielmehr vermutete sie, dass seine Frage an eine der auffällig gekleideten Damen gerichtet war, die am Pier um »Kunden« warben. Erst als sie erkannte, dass der Hafenarbeiter ihr etwas zugerufen hatte, blieb sie stehen. Keinem

der Männer war entgangen, dass sie jung und ohne Begleitung war und ein wenig verloren wirkte, und so betrachteten
sie Francesca als willkommene Ablenkung von ihrer schweren Arbeit.

Mittlerweile ging Francesca mit dem Rücken zum Wind,
der die unangenehmen Ausdünstungen der kahlen Schafe
und des übrigen Viehs zu ihr getragen hatte, sodass sie ihr Taschentuch wieder in ihre Handtasche steckte und zu dem Hafenarbeiter blickte. »Haben Sie mich gemeint, Sir?«

»Na klar«, entgegnete der Mann. Erfreut, dass ein solch reizendes Wesen ihm Antwort gab, grinste er sie mit abstoßend
rührseligem Gesichtsausdruck an. Francesca schauderte und
trat einen Schritt zurück. »Ich bezweifle, dass es Sie etwas
angeht, wohin ich unterwegs bin«, gab sie ziemlich schroff
zurück, und das Lächeln des Mannes verflog wie Dampf in
kalter Luft. »Deshalb schlage ich vor, Sie gehen wieder an
Ihre Arbeit.« Damit wandte sie sich ab und hielt weiter unter
den Schiffen, die am Pier festgemacht hatten, nach der *Marylou* Ausschau. Sie war sicher, dass der Kerl, der sie eben belästigt hatte, in seinem verletzten Stolz nun von ihr ablassen
würde. Die anderen Arbeiter wechselten mit hochgezogenen
Augenbrauen Blicke und brachen einer nach dem anderen in
Gelächter aus. Offenbar fühlte Francescas Peiniger sich zum
Narren gehalten und wollte seine Schmach nicht hinnehmen.
Kurz entschlossen folgte er ihr. Seine Kameraden – ungeachtet der Tatsache, dass bis zum Sonnenuntergang noch viel Arbeit auf sie wartete – beobachteten das Geschehen, neugierig,
wie Francesca reagieren würde.

Francesca schlenderte an Säcken, Kisten und Kästen voller
Waren und Handelsgütern vorüber. Sie war enttäuscht, kein
bekanntes Gesicht zu entdecken. Doch am Pier lagen weitaus mehr Schiffe als vier Jahre zuvor, als sie das letzte Mal
zu einer Stippvisite nach Hause gekommen war. Und nach
der Anzahl der Menschen zu schließen, die sich auf dem Pier

und der Uferpromenade befanden, schien die Stadt beträchtlich gewachsen zu sein, und die Geschäfte schienen zu florieren. Dieser Gedanke stimmte Francesca zuversichtlich, dass sie hier eine neue Stelle finden würde, die ihr zusprach.

Mit einem Mal wurde sie gewahr, dass sie verfolgt wurde. Abrupt blieb sie stehen und drehte sich zu dem hartnäckigen Hafenarbeiter um. »Verschwinden Sie«, fuhr sie ihn mit wachsendem Zorn an. »Haben Sie nichts Besseres zu tun, als mir auf die Nerven zu gehen?«

»Darf ich Ihren Koffer tragen?«, erbot sich der Mann mit gespieltem Charme, doch Francesca entging nicht das böse Funkeln in seinem schielenden Blick, und sie bebte innerlich vor Abscheu.

»Nein, dürfen Sie nicht. Und jetzt lassen Sie mich gefälligst in Ruhe«, fauchte sie ihn an. Sie versuchte, nicht in Panik zu geraten, was ihr schwer fiel, zumal sie in Pembroke äußerst behütet und meist von einer Anstandsdame begleitet worden war; zudem hatte sie bei den Kennedys auf jegliches Privatleben verzichten müssen. Noch nie war Francesca ihr Mangel an Lebenserfahrung derart bewusst geworden wie jetzt. Leider kam ihr Verfolger ihrer Aufforderung nicht nach, sodass Francesca ihn trotzig anstarrte. Sie war versucht, ihn darauf hinzuweisen, dass er dringend ein Bad benötigte; stattdessen konzentrierte sie sich darauf, die Fassung zurückzuerlangen. Ihr wurde klar, dass sie sich in Zukunft mit solchen Leuten auseinander setzen musste, wenn sie in Echuca leben wollte, was wiederum bedeutete, dass es klug wäre, an diesem Kerl ein Exempel zu statuieren, damit sie vor seinen Kumpanen Ruhe hätte. Aber was sollte sie tun?

Während Francesca über ihre Situation nachdachte, setzte sie ihren Weg auf dem Pier fort. Sie bemerkte, dass der Wasserpegel des Flusses ungefähr drei Meter unter ihnen lag – nicht sonderlich tief, aber tief genug. Ihr kam eine Idee. Mit einem raschen Blick stellte sie fest, dass die anderen Hafenarbeiter inzwischen das Interesse an ihr verloren hatten und sich wieder ihrer Arbeit widmeten.

Kurz vor dem Ende des Piers blieb Francesca erneut stehen und betupfte sich mit ihrem Taschentuch die Augen, als wäre sie völlig aufgelöst. Zufrieden bemerkte sie, dass ihr aufdringlicher Verehrer mit Bestürzung reagierte. Als Nächstes ließ sie absichtlich ihr Taschentuch fallen, das dicht vor den Füßen ihres Verfolgers landete. Der Mann starrte darauf, während Francesca ihn mit flehenden Blicken bedachte. Obwohl er sie eigentlich hatte aufziehen wollen, betrachtete er das Taschentuch nun als Wink des Schicksals, als günstige Gelegenheit, sich ihr als Held zu beweisen. Also bückte er sich, um es aufzuheben. Kaum hatte er nach dem Taschentuch gegriffen, hörte er Francescas schnelle Schritte. Bevor der Mann reagieren konnte, gab sie ihm einen Schubs, sodass er vom Pier in den Fluss stürzte.

Als Francesca das Aufspritzen des Wassers vernahm, kam ihr plötzlich ein erschreckender Gedanke. Was, wenn er nicht schwimmen konnte? Angestrengt spähte sie ins Wasser. Als sie ihren einstigen Verfolger nicht entdecken konnte, befiel sie Panik. Sie blickte zu einem Mann auf einem Dampfschiff ganz in der Nähe, der mit erschrockenem Gesicht auf die Wasseroberfläche starrte.

»Stehen Sie nicht herum, retten Sie ihn!«, rief sie hinüber.

Belustigt sah er auf. »*Sie* haben den armen Kerl ins Wasser geschubst«, erwiderte er gelassen. »Warum sollte ich da in den Fluss springen, um ihn rauszuholen?«

Francesca verschlug es vor Schreck den Atem. »Aber … aber wenn er ertrinkt?« Sie musste an ihre Mutter denken und wurde von Gewissensbissen geplagt. Ratlos und verwirrt stand sie am Kai und wusste nicht, was sie tun sollte, während die Sekunden, die verstrichen, ihr endlos erschienen.

Dem Mann auf dem Schiff schien das alles gleichgültig zu sein. »Daran hätten Sie vorher denken müssen.«

»Aber ... aber ich wollte doch nicht ...«

Mit einem Achselzucken wandte der Mann sich wieder der Arbeit zu, als wäre bloß ein Stück Holz ins Wasser gefallen.

Seine Gleichgültigkeit erfüllte Francesca mit Entsetzen. Sie schaute sich um, ob jemand anderes in der Nähe war, der ihr helfen konnte, wobei sie ernsthaft die Möglichkeit in Betracht zog, selbst in den Fluss zu springen. Plötzlich hörte sie ein Gurgeln, und gleich darauf tauchte der Kopf des Hafenarbeiters aus dem Wasser empor. Francesca stieß einen Seufzer der Erleichterung aus, da es nicht so aussah, als wäre der Mann in Not, auch wenn er schnaufte und keuchte und wütend Wasser spuckte. Während Francesca zu ihm hinunterschaute, starrte er zu ihr hoch. Erst jetzt dämmerte ihr, dass der Mann auf dem Schiff gewusst haben musste, dass dieser Arbeiter schwimmen konnte. Bestimmt wussten es *alle* hier. Vor Wut wurden Francescas Augen schmal.

»Warum, zum Teufel, haben Sie das getan?«, brüllte der Arbeiter wütend zu ihr hinauf.

»Ich hatte Ihnen klipp und klar gesagt, Sie sollen mich in Ruhe lassen. Außerdem hatten Sie ein Bad dringend nötig«, rief sie zu ihm hinunter. »In Zukunft sollten Sie vorher nachdenken, ehe Sie mir wieder Ihre unerwünschten Aufmerksamkeiten aufzwingen.« Sie hob den Blick zu dem Mann auf dem nahen Dampfschiff und richtete anklagend den Zeigefinger auf ihn. »Und was Sie betrifft ...« Doch der Mann unterbrach sie, indem er herzhaft lachte, genau wie ein paar andere, die das Geschehen verfolgt hatten.

Trotz ihrer Verlegenheit hatte Francesca das Gefühl, gesiegt zu haben. Noch vor wenigen Minuten hatte sie Panik und Hilflosigkeit verspürt und trotzdem einen Weg gefunden, sich eines unliebsamen Quälgeists zu entledigen; deshalb war sie der Meinung, es sich verdient zu haben, stolz auf sich zu sein. Doch der Mann auf dem Schiff machte ihr die Genugtuung zunichte, und sie ärgerte sich über ihn.

53

Sie starrte ihn an, wobei der Kerl die Frechheit besaß, sie anzugrinsen. Er war eine attraktive Erscheinung, obwohl er einen leicht überheblichen Eindruck machte. Vielleicht lag es an der Art, wie er den Kopf schräg legte, oder an der großen Selbstsicherheit, mit der er sich bewegte.

»Können Sie mir sagen, wo die *Marylou* ankert?«, rief sie zu ihm hinüber, während sie sich über sich selbst ärgerte, weil sie sein ansteckendes Lächeln nicht unerwidert lassen konnte.

»Wer will das wissen?«, fragte er zurück, wobei er geschickt ein Seil aufrollte. Francesca fiel auf, dass er in sehr guter Kondition zu sein schien, im Gegensatz zu anderen Hafenarbeitern, die den Eindruck machten, als wären sie die meiste Zeit ihres Lebens betrunken. Sein Haar war sehr dunkel, und in dem gebräunten Gesicht blitzten weiße Zähne. Francesca fragte sich, ob er vielleicht spanischer oder griechischer Abstammung war, aber er sprach ohne erkennbaren Akzent. Sein Schiff hieß *Ophelia*.

»Wissen Sie es nun, oder wissen Sie's nicht?«, entgegnete Francesca, da sie unschlüssig war, ob sie dem Fremden ihren Namen nennen sollte.

»Kann schon sein, dass ich es weiß, aber Joe Callaghan hätte bestimmt etwas dagegen, wenn ich jedem x-Beliebigen erzähle, wo er sich gerade aufhält.«

Francesca war erleichtert, dass er ihren Vater offenbar kannte. Dennoch missfiel ihr seine Anspielung, dass sie von zweifelhaftem Ruf sein könnte. »Ich bin keine x-Beliebige«, gab sie erbost zurück, worauf er eine Augenbraue hob, als würde er ihr keinen Glauben schenken.

»Das kann ich aber nicht wissen, oder?«, erwiderte er.

Francescas Empörung nahm zu, bis sie plötzlich bemerkte, dass ein Mundwinkel des Mannes zuckte, und ihr klar wurde, dass er sie aufzog – und das, obwohl sie am Beispiel des Hafenarbeiters soeben bewiesen hatte, dass sie ein lästiges

54

Problem aus dem Weg schaffen konnte, wenn es sein musste. Doch sie spürte, dass es nicht klug wäre, sich mit dem Fremden anzulegen, zumal er nicht nur ungemein attraktiv, sondern auch sehr von sich eingenommen war. »Wenn Sie es unbedingt wissen müssen, ich bin Joe Callaghans Tochter.«

Für einen Augenblick wirkte der gut aussehende Fremde überrascht. Er sah, wie jung sie war, wie reizend, und er wünschte sich, sie zu küssen, obwohl sie ihn wahrscheinlich beißen würde, wenn er es darauf anlegte. »Haben Sie auch einen Vornamen, Miss Callaghan?«

Sie überlegte, ob sie ihm darauf antworten sollte, aber schließlich wollte sie zu ihrem Vater. »Francesca.«

»Francesca ...« Das Wort kam ihm weich über die Lippen. »Der Name passt zu Ihnen. Ich hatte keine Ahnung, dass Joe eine so hübsche Tochter hat. Hätte ich's gewusst, hätte ich ihm letztens in der Schänke wohl noch ein paar Rum mehr spendiert.« Seine Augen schienen in der Nachmittagssonne zu tanzen, und das Glitzern auf der grünen Wasseroberfläche spiegelte sich darin.

»Mein Vater ist zu klug, um sich von jemandem mit Rum beeindrucken zu lassen. Also, ist er hier in Echuca oder nicht? Am Pier kann ich die *Marylou* jedenfalls nicht entdecken.«

Der Fremde hob kurz den Blick zu ihr, bevor er den Kopf sinken ließ und lächelte. »Sein Schiff ankert unten am Fluss.« Er machte eine flüchtige, unbestimmte Geste in Richtung Ufer, die alles andere als hilfreich war.

»In einer halben Stunde lege ich in diese Richtung ab, falls Sie mitfahren möchten«, bot er an. Die Vorstellung, sie näher kennen zu lernen, reizte ihn ungemein, obwohl er entschlossen war, sich nicht wie ein ungestümer Jüngling aufzuführen. Er wusste aus Erfahrung, dass sie sich ihm eher öffnen würde, wenn er sie richtig behandelte ... und zwar bereitwillig.

Für einen Moment war Francesca sprachlos vor Erstau-

55

nen. Obwohl sie versucht war, sein Angebot anzunehmen und auf der *Ophelia* mitzufahren, erschien es ihr nicht angemessen. Außerdem hatte sie den Eindruck, dass seine Einladung nicht von Herzen kam. »Da ich Sie nicht kenne, kann ich Ihr Angebot nicht annehmen.«

»Mein Name ist Neal Mason. So, jetzt wissen Sie, wer ich bin, und ich weiß, wer Sie sind. Außerdem bin ich mit Ihrem Vater befreundet, was den Regeln des Anstands genügen dürfte.«

Für Francescas Begriffe war es lediglich Ausdruck seiner Überheblichkeit. »Ich habe nichts als Ihr Wort, dass Sie meinen Vater kennen.«

Seine grünen Augen wurden schmal. »Unterstellen Sie mir, dass ich ein Lügner bin, Miss Callaghan?«

Francesca befürchtete, ihn gekränkt zu haben, bis sie bemerkte, dass er ein Grinsen zu unterdrücken versuchte. »Ich weiß nicht ... kann schon sein.« Sie wurde nervös, zumal er sich daranmachte, ein weiteres Seil aufzuwickeln, als habe er alle Zeit der Welt.

»Aber wenn Sie nicht warten möchten und lieber zu Fuß gehen ... Es liegt ganz bei Ihnen.«

Francesca hatte eigentlich erwartet, dass er sie überreden würde – ein Angebot, das sie angenommen hätte, sie hatte wenig Lust, ihren Koffer so weit zu tragen. Doch bevor sie ihm eine spitze Antwort geben konnte, fuhr er fort: »Aber schubsen Sie bloß keine Männer mehr ins Wasser. Es warten nämlich noch jede Menge Schiffe darauf, entladen zu werden.«

Sämtliche Arbeiter in Hörweite brachen in schallendes Gelächter aus, mit Ausnahme des Mannes, den sie in den Fluss geschubst hatte und der unter dem Pier lamentierte, dass ihm kalt sei. Francesca spürte, wie ihre Wangen glühten.

Stolz erhobenen Hauptes bedachte sie Neal mit einem verächtlichen Blick, hob ihren Koffer auf und stolzierte davon.

»Achten Sie auf den Weg, Miss Callaghan«, rief Neal ihr

hinterher. »Sie könnten ins Stolpern geraten, wenn Sie die Nase weiterhin so hoch halten.«

Vor Zorn und Verlegenheit ging Francesca weiter, ohne einen Blick zurückzuwerfen.

Silas Hepburn stand in der Nähe eines Stapels Wollballen. Wie den meisten anderen Männern, die beobachtet hatten, wie Francesca aus dem Zug stieg, war auch ihm nicht entgangen, dass sie äußerst hübsch war. Er hatte auch gesehen, wie der Hafenarbeiter sie belästigt hatte, und hatte ihr zu Hilfe kommen wollen – als der Störenfried zu Silas' großem Erstaunen Augenblicke später vom Hafendamm gesegelt war. Silas hatte schon immer etwas für schöne Mädchen übrig gehabt, aber er hatte selten ein schönes Mädchen mit so viel Schneid erlebt.

»Entschuldigen Sie, Miss ...«, sprach er Francesca an, als sie an ihm vorüberkam.

Francesca, von zornigen Gedanken erfüllt, schrak zusammen, zumal sie Silas nicht bemerkt hatte. »Ja?«, erwiderte sie unfreundlich und blickte in Silas' überhebliches Gesicht.

Ihr kühler Tonfall ließ ihn stutzen, aber nicht zurückschrecken. »Ich wollte Ihnen eben meine Hilfe anbieten, als dieser aufdringliche Kerl Sie verfolgt hat ...«

Einen Moment lang dachte Francesca, er meinte Neal Mason; dann aber wurde ihr klar, dass er von dem Hafenarbeiter sprach. »Warum haben Sie es dann nicht getan?« Sie war immer noch wütend und nicht in der Stimmung, Höflichkeit zu wahren. »Der Weg zur Hölle ist mit guten Vorsätzen gepflastert«, fügte sie bissig hinzu, denn wäre der Mann ihr zuvor zu Hilfe gekommen, wäre ihr das Gespräch mit Neal Mason erspart geblieben, und sie müsste sich jetzt nicht wie ein naives Dummchen fühlen.

Wieder musste Silas staunen. Er war es gewohnt, dass man ihm mit größtem Respekt begegnete, was auch für Fremde galt, denen sein distinguiertes Auftreten unmöglich entgehen konnte. Und nun wagte es dieses zierliche Persönchen, ihn

57

abzukanzeln. »Ich wollte ja, aber dann ... aus unerfindlichen Gründen ... hat der Mann das Gleichgewicht verloren und ist in den Fluss gefallen. Höchst unglücklich ...«

Francesca stockte der Atem. Neal Mason hatte sie bereits in die Defensive getrieben, und sie war sicher, dass im kalten Blick dieses Mannes eine versteckte Anschuldigung schimmerte. »Das war wohl kaum meine Schuld.« Francesca ging fest davon aus, dass niemand sie dabei beobachtet hatte, wie sie den Mann ins Wasser geschubst hatte.

»Das wollte ich damit auch nicht andeuten. Offensichtlich ist der Kerl sehr ungeschickt, wie viele andere hier. Vor einigen Monaten habe ich mir aus Tooleybuc einen Steinway-Flügel kommen lassen, und wissen Sie was? Beim Abladen haben die Trottel ihn fallen lassen!« Verbittert kniff er die Lippen zusammen. »Sei's drum, ich will nicht abschweifen, zumal ich lieber nicht mehr daran denken möchte. Haben Sie sich verlaufen, oder suchen Sie jemanden?«

»Weder noch. Entschuldigen Sie mich.«

Francesca war der Mann vom ersten Augenblick an unsympathisch. Sie war sicher, dass sein überhebliches Gehabe nur heiße Luft war, zumal sie bezweifelte, einen Mann von gesellschaftlichem Rang vor sich zu haben.

»Erlauben Sie mir, dass ich mich vorstelle«, sagte Silas Hepburn mit stolzgeschwellter Brust, wodurch Francesca sich in ihrer Meinung bestätigt sah. »Ich bin Silas Hepburn, der Gründer dieser schönen Stadt. Hier geschieht praktisch nichts ohne mein Wissen. Wenn Sie also jemand Bestimmten suchen, kann ich Ihnen wahrscheinlich Auskunft geben.« Mit seinen weichen, dicken Fingern strich er sich durch den rötlich braunen Bart.

Hepburn. Francesca erinnerte sich plötzlich, dass ihr der Name von früher ein Begriff war; dennoch hätte sie Silas nicht wiedererkannt. Einen flüchtigen Augenblick lang überlegte sie, ob sie sich für ihre Schroffheit entschuldigen sollte, begrub den Gedanken aber rasch wieder. Vor einem Mann, der damit prahlte, eine Stadt gegründet zu haben, und Landmarken nach sich benannte, brauchte sie nicht zu katzbuckeln. Stattdessen hätte Silas sich entschuldigen müssen, weil er ihr nicht zu Hilfe gekommen war. Die Auskunft, wo ihr Vater sich aufhielt, war eine ganz normale Gefälligkeit. Und Francesca benötigte diese Auskunft, denn Neal Mason hatte den Ankerplatz der *Marylou* so ungenau beschrieben, dass sie nicht wusste, wie sie dorthin kommen sollte.

Mit einem Blick über die Schulter stellte Francesca fest, dass Neal Mason ihre Unterhaltung mit Silas aufmerksam verfolgte. Da Silas in der Tat ein wichtiger Mann in der Stadt war, sagte sie sich, dass es nicht schaden konnte, sich gut mit ihm zu stellen.

»Ich bin auf der Suche nach einem Raddampfer, die *Marylou*. Wissen Sie, wo ich sie finde?«

»Die *Marylou*?« Silas runzelte die Stirn und musterte ihr Gesicht genauer – die glänzenden dunklen Ringellocken unter ihrem Häubchen, ihren Porzellanteint, ihre Augen, die die Farbe des Himmels an einem klaren Tag besaßen. Doch heute war der Himmel von einem kalten, trüben Grau, das sich nun in ihrem unfreundlichen Blick widerspiegelte. »Suchen Sie etwa Joe Callaghan?«

»Ganz recht.«

Vor Erstaunen rutschten Silas die Worte heraus, die ihm gerade durch den Kopf gingen. »Was hat eine so hübsche und elegante junge Dame wie Sie mit einer aufsässigen irischen Sippe zu schaffen?«

»Wie bitte? Joe Callaghan ist mein Vater, und er ist bestimmt alles andere als *aufsässig*.«

Silas verschlug es den Atem. Seine Augen traten hervor. »Oh, das wusste ich nicht ... ich meine, ich hatte vergessen, dass Joe eine Tochter hat.«

»Tja, Mr Hepburn, ich bin Francesca Callaghan, und ich

kann nicht gerade behaupten, dass es mir eine Freude war, Ihre Bekanntschaft gemacht zu haben. Wenn Sie mich jetzt bitte entschuldigen ...« Hinter sich vernahm sie gedämpftes Gelächter, was ihren Zorn nur noch weiter schürte.

Silas hingegen war nun erst recht fasziniert von ihr. »Wenn Sie mir die Bemerkung erlauben, Miss Callaghan, Sie sind eine äußerst bezaubernde junge Dame«, schmeichelte er ihr, während Francesca sich bereits zum Gehen wandte. Unvermittelt blieb sie stehen. Es war ihr jetzt gleichgültig, ob Neal Mason sie weiterhin beobachtete oder ob der Wind Gesprächsfetzen zu ihm trug. »Wenn Sie's unbedingt wissen möchten – ich erlaube Ihnen die Bemerkung nicht.«

Offenen Mundes starrte Silas sie an. »Aber ... aber die meisten jungen Damen haben normalerweise nichts gegen ein Kompliment einzuwenden.«

»Mir ist eine Anschuldigung lieber als geheuchelte Schmeichelei, sofern es keine Anschuldigung gegen meinen Vater ist.«

Trotz seiner Verblüffung musste Silas lachen. »Dann bitte ich Sie, meine Bemerkung über Ihren Vater zu entschuldigen, Miss Callaghan. Er und ich haben wenig miteinander zu schaffen. Deshalb darf ich wohl sagen, dass Sie eine außergewöhnliche junge Dame sind.«

Francesca musste sich auf die Zunge beißen, zumal das, was ihr gerade durch den Kopf ging, alles andere als damenhaft war.

»Ich kann Sie in meiner Kutsche zur *Marylou* bringen, wenn Sie möchten«, bot Silas an, ohne auch nur einen Augenblick die Möglichkeit zu erwägen, sie könnte ablehnen. »Das Schiff Ihres Vaters ankert ein Stück weiter unten am Ufer, und für eine so reizende Person wie Sie ist es nicht ganz ungefährlich, sich allein und zu Fuß auf den Weg zu machen. Wie sie ja bereits festgestellt haben, können die Proleten in dieser Stadt ziemlich lästig werden.«

Die Proleten? Für wen hielt dieser Kerl sich! Allmählich verursachte er Francesca eine Gänsehaut. Lieber würde sie sich von einer Brücke stürzen, als zu ihm in die Kutsche zu steigen, und sie war versucht, ihm genau das zu sagen. Lediglich der Umstand, dass Silas mit ihrem Vater bekannt war, hinderte sie daran. »Das ist nicht nötig, Mr Hepburn«, stieß sie zwischen zusammengebissenen Zähnen hervor. »Ich kann auf mich selbst aufpassen.«

»Wie Sie uns ja schon auf bewundernswerte Weise demonstriert haben, Miss Callaghan.« Silas konnte seine Enttäuschung kaum verbergen, während er seinen Hut zog.

Francesca hatte sich bereits umgewandt, um sich auf den Weg zum Ufer zu machen und diesen abscheulichen Kerl so weit wie möglich hinter sich zu lassen, doch sie hörte ihn noch murmeln: »Ein Jammer, dass Ihr Vater es nicht auch kann.«

Seine rätselhafte Bemerkung machte sie stutzig, aber sie fragte nicht nach. Stattdessen beschleunigte sie ihre Schritte.

Bald kam Francesca der Verdacht, dass Silas Hepburn ihr absichtlich einen falschen Weg beschrieben hatte. Immerhin hatte sie bereits über eine Meile zu Fuß zurückgelegt, ohne dass der Raddampfer zu sehen war, und ihr Koffer wurde mit jedem Schritt schwerer. Vor sich konnte sie linker Hand eine Flussbiegung erkennen, und wenn die Erinnerung sie nicht trog, befand sich ein Stück weiter eine Werft mit einer Rampe zum Wasser, sodass sie bezweifelte, in Kürze auf die *Marylou* zu stoßen. Sie beschloss, nur noch ein kleines Stück weiterzugehen.

Francesca wusste noch, welch wundervollen Anblick der Fluss bot, doch sie hatte ganz vergessen, welch friedliche und beschauliche Atmosphäre er verbreitete. In den Jahren, die sie fort gewesen war, hatte sie den Fluss meistens mit der Tragödie um ihre Mutter in Verbindung gebracht, doch im Funkeln des Sonnenlichts weckte der Murray River nun glückliche Kindheitserinnerungen in ihr – und eine unerwartete

Sehnsucht, einen Teil ihres Lebens wiederzuerlangen, der lange Zeit verloren gewesen war.

Nachdem Francesca die Flussbiegung hinter sich gelassen hatte, war der Dampfer immer noch nicht zu sehen, sodass sie stehen blieb und überlegte, was sie tun sollte. Sie befand sich nun auf einem schmalen Pfad, der von Eukalyptusbäumen gesäumt war und hauptsächlich von Fischern benutzt wurde. Raddampfer fuhren flussauf und flussab, manche mit Kähnen im Schlepptau. Plötzlich sah sie, wie die *Ophelia* sich näherte, und ging hinter einem Baum in Deckung, damit Neal Mason nicht auf den Gedanken kam, sie habe sich verlaufen. Nachdem sein Dampfer vorbeigefahren war, ließ Francesca den Blick flussaufwärts schweifen, wo in einiger Entfernung Pelikane auf ihrer Uferseite schwammen. Dabei wurde ihre Aufmerksamkeit auf ein Schiff gelenkt, das von herabhängenden Baumästen fast vollständig verdeckt wurde. Sie beschloss, der Sache auf den Grund zu gehen, in der Hoffnung, dass jemand an Bord ihr Auskunft geben könnte, ob ihr Vater in der Nähe ankerte.

Als Francesca sich dem Schiff näherte, das sich als Flussdampfer erwies, stellte sie fest, dass der Anstrich abblätterte, die Reling verfiel und die Decks dringend geschrubbt werden mussten. Sie fragte sich, wem das Schiff gehörte. Es machte einen verwahrlosten, bejammernswerten Eindruck, zumal es einst ein prächtiges Dampfschiff gewesen sein musste. Als sie mühsam den Namen entzifferte, verschlug es ihr vor Schreck den Atem.

Das Schiff war die *Marylou.*

Francesca ging an Bord und machte sich durch zögerndes Rufen bemerkbar. Kurz darauf erschien Ned. Der gute Ned, ging es Francesca durch den Kopf. Sie hatte ihn und ihren Vater vor zwei Jahren das letzte Mal gesehen, als die beiden Männer sie in Pembroke besucht hatten. Seit damals war Ned deutlich gealtert. Seine Haare waren jetzt schlohweiß, und er ging leicht gekrümmt; dennoch stand er ihrem Vater seit vielen Jahren treu zur Seite – sowohl in guten Zeiten, während der glücklichen, unbeschwerten Kinderjahre Francescas, als es noch reichlich Arbeit gegeben hatte, als auch in schweren Zeiten wie damals, als Francesca auf tragische Weise ihre Mutter verloren hatte. Damals war sie erst sieben gewesen, aber sie würde nie vergessen, wie schrecklich sie und ihr Vater unter dem Verlust gelitten hatten. Bald darauf hatte er sie ins Internat geschickt. Damals hatte Francesca den Grund dafür nicht begriffen, und was noch viel schlimmer war: Ihr Vater hatte ihr das Gefühl gegeben, dass der Unfall irgendwie ihre Schuld gewesen sei. Erst im Laufe der Zeit hatte Francesca erkannt, dass ihr Vater nur zu ihrem Besten gehandelt hatte.

»Hallo, Ned«, begrüßte sie ihn, während dieser sie fassungslos anstarrte.

»Frannie!«, entfuhr es ihm dann heiser. Als er sie das letzte Mal zu Gesicht bekommen hatte, war sie noch ein schlaksiges junges Mädchen gewesen. Er konnte nicht fassen, dass die bildschöne, elegante junge Frau, die nun vor ihm stand, seine kleine Frannie war.

Neds Gedanken schweiften unwillkürlich zu jener Nacht zurück, als er bei dem Versuch, ein Neugeborenes aus dem Fluss zu retten, beinahe ertrunken wäre. Als er Francesca nun betrachtete, hätte sein Stolz nicht größer sein können, wäre sie seine eigene Tochter gewesen. In den ersten sieben Jahren ihres Lebens hatte ein enges Band zwischen ihnen bestanden. Es hatte Ned fast das Herz gebrochen, als Joe das Mädchen nach Marys Tod fortgeschickt hatte, doch er hatte mit diesem Schmerz leben müssen. Schließlich hegte er für Joe eine tiefe kameradschaftliche Zuneigung. Ned hatte darauf vertraut, dass Joe wusste, was für Frannie am besten war. Außerdem tröstete er sich mit dem Gedanken, dass ein Leben an Bord eines Raddampfers mit zwei Männern, die

63

Tag für Tag hart schuften mussten, nichts für ein kleines Mädchen war.

Als Ned auf sie zukam, ein Lächeln auf dem faltigen Gesicht, fiel Francesca sein steifer Gang auf.

»Tut mir Leid, dass ich euch nicht Bescheid gegeben habe«, sagte Francesca und stellte ihren Koffer ab. »Ich bin kurz entschlossen zu euch gekommen.« Ned umarmte sie und drückte sie liebevoll.

»Ich kann dir gar nicht sagen, wie sehr ich mich freue, dich zu sehen, Frannie. Aber ... was machst du hier?«

»Ich habe meine Stelle gekündigt, Ned. Es hatte keinen Sinn mehr.« Sie sah sich um. Das Schiff war in einem schlimmen Zustand, was Francesca umso mehr verwirrte, als die *Marylou* der ganze Stolz ihres Vaters gewesen war. »Wo ist Dad?« Mit einem Mal beschlich Francesca das Gefühl, dass etwas nicht stimmte. »Es geht ihm doch gut ...?«

Neds faltiges Gesicht nahm einen bekümmerten Ausdruck an. Wie sollte er Francesca beibringen, dass es Joe eine Zeit lang überhaupt nicht gut ergangen war? Er warf einen Blick auf die Kajüten. »Er ist an Bord, Frannie. Er hat sich hingelegt, weißt du ...«

Er legte sich am frühen Nachmittag hin? Wieder blickte Francesca sich um. Ned bemerkte ihre Verwirrung. Er hatte versucht, an Bord zumindest halbwegs Ordnung zu halten, doch Joe hatte ihn schließlich davon abgebracht, weil er keinen Sinn mehr darin sah.

»Das Schiff sieht aus, als hätte es seit Monaten keine Fahrt mehr gemacht, Ned. Was ist los?«

Ned ließ den Kopf sinken. Mit welchem der vielen Probleme sollte er anfangen? »Der Kessel hat letzten Januar seinen Geist aufgegeben ...«

Francesca war bestürzt. »Warum hat Dad mir nichts davon geschrieben? Seit Monaten habe ich keinen Brief von ihm bekommen.«

Ned wusste nicht, was er darauf erwidern sollte. »Nun ja, wir haben den Kessel repariert«, murmelte er, »aber trotzdem ...«

In diesem Moment erschien Joe an Deck, da er Stimmen gehört hatte. Als er Francesca erblickte, riss er vor Überraschung die Augen auf, doch die herzliche Begrüßung, die sie erhofft hatte, blieb aus.

Tränen stiegen Francesca in die Augen, als sie sah, in welcher Verfassung ihr Vater war. Sein Äußeres war ungepflegt, und eine Hälfte seines Gesichts war von einer hässlichen roten Narbe entstellt.

»Was ist passiert, Dad?«, brachte Francesca im Flüsterton hervor und ging auf ihn zu.

»Eins der Kesselrohre ist explodiert. Was machst du hier?«, fragte Joe in ungewollt schroffem Ton und wandte betreten das Gesicht ab.

Francesca hatte das schreckliche Gefühl, unerwünscht zu sein, und erschrocken stellte sie fest, dass der Atem ihres Vaters nach Rum roch.

»Ich habe dir doch geschrieben, Dad, wie unglücklich ich war. Ich konnte es bei den Kennedys nicht mehr aushalten und habe gekündigt.«

»Du hast die Stelle bei den Kennedys gekündigt ...?«

»Weil ich nur noch die Aufgabe hatte, Windeln zu wechseln, hinter den Kindern aufzuräumen und das Haus sauber zu halten. Und Ida erwartet schon wieder ein Baby. Ich hätte zu gern die Buchhaltung gemacht, aber man gab mir keine Gelegenheit.«

»Aber es war eine feste Anstellung, Frannie, und ein Zuhause.«

»Ich bin noch zu jung, um eine Horde Kinder zu bemuttern. Ich habe sie so sehr verwöhnt, dass sie mir keine ruhige Minute mehr ließen. Du hast meine Briefe doch bekommen, Dad?«

Joe nickte. In ihren Briefen hatte Francesca sehr unglücklich geklungen, und sie kam ihm auch ein wenig blass und dünn vor. Dennoch waren ihre Sorgen nichts verglichen mit den seinen.

»Warum hast du die Briefe denn nicht beantwortet?«

Joe blickte zu Boden. »Ich ... ich hatte andere Dinge im Kopf.«

Francesca fühlte sich verletzt, da diese »anderen Dinge« offenbar wichtiger waren als sie. »Ned hat mir gerade von euren Schwierigkeiten mit dem Kessel berichtet, aber das hättest du mir doch schreiben können. Du hättest mir mitteilen können, dass du einen Unfall hattest.«

Joe drehte sich noch ein Stück weg und rieb sich das stoppelige Kinn. »Ich wollte dich nicht beunruhigen, Frannie«, entgegnete er schließlich leise. »Ich weiß, das ist keine Entschuldigung, aber mehr habe ich nicht zu bieten.«

Ned sah Joe an. Ihm fiel ein, dass Joe in den letzten Monaten Frannies Briefe nur widerwillig geöffnet hatte. Manche hatte Ned sogar selbst aufgemacht und darauf bestanden, dass Joe sie ihm vorlas. Und er hatte auf ihn eingeredet, die Briefe zu beantworten, doch seine Worte waren auf taube Ohren gestoßen. Gern hätte Ned ihr selbst geschrieben, aber er konnte weder lesen noch schreiben. Und selbst wenn es anders gewesen wäre – er hätte nicht gewusst, was er Frannie hätte schreiben sollen. Dass ihre Situation kaum schlimmer sein könnte? Genau das war nämlich der Grund, dass Joe ihr nicht geschrieben hatte.

»Ich kann nicht glauben, dass du eine so gute Anstellung aufgegeben hast, Frannie«, stieß Joe plötzlich wütend hervor. »Frank wird außer sich sein.« Joe hatte gar nicht so herzlos klingen wollen, und es ging ihm auch weniger um Frannies Kündigung: Es war ihm peinlich, dass sie sah, wie heruntergekommen er und sein Schiff waren.

»Aber du hast doch gehört, was ich eben gesagt habe, Dad.

Wenn du willst, schreibe ich ihnen einen Brief und entschuldige mich. Aber als Frank mich beschimpft hat, weil die Bücher nicht auf dem neuesten Stand waren, obwohl er genau wusste, dass ich vor lauter Saubermachen, Füttern und Baden seiner Kinder gar nicht die Zeit dazu hatte, war das der Tropfen, der das Fass zum Überlaufen brachte.«

Joe war dennoch verärgert. Nicht wegen Frannie, sondern wegen des Zeitpunkts, den sie sich für ihre Rückkehr ausgesucht hatte. Sie hätte keinen ungünstigeren Moment wählen können. »Und was hast du jetzt vor?«

»Das weiß ich noch nicht genau. Vorerst möchte ich bei dir und Ned bleiben«, erwiderte sie. »Ich habe euch beide sehr vermisst. Wir haben uns in den letzten Jahren kaum zu Gesicht bekommen. Es kommt mir vor, als ... als wären wir uns fremd geworden.« Francesca fielen diese Worte schwer, doch sie sprach lediglich die Wahrheit aus.

»Das bleibt nun mal nicht aus«, entgegnete Joe schroff, obwohl er plötzlich Gewissensbisse verspürte. »Das Leben auf dem Fluss ist nichts für ein kleines Mädchen.«

»Ich bin kein kleines Mädchen mehr, Dad.«

Joe lächelte wehmütig.

»Das stimmt, mein Mädchen«, sagte er.

Mein Mädchen. Bei diesen Worten verspürte Francesca einen Stich im Herzen. So hatte Dad sie als Kind immer genannt.

»Vielleicht bist du mittlerweile alt genug, um zu begreifen, dass das Leben nicht immer so verläuft, wie wir es gern hätten«, fuhr Joe fort.

»Was willst du damit sagen, Dad?«

Joe warf Ned einen Blick zu.

»Nein, sag du es ihr, Joe«, forderte Ned ihn mit sanfter Stimme auf. »Sie sollte die Wahrheit erfahren.«

Francesca blickte die beiden abwechselnd an, und ihr Herz schlug schneller. »Was ist denn passiert?«

67

»Wir stehen kurz davor, die *Marylou* zu verlieren«, erklärte Joe mit brüchiger Stimme.

Francesca wurde blass. »Das kann nicht sein, Dad. Wie kommt das?«

Joe stützte sich auf die Reling und blickte hinaus auf den Murray, zum weit entfernten Ufer auf der anderen Seite, wo ein Seeadler auf einem Ast saß, der über dem Wasser hing. Obwohl man diese Tiere selten zu Gesicht bekam, konnte Joe dem Anblick nichts abgewinnen. Für ihn war es unvorstellbar, keine Schiffsplanken mehr unter den Füßen zu haben oder den Fluss, an dem sein Herz hing, nicht mehr zu befahren.

»Als der Kessel den Geist aufgab, fehlte mir das Geld für die Reparatur. Ich musste mir eine größere Summe leihen. Dann hat es Wochen gedauert, bis die Reparatur abgeschlossen war. In dieser Zeit ist mein Arm so steif geworden, dass ich das Schiff nicht mehr steuern kann.«

Die Verletzung am Arm hatte Joe sich vor langer Zeit bei dem Versuch zugezogen, Mary vor dem Schaufelrad eines vorbeifahrenden Dampfers zu retten, nachdem sie bei der Kollision mit der *Kittyhawk* über Bord gegangen war. Leider war Joes Rettungsversuch vergeblich gewesen. Mary kam uns Leben, und Joe wäre beinahe der Arm abgerissen worden.

»Ich bin mit den Ratenzahlungen für das Darlehn im Rückstand, und ich kann es mir nicht leisten, jemanden anzuheuern ...«

»Oh, Dad. Hast du keine Versicherung für den Kessel abgeschlossen?«

»Ned und ich haben die Kesselrohre so oft geflickt, dass irgendwann kein Druck mehr zu Stande kam. Und die Versicherung zahlt nur im Fall einer unverschuldeten Explosion. Es tut mir Leid, Frannie. Ich weiß, du hättest dir einen anderen Empfang gewünscht, aber du hast dir einen denkbar ungünstigen Zeitpunkt ausgesucht, nach Hause zu kommen.

Bei den Kennedys hattest du wenigstens ein Dach über dem Kopf. Was soll's, vielleicht nehmen sie dich ja wieder auf.«

Francesca war bewusst, dass ihr Vater ein gebrochener Mann wäre, würde er die *Marylou* verlieren. Sie wusste zwar nicht genau, wie sie ihm helfen konnte, aber zwei gesunde Hände konnten hier auf dem Schiff nur von Nutzen sein. »Ich gehe nicht zurück, Dad. Auch wenn ich weiß, dass dir der Zeitpunkt nicht gefällt, komme ich vielleicht genau im richtigen Augenblick.«

Joe blickte sie verwirrt an.

»Nach der Anzahl der Schiffe am Pier zu urteilen, läuft das Geschäft auf dem Fluss zurzeit recht gut.«

»Arbeit gibt es reichlich, aber man kann dem Zeitdruck nur standhalten, wenn man mit dem Schiff bis an die Leistungsgrenze geht. Genau das haben wir mit der *Marylou* gemacht, bis der Kessel nicht mehr mitgespielt hat.«

»Jetzt ist er ja repariert.« Francesca kam plötzlich eine Idee. »Es macht keinen Sinn, wenn die *Marylou* am Ufer dümpelt, ohne Anker zu lichten. Du kennst den Fluss wie deine Westentasche, nicht wahr, Dad?«

»Es gibt keinen besseren Mann auf dem Fluss als ihn«, meldete Ned sich zu Wort.

Joe fragte sich, worauf seine Tochter hinauswollte.

»Ich denke, es ist an der Zeit, dass du mir alles beibringst, was du über das Schiff und den Fluss weißt«, sagte Francesca mit aufkeimender Begeisterung.

Joe kniff die Augen zusammen. »Worauf willst du hinaus?«

»Ich kann das Ruder der *Marylou* übernehmen, solange du neben mir stehst und mir Anweisungen gibst.«

»Du willst das Schiff steuern?«

»Warum nicht? Auf dem Murray gibt es bestimmt die eine oder andere Frau unter den Flusskapitänen, oder?«

Joe war sprachlos, aber Ned antwortete: »Zwei, soviel wir wissen.«

69

»In Zukunft werden es drei sein. Ich weiß noch, wie sehr Mutter dieses Schiff geliebt hat. Es würde ihr bestimmt nicht gefallen, dass es am Ufer verrottet. Ich werde mich jetzt umziehen und mit dem Saubermachen anfangen. Sobald die *Marylou* auch nur annähernd wieder so aussieht wie in alten Zeiten, kannst du mir die Flusskarten erklären.« Schon als Kind hatte Francesca sich gern diese Karten angeschaut.

Joes Gesicht nahm einen weichen Ausdruck an, und seine Augen wurden feucht. Auch er erinnerte sich noch gut an diese Zeit. Er hatte nicht damit gerechnet, dass Francesca als junge Frau Interesse am Schiff oder dem Fluss haben könnte. Nun freute er sich umso mehr. Dennoch sagte er: »Ich habe keine Hoffnung mehr, dass wir die *Marylou* noch retten können, mein Mädchen.«

»Aber wir dürfen uns nicht kampflos ergeben, Dad.«

»Sie hat Recht, Joe«, bemerkte Ned. »Ich bin noch nicht bereit, das Handtuch zu werfen, und ich glaube, du auch nicht.«

»Also gut. Wir werden tun, was in unseren Kräften steht«, sagte Joe.

»Oh, Dad!« Francesca umarmte ihn stürmisch.

Plötzlich fühlte Joe sich so gut wie lange nicht. Er freute sich darauf, sein Wissen über den Fluss an Frannie weiterzugeben. Es gab ihm zumindest das Gefühl, etwas zu hinterlassen, wenn er nicht mehr war.

Francesca löste sich von ihm und lächelte ihn an. Ihre Augen funkelten vor Entschlossenheit, und sie war voller Tatendrang und Zuversicht.

Deshalb brachte Joe es nicht über sich, ihr zu sagen, dass praktisch keine Chance bestand, den Kredit jemals zu tilgen. Die monatlichen Zinsen für das Darlehn waren zu hoch. Und das wiederum bedeutete, dass sie die *Marylou* verlieren würden – so oder so.

»Dann zieh dich rasch um, Frannie«, sagte er trotzdem. »Es gibt viel zu tun.«

2

Nachdem Francesca sich etwas Passendes zum Putzen angezogen hatte, band sie ihr Haar zurück und krempelte die Ärmel hoch. Dann machte sie sich auf die Suche nach einem Eimer, einem Scheuerlappen und einem Mopp.

Als sie wieder an Deck kam, sah sie, dass ihr Vater mit Hammer und Nägeln die Reling ausbesserte, doch sie erkannte, dass er nicht mit dem Herzen bei der Sache war. Ned räumte seine Angelruten und das Zubehör weg und schaffte Ordnung.

»Sobald die Decks frei sind, werde ich sie scheuern«, sagte Francesca und bemühte sich um einen zuversichtlichen Tonfall. »Die *Marylou* wird großartig aussehen, wenn sie wieder wie früher glänzt. Mit viel Farbe ...«

»Farbe ist jetzt nicht wichtig, mein Mädchen. Wir haben ja nicht einmal Geld, um Brennholz für den Kessel zu kaufen«, unterbrach Joe sie müde. An seiner Stimme erkannte Francesca, dass er die Hoffnung, das Schiff halten zu können, fast aufgegeben hatte. Er konnte das Gefühl der Resignation nicht abschütteln.

»Dann müssen wir eben das Ufer absuchen und alles Holz sammeln, das wir finden. Auf dem Weg vom Pier hierher habe ich mehr als einen umgestürzten Baum gesehen.«

»Es wird gut einen Tag dauern, eine Tonne Holz zu sammeln, zu hacken und aufs Schiff zu laden.«

»Uns wird nichts anderes übrig bleiben, bis wir uns wieder Brennholz leisten können«, entgegnete Francesca, fest entschlossen, die Einwände ihres Vaters nicht gelten zu lassen. Auch wenn er kurz davor stand, aufzugeben – sie würde kämpfen!

Joe rieb sich den schmerzenden linken Arm. Die kühlere Jahreszeit setzte ihm jedes Mal zu, doch in der Luft lag bereits ein Hauch von Wärme – ein Zeichen, dass der Beginn des Sommers nur noch wenige Wochen entfernt war. Schließlich gab er sich einen Ruck und wandte sich seiner Tochter zu. Er wollte nicht, dass sie sich falschen Hoffnungen hingab; deshalb musste sie die ganze Wahrheit erfahren. »Ich muss dir etwas sagen, Frannie. Ich habe mir tausend Pfund geliehen ...«

Tausend Pfund! Francesca stockte der Atem. Sie hatte nicht damit gerechnet, dass die Schulden so hoch waren. Mit einem Mal begriff sie, weshalb ihr Vater sich dieser Bürde nicht mehr gewachsen sah.

»Und dann die hohen Zinsen ... wir können die *Marylou* nicht halten, Frannie. Selbst dann nicht, wenn wir uns zu Tode schuften. Außerdem ist das kein Leben für eine junge Dame ...«

»Ich weiß noch sehr gut, dass Mutter dieses Leben geliebt hat, Dad. Und ich habe meine Kindheit auf dem Fluss sehr genossen.« Doch ihr war bewusst, dass sie nicht dieselbe Bildung besäße wie jetzt, hätte sie nicht die Schule in Melbourne besucht. Und obwohl sie nur widerwillig fortgegangen war, wusste sie, dass ihr Vater immer nur das Beste für sie gewollt hatte.

Joe ließ den Kopf sinken. »Der Fluss hat deine Mutter getötet ...«

Im Geiste sah Francesca wieder das Schiff, das die *Marylou* seitlich gerammt hatte, und wie ihre Mutter bei dem Aufprall über Bord gegangen war. Da Mary nicht schwimmen konnte, hatte sie es nicht geschafft, einem Schiff auszuweichen, das sich aus der Gegenrichtung näherte. Francesca

72

hatte wieder die schreckliche Szene vor Augen, wie ihr Vater aus dem Ruderhaus gestürzt war, nachdem er die Situation erfasst hatte, und in den Fluss gesprungen war, um Mary zu retten. Doch es war zu spät gewesen. Das Wasser hatte sich rot gefärbt vom Blut ihrer Mutter, als diese vom Schaufelrad erfasst und getötet worden war. Auch Joe wurde bei seinem Rettungsversuch verletzt, sodass Ned ebenfalls ins Wasser springen musste, um ihn vor dem Ertrinken zu bewahren. Francesca wusste, dass ihr Vater sich noch heute die Schuld an Marys Tod gab, weil er ihr nie das Schwimmen beigebracht hatte.

»Mutter ist bei einem Unfall umgekommen ... und ich kann schwimmen, Dad. Außerdem kann ich die Bücher führen, sobald wir das erste Geld verdienen.« Sie sah ihren Vater an und erkannte, dass er ihren Optimismus nicht teilte. »Hör zu, Dad. Mir ist klar, dass unsere Schulden immens sind – und ich sage bewusst *unsere* Schulden –, aber ich werde gleich heute Abend eine erste Bilanz aufstellen, dann sehen wir weiter. Für den Moment schlage ich vor, dass wir nicht länger untätig herumstehen. Es gibt nämlich jede Menge zu tun. Also los, meine Herren, an die Arbeit.«

Francesca ging an Land, um am Ufer ihren Eimer mit Wasser zu füllen.

»Die kommandiert uns ja ganz schön herum, was?«, sagte Joe zu Ned, doch in seiner Stimme lag kein Vorwurf.

Ein breites Lächeln legte sich auf Neds Gesicht. »Genau das, was wir brauchen. Einen Versuch ist es wert, oder? Und sei es nur Frannie zuliebe.«

Joe rieb sich das stoppelige Kinn. »Ich würde mich jedenfalls freuen, wenn sie ihr Schifferpatent macht. Dann hätte das alles wenigstens ein Gutes, denn ich habe kaum Hoffnung, dass wir die *Marylou* halten können.« Bei diesen Worten musste er daran denken, dass er auch damals kaum Hoffnung gehabt hatte, als Ned die neugeborene Francesca aus

73

dem Fluss geborgen hatte, wobei wie durch ein Wunder keiner der beiden ertrunken war. Damals hatte Joe alles für möglich gehalten. Aber damit war es jetzt vorbei.

Er staunte, welche Fortschritte sie bereits am späten Nachmittag gemacht hatten. Die *Marylou* war jetzt schon kaum
wiederzuerkennen. Ned hatte darauf bestanden, die Decks
zu schrubben, während Francesca die Fenster, die Kombüse und die Kajüten putzte. Joe reparierte währenddessen die
Reling und polierte die Messingbeschläge und Maschinenteile. Ned hatte einen Wasservogel gefangen, der nun auf dem
Holzofen schmorte. Er versuchte, Francesca mit der Bedienung des Ofens vertraut zu machen, aber sie konnte ihm offenbar nicht folgen.

»Auch Mary hat eine Zeit lang gebraucht, bis sie damit fertig wurde, weil das Ding sehr launisch sein kann«, sagte Ned.
Im Grunde war es ihm recht, wenn er weiterhin fürs Kochen
zuständig war. Nach Marys Tod hatte er diese Aufgabe übernommen.

Der Duft des Bratfleisches sorgte für eine heimelige Atmosphäre an Bord der *Marylou*. In den vergangenen Jahren hatten Joe und Ned sich von Brautenten, Krickenten und sogar
von Reihern ernährt, doch jetzt, mit Frannie an Bord, würden sie wieder wie eine Familie leben. Joe hatte sogar seit vielen Monaten das erste Mal wieder gelächelt, als er gehört hatte, wie Frannie bei der Arbeit sang – so wie Mary früher.

Am Abend ging Francesca mit ihrem Vater die Flusskarten
durch, und sie sprachen über Frannies Plan, das Kapitänspatent zu erwerben.

»Wenn du dich fürs Schifferpatent anmeldest, musst du
vor einen Ausschuss aus erfahrenen Kapitänen und Schiffs-
technikern treten. Sie werden dir die verschiedensten Fragen stellen – über schifffahrtsrechtliche Vorschriften auf Bin-
nengewässern, über die Maßnahmen bei einem Notfall, über

Manöver in Häfen und vieles andere. Anschließend wird entschieden, ob du fachkundig genug bist, um das Patent verliehen zu bekommen. Eine schriftliche Prüfung gibt es nicht, und das ist auch gut so, weil einige Flussschiffer hier weder lesen noch schreiben können. Trotzdem kannst du dir keine falschen Antworten erlauben, wenn Fragen über Sicherheitsvorschriften oder die Binnenschifffahrt kommen. Deshalb musst du sehr viel lernen.«

»Es wird schon gut gehen, wenn du mich unterweist, Dad.«

»Wie Ned schon sagte, gibt es hier auf dem Fluss zwei Frauen, die das Kapitänspatent haben«, sagte Joe. »Und die sind wesentlich älter als du.«

Doch Francesca ließ sich nicht verunsichern. »Ich wette, die sind auch nicht so hübsch und intelligent wie ich«, entgegnete sie und lachte, als sie die verdutzten Gesichter von Ned und ihrem Vater sah.

Joe schüttelte den Kopf, wobei er sich erinnerte, dass er früher, als Frannie noch ein Kind gewesen war, häufig mit ihr geflachst hatte. Seiner Tochter schien es ernst mit ihrem Vorsatz zu sein, Schwung in das Leben an Bord zu bringen – und vielleicht war es genau das, was er und Ned brauchten.

»Kein Wunder, dass ich von deinen Lehrern Briefe bekommen habe, in denen sie sich über deine Ungezogenheit beschwerten«, sagte Joe.

»Das ist nicht wahr«, sagte Francesca mit großen Augen.

»O doch. Du kannst ja Ned fragen. In einem Brief stand, dass du die anderen zu allem möglichen Unfug anstiftest und anständige Mädchen vom rechten Weg abbringst. Offenbar hatte man sogar erwogen, dich von der Schule zu verweisen. Stimmt's, Ned?«

Ned nickte. »Stimmt. Du hast damals zurückgeschrieben und die Schulleitung gebeten, dass Frannie bleiben darf.«

Francesca errötete. Sie war keine Musterschülerin gewesen, das wusste sie, aber dass man sie von der Schule verweisen wollte ...

»Sieh mal, wie rot sie geworden ist, Ned«, sagte Joe. »Das ist das schlechte Gewissen.« Die beiden Männer brachen in Gelächter aus, und Francesca erkannte, dass ihr Vater sich bloß einen Scherz erlaubt hatte.

»Dad! Wie kannst du mir so eine Geschichte auftischen?«

»Da habe ich wohl einen Nerv getroffen?«

»Nein, hast du nicht.«

»O doch. Vielleicht sollten wir uns bei Gelegenheit über deine Schulzeit unterhalten.«

»Auf gar keinen Fall«, widersprach Francesca entschlossen.

Am späteren Abend standen Francescas Vater und Ned am Bug und unterhielten sich. Als sie sich den Männern näherte, hörte sie, wie ihr Vater den Namen »Silas« erwähnte und davon sprach, die *Marylou* am liebsten in Brand zu setzen. Sein Tonfall verursachte ihr eine Gänsehaut.

»Von wem hast du gerade gesprochen, Dad?«, fragte sie.

»Heute Morgen habe ich am Pier einen Mann kennengelernt, der sich als Silas Hepburn vorgestellt hat.«

»Du bist Silas begegnet?«, fragte Joe entgeistert.

»Ja. Er hat mir angeboten, mich hierher zu führen, aber ich habe abgelehnt. Der Mann war mir unsympathisch.«

Joe machte ein finsteres Gesicht. »Was hat er denn gesagt?«

Francesca bemerkte die Verachtung in der Stimme ihres Vaters. Am besten, sie sagte ihm nichts von Silas' anzüglichem Verhalten ihr gegenüber. »Nichts Besonderes, aber er hat sich mächtig aufgeplustert und damit geprahlt, der Gründer von Echuca zu sein. Ich bin noch nie einem Menschen begegnet, der so sehr von sich eingenommen ist.«

»O ja, das ist er«, pflichtete Joe ihr bei. »Vor kurzem hat

seine dritte Ehefrau ihn verlassen und ist mit den Kindern nach Melbourne zurückgekehrt. Obwohl Silas ein reicher und mächtiger Mann ist, hält es offenbar keine Frau lange an seiner Seite aus.«

»Die dritte Ehefrau? Haben die anderen beiden ihn auch verlassen?«, wollte Francesca wissen.

»Nein. Seine erste Frau nicht. Matilda ist angeblich im Kindbett gestorben. Soviel ich weiß, war sie selbst fast noch ein Kind, als sie schwanger wurde«, stieß er angewidert hervor. »Brontë, seine zweite Frau, hat ihn nach etlichen Jahren verlassen. Gattin Nummer drei war Henrietta Chapman. Die Ehe mit Henrietta hielt auch einige Jahre, aber ich hatte ihr gute Chancen eingeräumt, es länger auszuhalten. Sie war eine stille Frau, die keine eigene Meinung zu haben schien. Mir schien sie wie geschaffen für einen so selbstherrlichen Schnösel. Doch Henrietta hatte offenbar mehr Rückgrat, als ich oder sonst jemand ihr zugetraut hätten.«

»Bestimmt hält er jetzt nach der nächsten Ehefrau Ausschau«, sagte Ned. »Wenn er nicht schon eine in Aussicht hat.«

Francesca schauderte. »Der Mann ist widerlich.«

Joe und Ned war bekannt, dass Silas regelmäßig die Bordelle in der Stadt besuchte, und es kursierten Gerüchte, dass er die Dirnen misshandelte, aber weder Joe noch Ned hielten es für ratsam, dies Frannie gegenüber zu erwähnen.

»Du kannst es getrost erfahren, Frannie«, sagte Joe. »Von Silas stammt das Darlehn für die Reparatur des Kessels.«

Francesca erschrak. Ausgerechnet bei diesem abscheulichen Kerl standen sie in der Kreide! Doch sie ließ sich ihre Bestürzung nicht anmerken.

»Hätte es eine andere Möglichkeit gegeben, hätte ich mich nicht an Silas gewandt, aber er lebt von solchen Geschäften. Er ist immer dort zur Stelle, wo jemand in Not ist, und zieht seinen Schuldnern hinterher den letzten Penny aus der Tasche. Ich weiß, es war dumm von mir, und es könnte mich das Schiff kosten.« Joe verschwieg ihr lieber, dass er betrunken gewesen war, als er sich auf den Handel mit Silas eingelassen und das Schiff als Sicherheit eingebracht hatte, doch Ned kannte die Wahrheit.

»Oh, Dad.«

»Bei den saftigen Zinsen, die er verlangt, besteht kaum Hoffnung, das Darlehn jemals zu tilgen.«

»So darfst du nicht denken, Dad. Selbst wenn wir Tag und Nacht schuften und uns auf das Allernötigste beschränken müssen – wir werden die Schulden abbezahlen!«

»Arbeit gibt es auf dem Fluss immer, aber wenn mein Arm nicht besser wird, kann ich keine große Hilfe beim Holzverladen sein.«

»Dann sollten wir einen Matrosen anheuern. Einen jungen, kräftigen Mann.«

Joe stieß hervor: »Das können wir uns nicht leisten.«

»Ein zusätzlicher Mann an Bord steigert unsere Produktivität, und wir müssten ihn erst am Monatsende bezahlen.«

Joe missfiel die Vorstellung, eine zusätzliche Kraft anzuheuern. Er und Ned waren immer alleine klargekommen, und die Tatsache, dass sie einen weiteren Mann benötigten, gab ihm das Gefühl, der Arbeit nicht mehr gewachsen zu sein. Er war sicher, dass es Ned genauso ging.

»Es ist unsere einzige Möglichkeit, effizient zu arbeiten, Dad.« Francesca ließ nicht locker. »Kommt, ich zeig es euch.«

Mit Stift und Papier setzte sie sich an den Tisch neben der Kombüse, wo sie ihre Mahlzeiten zu sich nahmen, und notierte ein paar Zahlen. Von ihrem Vater hatte sie erfahren, dass er durchschnittlich fünfzig Pfund im Monat verdiente, wovon Ned zehn Pfund zustanden. Die monatliche Darlehnsrate betrug zwanzig Pfund, wobei Joe drei Monate im Rückstand war. Außerdem hatte Francesca sich erkundigt, wie viel ihnen der Transport von achtundfünfzig Tonnen Holz – die Höchstlast der *Marylou* – zu den Sägewerken einbrachte und welcher Zeitaufwand dafür einkalkuliert werden musste. Joe hatte geantwortet, dass sie in einer Woche vier Transportfahrten schafften, vielleicht fünf, wenn sie hart arbeiteten; außerdem hatte er Francesca den Preis für eine Tonne Holz genannt und ihr vorgerechnet, wie weit sie damit kämen.

»Ned muss den Kessel im Auge behalten«, sagte Francesca, »deshalb brauchen wir Verstärkung. Dann können wir einen Gewinn in dieser Höhe erwarten.« Sie unterstrich eine Zahl auf dem Blatt. »Selbst wenn wir die Ratenzahlungen für das Darlehn davon abziehen, können wir uns einen Helfer an Deck für den wöchentlichen Mindestlohn von einer Guinee leisten und haben immer noch ein bisschen Geld für Reparaturen an Bord übrig.«

Joe rieb sich das Kinn. Der Umgang mit Zahlen war nie seine Stärke gewesen. Als Mary noch lebte, hatte sie sich um solche Dinge gekümmert; seit ihrem Tod war Joe nachlässig geworden. Er hatte immer nur dafür gesorgt, dass er die Schulgebühr für Frannie zusammenbekam, ansonsten aber hatte er von der Hand in den Mund gelebt. Doch Frannies Zahlen schienen zu stimmen. »Du hast auf der Schule einiges gelernt, Frannie. Man merkt, dass du etwas von Buchführung verstehst.«

Francesca lächelte. »Mein Schulgeld wird sich bezahlt machen, Dad, du wirst sehen.«

Es nahm zwei Tage in Anspruch, mehrere Tonnen Holz zu sammeln, zu hacken und auf die *Marylou* zu laden. Joe stellte fest, dass sein Arm von der Arbeit ein wenig beweglicher wurde, doch die Schmerzen blieben.

»Kennst du einen Mann namens Neal Mason?«, fragte Francesca eines Abends, als sie Fisch aßen und dabei beobachteten, wie die untergehende Sonne wundervolle, leuchtende Farben auf das nahe Kliff zauberte. Zu ihrem Verdruss ging Neal ihr nicht mehr aus dem Sinn.

»Aye, Neal ist ein anständiger Kerl.« Joe sah seine Tochter stirnrunzelnd an. »Woher kennst du ihn?«

»Ich habe ihn nach dem Ankerplatz der *Marylou* gefragt, und dabei hat er mir seinen Namen genannt. Er behauptete, dich zu kennen, aber ich war mir nicht sicher, ob er die Wahrheit sagt.«

Joe musste über das Misstrauen seiner Tochter lachen. »Wer Neal nicht kennt, kann leicht einen falschen Eindruck von ihm gewinnen, weil er einen merkwürdigen Sinn für Humor hat. Außerdem ist er bei den Damen sehr beliebt. Obwohl er ein Talent dafür hat, manche Frauen zur Weißglut zu treiben, fühlen sie sich unwiderstehlich von ihm angezogen. Mir ist schleierhaft, was er an sich hat ...«

»Mir ebenfalls«, sagte Francesca in unbeabsichtigt schroffem Tonfall. Bestürzt, aber alles andere als verwundert nahm sie zur Kenntnis, dass Neal Mason ein Casanova war, und sie war froh, dass sie sein Angebot ausgeschlagen hatte, mit ihm zu fahren. Von Neal als Eroberung betrachtet zu werden, konnte sie jetzt am wenigsten gebrauchen. »Er hat mir angeboten, mich auf seinem Schiff flussabwärts zu bringen.«

»Das war sehr anständig von ihm.«

Francesca spürte, wie ihr die Röte ins Gesicht stieg. »Wie ich schon sagte ... ich wusste nicht, ob seine Behauptung, dich zu kennen, der Wahrheit entsprach. Deshalb habe ich sein Angebot abgelehnt.«

Joe lächelte seine Tochter an. »Für eine junge Dame wie dich, Frannie, schickt sich das natürlich. Trotzdem finde ich es nett von Neal, dass er dir das Angebot gemacht hat.«

Francesca hegte Zweifel, ob Neal Masons Angebot ehrenhaft gemeint war.

»Na, Frannie? Bist du bereit, mit der *Marylou* hinauszufahren?«, fragte Joe früh am nächsten Morgen in vergnügtem Tonfall. Ned hatte bereits vor Tagesanbruch den Kessel angefeuert, damit sich Druck darin aufbauen konnte.

»Und wie, Dad«, entgegnete Francesca, doch Joe entging ihre Aufregung nicht. Zuvor hatte sie in den Karten gründlich einen Flussabschnitt zwischen Echuca und dem Wald von Barmah studiert, eine Strecke von nur vierzig Meilen, doch für die Holzfuhren war es der Abschnitt des Flusses, mit dem Francesca am besten vertraut sein musste.

»Heute werden wir uns mit vier Meilen in der Stunde zufrieden geben«, sagte Joe. »Dann kannst du dich an das Schiff gewöhnen, während ich an deiner Seite bleibe.« Auch Joe war nervös, ließ es sich aber nicht anmerken.

Kaum hatten sie abgelegt, musste Francesca das Schiff durch die erste Flussbiegung navigieren. An dem riesigen Steuerrad, mit dem das Ruder betätigt wurde, kam sie sich ziemlich klein vor, doch sie hatte alles im Griff. Die rechte Uferseite wurde von hohen Klippen gesäumt; rote, orangefarbene, gelbe und braune Gesteinsschichten, die wie ein Gemälde in der Morgensonne leuchteten. Vor dem anderen Ufer gab es zwei Sandbänke, die unsichtbar unter der Wasseroberfläche lagen. Ruhig und geduldig erklärte Joe Francesca, welchen Kurs sie einschlagen musste, um den Fluss an der tiefsten Stelle zu passieren. Von der Biegung bis zum Pier verlief der Fluss über eine verhältnismäßig kurze Strecke fast gerade; Francesca befiel erst Nervosität, als sie sich der Stadt näherten, zumal dort reger Verkehr auf dem Fluss herrschte und sie panische Angst hatte, ein anderes Schiff zu rammen. Doch Joe ließ die Dampfpfeife schrillen und lotste sie geruhsam am Gewimmel der vielen anderen Schiffe vorbei, die gerade an- und ablegten, wobei er den anderen Flussschiffern zuwinkte, die mit freudiger Überraschung zur Kenntnis nahmen, dass die *Marylou* wieder unterwegs war. Sobald sie sa-

81

hen, dass eine Frau das Ruder betätigte, stand ihnen die Fassungslosigkeit ins Gesicht geschrieben.

Während sie den Hafen mit Kurs auf Moama passierten, erzählte Joe seiner Tochter von der *Lady Augusta,* deren Wrack gegenüber vom Pier gesunken war.

»Sie liegt dreihundert Meilen von der Mündung des Murray entfernt, wo sie am 18. August 1853 Geschichte schrieb. Sie war das erste Schiff, dem es gelungen ist, durch die Sturzwellen aus dem offenen Meer in den Lake Alexandrina zu kommen. Sie hat den Murray viele Jahre lang als Last- und Passagierdampfer befahren.«

»Bis sie ihr trauriges Ende nahm«, bemerkte Francesca.

»Eher ein unwürdiges Ende, würde ich sagen. Ich weiß noch, dass 1867 die Maschine und das Ruderhaus ausgebaut wurden und die *Augusta* dann als Lastkahn im Schlepp der *Lady Daly* eingesetzt wurde. Ein bitteres Ende für ein solch prächtiges Dampfschiff ...« Joe schüttelte den Kopf. »Sie ist vor vier Jahren gesunken«, fügte er hinzu.

Das Bedauern in Joes Stimme war nicht zu überhören, sodass Francesca erst jetzt vollends bewusst wurde, wie groß seine Begeisterung für Schaufelraddampfer war und wie tief sein Respekt. Dabei hatte sie immer gewusst, dass die *Marylou* für ihren Vater mehr war als bloß ein Dampfschiff. Aber sie hatte nie geahnt, wie viel das Schiff ihm tatsächlich bedeutete. Francesca schwor sich, die *Marylou* sicher ans Ziel zu bringen.

Auf den nächsten paar Meilen gab es weder Sandbänke noch Baumstämme, und Francescas Anspannung ließ ein wenig nach. Nachdem sie backbord die Stadt Moama und steuerbord einen Schlachthof passiert hatten, sagte Joe: »Ungefähr eine Meile voraus ist ein Riff, wo es von Fischen und Wasservögeln wimmelt. Am besten, du hältst dich auf der linken Seite des Flusses, wenn wir es erreichen. Ein Stück hinter dem Riff kommt eine Flussabzweigung. Von denen gibt es viele entlang des Murray, sodass es manchmal schwierig ist, sie von der Hauptroute zu unterscheiden. In solchen Fällen nimmt man am besten die Karten zu Hilfe. Wir müssen uns von dem Riff fern halten, sonst besteht die Gefahr, dass wir die *Marylou* auf Grund setzen oder dass sie sich in den Algen verfängt.«

Kurz darauf machte Joe sie auf einen Fischadler in den Bäumen sowie auf einen Eisvogel aufmerksam, der im Geäst eines umgestürzten Baumes saß.

»Die Vogelwelt hier am Murray ist einzigartig, Dad, und die Flusslandschaft ist traumhaft«, bemerkte Francesca. »Ich wünschte, ich wäre nach meinem Schulabschluss hierher zurückgekehrt, statt für die Kennedys zu arbeiten. Einen Raddampfer zu steuern ist tausendmal besser, als hinter dreizehn Kindern aufzuräumen.«

Joe erwiderte nichts, denn auch er hatte sich damals gewünscht, Francesca wäre wieder nach Hause gekommen. In ihrer Gesellschaft blühte er auf, und dass sie nun wieder den Fluss befuhren, entfachte in seinem Innern neuen Lebensmut.

An jenem Tag legten sie die gesamte Strecke bis zum Wald von Barmah zurück, wo sie bei Sonnenuntergang am Ufer anlegten. Am nächsten Morgen schipperten sie zurück nach Echuca. Francesca staunte immer wieder, über welch enormes Wissen ihr Vater verfügte. Er kannte die genaue Lage jeder Klippe, jedes umgestürzten Baumstammes und jeder Sandbank, ohne die Karte zu Rate ziehen zu müssen. Außerdem kannte er die Namen sämtlicher Farmen am Flussufer sowie ihre Geschichte.

»Das ist Derby Downs«, sagte er und zeigte auf ein beeindruckendes Anwesen, an dem sie gerade vorbeifuhren. Francesca stockte der Atem, als sie das Herrenhaus betrachtete. Es war ihr bereits auf der Hinfahrt aufgefallen, aber da war ihre Konzentration am Ruder zu sehr beansprucht gewesen.

Jetzt sah sie, dass es sich um ein riesiges, zweistöckiges Domizil im Kolonialstil handelte, das auf einer Anhöhe stand, von der aus man den Fluss überblicken konnte. Wohl genährte Rinder und Schafe weideten auf grünen Auen, die sich bis zum Uferrand erstreckten.

»Was für eine wunderschöne Villa. Wem gehört sie?«, wollte Francesca wissen.

»Regina und Frederick Radcliffe. Angeblich sind die Radcliffes die wohlhabendste Familie in ganz Victoria ... woran ich keinerlei Zweifel habe.«

»Wie sind sie denn so?«

Die Frage überraschte Joe. Zugleich freute er sich über Frannies Interesse. »Regina gibt sich gern streng, manchmal sogar herzlos, aber sie hat kein leichtes Leben. Frederick hatte vor vielen Jahren beim Herdentreiben einen Unfall. Seitdem ist er an einen Rollstuhl gefesselt. Da er früher ein sehr aktiver Mann war, macht seine Behinderung ihm besonders schwer zu schaffen. Ich glaube, dass er seinen Missmut hin und wieder an Regina und ihrem gemeinsamen Sohn auslässt.«

»Für jemanden, der früher an Viehtrieben teilgenommen hat, muss es schrecklich sein, im Rollstuhl zu sitzen«, sagte Francesca.

»Mithilfe der Vorarbeiter und seines Sohnes kümmert er sich zwar immer noch um die Aufsicht der Viehzucht, aber Regina muss einen großen Teil der Verantwortung tragen. Sie ist für die Verwaltung des Vermögens zuständig, und ich glaube, sie führt auch die Bücher.«

»Das ist immer noch besser, als bloß eine dekorative Ehefrau abzugeben«, bemerkte Francesca, deren Bewunderung für Regina Radcliffe geweckt war.

»Pass auf, Frannie«, warnte Joe, als sie das Schiff zu nahe an überhängende Bäume lenkte, deren Äste über das Ruderhaus streiften.

»Nichts passiert«, rief Ned.

»Verdammt«, fluchte Francesca undamenhaft. »Ich sollte mich besser auf meine Arbeit konzentrieren.«

»Auf der Jungfernfahrt hätte ich die *Marylou* zweimal fast auf Grund gesetzt, und dabei hatte ich damals schon mein Kapitänspatent.«

Mit diesem Eingeständnis hatte Francesca nicht gerechnet.

»Du machst das großartig, mein Mädchen«, lobte Joe sie.

Es war eine schwierige Aufgabe, das Schiff am Pier von Echuca anzudocken, zumal die Hafenarbeiter, Matrosen und Kapitäne auf den anderen Schiffen das Manöver aufmerksam verfolgten. Doch Francesca behielt die Nerven, zur großen Freude ihres stolzen Vaters. Zwar rammte sie dabei den Pier, aber nur leicht, ohne dass ein Schaden entstand. Auf dem Fluss verbreiteten sich Neuigkeiten rasch, wie Joe wusste, und Berichte über eine außergewöhnlich hübsche junge Frau am Steuer eines Dampfschiffes machten besonders schnell die Runde.

Nachdem sie festgemacht hatten, erklärte Joe, er wolle sich nach einem Hilfsmatrosen umschauen, während Francesca beschloss, einen Bummel über die High Street zu machen und sich die Geschäfte anzusehen. Sie versprach, nicht allzu lange fortzubleiben, doch sie wollte schleunigst den neugierigen Blicken auf dem Pier entfliehen; zudem hatte sie Lust, sich die Auslagen in den Geschäften anzuschauen, auch wenn sie sich nichts leisten konnte.

Montgomery Radcliffe holte gerade eine Bestellung seiner Mutter in Gregory Panks Stoffladen ab, als ihm eine junge Frau auffiel, die die Auslage betrachtete. Sie war ihm nie zuvor begegnet, und ihre Schönheit verzauberte ihn. Er konnte den Blick nicht von ihr wenden, sodass er gar nicht mitbekam, wie Gregory Pank sich für seinen Kauf bedankte und ihm einen schönen Tag wünschte. Beinahe hätte er den Laden ohne sein Paket verlassen.

Francesca bewunderte gerade ein Kleid in der Auslage und versuchte, sich in solch einem edlen Gewand am Steuer der *Marylou* vorzustellen. Doch irgendwie wollte das Bild sich vor ihrem geistigen Auge nicht richtig zusammenfügen, zumal sie sich die *Marylou* mit voller Ladung vorstellte. Ihr war bewusst, dass sie nach praktischer Kleidung Ausschau halten sollte, auch wenn sie sich nichts leisten konnte, aber das blassgelbe Kleid mit mokkafarbener Spitze war atemberaubend, und das zarte Gelb bildete einen wundervollen Kontrast zu ihren dunklen Haaren.

»Wenn Sie die Meinung eines Mannes hören wollen, ich finde es sehr hübsch«, bemerkte Montgomery neben ihr.

Erschrocken wandte Francesca sich um. »Wie bitte?«

Ein großer, elegant gekleideter Mann schaute sie mit warmem Blick aus braunen Augen an. Sein Haar war hellbraun und leicht gelockt, und seine Oberlippe zierte ein gepflegter Schnauzbart. Er hatte ein offenes und freundliches Gesicht.

»Ich finde dieses Kleid sehr hübsch«, bekräftigte er. »Und die Farbe würde Ihnen gut stehen.«

»Oh, ich liebe diese Farbe, aber ich befürchte, an dem Kleid ist auch ein hübsches Preisschild befestigt«, entgegnete Francesca, in deren Stimme Enttäuschung mitschwang, weil sie sich dieses Kleid nicht leisten konnte.

»Wahrscheinlich haben Sie Recht.« Statt ihr mit Herablassung zu begegnen, klang seine Stimme mitfühlend, beinahe wie die eines guten Freundes, der nachempfinden konnte, wie es war, wenn man sich etwas, das man gern besitzen würde, aus Geldmangel verkneifen musste.

»Ich habe Sie noch nie in der Stadt gesehen. Gestatten, Montgomery Radcliffe. Meine Freunde nennen mich Monty.« Er streckte ihr die Hand entgegen.

Radcliffe! Francesca musste unwillkürlich an das Gespräch mit ihrem Vater an Bord denken. Sie straffte sich, mit einem Mal ihrer Kleidung und ihrer unordentlichen Frisur bewusst. »Ich bin ... neu in der Stadt. Das heißt ... ich war eine Zeit lang fort ...« Nervös gab sie ihm die Hand. »Francesca Callaghan.«

»Ein reizender Name. Ich wollte gerade in die Teestube ein Stück die Straße hinauf. Würden Sie mir Gesellschaft leisten, Francesca? Der Kuchen dort ist köstlich.«

»Liebend gern, aber ... ich bin gleich mit meinem Vater ... am Pier verabredet.« Francesca errötete. Sie wusste, dass Monty seine Einladung bedauern würde, wenn er erführe, dass ihr Vater mit einem Raddampfer seinen Lebensunterhalt bestritt.

Monty war aufrichtig enttäuscht. »Sagten Sie Callaghan? Ist Ihr Vater etwa Joe Callaghan?«

»Ja. Sind Sie mit ihm bekannt?« Francesca spürte, dass sie noch heftiger errötete. Ihrer ungleichen gesellschaftlichen Stellung wegen waren sie Welten voneinander getrennt. Wie sollten sie da miteinander bekannt sein?

»Joe hat mal für uns Wolle nach Goolwa transportiert, aber das liegt schon einige Zeit zurück.«

»Sie haben eine Schafzucht?« Francesca verstummte und verdrehte die Augen. Woher sollte die Wolle denn sonst kommen? Es kam ihr vor, als würde sie mit jeder Bemerkung von einem Fettnäpfchen ins nächste tappen und sich dabei gründlich blamieren.

Monty hingegen fand sie entzückend und erfrischend unschuldig, und er war von ihr bezaubert. »Unsere Herden auf Derby Downs zählen mehrere tausend Stück Vieh. Die Farm liegt ein paar Meilen südlich von hier und grenzt an den Fluss. Vielleicht darf ich Sie bei Gelegenheit auf die Farm zum Tee einladen ...«

»Mich?« Francesca traute ihren Ohren nicht.

»Ja, Sie.«

»Vielen Dank ... gern.«

»Sehr schön. Dann hören Sie bald von mir. Ich wünsche Ihnen noch einen schönen Nachmittag, Francesca. Es war mir eine Freude, Ihre Bekanntschaft gemacht zu haben.« Monty ergriff ihre Hand und führte sie an seine Lippen, wobei er ihr etwas zu tief in die Augen sah, bevor er sich zum Gehen wandte.

Francesca blickte ihm mit heftig pochendem Herzen hinterher. Montgomery Radcliffe war zweifellos ein gut aussehender Mann, der zudem über tadellose Manieren verfügte und sehr viel Charme besaß. In seiner Gesellschaft – obwohl sie nur wenige Minuten gedauert hatte – hatte sie sich wie eine Prinzessin gefühlt. Sie konnte es gar nicht abwarten, ihrem Vater zu erzählen, dass sie zum Tee auf *Derby Downs* eingeladen war.

»Bestimmt wird er beeindruckt sein«, murmelte sie, bevor sie eilig den Rückweg zum Pier einschlug.

Francesca war vor Aufregung völlig aus dem Häuschen, als sie zurück auf die *Marylou* kam.

»Dad, du wirst es nicht glauben«, sprudelte sie hervor.

»Was ist denn, Frannie? Du siehst aus, als wärst du soeben über ein Goldnugget gestolpert.«

»Viel besser, Dad. Montgomery Radcliffe hat mich zum Tee nach Derby Downs eingeladen. Ist das nicht wunderbar?«

»Ja, sicher, Frannie«, sagte Joe verwundert.

»Ich kann es gar nicht abwarten, dieses prächtige Haus von innen zu sehen. Er hat mich wie eine Prinzessin behandelt, Dad. Er ist ein wahrer Gentleman ...«

»Genau wie ich«, sagte eine Männerstimme.

Francesca erspähte über die Schulter ihres Vaters hinweg Neal Mason an Bord der *Marylou* und wurde rot bis unter die Haarwurzeln. Er stand mit verschränkten Armen da, und seine grünen Augen schienen sie zu verspotten.

»Was tun Sie denn hier?«, sagte sie kühl.

Neal blieb ihr Stimmungswechsel nicht verborgen. »Bilde ich es mir bloß ein, oder weht hier mit einem Mal ein eisiger Wind?«

»Das ist unser neuer Matrose«, erklärte Joe.

Francesca stand der Mund offen. »Aber er hat doch ein eigenes Schiff.«

»Das liegt im Trockendock«, erklärte Neal mit zuckendem Mundwinkel.

»Trockendock?« Francesca hatte Mühe, die Situation zu erfassen.

»An der *Ophelia* müssen einige Reparaturen vorgenommen werden«, sagte Joe. »Als ich Neal vorhin sagte, dass ich einen Hilfsmatrosen suche, hat er mir prompt seine Dienste angeboten. Aber es gibt noch weitere gute Neuigkeiten. Neal stellt uns seinen Schleppkahn zur Verfügung, sodass wir doppelt so viel Holz transportieren können und demzufolge unser Gewinn höher ausfallen wird als erwartet. Ist das nicht großartig?«

Ein Schleppkahn samt Führer war etwas völlig anderes als ein Hilfsmatrose an Bord. Es bedeutete, dass sie ihr Geschäft ausdehnen konnten, sodass nun wirkliche Hoffnung bestand, das Darlehn abbezahlen zu können.

»Neal hat sich bereit erklärt, für den Lohn eines Hilfsmatrosen zu arbeiten – plus zehn Prozent Gewinnanteil an dem, was wir auf seinem Schleppkahn transportieren. Das ist ein mehr als faires Angebot.«

Francesca war sprachlos. Sie erwiderte den kühlen Blick Neal Masons und überlegte, wie sie die nächsten Monate die Nerven bewahren sollte, hatte aber keinen Erfolg.

»Das ist noch nicht alles«, fuhr Joe fort. »Vorhin bin ich zufällig Ezra Pickering begegnet. Er hat die *Marylou* gebaut. Ezra sagte, er würde uns alles Holz, das wir aus Barmah herschaffen, für seine Werft abkaufen. Offenbar bringst du mir Glück, mein Mädchen. Seit du hier bist, klappt auf einmal alles.«

»Das ... das ist wundervoll, Dad«, sagte Francesca leise, während sie und Neal Mason nach wie vor einander anstarrten. »Einfach großartig.«

3

Am Ruder bin ich eine Anfängerin, Dad! Wie soll ich da mit einem zusätzlichen Lastkahn zurechtkommen?«, fragte Francesca erbost. Neal Mason war an Land gegangen, um den Schleppkahn von der Anlegestelle loszubinden, was Francesca die erste Gelegenheit verschaffte, ungestört mit ihrem Vater zu sprechen.

»Du schaffst das schon, Frannie«, erwiderte Joe, ein wenig verwundert über ihren plötzlichen Zornesausbruch. »Außerdem bleibt Neal als Kahnführer auf dem Schleppkahn und sieht dort nach dem Rechten, während ich dir hier zur Seite stehe.«

Francesca wollte ihren Vater nicht enttäuschen, doch als sie gesehen hatte, wie groß der Lastkahn war, hatte sie das letzte bisschen Mut verlassen.

»Tut mir Leid, Dad. Ich weiß, wie sehr dich die Aussicht begeistert, mehr Fracht befördern zu können, und ich weiß auch, dass wir das Geld dringend benötigen, aber ich hätte noch ein paar Wochen gebraucht, um mich an die *Marylou* zu gewöhnen«, wandte sie ein. »Und ich bezweifle, dass Neal Mason es mir dankt, wenn sein Kahn Schaden nimmt.«

»Das passiert schon nicht«, gab Joe sich zuversichtlich. Sie konnten sich nicht den Luxus leisten, Frannie so viel Zeit einzuräumen. In ein paar Wochen würde die *Ophelia* wieder im Wasser liegen, und Neal würde seinen Lastkahn wieder selbst schleppen. Bis dahin mussten sie so viel Geld wie möglich erwirtschaften, um die rückständigen Raten bezahlen zu können.

»Wie kannst du so sicher sein?«, fragte Francesca. »Bestimmt muss man ein erfahrener Schiffer sein, um einen Lastkahn zu ziehen.«

»Natürlich. Aber wenn du meinen Anweisungen folgst, schaffst du das schon.«

»Begreifst du denn nicht, dass ich mich überfordert fühle, Dad? Ich war darauf vorbereitet, die *Marylou* zu steuern, aber mit einem voll beladenen Lastkahn im Schlepptau sieht das völlig anders aus.«

Joe stieß einen Seufzer aus. Er verstand Frannies plötzlichen Sinneswandel nicht. »Bist du dir sicher, dass es nicht Neal ist, der dich stört?«

Francesca war erstaunt über die scharfe Beobachtungsgabe ihres Vaters. Die Vorstellung, mit dem Lastkahn im Schlepptau könnte etwas schief gehen, machte ihr zwar Angst, aber die Vorstellung, Neal Masons Nähe erdulden zu müssen, beunruhigte sie weitaus mehr. Das wollte sie ihrem Vater gegenüber nicht eingestehen, nachdem sie von ihm erfahren hatte, dass Neal bei den Damen sehr beliebt war, trotz seiner ungehobelten Art. »Aber nein«, entgegnete sie leichthin. »Warum sollte er mich stören?«

»Wie ich vorhin schon sagte, hat er eine besondere Wirkung auf Frauen.«

»Auf mich hat er überhaupt keine Wirkung«, schwindelte Francesca.

Das kaufte Joe seiner Tochter zwar nicht ab, doch er konnte ihr keinen Vorwurf machen, dass die Aussicht, einen Lastkahn zu ziehen, sie nervös machte. Es stellte Francesca damit vor eine schwierige Aufgabe, zumal sie gerade erst zwei Tage am Ruder der *Marylou* stand. »Tut mir Leid, Frannie. Du hast Recht. Wir werden auf den Schleppkahn verzichten, bis du so weit bist.«

Francesca setzte gerade zu einer Entschuldigung an, als Neal Mason plötzlich im Türrahmen erschien.

»Wir sind startklar, Joe.« Abwechselnd sah er von Joe zu Francesca, er spürte, dass etwas in der Luft lag.

»Wir werden auf den Schleppkahn verzichten«, erklärte Joe. Er versuchte, seine Enttäuschung zu verbergen, aber es gelang ihm nicht. »Frannie ist noch nicht so weit.«

Neal richtete den Blick auf Francesca. Joe hatte ihm anvertraut, dass er bei Silas Hepburn Schulden hatte, sodass Neal wusste, was davon abhing, den Lastkahn in den nächsten Wochen einzusetzen. Francesca spürte seinen bohrenden Blick, vermied es jedoch, ihn zu erwidern.

»Es hat schon seinen Grund, weshalb nur wenige Frauen das Kapitänspatent haben«, sagte Neal. »Sie sind den Anforderungen einfach nicht gewachsen.«

Francesca funkelte ihn zornig an. »Das ist das Arroganteste, das ich je gehört habe. Aber es überrascht mich nicht, so etwas aus Ihrem Mund zu vernehmen.«

»Arrogant oder nicht, es ist die Wahrheit. Sie hätten eine so schwierige Aufgabe nicht annehmen dürfen, wenn Sie ihr nicht gewachsen sind. Als Kapitän eines Dampfers braucht man Mumm. Aus diesem Grund gibt es hier auf dem Fluss weniger als eine Hand voll Frauen mit Kapitänspatent.«

»Jetzt macht aber mal halblang ...«, sagte Joe, doch Francesca fiel ihm ins Wort.

»Ich habe lediglich meine Bedenken geäußert, was den Lastkahn betrifft, da ich erst seit zwei Tagen am Steuer der *Marylou* stehe. Ich finde das nicht unvernünftig.«

Neal zuckte lässig die Achseln. »Ihr Vater will Geld verdienen. Wenn Sie nicht in der Lage sind, ihn dabei zu unterstützen, sollte er sich vielleicht nach einem fähigen *Mann* umsehen.«

Jetzt war es mit Francescas Beherrschung ganz vorbei.

»Ich bin durchaus in der Lage, ihn zu unterstützen ... und das werde ich auch tun.«

»Sind Sie sicher?«, erwiderte Neal herausfordernd.

»Ja. Schließlich bin ich die Tochter meines Vaters. Ich kann es mit jedem Mann aufnehmen, was ich unter Beweis stellen werde.«

»Also gut«, entgegnete Neal, und seine dunklen Brauen hoben sich ein Stück. »Dann los.«

Neal Mason befand sich wieder auf dem Schleppkahn, bevor Francesca begriff, dass sie ihm auf den Leim gegangen war. Joe hingegen hatte Neals List von Anfang an durchschaut, aber er war nicht wirklich glücklich darüber. »Traust du dir das wirklich zu, Frannie?«, fragte er behutsam. »Falls nicht, mach ich dir keinen Vorwurf. Schließlich musst du niemandem etwas beweisen, und ich möchte unter gar keinen Umständen, dass du dich genötigt fühlst.«

Francesca wusste, dass es zu spät dafür war, und sie hatte auch nicht vergessen, was auf dem Spiel stand. »Ich schaff das schon, Dad.« Und wenn ich den Kahn von Neal Mason auf Grund setze, hat er sich das selbst zuzuschreiben, fügte sie in Gedanken hinzu.

»Falls es dir hilft, mein Mädchen, ich habe das größte Vertrauen in dich«, sagte Joe. »Du kannst dich auf deine Instinkte verlassen, und am Ruder bist du ein Naturtalent.«

»Danke, Dad.« Plötzlich kam Francesca ein schrecklicher Gedanke. »Neal wird aber nicht mit uns an Bord leben, oder, Dad?«

»Doch, mehr oder weniger. Er wird zwar nachts am Ufer schlafen, aber die Mahlzeiten wird er mit uns einnehmen. Vor uns liegen lange Arbeitstage ... und wenige Stunden Schlaf.«

Dennoch beschäftigte Francesca die Frage, wie sie die Gesellschaft Neal Masons aushalten sollte.

»Ist das ein Problem für dich, Frannie?«, fragte Joe. »Ist Neal dir unsympathisch?«

»Er ist so ...« Ihr fiel nicht das passende Wort für diesen Mann ein, der so lästig war wie Hummeln im Hintern.

»Nervtötend?«, kam Joe zu Hilfe.

»Oh, das auf jeden Fall, aber es klingt noch viel zu nett.«

Auf Joes Gesicht erschien ein Lächeln. »Du magst ihn also doch.« Er ignorierte Francescas entsetzten Blick, beugte sich über die Reling und rief Ned im Kesselraum zu: »Alles klar zum Ablegen?«

»Aye«, rief Ned zurück und wischte sich den Schweiß von der Stirn. Er stand vor der offenen Feuerbüchse des Kessels und legte Holz nach. Die enorme Hitze, die benötigt wurde, um ausreichend Dampfdruck für den Antrieb aufzubauen, strahlte nach draußen und drängte ihn zurück.

»Von wegen ich mag ihn!«, widersprach Francesca entrüstet. Sie folgte ihrem Vater die Treppe zum Ruderhaus hinauf. »Lass mich etwas klarstellen, Dad. Ich kann Neal Mason nicht ausstehen. Aus Rücksicht auf dich halte ich mich lieber zurück und sag dir nicht, was genau ich von Neal Mason halte.«

Joe musste über seine Tochter schmunzeln. »Deine Rücksichtnahme in allen Ehren, aber ich möchte dir trotzdem den Rat geben, nicht dein Herz an Neal zu verlieren, Frannie. Er ist kein Mann zum Heiraten.«

Francescas Augen wurden groß. »Welch ein Glück für die weibliche Bevölkerung Australiens.«

Zu ihrer Bestürzung brach ihr Vater in schallendes Gelächter aus.

Es erwies sich als leichte Aufgabe, den Lastkahn in unbeladenem Zustand stromaufwärts zu schleppen, sodass Francesca den Kopf schüttelte, als sie an ihre anfänglichen Bedenken dachte. Stromabwärts jedoch, als es mit voller Ladung zur Werft von Ezra Pickering ging, verhielt es sich gänzlich anders. Da sie mit der Strömung fuhren, war es schwierig, den Schleppkahn hinter der *Marylou* zu halten. Jetzt waren

94

die Fähigkeiten eines Schiffsführers gefragt. Neal hatte alle Hände voll zu tun, um den Kahn auf Kurs zu halten, doch sein Geschick war bewundernswert. Francesca war das reinste Nervenbündel und geriet in Panik, als der Schleppkahn das erste Mal seitlich auf ihre Höhe aufschloss, doch Joe blieb an ihrer Seite, um ihr unermüdlich Zuspruch und Anweisungen zu geben. Als sie schließlich die Werft erreichten, atmete Francesca auf. Von ihrem Vater erntete sie Lob, während Neal sich auffällig bedeckt hielt, was sie erneut ärgerte.

Nach einer Woche fühlte Francesca sich sicher genug, um für kurze Zeiten alleine das Ruder zu übernehmen. Allmählich wurde sie mit dem Fluss vertraut und genoss es geradezu, am Ruder der *Marylou* zu stehen. Neal hatte sich angewöhnt, sich durch Rufen mit ihr zu verständigen, wobei er ständig Albernheiten von sich gab oder den Trottel mimte. Meist ignorierte sie ihn, doch hin und wieder konnte sie nicht anders, als über seine Kapriolen zu lachen, wie bei dem einen Mal, als er auf der Fracht ein Tänzchen aufführte und beinahe über Bord ging. Ihr war bewusst, dass er sich ohne Gesprächspartner langweilte, weshalb er den Clown mimte, damit die Zeit schneller verstrich.

Fünf Tage nach ihrer ersten Fahrt legten sie am Pier von Echuca an, wo ein Bote mit einem Paket Francesca bereits erwartete. Gewöhnlich ankerten sie ein Stück weiter stromabwärts, aber Neal hatte darum gebeten, in Echuca festzumachen, weil er einen Abend in der Stadt verbringen wollte. Nach all der Plackerei spürten Joe und Ned jeden Knochen im Leib, aber Neal war jung und gesund und bestand darauf, sich eine Auszeit vom Schiff zu gönnen. Da die Spannungen zwischen ihm und Francesca immer größer wurden, wollte er dieser Atmosphäre für ein paar Stunden entfliehen.

»Was ist das?«, wollte Francesca wissen, als der junge Bursche ihr eine Schachtel in die Arme legte.

»Weiß nicht, Miss. Ein Gentleman hat mir Geld gegeben,

damit ich es überbringe«, erwiderte der Bursche und suchte gleich darauf das Weite.

»So, so. Offenbar haben Sie einen Verehrer, Francesca«, bemerkte Neal.

Obwohl Francesca das Paket lieber in einem ungestörten Moment geöffnet hätte, entging ihr nicht, dass Ned und ihr Vater vor Neugier brannten, sodass sie es an Ort und Stelle öffnete. Als ihr Blick auf den blassgelben Stoff fiel, wusste sie, dass es sich um das Kleid handelte, das sie in Gregory Panks Ladenfenster bewundert hatte, und vor Freude verschlug es ihr den Atem. Sie wusste sofort, wer das Kleid geschickt hatte.

»Was ist das?«, fragte Joe und spähte in die Schachtel.

»Ein Kleid. Ich habe es neulich in einer Auslage bewundert ... als ich Montgomery Radcliffe begegnet bin«, antwortete Francesca und errötete. Verstohlen warf sie einen Blick nach hinten zu Neal. In seinen Augen lag ein Ausdruck, den sie nicht zu deuten wusste, und er machte ein finsteres Gesicht.

»Ein Kleid?«, sagte Ned verwirrt, während er ihr über die Schulter sah. »Weißt du, von wem es stammt?«

»Kleinen Moment, ich sehe nach«, gab Francesca zurück. Auch wenn sie genau wusste, wer der Absender war, wollte sie es nicht zu deutlich zeigen.

»Bestimmt würde Joe gern wissen, wer seiner Tochter Geschenke macht«, meldete Neal sich zu Wort.

»Genau wie Sie, stimmt's?«, gab Francesca zurück. Die gegenseitigen Sticheleien zwischen ihnen beiden waren mittlerweile an der Tagesordnung.

»Warum sollte mich das interessieren?«, konterte Neal.

»Ja, warum?«, entgegnete Francesca spitz und faltete das Begleitschreiben auseinander. Sie überflog den Inhalt, und obwohl sie sich dagegen wehrte, legte sich ein Lächeln auf ihre Lippen. Sie hob den Kopf und sagte zu ihrem Vater: »Es ist eine Einladung zum Abendessen ... von Montgomery Radcliffe. Er lässt fragen, ob ich ihm heute Abend im Bridge Hotel Gesellschaft leiste ... in diesem Kleid.«

Joe war verblüfft. Es war ihm ein Rätsel, weshalb Montgomery seine Tochter ausführen wollte. Frannie war zwar eine sehr schöne Frau, aber für gewöhnlich verkehrte Monty Radcliffe in anderen Kreisen. »Wirst du die Einladung annehmen, Fran?«

Francesca hatte Hemmungen, in Gegenwart Neal Masons über die Einladung zu sprechen. »Ja ... das würde ich gern, Dad.« Sie blickte auf das Kleid und strich mit den Fingern über den Stoff. Es war traumhaft. »Aber ich kann das Kleid unmöglich annehmen, oder?«

Joe wusste keine Antwort darauf. In Augenblicken wie diesem vermisste er Mary schmerzlicher denn je. Sie wüsste genau, was zu tun wäre. Auch wenn ihm die Freude seiner Tochter nicht entging, betrachtete er die Einladung mit gemischten Gefühlen. »Das überlasse ich dir, mein Mädchen. Du hast diese Woche gute Arbeit geleistet und hast dir einen freien Abend verdient. Hauptsache, Montgomery Radcliffe sorgt dafür, dass er dich zu einer christlichen Uhrzeit wieder hier absetzt.«

»Vielen Dank, Dad«, sagte Francesca im Flüsterton.

Gleich darauf begaben sich Joe und Ned an Land, um einen Plausch mit John Henry zu halten, dem Kapitän der *Syrett*, die neben ihnen ankerte. Francesca klappte die Schachtel wieder zu und machte sich auf den Weg in ihre Kajüte. Bei dem Gedanken, mit Montgomery Radcliffe zu Abend zu speisen, umspielte ein Lächeln ihre Lippen.

»Wie können Sie nur mit so einem Schnösel ausgehen!«, bemerkte Neal Mason, als sie an ihm vorüberging.

»Was meinen Sie?« Francesca blieb stehen.

»Ich meine damit die Sorte Männer, die sich das Abendessen mit einer Frau erkaufen ... mit einem Kleid.«

Erstaunt vernahm Francesca den Unterton in seiner Stimme. »Montgomery Radcliffe ist kein Schnösel, und das Kleid soll kein Bestechungsversuch sein, sondern eine nette Geste.« Jedenfalls hoffte Francesca, dass keine Bedingungen an das Geschenk geknüpft waren, doch ihre Bedenken lösten sich in nichts auf, wenn sie Neal Mason, der jetzt eingeschnappt schien, auf die Palme bringen konnte.

Francesca verspürte das Bedürfnis, Montgomery in Schutz zu nehmen. »Monty ist charmant und attraktiv ...«

»Ach, sind wir schon bei *Monty*?«, meinte Neal spöttisch. »Ich nehme an, es schadet nichts, dass *Monty* sehr reich ist.«

»Was wollen Sie damit andeuten?«

»Dass sein Vermögen genauso attraktiv ist wie er.«

»Das stimmt nicht! Außerdem ist es eine Beleidigung. Ich würde auch mit Monty ausgehen, wenn er keinen Penny besäße, weil er nämlich weiß, wie man eine Dame behandelt ... im Gegensatz zu Ihnen. Gerade Sie könnten sich von einem Mann wie Monty einige Umgangsformen abschauen.«

Neal lachte. »Jedenfalls muss *ich* mir nicht die Gunst einer Dame erkaufen, damit sie mir Gesellschaft leistet.«

»Ich nehme an, alle Frauen sind ganz wild auf Ihre wundervolle Gesellschaft«, entgegnete Francesca spöttisch.

Neal machte ein selbstgefälliges Gesicht. »Offenbar ist Ihnen mein Charme nicht verborgen geblieben.«

Francescas Augen wurden schmal. »Charme? Sie sind unerträglich.«

»Und Sie sind eine gute Schwindlerin, Miss Callaghan.«

Francesca schüttelte den Kopf. »Offenbar ist Ihre Selbsteinschätzung wesentlich höher als die Ihrer Mitmenschen.«

Bevor Neal eine Antwort geben konnte, verschwand Francesca in ihrer Kajüte.

Um halb acht fand Montgomery Radcliffe sich auf dem Pier ein. Joe betrachtete den maßgeschneiderten Abendrock, bemerkte Montgomerys leichte Nervosität und lächelte in sich hinein. Er hatte auch nicht erwartet, dass Montgomery den Snob spielen würde, zumal er ihn stets als bodenständigen Gentleman erlebt hatte. Er machte sich auf den Weg zu Francesca, um ihr Bescheid zu geben, dass ihre »Verabredung zum Dinner« eingetroffen sei. Das Kleid passte ihr wie angegossen, und die Farbe des Stoffes brachte ihre dunklen Haare und ihren hellen Teint zur Geltung.

»Du siehst bezaubernd aus«, sagte Joe, nachdem er ihre Kajütentür geöffnet hatte. »Montgomery Radcliffe ist der Neid der Gäste im Bridge Hotel sicher.«

»Danke, Dad.« Für Francesca war es die erste richtige Verabredung mit einem Gentleman, und sie war so nervös, dass ihr die Knie schlotterten.

Joe musste daran denken, wie schön es wäre, wenn Mary jetzt dabei sein könnte, und Francesca ging der gleiche Gedanke durch den Kopf. Sie hätte einen mütterlichen Rat gebrauchen können.

»Du bist bildschön, Frannie«, sagte Ned, als sie an Deck kam.

Unwillkürlich musste Francesca lächeln. Trotz ihrer Nervosität verspürte sie Vorfreude ... bis sie sich umwandte und Neal Mason gegenüberstand. Sie war erstaunt, ihn immer noch an Bord zu sehen, da sie angenommen hatte, er wäre längst in einem der Hotels in der Stadt.

Er musterte sie besitzergreifend, sparte sich aber jeden Kommentar, verschränkte lediglich die Arme vor der Brust und reckte das Kinn vor. Sie bedachte ihn mit einem finsteren Blick, bevor sie sich mit einem Lächeln Montgomery zuwandte, der inzwischen an Bord gekommen war und Joe und Ned die Hände schüttelte. Francesca sah, dass Neal ihr den Rücken zugewandt hatte und so tat, als wäre er beschäftigt.

Nachdem sie Höflichkeitsfloskeln ausgetauscht hatten, wünschte Joe ihnen einen angenehmen Abend, woraufhin

99

Monty Francesca unterhakte und sie gemeinsam über den Pier davonschlenderten.

»Die beiden geben ein hübsches Paar ab«, sagte Joe, der ihnen nachsah. Er war stolz, auch wenn ihm die Vorstellung nicht behagte, sein kleines Mädchen eines Tages an einen anderen Mann zu verlieren.

»Es überrascht mich, dass du nicht den Charakter eines Mannes hinterfragst, der sich die Gunst deiner Tochter erkauft«, sagte Neal, sprang an Land und trollte sich in die entgegengesetzte Richtung. Obwohl Joe von Neals Bemerkung schockiert war, musste er unwillkürlich grinsen.

»Hast du seine Eifersucht herausgehört, Ned? Ich glaube, er hat unsere Frannie gern.« Nie hätte er gedacht, den Tag zu erleben, an dem Neal Mason so tiefe Gefühle für eine Frau entwickelte, dass er schon eifersüchtig war, wenn sie mit einem anderen ausging.

»Jeder Mann, der Frannie heute Abend zu Gesicht bekommt, wird neidisch auf Montgomery Radcliffe sein«, erwiderte Ned stolz.

»Sie sehen in diesem Kleid noch bezaubernder aus, als ich mir ausgemalt habe«, sagte Montgomery, als er mit Francesca über die Uferpromenade schlenderte.

»Ich kann noch gar nicht fassen, dass Sie mir das Kleid gekauft haben«, erwiderte Francesca, wobei ihr Neal Masons böse Unterstellung in den Ohren klang. »Ich weiß nicht, ob ich es annehmen kann, aber ich danke Ihnen sehr.« Sie war versucht hinzuzufügen, dass sie sich das Kleid niemals hätte leisten können, aber das wusste Montgomery wohl auch so.

»Mein Verhalten war ziemlich gewagt, das weiß ich. Sonst bin ich nicht so, glauben Sie mir, aber ich konnte es mir nun mal an keiner anderen Frau vorstellen. Keine andere wäre diesem Kleid gerecht geworden.«

»Es hätte mir auch nicht gefallen, eine andere Frau in diesem Kleid zu sehen. Dennoch finde ich Ihr Verhalten sehr großzügig«, entgegnete Francesca, die sich geschmeichelt fühlte.

Francesca und Montgomery waren beim Hauptgang – pochierter Kabeljau aus dem Murray River und saftiges Brathähnchen –, als Silas Hepburn den Speiseraum des Bridge Hotels betrat. Entsetzt sah er, dass Francesca sich in Begleitung Radcliffes befand.

»Der lässt wirklich nichts anbrennen«, murmelte Silas leise, während er sich ihnen näherte, ein gezwungenes Lächeln auf dem fleischigen Gesicht. »Guten Abend«, begrüßte er sie liebenswürdig.

Monty sah auf. »Guten Abend, Silas.«

Francesca sah mit Erstaunen, dass Silas Hepburn vor ihrem Tisch in der Nähe des Kamins stand, und sein Erscheinen verwirrte sie. Sie konnte sich kaum vorstellen, dass zwischen Montgomery und Silas ein freundschaftliches Verhältnis herrschte. Schließlich waren beide Männer grundverschieden.

»Darf ich vorstellen – Francesca Callaghan«, sagte Monty.

»Miss Callaghan und ich haben bereits vor einigen Tagen Bekanntschaft geschlossen«, erwiderte Silas und ergriff Francescas Hand. »Ich freue mich, Sie wiederzusehen, Francesca«, fügte er in vertraulichem Tonfall hinzu, während er den Blick über ihre Gestalt wandern ließ.

»Mr Hepburn«, entgegnete Francesca, wobei sie die Hand zurückzog und die Augen niederschlug. Es missfiel ihr, dass er den Eindruck zu erwecken versuchte, als würden sie sich gut kennen oder als wären sie sogar freundschaftlich miteinander verbunden. Zudem befürchtete sie, dass sie sich nie an Silas' Blicke würde gewöhnen können. Ihr Unbehagen hätte nicht größer sein können, hätte sie nackt vor ihm gestanden.

»Ich habe Mr Hepburns Bekanntschaft an dem Tag gemacht, als ich in Echuca eingetroffen bin«, sagte Francesca zu Monty. »Er war so freundlich, mir den Weg zum Ankerplatz der *Marylou* zu erklären.«

Monty nickte. Er hatte sich bereits gefragt, woher die beiden sich kannten, und da ihm der Ruf Silas Hepburns nur allzu gut bekannt war, überraschte es ihn nicht weiter, dass er sich Francesca vorgestellt hatte.

»Ist denn alles zu Ihrer Zufriedenheit?«, fragte Silas.

»Das Essen ist vorzüglich, wie immer«, entgegnete Monty.

»Ich lasse Ihnen auf meine Empfehlung den besten Wein an den Tisch bringen.«

»Nein, danke, Silas. Wir möchten heute Abend keinen Wein«, lehnte Monty ab, denn Francesca hatte ihn gebeten, auf Alkohol zu verzichten.

»Wie Sie meinen.« Silas zuckte die Schultern. Wäre Francesca mit ihm verabredet, hätte er darauf bestanden, ihr ein Glas Wein einzuschenken, damit sie »lockerer« wurde. »Wie geht es Regina und Frederick?«

»Sehr gut, danke.«

»Richten Sie Ihnen bitte meine besten Grüße aus.«

»Das werde ich«, entgegnete Monty.

Silas richtete den Blick auf Francesca, die in die Flammen des Kaminfeuers starrte in der Hoffnung, Silas würde sie wieder in Ruhe lassen. »Sie sehen heute Abend bezaubernd aus, Francesca«, sagte er.

Sie hob den Kopf und blickte ihn an. »Danke«, erwiderte sie kühl. Sowohl ihr Blick als auch ihre Stimme waren gewollt unfreundlich, da sie keinen Zweifel daran lassen wollte, dass sie nicht den geringsten Wunsch verspürte, eine Unterhaltung mit ihm zu führen. Leider hatte Silas ein dickes Fell, und seine Gedanken waren weitaus profaner.

Nachdem er sich zurückgezogen hatte, erkundigte Francesca sich bei Monty, ob Silas der Besitzer des Hotels sei.

»Ja. Außerdem gehören ihm das Steampacket Hotel an der Uferpromenade sowie zahlreiche Grundstücke. Sogar ein

Weinberg. Silas Hepburn hat überall seine Finger im Spiel. Er ist in Echuca ein sehr einflussreicher Mann, aber zu seinem großen Verdruss ist er nicht der einzige.«

»Ja, ich weiß. Auch Ihre Familie hat Grundbesitz und genießt bestimmt hohes Ansehen.«

»Meine Eltern besitzen mehrere kleine Läden in der Stadt sowie einen Mietstall, und sie sind mit fünfzig Prozent am *Riverine Herald* beteiligt, der lokalen Tageszeitung. Aber unser Hauptgeschäft ist die Rinder- und Schafzucht.«

Francesca nahm einen Schluck Limonade, wobei ihr bewusst war, dass Monty selten den Blick von ihrem Gesicht abwandte.

»Heute Abend ernten Sie von allen Seiten Aufmerksamkeit«, sagte er und ließ kurz den Blick durch den gut besuchten Speisesaal schweifen, wobei er vor Stolz übers ganze Gesicht strahlte.

Francesca lächelte, und ein Gefühl der Wärme durchströmte sie. »Sie übertreiben.«

»Im Gegenteil. Außerdem muss ich Ihnen ein Geständnis machen.«

»Und welches?«

»In den vergangenen Tagen musste ich oft an Sie denken.«

»Auch Sie haben mich ein-, zweimal in Gedanken beschäftigt«, räumte Francesca ein und musste über ihren eigenen Übermut lachen. Nun war es an Monty zu erröten, was Francesca niedlich fand. Es war der Beweis, dass er kein selbstgefälliger Mann war wie Neal Mason.

»Sie sagten vorhin, Sie seien eine Zeit lang fort gewesen ...«

»Ja. Ich war in Melbourne auf einem Internat. Mein Vater hat mich dort eingeschult, nachdem meine Mutter vor zehn Jahren tödlich im Fluss verunglückt ist.«

Montys Gesicht wurde ernst. »Das tut mir Leid, Francesca. Jetzt fällt mir auch wieder ein, dass Joe mir gegenüber einmal erwähnt hat, er sei Witwer. Bestimmt hatten Sie keine leichte Kindheit ohne Mutter.«

»Als meine Mutter starb, war ich sieben. Sie hat mir schrecklich gefehlt. Aber das Personal an der Pembroke-Mädchenschule war sehr nett zu mir, und ich habe dort viele Freundschaften geschlossen. Dennoch sehnte ich mich nach dem Leben auf dem Fluss. Deshalb bin ich glücklich, dass ich zurück bin.«

»Das freut mich sehr«, entgegnete Monty mit liebenswürdigem Lächeln.

»Erzählen Sie mir von Ihrer Kindheit«, forderte Francesca ihn auf.

»Was möchten Sie denn wissen?«

»Wie lange leben Sie schon auf Derby Downs?«

»Meine Eltern haben das Grundstück in den frühen 60er-Jahren erworben, als ich noch ein Säugling war, und mit der Rinder- und Schafzucht begonnen. Da sie viele Goldgräber mit Fleisch versorgten, verdienten sie ein Vermögen. Obwohl die Goldquellen mittlerweile versiegt sind, erwirtschaften sie nach wie vor Gewinn durch all die Siedlungen, die aus dem Boden schießen. Aber von meinen Eltern weiß ich, dass ihr Leben zu Anfang nicht leicht war.«

»Sind Sie Einzelkind? So wie ich?«

»Ja, und das bedaure ich sehr. Es wäre schön gewesen, einen Bruder oder eine Schwester zu haben, um die Verantwortung teilen zu können, die auf mir lastet.« Auf seinem Gesicht erschien ein wehmütiges Lächeln. »Mein Vater hatte 1864 einen Unfall. Seitdem sitzt er im Rollstuhl.«

»Das tut mir Leid.« Francesca hoffte, Monty nicht zu nahe getreten zu sein.

»Als Großgrundbesitzer ist mein Vater zwar ein reicher Mann, doch als Viehtreiber hatte er ein glücklicheres Leben. Er wäre gern wieder mehrere Wochen lang mit Schaf- oder Rinderherden unterwegs, so wie damals. Nach allem, was er mir immer erzählte, hat er diese langen Tage im Sattel genossen, trotz des vielen Staubs und der Fliegen.«

»Es muss für Ihre Mutter nicht einfach gewesen sein, wenn er immer wieder längere Zeit fort war.«

»Eine nahe liegende Vermutung, aber meine Mutter ist eine sehr tüchtige und selbstständige Frau, und das ist gut so, da sie nach dem Unfall meines Vaters für lange Zeit die Farm weiterführen musste. Sie arbeitet immer noch sehr viel, aber mein Vater überwacht jetzt die Zucht.«

»Waren Sie jemals bei einem Viehtrieb dabei?«

»Nein. Nach dem Unfall meines Vaters war meine Mutter überängstlich.« Monty bemerkte, dass Francesca ihm nicht folgen konnte. »Mein Vater ist bei einem Viehtrieb vom Pferd gefallen und wurde von einem Stier niedergetrampelt. Dabei wurde er so schwer an der Wirbelsäule verletzt, dass er seither nicht mehr gehen kann. Natürlich könnte *ich* jetzt einen Viehtrieb führen, aber meine Aufgabe besteht eher darin, meinen Vater zu entlasten.«

»Ich verstehe.« Francesca musste an ihre eigene Situation denken.

»Davon bin ich überzeugt. Sie halten es für Ihre Pflicht, sich um Ihren Vater zu kümmern, nachdem Ihre Mutter nicht mehr lebt, nicht wahr?«

Montys Einfühlungsvermögen erstaunte Francesca. »Der Zeitpunkt meiner Rückkehr hätte günstiger nicht sein können. Als mein Vater damals versucht hat, meine Mutter vor dem Schaufelrad eines anderen Dampfers zu retten, hat er sich eine schwere Verletzung am Arm zugezogen. Mittlerweile ist der Arm so steif geworden, dass er kaum noch das Ruder betätigen kann. Deshalb möchte ich mein Kapitänspatent machen.«

»Eine gute Idee«, sagte Monty, und Francesca spürte, dass er es aufrichtig meinte. »Ihr Vater ist mir sympathisch«, fügte er hinzu. »Er ist ein Mann offener Worte. Bei ihm weiß man immer, woran man ist.«

Francesca konnte ein Lächeln nicht unterdrücken. Sie wusste, dass ihr Vater hin und wieder sehr unverblümt sein konnte, und vermutete, dass mancher ihm dies übel nahm, insbesondere empfindliche Gemüter. Joe nannte die Dinge stets beim Namen.

»Wie ich neulich schon sagte, hat er für uns ein paar Transportfahrten nach Goolwa gemacht. Wir würden ihn auch wieder beauftragen, sollte unsere Wolle stromabwärts verfrachtet werden müssen, aber er transportiert ja überwiegend Holz mit der *Marylou*.«

Francesca hatte den Eindruck, dass mehr dahinter steckte, insbesondere da ihr Vater ihr erzählt hatte, dass der Transport von Wolle ein profitables Geschäft sei. »Mein Vater sagte mir, dass die Auftragsvergabe hier sehr willkürlich erfolgt. Stimmt das?«

»Leider ja. Außerdem nimmt Silas Hepburn beträchtlichen Einfluss auf die Auftragsvergabe an die Kapitäne. Er ist Miteigentümer mehrerer Schaufelraddampfer und pflegt Beziehungen zu ausgesuchten Geschäftspartnern, wodurch er natürlich auch mitbestimmen kann, wie die Arbeit verteilt wird. Normalerweise kümmert meine Mutter sich darum, wenn wir Ladung verschiffen wollen, aber ich weiß, dass Silas sie in ihren Entscheidungen beeinflusst.«

»Wollen Sie damit behaupten, dass Silas Aufträge nur an die vergibt, die in seiner Gunst stehen?«

»Ich wollte in keiner Weise andeuten, dass seine Meinung mehr Gewicht hat als die der anderen, aber er hat durchaus die Macht, anderen das Leben schwerer zu machen.«

Es gefiel Francesca ganz und gar nicht, dass ihre Zukunft so sehr von dem Mann abhing, dessen bloßer Anblick ihr zuwider war. Bis jetzt hatte sie angenommen, dass Silas eher auf die Rückzahlung des Darlehns als auf die *Marylou* aus war, nun aber befielen sie Zweifel. Wenn Silas Miteigentümer von mehreren Schaufelraddampfern war, bestand durchaus die

Möglichkeit, dass er seine Flotte aufgrund der Zahlungsunfähigkeit seiner Schuldner vergrößerte.

Gemächlich schlenderten Montgomery und Francesca zum Pier zurück. Beide hatten die Gesellschaft des anderen so sehr genossen, dass keiner diesen herrlichen, kühlen und sternklaren Abend beenden wollte. Bleiches Mondlicht fiel durch den Baldachin der Eukalyptusbäume und schimmerte auf dem Fluss. Monty ergriff Francescas Arm und legte seine Hand über ihre, um sie warm zu halten. Sie fühlte sich in seiner Gesellschaft äußerst wohl.

»Ich würde Sie gern wiedersehen«, sagte Montgomery, als sie die *Marylou* erreicht hatten und er ihr an Bord half.

»Sehr gern«, erwiderte Francesca.

»Ich hatte gehofft, dass Sie das sagen.« Sein Blick glitt über ihren Körper, doch anders als bei Silas lagen bei ihm Wärme und Zuneigung darin. »Wenn Sie nichts dagegen haben, werde ich Ihren Anblick mit in meine Träume nehmen«, sagte er. »Gute Nacht, Francesca. Ich melde mich wieder.«

Er gab ihr einen Handkuss und blickte ihr ein paar Sekunden lang tief in die Augen. Francescas Herz schlug höher. Am liebsten hätte sie diesen Moment festgehalten, um ihn auszukosten.

Francesca blickte Monty nach, als er über den fast menschenleeren Pier ging und von den Schatten verschluckt wurde. Sie verharrte einen Moment, schwelgte versonnen in den Erinnerungen an die vorherigen Stunden und stieß einen tiefen Seufzer aus, als sie an ihre Sehnsüchte dachte und daran, dass sie in Zukunft mehr Zeit in Montys Gesellschaft verbringen würde.

»Ich hatte Recht«, vernahm sie plötzlich leise eine zornige Stimme.

Vor Schreck fuhr Francesca zusammen. Verärgert, aus ihren Gedanken gerissen worden zu sein, drehte sie sich um und sah, wie Neal Mason aus dem Schatten unter dem Vordach auf dem Vorderdeck auftauchte.

»Er ist ein Schnösel«, sagte Neal.

»Woher kommen Sie so plötzlich?«, gab Francesca brüsk zurück. »Haben Sie sich etwa im Dunkeln versteckt, um mir nachzuspionieren?«

»Wer ist denn nun eingebildet?«

»Wie können Sie es wagen, Monty schon wieder schlecht zu machen!«

»Ist Ihnen nicht aufgefallen, dass er Sie erst an das Kleid erinnert hat, um Sie im gleichen Atemzug um ein Wiedersehen zu bitten? Der Kerl nutzt Ihre Dankbarkeit bloß aus.«

»Das ist Unsinn. Kümmern Sie sich lieber um Ihre eigenen Angelegenheiten.«

»Was soll dieses Gezeter?«, sagte Joe, der aus seiner Kajüte kam.

»Unser Kahnführer spioniert mir nach«, gab Francesca wütend zur Antwort.

»Das stimmt nicht«, widersprach Neal entschieden. »Ich konnte Sie von meinem Schlafplatz aus ja schlecht überhören.«

»Würdet ihr bitte leiser reden«, mahnte Joe. »Am besten, ihr legt euch schlafen, bevor ihr noch die Besatzungen auf den anderen Schiffen weckt. Außerdem legen wir morgen in aller Herrgottsfrühe ab.«

Francesca bedachte Neal mit einem hochnäsigen Blick, bevor sie ihrem Vater einen Gutenachtkuss gab und sich auf den Weg zu ihrer Kajüte machte.

Joe sah Neal an. »Vielleicht solltest du dich mal fragen, woher dein großes Interesse an dem Mann rührt, mit dem Francesca heute Abend essen war.«

Da Neal keine passende Bemerkung dazu einfiel, drehte er sich um und ging wieder zu seinem Schlafplatz.

Eine Stunde später war er immer noch hellwach, ohne eine Antwort auf Joes Frage gefunden zu haben.

108

4

Regina Radcliffe lehnte sich im ledernen Polsterstuhl in ihrer Bibliothek zurück, die ihr zugleich als Arbeitszimmer diente, und streckte ihren schmerzenden Rücken und die Schultern. Nachdem sie alleine zu Abend gegessen hatte – was nichts Ungewöhnliches war, wenn Monty sich in der Stadt aufhielt und Frederick zu müde war –, hatte sie sich an die Buchführung gesetzt.

In der Stille des weitläufigen Hauses vernahm sie das Geräusch der Eingangstür, das in dem gefliesten Foyer widerhallte. Sie warf einen Blick auf die tickende Uhr an der getäfelten Wand und stellte überrascht fast, dass es beinahe schon halb zwölf war.

Kein Wunder, dass ich völlig erschlagen bin, dachte Regina, als sie erkannte, dass sie über vier Stunden ohne Unterbrechung gearbeitet hatte. Es war ein langer, anstrengender Tag gewesen.

Als Monty den Lichtschein sah, der aus der Bibliothek in die Eingangshalle fiel, wusste er, wo er Regina finden würde.

»Es ist schon spät, Mutter. Warum bist du noch auf?«, fragte er, als er den Raum betrat, wobei seine Stiefel über den Parkettboden aus Jarrah-Holz knarzten.

Regina beobachtete den beschwingten Schritt ihres Sohnes und sah das Schimmern in seinen Augen. Ihre Neugier war geweckt. »Ich gehe die Monatsabrechnungen durch.«

»Und wie sieht's aus? Schreiben wir noch schwarze Zahlen?«, meinte Monty scherzhaft.

»So gerade eben«, entgegnete Regina lächelnd. Sie liebte Montys Humor. Nun beobachtete sie ihn, wie er im Raum umherschlenderte und geistesabwesend die Bücher in den Regalen betrachtete, und ihr fiel auf, dass er in ausgesprochen guter Stimmung war, wenngleich ihn irgendetwas zu beschäftigen schien. Obwohl Monty viel Zeit mit seinem Vater verbrachte, der es genoss, sich draußen aufzuhalten, und sei es nur auf der Veranda, stand Regina ihrem einzigen Sohn sehr nahe, sodass ihr sofort jede noch so kleine Veränderung an seinem Verhalten auffiel. Deshalb wusste sie, dass er jeden Moment damit herausplatzen würde, was ihn in solch gute Stimmung versetzt hatte.

Schließlich wandte Monty sich zu ihr, und seine Augen funkelten vor Begeisterung. »Mutter, ich habe die Frau meiner Träume kennen gelernt, meine zukünftige Ehefrau. Sie ist wundervoll ...«

Regina war bestürzt. Noch nie hatte Monty von einem Mädchen als seiner zukünftigen Ehefrau gesprochen. »Und wer ist dieses Mädchen?«

»Francesca Callaghan.«

Eine steile Falte erschien auf Reginas glatter Stirn. Ungeachtet ihres Alters war sie nach wie vor eine sehr attraktive, kultivierte Dame, und viele der anderen Farmersfrauen eiferten ihr nach. Ihr guter Geschmack, ihre Kraft, ihre Entschlossenheit und ihr Geschäftssinn weckten bei vielen Frauen Neid, während die Männer bewundernd zu ihr aufsahen. Doch Regina hatte eine Nase dafür, wenn etwas nicht stimmte. »Ich wüsste gar nicht, dass ich eine Francesca Callaghan kenne.«

»Du kannst sie nicht kennen. Sie ist vor kurzem erst aus einem Internat in Melbourne nach Echuca zurückgekehrt.«

»Aus einem Internat? Dann ist sie also noch recht jung ...«

»Sie ist alt genug, um ihr den Hof zu machen, und sie ist eine wahre Schönheit. Zudem ist sie intelligent, geistreich und charmant ... alles, was ein Mann sich nur wünschen kann. Und dennoch macht sie einen bodenständigen Eindruck. Ich bin sicher, dass sie eines Tages eine wunderbare Mutter abgeben wird und ...«

Regina unterbrach ihn. »Hat ihre Familie Grundbesitz?«

»Nein.«

»Was ist ihr Vater von Beruf?«

Monty hatte mit dieser Frage gerechnet, dennoch verspürte er Unmut. »Was spielt das für eine Rolle?«

Reginas Argwohn war geweckt. Sie überlegte, ob ihr der Name Callaghan bekannt vorkam, und blickte ihren Sohn mit ihren schmalen grünen Augen an. »Der einzige Callaghan, den ich kenne, ist dieser irische Schiffskapitän, Joe Callaghan.«

Monty bemerkte den unverkennbar missbilligenden Beiklang in der Stimme seiner Mutter, doch seine Euphorie ließ ihn darüber hinwegsehen. »Joe ist der Vater von Francesca. Sie ist ganz reizend, Mutter. Ich werde sie in Kürze zum Tee hierher bringen, dann kannst du dich mit eigenen Augen davon überzeugen, was für ein Schatz sie ist.«

»Ich freue mich für dich, Monty«, log Regina, »aber seit wann kennst du dieses Mädchen überhaupt?«

Monty wusste, dass seine Mutter darauf anspielen wollte, dass er Francesca noch nicht lange genug kannte, um zu beschließen, sein restliches Leben mit ihr zu verbringen. »Mir kommt es vor, als würde ich sie schon mein Leben lang kennen. Von dem Moment an, als wir uns begegnet sind, wusste ich, dass sie die Richtige ist. Es war, als hätte ich die andere Hälfte meines Herzens gefunden.«

Sentimentaler Dummkopf, dachte Regina. »Aber Monty, ausgerechnet eine Schifferstochter ...«

»Ich fand Joe schon immer sympathisch.«

»Joe ist ein netter Mensch ... zumindest für jemanden mit solch einem Lebensstil. Aber ich hatte gehofft, du nimmst dir

111

eines der Mädchen von den benachbarten Farmen zur Frau. Isabelle St. Clair zum Beispiel oder Rose Pearson oder eine der Pascal-Schwestern. Schließlich ist die eine so reizend wie die andere ...«

Monty verdrehte die Augen. »Ich bin sicher, dass Isabelle und Rose, Edwina und Maria eines Tages einen Mann sehr glücklich machen werden, aber mein Herz richtet sich nicht danach, mir eine Braut aus besseren Kreisen auszusuchen«, sagte er ungeduldig. »Halte dir bitte vor Augen, dass wir hier über meine Gefühle für eine Frau sprechen und nicht über eine geschäftliche Angelegenheit.«

»Das wollte ich damit auch nicht ausdrücken, Monty. Ich bin eben der Meinung, dass eine ähnliche Erziehung Gemeinsamkeiten hervorbringt, die in einer Ehe wichtig sind. Das hat eine viel größere Bedeutung als die körperliche Anziehung. Man kann lernen, jemanden zu lieben, der die gleichen Interessen hat wie man selbst ...«

Monty schürzte die Lippen. Er kannte die Haltung seiner Mutter, die einer zukünftigen Braut mit einem Stück Land und einem angesehenen Familiennamen jederzeit den Vorzug geben würde gegenüber einer Frau, die der Arbeiterschicht angehörte. »Du bist ein richtiger Snob, Mutter, weißt du.«

»Es ist nicht verkehrt, sich abzugrenzen, wenn man auf der Suche nach dem Partner fürs Leben ist.«

»An meinen Gefühlen für Francesca wird sich nichts ändern. Deshalb solltest du dich mit dem Gedanken vertraut machen, dass sie deine Schwiegertochter wird.« Monty war so glücklich, dass sein Zorn schnell wieder verrauchte. Zudem war er sicher, dass seine Mutter, wenn sie Francesca erst kannte, rasch davon überzeugt sein würde, dass sie beide perfekt zueinander passten. Und sein Vater, das wusste Monty, würde Francesca bestimmt vergöttern.

»Wo ist Vater?«, fragte er.

»Er hat heute den ganzen Tag die Schur beaufsichtigt, was

ihn ziemlich erschöpft hat. Ich habe Mabel aufgetragen, ihm das Abendessen auf sein Zimmer zu bringen.«

Monty musste wieder an Francescas Worte denken. »Fühlst du dich jemals einsam, Mutter?«

Regina blickte ihn verwundert an. »Warum fragst du?«

»Francesca und ich haben uns heute Abend über Derby Downs unterhalten, und ich habe ihr erzählt, dass Vater früher begeistert am Viehtrieb teilgenommen hat. Ich weiß, das ist schon Jahre her, aber Francesca meinte, dass du dich häufig einsam gefühlt haben musst.« Er wusste, dass seine Mutter früher regelmäßig das Zimmer seines Vaters im Erdgeschoss aufgesucht hatte, doch in den letzten Jahren hatte sie sich angewöhnt, oben zu schlafen, da er häufig schlaflose Nächte hatte und sie wach hielt.

»Ach, hat sie das?« Regina fragte sich misstrauisch, was diese Francesca im Schilde führte. Ihr war bewusst, dass viele junge Frauen in Monty eine gute Partie sahen. Deshalb ging es darum, die Spreu vom Weizen zu trennen, bis sich die perfekte Ehefrau Montys, die Mutter seiner Kinder und die zukünftige Matriarchin der Radcliffes fand. Regina sah sich in der Pflicht, ein entscheidendes Wörtchen dabei mitzureden.

»Francesca hat mich auf den Gedanken gebracht, dass du häufig auf dich alleine gestellt warst. Es beschämt mich, dass ich nie selbst daran gedacht habe. Es war bestimmt nicht leicht für dich, ohne Mann an deiner Seite.«

Unwillkürlich drängten sich Regina Bilder aus der Vergangenheit auf. Sie kniff die Augen zusammen, um die Erinnerungen abzuschütteln, und sammelte sich wieder. »Ich habe mich selbst beschäftigt. Außerdem ... hat deine Francesca nicht daran gedacht, dass ich dich hatte?«

Monty hörte über den besitzergreifenden Tonfall seiner Mutter hinweg und lächelte. »Gute Nacht.«

»Gute Nacht, Monty. Angenehme Träume.«

113

»Wünsche ich dir auch, Mutter. Ich sehe noch einmal kurz nach Vater.«

»Er schläft schon.«

»Nun, dann bleib nicht mehr so lange auf. Du siehst müde aus.«

Regina lauschte den Schritten ihres Sohnes auf der Treppe. »Eine Schifferstochter!«, murmelte sie. »Tut mir Leid, Monty, aber ich werde deiner Francesca Callaghan wohl sämtliche Ambitionen nehmen müssen, falls sie vorhat, Mitglied dieser Familie zu werden.«

Joe Callaghan klopfte an die offene Tür von Silas Hepburns Büro, gegenüber dem Treppenaufgang im Flur des Bridge Hotels. Silas rechnete schon seit längerem mit Joes Besuch. Ihm war nämlich zu Ohren gekommen, dass Joe die Arbeit wieder aufgenommen hatte, wobei Silas jedoch bezweifelte, dass Joe im Stande war, seine Zahlungsrückstände zu begleichen. Silas verlangte happige Zinsen, damit jeder seiner Schuldner, der in Zahlungsschwierigkeiten geriet, sich gleich von den Sicherheiten verabschieden konnte, die er für den Kredit geleistet hatte.

»Kommen Sie herein, Joe«, sagte Silas freundlich.

Joe verspürte jedes Mal Unbehagen, wenn Silas versuchte, sich als ein Gentleman mit Herz darzustellen, zumal er wusste, was für ein Halsabschneider er war.

»Wie geht es Ihnen?«, sprach Silas weiter, während er sich wieder setzte und Joe bedeutete, ihm gegenüber Platz zu nehmen.

Joe hatte nicht die Absicht, einen Augenblick länger zu bleiben als nötig, sodass er ein Geldbündel aus der Tasche zog und auf den Schreibtisch legte. Mit versteinertem Gesicht blickte Silas auf die Scheine. Er wusste, dass Joe rund um die Uhr gearbeitet haben musste, um in so kurzer Zeit so viel Geld zu verdienen.

»Geben Sie mir drei Monate, höchstens vier, und ich begleiche meine sämtlichen Rückstände«, sagte Joe. Es bereitete ihm Genugtuung, Silas Hepburns überraschtes Gesicht zu sehen.

Silas heftete den Blick wieder auf das Geld. »Eine großartige Leistung, Joe. Ich bin erfreut.« Sein Gesichtsausdruck und der plötzliche kalte Schimmer in seinen grauen Augen straften seine Worte Lügen.

»Sie sind also erfreut, dass Sie Ihr Geld bekommen«, stellte Joe fest, während er zusah, wie Silas die zwei Monatsraten zählte und eine Quittung ausstellte.

»Selbstverständlich«, erwiderte Silas und blickte zu ihm auf. »Ich bin genauso glücklich wie Sie, dass Ihr Schiff wieder den Fluss befährt.«

»Nächsten Freitag komme ich wieder«, sagte Joe. Es war der Tag, an dem die nächste Monatsrate fällig war. Eilig schnappte er sich die Quittung und wandte sich zur Tür, um zu gehen.

»Gut«, sagte Silas, der sich über Joes dreistes Auftreten ärgerte. »Die Zinsen sind nämlich schon wieder gestiegen.«

Joe verharrte abrupt, als hätte Silas ihm ein Messer in den Rücken gerammt. Dieser Mistkerl hat keinen Funken Anstand!, ging es ihm durch den Kopf. Er drehte sich zu Silas um. »Das weiß ich, aber Sie kriegen Ihr Geld. Die *Marylou* ist mein Zuhause, und was noch wichtiger ist, das Zuhause für Ned und Frannie. Ich darf das Schiff nicht verlieren. Und ich werde es nicht verlieren.«

Silas entging nicht der verzweifelte Unterton in Joes Stimme, und mit einem Mal kam ihm eine Idee. Es war seine einzige Möglichkeit, gute Miene zum bösen Spiel zu machen.

»Da Sie gerade von Ihrer Tochter sprechen ... sie hat gestern Abend hier gespeist. Ich muss sagen, eine reizende junge Dame.«

Als Mann verstand Joe die versteckte Bedeutung von Silas

Hepburns Worten, sodass es ihn größte Beherrschung kostete, Silas nicht ins Gesicht zu schlagen. »Guten Abend«, presste er hervor und verließ das Büro.

Silas starrte auf den leeren Türrahmen und tüftelte einen raffinierten Plan aus. Er nahm sich vor, am kommenden Tag als Erstes zum Pier zu gehen, um herauszufinden, auf welche Weise Joe so viel Geld verdiente. »Dem werde ich einen Riegel vorschieben«, murmelte er leise, wobei er ein Auge auf einen weitaus attraktiveren Preis als die *Marylou* geworfen hatte.

Francesca verließ gerade mit zwei Brotlaiben die Bäckerei auf der High Street. Da es kurz vor Ladenschluss war, hatte sie die Brote günstig erstanden. Sie war erstaunt, wie sehr die Stadt seit ihrer Kindheit gewachsen war. Es gab viel mehr Läden, Hotels und Häuser als früher, und die Zahl der Einwohner schien sich verdoppelt zu haben. Vor einer Stunde, als sie an den Auslagen vorbeiflaniert war, waren die Straßen noch überfüllt gewesen, doch mit Einbruch der Dämmerung hatten sich die Menschen nach Hause begeben, um das Abendessen zuzubereiten. Ned wollte Fisch grillen, und Francesca hatte versprochen, Brot mitzubringen.

Es wurde allmählich dunkel, und Francesca beschleunigte ihre Schritte, um zur *Marylou* zurückzugelangen, wo sie sicher war. Nach Einbruch der Dunkelheit trieben sich nämlich zu viele Betrunkene auf den Straßen herum. Sie beschloss, eine Abkürzung durch eine enge Gasse zu nehmen, statt den langen Weg zum Pier zurück zu marschieren, vorbei am Bridge Hotel. Es war zwar eine Abkürzung, doch Francesca wollte vermeiden, dort jemandem zu begegnen, insbesondere den betrunkenen Hafenarbeitern, sodass sie sich zuerst prüfend umschaute, um sich zu vergewissern, dass der Weg frei war. Am anderen Ende der Gasse war eine Gaslaterne, die den Durchgang teilweise beleuchtete. Da sie niemanden erspähen konnte, setzte sie ihren Weg fort.

Nachdem sie die Gasse, in der Berge von Müll aufgetürmt waren, gut zur Hälfte durchquert hatte, vernahm sie plötzlich einen dumpfen Schlag und einen Schmerzensschrei, sodass sie abrupt stehen blieb. Ohne einen Mucks von sich zu geben, lauschte sie mit angehaltenem Atem. Hinter ihr war die Gasse leer, und vor sich konnte sie ebenfalls niemanden entdecken, doch ein kleines Stück weiter wurde die Gasse breiter, wodurch sich zwei Mauernischen ergaben. Im nächsten Augenblick hörte sie ein wütendes Murmeln. Jemand schien auf dem Boden aufzuschlagen. Francescas Herz begann zu hämmern. Sie presste sich an die Wand und erhaschte einen kurzen Blick auf den Rücken einer Gestalt, die um die Ecke zur Uferpromenade verschwand. Frannies erster Impuls war, zurück zur High Street zu fliehen, doch der Gedanke, ein Mensch könne in Not sein, hinderte sie daran.

Gleich darauf vernahm sie ein Schluchzen. Sie war sicher, dass es sich um eine Frau handelte, die offenbar Hilfe benötigte. Zögernd ging Francesca weiter, bis sie die Mauernische einsehen konnte. In der Ecke krümmte sich eine Frau am Boden, den Kopf gesenkt. Francesca eilte an ihre Seite.

»Ist alles in Ordnung?«, fragte sie, wobei ihr die schmutzige, vulgäre Kleidung der Frau auffiel.

Überrascht hob die Frau den Kopf. Ihre Augen waren von Tränen verschleiert, sie blutete aus der Nase und den Lippen, und am linken Wangenknochen war ein violetter Bluterguss zu sehen. Francesca kramte nach einem Taschentuch und bot es ihr an.

Die Frau zögerte, sodass Francesca ihr das Tuch in die Hand drücken musste.

Francesca war bewusst, dass es sich bei der Frau um eine Prostituierte handelte, aber das machte für sie keinen Unterschied. Hier war ein Mensch in Not. Der schreckliche Zustand der Frau ließ Francesca aus Mitgefühl beinahe in Tränen ausbrechen.

»Es ... es geht schon«, sagte die Frau und senkte vor Scham wieder den Kopf.

»Das sehe ich anders. Sie bluten.«

»Das ist nichts Neues«, murmelte die Frau mit zittriger Stimme, in der ihre Verbitterung mitschwang.

»Soll ich die Polizei verständigen? Ich konnte den, der Ihnen das angetan hat, leider nicht erkennen ...«

Wieder hob die Frau den Kopf und musterte Francesca mit ungläubigem Blick. »Einer wie mir helfen die nicht. Vorher lochen die mich ein wegen ...« Sie verstummte abrupt.

»Aber Ihnen kann man keinen Vorwurf machen«, entgegnete Francesca. »Sie wurden überfallen.«

Die Frau stieß ein Lachen aus, das sich jedoch wie ein unterdrücktes Schluchzen anhörte. Francesca begriff nicht. Sie sah zu, wie die Frau sich mühsam aufrappelte, und kam ihr zu Hilfe, indem sie ihren Arm stützte. Als die Frau den Zustand ihres Kleides und ihre zerrissenen Unterröcke bemerkte, schrak sie zusammen. Sie war groß und ziemlich mager, ob sie hübsch war, ließ sich bei ihrem übel zugerichteten Gesicht nicht sagen.

»Ich werde Sie nach Hause begleiten«, sagte Francesca.

Für einen kurzen Augenblick blickte die Frau erstaunt drein, bevor ihre Gesichtszüge weich wurden. »Ich komme schon zurecht. Danke für Ihre Freundlichkeit und Besorgnis, aber Sie sollten sich lieber um Ihre eigenen Angelegenheiten kümmern.«

»Wer hat Ihnen das angetan?«

»Ein Freier«, sagte die Frau leise und fuhr sich mit den Fingern durch die verfilzten karottenroten Haare.

Francesca war irritiert. »Ein Freier?«

Die Frau tupfte sich die Augen und sah Francesca verwundert an. »Sie sind noch ziemlich unschuldig, nicht wahr?« Ihr

Blick verfinsterte sich. »Ich kann mich nicht erinnern, jemals so ein reines Herz besessen zu haben«, fügte sie bekümmert hinzu. »Aber vermutlich hatte ich es irgendwann einmal.« Sie dachte an ihre schreckliche Kindheit und an die furchtbaren Dinge, die ihrer Mutter widerfahren waren und deren Zeuge sie gewesen war, und daran, dass man sie mit zehn vergewaltigt hatte ... Nein, wie sie es auch anstellte, sie konnte sich nicht entsinnen, jemals solch eine Unschuld besessen zu haben, und diese Einsicht ließ sie erneut in Tränen ausbrechen.

»Ich ... ich glaube nicht, dass jemand das Recht hat, Sie zu schlagen«, sagte Francesca und legte ihr den Arm um die Schulter.

Die Frau schniefte. »Er hat es getan, weil er es sich erlauben kann und weil es ihm Freude bereitet. Manche Kerle fühlen sich männlicher, wenn sie Macht über eine Frau ausüben können. Es gibt sogar Männer, die nur auf diese Weise ... mit einer Frau intim werden können. Sind Sie nun schockiert?«

Entsetzt starrte Francesca die Frau an. Sie sprach aus, was ihr als Erstes in den Sinn kam. »Sie hätten dem Kerl einen Tritt an die richtige Stelle verpassen sollen.«

Die Frau lachte leise, schrie aber gleich darauf vor Schmerz, weil der Riss in ihrer Lippe weiter aufbrach. Sie hielt das Taschentuch an die Wunde und sagte: »Sie ahnen ja nicht, wie gern ich das getan hätte, aber dann könnte ich einpacken.«

»Vielleicht war es ratsam, dass Sie es nicht getan haben. Aber an Ihrer Stelle würde ich von einem Mann, der so mit Ihnen umspringt, keinen Penny nehmen. Soll er seine Männlichkeit anderswo unter Beweis stellen.«

»Wenn das Leben doch so einfach wäre«, entgegnete die Frau traurig, und Tränen rannen ihr über die schmutzigen Wangen.

»Das Leben besteht darin, Entscheidungen zu treffen, nicht wahr? Übrigens, ich bin Francesca Callaghan.«

»Lizzie Spender.« Die Frau reichte Francesca die Hand.

»Manchmal, Francesca, trifft man die falschen Entscheidungen und stellt dann fest, dass es kein Zurück gibt.«

Francesca musterte ihr geschundenes Gesicht. »Wohnen Sie hier in der Nähe?«

»Gleich da vorn.« Sie deutete auf ein zweistöckiges Haus aus Asbestzement, das ein Stück zurückgesetzt an der Ecke lag, wo die Gasse in die Uferpromenade mündete. Davor stand ein Palisadenzaun mit einem Tor, hinter dem sich ein Rasen befand, der dringend gemäht werden musste, und auch das Haus selbst machte keinen freundlichen Eindruck. Francesca nahm an, dass es sich um ein Bordell handelte – sie hatte schon öfter das ständige Kommen und Gehen der Hafenarbeiter beobachtet. Die Begegnung mit Lizzie zeigte ihr mehr als deutlich, dass dieses Haus ein Ort des Elends war, was das Gebäude noch trostloser, wenn nicht sogar unheilvoll aussehen ließ.

»Haben Sie dort jemanden, der sich um Sie kümmert?«

Lizzie sah zu dem Haus. »Es ist zwar kein richtiges Zuhause, aber zu etwas Besserem werde ich es wohl nicht bringen. Ja, wir sind insgesamt fünf verlorene Seelen. Außerdem haben wir dort eine Frau, die uns beim Waschen und Kochen hilft.«

Francesca und Lizzie setzten sich in Bewegung.

»Sie sind sehr freundlich zu mir, Francesca«, brachte Lizzie verlegen hervor, die aus Erfahrung wusste, dass die meisten der ehrenwerten Bürger einem streunenden Köter mehr Aufmerksamkeit gewidmet hätten. »In meinem Leben bin ich selten freundlichen Menschen begegnet. Ich werde Ihnen nie vergessen, dass Sie mir zu Hilfe gekommen sind.«

»Seien Sie in Zukunft bitte vorsichtig, Lizzie, und gehen Sie dem Kerl aus dem Weg, der Sie verprügelt hat.«

Lizzies Gesichtszüge erschlafften, und ihr Blick wurde leer. »Ich kann ihm nicht aus dem Weg gehen, Francesca.«

5

Wo ist heute Morgen denn unser hoch geschätzter Kahnführer?«, fragte Francesca, als sie die Vorbereitungen trafen, nach Barmah abzulegen. Es war frisch und windig. Während die Sonne versuchte, hinter den Wolken hervorzubrechen, nahm die dunkle Wasseroberfläche des Flusses allmählich eine grüne Farbe an, und der Wind klatschte die Wellen gegen die Flanke des schaukelnden Schiffes.

»Keine Ahnung, wo Neal steckt«, entgegnete Joe, der gerade den Kaffeesatz aus seiner Tasse über Bord kippte. »Gestern Abend ist er nicht zurückgekehrt.«

Zum ersten Mal zog Francesca die Möglichkeit in Betracht, dass Neal ein Missgeschick zugestoßen sein könnte. »Meinst du, ihm ist etwas passiert?« Sie hatte mitbekommen, wie die Männer sich darüber unterhalten hatten, dass es unter den betrunkenen Hafenarbeitern häufig zu Straßenschlägereien kam, besonders freitagabends, wenn sie ihren Lohn ausbezahlt bekamen.

Ned überhörte Francescas Frage. »Gestern Abend gegen sieben Uhr habe ich ihn noch gesehen«, rief er laut von unten hoch, wo er den Kessel anheizte, den er bereits bei Tagesanbruch angefeuert hatte, um Dampfdruck aufzubauen.

Francesca fiel ein, dass Ned das nächstgelegene Hotel aufgesucht hatte, um eine Flasche Rum zu besorgen, die er und Joe sich hatten teilen wollen. Es hatte sie nicht gestört, zumal die beiden hart gearbeitet und zudem Grund zum Feiern hat-

121

ten, nachdem sie einem Teil von Silas' Zahlungsforderungen nachgekommen waren.

»Da hatte er gerade alle Hände voll zu tun«, fügte Ned mit einem Augenzwinkern zu Joe hinzu, der sich auf dem Treppengeländer abstützte.

Francesca verstand die Anspielung und zog die Stirn in Falten. »Du willst damit wohl sagen, dass er in Begleitung einer Frau war?«

»Nicht eine Frau, gleich zwei. Eine in jedem Arm«, meinte Ned süffisant. Er hatte die beiden erkannt – zwei stadtbekannte Flittchen, die sich in der Nähe der Hotels herumtrieben, um sich mit Männern zu amüsieren, die etwas Kleingeld in der Tasche hatten. Ned war ein wenig verwundert gewesen, Neal in solch zwielichtiger Gesellschaft zu sehen, aber zu dem Zeitpunkt war Neal schon ziemlich betrunken gewesen.

»Es hat keinen Sinn, Zeit zu verschwenden und auf diesen Kerl zu warten«, sagte Francesca schroff, wobei sie sich über sich selbst ärgerte, dass sie sich um sein Wohlergehen gesorgt hatte.

»Wenn er in den nächsten Minuten nicht auftaucht, legen wir ohne ihn ab«, sagte Joe. »Eine Fuhre Holz ist besser als nichts. Außerdem wartet Ezra Pickering darauf, und ich will ihn nicht im Stich lassen.«

»Dann lass uns keine weitere Zeit verschwenden und sofort losmachen«, entgegnete Fran, die es nicht abwarten konnte, abzulegen und jeden Gedanken an Neal Mason zurückzulassen.

»Du hast mir gar nicht erzählt, wie der Abend mit Montgomery Radcliffe war«, sagte Joe etwas später während der Fahrt zu Francesca.

»Es war ein sehr schöner Abend, und er hat mich um ein Wiedersehen gebeten.« Ein Lächeln erschien auf ihrem Gesicht.

Joe runzelte die Stirn. »Hältst du das für klug?«

»Ich weiß gar nicht, worüber du dir Sorgen machst, Dad«, erwiderte Francesca.

Doch Joe konnte nicht darüber hinwegsehen, dass Montgomery sich normalerweise in völlig anderen gesellschaftlichen Kreisen bewegte. »Sei vorsichtig, mein Mädchen. Ich will nicht mit ansehen, wie man dir das Herz bricht.«

»Ich könnte deine Bedenken ja verstehen, wenn ich mit jemandem wie Neal Mason ausgehen würde, Dad, aber Monty ist der perfekte Gentleman.«

»Jeder Mann würde sich glücklich schätzen, einer Frau wie dir zu begegnen, die seine Liebe erwidert, Fran, aber die Mitglieder der besseren Gesellschaft heiraten aus anderen Gründen. Sie verplanen ihr Leben, ohne auf ihr Herz zu hören, genauso wie bei ihren geschäftlichen Unternehmungen. Ich bin mir sicher, dass Montgomery Radcliffe dich für bezaubernd hält, aber ich bin mir ebenso sicher, dass Regina und Frederick bereits eine zukünftige Frau für ihn ausgesucht haben.«

»Ich bezweifle, dass Monty sich von seinen Eltern zu einer Heirat zwingen lässt.«

Frannie war jung und unerfahren, und Joe war bewusst, dass sie seinen Rat in den Wind schlagen würde. »Ich bitte dich, Frannie, versprich deinem alten Vater trotzdem, vorsichtig zu sein.«

Francesca lächelte. »Ich bin vorsichtig, Dad, versprochen. Deine Sorge ist völlig unbegründet.«

Sie hatten soeben Moama passiert, als sie plötzlich hinter sich einen Pfiff hörten. Joe sah aus dem Fenster des Ruderhauses und murrte.

»Was ist, Dad?«, fragte Francesca.

»Es ist die *Kittyhawk*«, antwortete er.

Francesca bemerkte den gedämpften Zorn in seiner Stimme. »Hast du Ärger mit der Besatzung?«, fragte sie.

Joe schien nach den richtigen Worten zu suchen, wie Fran-

123

cesca auffiel. Sie konnte nicht ahnen, dass er versuchte, Rücksicht auf ihre Gefühle zu nehmen. »Mungo McCallister ist hier auf dem Fluss einer der unbeliebtesten Männer«, entgegnete er. »Mach bei Strommeile 299 Halt, dort können wir Holz für den Kessel laden, und McCallister kann uns überholen.«

Als sie anlegten, bemerkte Joe verärgert, dass die *Kittyhawk* ebenfalls Halt machte. Um keine Zeit zu verlieren, ging er mit Ned an Land, um Holz zu laden, während Francesca alles vom unteren Deck aus verfolgte.

»Wer ist denn dein neuer Kapitän?«, rief Mungo, als Joe das Schiff vertäute.

Joe gab keine Antwort, was Francesca irritierte. Sie fragte sich, ob er den Kapitän der *Kittyhawk* nicht gehört hatte.

»Ich bin Francesca Callaghan«, rief sie zurück.

Mungos Augen wurden schmal, und genüsslich ließ er den Blick über Francesca schweifen. Sie erkannte sofort, warum ihr Vater den Mann nicht mochte.

Währenddessen warfen Joe und Ned unbeirrt das Holz durch die Luke des Kesselraums, ohne dem Kapitän der *Kittyhawk* Beachtung zu schenken.

Im nächsten Augenblick erschien eine jüngere Ausgabe von Mungo an Deck und grinste unverschämt. Der Kerl hatte rötliches Haar, zahlreiche Sommersprossen und eine platte Nase wie ein Boxer. Er blickte Francesca mit einer Mischung aus Neugier und Verachtung an.

»Das ist mein Sohn Gerry«, erklärte Mungo. »Ich bringe ihm bei, wie man die *Kittyhawk* steuert.«

Weder Joe noch Ned zeigten eine Reaktion. Vom Kapitän der *Syrett*, John Henry, hatten sie nämlich schon erfahren, dass Mungo seinen Sohn auf das Kapitänspatent vorbereitete. Henry hatte überdies erwähnt, dass Gerry unter den Schiffern sehr unbeliebt war, da er sich noch großspuriger verhielt als sein Vater.

»Willst du etwa dein Schifferpatent machen?«, rief Gerry zu Francesca hinüber.

»Und wenn?«, gab Francesca zurück. Ihr missfiel sein Tonfall, aus dem nicht nur deutlich seine Verachtung für eine Frau am Ruder herauszuhören war, sondern auch Zweifel, dass sie der Aufgabe gewachsen war.

Wie erwartet stieß Gerry ein höhnisches Gelächter aus. »Wie wär's mit einer kleinen Wettfahrt nach Flemings Bend?«

»Wozu?«

»Hast wohl Angst zu verlieren?«

»Bestimmt nicht. Ich sehe bloß keinen Sinn darin, mich auf diesen kindischen Vorschlag einzulassen, nur damit Sie sich selbst etwas beweisen können.«

Gerrys Augen blitzten boshaft, doch bevor er kontern konnte, kam Joe an Bord der *Marylou*.

»Wir haben hier zu tun, um unseren Lebensunterhalt zu verdienen«, sagte er sowohl zu dem Burschen als auch zu dessen Vater.

»Ein Mädchen könnte mich sowieso niemals schlagen«, höhnte Gerry.

Joe sah zu Francesca. Er konnte sehen, dass sie wütend war, und er war stolz, dass sie ihre Zunge im Zaum hielt.

»Die *Marylou* hat ihre besten Tage hinter sich, mein Sohn«, sagte Mungo und legte Gerry die Hand auf die Schulter. »Du brauchst dir nur anzusehen, in was für einem Zustand sie ist.«

Neben der *Kittyhawk* machte die *Marylou* in der Tat einen ziemlich heruntergekommenen Eindruck, doch der äußere Schein sagte nichts über die Qualität der Maschine aus, für die Joe und Ned die Hand ins Feuer legten.

Francesca sah ihrem Vater an, dass Mungos Bemerkung ihn getroffen hatte, doch er zwang sich, ihn zu ignorieren. Sie folgte ihm hinauf ins Ruderhaus.

125

»Du kannst Mungo McCallister nicht ausstehen, nicht wahr, Dad?«, meinte sie, als sie wieder ablegten.

»Ich kenne niemanden auf dem Murray, der sich so rücksichtslos verhält«, murmelte Joe.

Francesca bemerkte, dass seine Unterlippe bebte, und sie spürte, dass hinter seinen Worten mehr steckte. Er war sichtlich aufgewühlt; zugleich schien ihn etwas aus der Vergangenheit zu quälen. Obwohl sie darauf brannte, alles zu erfahren, was zwischen ihrem Vater und Mungo McCallister vorgefallen war, wollte sie ihn nicht bedrängen.

Eine halbe Stunde später warf Joe einen Blick durchs Fenster des Ruderhauses und sah, dass die *Kittyhawk* ihnen folgte. »Verdammt soll er sein«, brummte er.

Francesca musterte ihren Vater. Er spürte ihren Blick und wandte sich zu ihr, wobei er ihre besorgte Miene registrierte. Er hatte sich oft gefragt, wie gut Francesca sich noch an den Vorfall erinnern konnte, der zum Tod ihrer Mutter geführt hatte.

Beruhigend legte er ihr die Hand auf die Schulter und sagte: »An dem Tag, an dem deine Mutter umgekommen ist, hat ein anderes Schiff die *Marylou* gestreift.«

»War das etwa ...«

»Ja, es war die *Kittyhawk*. Mungo machte eine Wettfahrt mit der *Adelaide*.«

Francesca erinnerte sich zwar an den schrecklichen Moment, als die *Marylou* von einem anderen Schiff gerammt worden war, doch den Namen dieses Schiffes hatte sie sich damals nicht eingeprägt.

»Mungo hat mir nie zu verstehen gegeben, dass er seine Tat bereut ... beziehungsweise, was deiner Mutter zugestoßen ist. Deshalb fällt es mir schwer, seine Nähe zu ertragen.«

Jetzt verstand Francesca die tiefe Ablehnung ihres Vaters gegenüber diesem Mann. »Dann ist Mutters Tod seine Schuld?«, sagte sie entsetzt.

126

Joe ließ den Kopf sinken. »Die *Kittyhawk* hat uns steuerbord gerammt, und deine Mutter ist backbord ins Wasser gefallen. Es würde mir helfen, wenn ich Mungo für ihren Tod verantwortlich machen könnte, aber auch ich trage einen Teil der Schuld. Hätte ich Mary das Schwimmen beigebracht, hätte sie dem Dampfer ausweichen können. Jeder, der auf dem Fluss lebt und arbeitet, sollte schwimmen können.« In den Sommermonaten hatte Joe hin und wieder mit Mary geübt, doch sie hatte Angst vor dem Wasser gehabt und nur langsam Fortschritte gemacht. Dennoch machte er sich Vorwürfe, weil er sich für die Schwimmübungen nicht mehr Zeit genommen und mit mehr Nachdruck darauf bestanden hatte.

»Hätte er uns nicht gerammt, wäre Mutter nicht über Bord gestürzt«, entgegnete Francesca wutentbrannt.

»Er hat nicht mitbekommen, dass sie über Bord gegangen ist und von einem anderen Schiff erfasst wurde. Das hat er erst später erfahren.« Mungo hatte versucht, sich zu entschuldigen, doch Joe war damals nicht in der Gemütsverfassung für Reuebekundungen gewesen. Für ihn hatte damals lediglich gezählt, dass er wegen einer sinnlosen Wettfahrt seine Frau verloren hatte, und Frannie ihre Mutter. »Am meisten kränkt mich, dass Mungo trotz dieses Vorfalls noch dasselbe unverantwortliche Verhalten an den Tag legt wie damals. Gäbe es Gerechtigkeit auf dieser Welt, würde er mitsamt seinem Schiff sinken.«

Joe verschwieg Francesca, dass er sogar mit dem Gedanken gespielt hatte, die *Kittyhawk* in die Luft zu sprengen. Nur die Liebe zu seiner Tochter hatte ihn davon abgehalten.

Als die *Marylou* die nächste Biegung umschifft hatte, befand die *Kittyhawk* sich wieder unmittelbar hinter ihnen. Gerry betätigte die Dampfpfeife.

»Beachte sie gar nicht, Frannie«, wies Joe sie an. »Halte einfach weiter Kurs.«

Es herrschte starker Wind, sodass Francesca sich sehr konzentrieren musste, um den Kurs zu halten. Sie wurde nervös, als die *Kittyhawk* so dicht zu ihnen aufschloss, dass die beiden Schiffe einander fast berührten.

»Bleib einfach auf Kurs«, sagte Joe mit vor Zorn zusammengebissenen Zähnen.

Kurz darauf setzte die *Kittyhawk* zu einem Überholmanöver an. Francesca konnte das Schlagen der Radschaufeln im Wasser hören, während die *Kittyhawk* steuerbord aufholte.

»Warum überholt er so dicht?«, sagte sie und warf einen besorgten Blick über die Schulter. Sie rechnete jeden Augenblick damit, dass die Schaufelräder der beiden Schiffe kollidierten.

»Er will uns provozieren«, entgegnete Joe. »Beachte ihn gar nicht.« Er hatte sich sehr über Mungos Bemerkung geärgert, die *Marylou* habe ihre besten Tage hinter sich. »Ich würde diesem überheblichen Kerl am liebsten einen Dämpfer verpassen«, murmelte er. »Aber eine Wettfahrt wäre unverantwortlich. Und von mir als Kapitän wäre es höchst fahrlässig, dich dazu zu ermutigen.«

Francesca wusste, was in ihrem Vater vorging, zugleich aber spürte sie, dass er Mungo McCallister gern beweisen wollte, dass die *Marylou* noch nicht zum alten Eisen gehörte.

Nach wie vor fuhr die *Kittyhawk* auf einer Höhe mit ihnen, während Gerry unablässig die Dampfpfeife schrillen ließ.

»Sollen wir uns das wirklich gefallen lassen?«, rief Ned vom unteren Deck hinauf. Für gewöhnlich machte er mit solchen Narren kurzen Prozess; zudem hielt er große Stücke auf die *Marylou*, selbst als der Kessel noch reparaturbedürftig gewesen war.

»Wir kümmern uns um unsere eigenen Angelegenheiten«, rief Joe zu ihm hinunter und hörte, wie Ned einen Fluch ausstieß, bevor er sich wieder der Maschine zuwandte. Joe wusste, dass Ned an seiner Stelle schon vor langer Zeit eine Wettfahrt mit der *Kittyhawk* ausgetragen hätte, und sei es nur, um Mungo McCallister damit ein für alle Mal zum Schweigen zu bringen.

Joe sah zur *Kittyhawk* hinüber. Er konnte in das Ruderhaus sehen, wo Mungo seinem Sohn offenbar Anweisungen erteilte. Im nächsten Moment riss Gerry das Ruder in Richtung *Marylou* herum.

»Zum Teufel, was macht er da?«, sagte Joe.

Er konnte Frannie nicht anweisen, nach backbord auszuweichen, da sich vor ihnen ein Riff befand. Als die beiden Schiffe kollidierten, verlor Francesca bei dem Aufprall beinahe das Gleichgewicht. Sie stürzte nur deshalb nicht, weil sie sich am Ruder festklammerte.

»Jetzt reicht's!«, brummte Joe. »Kesseldruck erhöhen«, rief er zu Ned hinunter.

»Na also!«, gab dieser vergnügt zurück.

»Ist die *Marylou* beschädigt?«, fragte Francesca besorgt.

Joe warf einen Blick aus dem Fenster. »Sieht so aus, als wäre am Radkasten ein wenig Holz gesplittert, aber sonst scheint nichts zu sein.«

In diesem Moment wurden sie von der *Kittyhawk* überholt. Joe und Francesca konnten Mungos selbstgefälligen Gesichtsausdruck erkennen, während Gerry dämlich grinste, als er sich zu ihnen umwandte.

»Wenn er noch näher kommt, wird er uns wieder rammen«, sagte Francesca. Ihr brach der Schweiß aus, als der Bug der *Marylou* beinahe das Heck der *Kittyhawk* streifte.

»Mungo macht ständig solchen Unfug«, sagte Joe zornig. »Kein Wunder, dass er seinen Sprössling auch dazu antreibt.«

»Was soll ich tun?«, fragte Francesca, die das Ruder so fest umklammerte, dass ihre Knöchel weiß hervortraten.

Joe erkannte, dass seine Tochter kurz davor stand, in Panik zu geraten. Ihm war bewusst, dass sie für ein Rennen zu wenig Erfahrung hatte, aber was noch schlimmer war: Ein Zusammenstoß mit der *Kittyhawk* konnte ihr Selbstvertrauen untergraben. »Wir sollten am Ufer anlegen, bis er weiterfährt«, sagte er.

»Aber wir dürfen keine Zeit verschenken, Dad, wenn wir das Holz heute noch anliefern wollen.«

»Ich weiß«, erwiderte Joe mit besorgter Miene. Er konnte es sich nicht leisten, seine Vereinbarung mit Ezra Pickering zu brechen, erst recht nicht, solange Silas ihm im Nacken hing; deshalb verwarf er den Gedanken, sich mit der *Kittyhawk* ein Rennen zu liefern. Es war zu gefährlich. »Drossle die Maschine, bis er Leine gezogen hat.«

Als die *Marylou* langsamer wurde, gewann die *Kittyhawk* zu Joes und Francescas großer Erleichterung rasch einen Vorsprung. Allerdings nur so lange, bis die *Kittyhawk* ebenfalls das Tempo drosselte und vor der *Marylou* plötzlich ausscherte, sodass Francesca zu einem Ausweichmanöver gezwungen war, um eine Kollision zu vermeiden, was Joe endgültig aus der Haut fahren ließ. Er stürmte auf das Unterdeck und schleuderte Mungo McCallister einen Schwall Beschimpfungen entgegen. Doch Mungo lachte ihn aus.

Auf dem Weg zurück zum Ruderhaus zog Joe an der Schnur für das Pfeifsignal, aber die *Kittyhawk* legte sich erneut vor ihnen quer, sodass Francesca nach steuerbord ausweichen musste, um einen Zusammenstoß zu verhindern.

Joe erkannte, dass es nur noch eine Möglichkeit gab: Sie mussten sich der Herausforderung stellen.

»Wir haben nur eine Chance, aus der Gefahrenzone zu bleiben und dennoch nach Barmah zu gelangen, damit wir Holz laden können, Frannie – indem du die *Kittyhawk* überholst. Die McCallisters behindern den Schiffsverkehr flussaufwärts. Wenn nicht ein Wunder geschieht, wird es früher oder später zu einem Unglück kommen.«

Mehrere Dampfschiffe, die sich aus der entgegengesetzten Richtung näherten, gaben der *Kittyhawk* Warnsignale, weil das Schiff unkontrolliert auf dem Fluss hin und her schlingerte, worauf Gerry seinerseits die Dampfpfeife betätigte, ohne sein sinnloses Unterfangen aufzugeben.

»Was für ein verdammter Narr«, murmelte Joe zornig.

»Bringt unsere Maschine genug Leistung, diesen Trottel zu überholen?«, fragte Francesca.

»Das werden wir bald herausfinden. Traust du dir das zu, mein Mädchen?«

Francesca nickte. Zwar zitterte sie am ganzen Leib, wollte ihren Vater aber nicht im Stich lassen.

»Volldampf voraus«, befahl Joe.

Nach kurzer Zeit holte die *Marylou* die *Kittyhawk* wieder ein und zog gleichauf mit ihr. Die Schaufelräder donnerten durchs Wasser, und die Antriebspumpen stampften wild.

Ned verfolgte, wie der Druckmesser auf sechs Bar hinaufkroch. Joe konzentrierte sich auf die markierten Bäume, die den Abstand von einer Meile anzeigten, um ihre Geschwindigkeit auszurechnen. Er überschlug, dass sie zehn Knoten machten, und sie gewannen nach wie vor an Geschwindigkeit. Gleich darauf setzte die *Marylou* sich knapp an die Spitze.

Die McCallisters beschleunigten ebenfalls, sodass die beiden Schiffe Seite an Seite die nächste Strommeile passierten. Die *Kittyhawk* befand sich wieder steuerbord, und Joe wusste, dass sie bei der nächsten Flussbiegung nach backbord Vorsprung gewinnen würden – doch er wusste auch, dass dort Baumstämme lauerten, sodass sie aufpassen mussten.

»In der Biegung da vorn darfst du nicht zu dicht ans linke Ufer kommen«, wies er Frannie an. »Wir werden die *Kittyhawk* weiter nach steuerbord drängen.«

Francesca war sich bewusst, dass Gerry McCallister versuchte, sie nach backbord abzudrängen. Obwohl es sie alle Kraft kostete, hielt sie die Stellung. Die *Marylou* wurde schneller. Joe schätzte, dass sie jetzt ungefähr fünfzehn Knoten machten. Als sie die Biegung erreichten, lagen sie bereits gute zehn Meter vor der *Kittyhawk*, womit Gerry seine Chance verspielt hatte, sie in die Baumstämme oder ans Ufer abzudrängen. Als sie die Flussbiegung durchquerten, musste die *Kittyhawk* einen großen Bogen machen, wodurch die *Marylou* einen deutlichen Vorsprung gewann.

Joe sah nach hinten. »Die fahren immer noch mit der Originalmaschine. Mungo sollte lieber aufpassen, dass sie ihm nicht um die Ohren fliegt.« Er steckte den Kopf ins Mannloch. »Wie hoch ist der Kesseldruck?«, fragte er Ned.

»Knapp sieben Bar«, rief Ned zurück.

Joe lächelte in sich hinein. »Ich wette, Mungo gibt seinem Maschinisten gerade den Befehl, den Kesseldruck bis zum Maximum zu erhöhen.«

»Was bedeutet das?«, fragte Francesca.

»Wenn sich im Kessel zu viel Druck aufbaut, öffnet sich automatisch ein Sicherheitsventil. Dadurch fällt der Druck ab, die Maschine verliert an Leistung und arbeitet langsamer. Der Maschinist kann das Sicherheitsventil allerdings blockieren.«

»Und wie?«

»Indem er etwas hineinschiebt. Jeder Maschinist hat seine bevorzugte Methode. Aber wie auch immer sie aussehen mag – die Sache ist gefährlich.«

»Willst du damit sagen, der Kessel könnte explodieren?«, fragte Francesca.

Joe nickte und blickte wieder nach achtern zur *Kittyhawk*. »Mungo ist ein Dummkopf. Er weiß, dass er ein Risiko eingeht und dass ihm sein Kessel um die Ohren fliegen könnte, aber das hält ihn anscheinend nicht ab.«

Sie passierten eine weitere Flussbiegung Richtung backbord. Kurz darauf holte die *Kittyhawk* wieder auf.

»Ich hab richtig gelegen«, sagte Joe, »die haben die Klappe versperrt und holen alles aus der Maschine heraus.«

Francesca und Joe wussten, dass an der nächsten Flussbiegung backbord zahlreiche Baumstämme lauerten, sodass sie das Schiff auf der rechten Seite halten musste. Bestimmt wussten das auch Gerry und Mungo, sodass damit zu rechnen war, dass sie zu einem Überholmanöver ansetzten, um die *Marylou* in die Baumstämme zu drängen.

Ned gab sein Bestes, um den Kessel zu schüren. Der Druck hatte längst sieben Bar überschritten, die Höchstmarke des Druckmessers, sodass Ned nicht wusste, wie hoch der Druck inzwischen war.

»Wenn wir die *Kittyhawk* tatsächlich schlagen, Dad, werden Mungo und sein Sohn umso wütender sein, weil ich am Steuer stand«, sagte Francesca.

»Stimmt. Sie würden sich zum Gespött der anderen machen.«

»Na, diese Blamage ist ihnen sicher. Und das ist auch besser so, damit sie endlich mit solch unverantwortlichem Unsinn aufhören.«

»Da hast du Recht, Frannie.« Joe warf einen Blick nach hinten. Er wusste, dieses Rennen war noch lange nicht vorbei.

Leo Mudluck, den Maschinisten auf der *Kittyhawk*, befiel eine ungewohnte Nervosität. Er war ein gewissenhafter und besonnener Mann und arbeitete bereits seit vielen Jahren für Mungo McCallister; er kannte den Kessel der *Kittyhawk* genauso gut wie seine Ehefrau. Er zog sogar Vergleiche zwischen dem Kessel und seiner Gemahlin. Bessie konnte genauso unvorhersehbar und temperamentvoll reagieren, wenn man sie falsch anfasste. Unruhig starrte Leo auf das Sicherheitsventil, das er auf Mungos Anordnung mit einem Nagel

133

blockiert hatte. Leo fürchtete, dass der Kessel an seine Leistungsgrenze stieß, denn die Nadel des Druckmessers stand bis zum Anschlag.

»Mungo!«, rief er, verängstigt wie nie zuvor im Leben. »Der Kessel wird explodieren, wenn wir nicht Druck ablassen!«

»Behalt ja die Nerven!«, gab Mungo mit hochrotem Gesicht zurück. Vor Wut stand er ebenfalls kurz vor der Explosion. Er sah, dass die *Marylou* ihren Vorsprung ausbaute, und war fest entschlossen, sie einzuholen. Doch die Mündung des Goulburn River war nicht mehr weit, sodass der *Kittyhawk* nur noch eine knappe Meile blieb.

»Geht's nicht schneller?«, sagte Gerry mit kläglicher Stimme, den Blick auf die *Marylou* geheftet und die Unterlippe vorgestülpt wie ein bockiges Kind.

»Leg mehr Holz nach«, rief Mungo zu Leo in den Maschinenraum hinunter. Er wollte vor seinem Sohn nicht das Gesicht verlieren, und vor allem wollte er sich nicht zum Gespött der anderen machen.

»Aber der Kessel ...«, sagte Leo.

»Tu's einfach, Leo«, brüllte Mungo wütend.

»Nein! Ich werde die Maschine nicht weiter anfeuern!« Leo eilte aus dem Maschinenraum an Deck. »Sonst explodiert der Kessel ...«

»Es ist nur noch eine Meile, das hält er aus«, gab Mungo zurück. »Er *muss* einfach!«

Leo schüttelte energisch den Kopf und weigerte sich, in den Kesselraum zurückzugehen, sodass Mungo die Treppe vom Ruderhaus hinuntereilte und selbst Holz nachlegte.

»Teufel nochmal, Mungo, das ist Wahnsinn«, rief Leo zu ihm hinunter. »Komm sofort rauf, solange du noch kannst.«

»Wir hängen sie ab, nicht wahr, Dad?«, fragte Francesca, wobei Joe ihr entschlossener Tonfall nicht verborgen blieb.

»Bis jetzt schon, aber ich habe den Eindruck, sie holen wieder auf.« Joe machte sich Sorgen um Leo Mudluck, den Maschinisten der *Kittyhawk*. Er kannte Leo seit vielen Jahren. Auch wenn er für Mungo arbeitete, war er ein rechtschaffener Mann.

Als sie die Goulborn-Flussmündung passierten, holte die *Kittyhawk* weiter auf.

»Ist da unten alles in Ordnung?«, rief Joe zu Ned hinunter. Er hatte zwar Vertrauen in den neuen Kessel, zumal dieser unter Hochdruck getestet worden war, aber dennoch bestand die Möglichkeit, dass von den zweihundert Innenrohren eines eine Schwachstelle aufwies.

»Alles klar«, rief Ned zurück und wischte sich den Schweiß von der Stirn.

Joe plagten Gewissensbisse, als er die Anstrengung aus Neds Stimme heraushörte. Ned war nicht mehr der Jüngste, und offenbar war er mit den Kräften fast am Ende. Im Stillen verfluchte Joe Mungo McCallister. Glücklicherweise war Flemings Bend, wo sie endlich das Tempo drosseln konnten, um diesem Albtraum ein Ende zu machen, weniger als eine Meile voraus. Joe hoffte nur, dass niemand verletzt werden würde.

»Da vorn ist Flemings Bend«, rief Francesca aufgeregt.

Joe wandte sich um. Inzwischen befand die *Kittyhawk* sich nur noch dreißig Meter hinter ihnen und holte weiter auf. Er konnte Mungo in dem Ruderhaus nicht erspähen, aber er sah, dass Leo Mudluck an Deck war.

»Was, zum Teufel, geht da vor sich?«, murmelte er vor sich hin. Er hatte ein ungutes Gefühl, das er aber rasch verdrängte.

Francesca sah genau in dem Augenblick nach hinten, als Leo Gerry etwas zubrüllte. Gleich darauf gab es eine fürchterliche Detonation. Francesca schrie vor Entsetzen laut auf, als die Druckwelle die *Marylou* erfasste. Sie brachte die Scheiben zum Klirren, und gesplittertes Holz regnete auf den Fluss.

»Großer Gott! Das habe ich befürchtet«, sagte Joe. »Stopp die Maschine.«

Joe blickte aus dem Fenster des Ruderhauses und beobachtete, dass Mungo an die Reling taumelte und sich den Arm hielt. Er schrie vor Schmerzen. Augenblicke später gab es eine kleinere Explosion im Kesselraum, und die drei Männer sprangen von Bord. Leo zog Mungo durchs Wasser, während von der *Kittyhawk* dunkle Rauchschwaden emporstiegen.

Ned kam an Deck, während Joe die Treppe vom Ruderhaus hinuntereilte. Die drei Schiffbrüchigen standen zehn Meter vom Dampfer entfernt im seichten Wasser, starrten ungläubig auf ihr rauchendes Schiff und warteten angespannt, ob es eine weitere Detonation geben würde oder ob die *Kittyhawk* womöglich sank.

»Soll ich wenden?«, rief Francesca aus dem Ruderhaus ihrem Vater zu.

»Das ist ratsam«, entgegnete Joe. »Wenn ein Feuer ausbricht, sind sie vielleicht auf unsere Hilfe angewiesen.«

Während Francesca ein Wendemanöver einlenkte, sah Joe, wie Mungo, Gerry und Leo zur *Kittyhawk* zurückschwammen und an Bord kletterten. Gerry versuchte offenbar, seinen Vater zu trösten, und Leo stieg vorsichtig nach unten, um den Schaden zu begutachten.

Francesca umkreiste mit der *Marylou* langsam die *Kittyhawk*, während Joe und Ned an Deck alles verfolgten. Aus dem Schiffsrumpf stieg nach wie vor Dampf empor, allerdings kein dichter Rauch mehr.

»Braucht ihr Hilfe?«, rief Joe hinüber. »Habt ihr Feuer an Bord?«

»Von euresgleichen nehmen wir keine Hilfe an«, knurrte Mungo unfreundlich. Er hielt sich den Arm, an dem er sich schwere Verbrennungen zugezogen hatte, wie auch an der Schulter und am Rücken. Er konnte sich glücklich schätzen, dass er es an Deck geschafft hatte, kurz bevor der Kessel in die Luft geflogen war, sonst wäre er jetzt vielleicht tot.

Joe wusste, wie schmerzhaft Verbrennungen sein konnten; dennoch stieg Zorn auf Mungo in ihm auf.

In diesem Moment erschien Leo keuchend und hustend an Deck, das Gesicht rußverschmiert. »Da unten herrscht das reinste Chaos«, brachte er japsend hervor, »aber das Feuer war beinahe schon erloschen ... ich hab den Brand ganz gelöscht.«

Joe starrte weiter zu Mungo. Obwohl ihm dessen Demütigung und körperliche Schmerzen nicht verborgen blieben, verspürte er keine Genugtuung. Schließlich hatte Mungo das eigene Schiff bis an die Grenzen getrieben, und das alles für den Ruhm, aus einem unsinnigen Wettrennen als Sieger hervorzugehen. Joe hingegen hatte die *Marylou* stets mit Respekt behandelt und es niemals darauf angelegt, das Schiff, sich selbst und Ned in Gefahr zu bringen.

»Sollen wir ihnen helfen, Joe?«, fragte Ned.

»Nein. Die können sich glücklich schätzen, dass die *Kittyhawk* nicht abgebrannt und gesunken ist«, entgegnete Joe verbittert, da er daran denken musste, dass Mungo damals rücksichtslos die *Marylou* gerammt hatte, ohne Halt zu machen und sich zu vergewissern, ob jemand verletzt oder sogar getötet worden war.

Mit jedem anderen hätte Joe Mitleid gehabt, nicht jedoch mit Mungo McCallister. Es war ein Wunder, dass er, Gerry und Leo keine ernsthaften oder gar tödlichen Verletzungen davongetragen hatten. Joe konnte nur zornig und verwundert den Kopf schütteln über die Ungerechtigkeit des Schicksals, dass ein gewissenloser Bursche wie Mungo verschont blieb, während ein guter, liebevoller Mensch wie seine Mary hatte sterben müssen.

Francesca wusste genau, was ihrem Vater durch den Kopf ging, als er zu ihr ins Ruderhaus kam. Sie hakte sich bei ihm ein. »Wenigstens ist der Fluss jetzt eine Weile vor Mungo sicher, Dad«, sagte sie mit sanfter Stimme.

Joe nickte. »Hier gibt es nichts mehr zu tun. Fahrt voraus.«

Eigentlich hatte er Mungo anbieten wollen, die *Kittyhawk* ans Ufer zu ziehen, bevor sie mit der Strömung abtrieb, doch Mungo hatte bereits einen anderen Dampfer um Hilfe gebeten.

Während die *Marylou* Kurs auf Barmah nahm, wurde Joe das ungute Gefühl nicht los, dass es ein Fehler gewesen war, sich auf die Wettfahrt einzulassen – ein Fehler, den sie noch bereuen würden. Mungo war nachtragend, und Joe befürchtete, dass er Rache für die Demütigung nehmen würde.

6

Auf Ezra Pickerings Werft herrschte geschäftiges Treiben, als Silas Hepburn dort eintraf. Er wusste, dass man als Schiffbauer ordentlich verdienen konnte, hatte aber nicht damit gerechnet, dass Ezras Geschäft derart blühte: Mehr als zwanzig Männer arbeiteten an mehreren neuen Schiffen in unterschiedlichem Fertigungszustand. Diese Beobachtung wurmte Silas, da er Ezra damals in dessen Anfangszeit angeboten hatte, ins Geschäft zu investieren, jedoch auf vehemente Ablehnung gestoßen war.

Seit Silas wusste, dass Joe für Ezra arbeitete, war er nicht untätig gewesen. Mittlerweile hatte er herausgefunden, dass Ezra Aufträge für den Bau mehrerer Schiffe hatte, und Silas kannte auch die jeweiligen Auftraggeber, wobei er mit großem Interesse zur Kenntnis genommen hatte, dass Ezras wichtigster Kunde ein alter Bekannter von ihm war. Diesen Umstand betrachtete Silas als eine glückliche Fügung des Schicksals. Zudem hatte er in Erfahrung gebracht, dass Joe Callaghan überwiegend das Brennholz für die Dampfsäge lieferte, während das hochwertige Holz für die Schiffskörper von anderen Dampfern gebracht wurde. Dies bedeutete, dass Joe ersetzbar war.

Silas stolzierte durchs Tor, als wäre er selbst der Besitzer der Werft. Er hatte ein festes Ziel vor Augen und den eisernen Willen, sich durch nichts und niemanden aufhalten zu lassen. Die Aussicht auf den lockenden Gewinn gab ihm den nötigen Ansporn, um Ezra mit aller Macht und Hinterlist gefügig zu machen.

»Guten Morgen, Silas«, begrüßte Ezra ihn, als er ihn bemerkte. »Was führt Sie hierher?« Ezras Frohsinn verbarg seine ungute Vorahnung. Schließlich wusste er, dass Silas nicht hier war, um den Bau eines Schiffes in Auftrag zu geben – und das wiederum bedeutete, dass er irgendeine Gefälligkeit erwartete. Da Silas stets der Einzige war, der von solchen Gefälligkeiten profitierte, stellte Ezra sich innerlich bereits auf eine Auseinandersetzung ein.

»Ich bin hier, um Ihnen ein Geschäft vorzuschlagen«, sagte Silas, dessen Lächeln seine Verschlagenheit widerspiegelte.

»Bitte, kommen Sie in mein Büro«, entgegnete Ezra. »Bei dem Getöse hier versteht man ja sein eigenes Wort nicht.« Das Sägen und Hämmern, die Rufe der Männer und die gebrüllten Befehle machten es fast unmöglich, draußen eine Unterhaltung zu führen. Überdies wollte Ezra nicht, dass seine Arbeiter Zeugen einer Auseinandersetzung zwischen ihm und Silas Hepburn wurden.

Silas folgte Ezra in das kleine Büro, in dem sich Unterlagen und Pläne stapelten, und schloss die Tür hinter sich. Er wollte sichergehen, dass niemand, der unbemerkt am Büro vorbeikam, mithören konnte. Es war eine Sache, als intrigant und berechnend zu gelten, aber es war etwas anderes, sich dabei erwischen zu lassen. »Ich will gleich zum Punkt kommen«, begann Silas, wobei er seinen Hut ablegte und Platz nahm.

»Bitte«, erwiderte Ezra und setzte sich ebenfalls, mit einem Gefühl der Beklemmung in der Brust. Er wollte diese Unterhaltung möglichst schnell hinter sich bringen. »Ich habe nämlich gleich noch einen Termin mit einem wichtigen Kunden«, fügte er hinzu.

»Handelt es sich dabei zufällig um Marshall McPhearson?«, fragte Silas und hob seine buschigen Brauen.

Alarmiert sah Ezra das kalte Funkeln in Silas' Augen. »Ja.

Ich wusste nicht, dass Sie miteinander bekannt sind.« Sein Unbehagen wuchs.

»Marshall und ich kennen uns bereits seit vielen Jahren«, entgegnete Silas viel sagend. »Er hat es zu etwas gebracht ... genau wie ich. Wie die meisten jungen Männer, die ein Ziel verfolgen, haben wir zu Anfang einige Fehler gemacht, aber wir haben gelernt, auf unseren Instinkt zu hören und uns gegenseitig zu helfen, um mögliche Schwierigkeiten von vornherein zu vermeiden.« Mit anderen Worten: Man war ihren illegalen Machenschaften auf die Schliche gekommen, und seitdem waren sie auf der Hut.

Silas verschwieg gewöhnlich seine Haftzeit in Port Arthur, einer Strafkolonie in Tasmanien, und niemand wagte ihn darauf anzusprechen. Gleichwohl war es allgemein bekannt, bestätigt durch mehrere ehemalige Mithäftlinge, und Silas hatte es nie abgestritten. Marshall McPhearson war einer dieser einstigen Mithäftlinge, und da er und Silas wegen ähnlicher Vergehen verurteilt worden waren – Silas wegen Betrugs und Wuchergeschäften, Marshall wegen Trickbetrügereien –, hatten sie rasch Freundschaft geschlossen.

Ezra begriff sofort, dass er im Nachteil war. »Worum geht es, Silas?«

»Um Joe Callaghan.«

»Was soll mit Joe sein?«

»Soviel ich weiß, beliefert er Sie mit Holz ...«

»Das ist richtig.«

»Ich wünsche, dass ein anderer Sie beliefert.«

In dem Glauben, Silas' Absichten falsch eingeschätzt zu haben, seufzte Ezra vor Erleichterung beinahe laut auf. »Ja, ich kann in der Tat mehr Holz brauchen. Das Geschäft blüht, und ein zusätzlicher Lieferant ...«

»Ich meinte keinen zusätzlichen Lieferanten, ich meinte einen *anderen* Lieferanten als Joe Callaghan.«

Ezra kniff ungläubig die Augen zusammen, während er

versuchte, die Situation zu erfassen. Ihm drängte sich die Frage auf, ob Silas vorhatte, Joe für sich selbst arbeiten zu lassen, oder ob er Joe aus dem Geschäft drängen wollte. »Ich bin mit Joes Arbeit sehr zufrieden.«

Silas strich sich durch den Bart. »Ich bin sicher, ein anderer wird diese Arbeit ebenfalls zu Ihrer Zufriedenheit erledigen – insbesondere, da Ihnen eine Entschädigung dafür winkt.«

Ezra witterte die Falle. »Ich sehe keinen Grund, meinen Lieferanten zu wechseln.«

»Ich würde mich erkenntlich zeigen, wenn Sie mir den Gefallen erweisen würden. Da Marshall und ich gute Freunde sind, legt er großen Wert auf meine Meinung.« Silas brauchte gar nicht deutlicher zu werden und offen damit zu drohen, dass er Marshall anderenfalls raten würde, eine andere Werft zu beauftragen: Ezra hatte den Wink mit dem Zaunpfahl verstanden. Zum ersten Mal verfluchte Ezra, dass er keine verbindlichen Verträge schloss. Bislang hatte er es nicht für nötig gehalten. Sein Grundsatz war, den Vertragspartnern eine Ausstiegsklausel zuzubilligen.

Ezras Miene verfinsterte sich. Es widerstrebte ihm, manipuliert zu werden. »Versuchen Sie etwa, mich einzuschüchtern, Silas? Ich habe mein Geschäft bestens im Griff und verbitte mir jegliche Einmischung von außen.« Es war ihm schon lange ein Dorn im Auge, mit anzusehen, wie anständige Männer Silas' üblen Machenschaften zum Opfer fielen.

»Aber keineswegs ...«

»Was haben Sie dann damit zu schaffen, wer mir mein Holz liefert?«, fuhr Ezra ihm ins Wort.

»Lassen Sie es mich so ausdrücken: Ich habe ein berechtigtes Interesse an Joe Callaghans Aktivitäten«, antwortete Silas. Er dachte an Francesca, an ihr zartes Gesicht und ihren jugendlichen, geschmeidigen Körper, wobei er sich begierig mit der Zunge über die Unterlippe fuhr.

Ezra wusste, dass Joe sein Schiff längst abbezahlt hatte, wusste aber auch, dass es vor einiger Zeit Probleme mit dem Kessel gegeben hatte. Er konnte nur vermuten, dass Joe sich dafür Geld von Silas geliehen hatte, der nun Profit daraus schlagen wollte. »Ich lasse mir nicht vorschreiben, was ich tun und mit wem ich zusammenarbeiten soll«, gab Ezra gereizt zurück. Er überlegte fieberhaft, welche Konsequenzen es haben würde, wenn er sich Silas widersetzte.

»Ich denke nicht im Traum daran, Ihnen vorzuschreiben, was Sie tun sollen. Ich habe Ihnen bloß einen Vorschlag unterbreitet.«

Ezra atmete auf. Dennoch war er fest entschlossen, Silas eine Abfuhr zu erteilen.

»Aber ich brauche Sie wohl nicht darauf hinzuweisen«, fuhr Silas fort, »dass ich zahlreiche Freunde habe, die großen Wert auf meine Empfehlungen legen ...« Er lächelte, doch sein Blick war kalt und starr.

»Jetzt mal im Ernst, Silas. Ich habe Ihre Drohung durchaus verstanden, dass es in Ihrer Macht liegt, mir meine sämtlichen Aufträge zu entziehen. Haben Sie das wirklich vor?«

Silas zeigte den Anflug eines Lächelns. »Nicht, wenn Sie mir die kleine Gefälligkeit erweisen. Ihr Nachschub an Holz wird gesichert sein, da ich Miteigentümer mehrerer Raddampfer bin und Ihnen einen Lieferanten zu einem günstigeren Preis vermitteln kann als der, den Joe Callaghan Ihnen abknöpft. Das ist ein äußerst faires Angebot.«

Wie sehr es Ezra auch widerstrebte, sich auf Silas' Handel einzulassen – er hatte sich zum Ziel gesetzt, so viel Kapital wie möglich zurückzulegen, solange es noch reichlich Arbeit gab, da er sich in einigen Jahren zur Ruhe setzen wollte. Er hatte den Eindruck, die Binnenschifffahrt hatte ihren Höhepunkt erreicht; zudem kursierten Gerüchte, dass der Transport immer mehr auf die Schiene verlagert werden sollte. Dies bedeutete, dass der Transport per Schiff bald überholt sein würde, und infolgedessen auch sein Geschäft. »Und was soll ich Joe sagen?«, gab Ezra sich geschlagen.

»Ich bin sicher, Ihnen fällt etwas ein«, entgegnete Silas und erhob sich, sehr zufrieden mit sich selbst. Sein Plan schien wunderbar aufzugehen.

Als die *Marylou* in Echuca einlief, erspähten Joe und Francesca Neal Masons Schleppkahn, der am Ufer gleich hinter dem Pier festgemacht war. Neal selbst war nirgendwo zu sehen.

»Ich hoffe, Neal geht es gut«, sagte Joe, der zum ersten Mal die Möglichkeit in Betracht zog, dass Neal etwas zugestoßen sein könnte.

»Dem geht es bestimmt gut«, erwiderte Francesca, der es nicht gefiel, dass ihr Vater sich um einen Schwerenöter wie Neal Mason sorgte.

Die *Marylou* legte am Ufer von Ezra Pickerings Werftgelände an. Gleich darauf machten mehrere Männer sich an die mühsame Arbeit, die Holzklötze abzuladen, die anschließend zersägt wurden, um damit die Dampfsäge zu befeuern, die aus dem hochwertigen Holz die Bauteile für die Schiffe zurechtschnitt. Francesca zog sich derweil in ihre Kajüte zurück, um dort aufzuräumen. Während Joe das Abladen der Fracht überwachte, machte Ned sich daran, ihren eigenen Vorrat mit Holzabfällen von der Werft aufzustocken. Dies war eine der Vergünstigungen, wenn man Sägewerke und Werften mit Holz belieferte.

»Mr Pickering wünscht Sie in seinem Büro zu sprechen, Mr Callaghan«, ließ ein junger Bursche ihn wissen. »Er hat gesagt, ich soll Ihnen das gleich nach Ihrer Ankunft ausrichten.«

»Danke, mein Junge«, entgegnete Joe. In der Annahme, seinen Lohn für die Fracht ausbezahlt zu bekommen, begab er sich direkt zu Ezras Büro.

»Guten Tag, Ezra«, grüßte Joe aufgeräumt. »Die Ladung fällt heute Nachmittag etwas kleiner aus, weil mein Kahnführer heute Morgen nicht erschienen ist. Aber ich werde versuchen, diese Woche eine zusätzliche Fahrt zu machen, um den Rückstand wieder auszugleichen.«

»Das wird nicht nötig sein, Joe«, entgegnete Ezra, der sich erbärmlich in seiner Haut fühlte.

Joe machte ein verdutztes Gesicht. »Sind Sie sicher?«

»Ja.« Ezra stieß einen Seufzer aus. »Ich habe Ihnen etwas mitzuteilen ... leider sind es keine erfreulichen Neuigkeiten.«

»Um was geht es?«, sagte Joe und setzte sich.

Ezra war nicht fähig, Joe in die Augen zu sehen. »Ich habe mehrere Aufträge verloren, deshalb benötige ich in nächster Zeit nicht so viel Holz.«

»Oh, das tut mir Leid, Ezra. Wie konnte das geschehen?«

Ezra rang um Fassung. Es würde ihm viel leichter fallen, Joe zu belügen, wenn der nicht ein so anständiger Mensch wäre oder wenn die Zusammenarbeit mit ihm schwierig wäre, was Ezra den Vorwand geliefert hätte, ihre Abmachung aufzukündigen. »Einige meiner Auftraggeber haben wirtschaftliche Einbußen erlitten, was sich leider auf mein Geschäft auswirkt.« Er erstickte beinahe an der Lüge.

»Das tut mir Leid«, sagte Joe, der über Ezras Lage bestürzt war, zumal dieser Mann alles Glück der Welt verdient hatte, wo er so hart arbeitete. »Bestimmt füllen die Auftragsbücher sich bald wieder. Sie leisten hervorragende Arbeit als Schiffbauer.«

Ezra hob kurz den Kopf. Er schalt sich innerlich dafür, sich Silas derart ausgeliefert zu haben. Lügen war ihm normalerweise fremd, vor allem in geschäftlichen Dingen. Ihm kam kurz der Gedanke, Joe die Wahrheit zu sagen, doch er wusste, dass Silas dann dafür sorgen würde, dass er im Bundesstaat Victoria kein einziges Schiff mehr bauen würde. Er wäre nicht der erste Geschäftsmann in der Stadt, den Silas systematisch in den Ruin trieb.

Besorgt musterte Joe Ezra, der einen verzweifelten Eindruck machte. Offensichtlich war die Situation ernster, als er angenommen hatte. »Wie viel Holz brauchen Sie denn in nächster Zeit?«

»Es tut mir Leid, Joe, ich benötige kein Holz mehr von Ihnen. Aber bestimmt können einige der Sägewerke und Werften stromaufwärts mehr Holz gebrauchen. Ich habe gehört, dass bei manchen das Geschäft sehr gut läuft, viel besser als bei mir.«

»Verstehe«, entgegnete Joe, der seine bittere Enttäuschung nicht verbergen konnte.

»Es gibt immer Fracht zu transportieren, Joe. Sie kommen schon über die Runden«, tröstete Ezra ihn, während er Silas Hepburn im Stillen in die tiefste Hölle wünschte. »Und selbstverständlich erhalten Sie von mir ein Empfehlungsschreiben.«

»Das ist sehr nett von Ihnen.« Wie betäubt nahm Joe den Scheck entgegen, den Ezra ihm reichte, und warf einen kurzen Blick auf die Summe. Seine Augen wurden groß. »Das ist zu viel«, sagte er.

»Nein«, widersprach Ezra, der damit sein schlechtes Gewissen zu erleichtern hoffte und sich vornahm, von Silas eine entsprechende Entschädigung zu verlangen. »Bestimmt können Sie den Zuschuss brauchen, bis Sie wieder Arbeit haben. Sollte sich an meiner Situation etwas ändern, sind Sie der Erste, den ich kontaktieren werde.« Es widerstrebte ihm zutiefst, Joe zu belügen, und er war nach wie vor nicht fähig, dessen Blick zu erwidern.

»Das ist sehr großzügig von Ihnen«, sagte Joe. »Aber das kann ich nicht annehmen, Ezra, nachdem Sie selbst in der Klemme stecken.«

»Ich bestehe darauf«, entgegnete Ezra und erhob sich. Das

schlechte Gewissen plagte ihn. Schließlich hatte Joe in seinen Anfangsjahren, als er noch keinen Auftraggeber gehabt hatte, die *Marylou* bei ihm in Auftrag gegeben, und er hatte sich als Kunde sehr zuvorkommend verhalten. Zudem hatte Ezra den Eindruck, dass Joe einer der wenigen war, die ein Schiff ehrlich zu schätzen wussten.

Joe konnte sich erst dazu überwinden, Francesca und Ned die schlechten Neuigkeiten mitzuteilen, als sie in Echuca am Pier festmachten.

»Ezra Pickering hat momentan keinen Bedarf an Holz. Ich muss uns einen neuen Auftraggeber suchen.«

»Oh, Dad«, stieß Francesca betroffen hervor. »Wir werden doch Arbeit finden, oder?«

»Selbstverständlich, mein Mädchen. Mach dir keine Sorgen. Kümmere dich bitte um diesen Scheck.« Er reichte ihr den Zahlschein, den Ezra ausgestellt hatte.

»Ich dachte immer, Ezra hätte volle Auftragsbücher«, sagte Ned, dessen Misstrauen sich verstärkte, als sein Blick auf die Summe fiel.

»Das dachte ich auch, aber er sagt, dass einige Aufträge geplatzt sind.«

»Geplatzt! Das klingt verdächtig«, erwiderte Ned. »Vielleicht sollte ich mich in der Sache mal umhören.«

»Reine Zeitverschwendung, Ned. Ezra hätte unsere Zusammenarbeit nicht beendet, wenn er nicht dazu gezwungen wäre«, sagte Joe, der noch vor Augen hatte, wie aufgelöst Ezra gewesen war. »Kommenden Freitag ist die nächste Rate für Silas fällig, und ich will nicht weiter in Rückstand geraten. Deshalb werde ich heute Abend bei den anderen Kapitänen nachfragen, ob jemand einen Holzlieferanten sucht. Soviel ich weiß, gibt es reichlich Arbeit. Sollte sich hier trotzdem nichts ergeben, können wir uns immer noch bei den Werften flussaufwärts erkundigen, ob Bedarf an Holz besteht.«

Joe schenkte Francesca ein zuversichtliches Lächeln. Er war ziemlich sicher, dass er bis morgen wieder Arbeit finden würde, sodass kein Grund zur Sorge bestand.

Francesca musste sich beeilen, um noch vor Ladenschluss zur Bäckerei zu gelangen, als sie auf der gegenüberliegenden Straßenseite Neal Mason sah, der gerade das Bordell verließ, in dem Lizzie Spender wohnte. Francesca wollte ihren Augen nicht trauen. Zorn stieg in ihr hoch bei dem Gedanken, dass sie alle sich um Neal gesorgt hatten, während er sich mit käuflichen Mädchen vergnügte.

»Hallo, Mr Mason«, grüßte sie ihn knapp, als er die Straße in ihre Richtung überquerte. Er hatte den Kopf gesenkt und die Hände in den Jackentaschen vergraben, sodass er Francesca noch gar nicht bemerkt hatte. Jetzt blieb er stehen, hob den Kopf und kniff überrascht die Augen zusammen.

Francesca sah erschrocken, wie heruntergekommen er war. Unter seinen Augen lagen dunkle Ringe, als hätte er nicht geschlafen; er war unrasiert, seine Kleidung unordentlich.

»Miss Callaghan«, sagte er leise, senkte wieder den Blick und setzte seinen Weg fort.

Innerlich kochend, folgte Francesca ihm. »Können wir davon ausgehen, dass Sie sich morgen wieder zur Arbeit einfinden?«, fragte sie schnippisch.

Neal hielt inne und sah sie an, als hätte sie Kisuaheli gesprochen. »Ich ... glaub schon.«

»Und warum sind Sie heute nicht gekommen, ohne jemandem von uns Bescheid zu geben?«

Neal gähnte ungeniert. »Haben Sie mich etwa vermisst?«, erwiderte er mit schleppender Stimme, und ein vertrautes Funkeln glomm in seinen dunklen Augen auf.

»Wir haben heute Morgen auf Sie gewartet und dabei wertvolle Zeit vergeudet.«

»Tut mir Leid, aber ich hatte andere Verpflichtungen.«

Francescas blaue Augen wurden schmal. »Schon gut. Ich will gar nichts über Ihre Affären wissen.« Sie konnte Neals Dreistigkeit kaum fassen. »Aber mein Vater hat sich Sorgen gemacht, dass Ihnen etwas zugestoßen sein könnte.«

Neal hielt ihre Worte für übertrieben. »Haben Sie sich auch Sorgen gemacht?«

»Selbstverständlich nicht! Ned hat Sie nämlich in der Stadt gesehen – mit zwei Frauen zugleich.«

»Ja, Sadie und Maggie«, sagte Neal mit süffisantem Grinsen.

»Dann habe ich Sie also doch richtig eingeschätzt. Nicht, dass es mich großartig interessiert ...« Francesca konnte es nicht verhindern, dass sie errötete.

»Sie sind doch nicht etwa eifersüchtig, Francesca?«

»Ich und eifersüchtig!« Sie musterte ihn mit herablassendem Blick. »Was mich betrifft, verzichte ich gerne auf Sie. Für immer und ewig.«

Neal trat einen Schritt näher auf sie zu, sodass sie den Geruch von billigem Parfüm wahrnahm ... und den warmen, männlichen Geruch seiner Haut. »Sie können es noch so sehr abstreiten, aber Ihre Augen sprechen eine andere Sprache«, flüsterte er mit sanfter Stimme.

Francesca trat einen Schritt zurück und funkelte ihn wütend an. »Mir ist noch kein Mensch begegnet, der so von sich eingenommen ist wie Sie«, stieß sie zornig hervor. »Ein Wunder, dass Sie überhaupt noch Wert auf die Gesellschaft anderer legen. Sie müssten sich eigentlich selbst genügen!«

Neal antwortete mit einem Lachen, sodass Francesca sich empört umwandte und davonstapfte.

»Oh, Schätzchen, bist du jetzt böse auf mich?«, rief Neal ihr hinterher und fügte mit leisem Lachen hinzu: »Du weißt doch, du bist die Einzige, die ich liebe.«

Francesca ignorierte ihn, was ihr bei den neugierigen Blicken der Passanten nicht leicht fiel, zumal einige grinsten, als hätte sie sich soeben mit ihrem Verlobten gestritten. Sie kochte immer noch vor Zorn, als sie mit zwei Brotlaiben die Bäckerei verließ.

Plötzlich hörte sie jemanden ihren Namen rufen. Sie blieb stehen und blickte auf die andere Straßenseite, wo Monty gerade aus seiner Kutsche stieg. Lächelnd ging er auf sie zu, wobei seine Augen vor Freude strahlten. Er war so attraktiv und zuvorkommend, dass Francescas Zorn binnen Sekunden verraucht war.

Warum kann Neal Mason sich kein Vorbild an ihm nehmen?, ging es ihr durch den Kopf.

»Sie wirken aufgelöst.« Monty ergriff ihre Hand. »Ist alles in Ordnung?«

Francesca dachte widerwillig an Neal Mason. »Ich war nur kurz in Gedanken, es ist nicht der Rede wert. Wie geht es Ihnen?«

»Gut ... jetzt, da ich Sie getroffen habe. Ich wollte Sie nämlich am Sonntag zum Tee bei mir zu Hause einladen.«

»Oh.« Francescas anfängliche Freude trübte sich ein wenig, da ihr plötzlich die Bemerkung ihres Vaters einfiel, dass Montys Eltern bereits eine zukünftige Ehefrau für ihn ausgesucht hätten. Doch beim Blick in seine warmen, aufrichtigen Augen verflogen alle ihre Bedenken. »Ich komme sehr gern«, erwiderte sie mit einem Lächeln. »Werde ich Ihre Eltern kennen lernen?«

»Ja, sicher. Sie freuen sich schon darauf. Ich werde Sie um ein Uhr abholen. Die *Marylou* wird dann am Pier vor Anker liegen, nicht wahr?«

Francesca nickte.

»Kann ich Sie zurück zum Hafen bringen?«, bot Monty an.

»Wenn es keine Umstände bereitet.«

»Für Sie würde ich sogar einen Umweg von tausend Meilen in Kauf nehmen«, erwiderte Monty.

Francesca lächelte ihn an.

Als Montys Kutsche den Pier erreichte, bemerkte Francesca erfreut, dass Neal Mason an Deck der *Marylou* stand und sich mit ihrem Vater unterhielt.

Sie wandte sich zu Monty und legte die Hand auf seine. »Danke, dass Sie mich mitgenommen haben. Ich freue mich darauf, Sie am Sonntag wiederzusehen.«

Monty stieg aus der Kutsche, um ihr herauszuhelfen, wobei er ihre Hand so lange festhielt, wie es sich vor Joes Augen gerade noch ziemte. »Ich kann es kaum erwarten«, entgegnete er.

Francesca sah kurz zur *Marylou* und stellte fest, dass Neal sein gewohntes spöttisches Grinsen offenbar vergangen war. Und ihr blieb nicht verborgen, wie erschöpft er wirkte. Geschieht ihm recht, dachte sie.

»Bis Sonntag«, verabschiedete Monty sich mit einem Handkuss.

Francesca blickte lächelnd zu ihm auf, bevor sie sich umwandte, um zum Schiff zu gehen. Monty winkte Joe kurz zu, der seinen Gruß erwiderte.

»Am Sonntag bin ich auf Derby Downs zum Tee eingeladen«, verkündete Francesca, als sie an Bord kam. »Monty holt mich mit seiner Kutsche ab.«

Joe lächelte Francesca an, ohne eine Bemerkung zu machen. Allerdings fiel ihm auf, dass Neal keinen besonders erfreuten Eindruck machte.

»Wo hast du Montgomery Radcliffe getroffen?«, fragte Joe beim Abendessen.

»Vor der Bäckerei«, antwortete Francesca. »Und was hat Neal zu seiner Entschuldigung hervorgebracht?« Sie wusste nicht, wo er im Moment steckte, und sie würde auch nicht fragen.

»Er sagt, er hat sich den ganzen Tag um seine Schwester gekümmert. Offenbar ist sie sehr krank.«

Francesca verdrehte die Augen. »Da hätte er sich aber etwas Glaubwürdigeres einfallen lassen können.«

»Vorhin ist er wieder gegangen, um nach ihr zu sehen«, sagte Joe weiter.

»Heute Morgen habe ich ihn zufällig dabei beobachtet, wie er aus dem Bordell kam. Wetten, dass er jetzt wieder dort ist?«

»Woher weißt du, dass dort ein Bordell ist?«, fragte Joe.

»Neulich habe ich in der Gasse eine Frau gefunden. Sie hieß Lizzie Spender und war von einem ihrer Kunden verprügelt worden«, entgegnete Francesca. »Es war offensichtlich, dass sie eine Prostituierte ist. Außerdem wohnt sie in dem Etablissement. Es hat mich nicht überrascht, dass es sich um ein Bordell handelt. In der kurzen Zeit, seit ich wieder in Echuca bin, habe ich dort ständig Männer ein- und ausgehen sehen.«

»Du solltest diese Gasse in Zukunft meiden. Man kann nie wissen, wer sich dort herumtreibt.«

Francesca schnaufte verächtlich. »Kerle wie Neal Mason zum Beispiel ...«

Ratternd holperte Montys Kutsche über die unebene Straße nach Derby Downs. Die Fahrt dauerte nun schon fast eine Stunde, aber Francesca war zu aufgeregt, um die Unbequemlichkeiten wahrzunehmen. Stattdessen kam sie sich vor wie im Märchen.

»Jetzt verstehe ich, weshalb die Gegend hier als gutes Weideland bekannt ist«, bemerkte sie, um Monty abzulenken, der den Blick nicht von ihr wenden konnte. »Saftige Wiesen, so weit das Auge reicht.« Sie war sich gar nicht bewusst, dass ihre Euphorie ihre Sinne beflügelte; sie sog sämtliche Eindrücke in sich auf und genoss im Stillen insbesondere die Gesellschaft, in der sie sich befand. Monty schien von ihr hingerissen zu sein, und auch sie war von ihm sehr angetan. Es kam ihr vor, als würde sie ihn ihr Leben lang kennen, dabei war es erst das dritte Mal, dass sie einander begegneten.

»Das ist mir noch nie aufgefallen«, entgegnete Monty und lächelte sie freundlich an. Es freute ihn, dass Francesca das gelbe Kleid trug, das er ihr geschenkt hatte, und er konnte nicht genug von ihrem Anblick bekommen.

»Ich freue mich sehr, Ihre Eltern kennen zu lernen«, sagte Francesca schüchtern, »auch wenn ich gestehen muss, dass ich ein wenig nervös bin.«

»Dazu gibt es überhaupt keinen Grund«, entgegnete Monty liebenswürdig. »Meine Eltern sind ganz normale Menschen, die zufällig ein großes Haus bewohnen.«

Francesca sah ihn an. »Ein *sehr* großes Haus.«

»Stellen Sie sich das Haus einfach als eine große Scheune vor.« Monty schenkte ihr ein aufmunterndes Lächeln.

Francesca lachte, schlug jedoch sogleich schuldbewusst die Hand auf den Mund. »Lassen Sie das bloß niemals Ihre Mutter hören.«

»Manchmal kommt man sich im Haus wirklich wie in einer Scheune vor, besonders im Winter, wenn der Wind durch die Korridore pfeift.« Monty grinste, wurde aber gleich darauf wieder ernst. »Aber mal im Ernst, als ich meinem Vater erzählte, dass ich eine wundervolle Frau kennen gelernt habe und sie zum Tee mit nach Hause bringe, war er sehr angetan. Ich soll Ihnen ausrichten, dass er sich darauf freut, Ihre Bekanntschaft zu machen. Das gilt auch für meine Mutter.« Regina hatte sich zwar tatsächlich so geäußert, doch Monty wusste, dass sie alles andere als begeistert war, eine Schifferstochter in ihrem Haus begrüßen zu müssen. Dennoch war Monty zuversichtlich, dass Francesca mit ihrem natürlichen Charme und ihrer Bodenständigkeit die Gunst seiner Mutter gewinnen würde.

Francesca jedoch bemerkte die leicht veränderte Stimme, als Monty von seiner Mutter sprach, und mit einem Mal ging ihr auf, dass sie vielleicht nur eine in einer langen Reihe junger Frauen war, die Monty seinen Eltern als potenzielle Schwiegertochter vorgestellt hatte.

Francesca fragte sich ängstlich, wie viele dieser jungen Frauen den Ansprüchen der Radcliffes nicht gerecht geworden waren, zumal Montys zukünftige Ehefrau sehr viel Verantwortung übernehmen musste. Eines Tages würde sie die Matriarchin eines Imperiums sein.

Als sie vor der Villa vorfuhren, betrachtete Francesca voller Ehrfurcht den riesigen Landsitz. Vom Fluss aus, an Bord der *Marylou*, hatte er wie ein weitläufiges Landhaus gewirkt, aber jetzt, als sie davor stand, erinnerte er sie an eines der riesigen Gebäude inmitten von Melbourne. Mit einem Mal überkam sie Unsicherheit, doch Monty lächelte ihr aufmunternd zu.

»Das Internat in Malvern, das ich besucht habe, war kleiner als dieses Haus«, stieß Francesca atemlos hervor, als Monty ihr aus der Kutsche half. »Ich kann nicht glauben, dass hier nur drei Menschen leben. Sie müssen ein ganzes Heer von Hausangestellten haben ... allein schon, um die Fenster zu putzen.«

Monty lächelte. »Vielleicht sollten wir unser Haus als Mädchenpensionat zur Verfügung stellen«, entgegnete er und zwinkerte Francesca zu. »Das wäre bestimmt ein Heidenspaß, und wir könnten obendrein daran verdienen.«

Francesca lachte auf. »O ja, das würde sich mehr als bezahlt machen. Stellen Sie sich vor, einhundert Mädchen ...«

»Ja«, sagte Monty, ein schalkhaftes Funkeln in den Augen.

»... in unterschiedlichem Alter, jede mit einer lebhaften Fantasie ...«

Monty nickte.

»... und alle mit der außergewöhnlichen Begabung gesegnet, Chaos zu stiften, wenn ihnen der Sinn nach Vergnügen steht, was häufig der Fall sein wird. Ich versichere Ihnen, in einer Woche werden Sie sich sämtliche Haare ausgerauft haben.«

»Ach du meine Güte!«, stieß Monty hervor. »Vielleicht bleiben wir doch besser bei der Viehzucht.«

»Eine kluge Entscheidung.« Francesca wandte sich um und bewunderte die Aussicht auf den Murray River, der träge am Grundstück vorüberfloss und sich durch die Landschaft schlängelte. Eine grüne Weide erstreckte sich vom Landhaus hinunter zum Fluss, dessen Ufer hier und da uralte, majestätische Eukalyptusbäume säumten. Selbst aus dieser Entfernung konnte Francesca das laute Krächzen der Rieseneisvögel auf den Ästen hören.

»Die Aussicht ist atemberaubend«, sagte sie. Während sie

155

gemeinsam das Panorama bewunderten, bemerkte keiner der beiden, dass die Eingangstür sich geöffnet hatte.

»Das finden wir auch«, sagte eine Stimme.

Francesca und Monty wandten sich überrascht um. In der offenen Tür saß ein Mann in einem Rollstuhl, ein strahlendes Lächeln im Gesicht. Er hatte dieselben gütigen braunen Augen wie Monty und trug ebenfalls einen Schnurrbart, obwohl seiner bereits grau war. Doch es fiel Francesca nicht schwer, sich vorzustellen, wie attraktiv und stattlich dieser Mann einmal gewesen sein musste.

»Wir können von dem Ausblick niemals genug bekommen. Willkommen auf Derby Downs«, begrüßte der Mann sie herzlich.

»Danke, Sir«, erwiderte Francesca.

»Vater, ich möchte dir Francesca Callaghan vorstellen«, sagte Monty und führte sie die Stufen zu der Veranda hinauf.

»Ich bin beeindruckt.«

»Ich freue mich sehr, Sie kennen zu lernen, Mr Radcliffe«, sagte Francesca und ergriff seine ausgestreckte Hand.

»Nennen Sie mich bitte Frederick«, entgegnete dieser, während er ihre Hand umfasst hielt. »Alle meine Freunde nennen mich so, und ich hoffe, wir werden Sie hier auf Derby Downs in Zukunft häufig zu sehen bekommen.«

»Danke, Frederick, das hoffe ich ebenfalls«, sagte Francesca. Ihr erster Eindruck von Frederick Radcliffe war der eines liebenswürdigen, gebildeten und klugen Mannes, der Gesellschaft liebte, egal ob die von Frauen oder Männern. Francesca hatte keine Mühe, sich ihn im Kreis der Familie als auch im Kreis der Schafscherer und Viehtreiber vorzustellen, trotz seiner Behinderung. Was das betraf, hatte er ihr sofort jegliche Befangenheit genommen, was sie sehr zu schätzen wusste.

»Wie ich sehe, hat Monty nicht übertrieben«, sagte Frederick. »Sie sind wirklich eine Augenweide.«

Francesca schaute zu Monty und errötete.

»Ich habe nur die Wahrheit gesagt«, rechtfertigte der sich mit einem Lächeln.

»Jetzt ist mir auch klar, warum er keine Zeit verschwendet hat, Sie uns vorzustellen«, fuhr Frederick fort. »Aber bitte, treten Sie ein.«

»Danke.«

Frederick setzte in dem weiten Hauseingang ein Stück zurück und vollführte eine halbe Drehung auf den grünen und weißen Bodenfliesen in der Eingangshalle. Er ließ Monty und Francesca vorangehen und folgte ihnen durch die Eingangshalle zu einer offen stehenden Doppeltür, die in einen großen Salon führte.

Wie Francesca erwartet hatte, waren die Räume riesig und luxuriös eingerichtet mit Polstersesseln und Chaiselongues, Zimmerpalmen, antiken Vasen und Lampen. Die Gemälde an den Wänden stellten überwiegend Landschaftsszenen dar, darunter auch den Fluss, dazwischen fanden sich Porträts von herrschaftlichen Anwesen mit blühenden Gärten und Pferden auf der Weide. Francesca wagte nicht zu sprechen aus Angst, ihre Stimme könnte in den gewölbeartigen Sälen widerhallen.

»Wo ist Mutter?«, fragte Monty seinen Vater.

»Sie wird gleich herunterkommen«, entgegnete Frederick. »Bitte, Francesca, machen Sie es sich bequem.« Er sah zu Monty hoch. »Bestimmt seid ihr beide nach der langen Fahrt am Verdursten. Ich werde nach Mabel klingeln, dass sie uns den Tee serviert. Wir können ihn gern auf der Veranda einnehmen, wenn Sie möchten«, wandte er sich lächelnd an Francesca. »Es ist ja ein herrlicher Nachmittag.«

»Das wäre schön«, erwiderte Francesca, die an die wundervolle Aussicht denken musste.

»Tut mir Leid. Mabel hat die Anweisung, im Salon aufzudecken«, sagte plötzlich eine weibliche Stimme, die keinen Widerspruch duldete.

157

Alle drei wandten sich zur Eingangshalle, wo soeben eine Frau die glänzende Treppe aus Eichenholz herabstieg.

Ohne dass Francesca den Grund wusste, schlug ihr das Herz plötzlich bis zum Hals.

Regina Radcliffe hatte dunkles, streng frisiertes Haar, und ihre Augen waren blau wie der Sommerhimmel. Sie war eine sehr attraktive Frau, die Kultiviertheit ausstrahlte.

Als Regina durch die Eingangshalle schritt, ohne ein Lächeln und ohne ein Wort, war ihr Blick auf Francesca geheftet, die das Bedürfnis verspürte, sich zu erheben und einen Knicks zu machen.

»Mutter, das ist Francesca Callaghan«, stellte Monty sie vor.

Der Unterton in seiner Stimme verstärkte Francescas Nervosität. Sie schickte sich an, sich zu erheben, doch Regina ließ sie innehalten, indem sie eine Hand hob, die von goldenen Ringen geziert wurde. »Bleiben Sie bitte sitzen, meine Liebe«, sagte sie mit einer Stimme, in der keinerlei Gefühlsregung mitschwang.

»Vielen Dank, Mrs Radcliffe«, murmelte Francesca, wie erstarrt unter Reginas eisigem Blick. »Es ... es freut mich, Ihre Bekanntschaft zu machen.«

Aus der Nähe bemerkte Francesca die Fältchen um Reginas Augen und die grauen Strähnen am Haaransatz, was ihrer Schönheit jedoch keinen Abbruch tat. Sie trug ein blaugrünes Kleid und ein großes Amulett um den Hals.

»Ich habe schon viel von Ihnen gehört, Francesca.« Regina warf einen raschen Blick auf ihren Sohn, bevor sie Francesca kurz die Hand gab. Danach wandte sie sich um und begab sich zu einem Ohrensessel aus Gobelin gegenüber dem Sofa, wo sie Platz nahm, dabei sorgfältig ihr Kleid um sich drapierte und anschließend die Hände im Schoß faltete. Sie hielt den Oberkörper sehr aufrecht, als wäre dieser Empfang eine Angelegenheit von wenigen Minuten.

»Ich hoffe, nur Gutes«, entgegnete Francesca, um die angespannte Atmosphäre ein wenig aufzulockern.

Regina gab keine Antwort, doch Monty kam ihr zu Hilfe. »Selbstverständlich, Francesca.«

»Sie haben ...« Francesca musste sich räuspern. »Sie haben ein wundervolles Anwesen, Mrs Radcliffe«, sagte sie. Sie hatte den Eindruck, dass Reginas Blick noch kühler wurde.

»Vielen Dank. Wir fühlen uns hier wohl«, gab Regina zurück. »Wo leben Sie?«

Francesca sah zu Monty und spürte, wie ihr die Röte ins Gesicht stieg. Sie konnte nicht glauben, dass Regina ihr binnen weniger Sekunden das Gefühl vermittelt hatte, minderwertig zu sein. Doch sie wusste, dass genau dies Reginas Absicht gewesen war.

»Das habe ich dir doch erzählt, Mutter«, sagte Monty, der seine Mutter wütend anfunkelte.

Francesca registrierte seinen gereizten Tonfall und machte sich Vorwürfe, dass er sich ihretwegen genieren musste.

»Mir ist bekannt, dass Francescas Vater ein Schiff auf dem Fluss besitzt, Monty, aber das schließt doch nicht aus, dass diese Leute in einem Haus leben«, rechtfertigte sich Regina.

»Wir besitzen kein Haus«, erklärte Francesca. »Ich lebe an Bord der *Marylou,* Mrs Radcliffe.« Sie hielt Reginas Blick stand und zwang sich zu einem Lächeln. »Und ich liebe das Leben an Bord.« Sie sah zu Frederick, der aufrichtiges Interesse an ihren Worten zeigte, ohne die Voreingenommenheit seiner Frau an den Tag zu legen. »Im Übrigen liebe ich auch den Fluss. Darum finde ich den Ausblick von Ihrer Veranda so wundervoll.«

»An den Fluss kann man sein Herz verlieren«, sagte Frederick mit freundlicher Stimme. Während er sprach, blickte er aus einem der hohen Fenster.

»Ja. Besonders, wenn man dort geboren ist wie ich«, erwiderte Francesca. Ihr war bewusst, dass sie weder ihre Herkunft noch ihren Stand verbergen konnte, doch sie wollte eher verdammt sein als sich so zu verhalten, als müsste sie sich deshalb schämen. Entweder die Radcliffes akzeptierten sie, wie sie war, oder Francescas erster Besuch hier wäre zugleich ihr letzter.

»Es freut mich, dass Sie den Fluss lieben«, sagte Frederick, aber Francesca entging nicht, dass Regina missbilligend den Mund verzog.

»Monty hat mir erzählt, dass Sie erst vor kurzem aus dem Internat nach Echuca zurückgekehrt sind«, bemerkte sie, um auf ein unverfänglicheres Thema zu wechseln.

»Ja, ich bin noch nicht lange wieder in Echuca, aber die Schule habe ich bereits vor fast einem Jahr abgeschlossen.«

»Ach. Und was haben Sie in der Zwischenzeit gemacht?«

»Ich habe gearbeitet.«

Eine von Reginas dunklen Brauen hob sich. »Als was?«

»Ich war als Buchhalterin angestellt, aber meine Arbeitgeber hatten dreizehn Kinder, und das vierzehnte war bereits unterwegs, sodass ich kaum Zeit fand, mich um die Bücher zu kümmern.«

Regina hatte den Eindruck, dass Francesca mit ihren Kenntnissen der Buchführung übertrieb, und hegte die leise Hoffnung, dass Monty erkannte, sich in dem Mädchen zu irren. Regina fand sie zwar sehr hübsch, doch sie konnte die Erwartungen als Montys Frau und Mutter seiner Kinder bestimmt nicht erfüllen.

»Mögen Sie keine Kinder?«, fragte Regina.

»O doch, sehr, aber ich war nun mal für die Buchhaltung eingestellt worden. Es hat mir nichts ausgemacht, Mrs Kennedy bei den Kindern zur Hand zu gehen, aber letzten Endes war ich die ganze Zeit im Haushalt eingespannt, sodass die Bücher vernachlässigt wurden.«

Monty schenkte Francesca ein verständnisvolles Lächeln, das sie erwiderte. »Und dass ich meine Stellung bei den Ken-

160

nedys aufgegeben habe, hat sich als glückliche Fügung des Schicksals erwiesen«, fügte sie hinzu.

Weil du Gelegenheit hattest, die Bekanntschaft meines Sohnes zu schließen, dachte Regina zynisch, die Francescas Bemerkung völlig missverstand.

»Vor vielen Jahren hat mein Vater sich eine schwere Verletzung am Arm zugezogen«, fuhr Francesca fort, über deren Gesicht bei der Erinnerung ein trauriger Ausdruck huschte. »Seitdem ist sein Arm fast steif, sodass er das Ruder der *Marylou* nicht mehr betätigen kann. Deshalb will ich das Kapitänspatent erwerben.«

Eine Frau als Schiffskapitän? Regina war bestürzt.

»Die Arbeit auf der *Marylou* verschafft mir die Gelegenheit, viel Zeit mit meinem Vater und unserem Maschinisten Ned zu verbringen. Ich habe die beiden während meiner Abwesenheit sehr vermisst.«

»Das Kapitänspatent zu machen ist eine gewaltige Aufgabe«, bemerkte Frederick respektvoll.

»Das stimmt, aber es ist kein Vergleich mit der Aufsicht über eine Viehfarm wie diese hier. Allein die Buchführung dürfte riesige Anforderungen stellen.«

»Es gibt nicht viele Frauen, die diese Aufgabe gern verrichten«, entgegnete Frederick. »Regina bildet eine Ausnahme – und Sie offenbar auch.«

Francesca lächelte. »Ja, ich arbeite gern mit Zahlen.«

Das galt auch für Regina, solange sie zurückdenken konnte, schon in der Schule. Sie erkannte, dass Francesca offensichtlich klug war und obendrein Mut hatte, wenn sie es mit Männern aufnahm, um in der Schifffahrtsbranche zu bestehen. Regina musste sich widerwillig eingestehen, dass sie insgeheim Bewunderung für diese junge Frau verspürte. Trotzdem sagte sie: »Ich finde, jeder sollte sich um seine eigene Buchführung kümmern.«

»Das sagst du nur, weil man dir von Buchhaltern erzählt

hat, die ihre Arbeitgeber ausgenommen haben«, warf Frederick lachend ein.

»Oh, so etwas kommt sicher vor«, sagte Francesca. »Aber ich nehme an, dass es Ihnen große Zufriedenheit bereitet, sich selbst um die Buchführung zu kümmern, Mrs Radcliffe ...?«

Regina nickte. Am Ende eines jeden Monats, wenn sie die Buchführung abgeschlossen hatte, verspürte sie tatsächlich große Befriedigung, aber sie hätte nie damit gerechnet, das jemand anders das nachvollziehen könnte.

»Ich muss Sie bewundern«, sagte Francesca.

Regina zuckte zusammen. Ihr Misstrauen war geweckt. »Wie das?«

»Sie sind nicht nur Mutter und Ehefrau, sondern viel mehr. Die meisten Frauen geben sich mit ihrer Rolle zufrieden, woran auch nichts verkehrt ist; dennoch bin ich überzeugt, dass wir Frauen das Potenzial haben, im Leben weitaus mehr zu erreichen. Schließlich hat Gott uns einen scharfen Verstand gegeben, von dem wir auch Gebrauch machen sollten.«

»Ich mag Frauen mit Ambitionen«, bemerkte Monty. »Frauen, die sich nicht scheuen, ihren Verstand zu benutzen. Francesca hat große Ähnlichkeit mit dir, Mutter.«

Francesca vernahm das Kompliment mit Überraschung, doch Regina hatte immer noch Vorbehalte ihr gegenüber und wollte die Gelegenheit nutzen, Francesca auf den Zahn zu fühlen.

»Mir ist aufgefallen, dass Sie ständig mein Amulett betrachten«, sagte sie.

In der Tat fesselte der Anhänger Francescas Aufmerksamkeit. Es handelte sich um einen großen grünen Edelstein in filigraner Goldeinfassung, der an einer schweren Goldkette hing.

»Ja, es fasziniert mich«, räumte Francesca ein.

»Es ist ein Familienerbstück. Ursprünglich hat es Fredericks Großmutter gehört. Es befindet sich schon seit vielen

Jahren im Besitz der Familie.« Regina beobachtete Francesca genau. Sie wollte sehen, ob ihre Augen bei dem Wort »Familienerbstück« aufglommen. »Gefällt es Ihnen?«

»Es ist sehr ungewöhnlich gearbeitet.« In Wahrheit fand Francesca es zu protzig. »Ihnen steht es wunderbar, aber ich könnte so etwas nie tragen. Leider habe ich einen sehr einfachen Geschmack, was Juwelen betrifft. Ich besitze lediglich ein paar Schmuckstücke, die meine Mutter mir hinterlassen hat und die eher von ideellem Wert sind.« Sie hob die feine Goldkette um ihren Hals an, die ein schlichtes goldenes Kreuz zierte. »Diese Kette trage ich stets, weil sie meiner Mutter gehört hat. Ich habe auch noch ihren Trauring, aber der ist mir zu groß. Außer einer Armbanduhr, die meiner Großmutter gehört hat, besitze ich keinen weiteren Schmuck. Aber das genügt mir vollauf.«

»Ich kann mich gar nicht mehr erinnern, wann du das Amulett das letzte Mal getragen hast, Regina«, sagte Frederick stirnrunzelnd. »Weshalb hast du es heute angelegt?«

»Ich weiß nicht ... aus einer Laune heraus.« Regina stimmte mit Francesca überein, dass es sich um ein protziges Schmuckstück handelte, aber sie hatte Francesca auf die Probe stellen wollen. Hätten ihre Augen beim Anblick des Amuletts aufgeleuchtet, hätte dies ihre Schwäche für kostbaren Schmuck offenbart, und das wiederum hätte Francescas Interesse an Monty in einem fragwürdigen Licht erscheinen lassen. Doch Francesca schien unbeeindruckt von Prunk und Luxus. Der einzige Grund, weshalb der Landsitz es ihr angetan hatte, war offenbar die Aussicht auf den Fluss. Sie machte einen sehr bodenständigen Eindruck, genau wie Monty sie beschrieben hatte. Regina stellte fest, dass sie von Francesca angenehm überrascht war – was ziemlich unerwartet kam. Francesca erinnerte Regina sogar daran, wie sie selbst als junge Frau gewesen war.

163

»Ein reizendes Mädchen«, sagte Regina am selben Abend zu Monty, als er nach Derby Downs zurückgekehrt war.

Monty war erstaunt und erfreut zugleich. Er hatte gehofft, seine Mutter würde Francesca sympathisch finden, hatte insgeheim aber daran gezweifelt, zumal er wusste, wie stur Regina sein konnte, wenn sie Vorbehalte gegenüber jemandem hegte.

Im Geiste ließ Monty die Begegnung Revue passieren. Nach dem Tee, während Frederick Anekdoten über die Viehtriebe zum Besten gab, bei denen er dabei gewesen war, hatten sich die beiden Frauen in die Bibliothek begeben, wo Francesca Regina mit der neuen Methode der doppelten Buchführung vertraut machte. Mit großer Freude hatte Monty beobachtet, dass die beiden sich offenbar prächtig verstanden. Dennoch blieben letzte Zweifel, da Monty wusste, dass seine Mutter fähig war, jeden Menschen mit einem einzigen vernichtenden Blick in seine Schranken zu weisen. Doch die Tatsache, dass Regina ihre aufrichtige Zuneigung und Wertschätzung für Francesca bekundet hatte, bestätigte ihn in der Gewissheit, endlich der Frau begegnet zu sein, mit der er sein Leben teilen wollte.

»Offenbar bist du ihrem Charme erlegen«, sagte er lächelnd.

»Um mich für sich zu gewinnen, braucht man schon eine ganze Wagenladung voll Charme, Monty. Wichtiger sind die inneren Werte ... Aufrichtigkeit, Sittlichkeit und Charakterstärke. Ich bin überzeugt, deine Francesca besitzt diese Vorzüge. Und es schadet nicht im Geringsten, dass sie sehr gut mit Zahlen umgehen kann.«

»Heißt das, du befürwortest unsere Verbindung?«

»Ja. Es ist zwar schade, dass sie nicht aus einer angesehenen Familie stammt, aber das macht sie mit ihrem anständigen Charakter und ihren Fähigkeiten wett.«

Monty verdrehte die Augen, musste aber trotzdem lächeln.

»Gute Neuigkeiten, Frannie! Ich habe einen Auftrag für uns«, verkündete Joe begeistert bei Francescas Rückkehr.

Francesca freute sich, obwohl sie den Eindruck hatte, dass die Freude ihres Vaters ein wenig aufgesetzt war. »Und was für ein Auftrag ist das?«, fragte sie.

»Ein Transport von gemischter Fracht. Er wird uns zwar zu vielen Zwischenstopps auf der Strecke zwischen Moama und Goolwa zwingen, aber dafür ist die Bezahlung gut.«

»Und wo liegt der Haken, Dad? Sag nicht, es gibt keinen. Ich sehe es dir nämlich an.«

»Die Lieferfristen sind ziemlich knapp, aber wir schaffen das schon.« Er fügte nicht hinzu, dass ihnen nichts anderes übrig blieb, aber das war auch nicht nötig. Francesca kannte die Spielregeln.

»Wann fangen wir an?«

»Mittwochmorgen. Wie war deine Einladung zum Tee?«

Francesca lächelte. »Himmlisch. Montys Eltern sind sehr nett, besonders sein Vater. Bei seiner Mutter hatte ich den Eindruck, dass sie einige Zeit brauchte, um mit mir warm zu werden, aber nur, weil Monty ihr so am Herzen liegt. Schließlich ist er ihr einziger Sohn.«

Joe hatte eigentlich damit gerechnet, dass Reginas Auftreten Francesca eher einschüchtern würde, sodass er sich den ganzen Nachmittag um sie gesorgt hatte.

»Und wir teilen das Interesse an Zahlen. Als ich ihr das neue System der doppelten Buchführung erklärt habe, war sie ganz begeistert.«

Joe versuchte sich vorzustellen, wie Francesca Regina mit den neuesten Methoden der Buchführung vertraut machte, und musste lächeln. Er war sehr stolz auf seine Tochter.

Am Dienstagabend erhielt Joe eine Nachricht. Sie lagen am Pier und trafen gerade die letzten Arbeitsvorbereitungen für den folgenden Tag. Sie hatten sich mit Holz eingedeckt; das

165

Schiff war geschrubbt, die Maschine überprüft und geölt und die Frischwasserbehälter aufgefüllt. Francesca hatte ihre Nahrungsvorräte für eine Woche aufgestockt, damit sie keine unnötigen Zwischenstopps einlegen mussten.

Neal Mason war ein paar Tage weggeblieben. Er hatte ihnen gesagt, er wolle nach seinem Schiff in der Werft sehen, und hatte von irgendwelchen geschäftlichen Verpflichtungen geredet. Francesca versuchte die Vorstellung zu verdrängen, dass Neal die Zeit im Freudenhaus verbrachte, doch der Gedanke ließ sie nicht los. An diesem Abend erwarteten sie ihn auf der *Marylou* zurück, um am nächsten Morgen die Arbeit aufzunehmen. Doch ob Neal tatsächlich erschien, stand in den Sternen.

Verwundert hörte Joe, wie sein Name vom Pier aus gerufen wurde. Dort stand ein Botenjunge mit einem Brief.

Nachdem der Junge sich rasch verzogen hatte, überflog Joe das Schreiben, und sein Gesicht verfinsterte sich.

»Was gibt's?«, wollte Ned wissen.

Joe fluchte. »Wir werden morgen nicht arbeiten«, sagte er. »Der Auftrag ist geplatzt.«

»Aber warum?«

»Keine Ahnung. Ohne Erklärung.« Joe drehte das Schreiben um, doch die Rückseite war leer. Er zerknüllte den Brief in der Faust. Seine Wut und Enttäuschung waren grenzenlos. Zum ersten Mal zog er die Möglichkeit in Betracht, dass Silas hinter dieser plötzlichen Pechsträhne steckte. Allerdings behielt er den Verdacht für sich, zumal er keinen Beweis hatte. Doch Ned dachte genau dasselbe.

»Ich kann es nicht fassen, Dad«, sagte Francesca, während sie sich an Deck setzten. Inzwischen war die Nacht hereingebrochen. Es war ein warmer, windstiller Tag gewesen, und die Wasseroberfläche des Flusses unter dem prächtigen Sternenhimmel war spiegelglatt. Doch keiner von ihnen hatte einen Blick für Naturschönheiten übrig.

»Es wird sich schon was anderes ergeben, mein Mädchen«, erwiderte Joe. Er hatte daran geglaubt, dass eine echte Chance gekommen sei, die *Marylou* zu retten; nun aber waren ihre Aussichten wieder gleich null.

Obwohl Joe tapfer bemüht war, sich zusammenzureißen, entging Francesca nicht die Schwermut in seiner Stimme.

»Offenbar stecken wir in einer Pechsträhne, Dad«, sagte sie. »Da kann es nur besser werden.«

»Das stimmt allerdings«, entgegnete Joe. »Jeder Tag bringt neue Hoffnung.« Er erhob sich und wünschte Francesca und Ned eine gute Nacht. Obwohl er selbst schon jede Hoffnung begraben hatte, nahm er sich Frannie zuliebe fest vor, sich am nächsten Morgen um Aufträge zu bemühen.

»Tja, ich hau mich auch in die Falle«, sagte Ned. Sie hatten den ganzen Tag lang hart gearbeitet, um das Schiff startklar zu machen, und er war erschöpft.

Francesca nickte. »Ich werde mich auch gleich schlafen legen.« Der Tag hatte seine Höhen und Tiefen gehabt, sie brauchte jetzt ein paar Minuten für sich allein, um einen klaren Kopf zu bekommen, und da war der Blick auf den beschaulichen Fluss stets hilfreich.

Tief in Gedanken versunken, starrte Francesca aufs dunkle Wasser, sodass sie nicht bemerkte, dass jemand sich von hinten näherte.

»Noch wach?«, fragte Neal Mason.

Vor Schreck fuhr Francesca heftig zusammen. »Schleichen Sie sich nie wieder so an mich heran«, fuhr sie ihn an, die Hand auf ihrem wild pochenden Herzen.

»Tut mir Leid. Woran haben Sie eben gedacht?«

»Was meinen Sie ...?«

»Sie machten den Eindruck, als wären Sie in Gedanken meilenweit weg. Ist etwas passiert? Hat dieser Schnösel Radcliffe Sie verärgert?« Neal stellte sich neben sie, und Francesca spürte, wie sie sich verspannte. »Nein. Wenn Sie es unbedingt wissen müssen – ich habe mit Monty und seinen Eltern sehr schöne Stunden verbracht. Ich war in Gedanken bei meinem Vater. Der Auftrag für morgen ist geplatzt, und das deprimiert ihn sehr, wie Sie sich wohl denken können.«

»Wieso hat er denn den Auftrag verloren?«

»Er hat heute eine schriftliche Absage bekommen. Darin stand, dass der Auftrag storniert ist.«

»Warum?«

»Es stand keine Erklärung darin, aber vielleicht bringt Dad morgen etwas in Erfahrung.«

»Es läuft nicht so gut bei ihm, hm?«

Francesca hörte ehrliches Mitgefühl für ihren Vater aus Neals Stimme heraus. »Nein«, sagte sie leise.

Schweigend standen sie eine Weile nebeneinander.

»Besser, ich lege mich jetzt schlafen«, sagte Francesca, die das Bedürfnis verspürte, Neals Gesellschaft zu entfliehen. Dabei wurde ihr bewusst, dass sie jedes Mal die Regung hatte zu flüchten, wenn er sich näherte. Sie redete sich ein, dies sei auf seine herausfordernde Art zurückzuführen, doch im Innern wusste sie, dass mehr dahinter steckte. Er besaß etwas sehr Anziehendes, und obwohl Francesca versuchte, sich dagegen zu wehren, verstand sie immer mehr, weshalb die Frauen sich von ihm angezogen fühlten. Wie die Motten vom Licht, dachte sie mit makabrer Belustigung.

Neal hingegen wünschte sich insgeheim, dass sie blieb. Es war das erste Mal, dass sie ungestört waren, und der nächtliche Sternenhimmel schuf eine lauschige Atmosphäre. »Sie sind ein Glücksfall für Joe«, sagte er zu ihrer Verwunderung.

»Finden Sie?«

»Ja, er hat sich verändert, seit Sie zurück sind. Wie es auch weitergehen mag – ich weiß, ich brauche mir um Joe keine Sorgen zu machen, solange er Sie an seiner Seite hat.«

Francesca legte diese Worte als Kompliment aus, was sie

Neal Mason gar nicht zugetraut hätte. Vorsichtig sah sie zu ihm hoch, wobei sie insgeheim damit rechnete, dass seine Augen vor Spott funkelten. Stattdessen war seine Miene ungewohnt ernst.

»Sie werden doch nicht davonlaufen und diesen Schnösel Radcliffe heiraten?«

»Das geht Sie überhaupt nichts an«, wiegelte Francesca ab.

»Sie würden in der Rolle als Gutsherrin auch nicht glücklich werden.«

»Woher wollen Sie wissen, was mich glücklich macht?«, gab Francesca zurück, innerlich kochend vor Zorn.

»Ganz sicher weiß ich es nicht«, entgegnete Neal. Aus heiterem Himmel schlang er den Arm um ihre schmale Taille und zog sie an sich heran. Obwohl er dagegen angekämpft hatte, konnte er diesem Impuls nicht mehr widerstehen. Francesca presste die Hände gegen seine Brust, doch es war zwecklos. Und bevor sie ein Wort sagen konnte, versiegelte er ihre Lippen mit einem Kuss.

Im ersten Moment wehrte sich Francesca; dann aber spürte sie, wie sie in seinen starken Armen schwach wurde. Seine Lippen waren warm und weich, und sie erlebte einen Ansturm von Gefühlen, der ihr den Boden unter den Füßen wegzog. Als er sich von ihr löste und in ihre großen, schimmernden dunklen Augen blickte, umspielte ein Lächeln seine Lippen.

Dieses Lächeln brachte Francesca wieder unsanft auf den Boden der Tatsachen zurück. Sie kam sich billig vor, wie eine weitere seiner zahlreichen Eroberungen. Sie versuchte Luft zu holen und wand sich aus seiner Umarmung. »Lassen Sie mich los!«

»Ich wette, dieser Schönling Radcliffe küsst nicht auf diese Art«, sagte Neal mit heiserer Stimme.

Francesca war bestürzt, dass Neal Monty als Nebenbuhler betrachtete. »Er hat mich nicht ...«

»Er hat Sie nicht geküsst?« Neal blickte sie verwundert an und lachte dann leise. »Ich wusste noch gar nicht, dass dieser feine Pinkel obendrein ein Dummkopf ist.«

»Hören Sie auf, ihn so zu nennen«, brauste Francesca auf. »Monty ist ein Gentleman, was ich von Ihnen nicht behaupten kann.«

Verstört registrierte Neal ihre Empörung. »Seit ich Sie das erste Mal gesehen habe, wollte ich Sie küssen, Francesca. Ich finde, ich habe mich wie ein Gentleman verhalten, weil ich mir so viel Zeit damit gelassen habe.«

Sie stemmte sich von ihm weg. »Sie hatten überhaupt kein Recht dazu!«

»Welcher Mann könnte Ihnen im Mondschein widerstehen? Außerdem schien es Ihnen nichts auszumachen.«

Francesca verschlug es den Atem bei so viel Dreistigkeit. »Ich hatte wohl kaum eine Wahl.«

Neal begriff nicht, weshalb Francesca derart aufgewühlt war. Er konnte sich vorstellen, dass sie eine solche Situation bereits häufiger erlebt hatte. »Es war doch bloß ein Kuss ...«, sagte er.

Beschämt wandte Francesca sich ab und klammerte sich an die Reling. Neal geriet plötzlich ins Grübeln. »Es war doch wohl nicht das erste Mal?« Das konnte er unmöglich glauben – aus dem einfachen Grund, weil Francesca so schön war. Dann aber fiel ihm ein, dass sie ein Mädchenpensionat besucht hatte und noch sehr jung war.

Francesca kehrte ihm den Rücken zu. »Ach, seien Sie still«, sagte sie und schämte sich unüberhörbar. Sie hatte sich ihren ersten Kuss viel romantischer vorgestellt – und bestimmt nicht von so einem Schuft.

Das Lächeln war aus Neals Gesicht verschwunden. Ihm wurde klar, dass dies ein ganz besonderer Augenblick für Francesca hätte sein sollen, und er hatte ihn ruiniert.

»Francesca«, sagte er flüsternd, doch sie war nicht fähig,

ihm ins Gesicht zu schauen. Sie stand kurz davor, in Tränen auszubrechen.

»Francesca ...«, sagte er noch einmal, legte die Hände auf ihre Schultern und drehte sie sanft um. Sie hielt den Kopf gesenkt, damit ihr sein spöttischer Blick erspart blieb.

Neal hob ihr Kinn empor und zwang sie, seinen Blick zu erwidern. Prüfend sah er ihr in die Augen und erblickte darin den Ausdruck von Verunsicherung und Scham. Er kam sich erbärmlich vor. »Es tut mir Leid, dass ich Ihnen einen ganz besonderen Moment im Leben verdorben habe.«

Francesca hatte sich insgeheim gewünscht, dass Monty der erste Mann wäre, der sie küsste, aber er hatte sich galant zurückgehalten. Sie bezweifelte, dass Neal Mason sich jemals in Zurückhaltung übte.

»Ich konnte diesem honigsüßen Mund einfach nicht widerstehen«, flüsterte Neal und sah, wie ihr Tränen über die Wangen kullerten. Seine Hände lagen noch immer auf ihren Schultern, und er beugte den Kopf vor und küsste zaghaft jede einzelne Träne fort, um ihr gleich darauf wieder in die Augen zu sehen. Obwohl er das unbändige Verlangen spürte, sie noch einmal zu küssen, hielt er sich zurück. Mit seinem ersten Kuss hatte er bereits genug Schaden angerichtet.

Dann aber war es Francesca, die die Initiative ergriff. Sie legte ihm eine Hand in den Nacken und zog ihn zu sich heran. Ihre Lippen berührten sich, zart und salzig. Sie blickte in seine dunklen Augen, die im Mondlicht schimmerten, konnte darin aber weder Spott noch Hochmut entdecken. Seine Augen spiegelten nur wider, was sie selbst empfand.

Neal küsste sie zärtlich – und dieses Mal mit der Behutsamkeit, die ein erster Kuss verlangt. Er küsste ihre Wange, ihr Kinn, und fand wieder zu ihrem Mund zurück. Francesca kostete den Kuss aus, hätte ihn am liebsten niemals enden lassen. Schließlich löste Neal sich von ihr und strich mit den Fingerspitzen über ihre samtweichen Wangen. »Du bist unglaublich schön, Francesca«, sagte er leise mit rauer Stimme. Zärtlich fuhr er mit dem Daumen über ihre volle, geschmeidige Unterlippe. »Und wenn man diese Lippen küsst, ist es um die Vernunft geschehen.«

Ein leichtes Lächeln erschien auf Francescas Gesicht. Unter ihren Fingerspitzen konnte sie Neals Herzschlag fühlen, und seine dunklen Augen funkelten vor Verlangen. Zum ersten Mal erkannte sie, welche Macht eine Frau über einen Mann haben konnte, und Neal hatte ihr zum ersten Mal das Gefühl vermittelt, eine richtige Frau zu sein.

8

Guten Morgen«, sagte Francesca aufgeräumt, als sie an Deck in die herrliche Morgensonne trat. Ned, Neal und ihr Vater lehnten an der Reling und tranken ihren Morgentee. Francesca lächelte sie an, und ihr Blick verharrte kurz auf Neal, bevor sie sich schüchtern abwandte. Der warme Ausdruck in seinen Augen jagte ihr einen wohligen Schauer durch den Körper, und sie musste daran denken, wie es war, in seinen Armen zu liegen und von ihm geküsst zu werden.

»Ich habe Tee gekocht«, sagte Joe, der verwirrt von Neal zu Francesca schaute. Gewöhnlich zankten sich die beiden, sodass er sich fragte, was ihm entgangen war.

»Danke, Dad«, sagte Francesca und machte sich beflügelten Schrittes zur Kombüse auf, wobei sie leise eine fröhliche Melodie summte.

»Sie scheint heute Morgen bester Laune zu sein«, sagte Joe und richtete den Blick wieder auf Neal.

Neal begriff Joes Verwirrung. »Mal 'ne nette Abwechslung, nicht wahr?«, entgegnete er, drehte sich um und kippte den Bodensatz seines Tees in den Fluss.

Joe bemerkte Neals flüchtiges, geheimnisvolles Lächeln und wollte ihm gerade auf den Zahn fühlen, als er plötzlich hörte, dass jemand seinen Namen rief. Er wandte sich um und sah Ezra Pickering am Pier.

»Guten Morgen, Ezra«, grüßte Joe und ging ihm entgegen, in der leisen Hoffnung, dass er wieder Aufträge hatte und seine Arbeitskraft benötigte.

»Haben Sie schon Arbeit gefunden, Joe?«, fragte Ezra.

»Ich hatte einen Auftrag, der aber aus unerfindlichen Gründen storniert wurde. Ich habe keine Ahnung, warum«, antwortete Joe mit aufkeimender Hoffnung.

Ezra war nicht überrascht, zumal er wusste, dass Silas sich vorgenommen hatte, Joe mit allen Mitteln zu ruinieren. Erneut überkam ihn das schlechte Gewissen. Er überlegte, ob er Joe von Silas' Plan erzählen sollte, gelangte aber zu dem Schluss, dass es keinen Sinn machte, gemeinsam mit Joe unterzugehen. Auch wenn er bereit wäre, sich selbst zu opfern – er beschäftigte zahlreiche Männer, die darauf angewiesen waren, dass er ihnen Arbeit gab, um ihre Familien zu ernähren. »Hätten Sie Interesse, Dolan O'Shaunnessey Holz zu liefern?«

Joe sah bestürzt drein. »Sagt man ihm nicht nach, dass er ein Hitzkopf ist?« Er hatte zwar noch nie für Dolan gearbeitet, aber ihm war schon einiges zu Ohren gekommen.

»Nicht schlimmer als jeder andere Ire auch«, erwiderte Ezra mit einem Schmunzeln.

»Dann ist es immer noch schlimm genug«, sagte Joe mit der Andeutung eines Lächelns. »Woher wissen Sie, dass Dolan jemanden braucht?« Joe hatte sich bei sämtlichen Leuten, die er kannte, umgehört, aber keiner hatte Dolan O'Shaunnessey erwähnt.

Ezra hatte sich für Joe eingesetzt, beschloss aber, dies für sich zu behalten. »Er hat es öffentlich verkünden lassen. Da dachte ich an Sie und habe mich mit ihm in Verbindung gesetzt.« Auch das war nicht die Wahrheit. Er hatte Dolan auf eigene Faust aufgesucht. »Offenbar läuft sein Geschäft so gut, dass er jede Menge Holz braucht.« Das war eine Übertreibung. Dolan konnte von seinem Verdienst zwar ordentlich leben, aber sein Geschäft trug wesentlich weniger ein als Ezras Werft. Doch er war bereit, Joe anzuheuern, und das allein zählte. »Sie können das Holz im Wald von Moira holen, bei Strommeile 855. Dolans Gelände liegt kurz vor Thistle Bend, sodass der Transportweg nicht allzu weit ist. Es wäre eine lohnende Einnahmequelle für Sie.«

»Allerdings. Vielen Dank, Ezra. Ich stehe in Ihrer Schuld.« Joe wunderte sich zwar, trotz seiner Bemühungen nirgendwo gehört zu haben, dass Dolan einen Holzlieferanten suchte, doch lag es ihm fern, nach Gründen für diese glückliche Fügung zu fragen.

»Schon gut.« Ezra verursachte der Gedanke, Joe könnte sich ihm gegenüber verpflichtet fühlen, tiefes Unbehagen, nachdem er der versteckten Drohung Silas Hepburns nachgegeben hatte. »Am besten, Sie setzen sich so schnell wie möglich mit ihm in Verbindung«, riet er und hoffte, dass Silas nicht erfuhr, dass Joe für Dolan arbeitete. Dolan O'Shaunnessey selbst allerdings würde sich von Silas nicht im Geringsten beeindrucken lassen. Ein Mann wie Dolan war nicht so leicht einzuschüchtern.

»Wir machen sofort los«, erwiderte Joe.

Sie wollten gerade ablegen, als Joe Silas Hepburn erspähte, der sich der *Marylou* näherte. Silas hatte beobachtet, dass Ezra am Pier gewesen war, und wollte nun herausfinden, was es damit auf sich hatte.

»Silas«, murmelte Joe, dem es nicht gelang, sein Missfallen zu verbergen, als Silas die Anlegestelle erreichte.

»Guten Morgen, Joe. Wollt ihr auslaufen?«, meinte Silas mit listig funkelndem Blick.

Joe ignorierte die Frage. Er wollte kein Risiko eingehen. »Was führt Sie hierher?«, erwiderte er stattdessen.

»Sie wissen, dass am Freitag die nächste Rate fällig ist.«

Joes Zorn wurde größer. »Sind Sie eigens hergekommen, um mich daran zu erinnern?«

»Haben Sie das Geld?«

»Das werden Sie schon sehen«, entgegnete Joe, der sich

175

zusammenreißen musste, um Höflichkeit gegenüber diesem raffgierigen Geldhai zu wahren.

Silas starrte Joe mit kaltem Blick an. »Ich möchte Ihnen ein Geschäft vorschlagen«, sagte er und bemerkte, dass er die Aufmerksamkeit von Ned und Neal Mason geweckt hatte. Er ließ den Blick über das Deck schweifen in der Hoffnung, Francesca zu sehen, wurde jedoch enttäuscht. »Wenn Sie kurz von Bord kommen, können wir uns darüber unterhalten.«

Joe hatte sich eigentlich sofort auf den Weg zu Dolan machen wollen, doch Silas hatte seine Neugier geweckt, sodass er das Schiff wieder vertäute und mit Silas zum Wolllager schlenderte.

»Ich habe mir Gedanken über Ihre verzwickte Situation gemacht«, hob Silas an, als sie nebeneinander hergingen. »Ich weiß, Sie haben Ihren Stolz, und es wurmt Sie, dass Sie in meiner Schuld stehen. Ich weiß auch, dass Sie hart darum kämpfen, Ihren Kredit zurückzahlen zu können.«

»Das schaffe ich schon«, murmelte Joe.

»Ich bin kein herzloser Mensch, Joe. Ich glaube, mir ist etwas eingefallen, wovon wir beide profitieren.«

Doch Joe wusste, dass Silas immer nur an seinen eigenen Vorteil dachte, und blieb misstrauisch. »Und was?«

»Wie Sie wahrscheinlich wissen, hat meine Frau mich vor einiger Zeit verlassen«, sagte Silas. »Sie hatte schreckliches Heimweh nach ihrer Familie in Melbourne ...«

»Worauf wollen Sie hinaus, Silas?«, fuhr Joe dazwischen. »Bestimmt wollen Sie keinen Rat von mir, was Ihre Eheprobleme angeht.«

Silas schluckte seinen Groll herunter. »Hören Sie zu, Joe. Ich kann einer Frau sehr viel bieten. Sie würde jeden Luxus genießen, denn ich bin ein reicher Mann, und ...«

»Warum erzählen Sie mir das?«, unterbrach Joe erneut.

»Sie haben eine sehr schöne Tochter, Joe ...«, sagte Silas.

Joe stockte der Atem, und er trat vor Silas hin. Der wich einen Schritt zurück, da er befürchtete, dass Joe ihm einen Fausthieb verpasste. Obwohl sein Reichtum ihm Macht verlieh, war Silas im Grunde seines Herzens ein Feigling. Hastig sprach er weiter: »Ich würde Ihre Tochter natürlich zu meiner rechtmäßigen Frau machen«, sagte er, um Joe zu vermitteln, dass seine Absichten ganz und gar ehrenhaft waren. »Und weil wir dann verwandt wären, würde ich Ihnen Ihre Schulden erlassen ...«

Joes Blick verfinsterte sich vor Wut. »Lassen Sie mich das noch einmal wiederholen, Silas. Sie erlassen mir meine Schulden, wenn ich dafür meine Tochter opfere?«

Silas war gekränkt. Er betrachtete sich als gute Partie für jede Frau. »So würde ich es nicht ausdrücken, Joe ...«

»Sie können es ausdrücken, wie Sie wollen. Es kommt auf dasselbe heraus.«

»Also gut. Wenn Sie es so sehen wollen, meinetwegen. Geben Sie Ihre Einwilligung, damit ich Francesca heiraten kann, und ich erlasse Ihnen die Schulden.«

»Sie hinterhältiger Bastard! Eher verrotte ich, als meiner Tochter ein Leben an Ihrer Seite zuzumuten«, fuhr Joe ihn an. »Und wenn Sie mir tausendmal anbieten, mir meine Schulden zu erlassen – es juckt mich nicht. Mir liegt nämlich alles daran, dass meine Tochter glücklich ist, und Sie wären der Letzte, den sie zum Mann nehmen würde.«

Silas wich zurück, doch er grinste höhnisch. »Mir ist zu Ohren gekommen, dass es bei Ihnen in letzter Zeit nicht besonders gut läuft, Joe«, sagte er boshaft, »und ich kann Ihnen versichern, daran wird sich so schnell nichts ändern. Ihnen ist doch klar, dass Sie niemals in der Lage sein werden, Ihre Schulden zu tilgen, wenn ich es darauf anlege? Und das bedeutet, dass die *Marylou* bald mir gehört, es sei denn ...«

Joes Augen wurden schmal. »Ich hatte gleich so eine Ahnung, dass Sie etwas mit meiner plötzlichen Pechsträhne zu tun haben«, gab er wütend zurück. »Was immer Sie aushecken, Francesca werden Sie nie bekommen. Niemals.« Joe stapfte zurück zur *Marylou*, bevor er sich vor zahlreichen Augenzeugen zu etwas hinreißen ließ, das er später bereuen würde.

»Seien Sie sich mal nicht so sicher«, rief Silas ihm hinterher. »Bis Freitag! Und sorgen Sie dafür, dass Sie mir mein *gesamtes* Geld bringen.«

Joe blieb stehen und wandte sich um. Seine Miene drückte Rachlust aus.

Silas rührte sich nicht vom Fleck, hatte plötzlich aber jämmerliche Angst, zu weit gegangen zu sein.

»Sie kriegen Ihr verdammtes Geld«, erwiderte Joe aufgebracht. »Bis Freitag.« Wäre Francesca nicht gewesen, hätte er sich Silas Hepburn schon vor langer Zeit vorgeknöpft.

Dieser plante bereits den nächsten Winkelzug. Er war sicher, dass Francesca ein weiches Herz hatte. Um ihren Vater vor dem Verlust der *Marylou* zu bewahren, würde sie sich opfern, denn der Verlust des Schiffes würde Joe das Herz brechen.

»Was hat dich denn in so gute Laune versetzt?«, fragte Joe Francesca im Ruderhaus, als sie sich zum Ablegen bereitmachten. Er hatte mehrere Minuten und einen ordentlichen Schluck Rum gebraucht, um sich nach dem Gespräch mit Silas wieder zu beruhigen, aber er war entschlossen, Francesca das Ansinnen dieses Mistkerls zu verschweigen. Bei ihm jedenfalls würde Silas auf Granit beißen.

»Ach, nichts Besonderes«, entgegnete Francesca und drückte den Hebel nach vorn, um rückwärts zu setzen. Sie hoffte inständig, ihr Vater würde es ihr nicht anmerken, dass sich etwas Grundlegendes geändert hatte. Sie war nun eine Frau, und sie war zum ersten Mal geküsst worden. Nicht nur das – beim zweiten Kuss hatte sie selbst die Initiative ergriffen, was bei genauerer Überlegung für ein unerfahrenes Mädchen ein recht forsches Verhalten war. Der bloße Gedanke daran ließ sie erröten.

»Offenbar hat Neal heute ebenfalls gute Laune«, bemerkte Joe mit einem forschenden Blick auf Francesca und kratzte sich am Kopf, wobei ihm ihr gerötetes Gesicht auffiel. Er verfolgte Francescas Fortschritte, als diese rückwärts vom Pier wegsetzte und ein Wendemanöver einleitete. Mittlerweile steuerte sie die *Marylou* mit großem Selbstvertrauen.

»Ich weiß zwar nicht, wann es geschehen ist«, fuhr Joe fort, »aber offenbar habt ihr zwei das Kriegsbeil begraben.«

»So könnte man es nennen«, sagte Francesca. Sie unterdrückte ein Lächeln und machte ein konzentriertes Gesicht, während sie das riesige Ruder drehte und flussabwärts fuhr.

Kurz darauf wurde die Tür geöffnet, und Neal Mason steckte den Kopf ins Ruderhaus. »Joe, falls du dir noch einen Tee genehmigen willst, kann ich ja so lange hier oben bleiben und ein Auge auf Francesca haben«, sagte er. Er hatte den Eindruck, Joe könnte einen Tee vertragen, denn der war in mieser Verfassung aufs Schiff zurückgekehrt und hatte nichts davon erzählt, was zwischen ihm und Silas Hepburn vorgefallen war.

Joe wunderte sich über Neals Vorschlag, da er ihm genauso gut den Tee hätte hochbringen können, und wollte ihn gerade darauf ansprechen, als er bemerkte, dass Francesca sich offenkundig über Neals Gesellschaft freute. »In Ordnung«, sagte er, noch immer verwundert, und stieg die Treppe hinunter.

Nachdem Joe gegangen war, blickte Neal Francesca lächelnd an. Obwohl sie hinter dem riesigen Steuerrad sehr zierlich wirkte, bemerkte er, dass sie das Ruder mit viel Selbstvertrauen betätigte.

»Gut geschlafen?«, meinte er.

»Ja. Du auch?« Das vertrauliche Du kam ihr wie von selbst über die Lippen.

Er grinste. »Nicht besonders.«

In Wahrheit hatte Francesca ebenfalls kaum ein Auge zubekommen. »Warum nicht?«

»Weil ich die ganze Zeit an dich denken musste.«

Francesca errötete. »Soll ich mich jetzt entschuldigen, dass ich dir den Schlaf geraubt habe?«

Neals Lächeln wurde breiter. »Du kannst ja nichts dafür, dass du so bezaubernd bist«, entgegnete er, wobei er sich hinter sie stellte und die Hände um ihre Taille legte.

»Benehmen Sie sich gefälligst, Mr Mason«, neckte Francesca ihn lächelnd.

»Während du dich auf den Fluss konzentrierst, werde ich dir meine ganze Aufmerksamkeit widmen.«

Francesca schob seine Hände weg. »Wenn mein Vater dich erwischt, wird er dich in Stücke hacken und an die Fische verfüttern«, sagte sie lachend.

»Oh«, sagte Neal. »Ich liebe die Gefahr.«

In diesem Augenblick vernahmen sie Joes taktvolles Räuspern, bevor dieser wieder die Treppe hinaufkam.

»Ich glaube, heute Nacht ist Vollmond«, flüsterte Neal Francesca ins Ohr, wandte sich von ihr ab und sah mit unschuldigem Blick hinaus aufs Wasser.

Francesca, die die Anspielung verstanden hatte, lächelte erwartungsvoll.

»Nehmen wir bei der nächsten Tour zu O'Shaunnesseys Werft den Schleppkahn mit, Joe?«, fragte Neal, als er das Ruderhaus betrat.

Joe ahnte, dass er abgelenkt werden sollte. »Hängt ganz davon ab, wie viel Holz er braucht«, gab er zur Antwort und blickte zu Francesca. »Wie schlägt sich denn mein Mädchen?«

Neal wünschte sich, Joe wäre länger fortgeblieben. »Du

hast sie hervorragend eingearbeitet, Joe«, erwiderte er, bevor er die Treppe hinunterstieg.

Als sie bald darauf eine Stelle auf dem Murray passierten, die The Narrows genannt wurde, flankiert vom Moira Lake auf der einen Seite und dem Barmah Lake auf der anderen, nahm die Strömung zu. Auf diesem Flussabschnitt waren die Ufer flach; Joe erzählte Francesca, dass der Fluss bei Flut die Eukalyptusbäume unter Wasser setzte, manchmal über Meilen hinweg, so weit das Auge reichte.

»Du scheinst mit den Gedanken ganz woanders zu sein«, sagte er dann, denn Francesca schien nur mit halbem Ohr zuzuhören.

»Nein«, widersprach sie. »Ich habe alles gehört, was du gesagt hast.«

Joe nickte. »Na gut. Dann halt dich backbord. Rechts lauert ein Baum unter Wasser.«

Dolan O'Shaunnessey war froh über Joes Erscheinen. Joe war vom gleichen Schlag wie er selbst, und sie wurden sich rasch einig, was die geschäftlichen Dinge betraf. Dolan teilte Joe mit, dass er mehrere Aufträge für neue Schiffe habe; im Gegensatz zu Ezra baute er überwiegend kleinere Fischerboote und Lastkähne.

»Für die nächsten paar Wochen steht mir ein Schleppkahn zur Verfügung«, sagte Joe.

»Das sagte Ezra schon, aber wir werden darauf verzichten können, wenn du mir einmal täglich eine volle Fuhre Holz lieferst.«

»Das dürfte kein Problem sein«, entgegnete Joe.

»Mich wundert nur, dass Ezra dich nicht selbst anheuert. Zurzeit hat er nämlich mehr Aufträge, als er bewältigen kann. Trotzdem, ich will mich nicht beklagen. Kannst du sofort anfangen?«

Sollte Joe letzte Zweifel gehabt haben, dass Silas gegen ihn arbeitete, waren diese jetzt verflogen. Dennoch kränkte es ihn, dass Ezra ihn belogen hatte. Die einzige Erklärung, die Joe dafür fand, war, dass Silas irgendetwas gegen Ezra in der Hand haben musste.

»Ja«, sagte er. »Wir legen sofort Richtung Moira ab.«

Während der folgenden Tage lieferte die *Marylou* achtundfünfzig Tonnen Holz täglich zu O'Shaunnesseys Sägewerk. Morgens luden sie als Erstes ihre Fracht ab, fuhren anschließend zum Aufladen zurück zum Wald von Moira und warfen über Nacht in der Nähe des Little Budgee Creek Anker, um ihre Fracht am nächsten Morgen wieder am Sägewerk abzuliefern. Nach dem Abendessen zogen Joe und Ned sich meist zurück, um sich von der Anstrengung zu erholen, während Francesca und Neal sich ständig mit Ausreden vor dem Zubettgehen drückten, um in inniger Umarmung unter dem Nachthimmel die Zeit miteinander zu genießen. Anfangs war Francesca nicht bewusst, dass Neal sie lediglich als Zeitvertreib betrachtete. Sie hatte vielmehr den Eindruck, dass ihre Verbindung sich festigte und dass sich die große Liebe daraus entwickeln könnte. Obwohl Francesca für Monty Zuneigung hegte, hatten Neals Küsse ihn beinahe aus ihren Gedanken verdrängt. Francesca hatte das Gefühl, dass sie und Neal füreinander geschaffen waren. Sie stammten aus ähnlichen Verhältnissen, und sie beide liebten den Fluss.

Doch am dritten Abend, als das Thema Liebe und Heirat zur Sprache kam, zerplatzte Francescas Glück wie eine Seifenblase.

»Wie stellst du dir deine Zukunft vor?«, fragte sie Neal. Er küsste gerade ihren Nacken, während sie zum Mond hochsah, die wohlige Gänsehaut genoss, die die Berührung seiner Lippen auf ihrer Haut auslöste, und sich ihre gemeinsame Zukunft ausmalte.

»Ich stelle mir mein zukünftiges Leben nicht viel anders vor als jetzt«, antwortete Neal flüsternd. Er war nur mit halbem Ohr bei der Unterhaltung; viel zu sehr genoss er das Gefühl, Francesca in den Armen zu halten.

Francesca hatte den Eindruck, dass Neal gar nicht bewusst war, wie sehr sein Leben sich durch eine Ehe und eine Familie ändern würde. »Das ist aber ziemlich naiv, findest du nicht?«

»Warum?«

»Wie viele Kinder möchtest du mal haben?« Francesca versuchte sich ein Baby mit Neals dunklen Augen und seiner olivfarbenen Haut vorzustellen.

»Kinder?« Neal löste sich von ihr, hielt sie auf Armeslänge von sich und schaute sie an.

»Ja, Kinder. Du willst doch eine eigene Familie gründen?«

Neals fragte sich, wie das Thema plötzlich aufgekommen war, ohne dass er es bemerkt hatte.

Francesca kniff erstaunt die Augen zusammen. »Jeder wünscht sich Kinder.«

»Mir ist schleierhaft, was in deinem hübschen Kopf vor sich geht, Francesca, aber ich bin definitiv nicht für die Ehe geschaffen.«

Francesca war geschockt. »Willst du damit sagen, du willst gar nicht heiraten? Keine eigene Familie haben?«

»Du kannst nicht ernsthaft von mir erwarten, dass ich in einem Haus lebe ... mit einer Ehefrau und einer Schar Kinder.«

Francesca wusste, dass Neal das Leben auf dem Fluss liebte, und sie nahm an, er habe sie missverstanden. »Du musst ja nicht an Land leben, Neal. Du könntest weiterhin auf der *Ophelia* wohnen.« Im Geiste hatte sie sich bereits ausgemalt, wie sie und Neal auf dem Fluss zusammenlebten, als glückliche Familie mit zwei, drei Kindern. So hätte ihr Leben auch ausgesehen, hätte sie nicht ihre Mutter verloren.

»Besser nicht. Die *Ophelia* ist mein eigenes Schiff, und ich teile sie mit keiner Frau und auch nicht mit Kindern. Ich bin kein sesshafter Mensch, Francesca.«

Francesca stockte der Atem. »Aber was hast du dann vor? Dein Leben lang von einer Frau zur nächsten wandern und einsam alt werden? Jeder will irgendwann eine eigene Familie gründen. Das ist das Gesetz der Natur.«

»Dann bin ich offenbar widernatürlich veranlagt, weil so ein Leben nichts für mich ist.«

Francesca spürte, wie Tränen in ihren Augen brannten. »Und was ist, wenn du dich ernsthaft verliebst?«

»Ach, ich verliebe mich jede Woche aufs Neue«, erwiderte Neal grinsend und dachte dabei an all die Frauen in seinem Leben.

Francesca stieß ihn wütend von sich.

Neal begriff nicht den Grund für ihre Empörung. Sie wusste doch, was für ein Mann er war! »Was hast du denn, Francesca?«

»Was ich habe?« Sie konnte seine Ahnungslosigkeit nicht fassen. »Du hast mir praktisch unter die Nase gerieben, dass ich bloß ein netter Zeitvertreib für dich bin ... dass du mit meinen Gefühlen spielst ...«

»Wir haben ein wenig Spaß miteinander. Was ist verkehrt daran?«

Francesca schnaubte entrüstet. »Spaß haben kannst du mit deinen Barmädchen und Prostituierten, aber nicht mit mir!« Sie machte auf dem Absatz kehrt, rannte in ihre Kajüte und ließ ihren Tränen freien Lauf.

Am Freitagnachmittag fuhren sie zurück nach Echuca. Joe war nicht entgangen, dass die Stimmung an Bord der *Marylou* erneut feindselig war. Francesca weigerte sich, mit Neal zu sprechen, und mied seine Gesellschaft, sofern das an Bord eines Schiffes möglich war. Neal wirkte zerstreut, sparte sich aber jeden Kommentar, was Francescas Verhalten betraf.

Nachdem auch Joe nicht aus Francesca herausbekam, was sie so sehr in Wut versetzt hatte, knöpfte er sich Neal vor.

»Ich habe ihr gesagt, dass ich kein Mann zum Heiraten bin«, antwortete Neal offen.

»Das hätte sie eigentlich nicht überraschen dürfen«, murmelte Joe und unterdrückte mühsam seinen Zorn. »Das habe ich ihr schon vor ein paar Wochen gesagt.« Er starrte Neal an. »Du hast aber doch nichts getan, das sie kompromittieren könnte ...?«

»Natürlich nicht, Joe«, beteuerte Neal. Er hatte niemals die Absicht gehabt, es so weit kommen zu lassen. Wenn er eine Frau haben wollte, gab es im Hafen mehr als eine, die ihm zu Diensten war. »Wir sind uns ein bisschen näher gekommen. Aber ich hatte doch keine Ahnung, dass sie an Heirat denkt, und an Kinder ...«

Francesca war nicht die erste Frau gewesen, die mit Zorn und Erbitterung reagiert hatte, nachdem Neal ihr gesagt hatte, keine Heiratsabsichten zu hegen. Doch bei Francesca war er zu weit gegangen. Schließlich war sie noch jung und leicht beeinflussbar, und sie hatte bei ihrem Techtelmechtel offensichtlich Feuer gefangen. Vor allem aber bereitete es Neal Gewissensbisse, dass er ihre Gesellschaft so sehr genossen hatte.

Gleich nachdem sie in Echuca festgemacht hatten, ging Francesca von Bord der *Marylou*. Sie wolle zur Bäckerei, sagte sie zu Joe. Als sie über den Pier schritt, fest entschlossen, Neal Mason möglichst weit hinter sich zu lassen, erblickte sie Lizzie Spender. Diese hatte Francesca ebenfalls bemerkt, blickte jedoch in die andere Richtung, als die jüngere Frau auf sie zukam.

»Hallo, Lizzie«, sagte Francesca und blieb neben ihr stehen.

Erstaunt wandte Lizzie sich um und vergewisserte sich kurz, ob sie beobachtet wurden.

»Hallo, Francesca«, erwiderte sie dann leise. »Sie sollten sich nicht auf offener Straße mit mir unterhalten, falls Sie Wert auf Ihren guten Ruf legen.«

Francesca hatte noch keinen Gedanken an ihren guten Ruf verschwendet, und auch jetzt ließ es sie völlig kalt.

»Ich verbringe meine Zeit, mit wem es mir gefällt«, sagte sie lächelnd. »Wie geht es Ihnen?«

»Ich kann mich nicht beklagen«, sagte Lizzie. »Aber das kümmert ja sowieso keinen.«

»Doch, mich«, widersprach Francesca.

Erstaunt sah Lizzie sie an. Die junge Frau hatte es offenkundig ernst gemeint. »Danke, Francesca, das ist sehr nett von Ihnen. Aber Sie sollten lieber gehen, bevor eine der hiesigen Frauen Sie sieht. Die können auf unsereins nämlich sehr boshaft reagieren.«

Francesca lag die Erwiderung auf der Zunge, dass es sie einen Dreck kümmere, musste dann aber an Regina Radcliffe und Monty denken. »Ich muss mich sowieso auf den Weg machen. Lizzie. Bis bald!« Francesca schenkte ihr ein freundliches Lächeln. Obwohl sie mit Bestürzung erkannt hatte, dass die Blutergüsse in Lizzies Gesicht noch nicht ganz verblasst waren, verkniff sie sich eine Bemerkung, da sie Lizzie nicht an das schreckliche Erlebnis erinnern wollte.

Auf dem Rückweg von der Bäckerei nahm Francesca die Abkürzung durch die schmale Gasse. Plötzlich sah sie, dass Neal Mason zusammen mit Lizzie Spender durch das Eingangstor des Bordells ging. Beide lachten fröhlich, und Neal legte den Arm um Lizzies Schulter, als sie sich ins Haus begaben. Francesca spürte einen Stich im Herzen. Es wollte ihr nicht in den Sinn, dass Neal solch oberflächliche Affären einer wahren Liebesbeziehung vorzog. Sie versuchte sich einzureden, dass Neal tun könne, was ihm gefiel, doch die Vorstellung, dass er sich mit Lizzie oder einem der anderen Mädchen einließ, brach ihr fast das Herz.

Am nächsten Morgen rief Joe nach Francesca.

»Du hast Besuch«, teilte er ihr durch ihre geschlossene Tür mit.

Francesca öffnete. Joe fiel auf, dass sie den Eindruck machte, als habe sie nicht geschlafen. »Wer ist es, Dad?«

»Montgomery Radcliffe«, antwortete Joe, der eigentlich erwartet hatte, dass sie sich über diese Nachricht mehr freuen würde, als es den Anschein hatte.

Francesca fragte sich unwillkürlich, ob Neal Mason bereits an Bord war.

»Guten Morgen, Francesca«, grüßte Monty, als sie an Deck kam. Er war aufrichtig glücklich, sie zu sehen.

Francesca bemerkte, dass Neal Ned dabei half, Holzsplitter vom Achterdeck zu fegen. »Guten Morgen, Monty«, erwiderte sie mit betontem Entzücken. Sie wollte Neal wehtun, so wie er ihr wehgetan hatte.

Monty stellte überglücklich fest, dass sie ihn offensichtlich genauso sehr vermisst hatte wie er sie. »Sie waren die ganze Woche fort«, bemerkte er und ergriff mit beiden Händen ihre Hand, um sie zu küssen.

»Ja, wir haben flussabwärts gearbeitet.« Sie versuchte, jeden Gedanken an Neal Mason zu verbannen.

Monty warf einen nervösen Blick zu Ned, Neal und Joe. Francesca erkannte, dass er ungestört mit ihr reden wollte, und sie führte ihn an die Reling.

»Ich bin gekommen, um Sie zu fragen, ob Sie mir Sonntag bei einem Picknick Gesellschaft leisten«, sagte er. »Von Ihrem Vater habe ich bereits die Erlaubnis erhalten. Er ist einverstanden.«

Francesca gefiel der Vorschlag. Sie hatte das dringende

187

Bedürfnis, eine Zeit lang von der *Marylou* fortzukommen.
»Sehr gern. Wo findet es statt?«

»Ich kenne ein nettes Plätzchen am Flussufer, sehr idyllisch und schattig. Darf ich Sie zur Mittagszeit abholen?«

In Montys braunen Augen schimmerte Wärme, was Francesca das Gefühl von Sicherheit vermittelte. Sie wusste, er würde ihr niemals ein Leid zufügen. »Ja, ich freue mich schon sehr darauf.«

»Ich ebenfalls«, entgegnete Monty und meinte es offensichtlich aufrichtig. »Meine Eltern lassen Sie übrigens herzlich grüßen«, fügte er hinzu. »Sie schwärmen geradezu von Ihnen, aber ich wusste gleich, dass sie begeistert von Ihnen sein würden.« Der Klang seiner Stimme ließ keinen Zweifel daran, dass er ihr zu Füßen lag, aber das wusste Francesca bereits. Monty konnte seine wahren Gefühle nicht verbergen – im Gegensatz zu Neal Mason, den sie wohl nie begreifen würde.

»Meine Eltern hoffen, Sie bald wiederzusehen«, sagte Monty.

»Das hoffe ich auch.«

»Gut, dann bis Sonntag«, sagte Monty, der sich offenbar nicht von ihr losreißen konnte.

Francesca nickte. »Soll ich etwas vorbereiten?«

»Nein, ich habe schon alles veranlasst. Stehen Sie einfach nur bereit, wenn ich Sie am Mittag abhole.« Monty wandte sich zu den anderen. »Auf Wiedersehen, Joe«, rief er. »Auf bald, Ned.« Neal Mason jedoch funkelte Monty wütend an, sodass er darauf verzichtete, sich auch von ihm zu verabschieden. Er lächelte Francesca ein letztes Mal zu und ging.

Francesca drehte sich um und stellte fest, dass Neal Mason sie beobachtete. Er schaute verärgert drein, wofür sie keinen Grund sah, und sie verzog sich rasch wieder in ihre Kajüte.

»Sieht aus, als würde Monty Radcliffe unserer Francesca ernsthaft den Hof machen«, sagte Joe. »Um ehrlich zu sein, habe ich eigentlich damit gerechnet, dass seine Eltern dem ein Ende bereiten würden, zumal sie der besseren Gesellschaft angehören, aber sie haben Monty offenbar ihren Segen gegeben.«

»Francesca ist für jeden Mann eine gute Frau. Für die meisten ist sie sogar zu gut«, kommentierte Ned.

»Kannst du dir vorstellen, mit den Radcliffes verwandt zu sein?«, entgegnete Joe, der bei der Ironie dieses Gedankens den Kopf schüttelte.

»Meinst du, wir werden dann auch zum Tee auf Derby Downs eingeladen?«, fragte Ned im Scherz.

»Aber sicher«, entgegnete Joe. »Am besten, wir klopfen schon mal den Staub aus unseren Sonntagsanzügen.« Joe blickte zu Neal. Dessen Gesichtsausdruck machte deutlich, dass er von einer Verbindung zwischen Francesca und Monty nicht gerade begeistert wäre. »Was hältst du denn davon, Neal?«, fragte Joe ihn.

In Neals Kopf herrschte ein wildes Durcheinander. Er malte sich aus, wie Monty Francesca küsste, so wie er sie geküsst hatte, und wie er sie in den Armen hielt, so wie er sie gehalten hatte. Er malte sich aus, wie sie ihm mit demselben unschuldigen Verlangen in die Augen schauen würde, mit dem sie ihn angeblickt hatte, und ihm stieg die Galle hoch. »Meine Meinung ist hier nicht von Belang«, presste er zwischen zusammengebissenen Zähnen hervor. Gleich darauf legte er seinen Besen zur Seite und sprang mit einem Satz an Land. »Bis Sonntagabend«, sagte er und wandte sich in Richtung Hafenkneipe.

Joe und Ned wechselten stumm einen Blick.

»Was hat er denn?«, meinte Ned.

»Wüsste ich nicht genau, dass er vom Heiraten nichts hält, würde ich sagen, er ist wegen Francesca auf Monty Radcliffe eifersüchtig«, erwiderte Joe. »Tja, er kann nun mal nicht beides haben. Er kann ihr nicht erzählen, dass er keinerlei Heiratsabsichten hat, und gleichzeitig erwarten, dass sie alle anderen Männer abweist.«

Neal Masons Stimmung war auf dem Nullpunkt, als er das Steampacket Hotel verließ. Mit Einbruch der Dunkelheit war es kalt geworden, sodass er den Jackenkragen hochschlug und sich auf den Weg zu Gwendolyn machte. Zwar hatte er die Möglichkeit, an Deck der *Marylou* zu übernachten, doch er hielt es zurzeit nicht in Francescas Nähe aus. Zudem wusste er, dass Gwendolyn ihn nicht abweisen würde, wenn er ein Bett für die Nacht brauchte. Er hoffte bloß, sie würde verstehen, dass er nicht in der Stimmung für eine Unterhaltung war.

Montgomery Radcliffe hatte die Verlagsräume des *Riverine Herald* aufgesucht, um für seine Mutter einige Abrechnungen zu holen, die sie durchgehen wollte. Nachdem er das Gebäude verlassen hatte, spürte er ebenfalls den frischen Wind vom Wasser und klappte den Kragen seines Mantels hoch, während er zu seiner Kutsche ging. Als er um eine Ecke bog, stieß er mit Neal Mason zusammen.

»Verzeihung ...«, sagte Monty.

»Passen Sie doch auf, wo Sie hingehen«, fuhr Neal ihn an.

Die beiden Männer musterten einander und erkannten plötzlich, wen sie vor sich hatten.

Monty wollte sich noch einmal entschuldigen, doch plötzlich bemerkte er den feindseligen Ausdruck in Neals Augen – genau wie zuvor, als er Francesca seine Aufwartung gemacht hatte. Bevor Monty vom Pier losgefahren war, hatte er Erkundigungen über Neal Mason eingeholt und zu seiner Bestürzung erfahren, dass er ein bekannter Schürzenjäger war.

»Sie waren heute Morgen an Bord der *Marylou*«, sagte Monty. »Gehe ich recht in der Annahme, dass Sie für Joe Callaghan arbeiten?«

»Und?«, gab Neal brüsk zurück.

Neals offene Feindseligkeit irritierte Monty. »Ich bin mir sicher, wir sind uns noch nie begegnet. Weshalb sind Sie mir gegenüber so aggressiv? Da ich Ihnen keinen Grund zur Kränkung gegeben habe, kann ich nur vermuten, dass Ihr Verhalten mit Francesca Callaghan zusammenhängt.«

Neal blieb stumm.

»Haben Sie etwas dagegen, dass ich meine Zeit mit Francesca verbringe?«

»Ich habe etwas gegen Leute wie Sie«, knurrte Neal.

»Was soll das heißen?«

»Sie glauben, Sie können sich alles mit Geld erkaufen ... alles und jeden.«

»Wie kommen Sie dazu, so etwas zu behaupten?«

»Zum Beispiel das Kleid, das Sie Francesca gekauft haben. Das war ein offensichtlicher Versuch, sich damit ihre Zuneigung zu erkaufen.«

Montys Gesicht lief vor Zorn rot an. »Ich wollte Francesca damit eine Freude machen. Als ich sie zum ersten Mal sah, stand sie vor einer Auslage, bewunderte das Kleid und machte Andeutungen, dass sie es sich nie leisten könnte. Mir ist überhaupt nicht in den Sinn gekommen, mir Francescas Zuneigung zu erkaufen, anderenfalls hätte ich uns damit einen schlechten Dienst erwiesen. Meine Gefühle für Francesca sind aufrichtig, und ich glaube, sie erwidert meine Zuneigung.«

Neal konnte sich ein spöttisches Grinsen nicht verkneifen. Er musste an die Küsse denken, die er und Francesca ausgetauscht hatten, und er hielt es für eine Ironie, dass Monty nach den wenigen Treffen mit Francesca offenbar glaubte, einen besonderen Platz in ihrem Herzen einzunehmen.

Monty entging Neals Grinsen nicht, und er war beunruhigt. »Lieben Sie Francesca?«, fragte er.

Neals Grinsen erlosch, nachdem Monty ihn mit etwas konfrontiert hatte, das er sich nicht eingestehen wollte. Er funkelte Monty wütend an und setzte wortlos seinen Weg fort.

»Er liebt sie tatsächlich«, sagte Monty zu sich selbst. Jetzt hatte er allen Grund, beunruhigt zu sein. Francesca verbrachte den Großteil ihrer Zeit an Bord der *Marylou*, zusammen mit diesem Mann.

Monty beschloss, etwas zu unternehmen, um seine Chancen bei Francesca zu wahren.

Als Monty nach Hause kam, war es bereits sehr spät, doch aus der Bibliothek fiel noch Licht in die Eingangshalle. Er sah mit Sorge, wie viel Zeit seine Mutter dort drinnen zubrachte, aber sie war immer schon lange aufgeblieben und schlief gewöhnlich bis zum späten Vormittag. Montys Vater hingegen zog sich grundsätzlich früh zurück und stand bei Tagesanbruch auf – eine Gewohnheit, die aus seiner Zeit als Viehtreiber stammte und die er nie abgelegt hatte, nicht einmal nach seinem Unfall.

»Hier sind die Zahlen, die du haben wolltest, Mutter«, sagte Monty.

Regina sah sofort, dass ihn etwas beschäftigte. »Danke. Ist alles in Ordnung?«

»Ja. Warum fragst du?«

Regina musterte ihn. »Du machst einen besorgten Eindruck. Vielleicht hilft es, wenn du darüber sprichst ...«

Monty blickte auf eine Büste von Florence Nightingale, die in einem Regal stand. Regina bewunderte starke und einflussreiche Frauen. Außer der Büste von Florence Nightingale schmückten mehrere Porträts ihrer weiblichen Vorbilder die Wände im Speisezimmer und den Flur im ersten Stock.

»Hast du Francesca in der Stadt angetroffen?«, fragte Regina. Monty hatte ihr von seinem Vorhaben berichtet, sie für Sonntag zu einem Picknick einzuladen. Sie fragte sich unwillkürlich, ob Francesca abgelehnt hatte.

»Ja, wir ... wir sind am Sonntag verabredet«, entgegnete Monty, noch immer zerstreut.

»Was beschäftigt dich, Monty?«

Monty runzelte die Stirn und wählte seine Worte mit Bedacht. »Es gibt da einen anderen Mann ... er arbeitet auf Joes Schiff ...«

»Meinst du Ned Guilford?«

»Nein. Ich kenne den Mann nicht, aber ich habe mich erkundigt und herausgefunden, dass sein Name Neal Mason ist.«

Regina war der Name ein Begriff – vielmehr Masons Ruf als Frauenheld. »Was ist mit ihm?«

»Als ich Francesca heute Vormittag besucht habe, war Mason auf dem Schiff und hat mich ganz merkwürdig angesehen. Heute Abend sind wir dann buchstäblich zusammengestoßen, und es gab ein kleines Wortgefecht.«

»Oh, Monty, du solltest abends in der Stadt vorsichtiger sein. Du solltest immer Claude an deiner Seite haben.«

Regina hatte Claude Mauston als Montys Kutscher und Leibwächter eingestellt. Claude war ein ehemaliger Boxchampion, der Australien der Länge und Breite nach bereist hatte, stets auf der Jagd nach Preisgeldern in Boxzelten. Er roch eine windige Gestalt schon aus einer Meile Entfernung. Mit vierzig – vor fünf Jahren – hatte er sich aus dem Boxgeschäft zurückgezogen, doch er wusste immer noch mit den Fäusten umzugehen. Regina bezahlte ihm den doppelten Lohn eines Kutschers, doch sie hätte ihn auf der Stelle gefeuert, hätte sie

193

gewusst, dass er oft in der Schänke saß – auf Montys Wunsch, weil dieser Ungestörtheit und Bewegungsfreiheit wollte.

»Claude war in der Nähe«, erwiderte Monty beschönigend, um seine Mutter milde zu stimmen.

»Und welches Anliegen hatte dieser Neal Mason?«, fragte Regina.

»Das hat er nicht gesagt, deshalb ärgere ich mich ja so. Ich habe ihn ohne Umschweife gefragt, ob er Francesca liebt, aber er hat nichts darauf entgegnet.«

»Dann ist die Sache wohl ziemlich belanglos«, sagte Regina.

»Ich bin sicher, er liebt Francesca«, beharrte Monty.

Reginas erster Impuls war, Monty zu versichern, dass es keinen einzigen Mann in der Stadt gab, der es mit seinem Aussehen, seinem Charme und seinem gesellschaftlichen Rang aufnehmen konnte, doch sie kannte ihren Sohn. Es wäre ihm nur ein kleiner Trost.

»Ich habe eine Idee«, verkündete Regina. »Lass uns Francesca fürs Wochenende nach Derby Downs einladen. Ich würde sie gern näher kennen lernen, und du könntest ihr die Farm zeigen. Das würde dir doch gefallen, oder?«

»Das ist eine großartige Idee, Mutter«, sagte Monty begeistert. »Wie wäre es gleich am kommenden Wochenende?«

»Einverstanden. Soviel ich weiß, haben wir dann keine anderweitigen gesellschaftlichen Verpflichtungen.«

»Ich werde sie morgen beim Picknick fragen.« Monty küsste seine Mutter auf die Wange und begab sich glücklich ins Bett.

Regina durchströmte stets ein Gefühl der Wärme, wenn sie ihren Sohn glücklich sah. Und sollte Francesca die Frau sein, die er wollte, war sie fest entschlossen, das Mädchen unter ihre Fittiche zu nehmen: Wenn sie ein wenig Schliff bekam und lernte, sich auf gesellschaftlichem Parkett zu bewegen, würde sie sich in der gehobenen Gesellschaft etablieren. Regina war sicher, dass Francesca mit ihrer Unterstützung und unter ihrer Führung den Radcliffes Stolz bereiten würde – vorausgesetzt, ihre Herkunft blieb im Hintergrund. Doch zuerst musste Regina sich etwas überlegen, um sicherzugehen, dass dieser Querkopf Neal Mason Montys Pläne nicht durchkreuzte.

Am Sonntag erschien Monty mit seiner Kutsche um zehn Minuten vor zwölf Uhr. Francesca wartete bereits in der Sonne auf ihn. Sie trug einen marineblauen Rock zu einer weißen Bluse, dazu einen großen Strohhut mit einem blauen Zierband. Sie sah bildhübsch aus und beinahe unanständig jung, wie sie auf einem Fass auf dem Pier saß und die Beine baumeln ließ. Am Heck fütterte Ned gerade ein paar Pelikane mit Fischbrocken; er und Francesca lachten über die Possen der Tiere, als diese sich um das Futter stritten.

»Hallo«, rief Monty und spähte zur *Marylou*, um zu sehen, ob Neal Mason an Bord war.

»Sie kommen zu früh, Monty«, sagte Francesca und rutschte von der Tonne, wobei ihr wohl geformter Körper ihm vor Augen führte, dass sie eine junge Frau und kein Mädchen mehr war.

Monty war lässig-elegant gekleidet, mit leichter Hose und weißem Hemd, dessen Kragen offen stand, ganz im Stil des Landadels. Dazu trug er einen braunen Hut mit breiter Krempe.

»Sie dürfen mir meinen Enthusiasmus nicht zum Vorwurf machen. Sind Sie bereit?«

»Ja.« Francesca wandte sich um und winkte Ned und ihrem Vater, der ebenfalls an Deck erschienen war. »Bis heute Nachmittag«, rief sie.

Als Monty und Francesca aus der Stadt fuhren, hätte eine Windböe ihr beinahe den Hut vom Kopf gerissen. »Sie haben doch nicht den ganzen Weg von Derby Downs in diesem offenen Einspänner zurückgelegt, oder?«

»Nein.« Bei diesem Gedanken verzog Monty das Gesicht. »Ich glaube, ich hatte Ihnen schon erzählt, dass wir in der Stadt einen Mietstall besitzen. Dort habe ich meine Kutsche gegen dieses Gefährt getauscht, weil es besser für das Gelände geeignet ist, wo unser Ausflugsziel liegt.«

»Ich hatte vergessen, dass Ihre Familie eine Stallung besitzt.«

»Es steht Ihnen jederzeit frei, von den Pferden, Einspännern und Kutschen Gebrauch zu machen. Ich werde Henry Talbot verständigen, dass Sie meine Genehmigung haben. Er leitet die Stallung.«

»Das ist sehr freundlich, Monty. Vielen Dank.«

Sie bewegten sich in Richtung Norden, entlang des Flussufers. Allmählich stieg der Weg an, sodass das Pferd zu kämpfen hatte, doch Monty trieb es weiter bis fast zur Spitze der Klippe. Sie hielten an einer Stelle, wo der Fluss eine Biegung machte, was ihnen eine herrliche Sicht in beide Richtungen ermöglichte. Zudem spendeten Eukalyptusbäume und Akazien wohltuenden Schatten, genau wie Monty versprochen hatte.

Während das Pferd auf der saftigen Wiese graste, breitete Monty unter einer Akazie eine Decke aus. Von den Ästen spähten neugierige Rieseneisvögel auf sie herab und stießen ihr heiseres Gelächter aus. Unten auf dem Wasser schaukelten Pelikane und Enten im Schatten der überhängenden Bäume.

Francesca genoss die Aussicht, und Monty packte seinen Picknickkorb aus: Wein, Käse, kaltes Huhn, saure Gurken und Eiertomaten aus dem eigenen Garten, dazu frisches Brot und Obstkuchen.

»Ich hoffe, Sie sind hungrig«, sagte er und bedeckte das Essen mit einem Netz, um die Fliegen fern zu halten.

»Ich habe sogar einen Bärenhunger«, entgegnete Francesca beim Anblick dieses Festmahls. »Sie haben sich sehr viel Mühe gegeben, Monty.«

»Leider gebührt nicht mir die Ehre, sondern Mabel. Sie hat den Korb vorbereitet. Sollte etwas übrig bleiben, wird sie mir nachher den Kopf abreißen.«

»Das können wir unmöglich zulassen«, sagte Francesca und setzte sich neben ihn.

Monty reichte ihr einen Teller, eine Serviette und Besteck. »Und jetzt sage ich etwas, das meiner Mutter bestimmt missfallen würde«, verkündete er. Mit einem Funkeln in den Augen hob er das Netz von den Speisen.

»Und das wäre?«

»Hauen Sie rein«, sagte er und lachte.

»Aber gern!« Francesca nahm sich ein Hühnerbein. »Wie geht es Ihrer Mutter?«

»Gut. Sie lässt Sie herzlich grüßen. Übrigens, sie hat mich gebeten, Sie für das Wochenende nach Derby Downs einzuladen. Für das kommende Wochenende, falls Sie frei sind.«

Francescas Augen wurden groß. »Im Ernst?«

»Ja. Mutter würde Sie gern näher kennen lernen, und das würde auch uns beiden wertvolle Zeit verschaffen. Werden Sie kommen?«

»Liebend gern, aber vorher muss ich mich mit meinem Vater absprechen.«

»Natürlich. Wenn Sie möchten, werde ich ihn fragen, wenn ich Sie nachher wieder absetze.«

Nach dem Picknick machten Francesca und Monty einen Spaziergang entlang des Klippenrands und unterhielten sich über ihre Kindheit und ihre jeweiligen Vorlieben und Abneigungen, was Essen und Musik betraf. Monty berichtete von den Theateraufführungen, die er in Melbourne besucht hatte, und sie redeten über Bücher, die sie beide gelesen hatten.

Monty erzählte ihr von den Sehenswürdigkeiten, die er bereist hatte, und von denen, die er noch bereisen wollte, darunter die Inseln vor der Küste von Queensland. Schließlich brachte er seinen Wunsch zur Sprache, eines Tages eine eigene Familie zu gründen, und fragte Francesca zaghaft, ob sie selbst eine Familie wolle.

»Ja, natürlich«, entgegnete sie, wobei sie an ihr Gespräch mit Neal Mason denken musste.

Monty bemerkte ihre Nachdenklichkeit. »Ist irgendetwas, Francesca? Bin ich zu forsch?«

»Nein«, sagte sie mit wehmütigem Lächeln. »Ich musste nur gerade an ein Gespräch denken, das ich vor kurzem hatte. Ich dachte immer, jeder Mensch hat den Wunsch, zu heiraten und Kinder zu haben, aber das ist offenbar nicht der Fall.«

»Auf jeden Fall haben alle Menschen das Bedürfnis, ihr Leben mit jemandem an ihrer Seite zu teilen.«

»Das dachte ich auch.«

»Wer das Gegenteil behauptet, hat vermutlich eine unangenehme oder schmerzhafte Erfahrung gemacht.«

Francesca hatte nicht den Eindruck, dass Neal Mason ein Mann war, dem man das Herz brechen konnte. »Sie sind sehr feinfühlig, Monty«, sagte sie.

»Erlauben Sie mir eine Frage, Francesca. Wie kommt es, dass Neal Mason für Ihren Vater arbeitet?«

Francesca erschrak, als Monty Neals Namen erwähnte. Es kam ihr vor, als hätte er ihre Gedanken gelesen. Sie konnte ihm nicht in die Augen schauen, als sie ihm antwortete. »Sein Schiff liegt im Trockendock ... und mein Vater hat einen Matrosen gesucht, also hat er Neal angeheuert. Die beiden kennen sich schon seit längerer Zeit.«

Plötzlich kam Monty eine großartige, wenn auch eigennützige Idee. Er könnte dem Eigentümer des Trockendocks eine Geldsumme zustecken, damit er Neal Masons Reparaturen den Vorrang gab. Im nächsten Moment schämte er sich und schalt sich insgeheim für sein Zaudern, doch er konnte es nicht ändern. »Ist Ihr Vater auf ihn angewiesen?«

»Er braucht unbedingt einen zusätzlichen Mann, und Neal ist ein guter Arbeiter. Eigentlich war es meine Idee, jemanden anzuheuern. Zuerst fand Vater keinen Gefallen an der Vorstellung, aber da er sich Geld geliehen hat, um den Kessel der *Marylou* zu reparieren, muss er so viel wie möglich verdienen, damit er die Raten bezahlen kann. Hinzu kommt, dass seine Schulter fast steif ist. Auch Ned ist kein junger Mann mehr und braucht Unterstützung. Neal ist uns eine große Hilfe.«

Monty hörte den Vorbehalt aus Francescas Stimme heraus. Er hätte alles dafür gegeben, um zu erfahren, in welchem Verhältnis Francesca zu Neal stand. Er hoffte, dass es rein geschäftlich war, doch bei Neals Ruf ... man konnte nie wissen.

»Bestimmt gibt es viele Männer, die gern für Joe arbeiten würden«, sagte er.

»Ja, das vermute ich auch, aber Dad hat seinen Stolz, und er kommt mit Neal zurecht. Warum interessieren Sie sich denn so für Neal, Monty? Wissen Sie etwas, das wir nicht wissen?«

»Nein. Aber ich habe eine gute Menschenkenntnis, und Neal hat irgendetwas an sich ... etwas Unaufrichtiges.« Monty verschwieg lieber, dass er gehört hatte, Neal sei ein Weiberheld. Es wäre ihm schrecklich peinlich, wenn Francesca herausfand, dass er sich heimlich über Neal Mason erkundigt hatte.

»Er macht einen ziemlich ungehobelten Eindruck und sagt ganz offen, dass er kein normales Leben führen möchte, sondern die Freiheit und das Abenteuer sucht. Aber mein Vater kennt Neal gut und behauptet immer, dass er ein anständiger Kerl ist.«

Francesca war gar nicht bewusst, dass sie Monty soeben verraten hatte, dass Neal derjenige war, der sich gegen eine Heirat und Kinder sträubte.

Nach dem üppigen Picknick verspürte Francesca keinen Hunger, als sie zurück aufs Schiff kam, doch sie half Ned dabei, das Abendessen für ihn, Joe und Neal vorzubereiten, der sich während ihrer Abwesenheit wieder auf der *Marylou* eingefunden hatte.

»Möchtest du denn nichts von dem Fisch?«, fragte Ned, nachdem Francesca abgelehnt hatte, sich zu den Männern zu setzen und mit ihnen zu essen.

»Nein, danke. Montys Picknick hätte für sechs Personen gereicht.«

»Was speist die feine Gesellschaft denn so, Francesca?«, meinte Neal mit spöttischer Miene später an Deck.

»Dasselbe wie wir«, entgegnete Francesca kühl. »Warum machst du dich ständig über Monty lustig? Er behandelt mich wie eine Prinzessin, und du hast kein Recht, so über ihn zu reden. Vater ist mit unserer Verbindung einverstanden – alles andere zählt für mich nicht. Es wäre schön, würdest du dir in Zukunft deine Kommentare verkneifen.«

»Nach so wenigen Treffen sprichst du bereits von einer Verbindung?«, fragte Neal.

»Ganz recht«, erwiderte Francesca mit Genugtuung. »Monty hat keine Angst, sich zu binden.«

»Meinst du ich?«

»Deine einzige Bindung ist die zu den Frauen im Bordell.«

Neal wirkte einen Augenblick verwirrt und richtete den Blick auf den Fluss.

»Was ist, Neal?«, fragte sie spöttisch. »Austeilen kannst du, aber nicht einstecken, stimmt's?«

Er wandte sich um und sah ihr ins Gesicht. »Du bist auf dem falschen Dampfer, Francesca.«

»Das glaube ich nicht. Schließlich habe ich gesehen, dass du im Bordell an der Promenade ein- und ausgehst.«

»Du denkst, ich steige mit den Dirnen ins Bett?«

»Hältst du mich für so naiv, dass ich annehme, du putzt dort die Fenster?«

Neal stieß einen Seufzer aus. »Du hast dir deine Meinung über mich offensichtlich schon gebildet. Also ist jedes weitere Wort von mir nutzlos.«

»Ich habe auch allen Grund dazu, so über dich zu denken, oder?« Francesca fiel Montys Bemerkung ein. »Hat eine Frau dir das Herz gebrochen, Neal? Hat deine Verlobte dich verlassen? Ist das der Grund, weshalb du dir geschworen hast, niemals zu heiraten?«

Neal war entgeistert, dass sie zu solchen Schlüssen gelangte. »Nein.«

»Warum bist du dann so verbittert gegenüber Frauen?«

»Ich bin keineswegs verbittert. Ich liebe Frauen, und ich liebe ihre Gesellschaft.«

In Francesca stieg Eifersucht hoch. »Liebe! Wahre Liebe hält länger an als eine Woche. Wahre Liebe findet man nicht im Bett mit einer Frau, die man für ihre Gefälligkeiten bezahlt.«

Ohne Neals Reaktion abzuwarten, stürmte Francesca in ihre Kajüte, damit er ihre Tränen nicht sah.

Neal schaute wieder auf den Fluss, tief in Gedanken versunken.

Er war nie eine Beziehung eingegangen, weil es für ihn nichts Wichtigeres gab, als sich um Gwendolyn zu kümmern. Bislang hatte er nie das Gefühl gehabt, für Gwendolyn sein eigenes Glück zu opfern, doch er hatte nie zuvor so viel für eine Frau empfunden wie für Francesca Callaghan.

10

Als Montys Kutsche vor dem Landsitz vorfuhr, wurde die Eingangstür geöffnet, und Regina trat hinaus auf die Veranda.

»Herzlich willkommen, Francesca«, grüßte sie aufgeräumt und kam die Stufen herunter. »Wir freuen uns sehr, dass Sie kommen konnten.«

»Vielen Dank für die Einladung, Mrs Radcliffe«, erwiderte Francesca. Sie konnte nicht umhin, an den Empfang zu denken, den Regina ihr beim ersten Mal bereitet hatte. Der Unterschied war immens. »Ich freue mich, hier zu sein.«

»Ich weiß, dass Monty Ihnen das Grundstück zeigen möchte, dennoch hoffe ich, dass er auch seiner Mutter ein wenig Zeit gönnt, damit wir uns näher kennen lernen.« Sie lächelte ihrem Sohn verschwörerisch zu, sodass Francesca sich vorkam, als sei sie in ein Komplott geraten.

»Habe ich dem irgendetwas entgegenzusetzen, Mutter?«, fragte Monty mit gespielter Resignation, doch sein schelmisches Grinsen verriet ihn.

»Nein, ich wollte nur höflich sein«, entgegnete Regina lachend, hakte sich bei Francesca ein und führte sie zur Veranda hinauf. »Wir möchten, dass Sie sich hier entspannen und sich verwöhnen lassen, Francesca«, sagte sie. »Wenn Sie wünschen, können Sie vor dem Abendessen ein Bad nehmen. Als einzige Frau auf der *Marylou* verfügen Sie wahrscheinlich über wenig Privatsphäre, sich so etwas zu gönnen, nicht wahr?«

Francesca blickte erstaunt. Reginas Worte kamen völlig unvorbereitet, aber sie hatte Recht. Wenn Francesca an Bord ein Bad nehmen wollte, musste sie sich mit einer kleinen Wanne begnügen und diese jedes Mal in ihre enge Kajüte schleifen, sodass die Vorstellung, sich in einer großen Badewanne zu räkeln, geradezu himmlisch war. »Ich würde mich sehr gern in einer richtigen Badewanne ausstrecken, aber ich möchte Ihnen keine Umstände ...«

»Mit dieser Reaktion habe ich gerechnet«, wurde sie von Regina unterbrochen. »Deshalb habe ich Mabel schon vor Stunden aufgetragen, Wasser heiß zu machen.« Sie durchquerten den Salon. »Sie müssen am Verdursten sein. Ich lasse uns Tee bringen. Monty wird Ihre Tasche nach oben in eines der Gästezimmer bringen.« Sie warf einen Blick über die Schulter. »Nicht wahr, mein Lieber?«

»Ja, Mutter«, erwiderte Monty, dessen Hoffnung, ein paar Stunden ungestört mit Francesca zu verbringen, sich immer mehr zerschlug.

»Zurzeit sind die Scherer hier, und es gibt viel zu tun, aber das ist eine gute Gelegenheit, einen richtigen Einblick in den Betrieb hier zu bekommen. Frederick ist gerade unten bei den Ställen, aber bis zum Abendessen wird er zurück sein. Da wir gerade vom Abendessen sprechen, ich habe Mabel veranlasst, ihre Spezialität zuzubereiten, Lammbraten mit Minzgelee. Er schmeckt köstlich.«

Francesca war von dem Empfang schier überwältigt. Zwar hatte sie mit ein wenig mehr Herzlichkeit als bei ihrem ersten Besuch gerechnet, zumal Monty gesagt hatte, die Idee, sie übers Wochenende einzuladen, käme von seiner Mutter, dennoch war Francesca aufrichtig überrascht, dass Regina Radcliffe sie mit so offenen Armen willkommen hieß. Zudem hatte Francesca die Worte ihres Vaters in den Ohren, was den sozialen Unterschied und die Möglichkeit einer arrangierten Hochzeit für Monty betraf.

Nach dem Tee wurde Francesca von Regina nach oben in ihr Zimmer geführt. Wie die Räume im Erdgeschoss war auch dieses von großzügigen Ausmaßen, und als Regina sie durch die Glastür auf den Balkon führte, stockte Francesca der Atem. Vor ihr erstreckte sich meilenweit der Fluss. Sie stellte sich an die seitliche Balkonbrüstung, von wo aus sie die gesamte Auffahrt und die weite Hügellandschaft sehen konnte.

»Die Aussicht ist fantastisch, nicht wahr?«, bemerkte Regina. »Für mich ist sie inzwischen leider schon selbstverständlich geworden.« Sie begab sich wieder ins Zimmer, und Francesca folgte ihr.

»Ich bin sicher, Sie fühlen sich in diesem Zimmer wohl«, sagte Regina.

»Das Bett sieht geradezu fürstlich aus«, entgegnete Francesca, der allein dieses Bett so groß vorkam wie ihre gesamte Kajüte auf der *Marylou*. Es war ein Himmelbett mit weinroten Samtvorhängen, die von Spitzenbändern zusammengehalten wurden; über dem Baldachin hing ein Moskitonetz.

»Es ist nicht ganz so groß wie mein Bett, aber dafür weich. Wenn Sie die Balkontür offen lassen, haben Sie ein angenehmes Lüftchen im Zimmer, aber heute Nacht könnte es ein wenig frisch werden.« Regina wandte sich einer weiteren Tür zu und sagte: »Hier ist das Bad. Amos müsste die Wanne inzwischen gefüllt haben.«

Francesca wollte ihren Ohren nicht trauen, dass es eigens einen Raum zum Baden gab. »Amos?«

»Nun, meine Liebe, ich muss Sie vorwarnen. Falls Sie in den Gängen einem merkwürdigen Mann begegnen sollten, der auf den ersten Blick einen Furcht erregenden Eindruck macht, ist es Amos Compton. Er ist stark wie ein Ochse, und genau deswegen brauchen wir ihn hier. Er hilft Mabel bei schweren Lasten, holt die Lebensmittel aus der Stadt oder schafft das Badewasser nach oben. Eigentlich besteht seine

Aufgabe darin, Frederick mit dem Rollstuhl zu helfen. Er ist nämlich nicht in der Lage, selber in die Wanne, ins Bett oder eine Kutsche zu steigen.«

»Ich verstehe«, sagte Francesca.

Regina führte sie durch einen schmalen Durchgang in einen kleineren Raum, in dessen Mitte eine Wanne stand, die zu mehr als der Hälfte mit dampfendem Wasser gefüllt war. In der einen Ecke stand ein Stuhl, in der anderen ein Schränkchen, auf dem Handtücher und Seife lagen.

Regina tauchte prüfend einen Finger ins Wasser. »Es ist angenehm warm. Ich lasse Sie jetzt alleine, bevor das Wasser kalt wird«, sagte sie. »Lassen Sie sich Zeit. Zum Abendessen ziehen wir uns üblicherweise um, daher werde ich Ihnen ein paar hübsche Kleider zum Anprobieren bereitlegen.«

Francesca wusste nicht, ob sie sich geschmeichelt oder gekränkt fühlen sollte, was ihr offensichtlich ins Gesicht geschrieben stand, denn Regina sagte mit freundlichem Lächeln: »Ich hoffe, Sie verübeln mir das nicht, aber da ich selbst keine Tochter habe, ist es mir ein besonderes Vergnügen, eine reizende junge Frau wie Sie mit schönen Kleidern auszustaffieren.« Aus Rücksicht auf Francesca verkniff sie sich die Bemerkung, dass Monty sie eines Tages zu heiraten hoffte und dass sie als eine Radcliffe bestimmten Anforderungen gerecht werden müsse.

Das hob sie sich für später auf.

Nachdem Francesca ihr Bad beendet hatte, fand sie auf dem Bett eine Auswahl mehrerer zauberhafter Kleider vor. Während Francesca sie bewunderte, betrat Regina das Zimmer, drei weitere Kleider über dem Arm.

»Ach, da sind Sie ja«, meinte sie. »Haben Sie Ihr Bad genossen?«

»Es war himmlisch«, erwiderte Francesca. Sie hatte sich noch nie so entspannt gefühlt. »Ich glaube allerdings, meine

Fantasie spielt mir Streiche, denn ich hatte den Eindruck, das Wasser duftet nach Rosen.«

»So ist es auch. Ich hatte Mabel angewiesen, Rosenwasser in die Wanne zu gießen. Es hinterlässt nicht nur einen Duft auf der Haut, man fühlt sich dadurch auch viel weiblicher. Sie sollten es ruhig regelmäßig verwenden. Es zählt zu den kleinen Dinge, die Sie vom Rest abheben. Nun, wie finden Sie die Kleider?«

Vom Rest abheben ... Francesca war verwundert über Reginas Ausdrucksweise und wusste nicht, was sie davon halten sollte. »Jedes der Kleider ist wunderschön. Ich kann mich nicht entscheiden.«

Regina drapierte die Kleider sorgfältig auf dem Bett. »Probieren Sie das hier zuerst an«, sagte sie. »Es ist eins meiner Lieblingskleider.« Sie nahm es und legte es vorsichtig über einen Paravent, der in der Ecke stand. Gleich darauf wählte sie ein zweites Kleid aus, während Francesca hinter den Paravent glitt und ihr schlichtes Kleid auszog. Dann stieg sie in die Robe und steckte die Arme durch die Keulenärmel. Das Mieder war aus schwarzem Samt, genau wie der Rock, der jedoch zusätzlich vier weiße Einsatzstreifen aufwies. Der schwarze Stoff war weiß paspeliert, während die weißen Streifen schwarz paspeliert waren. Das Kleid war fantastisch. Nachdem Francesca die Verschlüsse zugemacht hatte, kam sie hinter dem Paravent hervor, um sich in dem mannshohen Spiegel zu betrachten, der in der anderen Ecke des Zimmers stand. »Es ist zauberhaft«, sagte sie, während sie sich bewundernd aus allen Blickwinkeln musterte. »Und es sitzt wie angegossen.«

»Es steht Ihnen«, erwiderte Regina, die sich in die Vergangenheit zurückversetzt fühlte, da Francesca aussah wie sie selbst vor zwanzig Jahren. Die Ähnlichkeit war frappierend, was Regina in ihrem Glauben bestätigte, dass die junge Frau mit ihrer Unterstützung eines Tages der Stolz der Familie sein würde. »Sie haben eine hübsche Figur, aber Sie müssen sehr diszipliniert leben, um sie zu behalten.«

Francesca war sprachlos. Sie aß alles, was sie mochte, ohne jemals zuzunehmen. Deshalb war sie verwundert über Reginas ziemlich taktlose Ermahnung.

Regina stellte sich neben Francesca, korrigierte deren Haltung, indem sie ihr die Schultern leicht zurückbog, und wickelte ihr Haar zu einem Dutt zusammen. »Sie sollten die Haare nicht offen tragen, weil es einen nachlässigen Eindruck macht. Man muss stets größten Wert auf ein gepflegtes Äußeres legen.« Regina musterte Francesca mit geschürzten Lippen. »Die hochgesteckten Haare oder ein geflochtener Zopf lassen Sie sehr elegant erscheinen. Das müssen wir in Zukunft berücksichtigen.«

Francesca hatte den Eindruck, sich in einer Benimmschule für junge Damen zu befinden. Manche ihrer ehemaligen Schulkameradinnen in Pembroke, die aus wohlhabenden Familien stammten, hatten ihr ausführlich von den Erfahrungen ihrer älteren Schwestern in solchen Einrichtungen erzählt, wohin sie nach Abschluss der Schule geschickt worden waren. Offenbar herrschte dort ein strenger Ton, sodass Francesca sich unwillkürlich dutzende Reginas vorstellte, die an ihr herumzupften und ihr Erscheinungsbild beanstandeten.

Francesca probierte ein paar weitere Kleider an. Eines war bezaubernder als das andere. Besonders ein türkisfarbenes Kleid und ein anderes aus rotem und blauem Samt hatten es ihr angetan; am besten aber gefiel ihr ein weißes Spitzenkleid mit hellblauen Zierbändern.

»Die Wahl ist nicht leicht. Jedes Kleid ist hinreißend. Aber das Weiße ist mein Favorit.« Francescas Stimme klang ganz aufgeregt vor Begeisterung, dieses traumhafte Kleid tragen zu dürfen. »Es ist sehr elegant«, schwärmte sie.

»Ein Kleid kommt erst durch die Trägerin richtig zur Geltung. Also, Kinn nach vorn, Schultern nach hinten. Und werden Sie niemals laut. Das schickt sich nicht.«

Francesca zuckte zusammen. Regina hatte nun schon mehrere Male Kritik an ihrer Ausdrucksweise und Haltung geäußert. Allmählich bekam sie Hemmungen, sich natürlich zu verhalten, so wie sie war.

»Dieses hier müssen Sie unbedingt noch anprobieren«, sagte Regina und drapierte ein zweiteiliges Ensemble über den Paravent, während Francesca dahinter die weiße Robe abstreifte. Sie wäre glücklich gewesen, in dem weißen Kleid zum Abendessen zu erscheinen, doch sie wollte Regina nicht enttäuschen, indem sie sich weigerte, weitere Kleider anzuprobieren, obgleich sie mehr denn je überzeugt war, dass sie herausgeputzt werden sollte. Dabei drängte sich ihr die Frage auf, wie viele andere junge Frauen, die Monty mit nach Hause gebracht hatte, ebenfalls diese Prozedur durchlaufen hatten, und wie sie dabei abgeschnitten hatten. Offenbar hatten sie den Ansprüchen der Familie nicht genügt, sonst wäre sie, Francesca, jetzt nicht die Zielscheibe von Reginas Kritik und Ratschlägen, was sie tun musste, um sich »vom Rest abzuheben«.

Der Rock aus marineblauer Seide war aus einer einzigen breiten Stoffbahn gefertigt. Im Bund war er mit mehreren Verschlüssen versehen, die Francesca vor einige Schwierigkeiten stellten.

»Stimmt etwas nicht?«, fragte Regina, als Francesca nach mehreren Minuten immer noch nicht hervorkam.

Francesca war es peinlich, die Wahrheit zu sagen. Sie kam sich noch unbeholfener vor, als es ohnehin schon der Fall war. »Ich weiß nicht, wie das geht«, sagte sie, während sie an den Verschlüssen nestelte.

»Das ist ein Wickelrock, der auf der linken Seite zugehakt wird«, entgegnete Regina mit leicht gereizter Stimme. »Ich zeige es Ihnen.« Daraufhin trat sie hinter den Wandschirm, nahm Francesca den Rock ab, schlang ihn ihr um die Taille und suchte nach den Haken, um den Rock zu befestigen. Dabei erhaschte sie einen kurzen Blick auf Francescas linken Oberschenkel, wo sich ihr Muttermal befand. Reginas Hand verharrte abrupt, und der Rock glitt ihr durch die Finger auf den Boden.

Francesca hob ihn auf. »Klappt es nicht?«, fragte sie.

»Was?« Regina starrte sie an. »Oh, ich ... doch, ja.« Sie nahm den Rock wieder an sich. »Das ist ein ungewöhnliches Muttermal«, stieß sie hervor, den Blick fest darauf gerichtet.

Francesca bemerkte, dass Regina blass geworden war und dass ihre Hände mit einem Mal zitterten. »Ja, das stimmt. Fühlen Sie sich nicht wohl, Mrs Radcliffe?«

»Mir ist ein bisschen ... schwindlig. Ich ... ich muss mich einen Augenblick setzen.« Nur mit Mühe erreichte sie das Bett und ließ sich darauf fallen. Francesca hüllte sich rasch in einen Morgenrock und ging zu ihr.

»Soll ich Monty verständigen?«, fragte sie, doch Regina schien sie nicht zu hören. Sie starrte mit glasigen Augen ins Leere.

»Soll ich Ihnen ein Glas Wasser besorgen?«, fragte Francesca, deren Besorgnis wuchs.

Langsam richtete Regina den Blick auf sie und musterte eingehend ihr Gesicht. Erneut erkannte sie, wie ähnlich sie einander sahen. Beide hatten dunkles Haar, blaue Augen und das gleiche herzförmige Gesicht. Zudem liebten sie beide den Umgang mit Zahlen, das Rechnen, die Buchführung. Von wie vielen Frauen konnte man das sonst behaupten? Regina fiel ein, dass Francesca erwähnt hatte, sie sei am Fluss geboren. Aber das alles konnte auch Zufall sein ... oder?

»Dürfte ich Ihr Muttermal noch einmal sehen? Es ist wirklich ungewöhnlich.«

Verblüfft über ihren Wunsch, zeigte Francesca ihr das Mal

erneut, woraufhin Regina es eingehend musterte und mit den Fingern darüber strich.

»Meine Mutter hat mir den Namen Francesca Starr gegeben, weil das Mal die Form eines Sterns hat«, sagte Francesca, in deren Stolz sich ein trauriger Unterton mischte.

In der Tat stellte es einen fast vollkommen gleichmäßigen, fünfzackigen Stern dar, wie Regina sehen konnte. Es würde bestimmt keinen zweiten geben. Und selbst wenn – ihre Erinnerungen ließen sich nicht aufhalten. In der Nacht, als ihr Baby zur Welt gekommen war, hatte sie das Muttermal nur bei Mondschein gesehen, und auch nur für einen kurzen Moment, aber sie war sicher, dass es sich auf dem linken Oberschenkel befunden hatte. Regina versuchte zwar, sich einzureden, dass sie sich täuschte, doch in ihrem Innern wusste sie, dass ihre Ahnung sie nicht trog. Das Muttermal war unverwechselbar.

Es war unfassbar, dass ihr Kind mittlerweile erwachsen war ... und sehr wahrscheinlich neben ihr saß.

»Wann sind Sie geboren?«, fragte Regina mit tonloser Stimme. Sie holte tief Luft und betete innerlich, dass Francesca nicht den 3. Oktober nennen würde.

Francesca fand die Frage sonderbar, doch aus unerfindlichen Gründen schien sie für Regina von größter Bedeutung zu sein. »Am 3. Oktober. Weshalb fragen Sie?«

Regina gab einen erstickten Laut von sich. Mit dem letzten Funken Hoffnung fragte sie: »In welchem Jahr ...?« Monty hatte zwar erwähnt, Francesca sei jung, aber er hatte nie ihr Alter genannt. Ihre Tochter müsste mittlerweile siebzehn sein.

»Worauf wollen Sie hinaus?«

»In welchem Jahr?«, beharrte Regina nachdrücklich. Sie musste ihre ganze Kraft aufbringen, kühle Beherrschung zu wahren.

»1866. Aber sagen Sie mir bitte, warum Sie das wissen möchten.«

»Mein Gott.« Regina schlug die Hände vors Gesicht, sprang auf und stürzte aus dem Zimmer.

Verwirrt folgte Francesca ihr bis zur Tür und sah, dass Regina durch den Korridor zu ihrem Schlafzimmer eilte und gleich darauf die Tür mit einem lauten Knall hinter sich zuwarf. Francesca hörte, wie die Tür von innen verschlossen wurde. Unsicher, was sie tun sollte, kleidete sie sich an und begab sich ins Erdgeschoss, wo sie Monty anzutreffen hoffte.

Auf halbem Weg die Treppe hinunter sah sie Monty im Salon. Er las Zeitung. »Ihre Mutter fühlt sich nicht wohl«, sagte Francesca, als sie die letzten Stufen hinuntereilte. Erst dann bemerkte sie, dass Frederick sich ebenfalls im Salon aufhielt.

»Was soll das heißen?«, entgegnete Monty besorgt.

»Fehlt ihr etwas?«, wollte Frederick wissen und bewegte seinen Rollstuhl in ihre Richtung.

»Ich weiß nicht. Wir waren in meinem Zimmer. Ich habe Kleider anprobiert, und mit einem Mal wurde sie ganz blass und ist in ihr Zimmer gestürmt.«

»Ich gehe nach oben, Vater«, sagte Monty. Er ließ die Zeitung fallen und stürmte die Treppe hinauf, wobei er immer zwei Stufen auf einmal nahm.

»Ich werde Mabel bitten, Regina frisches Wasser zu bringen«, sagte Frederick.

Während die Männer fort waren, ging Francesca unruhig auf und ab. Reginas Verhalten verwirrte und bestürzte sie zugleich. Von einer Minute auf die andere hatte sie sich vollkommen verändert. Und was hatte es mit ihrem Muttermal und ihrem Geburtstag auf sich?

Das Geräusch von Fredericks Rollstuhl, der sich dem Salon näherte, riss sie aus ihren Überlegungen. Im selben Moment erschien Mabel mit einem Krug Wasser und einem Glas, und auch Monty kam wieder die Treppe herunter.

»Was ist mit deiner Mutter?«, fragte Frederick.

»Sie sagt, es gehe ihr gut. Offenbar hatte sie lediglich einen Schwindelanfall. Sie hat sich eine Weile hingelegt.«

»Meinst du nicht, wir sollten den Doktor rufen?«, fragte Frederick.

»Das habe ich ihr vorgeschlagen, aber sie sagt, dazu bestehe kein Anlass. Bringen Sie das Wasser nach oben, Mabel«, wies Monty die Haushälterin an.

»Hat sie etwas über mich gesagt?«, fragte Francesca.

»Kein Wort. Sie erholt sich bestimmt wieder«, erwiderte Monty und ergriff Francescas Arm. »Ich glaube nicht, dass es ernst ist.«

Francesca fragte sich, ob sie der Auslöser für Reginas Erregung war. Unweigerlich drängte sich ihr der Gedanke auf, dass Regina verzweifelt war, weil aus ihr, Francesca, niemals eine Dame nach ihren Vorstellungen werden konnte.

Regina wollte nicht zu Abend essen und blieb auf ihrem Zimmer. Francesca, Monty und Frederick unterhielten sich stundenlang über dieses und jenes, doch es war nicht zu übersehen, dass die beiden Männer in Sorge waren, zumal Regina auf ihr Lieblingsgericht, Lammbraten, verzichtete. Und was Francesca nicht wissen konnte: Es sah Regina überhaupt nicht ähnlich, sich zurückzuziehen, wenn Gäste im Haus waren. Sie legte stets Wert darauf, eine gute Gastgeberin zu sein und sich persönlich um die Besucher zu kümmern.

Monty begab sich zweimal nach oben, um nach seiner Mutter zu sehen. Beim ersten Mal weigerte sie sich, die Tür zu öffnen; beim zweiten Mal reagierte sie nicht auf sein Klopfen, sodass er annahm, dass sie schlief. Aus Sorge versuchte er es über die Balkontür, fand aber auch diese verschlossen vor, was ihn noch mehr beunruhigte.

Francesca blieb die Unruhe der beiden Männer nicht verborgen. Sie wurde das Gefühl nicht los, dass sie dafür verantwortlich war. Vielleicht hatte sie sich bei der Anprobe der

Kleider zu viel Zeit gelassen, sodass es Regina zu viel geworden war.

Nachdem Frederick sich zurückgezogen hatte, schlüpften Monty und Francesca in bequemere Kleidung und machten einen Spaziergang zum Fluss. Es herrschte Windstille, sodass es nicht allzu kühl war; im bleichen Licht der Sterne und des Mondes konnten sie grasende Kängurus erspähen. Monty hatte eine Laterne mitgenommen, damit sie aufpassen konnten, wohin sie traten, nachdem die Herde fast die ganze Woche auf diesem Abschnitt geweidet hatte. Zuerst hatte Francesca den Eindruck, er mache zu viel Aufhebens um ihre Person, aber gleich darauf wurde ihr bewusst, dass er selbst unsicher war. Er hatte ihr Reginas Gummistiefel zur Verfügung gestellt und hatte ebenfalls welche angezogen, weshalb sie die Vorstellung, in einen Kuhfladen zu treten, nicht weiter schlimm fand. Sie zog ihn auf wegen seiner Übervorsichtigkeit, bis er lachen musste.

»Jemand, der auf einer Rinderfarm lebt, dürfte im Grunde keine Angst davor haben, in einen Kuhfladen zu treten, oder?«, sagte Francesca.

Monty sah verlegen drein. »Eigentlich habe ich mit dem Vieh nichts zu tun, Francesca. Mein Vater kümmert sich um den Ankauf, während ich die Versteigerungen organisiere und für den Verkauf der Wolle zuständig bin. Außerdem bin ich für unsere Geschäfte in der Stadt verantwortlich.«

Francesca musste sich eingestehen, dass Monty keine Arbeiterhände hatte, und es fiel ihr schwer, sich ihn auf dem Rücken eines Pferdes vorzustellen, um ein Rind mit dem Lasso einzufangen oder die Schafe zusammenzutreiben. Dafür war er zu elegant. Sie fragte sich, wie Frederick zu seinem Sohn stand, zumal die beiden grundverschieden waren.

»Sie sind unglaublich, Francesca«, bemerkte Monty. »Mit derselben Leichtigkeit, mit der Sie sich in einem hinreißenden Abendkleid bewegen, gehen Sie in Gummistiefeln über eine Weide voller Kuhfladen. Aber was noch wichtiger ist, Sie sind ein Glücksfall für mich.« Er schlang den Arm um ihre Taille und zog sie an sich. »Es kommt mir vor, als hätte ich mein Leben lang auf Sie gewartet.«

Francesca war geschmeichelt, und erneut durchströmte sie das warme, behagliche Gefühl, das sie jedes Mal in Montys Gesellschaft spürte. Neal Masons Gesellschaft dagegen bewirkte genau das Gegenteil; dann verspannte sie sich. Bei dem Gedanken an Neal dachte sie unweigerlich an seine leidenschaftlichen Küsse und musste sich zwingen, die Erinnerung daran rasch wieder zu verdrängen.

Am Tag darauf weigerte Regina sich nach wie vor, nach unten zu kommen. Sie hatte kein Auge zugetan, und sie war nicht im Stande, Francesca gegenüberzutreten, ohne sich zu verraten. Sie hatte sich die ganze Nacht den Kopf zerbrochen, wie sie Monty beibringen sollte, dass die junge Frau, die er heiraten wollte, seine Halbschwester war. Es überstieg ihr Begriffsvermögen, dass das winzige Baby, das sie vor so vielen Jahren im Fluss ausgesetzt hatte, sich in diesem Moment hier befand, in ihrem Haus, und Monty als zukünftigen Bräutigam betrachtete. Das war unfassbar. So ungeheuerlich, dass Regina es nicht wahrhaben wollte.

Nachdem sie stundenlang der Gedanke gequält hatte, dass ihre Welt bald in Scherben liegen würde, kam sie zu dem einzig möglichen Schluss. Weder Monty noch Frederick durften erfahren, dass Francesca ihre Tochter war. Sie wollte nicht ihre Liebe aufs Spiel setzen, und das Leben, das sie mit ihnen teilte – geschweige denn ihr Zuhause und ihr Ansehen. Dafür war ihr alles viel zu wichtig. Vor allem Francesca durfte nicht die Wahrheit erfahren. Sie würde ihr gegenüber bestimmte Erwartungen hegen, und das stand nicht zur Diskussion. Es gab nur eine Möglichkeit: Sie musste Monty und Francesca auseinander bringen, und zwar endgültig. Und es musste schnell geschehen, bevor es zwischen den beiden zu Intimitäten kam. Am Abend zuvor hatte Regina von ihrem Balkon aus den beiden nachgesehen, als sie davonschlenderten, und beobachtet, dass Monty Francesca eng an sich gezogen hatte. Der Anblick hatte ihr geradezu Übelkeit bereitet ... so konnte es nicht weitergehen.

Bei dem Gedanken, Frederick könnte die Wahrheit erfahren, verspürte Regina kalte Angst. Frederick war ein liebevoller, rücksichtsvoller Ehemann, aber wenn sie im Lauf der Jahre eins gelernt hatte, dann, dass er nicht verzeihen konnte, wenn er hintergangen wurde – und sie hatte ihn auf schlimmste Weise hintergangen. Er würde niemals verstehen, dass sie aus Einsamkeit und Schwäche heraus gehandelt hatte und dass sie in den Armen ihres Liebhabers Trost gefunden hatte, während Frederick damit beschäftigt gewesen war, ein Imperium aufzubauen, und monatelang fort war, um die Viehtriebe über mehrere hundert Meilen zu begleiten. Vielleicht konnte er sich sogar daran erinnern, dass sie einmal nach seiner Rückkehr zu krank gewesen war, das Bett mit ihm zu teilen, und dass ihre Unpässlichkeit einen ganzen Monat lang anhielt, bis er wieder fortgeritten war. Das alles hatte nur dem Zweck gedient, vor ihm zu verbergen, dass sie ein Kind erwartete. Zu behaupten, das Baby sei von ihm, war völlig unmöglich; er war zu lange fort gewesen.

Regina hatte das Kind am Flussufer zur Welt gebracht, alleine und voller Angst und Schmerz ... gerade einmal drei Tage, bevor Frederick zurückerwartet wurde. In dem Glauben, keine andere Wahl zu haben, hatte sie die Entscheidung gefällt, sich für immer von ihrem Kind zu trennen, und selbst das klägliche Wimmern des Neugeborenen hatte sie nicht umgestimmt. Jetzt kannte sie den Namen ihres Babys. *Francesca.* Dadurch aber ließ sie sich nicht in ihrem Entschluss beirren. Die Schwangerschaft und die Geburt waren ein schrecklicher Fehler gewesen – ein Fehler, von dem nicht einmal der leibli-

215

che Vater etwas ahnte. Sie hatte sich selbst nicht den leisesten Zweifel erlaubt, dass es falsch war, Francesca einer ungewissen Gefahr auf dem Fluss auszusetzen. Damals hatte sie sich geschworen, dieses Geheimnis mit ins Grab zu nehmen, und daran hatte sich nichts geändert.

Vor siebzehn Jahren waren Reginas Verzweiflung und Angst so groß gewesen, dass sie in Betracht gezogen hatte, das Baby nach der Geburt zu ertränken, doch als die Wehen einsetzten, hatte sie einen anderen Entschluss gefasst und eine kleine Wanne zum Fluss mitgenommen. Es hatte nichts mit Mutterinstinkt zu tun gehabt: Regina hatte sich überlegt, das Kind der Flussströmung zu überlassen, denn das war in ihren Augen so, als würde sie das Leben ihres Kindes in Gottes Hand legen. Und damit wäre sie von jeder Schuld freigesprochen.

Weil damals eine Viehschau auf Derby Downs stattgefunden hatte, musste Regina mehrere Meilen stromaufwärts gehen, um das Kind unbemerkt zur Welt zu bringen. Sie hatte angenommen, die Wanne würde in der Nacht weit abdriften und am nächsten Tag von einem Flussarbeiter entdeckt werden. Stattdessen mussten Mary und Joe Callaghan das Baby schon kurze Zeit, nachdem Regina es auf dem Wasser ausgesetzt hatte, gerettet haben.

»Ich muss verhindern, dass Monty Francesca weiterhin trifft«, sagte Regina sich immer wieder. Auch wenn es sie schmerzte, Monty das Herz zu brechen, war es immer noch besser, als ihn eines Tages mit der Wahrheit zu konfrontieren, dass die Frau, die er begehrte, seine Halbschwester war.

Stundenlang zermarterte Regina sich das Hirn, wie sie es anstellen sollte, einen Keil zwischen Francesca und Monty zu treiben. Monty war eine treue Seele, hatte aber einige Charakterzüge von seinem Vater geerbt. Niemals würde er ein taktloses Verhalten verzeihen, und niemals würde er eine Frau mit fragwürdiger Moral heiraten. Da Regina ihre

Augen und Ohren überall hatte, wusste sie bereits, dass Francesca am Pier bei einem Gespräch mit einer Prostituierten beobachtet worden war, einer Frau namens Lizzie Spender. Sie hatte sich ursprünglich vorgenommen, Francesca darauf hinzuweisen, dass es sich für jemanden, der mit einem geachteten Bürger der Gemeinde verkehrte, nicht ziemte, sich mit einer Dirne zu unterhalten, auch wenn es sich um harmloses Geplauder gehandelt haben mochte. Das konnte sie nun zu ihrem Vorteil verwenden. Wenn man die Begegnung in ein bestimmtes Licht rückte, konnte man Francesca vielleicht als moralisch verderbt hinstellen ...

Doch Regina musste noch einen Schritt weiter gehen. Sie plante, sich mit dieser Lizzie Spender unter vier Augen zu treffen und sie dazu zu bringen, mit Francesca Freundschaft zu schließen. Vielleicht ließ sie sich für eine großzügige Summe auch dazu überreden, Gerüchte über Francesca zu verbreiten. Wäre Francescas Ruf einmal lädiert, würde Monty sich bestimmt nach einer anderen zukünftigen Frau umsehen. Sollte der Plan fehlschlagen, gab es immer noch Neal Mason. Regina war sicher, Monty davon überzeugen zu können, dass Francesca und Neal Mason, der für seinen Ruf bekannt war, ein Verhältnis hatten. Insbesondere, wenn Monty Recht hatte und Neal Mason Francesca tatsächlich liebte.

Regina empfand keinerlei Gewissensbisse, Francescas Leben zu zerstören, denn durch Francesca wurde sie unablässig an ihren Fehler in der Vergangenheit erinnert, und darauf konnte sie gut und gerne verzichten. Regina war zu allem bereit, um ihre Familie und insbesondere Monty zu schützen.

»Meinen Sie, Ihre Mutter kommt noch einmal nach unten, bevor ich wieder fahre, Monty?«, fragte Francesca. Sie hatten das Frühstück in aller Frühe eingenommen, und Monty hatte sie zu den Ställen geführt, um den Scherern bei der Arbeit zuzuschauen. Beide hatten damit gerechnet, Regina bei ihrer Rückkehr von den Ställen zu Gesicht zu bekommen. Francesca wollte sich von ihr verabschieden und ihr für die Gastfreundlichkeit danken.

»Ich weiß es nicht«, entgegnete Monty, den das Verhalten seiner Mutter befremdete.

»Dürfte ich zu ihr nach oben, um mit ihr zu sprechen?«, fragte Francesca.

»Das ist eine gute Idee, das freut sie bestimmt«, sagte Monty.

Kurz darauf klopfte Francesca an Reginas Tür, erhielt jedoch keine Antwort.

»Ich möchte mich von Ihnen verabschieden, Mrs Radcliffe«, rief sie durch die Tür. »Und ich möchte Ihnen für die Einladung nach Derby Downs danken. Es war eine wundervolle Zeit. Es tut mir sehr Leid, dass Ihnen nicht wohl ist. Ich hoffe, Sie bald wiederzusehen.« Am liebsten hätte sie Regina gefragt, ob sie irgendetwas falsch gemacht habe, brachte es aber nicht über sich. Von Angesicht zu Angesicht wäre es vielleicht möglich gewesen, aber nicht durch eine geschlossene Tür. Sie horchte auf eine Antwort oder irgendeine Reaktion, doch Regina blieb stumm.

»Also dann ... auf Wiedersehen«, sagte Francesca und begab sich wieder nach unten.

Regina hatte Francescas Worte vernommen, und ihr Magen zog sich schmerzhaft zusammen. In ihren schlimmsten Albträumen hatte sie nicht damit gerechnet, dass ihre Sünden aus der Vergangenheit sie eines Tages einholen würden. Von dem Moment an, als sie der Wanne im Wasser den letzten Stoß verpasst hatte, war sie davon überzeugt gewesen, das Baby nie wieder zu Gesicht zu bekommen. Nun war dieses Kind in Gestalt einer wunderschönen jungen Frau wieder aufgetaucht und stellte eine Bedrohung für Reginas Familie dar ...

218

»Haben Sie mit Mutter gesprochen?«, fragte Monty, der Francesca nicht so rasch zurückerwartet hatte.

»Nein. Wahrscheinlich schläft sie.«

Monty blieb Francescas Beunruhigung nicht verborgen. »Machen Sie sich keine Sorgen. Ich bin sicher, Sie sehen sie bald wieder. Ich werde ihr ausrichten, dass Sie sich von ihr verabschieden wollten.«

»Danke, Monty.«

»Ihr Besuch war wunderschön für mich«, meldete Frederick sich zu Wort. »Ich hoffe, Sie kommen bald wieder.«

»Das hoffe ich auch. Ich habe den Aufenthalt hier sehr genossen«, erwiderte Francesca, erleichtert, dass weder Monty noch Frederick sie für Reginas plötzliche Erkrankung verantwortlich machten.

Francesca stieg die Eingangsstufen hinunter, wo Montys Kutsche wartete. Während er ihre Tasche verstaute, blickte sie auf und fuhr zusammen, als sie Regina auf dem Balkon entdeckte. Sie starrte zu ihr hinunter. Froh, sie zu sehen, lächelte Francesca ihr zu, doch Reginas Gesicht blieb ausdruckslos, und gleich darauf zog sie sich ins Zimmer zurück.

Francesca wusste nicht, was sie davon halten sollte. Es war offensichtlich, dass sie Regina verärgert hatte, aber wodurch? Was hatte sie getan, Regina derart zu verstimmen? Und weshalb hatte Regina so großes Interesse an ihrem Muttermal und ihrem Geburtsdatum gezeigt? Die ganze Nacht kreisten ihr diese Fragen im Kopf herum, ohne dass sie eine plausible Erklärung fand.

11

Lizzie Spender bahnte sich ihren Weg entlang des Ufers zum Wrack der *Platypus*. Vor sich erspähte sie den düsteren, massigen Schatten des Schiffes, und hinter einer Luke mit zerbrochener Scheibe war ein flackerndes Licht zu sehen. Lizzie blieb stehen und schaute sich ängstlich um, wobei sie ihr Tuch fester um die Schultern zog. Es war nicht kalt – aber Lizzie zitterte vor Angst.

Unschlüssig starrte sie auf das verlassene Schiff. Ihr Unbehagen rührte daher, dass sie nicht wusste, was sie erwartete, nachdem sie sich darauf eingelassen hatte, ihre Kundschaft an so einem abgeschiedenen Ort zu treffen. Das sah ihr im Grunde gar nicht ähnlich. Doch was Männer anging, konnte nichts mehr Lizzie überraschen. Nicht mal eine Hand voll Männer behandelten sie mit Respekt. Die meisten führten sich abscheulich auf; am unheimlichsten aber waren Lizzie die schrägen Vögel, beispielsweise Typen, die sie an einen verlassenen Ort wie diesen baten. Wäre ihr nicht eine beträchtliche Geldsumme in Aussicht gestellt worden, hätte sie abgelehnt.

Dabei hatte gerade die Höhe der ihr angebotenen Summe Lizzies Misstrauen geweckt. Sie hatte die schriftliche Nachricht erhalten, sich um sieben Uhr bei der *Platypus* einzufinden. Es las sich fast wie ein Befehl. Außerdem war Lizzie zu spät. Sie hatte ein sehr ungutes Gefühl. Schon viele Dirnen hatten ein schlimmes Ende gefunden, weil sie nicht auf ihren Instinkt gehört hatten. Ein gutes Gespür konnte über Leben und Tod entscheiden.

Lizzie setzte ihren Weg fort, wobei sie auf jeden ihrer Schritte achten musste, denn die knorrigen Wurzeln der alten Flussbäume ragten wie riesige Finger aus dem sandigen Untergrund, der sie mit dem Ufer verband. Vor zwei Jahren hatte »Brownie« Wilson die *Platypus* auf einer Sandbank zurückgelassen, wo das Schiff nach und nach verrottete, weil Brownie das Geld für die Reparaturen fehlte. Er hatte sich als Hilfsarbeiter am Pier verdingt, erlitt jedoch den nächsten Schicksalsschlag, als er bei einem Kranunglück schwer am Bein verletzt wurde und mehrere Wochen arbeitsunfähig war. Silas Hepburn bot ihm ein Darlehn an, doch Brownie hatte erlebt, wie es Männern ergangen war, die sich auf einen Handel mit Silas eingelassen hatten, sodass er ablehnte. Silas reagierte erbost und sorgte dafür, dass Brownie, nachdem er wieder genesen war, in der ganzen Gegend keine Arbeit mehr fand. Brownie blieb schließlich nichts anderes übrig, als nach Ballarat zu gehen, um für seinen Bruder in der Mine zu arbeiten. Er schwor zwar, in spätestens vier Wochen zurückzukommen, hatte sich aber nie wieder blicken lassen. Zahlreiche Gerüchte kamen auf, aber niemand wusste mit Sicherheit, was aus ihm geworden war.

Die verlassene *Platypus* wurde zu einem Nistplatz für Vögel und einem Abenteuerspielplatz für Kinder. Am heutigen Abend jedoch diente sie als versteckter Treffpunkt für Lizzie und ihren geheimnisvollen Kunden.

Lizzie wollte es sich schon anders überlegen und von diesem unheimlichen Ort verschwinden, als sie plötzlich hörte, wie jemand ihren Namen rief. Erstaunt erkannte sie, dass es eine Frauenstimme war. Sie trat ein paar Schritte näher und erblickte im Türrahmen einer Kajüte eine schlanke Gestalt.

»Bitte kommen Sie an Bord, Miss Spender«, rief die Frau ihr zu.

Überrascht fiel Lizzie die gepflegte Ausdrucksweise der Unbekannten auf. »Hören Sie, falls es um Ihren Mann geht, sollten Sie das besser mit ihm selber klären«, gab sie zurück. »Ich werde ebenfalls Stillschweigen wahren.«

»Mein Mann zählt sicherlich nicht zu Ihrer Kundschaft«, entgegnete die Frau mit harscher Stimme.

Ihr geringschätziger Tonfall ließ Lizzie kalt. Sie war häufig den Anfeindungen anderer Frauen ausgesetzt, die ihre Ehemänner im Verdacht hatten, Lizzies Liebesdienste in Anspruch zu nehmen. »Was wollen Sie dann?«

»Kommen Sie an Bord, dann werden Sie es erfahren.« Die Frau bemühte sich um einen freundlichen Tonfall, doch Lizzie entging nicht die Ungeduld in ihrer Stimme. Offenkundig wollte die Frau nicht mit ihr gesehen werden, zumal sie keinerlei Anstalten machte, ins Freie zu treten.

Nach wie vor misstrauisch, rief Lizzie: »Sind Sie alleine?« Sie hatte auf brutale Art erfahren müssen, dass gerade eine Frau wie sie niemandem trauen konnte, wovon ihre sowohl seelischen als auch körperlichen Narben zeugten.

»Mein Kutscher wartet oben auf dem Weg.«

Lizzie hatte den Eindruck, dass die Frau die Wahrheit sagte, und da ihre Neugier geweckt war, stieg sie an Bord der *Platypus,* nahm sich aber vor, ein waches Auge zu haben und auf der Hut zu sein.

In der verwahrlosten Kajüte brannte eine einzelne Kerze. Sie stand in einer Ecke. Lizzie vermutete, dass die Frau sie mitgebracht hatte. Sie spendete ausreichend Licht, dass Lizzie die Frau erkennen konnte, die sie zur *Platypus* bestellt hatte: Regina Radcliffe, eine der angesehensten Bürgerinnen in Echuca.

»Was soll das alles?«, fragte Lizzie von der Türschwelle aus. Sie hatte nicht die leiseste Ahnung, was Regina Radcliffe von ihr wollte.

Regina kam direkt zur Sache. »Stimmt es, dass Sie eine junge Frau namens Francesca Callaghan kennen?«

Lizzie war überrascht. »Ich kenne eine Francesca. Ihrem

222

Vater gehört die *Marylou,* aber wir haben nie miteinander Bekanntschaft gemacht.« Sie wollte Francescas Ruf nicht schädigen.

»Spielen Sie nicht die Unschuldige, Miss Spender. Francesca wurde gesehen, als sie sich abends am Pier mit Ihnen unterhalten hat.« Voller Genugtuung bemerkte Regina den überraschten Ausdruck in Lizzies müdem Gesicht.

»Sie hat sich nur die Zeit vertrieben. Sie ist ein freundlicher Mensch, selbst gegenüber meinesgleichen.«

»Es freut mich, dass sie Umgang mit Ihnen pflegt. Ich möchte nämlich, dass Sie Freundschaft mit ihr schließen.«

»Freundschaft? Das kann nicht Ihr Ernst sein.«

»Es ist mein völliger Ernst.«

»Aber ... was soll das?«

»Das braucht nicht Ihre Sorge zu sein«, fuhr Regina fort, die Mühe hatte, ihre Gefühle unter Kontrolle zu halten. »Ich möchte, dass Francescas Ruf ruiniert wird, und dafür sind Sie die geeignete Person.« Regina hatte erwartet, dass Lizzie verletzt oder empört reagieren würde; stattdessen blickte sie beinahe selbstgefällig drein, was Regina irritierte.

»Ich halte das für keine gute Idee«, entgegnete Lizzie und zog ihr Tuch fester um die Schulter, während sie ein Lächeln unterdrückte.

Regina missfiel ihr Benehmen. »Ihre Meinung spielt hier keine Rolle. Ihre Gefälligkeit wird reichlich belohnt.«

»Ich würde Ihr Geld gern nehmen, aber das wäre Vergeudung«, erwiderte Lizzie mit einer gewissen Genugtuung. Sie hatte es satt, von Menschen verachtet zu werden, die sich für etwas Besseres hielten und keine Vorstellung von dem erbärmlichen Leben hatten, das sie führte. »Einer der einflussreichsten Männer in Echuca will Francesca heiraten.«

Regina war bestürzt, dass Montys Heiratsabsichten bereits öffentlich bekannt waren. »Es ist verfrüht, von Heirat zu sprechen, Miss Spender. Und mein Sohn könnte etwas viel Besseres bekommen als eine Schifferstochter.«

Arrogante Ziege, dachte Lizzie. »Ich habe nicht von Ihrem Sohn gesprochen.«

Regina starrte sie fragend an. »Von wem dann?«

»Von Silas Hepburn.« Silas hatte ihr von seinem Vorhaben erzählt, ohne dass sie dem große Beachtung geschenkt hatte oder verwundert gewesen war. Sie verabscheute Silas, der nach einer Flasche Rum immer ganz redselig wurde. Obwohl sie vor lauter Frust jedes Mal schreien könnte, war es immer noch besser, seinen Pöbeleien zuzuhören, als ihm zu Willen zu sein oder von ihm geschlagen zu werden.

Regina wurde plötzlich blass. Lizzie befürchtete, sie würde in Ohnmacht fallen.

»Das kann er nicht ...« Regina schlug die Hände vors Gesicht. »O Gott, nein. Nimmt dieser Albtraum denn überhaupt kein Ende?«

Lizzie wusste nicht, wie sie reagieren sollte. Befremdet starrte sie Regina Radcliffe an. Sie konnte nicht sagen, ob Regina der Gedanke, Silas könnte Francesca heiraten, anekelte oder tief im Herzen traf. Jedenfalls begriff sie nicht den Grund für Reginas Zusammenbruch.

»Was kümmert es Sie, ob Silas Francesca zur Frau nimmt?«, fragte Lizzie im Flüsterton.

Regina gab einen Laut von sich, der einem erstickten Schrei glich. »Er kann nicht ...« Ihre Stimme brach, und sie krümmte sich, die Hand auf die Magenpartie gepresst. Als sie fortfuhr, hörte es sich an, als flüstere sie die Worte: »Er kann nicht seine eigene Tochter heiraten ...«

Lizzie war sicher, sich verhört zu haben. Joe Callaghan war Francescas Vater. Hatte Regina den Verstand verloren?

Im nächsten Moment schob Regina Lizzie zur Seite und taumelte aus der Kajüte. Sie verschwand im Dämmerlicht, laut nach Claude rufend. Kurz darauf vernahm Lizzie das

224

Rattern von Wagenrädern auf dem unbefestigten Weg; dann tauchte der riesige Schatten einer Kutsche wie aus dem Nichts auf. Obwohl Lizzie nicht viel erkennen konnte, vermutete sie, dass Regina in diese Kutsche gestiegen war, die sich rasch entfernte.

»Was für eine merkwürdige Frau«, sagte Lizzie laut, »und Geld habe ich auch keins gesehen.« Sie hatte schon vor langer Zeit erfahren müssen, dass die Angehörigen der so genannten besseren Gesellschaft manchmal ein bizarres Verhalten an den Tag legten. Lizzie wollte gerade die Kerze löschen, als ihr Blick auf etwas Schimmerndes am Boden fiel. Sie bückte sich, um es aufzuheben, und stellte fest, dass es sich um ein Armband handelte. Wahrscheinlich hatte Regina es verloren, als sie sich vor innerer Qual gewunden hatte.

»Hübsch«, sagte Lizzie laut, legte sich das Armband ums Handgelenk und bewunderte die funkelnden, in Gold gefassten Steine. Kurz spielte sie mit dem Gedanken, das Armband zurückzugeben, fragte sich dann aber, ob das Schicksal ihr endlich eine Chance geben wollte. »Mrs Radcliffe hat bestimmt sehr viel Schmuck, da wird sie dieses eine Armband nicht vermissen, und mir bringt das ein paar Shilling extra ein.« Zufrieden lächelnd machte Lizzie sich auf den Weg zurück in die Stadt.

Zur selben Zeit saß Francesca zusammen mit Ned am Heck, wo er die Angel ausgeworfen hatte. Joe hatte sich am späten Nachmittag zu einem Nickerchen zurückgezogen und schlief noch. Inzwischen brach die Dämmerung an, und das Wasser reflektierte das leuchtende, von violetten und gelben Schattierungen durchzogene Abendrot, das am Horizont erstrahlte. Das Spiegelbild der gewaltigen Flussbäume auf der Wasseroberfläche kräuselte sich leicht in der schwachen Strömung. Zu dieser Tageszeit war es sehr still. Die Rosenkakadus und Sittiche hatten die Baumäste verlassen, um vom seichten Wasser zu trinken, während die Pelikane und Reiher auf der Jagd nach Welsen, Brassen und Flussbarschen waren, beobachtet von einem Falken, der über ihnen seine Kreise zog.

»Du hast bislang nicht viel von deinem Besuch auf Derby Downs erzählt«, sagte Ned schließlich. »Hat es dir nicht gefallen?«

»Doch«, antwortete Francesca abwesend, denn ihre Gedanken kreisten ständig um Regina und den seltsamen Blick, mit dem sie sie vom Balkon aus angestarrt hatte. Dieser Blick verfolgte sie geradezu.

Stirnrunzelnd schob Ned seine Hutkrempe ein Stück höher, die mit Angelhaken und den von ihm auf seine spezielle Art vorbereiteten Ködern behängt war, und musterte Francesca. »Das klingt aber nicht überzeugend.«

»Tut mir Leid, Ned. Es gab da einen ... einen sonderbaren Vorfall, der mir nicht mehr aus dem Sinn geht.«

»Sonderbar?« Ned war alarmiert. »Was meinst du damit?«

Francesca blickte ihn an und sagte sich, dass es vielleicht nützlich wäre, die Meinung eines Außenstehenden einzuholen. Eigentlich hatte sie vorgehabt, mit Monty darüber zu sprechen, doch sie befürchtete, dass er ihre Bedenken als Hirngespinste abtat.

»Haben Montys Eltern dich nicht freundlich behandelt, Frannie?«, fragte Ned mit kaum verhohlener Erregung. Wehe, sie haben ihr etwas angetan, sagte er sich. Dann sei Gott ihnen gnädig!

Francesca bemerkte seinen fürsorglichen Tonfall. »Sie waren sogar sehr freundlich zu mir, Ned. Regina hat mich herzlich willkommen geheißen, und Frederick war mir gegenüber äußerst höflich und zuvorkommend ...«

»Was war dann?«

»Ich war mit Regina oben im Haus, um Kleider anzuprobieren, und dabei hat sie das Muttermal auf meinem Oberschenkel entdeckt. Plötzlich fing sie zu zittern an und musste sich setzen. Dann wollte sie das Mal noch einmal sehen und hat mich nach meinem Geburtsdatum gefragt. Ist das nicht eigenartig?«

Neds Herz schlug schneller, und er wandte sich ab aus Furcht, Francesca könnte die Panik in seinem Gesicht sehen. Er hatte nie damit gerechnet, dass dieser Tag kommen würde, doch jetzt war es so weit, und er hatte keinen blassen Schimmer, was er tun sollte.

»Gleich darauf ist sie in ihr Zimmer gerannt und hat sich dort eingeschlossen«, erzählte Francesca weiter. »Ich habe sie bis zu meiner Abfahrt nicht mehr zu Gesicht bekommen.«

»Hat sie ... irgendetwas gesagt?«, fragte Ned, dem vor Angst beinahe die Stimme versagte.

»Nein. Als ich in Montys Kutsche steigen wollte, blickte ich zufällig nach oben, und da stand Regina auf dem Balkon. Ich habe ihr zugelächelt, doch sie hat mich nur ganz seltsam angeschaut und sich dann weggedreht. Ich begreife das nicht. Wenn ich nur wüsste, wodurch ich sie so sehr in Aufregung versetzt habe!«

Ned starrte auf den Fluss hinaus. An seiner Angelschnur ruckte ein Fisch, doch er bemerkte es kaum, weil seine Gedanken sich überschlugen. Was wusste Regina über Francescas Muttermal? Kannte sie vielleicht Frannies leibliche Mutter? Nein, das war undenkbar.

In jener Nacht, in der sie Francesca aus dem Wasser geborgen hatten, hatten Joe, Mary und Ned einen Pakt geschlossen: Francesca sollte niemals die Wahrheit erfahren, weil sie zu grausam war. Mary hatte es für besser gehalten, Frannie in dem Glauben zu lassen, sie wäre in einer liebevollen Umgebung zur Welt gekommen und dass sie Eltern habe, die sich nichts sehnlicher als ein Baby gewünscht hätten. Ned und Joe hatten sich einverstanden erklärt.

Nun hatte Ned Angst, Regina Radcliffe könnte Francesca

gegenüber eine Bemerkung über ihre wahre Herkunft machen. Er wollte vermeiden, dass sie die Wahrheit von einer Fremden erfuhr; allerdings stand es auch ihm nicht zu, ihr die Umstände ihrer Geburt zu offenbaren. Diese Entscheidung musste Joe treffen.

»Hast du eine Erklärung für Reginas Verhalten. Ned?«, fragte Francesca.

»Ich ... ich weiß nicht«, entgegnete Ned bedächtig. »Reiche Leute haben ihre Eigenarten, Frannie. An deiner Stelle würde ich mich von Regina fern halten ... zumindest in nächster Zeit.« Er musste dringend Joe informieren.

»Vielleicht hast du Recht, Ned. Meinst du, ich soll mit Monty darüber sprechen?«

»Nein«, entfuhr es Ned lauter als beabsichtigt.

Francesca sah ihn erschrocken an.

»Er würde seine Mutter in Schutz nehmen, Frannie«, sagte Ned, während er die Panik in seiner Stimme zu unterdrücken versuchte. »Das ist ganz normal.«

»Das habe ich mir auch überlegt«, erwiderte Francesca und lehnte sich an seine Schulter, wie sie es früher als Kind getan hatte.

Sie fragte sich, ob sie jemals die Gelegenheit bekäme, mit Regina darüber zu sprechen.

An diesem Abend war Silas Hepburn besonders schlecht gelaunt, als er das Werftgelände von Ezra Pickering betrat. Joe Callaghan hatte am Freitagabend die fällige Rate bezahlt, womit Silas nicht gerechnet hatte. Joe hatte zwar lediglich die Zinsen zurückerstattet, dennoch schäumte Silas vor Wut, denn er hatte nicht in Erfahrung bringen können, für wen Joe arbeitete. Dies hielt ihn aber nicht davon ab, weiterzuforschen, und die Werft war für den Anfang sicher eine gute Adresse.

Zornig registrierte Ezra, dass Silas erneut sein Grundstück

betreten hatte. Sollte er weitere »Gefälligkeiten« erwarten, würde er ihn enttäuschen müssen.

Ezra verzichtete auf eine Begrüßung. »Ich habe alle Hände voll zu tun, Silas«, sagte er. »Wenn Sie also nicht gerade ein neues Schiff brauchen, wünsche ich Ihnen noch einen angenehmen Tag.« Er wandte sich zum Gehen.

»Nicht so schnell, Ezra. Joe Callaghan ist wieder im Geschäft. Und Sie sagen mir auf der Stelle, für wen er arbeitet.«

»Woher soll ich das wissen?«, entgegnete Ezra, der die Augen entschlossen zusammenkniff. Egal, was Silas sagen oder womit er ihm drohen mochte, er würde nicht das Geringste preisgeben. Jeder Mensch hatte moralische Grenzen.

Silas starrte ihn finster an. »Vor gut einer Woche habe ich noch gesehen, dass Sie sich mit Joe auf dem Pier unterhalten haben.«

»Und?«, gab Ezra mit ein wenig zittriger Stimme zurück. Obwohl er seinen ganzen Mut zusammennahm, machte Silas ihn nervös. »Ich kann mir aussuchen, mit wem ich meine Zeit verbringe.«

»Haben Sie ihm irgendwelche Tipps gegeben, wo er Arbeit finden kann?«

»Ich habe ihn lediglich gefragt, wie er zurechtkommt. Das ist nichts Verbotenes.«

»Sie sind kein guter Lügner, Ezra«, sagte Silas. Er ahnte, dass er aus Ezra nichts herausbekam – was ihn aber nur weiter darin bestärkte, herauszufinden, für wen Joe arbeitete. Er hatte sich bereits überlegt, Joe von Mike Finnion mit der *Curlew* verfolgen zu lassen, wenn die *Marylou* Montagmorgen vom Pier ablegte. Silas gehörte die *Curlew,* wodurch er einen finanziellen Verlust in Kauf nehmen müsste, aber wenn es half, Joe auf die Schliche zu kommen, sollte es so sein.

»Ich habe mich an unsere Absprache gehalten, also Schluss mit den Fragen«, sagte Ezra. »Guten Abend!« Er drehte sich um und stapfte davon.

»Ich werde es schon herausbekommen«, höhnte Silas. »Wenn nicht von Ihnen, dann von einem anderen.«

Ezra wandte sich ihm noch einmal zu und starrte ihn an. »Ich mache mir schlimme Vorwürfe wegen Joe. Er ist ein anständiger Mann.«

Silas blieb von seiner Bemerkung unbeeindruckt, wie seine unbeteiligte Miene zeigte. Für Ezras Begriffe hatte der Mann kein Gewissen. »Was bezwecken Sie eigentlich, Silas? Was hat Joe, das Sie unbedingt haben müssen? Die *Marylou* kann es nicht sein, zumal Ihnen bereits mehrere Schiffe ganz oder teilweise gehören. Was ist es dann?«

In Silas' grauen Augen erschien ein Funkeln, und er stieß die angehaltene Luft aus. »Ein Mann kann nie genug haben, doch in diesem Fall bin ich tatsächlich auf ein ganz besonderes Juwel aus«, entgegnete er.

Ezra runzelte verwirrt die Stirn; dann riss er die Augen auf. »Sie meinen doch nicht ... Sie meinen doch nicht etwa Francesca?«

Silas hob eine Augenbraue und grinste spöttisch, sodass Ezra geradezu übel wurde. Ohne ein weiteres Wort wandte Silas sich um und verließ gemächlich das Grundstück, wobei er seinen Spazierstock schwingen ließ und eine fröhliche Melodie pfiff.

Ezra war nie im Leben ein verabscheuungswürdigerer Mensch begegnet. Wäre Francesca seine Tochter, würde er Silas umbringen.

Ned ging alleine die High Street entlang, als er zufällig Regina Radcliffe auf der anderen Straßenseite entdeckte. Er hatte noch nicht die Gelegenheit gehabt, mit Joe zu sprechen, da dieser noch geschlafen hatte, und hätte gerne erfahren, was genau Regina wusste, bevor er ihn mit einer weiteren Sorge belastete. Während er Regina beobachtete, fiel ihm auf, dass sie zerstreut und aufgelöst wirkte. Ihr Gesicht war aschfahl, und sie schien geweint zu haben. Dennoch wollte Ned die Gelegenheit, sie anzusprechen, nicht verstreichen lassen. Eilig überquerte er die Straße.

Regina war auf dem Weg zum Bridge Hotel, um Silas aufzusuchen. Sie hatte nicht vor, ihm zu sagen, dass sie von seinen Absichten wusste, sondern wollte Francesca in Misskredit bringen, um ihn davon zu überzeugen, dass das Mädchen einen zweifelhaften Charakter besaß und er seine Pläne, sie zu heiraten, aufgeben sollte. Die bloße Vorstellung verursachte Regina Übelkeit, sodass sie innehalten und tief Atem holen musste, damit ihr Magen sich wieder beruhigte.

Ned war ungefähr drei Meter von ihr entfernt, als Regina ihn im Augenwinkel wahrnahm. Sofort übermannte sie Panik.

Mit wild pochendem Herzen stieß Ned zu ihr und sprach sie an. »Verzeihung, Mrs Radcliffe, dürfte ich kurz mit Ihnen sprechen?«

Regina tat, als hätte sie ihn nicht gehört, und schickte sich an, Gregory Panks Stoffladen zu betreten.

»Mrs Radcliffe.« Ned ließ sich nicht abwimmeln. »Wir müssen über eine wichtige Angelegenheit sprechen ...«

Regina hielt inne, wandte sich halb um und ließ den Blick nach links und rechts schweifen, um sich zu vergewissern, ob sie beobachtet wurden. »Worum geht es?«, zischte sie ungeduldig, fest entschlossen, sich nicht lange aufhalten zu lassen.

Ned hatte noch nie mit ihr zu tun gehabt, und Reginas Feindseligkeit schockierte ihn. »Ich bin Ned Guilford. Ich arbeite für Joe Callaghan ...«

»Ich weiß, wer Sie sind. Was wollen Sie? Ich habe eine Verabredung.«

»Es wird nicht lange dauern.« Ned räusperte sich nervös. »Francesca hat mir erzählt, was auf Derby Downs vorgefallen ist ...«

Alarmiert unterbrach Regina ihn. »Wovon sprechen Sie?«

Mit einem Mal kamen Ned Zweifel, ob er das Richtige tat. An Reginas abweisender Miene erkannte er, dass sie es ihm nicht leicht machen würde, aber Frannie zuliebe hatte er keine andere Wahl.

»Sie hat gesagt, dass Sie sich für ihr Muttermal interessiert haben. Wissen Sie etwas darüber ...?«

»Ich weiß nicht, was Sie meinen«, entgegnete sie und wandte sich zum Gehen, doch Ned ergriff ihren Arm, wobei er bemerkte, wie heftig sie zitterte. Regina blickte auf seine Hand auf ihrem Arm und funkelte ihn voller Geringschätzung an, weil er es gewagt hatte, sie zu berühren.

Mein Armband!, durchzuckte es sie plötzlich, als sie bemerkte, dass es nicht mehr an ihrem Handgelenk war. Wo ist es?

Betreten zog Ned die Hand zurück, doch er war fest entschlossen, die Wahrheit herauszufinden. »Tut mir Leid, wenn ich unhöflich war, aber ich bin sicher, Sie wissen, wovon ich spreche. Francesca kennt nicht die genauen Umstände ihrer Geburt ...«

Vor Reginas geistigem Auge tauchte deutlich das Bild auf, wie sie damals am Flussufer entbunden hatte, und sie fühlte sich einer Ohnmacht nahe. »Wie kommen Sie dazu, so etwas zu behaupten?«, gab sie mit erstickter Stimme zurück. Sie bemerkte, dass andere Passanten auf sie aufmerksam wurden, sodass sie sich zusammenriss, was sie erhebliche Mühe kostete.

»Weil Sie sich für das Muttermal interessiert haben«, antwortete Ned mit leiser Stimme. Er hatte zwar keinen schlüssigen Anhaltspunkt, doch seine Ahnung sagte ihm, dass Regina mehr wusste. »Ihnen ist doch bekannt, dass Mary nicht Francescas leibliche Mutter war, oder?« Regina wirkte nicht im Geringsten überrascht, sodass Ned sich bestätigt fühlte, das Wagnis einzugehen. »Wissen Sie, wer Francescas wirkliche Mutter ist? Ist es eine von Ihren Hausangestellten?«

Regina fühlte sich plötzlich benommen. »Selbstverständlich nicht. Ich weiß nichts über Francescas Mutter, aber ich rate Ihnen, ihr nichts von den Umständen ihrer Geburt zu erzählen«, sagte sie. »Sie braucht nichts davon zu erfahren.«

Der letzte Satz machte Ned stutzig. Er begriff nicht, weshalb Regina der Ansicht war, Fran nichts zu sagen, zumal sie zuvor behauptet hatte, gar nichts darüber zu wissen. »Ich habe nicht die Absicht, aber ich hatte befürchtet, Sie würden ihr etwas sagen.«

»Ausgeschlossen.« Regina schob das Kinn vor, wild entschlossen, für alle Zeiten zu verheimlichen, dass sie sich mit Silas Hepburn eingelassen und ihr gemeinsames Kind im Fluss ausgesetzt hatte. Ihr war bewusst, dass sie sich hatte gehen lassen, als sie durch Lizzie Spender von Silas' Absichten erfahren hatte. In dem Moment hatte Regina sich nicht unter Kontrolle gehabt, weil die Vorstellung, dass Silas seine eigene Tochter heiraten wollte, sie zutiefst schockiert hatte. Dennoch bezweifelte sie, dass Lizzie etwas aufgeschnappt hatte oder sich einen Reim darauf machen konnte. Dazu war sie nicht schlau genug. »Ich habe mich für das Muttermal interessiert, weil es so ungewöhnlich ist. Dabei bekam ich zufällig einen meiner Schwindelanfälle. Falls Francesca etwas anderes behauptet, entspringt es ihrer Fantasie. Wenn Sie mich jetzt entschuldigen ...«

»Aber warum haben Sie gefragt, wann ...« Ned hatte nicht die Gelegenheit, den Satz zu Ende zu sprechen, da Regina davoneilte. Er hatte sie fragen wollen, warum sie Francesca nach ihrem Geburtsdatum gefragt hatte und warum sie ihr vom Balkon den seltsamen Blick zugeworfen hatte. Reginas Erklärung für ihr Interesse an Francescas Muttermal erschien Ned an den Haaren herbeigezogen. Seine Unruhe wuchs.

Auf dem Weg zurück zur Anlegestelle beschloss er, Joe nichts von dem Vorfall mit Regina zu erzählen. Er war sicher, Regina würde nichts sagen, und er hoffte, dass Francesca sich ebenfalls zurückhielt, zumal Joe mit der Rückzahlung des Darlehns an Silas schon genug Sorgen hatte.

Regina traf Silas in seinem Büro im Bridge Hotel an. Einen Moment verharrte sie im Türrahmen und beobachtete ihn bei seiner Schreibarbeit, wobei sie befremdet den Kopf schüttelte. Ihre Affäre war kurz und töricht gewesen – eine Beziehung, die sie ihr Leben lang bereuen würde. In diesem Augenblick konnte Regina nicht fassen, dass ein so abstoßender Mann eine so hübsche Tochter wie Francesca gezeugt hatte. In Reginas Fantasie hatte ihre Tochter immer große Ähnlichkeit mit ihrem Vater gehabt, wodurch es ihr leichter gefallen war, den Gedanken an Francesca zu verdrängen. Doch Francesca war ihr Ebenbild …

Vor achtzehn Jahren, als sie auf Silas aufmerksam geworden war, fand sie ihn sehr charmant, doch wenn sie jetzt genauer darüber nachdachte – wie schon unzählige Male zuvor, weil ihr Gewissen ihr keine Ruhe gelassen hatte –, kam sie zu dem Schluss, dass besonders sein Elan und sein Ehrgeiz sie angezogen hatten. Außerdem war sie damals schrecklich einsam gewesen, wenn Frederick wegen der Viehtriebe für längere Zeit fort war, und Silas hatte sich als hartnäckiger Verehrer erwiesen, dessen Werben sie schließlich nachgegeben hatte. Doch mit der Zeit, als sein Ehrgeiz immer mehr in Skrupellosigkeit mündete, offenbarte er seinen wahren Charakter und wurde zu dem Scheusal, das er heute war.

Silas spürte, dass er beobachtet wurde, und blickte auf. Er freute sich immer, wenn er Regina sah, und sein Egoismus ließ ihn vergessen, dass sie im Laufe der Jahre eine tiefe Abneigung ihm gegenüber entwickelt hatte. »Guten Tag, Regina«, begrüßte er sie, ohne den freundlichen Ton anzuschlagen, den er ihr gegenüber sonst immer gebrauchte. Ihm fiel gar nicht auf, dass sie abgespannt und blass aussah.

Regina war zu sehr auf den Zweck ihres Besuches konzentriert, um der gedämpften Begrüßung Beachtung zu schenken. »Ich war in der Stadt und dachte mir, ich schaue mal vorbei. Ich hoffe, ich komme nicht ungelegen.«

Silas versuchte, seinen Ärger über Ezra Pickering kurz beiseite zu schieben. »Aber nicht doch. Du weißt, du bist immer willkommen.« Er verkniff sich die Bemerkung, dass sie ihm nur ihre Aufwartung machte, wenn sie etwas von ihm wollte, zumal es selten genug vorkam, dass Regina keinen Rat mehr wusste. »Liegt dir etwas auf dem Herzen? Hast du ein geschäftliches Problem?«

»Nein. Ich bin zurzeit ein wenig durcheinander ... Ich mache mir Sorgen um Monty.«

Bei genauerer Betrachtung fiel Silas jetzt auf, dass er Regina noch nie in so einem furchtbaren Zustand gesehen hatte. Offenbar hatte sie wirklich ernste Schwierigkeiten. »Was ist denn mit Monty?«

»Er trifft sich regelmäßig mit einem Mädchen, einer Schifferstochter ...« Regina bemerkte, dass Silas' graue Augen sich bei diesen Worten zusammenzogen.

»Und das missfällt dir?«, fragte Silas und hoffte, dass sie bejahen würde. Wenn Monty von der Bildfläche verschwand – und das war sicher, wenn Regina gegen eine Verbindung mit Francesca war –, hatte er umso leichteres Spiel mit ihr.

»Natürlich. Würde es dich glücklich stimmen, wenn dein Sprössling einer Frau den Hof macht, die gesellschaftlich unter ihm steht?«

Silas gab keine Antwort. Er legte bei Frauen mehr Wert auf Schönheit, Auftreten und eine ansehnliche Figur als auf den familiären Hintergrund, erwartete aber nicht, dass eine Mutter, der es darum ging, dass ihr Sohn eine gute Partie machte, diesen Standpunkt teilte.

»Außerdem habe ich Grund zu der Annahme, dass diese Francesca mit einem anderen Mann poussiert«, fuhr Regina fort, wobei sie genau Silas' Reaktion beobachtete.

235

Der war zuerst sprachlos. Regina bemerkte, dass alles Blut aus seinem Gesicht entwichen war und dass sich Schweißperlen auf seiner Stirn bildeten.

»Deshalb bin ich hier«, fügte Regina hinzu. »Ich möchte von dir hören, was du über diesen Kerl weißt.«

»Wie heißt er?« Silas war kaum in der Lage, seine Wut zu zügeln.

»Neal Mason. Ich glaube, er arbeitet zurzeit auf der *Marylou*. Ich kenne ihn zwar nicht persönlich, aber dafür seinen Ruf bei den Damen. Monty hat nach einem Gespräch mit ihm den Eindruck gewonnen, dass er in Francesca verliebt ist. Ich habe ihm gesagt, er solle das nicht ernst nehmen, doch nun hat sie ein Wochenende auf Derby Downs verbracht, und irgendetwas sagt mir, dass sie eine intime Beziehung mit diesem Kerl hat.«

Silas schnappte nach Luft, und sein fleischiges Gesicht färbte sich dunkel. Er konnte nicht glauben, was er da hörte. »Was hat sie denn gesagt?«

»Im Grunde nicht viel. Doch man konnte zwischen den Zeilen Andeutungen heraushören. Man muss eine Frau sein, um das zu erkennen. Ich denke, sie hält Monty zum Narren. Offenbar ist sie eine raffinierte kleine Betrügerin. Von mir aus kann dieser Neal Mason sie haben. Sie passt ohnehin nicht zu jemandem, der in der Gesellschaft so hoch angesehen ist wie Monty. Unglücklicherweise ist er vernarrt in sie. Und ich muss zugeben, sie ist ein wirklich hübsches Mädchen ... leider aus der Unterschicht. Monty könnte etwas Besseres haben. Wenn er diese Verbindung aufrechterhält, gefährdet er seinen Ruf, und die ganze Stadt wird hinter seinem Rücken über ihn lachen. Niemand hat Respekt vor einem Mann, der sich von einem hübschen Gesicht den Kopf verdrehen lässt, insbesondere dann nicht, wenn der Name dieses Mädchens in Verruf ist. Da pflichtest du mir sicher bei, Silas. Vielleicht kannst du meinem Sohn ins Gewissen reden.«

Silas hatte es für den Moment die Sprache verschlagen. Er war völlig ahnungslos gewesen, dass Neal Mason an Francesca interessiert war, und schimpfte sich selbst einen Narren. Dennoch war er sicher, dass Regina sich irrte, wenn sie den beiden ein intimes Verhältnis unterstellte.

»Joe Callaghan würde es Neal Mason niemals erlauben, seine Tochter zu kompromittieren ... dazu noch direkt vor seiner Nase. Obwohl ich persönlich keine Sympathie für Joe aufbringe, kann ich nicht leugnen, dass er auf dem Fluss großen Respekt genießt, auch wenn er rasch zum Despoten werden kann.«

Regina nickte. Joe Callaghan war tatsächlich für seine Reizbarkeit bekannt. Er war Francesca bestimmt ein fürsorglicher Vater, aber Regina wusste auch, dass zwei Liebende stets Mittel und Wege fanden, zusammen zu sein, wenn sie nur wollten. »Männer, die eine Frau beeindrucken wollen, können sehr einfallsreich sein«, sagte sie. Kaum war der Satz ausgesprochen, wurde ihr bewusst, dass dies auch auf Silas' Verhalten vor achtzehn Jahren zutraf, und sie errötete.

Silas dachte ebenfalls daran, mit wie viel Hartnäckigkeit und welchem Ideenreichtum er damals Regina umworben hatte. Je eher er sich mit Joe auf Francescas Hand einigen konnte, desto besser. Er musste Joe irgendwie in die Ecke drängen.

»Ich rede mit Monty«, murmelte er geistesabwesend, um Regina zu verstehen zu geben, dass er wieder alleine zu sein wünschte.

Regina hatte ihr Ziel erreicht und war zufrieden. »Ich danke dir, Silas. Monty hört auf dich, er hat Respekt vor dir.« Sie war zwar nicht sicher, ob dies der Wahrheit entsprach, aber sie wusste, dass es immer von Vorteil war, Silas Honig um den Bart zu schmieren.

Regina ging zur Tür und wandte sich noch einmal zu ihm um. Am liebsten hätte sie herausgeschrien: »*Sie ist deine Tochter!*«, doch ihr Selbsterhaltungstrieb war stärker.

237

Mit aufgestützten Ellbogen saß Silas da, den Kopf in den Händen. Regina wusste, dass sie ihm Grund genug zum Nachdenken gegeben hatte. Sie hatte die Hoffnung, dass er Monty in dem Gespräch überzeugen konnte, dass es besser war, es sich mit Francesca anders zu überlegen, und sie betete, dass beide ihr Werben um Francesca beenden würden. Einerseits konnte sie nicht zulassen, dass Silas seine eigene Tochter heiratete; andererseits konnte sie ihm auch nicht die Wahrheit sagen, dann würde diese sich zwangsläufig herumsprechen.

Silas war bekümmert, weil ausgerechnet ein Weiberheld wie Neal Mason bei Francesca Feuer gefangen hatte. Er musste einen Weg finden, den Kerl loszuwerden, bevor Francesca seinem Charme erlag.

Schon bald gingen Silas verschiedene Ideen durch den Kopf.

12

Es war Dienstag am späten Nachmittag, als Francesca mit der *Marylou* ihren üblichen Ankerplatz ansteuerte, nahe Budgie Creek. Es herrschte eine brütende Hitze, und sie hatten kurz zuvor die letzte Fuhre Holz für diesen Tag bei O'Shaunnesseys Sägewerk abgeliefert. Joe war bei Francesca im Ruderhaus. Er hatte sie mit einigen Besonderheiten vertraut gemacht, die für ihr Kapitänspatent erforderlich waren. Nach Joes Einschätzung war Francesca so weit, dass er sie innerhalb der nächsten Wochen beim Prüfungsausschuss anmelden konnte.

Francesca wischte sich den Schweiß von Stirn und Nacken. Sie war fix und fertig, und das nicht allein wegen der Hitze. Sie musste sehr viel lernen, wenn sie ihr Kapitänspatent erlangen wollte, und da sie zurzeit viele andere Dinge verarbeiten musste, fiel es ihr schwer, einen klaren Kopf zu bewahren.

»Ich gehe schwimmen«, sagte sie schließlich.

Joe machte ein skeptisches Gesicht.

»Bleib aber in Sichtweite«, erwiderte er. »Die Strömung hier kann gefährlich sein.«

»Ich passe schon auf, Dad«, erwiderte Francesca. »Du weißt doch, ich bin eine gute Schwimmerin«, fügte sie hinzu.

»Mag sein, aber dieser Fluss hat schon viele gute Schwimmer das Leben gekostet.«

Joes gequälter Gesichtsausdruck ließ Francesca erkennen, dass er nach wie vor nicht über den Verlust ihrer Mutter hinweg war und dass sie sich seiner Bitte fügen musste. Zudem musste sie sich eingestehen, dass sie in letzter Zeit leicht reizbar war, da die täglichen Begegnungen mit Neal Mason auf dem Schiff ihren Tribut forderten. Sie vermied es tunlichst, mit Neal zu reden, und so herrschte eine gespannte Atmosphäre an Bord der *Marylou*, aber es wäre nicht fair gewesen, ihre schlechte Laune an ihrem Vater auszulassen.

»Vielleicht sollte ich mitkommen«, schlug Joe vor. Der Gedanke, ihr könnte etwas zustoßen, war ihm unerträglich.

»Behandle mich nicht wie ein Kind, Dad«, entgegnete Francesca mit weicher Stimme, um ihn nicht vor den Kopf zu stoßen. »Ich passe schon auf. Ich gehe ein Stück das Ufer hinauf, um ungestört zu sein, aber ich verspreche dir, im flachen Gewässer zu bleiben.« Obwohl Francesca kein Kind mehr war, fiel es Joe schwer, sie wie eine Erwachsene zu behandeln. Nach so langer Trennung über so viele Jahre hinweg hatte er nicht verfolgen können, wie aus dem kleinen Mädchen eine junge Frau geworden war, er musste sich erst noch daran gewöhnen. »Pass auf, dass du in der Nähe des Ufers bleibst, und nimm dich vor den Baumstämmen in Acht. Die können tückisch sein.«

Francesca wandte sich um, lächelte und verdrehte die Augen, bevor sie die Treppe vom Ruderhaus hinunterstieg, nachdem sie Joe erneut versprochen hatte, vorsichtig zu sein.

Mike Finnion lenkte die *Curlew* längsseits des Piers in Echuca, wo Silas Hepburn ihn bereits erwartete.

»Und?«, meinte Silas, bevor das Schiff festmachte.

»Er transportiert Holz für Dolan O'Shaunnessey«, entgegnete Mike.

Silas' Gesicht verfärbte sich rot vor Zorn. »Dann hat Ezra mich also doch belogen«, stieß er hervor. »Weißt du auch, wo Joe das Holz aufsammelt?« Er musste jede Einzelheit wissen, um Joe das Leben zur Hölle zu machen.

»Er holt es im Wald von Moira und bringt es flussaufwärts nach Thistle Bend zu O'Shaunnessey. Gestern und heute Vormittag hat er jeweils eine volle Ladung abgeliefert, und nachts ankert er in der Nähe von Budgie Creek.«

Im Geiste überschlug Silas, wie viel Joe das einbringen mochte und wie viel Zeit er für die gesamte Transportfahrt mit Ladezeiten benötigte. »Gute Arbeit, Finnion.« Nachdenklich rieb Silas sich das Kinn. Dolan O'Shaunnessey würde sich durch nichts von ihm einschüchtern lassen, folglich musste er die Sache anders angehen. Zum Glück gingen ihm niemals die Ideen aus. »Kannst du mir Zeb Critchley holen? Ich habe einen Auftrag für ihn.« Silas plante zudem, Ezra Pickering nicht ungeschoren davonkommen zu lassen, nachdem dieser ihn zum Narren gehalten hatte. »Und gib bei der Gelegenheit Matches Maloney Bescheid, dass ich ihn sprechen will.«

Mike sah ihn entgeistert an. »Matches?«

»Beeil dich gefälligst«, herrschte Silas ihn ungeduldig an.

»Ja, Mr Hepburn«, erwiderte Mike und sprang an Land.

»Critchley wird im Star sein. Matches findest du bei Molly McGuire. Sag ihnen, ich erwarte sie im Hinterzimmer im Steampacket.«

Mike wusste, dass Silas dort immer Gespräche führte, die vertraulich bleiben sollten. »Ja, Sir, Mr Hepburn«, sagte er und machte sich auf den Weg.

Das Flusswasser war geradezu eine Wohltat für Francescas erhitzten Körper. Sie stieß sich vom Ufer ab und aalte sich in der erfrischenden Kühle.

»Schwimm nicht zu weit raus«, hörte sie Joe vom Schiffsheck her rufen, von wo er sie im Wasser erspäht hatte. Sie war ein Stück am Ufer entlanggegangen, um in ihrem Badekostüm vor Neals Blicken geschützt zu sein. Obwohl es wenig offenbarte, hatte Neal sie mit einem solchen Verlangen in den dunklen Augen angesehen, dass sie sich splitternackt gefühlt hatte.

»Keine Sorge, Dad«, rief sie zurück. In dem erfrischenden Wasser, ganz für sich allein, ließ ihre Anspannung nach.

Kurz darauf kam Neal an Deck und fragte Joe, wo Francesca sei. Obwohl sie einander mieden, so gut es auf diesem beschränkten Raum möglich war, hatte er ein Gespür dafür, wo sie war, und dieses Gespür sagte ihm, dass sie sich nicht an Bord befand.

»Sie ist schwimmen«, antwortete Joe mit einem Blick in Francescas Richtung.

Neal schaute ebenfalls dorthin und sah, dass sie im Wasser herumpaddelte, im Schatten der überhängenden Bäume. »Gute Idee von ihr. Es ist verdammt heiß«, murmelte er. Den ganzen Tag war ihm und den anderen der Schweiß geflossen.

»Ich wollte mitkommen, aber sie wollte nichts davon hören«, bemerkte Joe.

In diesem Moment erklang Neds Stimme aus dem Maschinenraum. »Joe? Kannst du mal kurz runterkommen?« Ned hatte ein leckes Ventil entdeckt, und Joe erkannte an seinem Tonfall, dass er Hilfe benötigte.

Er fühlte sich hin und her gerissen. »Kannst du kurz auf Francesca achten?«, bat er Neal. »Nur für den Fall.«

»Klar.«

»Lass sie nicht aus den Augen. Sie behauptet zwar immer, gut schwimmen zu können, aber sie ist sehr zierlich, und wenn die Strömung sie erwischt, könnte es in wenigen Sekunden um sie geschehen sein ...«

»Ich pass schon auf, Joe. Mach dir keine Sorgen«, versicherte Neal. Joe zögerte dennoch. Er würde sich erst besser fühlen, wenn Francesca wieder an Land war.

Neal wusste, wie gefährlich die Strömung hier war. Er selbst war mehr als einmal in Schwierigkeiten geraten. Wäre er damals auf sich alleine gestellt gewesen, würde er jetzt nicht an Bord der *Marylou* stehen. »Keine Bange, Joe. Ich schwöre, dass ihr nichts passieren wird.«

Joe verschwand im Maschinenraum.

Francesca warf einen Blick zum Schiff, wo Neal mit einem Mal den Platz ihres Vaters eingenommen hatte und mit seinen dunklen Augen zu ihr starrte. Sie versuchte, ihn zu ignorieren, doch es gelang ihr nicht. Verlegen schwamm sie dicht am Ufer entlang, weg vom Schiff, um unter den überhängenden Baumkronen Deckung zu suchen. Sie schwamm, bis die *Marylou* und Neal außer Sichtweite waren.

»Francesca!«, hörte sie Neal rufen.

Am liebsten hätte sie ihm nicht geantwortet, wusste aber, dass er ihr dann folgen würde. »Alles in Ordnung«, rief sie zurück und verdrehte die Augen. Sie hielt sich an einem aus dem Wasser ragenden Ast eines abgestorbenen Baumes fest und begann mit den Beinen zu strampeln, sodass das Wasser spritzte, vergnügt wie ein Kind lachend. Im Schatten der Bäume genoss Francesca die Abkühlung nach der Hitze des Tages.

Neal hörte das Platschen des Wassers, war aber beunruhigt, weil er Frannie nicht sehen konnte. »Verdammt«, murmelte er und stieg vom Schiff an Land.

Francesca entfernte sich mehr und mehr vom Ufer. Sie hatte bereits einige Meter zurückgelegt, als Neal sie erblickte und leise zu fluchen begann. Francesca spürte, dass sie umkehren musste. Das Wasser war an dieser Stelle ziemlich tief, und Neal nahm mit Erleichterung zur Kenntnis, dass sie tatsächlich zurück zum Ufer schwamm. Plötzlich verschwand Francesca aus seinem Blickfeld.

Im gleichen Moment verfing sich irgendetwas im linken Bein ihres Badekostüms, in Höhe der Wade. Francesca spürte, wie ihr Bein zerkratzt wurde und dass sie festhing. In Panik versuchte sie, sich loszureißen, doch es gelang ihr nicht. Das Wasser ging ihr schon bis übers Kinn.

Neal war beunruhigt, weil er Francesca nirgends mehr entdecken konnte. Mehrmals rief er ihren Namen, ohne eine Reaktion zu erhalten. Er rannte aufgeregt am Ufer entlang. Als er die Bäume erreichte, kletterte er über die aus der Erde ragenden Wurzeln und suchte das Wasser ab.

»Francesca!«, rief er. »Francesca!« Das Flussufer machte an dieser Stelle einen leichten Knick, sodass er es nicht vollständig einsehen konnte. Als keine Reaktion Francescas erfolgte, geriet er in Panik.

Francesca holte tief Luft und tauchte unter, um ihr Badekostüm von dem Baumstamm zu befreien. Sie zerrte verzweifelt daran, doch die Strömung behinderte sie, sodass ihre Kraft rasch aufgebraucht war. Sie tauchte wieder an die Wasseroberfläche und schnappte nach Luft, wobei sie Wasser einatmete. Sie musste husten und würgen, und erneut übermannte sie Panik. Ihr kam der Gedanke, das Badekostüm einfach abzustreifen, doch ihr wurde schnell klar, dass es ein sinnloses Unterfangen wäre, weil der Stoff sich zu sehr verheddert hatte. Ihre verzweifelten Versuche, sich zu befreien, hatten sie alle Kraft gekostet, und sie hatte Mühe, den Kopf über Wasser zu halten. Sie hatte nicht einmal genügend Luft, um nach Hilfe zu rufen.

Francesca wusste, dass ihr nur noch wenige Minuten blieben.

Neal suchte weiter die Wasseroberfläche ab, ohne Francesca zu erspähen. Vor Angst klopfte ihm das Herz bis zum Hals. Plötzlich entdeckte er ihren Kopf im Wasser. Sofort sprang er in den Fluss und war nach wenigen Sekunden bei ihr. Francesca schluckte Wasser und drohte zu ertrinken. Neal versuchte, sie ans Ufer zu ziehen, merkte jedoch rasch, dass sie festhing. Er holte tief Luft und tauchte unter. Sofort sah er, dass der Stoff ihres Badekostüms sich in einem Baumast unter Wasser verfangen hatte, sodass sie nur noch ein Bein frei bewegen konnte. Er zog sein Messer aus der Hosentasche und machte sich daran, den Stoff zu zerschneiden, bis er ihr Bein befreit hatte. Dann tauchte er wieder nach oben, nahm ihren schlaffen Körper in Schleppgriff und schwamm ans Ufer. Behutsam legte er die zu Tode erschöpfte Francesca auf das warme Gras.

Besorgt beugte er sich über sie, während sie nach Atem rang. Neal stellte fest, dass die Verletzung an ihrem Bein nicht ernst war.

Sie schlang die Arme um seinen Hals und legte den Kopf an seine Schulter, während ein Weinkrampf sie übermannte. »Ich dachte, ich muss ... sterben«, keuchte sie.

Er drückte sie an sich, und die Anspannung fiel von ihm ab. Sein Puls raste noch immer. »Jetzt ist es überstanden«, tröstete er sie.

»Wenn du ... mich nicht ... entdeckt hättest ...«

»Aber ich habe dich entdeckt. Ich werde niemals zulassen, dass dir etwas zustößt, Francesca. Niemals«, sagte Neal leise.

Seine Worte verwirrten Francesca. Er klang, als würde ihm tatsächlich etwas an ihr liegen ... wo er doch gesagt hatte, dass eine feste Beziehung und eine Familie ihn nicht interessierten. Francesca fragte sich, was für ein Spiel er mit ihr trieb. Sie schob ihn von sich weg und sah ihm in die Augen. »So etwas sollte man nur sagen, wenn man es ernst meint, Neal. Es ist nicht fair, mit meinen Gefühlen zu spielen.«

»Es ist mein Ernst, Francesca. Ich werde nie zulassen, dass dir etwas passiert. Habe ich das nicht eben bewiesen?«

»Du hast mir das Leben gerettet, aber das gibt dir noch lange nicht das Recht, mir das Herz zu brechen.«

Neal schloss kurz die Augen. »Du hast Recht. Ich könnte dir nie der Ehemann sein, den du willst. Das bedeutet aber nicht, dass mir nichts an dir liegt.« Neal bemerkte, dass Francesca irritiert war, dachte jedoch an Gwendolyn und seine Verpflichtungen. »Manche Männer taugen nun mal nicht für die Ehe.«

Francesca rappelte sich auf. »Ich verstehe dich nicht«, sagte sie, »und das wird mir auch nie gelingen.« Mit einem Mal war sie sich über ihre eigenen Gefühle völlig im Klaren. Auch wenn Neal sie nie heiraten würde – es bedeutete nicht, dass sie nichts für ihn empfand. Im Gegenteil. Ihr wurde bewusst, dass sie für Neal ganz andere Gefühle hegte als für Monty Radcliffe. In Montys Gegenwart fühlte sie sich wohl, doch sie empfand keine Leidenschaft für ihn. In Neals Nähe hingegen kam sie sich vor, als würde ihr Innerstes nach außen gekehrt. Aber was hatte das zu bedeuten?

»Sag meinem Vater nichts von dem Vorfall, Neal. Sonst lässt er mich nie wieder schwimmen.« Sie verschränkte die Arme über der Brust und wandte sich beschämt zur Seite. Bestimmt sah sie wie eine ertränkte Katze aus.

»Nur wenn du mir versprichst, nie wieder alleine schwimmen zu gehen, Francesca.«

Sie nickte. Jetzt wusste sie, weshalb ihr Vater so besorgt gewesen war. Sie ließ den Blick über den Fluss schweifen, doch die ruhige Wasseroberfläche täuschte über die unsichtbaren Gefahren darunter hinweg – in Gestalt gefährlicher Äste und einer lebensbedrohlichen Strömung.

Als die *Marylou* sich am Donnerstagvormittag O'Shaunnesseys Sägewerk näherte, fiel Joe die ungewohnte Stille auf. Kein Dampf stieg aus dem Schornstein der Pressen, und das Gelände war verwaist. Nachdem sie festgemacht hatten, ging er an Land. Neal und Ned wies er an, an Bord zu bleiben, bis er herausgefunden hatte, was vor sich ging.

Alarmiert stellte Joe fest, dass keine Menschenseele zu sehen war und das Tor zur Straße verriegelt. Er konnte sich keinen Reim darauf machen.

246

In diesem Moment trat Charlie Walsh, Dolans rechte Hand, aus dem Büro.

»Was geht hier vor sich?«, fragte Joe.

»Ich habe alle Männer nach Hause geschickt, weil Dolan gestern Abend einen schlimmen Unfall hatte.«

Joe stockte der Atem. »Was ist denn passiert?«

»Er ist an diesem Holzstapel vorübergegangen«, er deutete hinter Joe, »als der plötzlich zusammenstürzte.«

Joe wandte sich um und betrachtete das Holz, das er am Tag zuvor geliefert hatte. Er hatte es sorgfältig gestapelt, bevor er wieder gefahren war; jetzt lag es über den Boden verstreut.

»Es ist ein Wunder, dass er überlebt hat«, sagte Charlie. »Niemand hat eine Erklärung für das Unglück. Der Betrieb ist bis auf weiteres eingestellt.«

Joe war wie betäubt. »Wird Dolan wieder gesund?«

Charlie senkte den Blick und seufzte. »Er hat mehrere Knochenbrüche erlitten und wurde auch am Kopf verletzt, deshalb kann man nichts Genaues sagen. Lass uns ins Büro gehen, dann zahle ich dir aus, was wir dir noch schulden.«

»Nein«, widersprach Joe und schüttelte energisch den Kopf. »Gib das Geld Dolans Frau. Sie hat mehrere kleine Mäuler zu stopfen ...«

Wer wusste schon, wie lange es dauern würde, bis Dolan wieder arbeitsfähig war?

»Das ist sehr großzügig von dir, Joe«, sagte Charlie.

Bedrückt ging Joe zum Schiff.

Auf der Fahrt zurück nach Echuca waren alle wie benommen. Jeder neuerliche Rückschlag raubte Joe ein Stück Hoffnung, die *Marylou* vielleicht doch halten zu können. Er musste an das Angebot denken, das Silas ihm gemacht hatte: Silas wollte ihm die Schulden erlassen, wenn er dafür Francesca zur Frau bekäme. Aber jedes Mal, wenn Joe das unschuldige Gesicht seiner Tochter betrachtete, verspürte er Abscheu vor sich selbst, dass er so etwas überhaupt in Erwägung zog. Er wäre niemals fähig, ihr einen Mann wie Silas Hepburn zuzumuten. Lieber würde er zehn Schiffe verlieren.

Deprimiert kaufte Joe sich eine Flasche Rum, nachdem sie in Echuca angelegt hatten; dann setzte er sich mit Ned und Neal zusammen, und die Männer leerten die Flasche. Ned warf die Angelschnur aus, um einen Fisch fürs Abendessen zu fangen. Francesca, die sich große Sorgen um ihren Vater machte, lenkte sich mit Wäschewaschen ab.

Es war seit einer Stunde dunkel, als Francesca plötzlich einen seltsamen rötlichen Schimmer über den Bäumen flussaufwärts bemerkte. »Was ist das?«, fragte sie die Männer, die mit dem Rücken zu ihr saßen. Sie schnupperte die Luft, die eine Brise zu ihr trug. »Es riecht nach Rauch.«

Joe, Ned und Neal erhoben sich und wandten sich flussaufwärts. Sie sahen auf den ersten Blick, dass der helle Schein am Nachthimmel von einem Feuer stammte.

»Die Werft von Ezra Pickering liegt in dieser Richtung«, sagte Joe. Im nächsten Augenblick hallten die Glocken der Löschwagen durch die nächtliche Stille. »Schnell«, sagte Joe, schnappte sich Francescas Wassereimer, kippte ihn aus und sprang mit einem Satz an Land. Er lief am Ufer entlang in Richtung Werft. Neal und Ned folgten ihm dichtauf.

Doch als sie das Gelände der Werft erreichten – außer Atem, weil sie ein gutes Stück gerannt waren, bevor sie auf einen Wagen mit Löschhelfern aufspringen konnten –, war nichts mehr zu retten. Zusammen mit weiteren schockierten Augenzeugen, darunter Ezra Pickering, konnten sie nur noch hilflos mit ansehen, wie das Holz und die Schiffsrohbauten den Flammen zum Opfer fielen. Das Feuer brannte lichterloh und verbreitete eine Hitze wie ein Hochofen. Niemand wagte sich näher heran.

Joe schob sich durch die versammelte Menge zu Ezra. Als er ihn erreicht hatte, legte er ihm tröstend von hinten die

Hand auf die Schulter. Ezra wandte sich um, und beim Blick in sein Gesicht hätte Joe schwören können, dass Ezra auf einen Schlag um zehn Jahre gealtert war. Seine Miene drückte Entsetzen und Wut aus, und beide Männer wussten, was dem anderen durch den Kopf ging: Obwohl niemand einen Beweis hatte, war offensichtlich, wer hinter dem Brandanschlag steckte.

»Dolan O'Shaunnessey wäre gestern Abend beinahe ums Leben gekommen«, murmelte Joe leise, dem plötzlich der Zusammenhang aufging.

»Jetzt kann er uns nicht mehr viel antun, nicht wahr?«, sagte Ezra, der sich wieder dem Feuer zuwandte und beobachtete, wie sein Lebenswerk in Schutt und Asche fiel. »Mir jedenfalls nicht. Ich bin am Ende.«

»Es tut mir Leid, Ezra.«

»Hätte ich gewusst, dass er dazu fähig ist, hätte ich mich seinen Drohungen widersetzt. Ich bin derjenige, der sich bei Ihnen entschuldigen muss, Joe. Ich kann mir selbst nicht mehr in die Augen sehen ...«

»Sagen Sie das nicht, Ezra. Ihre Selbstachtung kann er Ihnen nicht nehmen. Und ich sage Ihnen eins: Bevor ich die *Marylou* diesem Kerl überlasse, brenne ich sie ab.«

Ezra ließ den Kopf sinken. »Er hat es gar nicht auf die *Marylou* abgesehen, Joe«, sagte er leise, »sondern auf Ihre Tochter.«

»Ich weiß. Er hat mir angeboten, mir meine Schulden zu erlassen, wenn ich ihm Francesca zur Frau gebe. Aber wenn er es wagt, Hand an mein Mädchen zu legen, werde ich ihn mit bloßen Händen erwürgen.«

13

Francesca stand an Deck der *Marylou* und beobachtete den rötlichen Schein am Nachthimmel. Sie machte sich Sorgen um die drei Männer. Dabei bemerkte sie nicht, dass Silas Hepburn sich dem Schiff näherte.

»Guten Abend«, sagte er vom Pier aus. Er hatte damit gerechnet, das Francesca alleine war.

Ganz überrascht drehte sie sich um. »Oh«, sagte sie und versuchte, ihr Missfallen über sein Erscheinen zu verbergen. »Offenbar hat heute Abend nicht jeder Grund zur Freude. Ist das die Werft von Ezra Pickering, was dort brennt?«

»Ich glaube schon«, entgegnete Silas ohne jedes Mitgefühl. Ihn beschäftigte allein der Gedanke, wie bezaubernd Francesca im Mondschein aussah.

»Der arme Mann ...«, sagte sie.

»Erlauben Sie, dass ich an Bord komme?«, fragte Silas, ohne weiter auf Ezras Schicksal einzugehen.

Francesca blickte ihn verständnislos an, da sie nicht wusste, worauf er aus war. Schließlich sagte sie sich, dass es nur einen Weg gab, um das herauszufinden. »Bitte. Mein Vater müsste bald wieder zurückkommen.«

»Eigentlich wollte ich mich mit Ihnen unterhalten«, sagte Silas und kam an Bord. »Unter vier Augen.«

»Worüber denn?«, fragte Francesca, die plötzlich ein ungutes Gefühl verspürte.

»Über Ihren Vater.«

In Francesca stieg Angst auf. »Was ist mit meinem Vater?«, fragte sie nervös.

»Wissen Sie, dass er sich Geld von mir geliehen hat, um den Kessel der *Marylou* zu reparieren?«

»Ja.«

Silas scharrte mit den Füßen, um ihr den Eindruck zu vermitteln, dass ihm das Ganze peinlich war.

Francesca jedoch machte sich auf eine Hiobsbotschaft gefasst, was sie noch mehr in Panik versetzte. »In letzter Zeit … hatte Vater eine Pechsträhne«, sagte sie stockend, »aber das wird sich bald ändern. Sie bekommen Ihr Geld …«

»Als ich ihm das Darlehn angeboten habe, dachte ich, ich würde ihm damit helfen«, sagte Silas, »aber da er nur gelegentlich arbeitet, liegt er mit den Ratenzahlungen ziemlich im Rückstand. Ich weiß, dass das Leben einem manchmal übel mitspielt und dass eine Sache nach der anderen schief geht. Wie ich schon sagte … ich wollte Joe helfen, aber ich muss mich auch um meine eigenen Geschäfte kümmern. Deshalb werden Sie sicher verstehen, dass ich nicht bei jedem Schuldner ein Auge zudrücken kann.«

Vor Angst schlug Francesca das Herz bis zum Hals. »Sind Sie hier, um die *Marylou* zu übernehmen?«

»Nein, so weit ist es noch nicht.« Silas bedachte sie mit einem bemüht freundlichen Blick. »Joe hat zwar das Schiff als Pfand eingesetzt, aber …«

»Ich wünschte, ich könnte helfen«, unterbrach Francesca ihn, erleichtert, dass Silas nicht sofort die *Marylou* beanspruchte. Sie benötigten lediglich einen kleinen Zeitaufschub.

»Vielleicht gibt es da etwas …«, sagte Silas.

»Und das wäre?«

»Sie könnten einen vermögenden Mann heiraten.«

Francesca fragte sich, ob er Monty damit meinte. »Ich würde niemals eine Ehe eingehen, um das Schuldenproblem

251

meines Vaters zu lösen. Das wäre unehrlich und unehrenhaft.«

»Aber eine so schöne Frau wie Sie kann sich sogar unter den vermögenden Männern einen aussuchen. Und ich bin sicher, dass der Glückliche sich von selbst anbieten würde, Ihren Vater zu unterstützen, vorausgesetzt, er wäre ein Gentleman.«

Francesca zog die Stirn in Falten. »Mag sein, aber trotzdem ...«

»Francesca«, sagte Silas geradeheraus, »ich habe Joe angeboten, ihm seine Schulden zu erlassen, wenn er die Einwilligung zu unserer Hochzeit gibt.«

Francesca blickte entsetzt drein, froh, dass die Dunkelheit den Abscheu verbarg, der sich auf ihrem Gesicht spiegelte. Sie brachte kaum den Mut auf, nach der Reaktion ihres Vaters zu fragen. Was, wenn er sich einverstanden erklärt hatte und Silas gekommen war, um um ihre Hand anzuhalten? »Was ... was hat er gesagt?«

»Er hat abgelehnt«, antwortete Silas ohne Zögern und ohne Scham.

Francesca wurde beinahe schwindelig vor Erleichterung.

»Obwohl ich Ihnen ein luxuriöses Leben bieten kann, ist die Liebe zu seiner Tochter so groß, dass er Sie selbst entscheiden lässt, wen Sie heiraten«, sprach Silas weiter. »Joe ist ein selbstloser Mann. Ich weiß, wie sehr er an diesem Schiff hängt. Dennoch ist er bereit, es für Ihr Glück zu opfern. Ich muss gestehen, dass ich ihn dafür bewundere.« Das war natürlich eine Lüge, und Silas legte eine Kunstpause ein, ohne Francesca aus den Augen zu lassen, doch in der Dunkelheit konnte er nicht erkennen, was in ihr vor sich ging. »Ich frage mich nur ... sind Sie als Tochter zu einem kleinen Opfer für den Seelenfrieden Ihres Vaters bereit?« Ohne die Antwort abzuwarten, schloss er mit den Worten: »Einen angenehmen Abend, meine Teuerste.« Damit ging er von Bord und ver-

252

schwand gemächlichen Schrittes in der Finsternis, ohne einen Blick zurückzuwerfen. Er war sehr zufrieden mit sich, zumal er sicher war, dass Francesca für ihren Vater das Opfer auf sich nehmen würde, jetzt, da sie im Bilde war.

Fassungslos starrte Francesca ihm nach. Sie konnte nicht glauben, was Silas von ihr verlangte. »Das darf doch nicht wahr sein ...«, sagte sie leise. Sie war so fassungslos, dass sie sich setzen musste. Während sie an ihren Vater dachte und an seine Weigerung, sie zu einer Ehe zu nötigen, obwohl er damit die *Marylou* aufs Spiel setzte, kamen ihr die Tränen.

In Feierlaune begab Silas sich direkt ins Star Hotel. Er hatte mit denen, die es gewagt hatten, sich ihm zu widersetzen, kurzen Prozess gemacht, und er hatte Francesca Grund zum Nachdenken gegeben. Nun war er mächtig stolz auf sich selbst.

Der Schankraum war fast leer, da alle Männer aus der Stadt zum Werftgelände gefahren waren, um zu verhindern, dass das Feuer sich auf die Buschlandschaft ausbreitete. Silas wusste, dass die Helfer sich nach und nach wieder hier einfinden würden, weil es nichts mehr zu retten gab. Bis dahin würde er sich einige Gläser Rum gönnen und in seinen Träumen von einem Leben mit seiner zukünftigen jungen Braut schwelgen. Allein die Vorstellung, sie zu berühren, versetzte ihn in Erregung, sodass er rasch zwei weitere Gläser hinunterkippte und sich anschließend auf den Weg zum Bordell machte, um Lizzie einen Besuch abzustatten.

Silas verschwendete keine Zeit auf unnötige Begrüßungsworte. Vor Lüsternheit riss er Lizzie die Unterwäsche vom Körper, warf sie aufs Bett, stürzte sich auf sie und ächzte, während die arme Lizzie unter ihm nach Atem rang, bis Silas nach kurzer Zeit befriedigt von ihr herunterrollte.

Lizzie erhob sich, um ihren Körper zu bedecken. Die meisten Männer vermittelten ihr das Gefühl, ein billiges Flittchen

253

zu sein, was schlimm genug für sie war; bei Silas aber kam sie sich wie ein Stück Fleisch vor. Während sie sich mit ihrem Kleid abmühte, streifte er sie flüchtig mit einem Blick, der Abscheu ausdrückte, wobei ihm plötzlich etwas Funkelndes an ihrem Handgelenk auffiel: das Armband.

Er setzte sich auf, knöpfte sich die Hose zu und zerrte Lizzie am Handgelenk auf das zerwühlte Bett. Lizzie hatte das Armband vor ihm verbergen wollen, hatte aber nicht mit seinem plötzlichen Besuch gerechnet.

»Woher hast du das?«, fragte Silas mit drohender Stimme. Das Schmuckstück kam ihm irgendwie bekannt vor.

»Ich ... ich ...« Vor Angst fiel Lizzie nichts ein.

»Ich kenne dieses Armband«, meinte Silas, während er es musterte. »Da bin ich mir sicher.« Brutal drehte er Lizzies Handgelenk um, sodass sie vor Schmerz zusammenzuckte. Die Edelsteine funkelten ihn an.

»Das ... ist nur billiger ... Modeschmuck«, schwindelte Lizzie, der vor Furcht beinahe die Stimme versagte, denn sie wusste, dass Silas und Regina Radcliffe gut miteinander bekannt waren.

»Du beleidigst meine Intelligenz, du Hure«, brauste Silas auf. »Ich kann durchaus echten von falschem Schmuck unterscheiden!« Schließlich hatte er seinen Ehefrauen hin und wieder Schmuck geschenkt, um Eindruck zu schinden. »Gib's zu, du hast es gestohlen.«

»Nein ... habe ich nicht«, stammelte Lizzie.

»Lüg mich nicht an!«, brüllte Silas und schlug ihr mit der flachen Hand ins Gesicht. Die Wucht des Hiebes ließ Lizzie durch das kleine Zimmer taumeln. Wimmernd und mit blutender Nase kauerte sie sich in eine Ecke.

Silas erhob sich und ging auf sie zu. »Wo hast du das Armband gestohlen?«, fuhr er sie an, packte sie an den Haaren, riss sie vom Boden hoch und holte zum nächsten Schlag aus.

Allmählich machte Francesca sich Sorgen, da die Männer nach gut drei Stunden immer noch nicht zurück waren. Sie kletterte auf den menschenleeren Kai, wo sie unruhig auf und ab wanderte. Selbst die Uferpromenade wirkte trostlos und finster.

»Wo bleiben sie bloß?«, murmelte Francesca. In diesem Augenblick zerschnitt ein dumpfes Stöhnen die Stille, sodass sie zusammenfuhr. Sie wirbelte herum, doch in der Dunkelheit war niemand zu erkennen. »Wer ist da?«, fragte sie zaghaft und spitzte die Ohren, erhielt aber keine Antwort. Kurz darauf hörte sie erneut, wie jemand stöhnte. Es hörte sich an, als ob die Person verletzt oder in Not war.

Vorsichtig, fast lautlos, ging sie über den Pier. Zwei Lampen an der Uferpromenade und zwei weitere in der Nähe der Wollballen spendeten ihr ausreichend Licht, um zu sehen, wohin sie ihren Fuß setzte. Längsseits der *Marylou* hatten mehrere andere Schiffe festgemacht, aber keins davon war bewohnt. Auf der Mole neben den Schuppen lagerten Wollballen und Fässer mit Zuckersirup für den Transport am nächsten Morgen. Als Francesca dort vorüberkam, spähte sie in die dunklen Zwischenräume ... und fuhr erschrocken zusammen.

In einem Strahl fahlen Mondlichts sah sie einen nackten Fuß, der hinter den Ballen hervorragte, aber noch während sie verwundert darauf starrte, wurde der Fuß ins Dunkel gezogen.

»Sie können ruhig hervorkommen«, sagte sie in sanftem Tonfall. »Ich tue Ihnen nichts.«

Daraufhin vernahm sie ein Schluchzen, das ihr beinahe das Herz zerriss. »Es wird alles gut. Bitte, kommen Sie hervor«, sagte sie, ging in die Hocke und spähte zwischen die Wollballen. Sie spielte mit dem Gedanken, sich hineinzuzwängen, hatte aber Angst vor dem, was ihr dort begegnen würde. Schließlich aber erkannte sie, dass sie keine andere Wahl hat-

255

te. Wer immer dort drinnen sein mochte, hatte noch viel größere Angst, herauszukommen.

Auf allen vieren bewegte Francesca sich zwischen den Ballen voran, bis sie eine zusammengekauerte Gestalt in einem engen Spalt entdeckte, die wie ein verängstigtes Tier wimmerte. Es dauerte eine Weile, bis ihre Augen sich an das Halbdunkel gewöhnt hatten, und nach und nach erkannte sie das zerschundene und blutende Gesicht einer Frau, die ihr fremd war. Francesca versuchte, ihr Entsetzen zu verbergen, als ihr der Gedanke kam, dass vermutlich nicht einmal die eigene Mutter ihre Tochter in diesem Zustand wiedererkennen würde.

»Fran... Francesca«, stammelte die Frau plötzlich.

Mit dem Wiedererkennen kam der Schock. »Mein Gott! Sind Sie das, Lizzie ...?« Francesca wäre niemals darauf gekommen, Lizzie Spender vor sich zu haben. Sie war in einem noch schlimmeren Zustand als beim ersten Mal, als Francesca sie in der Gasse aufgefunden hatte. Sie wusste nicht, welches Gefühl stärker war, ihr Entsetzen oder ihr Zorn, doch sie riss sich zusammen und konzentrierte sich auf Lizzie, die hustend und würgend Blut auf ihr zerrissenes Kleid spuckte.

»Kommen Sie da raus, Lizzie. Ich helfe Ihnen«, sagte Francesca mit zitternder Stimme.

Lizzie schüttelte wild den Kopf. Sie war aus dem Bordell geflüchtet, nachdem sie mit einer Lampe nach Silas geworfen hatte. Er hatte sie verfolgt und ihr gedroht, sie umzubringen, während die anderen Mädchen entsetzt gekreischt hatten.

»Ich möchte Ihnen helfen, Lizzie, bitte«, flehte Francesca. »Außer uns ist keine Menschenseele hier, und wenn ich Sie hier liegen lasse, sterben Sie vielleicht. Die Nacht wird bitterkalt, und Sie sind schlimm verletzt.« Da Lizzie sich nicht rührte, griff Francesca nach ihrer Hand und brachte sie schließlich dazu, aus ihrem Versteck hervorzukommen, indem sie ihr immer wieder versicherte, dass niemand in der

Nähe war. Als sie im Freien war, sah sich Lizzie wie ein verängstigtes Tier um. Dann versuchte sie sich aufzurichten. Vor Schmerz schrie sie auf und hielt die Hand an ihre Rippen. Francesca nahm Lizzies freien Arm, legte ihn sich um die Schulter, stützte sie beim Gehen und führte sie zur *Marylou* und in die Vorderkajüte, wo Lizzie darauf bestand, die Tür von innen zu verriegeln.

Nachdem Francesca sie auf die Sitzbank verfrachtet hatte, zündete sie eine Petroleumlampe an. Vor Entsetzen stockte ihr der Atem, als sie sah, wie schwer Lizzies Verletzungen waren. Ihre Nase war gebrochen; sie hatte Blutergüsse im Gesicht, und eines ihrer Augen war zugeschwollen. Ihre Lippen waren aufgerissen und bluteten.

»Wer hat Ihnen das angetan?«, fragte Francesca, zitternd vor Wut.

Lizzie gab keine Antwort.

»Sie sollten unbedingt zur Polizei gehen, Lizzie. Wer immer das getan hat, muss vor Gericht gestellt werden!«

In tiefer Resignation schüttelte Lizzie den Kopf. »Niemand würde es wagen, den Kerl hinter Gitter zu bringen, der mir das angetan hat«, entgegnete sie. In ihrer Stimme schwang Verbitterung mit, die Worte kamen ihr nur schwer über die zerschundenen Lippen. Sie blickte auf ihr gerötetes Handgelenk und dachte daran, wie man ihr das Armband – Reginas Armband – abgerissen hatte. Sie konnte von Glück sagen, wenn Silas nicht *sie* hinter Gitter brachte.

»Offenbar ist der Kerl, der Ihnen das angetan hat, sehr einflussreich«, stieß Francesca wütend hervor. Es war die einzig mögliche Schlussfolgerung. Sie nahm eine Schüssel, füllte sie mit warmem Wasser und gab eine Prise Salz und Jod hinein. »Ich werde Sie jetzt sauber machen, und dann verbringen Sie die Nacht an Bord ... keine Widerrede! Am besten, Sie bleiben so lange, bis Ihre Verletzungen völlig verheilt sind.«

»Sie sind so nett zu mir«, sagte Lizzie, deren Augen sich

wieder mit Tränen füllten. »Noch nie war jemand so freundlich zu mir wie Sie ...«

»Mir wäre wohler, wenn Sie mir erlauben würden, die Polizei zu holen, damit Sie den Kerl anzeigen können, der Sie so zugerichtet hat.«

Lizzie schüttelte vehement den Kopf.

»Er hätte Sie fast umgebracht!«, sagte Francesca. »Ist Ihnen denn nicht klar, welche Abscheulichkeiten er Ihnen angetan hat?«

Bei Francescas Worten krümmte Lizzie sich.

»Tut mir Leid, aber jemand muss es Ihnen so deutlich sagen. Die Schande, die dieser Kerl erdulden muss, wenn Sie den Menschen in der Stadt die Augen öffnen, hält ihn in Zukunft vielleicht davon ab, so etwas noch einmal zu tun.«

Lizzie ließ den Kopf hängen und schien in sich zusammenzuschrumpfen. Francesca erkannte, dass sie in diesem Zustand nicht in der Lage war zu handeln. »Ich wasche Ihre Wunden aus, und dann legen Sie sich hin, Lizzie. Ich hoffe, es macht Ihnen nichts aus, mit mir die Koje zu teilen. Denn außer mir sind nur Männer an Bord, darunter mein Vater.«

Lizzie blickte bestürzt drein. »Ich kann doch auf dem Boden schlafen ...«

»Sie werden nichts dergleichen tun«, sagte Francesca entschieden. »Meine Koje ist groß genug für zwei.«

Lizzie hatte keine Kraft mehr zu widersprechen. Francesca wusch ihr die Wunden aus und führte sie in ihre Kajüte, wo sie Lizzie ein Nachthemd lieh und sie in ihre Koje verfrachtete. Augenblicke später hörte sie, dass die Männer an Bord zurückkehrten. »Ich muss kurz mit meinem Vater sprechen, bin aber gleich wieder da, Lizzie«, sagte sie und fragte sich unwillkürlich, wie Neal auf Lizzies Misshandlung reagieren würde, zumal er zu ihren Kunden zählte.

Joe, Ned und Neal waren hundemüde. Gemeinsam mit den anderen Helfern hatten sie verhindern können, dass das

Feuer auf die Sträucher dicht am Ufer übergriff. Gut hundert Männer hatten eine Kette gebildet, um die Wassereimer vom Fluss zu den einzelnen Brandnestern zu befördern, die den Busch bedrohten.

»Dad, ich habe eine verletzte Frau an Bord gebracht. Sie ist in meiner Kajüte, und ...«

»Verletzt?« Joe runzelte die Stirn und legte Handtuch und Seife neben einen Eimer Wasser, um sich zu waschen.

Francesca spürte, dass sie ihn besser nicht damit belästigte. »Es ist nicht allzu schlimm, aber die heutige Nacht verbringt sie in meiner Kajüte. Ich wollte dir nur Bescheid sagen.«

Joe nickte. »In Ordnung. Wir reden morgen weiter«, erwiderte er und wusch sich Hände und Gesicht. Francesca erkannte, dass er völlig erschöpft war, genau wie der arme Ned, der aussah, als würde er jeden Moment umkippen.

Mitten in der Nacht erwachte Francesca, weil Lizzie im Schlaf redete. Sie murmelte und stöhnte unentwegt und wälzte sich unruhig hin und her. Francesca konnte sich denken, dass sie von den schrecklichen Dingen träumte, die ihr widerfahren waren. Plötzlich fiel der Name »Silas«. Schlagartig war Francesca hellwach und zündete die Lampe an.

»Nein, Silas, nicht!«, schrie Lizzie im Schlaf. »Hör auf! Ich habe es nicht gestohlen. Ich schwöre ...!« Sie versuchte, mit den Händen ihr Gesicht zu schützen.

Vor Abscheu und Wut stieg Übelkeit in Francesca auf. »Es ist gut, Lizzie«, sagte sie tröstend, aber Lizzie hörte sie gar nicht.

»Regina hat es verloren! Das ist die Wahrheit, ich schwöre es. Ich schwöre!« Lizzie fuhr unvermittelt hoch. »Lass mich am Leben!«, schrie sie weiter und brach dann in hysterisches Schluchzen aus.

»Lizzie.« Francesca rüttelte sie sanft. »Sie sind in Sicherheit.«

Lizzie schlug das heile Auge auf und blinzelte Francesca an. »O Gott. Das alles war nur ein Traum ...?« Sie klang eher erschüttert als erleichtert, als hätte sie Angst, der Traum könnte sich in der Wirklichkeit wiederholen.

»Sie hatten einen Albtraum. Aber hier sind Sie sicher. Ich werde Ihnen aus der Kombüse heiße Milch holen. Das wird Ihnen gut tun.«

Kurz darauf kam Francesca mit einem Becher dampfender heißer Milch zurück, in die sie einen Löffel Honig gegeben hatte. Sie reichte Lizzie die Tasse und sah zu, wie sie sich mit ihren geschwollenen, aufgeplatzten Lippen anstrengen musste, um überhaupt trinken zu können.

»Sie haben vorhin im Schlaf den Namen Silas erwähnt, Lizzie«, sagte Francesca, die seinen Namen nur mühsam über die Lippen brachte. »Sie haben bestimmt Silas Hepburn gemeint. *Er* ist der Mistkerl, der Sie zusammengeschlagen hat, nicht wahr?«

Lizzie war nicht fähig, Francescas Blick zu erwidern.

»Er war heute Abend hier«, bemerkte Francesca. Lizzie erschrak.

»Bevor ich Sie gefunden habe«, beruhigte Francesca sie. »Er wollte über meinen Vater mit mir sprechen. Vor einiger Zeit hat Dad sich Geld von ihm geliehen, um den Kessel seines Schiffes zu flicken, und ist mit den Ratenzahlungen in Verzug geraten. Silas erzählte mir, dass er meinem Vater angeboten hat, ihm die Schulden zu erlassen, wenn er dafür um meine Hand anhalten darf.«

Lizzie schüttelte energisch den Kopf. »Tun Sie das nicht, Francesca!«, sagte sie verzweifelt. »Silas ist ein schlechter Mensch.«

»Ich verabscheue ihn, Lizzie. Trotzdem habe ich mit dem Gedanken gespielt, mich auf den Handel einzulassen. Für meinen Vater würde ich alles tun, denn das Schiff bedeutet ihm unendlich viel. Doch wenn Silas zu einer solchen Schandtat fähig ist, gehört er hinter Gitter. Was hat ihn denn so sehr gegen Sie aufgebracht?«

»Normalerweise braucht Silas keinen Grund, Francesca, aber heute Abend trug ich ein Armband, das ich gefunden hatte, und er glaubte, ich hätte es gestohlen.« Sie ließ den Kopf sinken. »Ich weiß, wem es gehört. Bis jetzt hatte ich allerdings keine Gelegenheit, das Armband zurückzugeben, und wenn ich ehrlich sein soll ... ich weiß auch nicht, ob ich es wirklich vorhatte. Aber trotzdem ist es nicht dasselbe wie Stehlen, oder?«

Francesca beschäftigte viel stärker die Frage nach Silas' Motiv, die arme Lizzie beinahe totzuprügeln. »Weiß Silas, wem das Armband gehört?«, fragte sie.

»Es kam ihm jedenfalls bekannt vor. Es gehört Regina Radcliffe, und das wird Silas bestimmt früher oder später wieder einfallen.« Lizzie war sichtlich erstaunt über Francesca, die sie offenbar nicht verurteilte wie andere. Für Lizzie war sie der einzige Mensch, der ihr aufrichtige Freundschaft entgegenbrachte. »Sie sind so freundlich zu mir, Francesca ... deshalb möchte ich Ihnen etwas erzählen, das sich vor ein paar Tagen zugetragen hat.«

Francesca sah sie neugierig an. »Und was?«

»Ich wurde abends zu einem Treffen auf die *Platypus* bestellt.«

»Das alte verlassene Schiff flussaufwärts?«

»Ja.«

»Ein merkwürdiger Treffpunkt.«

»Ja. Und als sich herausstellte, dass Regina Radcliffe mich dort erwartete, war meine Überraschung noch größer.«

Francesca kniff ungläubig die Augen zusammen. »Was wollte sie denn?«

Lizzie zögerte einen Moment. Wenn sie Reginas Anliegen verriet, konnte ihr das schrecklichen Ärger einbringen. Dennoch, Francesca hatte ihre Loyalität verdient. »Sie hat

261

mir Geld angeboten, dass ich mich mit Ihnen anfreunde, um Ihren Ruf zu ruinieren. Allerdings hat Regina mir keinen Grund dafür genannt.«

Francesca durchlief es eiskalt. Sie konnte sich Reginas Verhalten nicht erklären.

»Als ich ihr sagte, dass einer der einflussreichsten Bürger von Echuca Sie zur Frau nehmen möchte, glaubte sie zuerst, ich würde von ihrem Sohn sprechen. Nachdem ich ihr gesagt hatte, dass es sich auf Silas bezog, bekam sie einen hysterischen Anfall.«

»Silas hat Ihnen gesagt, dass er mich heiraten will?«, fragte Francesca ungläubig.

»Ja. Und er ist ganz sicher, dass Sie seine Frau werden.«

In Francesca stieg Übelkeit auf.

»Er hatte immer schon eine Vorliebe für hübsche junge Frauen«, fuhr Lizzie traurig fort, »deshalb war ich nicht überrascht.«

»Ich möchte mir lieber nicht ausmalen, was seine bisherigen Ehefrauen erdulden mussten. Von meinem Vater weiß ich, dass Silas schon dreimal verheiratet war«, murmelte Francesca. Der Gedanke, Silas' vierte Frau zu werden, war schrecklich. Doch genauso schrecklich war die Vorstellung, ihr Vater könnte die *Marylou* verlieren ...

»Ich glaube nicht, dass er seine Ehefrauen regelmäßig geschlagen hat, aber hinter verschlossenen Türen hat er ihnen bestimmt das Leben zur Hölle gemacht. Es gibt viele Möglichkeiten, Menschen zu quälen, und niemand versteht sich besser darauf als Silas.«

»Aber warum hat Regina die Fassung verloren, als Sie erwähnten, dass Silas mich heiraten möchte? Man sollte doch annehmen, dass sie erfreut darüber wäre, zumal sie gegen die Verbindung zwischen mir und Monty ist.«

Lizzie hob die Schultern. »Ich habe keine Ahnung. Aber ihr Verhalten war sehr seltsam. Sie hat etwas gemurmelt, das ich nicht richtig verstanden habe. Aber mir schien, als hätte sie gesagt, dass Sie Silas' Tochter sind.«

»*Was?* Das müssen Sie falsch verstanden haben, Lizzie. Vielleicht hat sie gesagt, dass ich jung genug bin, um seine Tochter zu sein.«

»Wahrscheinlich haben Sie Recht. An dem Abend hatte ich sowieso den Eindruck, sie hätte den Verstand verloren. Zum Schluss lief sie schreiend davon und rief nach ihrem Kutscher.«

»Merkwürdig ...«

»Das kann man wohl sagen. Nachdem Regina fort war, habe ich das Armband auf dem Boden entdeckt.« Lizzies Kinn bebte, als würde sie jeden Moment wieder in Tränen ausbrechen. »Ich weiß, dass ich ein sündhaftes Leben führe, aber ich würde niemals stehlen.«

»Ich glaube Ihnen, Lizzie.« Francesca sah, dass Lizzie völlig erschöpft war. »Versuchen Sie jetzt zu schlafen«, sagte sie und löschte die Lampe.

Lizzie fiel in einen unruhigen Schlaf, während Francesca verzweifelt nachgrübelte. Die Geschichte mit Regina ließ ihr keine Ruhe. Es musste eine Erklärung für Reginas seltsames Verhalten geben, insbesondere für ihre Reaktion auf ihr Muttermal und das merkwürdige Treffen mit Lizzie. Das alles ergab keinen Sinn.

Kurz vor Anbruch der Morgendämmerung, als Francesca endlich in Schlaf fiel, nahm sie sich vor, mit Regina persönlich zu sprechen.

14

Vom Lärm der Arbeiter auf dem Pier schrak Francesca aus dem Schlaf. Sie fühlte sich matt und erschöpft, da sie nur kurze Zeit geschlafen hatte, während Lizzie noch schlummerte. Rasch zog sie sich an und verließ leise die Kajüte. Auf dem Heck fand sie Ned alleine vor. Rechts und links von der *Marylou* wurde die Fracht auf die anderen Dampfer verladen, deren Kessel zum Auslaufen geschürt wurden.

»Guten Morgen, Ned. Wo ist Dad?«, fragte Francesca und blinzelte in die helle Morgensonne.

»Morgen, Frannie«, erwiderte Ned gähnend und rieb sich die schmerzenden Armmuskeln. »Er liegt noch in der Koje.«

»Und Neal? Schläft der auch noch?«

»Nein. Heute Früh bekam er die Nachricht, dass sein Schiff fertig ist, deshalb ist er zum Trockendock, um die *Ophelia* vom Stapel zu lassen.«

Francesca war überrascht. »So schnell schon?«

»Ich glaube, er hat damit gerechnet, dass die Reparatur noch ein paar Wochen dauern wird, aber jetzt ist er natürlich froh. Wie geht es der Frau, die du letzte Nacht an Bord gebracht hast?«, fragte Ned.

»Sie schläft noch.«

»Du hast gar nicht gesagt, was ihr passiert ist.«

»Sie wurde von einem Kunden verprügelt.«

»Was meinst du mit ›Kunde‹?«

»Sie heißt Lizzie Spender und ist eine Prostituierte.«

»Aber ...«

»Ich habe sie schon einmal gefunden, als sie in einer Gasse zusammengeschlagen worden war. Erinnerst du dich?«

Francesca wollte Silas nicht erwähnen, um Lizzie nicht zu gefährden. Und vielleicht musste sie Silas' Heiratsantrag ja annehmen, damit ihr Vater und Ned die *Marylou* behalten konnten. Der Gedanke ließ sie schaudern, aber unter Umständen wäre es die letzte Chance.

»Ich weiß ja, dass du ein großes Herz hast, Fran, aber sei vorsichtig. Frauen wie Lizzie leben gefährlich. Ich will nicht, dass du dich in Gefahr bringst.«

»Lizzie ist ein anständiger Mensch, Ned. Ich musste ihr helfen. Ich konnte sie doch nicht einfach auf dem Pier liegen lassen.«

»Braucht sie einen Arzt?«

»Ich habe es ihr geraten, aber sie weigert sich. Ich glaube, sie braucht für die nächsten Tage einfach nur eine Bleibe und jemanden, der sich um sie kümmert. Meinst du, Dad hat etwas dagegen?«

»Ich glaube nicht. Tja, dann will ich jetzt mal den Kessel anheizen. Sobald Joe wach ist, müssen wir die *Marylou* umsetzen, um den Schiffen Platz zu machen, die zum Transport rausmüssen.«

»Du und Vater, ihr dürft nicht aufgeben, Ned. Bestimmt wird sich bald ein Auftrag finden.«

Ned stieß einen tiefen Seufzer aus. »Ich bezweifle, dass das jetzt noch etwas ausmacht. Ich kann den Gedanken, nicht mehr auf diesem Schiff zu leben, zwar kaum ertragen, muss mich aber wohl damit abfinden. Wir werden die *Marylou* verlieren.« Ihm brach die Stimme, und er drehte sich zum Fluss, damit Francesca nicht sah, dass seine Augen feucht waren.

Doch Francesca erkannte, wie verzweifelt er war, und es brach ihr fast das Herz. Der Gedanke, die *Marylou* nicht halten zu können, war für Ned genauso schlimm wie für ihren Vater – und das war nicht verwunderlich. Schließlich hatte

265

auch Ned sein Herz, seine Seele und jahrelange harte Arbeit in das Schiff gesteckt.

Es lag in ihrer Macht, die beiden davor zu bewahren, das Schiff zu verlieren. Sie musste lediglich Silas Hepburn ihr Jawort geben ...

»Ned, ich muss etwas erledigen. Könntest du darauf achten, dass Lizzie sich Ruhe gönnt, solange ich weg bin?«

»Sicher, Frannie. Aber wo willst du zu so früher Stunde hin?«

»Ich muss jemandem einen Besuch abstatten. Es wird nicht lange dauern.« Francesca wandte sich zum Gehen, hielt dann aber zögernd inne. Sie hatte Angst vor dem Gespräch mit Regina Radcliffe und beschloss, einige ihrer Fragen zuerst an Ned zu erproben.

»Darf ich dich etwas fragen, Ned?«

»Na klar«, entgegnete er geistesabwesend.

»Erinnerst du dich noch an die Nacht, in der ich zur Welt kam?«

Ned wurde plötzlich blass. »Ja, mein Mädchen.« Er würde diese Nacht nie vergessen. »Warum fragst du?«

»Du hast mir erzählt, dass du in dieser Nacht an Bord der *Marylou* warst.«

»Ja. Es war mein erster Arbeitstag an Bord.« Es kostete Ned alle Mühe, Gelassenheit vorzutäuschen.

»War meine Mutter zu der Zeit mit Regina Radcliffe befreundet?«

»Nein. So welche wie die Radcliffes sind nicht mit den einfachen Leuten befreundet, die auf dem Fluss leben und arbeiten.«

Francesca runzelte die Stirn. Sie konnte keinen Zusammenhang zwischen ihrer Mutter und Regina finden. »Danke, Ned. Bis bald.«

»Warum hast du gefragt ...?« Doch Ned kam nicht dazu, den Satz zu beenden, weil Francesca bereits davongeeilt war.

»Wir werden ein Stück weiter oben am Ufer ankern«, rief er ihr hinterher. Francesca winkte ihm zum Zeichen, dass sie verstanden hatte.

Stirnrunzelnd sah Ned ihr nach.

Als Francesca den Mietstall der Radcliffes erreichte, traf sie einen Mann mittleren Alters an, der gerade einen Burschen anschnauzte, weil dieser offenbar einen der Ställe nicht richtig sauber gemacht hatte. Francesca vermutete, dass es sich um Henry Talbot und einen seiner Stallburschen handelte.

Sie räusperte sich, um auf sich aufmerksam zu machen, und stellte sich dann vor. Erleichtert stellte sie fest, dass Henry Talbot über sie im Bilde war.

»Monty Radcliffe hat mir gesagt, ich könne jederzeit ein Pferd und einen Einspänner haben, Mr Talbot. Ich würde gern nach Derby Downs fahren.«

Mit verschmitztem Lächeln sah Henry Talbot sie an. »Selbstverständlich, Miss Callaghan. Der junge Flann wird Ihnen sofort ein Gespann bereitmachen. Dauert nur eine Minute.« Er wandte sich dem Stallburschen zu und erteilte ihm mit strenger Stimme Anweisungen. Der Bursche, ein hageres Kerlchen mit roten Haaren, spitzte die Ohren.

»Vielen Dank«, sagte Francesca, deren Magen sich vor Nervosität verkrampfte. Während sie wartete, bemerkte sie plötzlich Silas Hepburn, der mit überheblicher Miene über die High Street stolzierte. Im Schutz einiger Heuballen beobachtete sie, wie er mehrere Passanten mit aufgesetzter Freundlichkeit grüßte. Sie musste daran denken, dass keiner von ihnen ahnte, welch abartiges Vergnügen es Silas bereitet hatte, die arme Lizzie zu verprügeln. Angesichts dieser Ungerechtigkeit kam ihr die Galle hoch, sodass sie sich abwenden musste.

»Fühlen Sie sich nicht wohl, Miss?«, fragte Henry Talbot und riss sie aus ihren Gedanken.

Vor Schreck fuhr Francesca zusammen. »Doch ... ich meine, es geht mir gut.«

Henry hatte einen anderen Eindruck. Sie wirkte übernervös und ängstlich. Henry vermutete, dass sie sich mit Monty gestritten hatte. »Ihre Kutsche steht bereit, Miss. Ich habe eine zahme, ruhige Stute vorspannen lassen«, sagte er freundlich.

»Danke. In ein paar Stunden bringe ich sie wieder.«

»Lassen Sie sich Zeit, Miss, und richten Sie Regina und Frederick meine Grüße aus, natürlich auch dem jungen Monty. Seit ein paar Tagen hat sich keiner von ihnen hier sehen lassen, und das ist ungewöhnlich.«

Francesca erreichte Derby Downs, ohne sich groß an die Fahrt zu erinnern. In Gedanken war sie so sehr mit ihrem Vorhaben beschäftigt, dass nicht einmal der herrliche Ausblick auf den Fluss sie ablenken konnte. Als sie die Kutsche vor dem Landsitz zum Stehen brachte, stellte sie verwundert fest, dass die Eingangstür weit offen stand. Doch kein Mensch war zu sehen, als sie die Stufen zur Veranda hinaufstieg.

»Hallo ...?«, rief sie von der Türschwelle aus ins Innere, erntete aber lediglich Schweigen. Sie schaute die Treppe hinauf und warf einen Blick in den Salon, doch das Haus wirkte verlassen. »Mabel?«, rief sie. »Mrs Radcliffe? Ist jemand da?«

Mit einem Mal öffnete sich eine Tür unterhalb der Treppe, und ein sehr großer Mann erschien, einen Sack über der Schulter. Der Rücken des Mannes war gekrümmt von dem Gewicht. Er hielt den Kopf nach links geneigt, während sein Mund nach rechts verzogen war, sodass sein Gesicht seltsam schief wirkte.

»Suchen Sie die Herrin des Hauses?«, fragte der Mann.

Seine Erscheinung hatte Francesca einen Schreck eingejagt, aber sie versuchte, sich nichts anmerken zu lassen. »Ja. Ist Mrs Radcliffe denn hier?«

»Schon möglich. Wer will das wissen?«

»Mein Name ist Francesca Callaghan. Ich war am letzten Wochenende Gast in diesem Haus, aber wir sind uns offenbar nicht begegnet.« Sie sparte sich eine umständliche Erklärung für ihren überstürzten Aufbruch. »Sie müssen Amos Compton sein.«

Überrascht kniff er die Augen zusammen. »Allerdings, der bin ich.« Amos musterte sie und kam zu dem Schluss, dass diese zierliche Person keine ernsthafte Bedrohung darstellte und dass es sich wohl auch nicht um eine Diebin handelte, die es auf das Tafelsilber oder die Kunstgegenstände abgesehen hatte. »Wenn Sie bitte im Salon warten möchten, dann schaue ich nach, ob ich Mabel oder Mrs Radcliffe finde.«

»Vielen Dank, Mr Compton.« Francesca begab sich in den Salon und nahm Platz. Unruhig fragte sie sich, wo Monty steckte und was seine Mutter zu ihm gesagt hatte, um ihm diese Verbindung auszureden.

»Was tun Sie hier?« Die Stimme klang feindselig.

Erneut fuhr Francesca der Schreck in die Glieder. Sie erhob sich, wandte sich um und stand Regina gegenüber, die von oben heruntergekommen sein musste. Francesca wunderte sich, dass sie die Frau nicht gehört hatte.

»Ich wollte mit Ihnen sprechen, Mrs Radcliffe.« Sie ließ den Blick in die Runde schweifen. »Gibt es ein Zimmer, in dem wir ungestört sind?«

»Ich habe nichts mit Ihnen zu besprechen.«

»Francesca! Wie reizend, Sie zu sehen«, erklang in diesem Augenblick die Stimme von Frederick Radcliffe, der in seinem Rollstuhl aus der Eingangshalle in den Salon kam. »Ich wusste gar nicht, dass Sie hier erwartet werden.« Er sah zu seiner Frau und runzelte die Stirn, als er den Blick bemerkte, mit dem sie Francesca bedachte. »Stimmt etwas nicht, Regina?«

»Nein, nein, keineswegs.« Regina rang sich ein Lächeln ab. »Ich bin nur ein wenig überrascht von Francescas Erscheinen. Ich habe sie hergebeten, damit sie mir hilft, meine Buchführung neu zu ordnen, aber ich hatte ganz vergessen, dass es für heute Vormittag geplant war.«

Francesca blickte sie an und sah, dass Regina plötzlich blass geworden war. »Das ist meine Schuld«, sagte sie. »Ich habe mich wohl mit dem Datum vertan. Ich kann an einem anderen Tag wiederkommen, wenn es ungelegen ist.«

Regina wollte gerade ihre Zustimmung geben, doch Frederick kam ihr zuvor. »Sie kommen niemals ungelegen, nicht wahr, Regina?«, sagte er.

»Ja«, erwiderte Regina, die ihre Enttäuschung hinunterschluckte. »Kommen Sie mit in die Bibliothek, Francesca«, fuhr sie fort und ging voran, während Francesca ihr folgte.

»Ich lasse euch von Mabel Tee bringen«, rief Frederick ihnen nach.

»Nein!«, lehnte Regina schroff ab. Als sie sich umwandte und das verdutzte Gesicht ihres Ehemannes sah, riss sie sich zusammen. »Wir nehmen den Tee später ein, mein Lieber. Jede Unterbrechung stört nur.« Sie blickte Francesca an.

»Ja. Man wird leicht aus der Konzentration gebracht«, bestätigte Francesca.

Fredericks Miene entspannte sich wieder. »Natürlich. Tja, also ... Amos bringt mich in ungefähr zehn Minuten zu den Ställen runter, damit ich unsere Jungkälber begutachten kann. Zum Abendessen bin ich wieder zurück ...«

»Wo ist Monty?«, fuhr Regina dazwischen.

Frederick runzelte die Stirn. In letzter Zeit machte er sich Sorgen um seine Frau. Sie war nicht mehr dieselbe. »Er ist drüben bei den Hendersons, schon vergessen? Er will fragen, wie viele Jungbullen sie kaufen wollen.«

270

»Ach ja, richtig. Er wird vorerst nicht zurückkommen, oder?«

»Ich glaube nicht. Wenn es um Rinder geht, redet Sam Henderson ohne Punkt und Komma.«

Regina nickte geistesabwesend. Frederick lag die Frage auf der Zunge, ob sie sich unwohl fühle, doch in den vergangenen Tagen hatte Regina jedes Mal mit größerer Ungeduld darauf reagiert.

Nachdem Regina die Tür der Bibliothek geschlossen hatte, stürzte sie sofort auf Francesca zu und fauchte sie an: »Was wollen Sie?«

Francesca beschloss, die Frage zu ignorieren und die Angelegenheit auf ihre Weise zu regeln, falls möglich. In aller Ruhe nahm sie Platz. Doch ihre kühle Haltung war nur Fassade. In Wahrheit hatte sie ein flaues Gefühl im Magen und befürchtete, dass ihre Beine jeden Augenblick nachgaben. Sie hatte sich fast die ganze Nacht den Kopf zerbrochen, wie sie an Regina herantreten sollte. Ihr war klar, dass sie nichts aus Regina herausbekommen würde, wenn sie ihre Fragen unumwunden stellte, sodass sie offenbaren musste, was sie von Lizzie erfahren hatte.

»Sie haben vor kurzem ein Armband verloren, nicht wahr, Mrs Radcliffe?«, sagte sie mit größter Beherrschung.

Regina blinzelte überrascht, und unbewusst berührte sie ihr linkes Handgelenk. »Woher wissen Sie das? Haben Sie es etwa?«

»Nein. Lizzie Spender hat es gefunden.«

Regina blinzelte erneut. »Ich kenne keine Person dieses Namens.«

»Sollten Sie aber. Schließlich haben Sie Lizzie zu einem Treffen auf der *Platypus* bestellt.«

Reginas Augen weiteten sich, und Francesca hatte den Eindruck, als schwanke sie leicht. »Nein, das ... das habe ich nicht.«

»Soll ich Ihren Mann fragen, ob Sie vor einigen Tagen in die Stadt gefahren sind? Gegen sieben Uhr abends?« Francesca wusste nicht, um welche Uhrzeit das Treffen stattgefunden hatte; es war bloß ein Bluff.

»Werden Sie nicht unverschämt«, gab Regina erbost zurück.

Francesca blickte ihr fest in die Augen, um ihre Reaktion genau beobachten zu können. »Nun? Ist Ihre Erinnerung an das Treffen mit einer Prostituierten namens Lizzie Spender zurückgekehrt?«

»Und wenn schon!«, fauchte Regina, doch Francesca erkannte, dass sie in die Defensive geraten war.

»Unter anderen Umständen würde es mich nichts angehen, doch wie der Zufall es will, war *ich* der Grund für Ihr Treffen mit Lizzie.«

»Das stimmt«, erwiderte Regina. »Mir ist zu Ohren gekommen, dass Sie Umgang mit dieser Lizzie pflegen, und ich wünsche nicht, dass mein Sohn eine Verbindung mit einer Person eingeht, die sich mit Dirnen abgibt. Schließlich hat er einen Ruf zu wahren.«

Francesca zitterte innerlich angesichts der Arroganz, die die so genannte bessere Gesellschaft an den Tag legen konnte. »Ich verstehe aber nicht, weshalb Sie hysterisch wurden, nachdem Lizzie Ihnen gesagt hatte, dass Silas Hepburn mich heiraten wolle. Können Sie mir das erklären, Mrs Radcliffe?«

»Das ist ausgesprochener Unfug, und ich habe Ihnen überhaupt nichts zu erklären«, widersprach Regina, doch Francesca war der plötzliche Schatten, der sich auf ihr Gesicht gelegt hatte, nicht entgangen. Sie wirkte ernstlich krank.

»Dann werde ich Frederick fragen«, entgegnete Francesca und erhob sich.

»Unterstehen Sie sich!«, sagte Regina bestürzt. »Mein Mann hat mit der Sache nichts zu schaffen, und ich möchte ihn nicht unnötig aufregen. Schließlich ist sein Leben hart genug. Er leidet schon seit der Kindheit an Gelenkrheumatismus, und er hat ein schwaches Herz.«

Francesca fragte sich, ob Regina log. Doch sie konnte und wollte das Risiko nicht eingehen, sich durch ein Gespräch mit Frederick Gewissheit zu verschaffen. Sie setzte sich wieder.

Regina trat hinter ihren Schreibtisch und nahm ebenfalls Platz. Sie war sicher, dass nie jemand die Wahrheit aufdecken würde, und entschlossen, sich nicht in die Ecke drängen zu lassen. Dennoch schien Francesca sich nicht so einfach abwimmeln zu lassen. Also musste Regina sie irgendwie besänftigen, damit sie keine weiteren Fragen stellte. Andernfalls bestand die Gefahr, dass sie Monty darauf ansprach.

»Hat Ihr Interesse für mein Muttermal etwas mit Silas Hepburn zu tun?«, fragte Francesca.

»Silas Hepburn? Lächerlich«, entgegnete Regina. »Wie kommen Sie denn auf diesen albernen Gedanken?«

Jetzt kam Francesca sich tatsächlich albern vor, weil sie diese Frage gestellt hatte.

Regina bedachte sie mit einem Blick, der besagen sollte, dass es ziemlich naiv war, einer Dirne Gehör zu schenken. »An dem Tag, als Sie hier die Kleider anprobiert haben, war mir nicht wohl. Ich bin in den Wechseljahren, da kommt so etwas schon mal vor. Ihr Muttermal hat für mich keinerlei Bedeutung. Es hat eine ungewöhnliche Form, aber mehr auch nicht ...«, sagte sie mit gleichgültigem Schulterzucken.

Francesca wurde einfach nicht schlau aus dieser Frau. Seit Regina das Muttermal gesehen hatte, legte sie ihr gegenüber ein völlig anderes Verhalten an den Tag. Das war bestimmt kein Zufall, und es hatte sicher auch nichts mit den Wechseljahren zu tun. »Aber in Ihren Augen bin ich nicht die passende Frau für Monty.«

»Genau«, erwiderte Regina mit mehr Vehemenz, als sie beabsichtigt hatte.

Francesca errötete und senkte den Blick auf ihre Hände. »Weil Sie mich nicht mögen, oder weil ich eine Schifferstochter bin?«

»Spielt das eine Rolle?«, entgegnete Regina.

»Für mich schon«, sagte Francesca.

Regina stieß einen Seufzer aus. Hätte sie nicht entdeckt, wer Francesca tatsächlich war, hätten die Dinge einen tragischen Verlauf genommen. »Ich habe für Monty eine andere Frau vorgesehen. Eine junge Dame, die aus ähnlichen gesellschaftlichen Verhältnissen stammt wie er«, log sie und fügte in Gedanken hinzu: Wenn es diese Frau doch nur gäbe!

Schlagartig wurde Francesca bewusst, dass ihr Vater Recht hatte. Die Radcliffes selbst bestimmten die zukünftige Frau ihres Sohnes.

»Wir können Sie nicht als Montys zukünftige Ehefrau akzeptieren, Francesca. Deshalb möchte ich Ihnen nahe legen, ihm mit Abweisung zu begegnen.«

»Aber er hat mir seine Gefühle offenbart. Er hat mich sehr gern ...«

Regina konnte ihre Emotionen kaum noch unterdrücken. »Sie werden mit meinem Sohn *keine* Verbindung eingehen, verstanden?« Sie erhob sich und starrte mit kaltem Blick auf Francesca herab. »Mag sein, dass Sie eine gewisse Erziehung genossen haben, aber das ändert nichts daran, dass Sie für Monty nicht geeignet sind. Frederick und ich wünschen, dass er eine Frau aus gutem Hause heiratet, eine Dame aus der Gesellschaft. Sie sind zwar recht hübsch«, sagte sie unwillig, »aber Sie haben keinen Stil, geschweige denn gutes Benehmen. Man kann aus einem Klepper nun mal kein Rassepferd machen. Offen gesagt, würden Sie unsere Familie blamieren.«

Francesca hatte das Gefühl, eine schallende Ohrfeige bekommen zu haben. »Nichts von alledem ist für Monty von Bedeutung«, brachte sie hervor, während sie gegen die Tränen kämpfte.

Reginas Augen wurden schmal. »Er spielt nur mit Ihnen, Francesca. Er hat seinen Spaß mit Ihnen. Heiraten aber wird er eine Frau, die von standesgemäßer Herkunft ist. Ich dachte, Sie wären gebildet genug, um wenigstens das zu erkennen.«

Francesca konnte die Tränen nicht mehr zurückhalten. Sie sprang auf und stürmte aus dem Zimmer.

Regina ließ sich wieder auf den Stuhl sinken. »Hoffentlich haben wir sie zum letzten Mal gesehen«, murmelte sie. Sie musste ihr Geheimnis wahren, koste es, was es wolle, und sie durfte trotz ihrer Grausamkeit keine Schuldgefühle haben. Vor allem konnte sie sich keinerlei Mitgefühl mit Francesca erlauben.

Ihre Gedanken wanderten zu Silas Hepburn. Sobald es ihr gelungen war, Francescas Ruf nachhaltig zu ruinieren, hatte er bestimmt keine Heiratsabsichten mehr.

15

Die Fahrt zurück nach Echuca verflog hinter einem Tränenschleier. In ihrem ganzen Leben hatte Francesca noch keine solch tiefe Kränkung erfahren. Sie konnte nicht begreifen, dass Regina ihr so abscheuliche Dinge sagte. Monty war zu bedauern, dass er eine solch grausame Mutter hatte.

Je mehr Francesca über Regina nachdachte, umso glücklicher schätzte sie sich, liebevolle und gütige Eltern zu haben. Sie verspürte tiefe Dankbarkeit für die Liebe, die Mary und Joe ihr entgegengebracht hatten. Nie zuvor hatte sie ihre Mutter schmerzlicher vermisst, und sie sehnte sich nach ihrer tröstenden Umarmung.

»Ich will Regina Radcliffe niemals wiedersehen«, sagte sie schluchzend. Und was Monty betraf, würde sie ihm von nun an aus dem Weg gehen. Sie konnte ihm nicht anvertrauen, was seine Mutter zu ihr gesagt hatte – es war zu demütigend. Sie konnte es niemandem anvertrauen.

Francesca brachte das Pferd und die Kutsche zum Mietstall zurück und machte sich aus dem Staub, bevor Henry Talbot oder der junge Flann das Wort an sie richten konnten. Sie eilte gerade über die High Street, als plötzlich Silas Hepburn ihren Weg kreuzte, dem ihre Bestürzung nicht verborgen blieb.

»Guten Morgen, meine Teuerste«, sagte er und zog den Hut. »Fehlt Ihnen etwas?«

»Nein, Mr Hepburn«, antwortete Francesca und wandte das Gesicht ab, um ihm nicht in die Augen sehen zu müssen.

»Sie sind viel zu schön, um Tränen zu vergießen«, sagte er und reichte ihr ein Taschentuch. »Erzählen Sie mir, was Sie bedrückt, und ich bringe es wieder in Ordnung.«

Hätte Francesca nicht gewusst, was für ein Scheusal dieser Mann war, hätte sie seine Worte als Freundlichkeit aufgefasst. »Das können Sie nicht wieder in Ordnung bringen, Mr Hepburn«, entgegnete sie, während sie sich die Tränen mit seinem Taschentuch abtupfte.

»Ich kann Berge versetzen, wenn es sein muss. Leisten Sie mir bei einer Tasse Tee Gesellschaft.«

»Nein, ich muss zurück zum Schiff ...«

»In diesem Zustand gehen Sie nirgendwohin. Nach einem Tässchen Tee fühlen Sie sich bestimmt wieder besser.«

Bevor Francesca sich sträuben konnte, führte Silas sie in die Teestube. Zu ihrem großen Erstaunen eilten gleich zwei Kellner an ihren Tisch. Während der eine ihr den Stuhl hinschob, stand der andere bereit, die Bestellung aufzunehmen. Silas orderte Tee und Kuchen, wobei er Francesca den Eindruck vermittelte, dass sie nicht nur den besten Service bekamen, sondern das Beste von allem – und sie vermutete richtig. Das Teeservice aus Porzellan wurde durch edelstes Silbergeschirr ersetzt, die Servietten durch irisches Leinen, und die Bedienung hätte flinker nicht sein können. Der Besitzer der Teestube wachte höchstpersönlich an ihrem Tisch, während das Personal mit Eifer dafür sorgte, dass alles perfekt war.

Silas machte Francesca mit Walter Frost bekannt, der die Teestube bereits vor vielen Jahren eröffnet hatte, wie er ihr erklärte. Frost war ein großer, hagerer Mann mit schneeweißem Haar und funkelnden blauen Augen.

»Du sorgst ab sofort dafür, dass Miss Callaghan hier stets vorzüglich bedient wird, Walter«, sagte Silas.

Walter Frost hatte Francesca zuvor bereits in der Stadt gesehen. »Selbstverständlich, Mr Hepburn.«

277

Wenn Regina mich jetzt sehen könnte!, dachte Francesca.

Silas entging nicht, dass Francesca beeindruckt war von dem Respekt, der ihm entgegengebracht wurde. »Das ist angenehm, nicht wahr?«, sagte er in verschwörerischem Tonfall, nachdem Walter sich entfernt hatte.

»Was?«, entgegnete Francesca, die ihren Tee umrührte.

»Wenn man Hochachtung genießt«, entgegnete Silas.

»Ja«, sagte Francesca und musste an die Geringschätzung denken, mit der Regina sie behandelt hatte. Dennoch konnte sie nicht die Augen davor verschließen, was Silas der armen Lizzie angetan hatte. Niemals würde sie verdrängen können, was für ein Scheusal Silas Hepburn war.

»Wenn Sie meine Frau wären, Francesca, würden die Menschen in dieser Stadt Ihnen zu Füßen liegen.«

»Ach, wirklich?« Francesca war sich bewusst, dass sie genauso niedergeschlagen klang wie sie aussah.

»Glauben Sie mir etwa nicht?«

»Ich bin und bleibe eine Schifferstochter, Mr Hepburn«, entgegnete sie leise, »daran ändert auch eine Heirat mit Ihnen nichts.«

Silas besaß genügend Feingefühl, um zu erahnen, dass sie genau das vor kurzem zu spüren bekommen hatte. »Reichtum ist Macht, meine Liebe. Vielleicht ist Ihnen ja bekannt, dass ich aus eher ärmlichen Verhältnissen stamme.« Er bemerkte Francescas Erstaunen. »Dennoch wagt es niemand, auch nur ein Wort darüber zu verlieren oder deswegen auf mich herabzusehen. Sollte jemand Sie gekränkt oder gar beleidigt haben, sorge ich dafür, dass es nie wieder vorkommt.«

Wenn das nur möglich wäre, dachte Francesca.

»Speisen Sie morgen mit mir zu Abend, und ich erzähle Ihnen von dem Leben, das Sie an meiner Seite führen könnten.«

Verblüfft kniff Francesca die Augen zusammen.

Reginas Gedanken kreisten um Silas, seit sie die Gewissheit hatte, dass Francesca ihre gemeinsame Tochter war. Seit Jahren verachtete sie den Mann, zu dem Silas geworden war, doch dass er nun die eigene Tochter heiraten wollte, schockierte und entsetzte sie zutiefst. Auch wenn er nicht wusste, dass Francesca seine Tochter war, und es auch nie erfahren würde, änderte das nichts an den Umständen. Zwar galt Reginas größte Sorge Monty, doch sie konnte sich nicht blind stellen, was Silas' Heiratsabsichten betraf. Die bloße Vorstellung erfüllte sie mit Ekel.

Sie hatte über die vielen Machenschaften Silas Hepburns nachgedacht. In den vergangenen Jahren hatte sie mehr als einmal mit dem Gedanken gespielt, seine Betrügereien der Polizei zu melden, doch ihre bloße Abneigung gegen Silas war nicht Grund genug gewesen. Inzwischen aber hatte sie herausgefunden, dass er Joes Einwilligung erzwungen hatte, Francesca heiraten zu können, und das allein war Grund genug.

Regina wusste, dass Silas seit Jahren Steuern hinterzog, seine Buchprüfer bestach und Bareinkünfte verschwieg. Außerdem erpresste er die Farmbesitzer und zwang sie, Wolle und andere Waren ausschließlich von seinen Schiffen transportieren zu lassen. In seinen Hotels verkaufte er unter dem Ladentisch schwarz gebrannten billigen Fusel, und er hatte zahlreiche weitere unsaubere Machenschaften auf dem Kerbholz. Natürlich konnte Regina nichts davon vor Gericht bezeugen, ohne Gefahr zu laufen, dass Silas Frederick von ihrer einstigen Affäre erzählen würde. Aber wenn man an schriftliche Beweise käme und sie dem Richter anonym zukommen ließe …

Regina war bewusst, dass das nicht einfach war, aber nicht einmal Silas konnte alle seine geschäftlichen Transaktionen im Auge behalten, und sie war sicher, dass sich im Laufe der vielen Jahre, in denen er nie behelligt worden war, eine gewisse

Nachlässigkeit bei ihm eingeschlichen hatte. Sie musste nur eine geeignete Person finden, die sich mit Buchführung auskannte, um Silas' schmutzige Machenschaften aufzudecken.

Gleich nach Francescas Aufbruch hatte Regina sich von Claude Mauston in die Stadt bringen lassen, um Beweise aufzutreiben, mit denen Silas aus dem Weg geräumt werden konnte. Gedankenverloren schritt sie voran, als sie mit einer jungen Frau zusammenprallte, die gerade die Redaktion des *Riverine Herald* verließ.

»Entschuldigung«, sagte die junge Frau erschrocken.

In ihrer Geistesabwesenheit nahm Regina sie kaum wahr. Erst nach einem zweiten Blick in das hübsche Gesicht erkannte sie Clara Whitsbury. »Nicht zu fassen. Clara!«

»Freut mich, Sie zu sehen, Mrs Radcliffe.«

Regina musterte die rotbraunen Locken der jungen Frau, ihre makellose Haut und ihre wohl gerundete Figur. »Sie sind erwachsen geworden, Clara. Sie haben sich zu einer reizenden jungen Dame entwickelt.«

Clara errötete. »Vielen Dank, Mrs Radcliffe.«

»Haben Sie Ferien vom Internat?«

»Nein, ich habe meine Ausbildung abgeschlossen. Ich hatte soeben ein Vorstellungsgespräch bei Mr Peobbles.«

Regina sah zu dem Redaktionsbüro. »Ein Vorstellungsgespräch?«

»Ja, für die Stelle als Schreibkraft in der Redaktion.« Sie zeigte Regina die Stellenanzeige in der Zeitung, die sie in der Hand hielt.

Regina war konsterniert. Sie rühmte sich, stets genauestens über die Zeitung und ihre sonstigen geschäftlichen Interessen informiert zu sein. Zwar hatte sie gewusst, dass demnächst eine Stelle für eine zusätzliche Bürokraft ausgeschrieben werden sollte, doch ihr war nicht bekannt gewesen, dass Warren Peobbles die Anzeige bereits aufgegeben hatte und sogar schon Vorstellungsgespräche führte. Regina wurde bewusst, wie zerstreut sie in letzter Zeit war. Dennoch war die Begegnung mit Clara eine willkommene Überraschung und eine Gelegenheit, die sie nicht versäumen durfte.

»Ich werde bei Mr Peobbles ein gutes Wort für Sie einlegen, Clara«, sagte sie. »Allerdings nur unter einer Bedingung ...«

Claras Rehaugen wurden noch größer. »Und die wäre?«

»Dass Sie mit mir nach Derby Downs kommen und mir beim Tee Gesellschaft leisten.«

Clara kniff überrascht die Augen zusammen und dachte kurz nach. Da sie ihren Eltern gesagt hatte, sie wolle nach dem Vorstellungsgespräch noch einen Einkaufsbummel machen, hatte sie Zeit. »Sehr gerne, Mrs Radcliffe.«

»Sind Sie seit Ihrer Rückkehr schon Monty begegnet?«

»Nein«, erwiderte Clara und errötete erneut. In den Schulferien hatte sie Monty hin und wieder gesehen, und sie hielt ihn für den attraktivsten Mann in ganz Echuca, wenn nicht in ganz Victoria. Sie bekam Herzklopfen, wenn nur von ihm gesprochen wurde.

Clara und Regina schlenderten gemeinsam weiter. Kurz darauf wurde Regina von einer ihrer Nachbarinnen, Mrs Bloom, angehalten. Stolz stellte Regina ihr Clara vor, als sie plötzlich bei einem zufälligen Blick in die Teestube Francesca erspähte, die sich angeregt mit Silas Hepburn unterhielt. Reginas Herz setzte einen Schlag aus.

Francesca hatte sie ebenfalls erblickt und stutzte angesichts ihrer Reaktion: Reginas Augen waren weit aufgerissen, und ihr Gesicht war weiß wie ein Laken. Hatte Silas mit seiner Behauptung etwa Recht? Betrachtete Regina sie jetzt mit anderen Augen, bloß weil sie sich in Silas' Gesellschaft befand? Francesca konnte ein Gefühl des Triumphs nicht unterdrücken. Mit erhobenem Kinn wandte sie sich wieder Silas zu, wobei sie so tat, als würde sie an seinen Lippen hängen.

Regina murmelte leise eine Entschuldigung, schnappte sich Claras Arm und zog sie zu ihrer Kutsche. Mehr denn je war sie entschlossen, Francescas Ruf zu ruinieren, zumal es die einzige Möglichkeit war, Silas davon zu überzeugen, dass sie seiner nicht wert war. Schnelles Handeln war geboten.

»Stimmt etwas nicht, Mrs Radcliffe?«, fragte Clara, die Reginas Bestürzung bemerkt hatte.

»Haben Sie die junge Frau gesehen, die zusammen mit Silas Hepburn in der Teestube sitzt?«, entgegnete Regina.

»Ja. Eine sehr hübsche, dunkelhaarige junge Dame. Aber ich kenne sie nicht. Warum fragen Sie?«

»Seit Wochen stellt sie meinem Monty nach. Ein schamloses Flittchen, eine Schifferstochter«, sagte Regina naserümpfend. »Die verkehren doch mit dem ganzen Hafengesindel! Sie wissen bestimmt, welchen Typ ich meine. Außerdem habe ich gehört, dass sie Umgang mit Prostituierten pflegt.«

»Oh«, sagte Clara schockiert. »Jetzt verstehe ich, weshalb ihr bloßer Anblick Sie aus der Fassung bringt.«

Nachdem Francesca gegangen war, suchte Silas den Mietstall auf.

»Guten Tag, Henry«, sagte er.

»Mr Hepburn! Was kann ich für Sie tun?«

»Ich habe gesehen, dass Miss Callaghan vorhin hier war«, sagte Silas. »Sie war in Tränen aufgelöst.«

»Ja, sie war sehr aufgewühlt, Mr Hepburn, aber ich weiß nicht, warum.« Henry befürchtete, für Francescas Kummer verantwortlich gemacht zu werden.

»Warum war sie hier?«

»Sie hat sich heute in aller Frühe ein Pferd samt Einspänner geliehen. Sie wirkte sehr nachdenklich. Nach ihrer Rückkehr hat sie das Gespann einfach stehen lassen und ist davongerannt.«

»Weißt du, wohin sie gefahren ist?«

»Ja, Sir, Mr Hepburn. Sie war auf Derby Downs.«

Silas nickte und schlenderte weiter. Seine Überraschung hielt sich in Grenzen, weil er damit gerechnet hatte, dass Regina der Auslöser für Francescas Erregung war. Ohne Zweifel hatte Regina ihr unmissverständlich klar gemacht, dass sie nicht gut genug für ihren Monty sei. Wäre Francesca schon seine Frau, würde er sich Regina vorknöpfen, doch im Moment war Reginas Verhalten ihm nur recht, da sie ihm Francesca direkt in die Arme trieb ...

Als Francesca die *Marylou* nirgendwo am Ufer erblickte, machte sie sich auf zum Pier, wo sie Ned antraf, der unruhig auf und ab ging. Er wirkte sehr besorgt.

»Wo ist die *Marylou*, Ned? Ich habe sie am Ufer nirgends entdecken können.«

Ned schüttelte den Kopf. »Joe hat mich zum Laden geschickt. Als ich zurückkam, war er weg.«

»Was meinst du mit ›weg‹, Ned?«

»Er ist zurzeit ziemlich am Boden, Francesca. Ich fürchte, er hat etwas vor ...«

»Und was?«

»In den letzten Tagen hat er immer wieder Andeutungen gemacht ...«

»Was für Andeutungen?« Francesca bekam es mit der Angst. »Will er sich etwas antun?«

»Bestimmt nicht. Aber ich befürchte, dass er vorhat, die *Marylou* abzufackeln.«

»Die *Marylou* abfackeln!« Francesca wollte ihren Ohren nicht trauen. Sie wusste, dass ihr Vater den Mut verloren hatte, aber sie hatte nicht geahnt, dass seine Verzweiflung so groß war.

»Er hat gesagt, dass er das Schiff lieber ansteckt, als es Silas zu überlassen, und ich kann es ihm nicht verübeln.«

Francesca stockte der Atem. »Wo ist Lizzie?«

Neds Augen wurden groß. Er war so sehr mit Joe beschäftigt gewesen, dass er Lizzie glatt vergessen hatte. »O Gott. Sie muss noch an Bord sein!«

Verzweifelt ließ Francesca den Blick in beide Richtungen über den Fluss schweifen. »Ob Dad weiß, dass sie noch an Bord ist?«

Ned zuckte die Achseln. »Ich habe ihm gesagt, dass du unterwegs bist, um etwas zu erledigen. Wahrscheinlich meint er, dass Lizzie dich begleitet hat ... falls er überhaupt noch an sie gedacht hat. Er ist zurzeit völlig durcheinander, Frannie.«

»Wir müssen die *Marylou* schnellstens ausfindig machen und ihn davon abhalten, Ned! Womöglich schläft Lizzie noch in meiner Kajüte!«

»Ich warte auf Neal. Er holt gerade sein Schiff.« Am Pier lagen noch vereinzelt ein paar Dampfer, während die meisten mit ihrer Fracht bereits abgelegt hatten. Die verbliebenen Schiffe wurden soeben beladen oder die Ladung gelöscht, sodass Ned wusste, dass es keinen Zweck hatte, einen der Kapitäne um Hilfe zu bitten, die *Marylou* zu suchen. Sie alle standen unter Termindruck. Unschlüssig, was sie tun sollten, spähte Ned flussabwärts, wo plötzlich der Bug der *Ophelia* in der Krümmung in Sicht kam. Im nächsten Moment erscholl die Dampfpfeife.

»Da ist er«, stieß Francesca erleichtert hervor. »Hast du gefragt, ob jemand beobachtet hat, in welche Richtung die *Marylou* abgelegt hat?«

»Ja, wobei ich widersprüchliche Angaben erhalten habe, aber zwei der Hilfsmatrosen waren sich sicher, dass sie flussabwärts gefahren ist.«

»Hast du eine Idee, welches Ziel Dad ansteuern könnte?«

Ned seufzte und rieb sich die grauen Bartstoppeln am Kinn. Darüber hatte er sich den Kopf zerbrochen, seit er entdeckt hatte, dass Joe und die *Marylou* fort waren. »In dieser

Gemütsverfassung wird er sich wohl eine abgeschiedene Stelle auf dem Fluss suchen, wobei er ohne mich nicht allzu weit kommen dürfte. Ich vermute, dass er die Campaspe-Mündung ansteuert und von dort auf dem Campaspe River weiterfährt. Aber ich kann mich auch irren.«

»Wir können uns bloß auf deinen Instinkt verlassen, Ned.«

Während der Fahrt flussabwärts auf der *Ophelia* erzählte Ned Neal und Francesca, dass Joe sich ziemlich sicher war, dass Silas hinter dem Brandanschlag auf Ezra Pickerings Werft steckte. Zudem war er überzeugt, dass Silas auch für seine derzeitige Pechsträhne verantwortlich war. Anfangs reagierten Neal und Francesca schockiert, doch dann erzählte Ned ihnen, Joe habe von Ezra erfahren, dass Silas ihn erpresst hatte, Joe keine Aufträge mehr zu geben, um dessen Einverständnis zur Ehe zwischen Francesca und Silas zu erzwingen. Neal wollte es zunächst nicht glauben, doch als Francesca errötete und einräumte, dass Silas ihr angeboten hatte, ihrem Vater sämtliche Schulden zu erlassen, falls sie ihm das Jawort gäbe, stieg ihm die Galle hoch.

»Joe ist ebenfalls davon überzeugt, dass Silas jemanden beauftragt hat, den Unfall von Dolan O'Shaunnessey zu inszenieren«, fuhr Ned fort. »Joe ist deswegen völlig außer sich ... schließlich hat Dolan Frau und Kinder, die auf ihn angewiesen sind, und wir alle wissen, wie viel Arbeit Ezra in sein Geschäft gesteckt hat.«

»Man sollte ihm einen Riegel vorschieben«, sagte Francesca, die daran denken musste, was Silas der armen Lizzie angetan hatte. Hinzu kam, dass Ezra jetzt noch seine Werft besäße und Dolan O'Shaunnessey nicht schwer verletzt worden wäre, hätte Joe Silas' Angebot akzeptiert. Mit dieser schrecklichen Last musste sie von nun an leben.

»In seiner Wut fängt Joe an, unvernünftig zu handeln«, bemerkte Ned. »Ich möchte dir ja keine Angst einjagen, Francesca, aber ich mache mir ernsthafte Sorgen darüber, was er vorhat.«

Lizzie wurde von einem lauten Knall geweckt. Als sie sah, dass Francesca nicht neben ihr lag, verfiel sie in Panik, die sich steigerte, als sie einen Blick durch die Luke geworfen und festgestellt hatte, dass sie Fahrt machten. »Wir sind nicht mehr im Hafen«, flüsterte sie und lauschte dem Tuckern der Maschine und dem Rauschen der Radschaufeln, die durchs Wasser pflügten. Sie fragte sich, ob Francesca erwähnt hatte, dass sie ablegen würden, konnte sich aber nicht daran erinnern.

Plötzlich vernahm sie eine laute, zornige Männerstimme. »Silas«, murmelte sie und begann zu zittern. »Silas ist an Bord. Bestimmt hat er die *Marylou* übernommen.« In Lizzies Albträumen war er an Bord gekommen und hatte sie verschleppt. Jetzt bringt er es zu Ende, dachte sie. Weil er weiß, dass ich Francesca gesagt habe, was er getan hat, bringt er mich jetzt um ...

Lizzie überlegte fieberhaft. Wie konnte sie fliehen? Ans Ufer kam sie nicht, weil sie nicht schwimmen konnte. Plötzlich bemerkte sie, dass die Schaufelräder sich nicht mehr drehten. Gleich darauf spürte sie, wie das Schiff ans Ufer stieß. Dann erstarb die Maschine. Zitternd und mucksmäuschenstill verharrte Lizzie und spitzte die Ohren. Kurze Zeit später hörte sie jemanden im Gang vor ihrer Tür. Nach dem zweiten Klopfen war sie überzeugt, dass Silas davor stand. Mit einem Satz sprang sie aus der Koje und versteckte sich, wobei sie einen Schmerzensschrei unterdrücken musste, weil ihr geschundener Körper auf die plötzliche Muskelanspannung reagierte. Sie hatte das Gefühl, als würden ihre Rippen die Lunge durchbohren.

In diesem Augenblick flog die Tür von Francescas Kajüte auf. Lizzie hatte sich in einen schmalen Wandschrank gezwängt, in dem Francescas Kleider hingen. Sie hatte schreckliche Schmerzen und eine solche Angst, dass sie kaum Luft bekam. Kurz darauf wurde die Tür wieder zugeschlagen.

Nachdem sich mehrere Minuten lang nichts geregt hatte, nahm Lizzie ihren ganzen Mut zusammen und öffnete vorsichtig die Schranktür. Sie lauschte, ob sie Silas hörte; stattdessen stieg ihr ein merkwürdiger Geruch in die Nase. Prüfend schnupperte sie. Rauch! Im ersten Moment nahm sie an, dass am Ufer ein Feuer brannte, doch gleich darauf sah sie, dass der Rauch unter ihrer Tür hereindrang, sodass sie vor Panik beinahe ohnmächtig wurde.

»O Gott, er will mich bei lebendigem Leib verbrennen!« Es übertraf ihre schlimmsten Albträume. Schreiend riss sie die Tür der Kajüte auf. In dem schmalen Gang draußen brannte ein Stapel Holz. Es war nicht zu übersehen, dass das Feuer absichtlich gelegt worden war. Lizzies Verstand raste. Silas musste ihr nachspioniert und abgewartet haben, bis sie allein an Bord war. Bestimmt hatte er durchschaut, dass sie sich in dieser Kajüte versteckte. Deshalb hatte er das Feuer vor ihrer Tür entfacht. Er wollte sie beseitigen, ohne in Verdacht zu geraten.

Lizzie versuchte, am Feuer vorbeizukommen, doch es gelang ihr nicht. Es gab keinen Ausweg. Sie saß in der Falle.

»Wir müssen Dad dringend finden, Neal«, sagte Francesca. Sie stand neben ihm im Ruderhaus. Ned war nach unten in den Kesselraum gegangen, um Holz nachzulegen. Aufgebracht, wie er war, holte Neal alle Kraft aus der Maschine der *Ophelia* heraus und fuhr mit Höchstgeschwindigkeit.

»Wir finden ihn, Francesca«, sagte er und legte beschützend den Arm um ihre Schulter. »Mir will nicht in den Kopf, dass Joe fähig ist, die *Marylou* in Brand zu stecken.«

»Ich kann es auch nicht begreifen. Aber ich kann mir gut vorstellen, dass der Gedanke, die *Marylou* an Silas abzugeben, Dad das Herz bricht. Hoffentlich kommen wir noch rechtzeitig. Was für ein Glück, dass die Reparaturen an deinem Schiff so schnell erledigt waren.«

»Eigentlich sollte die *Ophelia* erst in einigen Wochen fertig sein«, entgegnete Neal stirnrunzelnd. »Ich habe gesehen, dass andere Schiffe, die schon länger im Trockendock liegen, immer noch nicht fertig sind.« Er blickte Francesca an und hatte plötzlich den Verdacht, dass jemand im Hintergrund die Fäden gezogen hatte. Aber wer und warum? Und was versprach der Betreffende sich davon?

Joe stand am Ufer, eine Flasche Rum in der Hand. Erneut nahm er einen Schluck, während er schwermütig zusah, wie immer größere Rauchschwaden von der *Marylou* emporstiegen. Obwohl sein ganzes Herz an dem Schiff hing, war es ihm lieber, es lag auf dem Grund des Flusses, als Silas Hepburn die Genugtuung zu verschaffen, es ihm wegzunehmen.

Plötzlich zerriss ein schriller Schrei die Luft. Entsetzt ließ Joe die Flasche fallen, die vor seinen Füßen auf den Klippen zerschmetterte. »Francesca«, brüllte er, und alle Farbe wich aus seinem Gesicht. Er überlegte fieberhaft. Er war sicher, dass Ned ihm gesagt hatte, Francesca sei unterwegs, um etwas zu erledigen; nun fragte er sich, ob er Ned missverstanden hatte und Francesca noch an Bord war.

Mit einem Satz sprang er an Deck und rannte zu Francescas Kajüte, doch die Hitze des Feuers ließ ihn zurückweichen. Plötzlich bemerkte er eine Frau hinter den Flammen, die in panischem Entsetzen schrie, und ihm blieb fast das Herz stehen. Er versuchte, am Feuer vorbeizukommen, doch es gelang ihm nicht.

»Helfen Sie mir!«, schrie Lizzie. »Sonst verbrenne ich!« Sie hatte bereits versucht, sich durch eine Luke zu zwängen, aber diese war zu eng.

»Halten Sie durch!«, rief Joe ihr zu. Er schnappte sich ei-

nen Eimer an einem Seil, den er in hohem Bogen über Bord
warf, um Wasser zu schöpfen. Es schien eine Ewigkeit zu dauern, bis der Eimer voll war. Die Sekunden kamen ihm wie
Stunden vor, während die Angstschreie der Frau in seinen
Ohren hallten. Nachdem er den Eimer eingeholt hatte, goss
er das Wasser in die Flammen. Entsetzt beobachtete Lizzie,
dass es kaum Wirkung zeigte.

»O Gott«, rief Joe verzweifelt. Beim Anblick des angster-
füllten, zerschundenen Gesichts der Frau war er versucht,
durch die Flammen zu rennen und sie ans Freie zu tragen,
doch die Hitze drängte ihn zurück. »Holen Sie eine Decke«,
rief er ihr zu. »Schnell!«

Lizzie stand kurz vor einer Ohnmacht und reagierte nicht.

»Schnappen Sie sich eine Decke«, rief Joe erneut. »Los!«

Dieses Mal hatte Lizzie ihn gehört und riss sich zusammen. Sie verschwand in Francescas Kajüte. Gleich darauf
kam sie mit einer Decke wieder heraus. »Was soll ich damit
machen?«, schrie sie.

»Werfen Sie sie übers Feuer«, rief Joe.

Lizzie zögerte.

Joe wusste, wenn Lizzie nicht innerhalb der nächsten Sekunden reagierte, war es zu spät. »Machen Sie schon!«

»Ich ... kann nicht«, sagte Lizzie, die vor den Flammen zurückwich.

»Sie müssen, sonst sind Sie verloren«, brüllte Joe. Einen
Augenblick lang sahen er und Lizzie sich durch die Flammen
hindurch an. An Joes Gesichtsausdruck erkannte Lizzie, dass
sie sich jetzt selbst helfen musste, wenn sie nicht sterben wollte. Sie hatte sich zwar oft vorgestellt, wie Silas sie umbringen
würde, aber an diese Möglichkeit hatte sie nicht gedacht.

Die Flammen schlugen immer höher. Lizzie warf die Decke in die Mitte des Feuers, wo sie zu einem Haufen Asche
zusammenfiel. Zu Lizzies Erstaunen erstickte sie einen Teil
der Flammen, aber es bewirkte kaum etwas. In der Zwischen-

zeit hatte Joe den Eimer erneut mit Wasser gefüllt, mit dem er auf die Decke im Brandherd zielte, um sofort darauf mit dem leeren Eimer wieder loszurennen. Lizzie eilte erneut in die Kajüte und kam mit einer weiteren Decke zurück. Vom Rauch musste sie husten und würgen; dennoch warf sie die Decke über die brennenden Planken und versuchte erneut, durch das Feuer zu kommen, aber ihre Angst war zu groß.

Joe kippte einen weiteren Eimer Wasser ins Feuer, dann schnappte er sich den Zipfel der schwelenden Decke, um sie ganz über dem Brandherd auszubreiten. Er versengte sich die Hände, ließ sich aber nicht beirren. Augenblicke später trampelte er auf der Decke herum, und endlich, nach einer scheinbaren Ewigkeit, war das Feuer erstickt. Tief und rasselnd holte er Luft und bekam einen Hustenanfall.

»Himmel, wer sind Sie? Was haben Sie hier verloren?«, brüllte er Lizzie an. Am Abend zuvor war er wegen Ezra außer sich gewesen, deshalb hatte er ganz vergessen, dass Francesca eine Frau an Bord gebracht hatte.

»Ich habe geschlafen ... in Francescas Kajüte«, gab Lizzie hustend zurück und wischte sich die Tränen aus dem zerschundenen Gesicht. »Mein Name ist Lizzie ... Lizzie Spender. Sie müssen Francescas Vater sein, Joe Callaghan. Sie haben mir das Leben gerettet. Danke.« Tränen der Erleichterung rannen ihr übers Gesicht.

»Aber ich habe in Frans Kajüte nachgesehen«, sagte Joe verwundert. Wie konnte er vergessen haben, dass Francesca eine Frau an Bord gebracht hatte? »Und da habe ich Sie nicht gesehen.« Der Gedanke, was er beinahe angerichtet hätte, erschütterte ihn bis ins Mark.

»Ich dachte, Sie wären ...« Lizzie stockte. »Ich habe eine wütende Stimme gehört und bekam es mit der Angst, deshalb habe ich mich im Wandschrank versteckt. Wie ... wie ist das Feuer denn ausgebrochen?« Sie wurde nicht schlau daraus, wer den Brand gelegt hatte.

Joe ließ den Kopf hängen. Von seinen Gefühlen übermannt, liefen ihm die Tränen über die Wangen.

Lizzie stand unschlüssig da. Abwechselnd wanderte ihr Blick von Joe zu den rauchgeschwärzten schwelenden Brandflecken auf dem Boden vor Francescas Kajüte. Nach und nach dämmerte ihr, dass Joe für den Brand verantwortlich war und dass nur wenige Sekunden sie vom Tod getrennt hatten. »Warum haben Sie Ihr eigenes Schiff in Brand gesteckt?«

Joe gab keine Antwort.

»Wegen der Versicherung?«, fragte sie entsetzt.

Joe schüttelte den Kopf. »Ich bin nicht versichert«, murmelte er. »Ich konnte die Prämie nicht mehr aufbringen.«

»Warum haben Sie Ihr Schiff dann angesteckt, Joe? Ich darf Sie doch Joe nennen?«

»Wir legen hier keinen Wert auf Förmlichkeiten«, entgegnete er und musste immer noch kämpfen, um sich zusammenzureißen. »Ich kann die Raten für das Darlehn von Silas Hepburn nicht mehr bezahlen und habe die *Marylou* als Sicherheit angegeben.« Erneut stieg Wut in ihm hoch. »Ich war ein verdammter Narr, aber trotzdem sehe ich mein Schiff lieber auf dem Grund des Flusses, als es diesem Mistkerl zu überlassen.«

Lizzie fragte sich unwillkürlich, wie vielen Menschen Silas das Leben zur Hölle machte. Ihre Stammkunden hatten ihr schon öfter das Herz ausgeschüttet. Daher wusste sie, dass Silas von vielen Leuten gehasst wurde, die Opfer seiner Gier geworden waren.

»Lieber sterbe ich, als mein Schiff diesem Kerl zu überlassen«, brummte Joe, schob sich an Lizzie vorbei und stieg in den Maschinenraum hinunter. Kurz darauf hörte Lizzie ihn an Deck und ging zu ihm. Er hielt einen Kanister Petroleum in der Hand. Nun nahm er den Deckel ab und kippte den Inhalt übers Deck und in den Kajütengang.

»Was tun Sie da?«, sagte Lizzie und hielt ihn am Arm fest.

»Wonach sieht es denn aus?«, entgegnete Joe gereizt.

Sie begriff, dass er vorhatte, die *Marylou* ein zweites Mal in Brand zu setzen. »Tun Sie das nicht, Joe! Francesca liebt dieses Schiff!«

Wütend schüttelte Joe sie ab. »Auch ich liebe die *Marylou*, aber ich werde Silas Hepburn nicht die Genugtuung geben, dass er sie mir wegnimmt.«

»Dann verstecken sie es«, sagte Lizzie. Eine verrückte Idee, aber etwas anderes fiel ihr nicht ein.

Joe schüttelte den Kopf. Er hatte selbst bereits daran gedacht, sie auf einem der Nebenflüsse zu verstecken oder sogar bis zur Mündung ins Meer und anschließend die Küste hinauf zu fahren, aber das war auf Dauer auch keine Lösung.

Das Stampfen einer Dampfmaschine, begleitet vom Geräusch der Schaufelräder, ließ Lizzie und Joe aufhorchen. Sie wandten sich um und sahen die *Ophelia,* die sich auf dem Campaspe näherte.

»Verdammt«, stieß Joe hervor und ließ den Kanister fallen. »Gehen Sie von Bord, Lizzie!«

Lizzie ahnte, dass er das Feuer entfachen würde, sobald sie an Land war. »Nein, Joe, das lasse ich nicht zu.«

»Runter von meinem Schiff! Sofort!« Er zündete ein Streichholz an und streckte den Arm vor.

Lizzie erkannte, wie verzweifelt er war. »Nein, Joe! Bitte nicht! Bestimmt gibt es eine andere Lösung.«

Von weitem erkannte Francesca ihren Vater und Lizzie an Deck, und sie stürzte an den Bug der *Ophelia.* Die Körpersprache der beiden schien zu vermitteln, dass Lizzie ihren Vater anflehte. »Dad«, rief sie laut. Er hörte sie nicht, sodass sie lauter schrie.

Dieses Mal horchte Joe auf, weil er meinte, die Stimme seiner Tochter gehört zu haben. Er wandte sich zum Dampfer um, der sich näherte. »Tut mir Leid, mein Mädchen«, flüsterte er.

Im selben Moment schnappte Lizzie sich das Streichholz, rutschte jedoch auf dem Petroleum aus und fiel auf die Planken, das brennende Streichholz in der Hand. Im Nu war die Vorderseite ihres Nachthemds mit Petroleum getränkt, und obwohl es ihr gelang, das Streichholz weit genug wegzuhalten, verbrannte es ihre Finger.

Joes Augen waren vor Entsetzen weit aufgerissen. Er wusste, dass in weniger als einer Sekunde die Flamme das Petroleum erreichen würde und warf sich auf Lizzie, um das Streichholz zu löschen. Vor Angst und Schmerzen schrie sie laut auf, sodass er sich rasch wieder aufrappelte und sie vom Deck aufhob. In dem Glauben, ihr Nachthemd habe Feuer gefangen, sprang er über die Schiffsflanke ins seichte Wasser des Campaspe River, Lizzie in den Armen.

Als die *Ophelia* neben der *Marylou* zum Stehen kam, kämpfte Joe sich mit Lizzie durch das schenkelhohe Wasser.

»Was hast du getan, Dad?«, rief Francesca verzweifelt.

»Es ist ... schon gut«, brachte Lizzie mühsam hervor. Sie zitterte, doch sie war am Leben. Nach der Misshandlung durch Silas hatte sie zunächst befürchtet, Joe würde sie ertränken. Erst nachdem er sie an Land getragen und sich nach ihrem Befinden erkundigt hatte, wurde Lizzie klar, dass er sie gerettet hatte. Die Erleichterung in seinem Gesicht und seine behutsame Fürsorge rührten sie tief im Herzen.

Kurze Zeit später sprangen Francesca, Neal und Ned an Land. Joe kauerte neben Lizzie, den Kopf auf den Knien. Erschrocken bemerkte Francesca die Brandwunden an seinen Händen.

»Du bist verletzt«, sagte sie.

»Nicht der Rede wert«, gab er zurück.

Ned und Neal stiegen an Bord der *Marylou* und machten sich daran, das Öl vom Deck zu waschen, da der kleinste Funken genügte, um es in Brand zu setzen.

»Ich weiß, ich habe dich enttäuscht, mein Mädchen«, sagte

Joe, »aber ich bringe es nicht über mich, die *Marylou* an Silas Hepburn abzutreten. Ich kann es einfach nicht.«

»Oh, Dad.« Francesca umarmte ihren Vater. »Ich kann dich ja verstehen.« Ihre Augen füllten sich mit Tränen.

»Ich weiß, du glaubst fest daran, dass alles wieder gut wird, mein Mädchen, aber ich bin nun mal ein Mann, der den Tatsachen ins Auge sieht. Und Tatsache ist, dass Silas mir die *Marylou* wegnehmen wird. Deine Mutter würde sich im Grab umdrehen, wenn sie das wüsste.«

»Er lässt dir das Schiff, wenn ich ihm mein Jawort gebe.«

Joe war mit einem Satz auf den Beinen. »Du darfst ihn nicht heiraten! Das lasse ich nicht zu! Lieber verliere ich die *Marylou*!«

»Und ich lasse nicht zu, dass du das Schiff verlierst, Dad. Sieh nur, wohin es dich getrieben hat.«

An Deck der *Marylou* hatten Neal und Ned das Gespräch zwischen Francesca und ihrem Vater am Ufer mitgehört.

»Du darfst diesen Kerl nicht heiraten«, stieß Neal mürrisch hervor.

»Auf keinen Fall«, pflichtete Ned ihm bei.

»Vielleicht muss ich ja gar nicht so weit gehen«, sagte Francesca nachdenklich.

»Was meinst du damit?«, fragte Joe.

»Ich könnte mich erst einmal mit ihm verloben. Das würde dir mehr Zeit verschaffen, das Geld für die fälligen Schulden aufzutreiben.«

»Silas ist nicht dumm«, bemerkte Lizzie.

»Ich auch nicht«, sagte Francesca. »Es ist ein gewaltiger Unterschied, ob ich ihm verspreche, ihn zu heiraten, und ob ich es dann auch tatsächlich wahrmache.« Francesca blickte ihren Vater an. »Als seine Verlobte könnte ich dir wahrscheinlich lukrative Aufträge verschaffen.«

»Silas wird dich wegen falscher Versprechen drankriegen, wenn du vor der Hochzeit einen Rückzieher machst.«

»Gut möglich. Aber er ist ein Ungeheuer. Und da er die Finger nicht bei sich lassen kann, werde ich ihn früher oder später mit einer anderen Frau erwischen. Und das verschafft mir einen Grund, die Verlobung zu lösen.«

»Silas ist zu raffiniert, um darauf hereinzufallen«, sagte Lizzie.

»Mag sein, dass er nicht so leicht hinters Licht zu führen ist, aber ich kann auch ganz schön raffiniert sein.«

Joe schüttelte den Kopf. Der Plan war ihm zu riskant. »Das ist verrückt.«

»Ich will dir doch nur Zeit verschaffen, Dad. Ich werde niemals seine Frau. Niemals!«

Regina fand Claras Gesellschaft ausgesprochen anregend und war entzückt, dass sie sich nicht nur zu einer schönen jungen Frau entwickelt hatte, sondern zudem mit Verstand und Reife gesegnet war – und mit ausreichend Ehrgeiz, um einen Mann wie Monty zu beeindrucken. Je länger die Unterhaltung dauerte, desto mehr war Regina überzeugt, dass Clara die Richtige war, um Monty Francesca vergessen zu lassen. Ein weiterer Vorteil bestand darin, dass Claras Familie zahlreiche Geschäfte in Moama besaß.

Sie genehmigten sich Tee und frischen Zimtkuchen, als Regina plötzlich Montys Kutsche hörte und durchs Salonfenster nach draußen schaute, wo er vor der Veranda soeben vom Bock stieg.

»Entschuldigen Sie mich kurz, Clara«, sagte sie und ging rasch in die Eingangshalle, um Monty vorzuwarnen, dass sie Besuch hatten. In letzter Zeit lief er ständig mit finsterer Miene herum, und sie wollte vermeiden, dass Clara ihm in dieser Verfassung begegnete. Wenn Monty seinen ganzen Charme spielen ließ, konnte er jeder Frau den Kopf verdrehen, doch wenn er schlechter Laune war – was allerdings selten vorkam –, gab er sich unfreundlich, ja desinteressiert.

»Monty«, begrüßte sie ihn und musterte mit einem Blick seine Erscheinung, wobei ihr seine staubigen Stiefel ins Auge stachen. »Zieh dir saubere Sachen an. Ich habe einen Gast zum Tee. Du kommst nie darauf, wer es ist.«

Montys Gesicht hellte sich schlagartig auf. »Francesca!«

»Nein, Clara Whitsbury.«

Monty runzelte die Stirn.

»Die Whitsburys sind vor einigen Jahren nach Moama umgezogen. Früher hat ihnen das Kornhaus am nördlichen Ende der High Street gehört. Erinnerst du dich?«

»Ja ... glaub schon«, entgegnete Monty zerstreut.

Sein Mangel an Begeisterung ärgerte Regina. »Was ist los mit dir?«

»Nichts, Mutter. Ich bin nur nicht in der Stimmung für Clara. Ich habe die ganze Zeit nach Francesca Ausschau gehalten, habe sie aber seit Tagen nicht gesehen.«

Regina wusste, dass sie alles daransetzen musste, Monty von Francesca abzubringen. »Hör zu, mein Sohn. Ich möchte dir nicht wehtun, aber Francesca verbringt viel Zeit mit Neal Mason, und du hast selbst gesagt, dass er in sie verliebt ist ...«

Monty starrte sie finster an.

»Ich will nicht behaupten, dass die beiden ein Verhältnis haben«, fuhr sie fort, »aber es kann nicht schaden, die Augen offen zu halten.«

»Ich glaube nicht, dass Francesca viel Zeit mit ihm verbringt.«

»Was meinst du damit? Du hast doch nicht etwa eine Dummheit begangen, Monty?«

»Natürlich nicht. Ich habe erfahren, dass Neals Schiff nicht mehr im Trockendock liegt. Also wird er vermutlich wieder selbst auf dem Fluss unterwegs sein.«

»Geh bitte nach oben, und mach dich frisch, Monty. Anschließend leistest du mir und Clara beim Tee Gesellschaft, ja?«

»Ich bin nicht an Clara oder sonst jemandem interessiert, Mutter! Hör endlich auf, dich einzumischen. Ich liebe Francesca, und daran wird sich nichts ändern, auch wenn du mir noch so viele Frauen vorführst.«

Monty stürmte nach draußen.

»Tja, mein Sohn, ich bedaure, aber du kannst sie nicht haben«, murmelte Regina tonlos. »Und was Clara betrifft, wirst du mir eines Tages dankbar sein, dass ich die Initiative ergriffen habe.«

»Mir gefällt die Idee überhaupt nicht, Francesca. Allein die Vorstellung, dass du dich mit diesem Kerl einlässt, ist unerträglich.« Joe hatte eine Nacht darüber geschlafen und war noch immer nicht glücklich mit Francescas Plan.

»Dein Vater hat Recht«, sagte Ned, während er allen Tee einschenkte. »Es muss eine andere Möglichkeit geben.«

»Die gibt es aber nicht, Ned«, entgegnete Francesca. Ihr war der Gedenke ebenfalls zuwider, aber sie konnte es nicht ertragen, ihren Vater so verzweifelt zu sehen, dass er so weit gegangen war, die *Marylou* anzuzünden. Schließlich lag es in ihrer Macht, ihm zu helfen. »Ich habe noch einmal gründlich darüber nachgedacht und auch mit Lizzie darüber gesprochen. Es könnte klappen, vorausgesetzt, wir bestehen auf einer langen Verlobungszeit.«

»Falls wir uns tatsächlich darauf einlassen, bestehe ich aber darauf, meine Schulden weiterhin abzubezahlen. Ich will von dem Kerl keine Almosen«, sagte Joe.

»Ja, sicher, Dad«, sagte Francesca, die Verständnis für seinen Stolz hatte. »Allerdings nicht zu dem Wucherzins, den er von dir verlangt. Mit meiner Hilfe würde es dir schneller gelingen, die Grundschuld zu tilgen. Deshalb werde ich darauf bestehen, weiterhin auf der *Marylou* zu fahren.«

»So könnte Francesca sich Silas vom Leib halten«, ergänzte Lizzie. Die beiden hatten ein Gespräch in Francescas Kajüte geführt und gemeinsam überlegt, wie sie Silas Hepburn aus dem Weg gehen könnten. Francesca war bewusst, dass sie gezwungen sein würde, hin und wieder mit ihm zu Abend zu essen, aber sie hatte vor, sich Silas so oft wie möglich zu entziehen.

Joe freundete sich allmählich mit dem Vorschlag an, zumal der Plan tatsächlich aufgehen konnte, und er war erleichtert, dass Francesca bei ihm bleiben würde. Wenn Silas seine Arbeit nicht mehr sabotierte, würde er den Kredit abbezahlen können; sobald sie schuldenfrei waren, konnte Francesca die Verlobung lösen.

»Ich bin Silas gestern in der Stadt begegnet«, sagte Francesca. »Er hat mich gebeten, ihm heute beim Abendessen im Bridge Hotel Gesellschaft zu leisten. Ich habe ihm keine klare Antwort gegeben, deshalb ist es eine gute Gelegenheit, diese Sache mit ihm zu bereden, Dad. Sollte er mit unseren Bedingungen nicht einverstanden sein, werde ich mich nicht mit ihm verloben.«

Joe schwieg für einen Moment. »Also gut«, stieß er schließlich mit unverhohlenem Widerwillen hervor. »Aber du wirst diesen Mann unter gar keinen Umständen heiraten. Sollte er dich unter Druck setzen, kann ich für nichts garantieren.«

Auf dem Weg zum Hotel überfielen Joe wieder Zweifel. »Wie soll ich es bloß schaffen, so zu tun, als würde ich mich freuen, Frannie? Ich dachte immer, dass der Tag, an dem du den Heiratsantrag eines jungen Mannes annimmst, mich mit Glück und Stolz erfüllt. Aber wie soll ich mich darüber freuen, dass du dich mit Silas Hepburn verlobst, zumal er mein Gläubiger ist?«

»Denk immer daran, dass es nur zum Schein geschieht, Dad.«

»Aber es wird nicht so aussehen, Fran. Man kann Silas Hepburn vieles vorwerfen, aber er ist bestimmt kein Dummkopf.«

»Ich weiß, Dad.« Auch Francesca hatte ihre Zweifel, wie sie sich in der Rolle als Verlobte schlagen würde, zumal sie bei dem bloßen Gedanken daran eine Gänsehaut überlief. »Wenn du es schaffst, Dad, schaffe ich es auch. Denk immer nur daran, dass es dazu dient, die *Marylou* zu retten. Außerdem … wenn wir nichts unternehmen, fügt Silas weiterhin unschuldigen Menschen Schaden zu.«

Joe machte sich Vorwürfe, als er daran dachte, was Ezra Pickering und Dolan O'Shaunnessey zugestoßen war. Es war einer der Gründe, sich überhaupt auf diese Sache einzulassen. »Aber niemand wird mich verstehen. Schließlich weiß jeder, dass Silas mir verhasst ist. Wie sollen die Leute da begreifen, dass ich diesem Schuft die Hand meiner Tochter gebe?«

»Ja, das wird für Verwirrung sorgen, aber ich glaube nicht, dass Leute wie Ezra Pickering lange brauchen, um eins und eins zusammenzuzählen.«

»Silas aber auch nicht.«

»Stimmt. Deshalb müssen wir uns vollkommen sicher sein, dass wir die Sache durchziehen. Wir können uns keine Zweifel erlauben, Dad – nicht, wenn wir die *Marylou* behalten wollen.«

Sie setzten ihren Weg fort. »Ich brauche aber vorher einen ordentlichen Schluck, damit mir das Essen nicht wieder hochkommt, wenn ich Silas gegenübersitze«, sagte Joe.

Francesca hakte sich bei ihm ein. »Wir schaffen das schon. Ich weiß es. Denk einfach daran, was für ein Gesicht Silas machen wird, wenn ich unsere Verlobung platzen lasse, sobald wir schuldenfrei sind.«

Überrascht und sichtlich erfreut begrüßte Silas Francesca, zumal er nicht damit gerechnet hatte, dass sie seiner Einladung nachkommen würde. Doch als sein Blick auf Joe fiel, verflog seine Hochstimmung. Joe verkehrte für gewöhnlich nicht in seinen Häusern; außerdem trug er seinen Sonntagsanzug, was vermuten ließ, dass er an dem Abendessen teilnehmen wollte. Aber warum?

»Guten Abend, Silas«, grüßte Joe steif.

»Guten Abend, Joe«, erwiderte Silas bedächtig. »Francesca, Sie sehen wieder einmal bezaubernd aus.«

Sein schmeichelnder Tonfall ließ Joes Missmut wachsen.

Francesca sah nervös zu ihrem Vater. »Vielen Dank, Mr Hepburn.«

Es gefiel Silas nicht, dass Francesca ihn so förmlich anredete, zumal es ihm vor Augen führte, dass er alt genug war, um ihr Vater zu sein. Doch Francesca bezweckte damit, eine gewisse Distanz zwischen ihnen beiden zu wahren.

»Mein Vater wird uns beim Essen Gesellschaft leisten, Mr Hepburn.«

»Ach ja?«, entgegnete Silas neugierig. Offenbar wollte Joe etwas von ihm, und Silas vermutete, dass er um einen Zeitaufschub für die Ratenzahlung bitten würde. Aber da würde er auf Granit beißen ...

»So ist es, Silas«, sagte Joe. »Ich möchte mit Ihnen über ...«, er stockte kurz und holte tief Luft, »... über Ihre Absichten sprechen, was meine Tochter betrifft.«

Silas war verdutzt; gleichzeitig keimte sein Hochgefühl wieder auf. Er hatte zwar nicht damit gerechnet, aber gehofft, dass Joe sich mit der Vorstellung anfreundete, ihm Francescas Hand zu geben. Silas hatte sich sogar schon vorgenommen, notfalls schwerere Geschütze aufzufahren, um Joe zu überzeugen, und entsprechende Pläne geschmiedet. Aber Joe hatte offenbar erkannt, dass er diesen Kampf nicht gewinnen konnte.

»Heißt das, Sie sind damit einverstanden, dass ich Ihre Tochter heirate?«, fragte Silas begierig.

Francesca und Joe hatten sich abgesprochen, die Worte »heiraten« oder »Hochzeit« nicht in den Mund zu nehmen.

»Ich bin einverstanden, dass Sie sich mit meiner Tochter verloben, vorausgesetzt, Sie sind mit unseren Bedingungen einverstanden.«

Silas' Augen wurden schmal. »Bedingungen?«

»Könnten wir uns setzen und einen Schluck trinken?«, sagte Joe. Er brauchte jetzt dringend einen doppelten Whisky.

»Selbstverständlich.«

Silas führte Joe und Francesca an den besten Tisch und bestellte Whisky für die Männer und Limonade für Francesca.

»Sie haben die richtige Entscheidung getroffen, Joe«, sagte Silas, als die Getränke serviert wurden.

Joe bemerkte Silas' selbstgefälligen Unterton und stürzte seinen Whisky in einem Zug hinunter. »Das hoffe ich.«

»Was sind das für Bedingungen, die Sie erwähnten?«

»Ich gebe meine Zustimmung, dass Sie sich mit meiner Tochter verloben, vorausgesetzt, Sie halten eine bestimmte Verlobungszeit ein. Francesca ist noch jung.« Joe erstickte beinahe an seinen Worten. »Sie braucht Zeit, sich daran zu gewöhnen, dass sie einem Mann versprochen ist.«

»Ich verstehe«, entgegnete Silas und musterte Francesca lüstern. Ihre Gefühle waren ihm völlig gleichgültig; für ihn zählte allein, was er selbst empfand.

Francesca zuckte innerlich zusammen, während Joe beinahe das Glas in den Händen zerdrückte.

»Was das Darlehn betrifft ...«, begann Joe, wobei er in sein leeres Glas blickte und im Stillen um Kraft flehte.

»Da wir bald eine Familie sein werden, erlasse ich Ihnen die Schulden«, fuhr Silas rasch dazwischen. »Wie vereinbart.«

»Das werde ich nicht annehmen«, erwiderte Joe. »Ich möchte bezahlen, was ich schuldig bin.«

Silas sah ihn verwundert an.

»Abzüglich der Zinsen«, ergänzte Francesca.

Silas blickte sie an und nickte. Joe war und blieb ein ehrlicher Dummkopf, aber er, Silas, würde sein Geld gern nehmen.

»Mein Vater möchte arbeiten, Mr Hepburn«, sagte Francesca.

»Sag bitte Silas zu mir, Francesca. Wenn du dich mit mir verloben willst, solltest du nicht ›Mister Hepburn‹ zu mir sagen.« Plump tätschelte er ihre Hand. Francesca zuckte zusammen und kämpfte gegen das heftige Verlangen an, die Hand wegzuziehen.

»Silas«, sagte Francesca steif. »Sie ... du kannst doch dafür sorgen, dass mein Vater gute Aufträge bekommt, nicht wahr?« Sie rang sich ein charmantes Lächeln ab und legte ihre andere Hand auf das Knie ihres Vaters. Da sie Joes Stolz kannte, musste ihm diese Frage unerträglich scheinen.

»Selbstverständlich, Francesca«, entgegnete Silas und sah Joe zufrieden an. »Was immer es sein soll.«

»Ich bin froh, dass du es so siehst, weil ich weiterhin für meinen Vater arbeiten möchte, bis ...«

»Bis wir verheiratet sind«, ergänzte Silas. »Das soll mir recht sein, meine Teuerste. Du wirst noch feststellen, dass man ganz vernünftig mit mir reden kann.« Doch Silas hatte nicht die Absicht, eine lange Verlobungszeit hinzunehmen. Er würde Francesca ein paar Wochen Zeit einräumen und dann mit den Hochzeitsvorbereitungen beginnen.

»Dann bist du also mit einer längeren Verlobungszeit einverstanden? Und damit, dass mein Vater seine Schulden ohne Zinsen zurückzahlt? Und auch damit, dass ich weiter für ihn arbeite, solange unsere Verlobung andauert?«

»Ja«, bestätigte Silas. Seine Gedanken überschlugen sich. Er hatte den Verdacht, dass Francesca sich einer Heirat widersetzen würde, sobald Joe wieder Arbeit hatte und seine Schulden getilgt waren, aber er würde schon dafür sorgen, dass er und Francesca verheiratet waren, lange bevor Joe sein Darlehn abbezahlt hatte.

Bedrückt sah Joe seine Tochter an. »Dann ist es also abgemacht.«

Francesca nickte. Ihr Herz raste, und sie hatte Angst, doch sie zwang sich, Silas anzulächeln.

»Dann sind wir von nun an verlobt, und ich habe dein Eheversprechen«, sagte Silas mit lüsternem Grinsen. Er beugte sich vor und küsste Francesca auf die Wange. Sie roch seinen säuerlichen Atem, als seine feuchten Lippen ihre Haut berührten, und es gelang ihr nur mit Mühe, ihren Ekel zu verbergen.

Doch ihr Vater würde die *Marylou* behalten, und das allein zählte.

Silas bemerkte, dass Francesca bei seiner Berührung erstarrte, und ihm war schlagartig klar, dass das nicht auf ihre Schüchternheit zurückzuführen war. Sie verabscheute ihn. Aber das spielte keine Rolle, solange sie nur ihm gehörte. Und sie gehörte ihm so lange, bis er sie leid war!

Francesca schenkte ihrem Vater ein zuversichtliches Lächeln, doch Joe hatte bemerkt, wie Silas sie musterte, und teilte ihre Zuversicht nicht.

»Morgen werde ich unsere Verlobung öffentlich bekannt geben«, sagte Silas. Er orderte eine Flasche Champagner und verkündete den Anwesenden im Speiseraum, dass er sich mit Francesca verlobt habe.

Begleitet von erstaunten Ausrufen und Applaus sagte Joe ernst: »Augenblick mal, Silas. Sind Sie eigentlich schon von der letzten Mrs Hepburn rechtmäßig geschieden? Henrietta Chapman, so war doch ihr Mädchenname, nicht?«

Das Grinsen in Silas' Gesicht erstarb. »Die Scheidung wird in Kürze rechtskräftig. Ich erwarte jeden Tag die Urkunde.«

Joe zog die Stirn in Falten. »In diesem Fall schlage ich vor, Sie warten mit der Verlobungsfeier. Es hätte einen schlechten Beigeschmack, sich mit Francesca zu verloben, wenn Ihre Scheidung noch nicht in trockenen Tüchern ist. Da stimmen Sie mir doch zu?«

Silas' Mundwinkel zuckten. »Ja, ich schätze schon«, entgegnete er, offensichtlich nicht erfreut. »Ich werde mich mit meinem Notar in Verbindung setzen und ihn anweisen, sich mit den Dokumenten zu beeilen.«

»Lassen Sie sich ruhig Zeit, Silas. Da Ihre Verlobung ohnehin länger dauern wird, besteht kein Grund zur Eile für eine öffentliche Bekanntmachung oder eine Feier.«

Silas kochte vor Zorn, ließ sich aber nichts anmerken. »Trotzdem können wir ja schon mal auf das glückliche Ereignis anstoßen«, sagte er. Plötzlich fiel ihm das Gespräch über Francesca ein, das er mit Regina geführt hatte. »Wo wir gerade von trockenen Tüchern sprechen ... ich möchte gern noch etwas klarstellen«, fuhr er fort und musterte Francesca mit kaltem Blick.

»Und was, Mr ... äh ... Silas?«

»Mir ist zu Ohren gekommen, dass du ein Verhältnis mit einem Mann namens Neal Mason hast. Stimmt das?«

»Augenblick mal!«, fuhr Joe wütend dazwischen.

Francesca legte ihrem Vater beruhigend die Hand auf den Arm. »Schon gut, Dad. Als mein Verlobter hat Silas ein Recht darauf, das zu wissen.« Sie blickte Silas mit beherrschtem Gesicht an und versuchte, nicht an Neals leidenschaftliche Küsse zu denken. Da Neal keinen Zweifel daran gelassen hatte, dass es keine gemeinsame Zukunft mit ihm gab, konnte sie die kurze Romanze reinen Gewissens leugnen. »Diese Gerüchte entsprechen nicht der Wahrheit.«

»Dann will ich dir glauben, meine Teuerste. Und was ist mit Monty Radcliffe? Immerhin bist du einige Male mit ihm ausgegangen.«

Joe war derart aufgebracht, dass er sich zwingen musste, sitzen zu bleiben, statt Silas an die Gurgel zu springen, weil dieser Kerl die Tugendhaftigkeit seiner Tochter infrage stellte.

»Es stimmt, dass ich mehrmals mit Monty ausgegangen bin, aber wir hatten keine Romanze.«

Joe kippte einen weiteren Whisky hinunter. Der Alkohol

gab ihm die Kraft, nach außen hin Ruhe zu bewahren. Doch seine Abneigung gegenüber Silas war so groß, dass er kaum noch dessen Gegenwart ertragen konnte, geschweige denn, mit ihm am selben Tisch zu sitzen. Ihm war gründlich der Appetit vergangen.

»Gut«, sagte Silas und hob erneut sein Glas. »Auf eine lange und glückliche Verbindung.«

Francesca warf verstohlen einen Blick auf ihren Vater, der sein Glas erneut gefüllt hatte und es nun widerwillig leerte.

»Auf uns und alles, was uns glücklich macht«, erwiderte Francesca.

Silas blieb nicht verborgen, dass ihr Trinkspruch doppeldeutig war.

Wenn du glaubst, du könntest mich zum Narren halten, täuschst du dich gewaltig, meine Kleine, dachte er. Aber ich werde das Spielchen vorerst mitspielen.

Bei der ersten Gelegenheit verabschiedeten sich Joe und Francesca. Silas schüttelte Joe die Hand und gab Francesca einen Handkuss; dann brachen die beiden eilig auf.

»Wir haben es geschafft, Dad! Ich glaube nicht, dass Silas Verdacht schöpft«, raunte sie Joe draußen zu, als sie den Rückweg zum Pier einschlugen.

Joe fühlte sich alles andere als wohl in seiner Haut und zitterte innerlich. Es hatte ihn große Überwindung gekostet, Silas die Hand zu geben. Ohne die sechs Gläser Whisky hätte er es dort gar nicht ausgehalten. Ein Glück, ja, ein Wunder, dass er nicht die Beherrschung verloren hatte.

»Ich wäre mir da nicht zu sicher«, entgegnete er, wobei er einen Blick zurück zum Hotel warf, um sich davon zu überzeugen, dass niemand ihnen folgte. »Wir müssen sehr vorsichtig sein, Francesca.« Er wollte ihr keine Angst einjagen, sodass er sich die Bemerkung verkniff, dass er von Silas nur Schlechtes dachte. Allerdings nahm er sich vor, von nun an ein wachsames Auge auf ihn zu haben. Er würde Francesca jedes Mal begleiten, wenn sie mit Silas verabredet war.

Er konnte nicht ahnen, dass Francesca ähnliche Gedanken hegte und froh über seine Gesellschaft war. Und sie hatte das dringende Bedürfnis, sich die Hände und das Gesicht zu waschen, um gleichsam Silas Hepburns Berührungen loszuwerden.

Wieder an Bord, wünschte Francesca ihrem Vater eine gute Nacht. Sie war todmüde, zumal es ein langer und anstrengender Tag gewesen war und viel Kraft gekostet hatte, Silas die glückliche Verlobte vorzuspielen.

Joe jedoch war zu aufgewühlt, um Schlaf zu finden, sodass er sich ans Heck setzte und zum Nachthimmel blickte, um innerlich zur Ruhe zu kommen. Der Mond war teilweise von einer Wolke verdeckt, und über das dunkle Wasser fuhr eine leichte Brise. Der Anblick des Flusses hatte wie stets eine beruhigende Wirkung auf ihn. Er war noch immer nicht sicher, ob er das Richtige getan hatte, und haderte nun mit sich wegen der Verlobung von Francesca und Silas.

Nach einer halben Stunde, die er allein am Heck verbracht hatte, hörte er plötzlich, wie hinter ihm jemand an Bord kam. Zuerst nahm er an, es sei Francesca, doch dann erkannte er Lizzies Gestalt im Dämmerlicht.

»Können Sie auch nicht schlafen?«, fragte er.

»Nein. Ich bin es gewohnt, bis zum frühen Morgen aufzubleiben und dann tagsüber zu schlafen.«

Joe nickte, ohne etwas zu entgegnen, sodass Lizzie peinlich bewusst wurde, dass sie ihn eben daran erinnert hatte, dass sie eine Dirne war.

»Ich sollte nicht hier sein«, sagte sie.

Joe richtete den Blick wieder auf sie. »Mich stört Ihre Gesellschaft nicht.« Er fühlte sich einsam und freute sich über ihr Erscheinen.

»Ich meinte ... hier an Bord.« Lizzie hasste ihr Leben im

Freudenhaus und fürchtete sich davor, dorthin zurückzugehen. Aber wie sollte sie Joe beibringen, dass sie sich in seiner, Neds und Francescas Gesellschaft sehr wohl und zum ersten Mal seit langer Zeit auch sicher fühlte? »Sie waren sehr gut zu mir, und ...«

»Sie fühlen sich bei uns sicher, nicht wahr?«

»Ja«, sagte Lizzie, zu Tränen gerührt über sein Verständnis. »Aber«, sie schluckte den Kloß im Hals herunter, »ich habe bei anständigen Leuten nichts verloren. Deshalb werde ich bald wieder gehen.« Lizzie kam sich klein und erbärmlich vor. Joe war ein anständiger Mann, und sie war seiner Gesellschaft nicht würdig.

»Sie können bleiben, solange Sie wollen«, erwiderte Joe freundlich. In der Dunkelheit konnte er ihren Gesichtsausdruck nicht erkennen, aber er spürte, dass sie ihm nicht glaubte. »Das ist mein Ernst«, bekräftigte er. »Bleiben Sie an Bord der *Marylou,* solange Sie möchten.« Er wandte sich wieder um und blickte auf den Fluss. »Sobald wir flussabwärts fahren, brauchen Sie sich nicht weiter in Francescas Kajüte zu verkriechen. Dann können Sie Ihren Aufenthalt an Bord genießen. Der Fluss ist wunderbar. Hier herrscht Frieden.«

»Wie ... wie war es bei Silas?« Vor Ekel kam Lizzie der Name nur mühsam über die Lippen.

»Ich dachte, Francesca hätte es Ihnen bereits erzählt.«

»Schon, aber ich würde gerne Ihre Sichtweise als ihr Vater und als Mann erfahren.«

Joe war über Lizzies Einfühlungsvermögen verblüfft. Gleich darauf wurde ihm bewusst, dass Lizzie nur allzu gut mit menschlichen Abgründen vertraut war. »Sie haben Recht, meine Sichtweise ist tatsächlich eine andere. Der bloße Gedanke an diesen Kerl macht mich rasend. Ich konnte mich nur mit Mühe beherrschen. Es macht mir beinahe Angst.« Joe legte den Kopf in die Hände.

»Ich weiß, was Sie meinen«, entgegnete Lizzie. »Ich kenne

das nur allzu gut.« Genau das hatte auch sie immer empfunden, wenn Silas sie misshandelt und beschimpft hatte. Einige Male hatte sie all ihre Willenskraft aufbieten müssen, um ihm nicht ein Messer ins Herz zu stechen. »Ich kenne Francesca noch nicht sehr lange, aber sie ist eine ganz besondere, außergewöhnliche junge Frau. Ich bin noch nie jemandem begegnet wie ihr. Sie behandelt mich, als wäre ich ihrer Freundschaft würdig.« Lizzie senkte den Kopf. Die Worte waren ihr ungewollt herausgerutscht. »War ihre Mutter so hübsch wie sie?«

»Marys Schönheit kam aus dem Innern. Sie war einzigartig, genau wie Francesca.«

Lizzie erkannte, dass Joe seine verunglückte Frau schrecklich vermisste, und sie konnte nicht verhindern, dass Neid sie überkam, weil ihr noch nie ein Mann solche Gefühle entgegengebracht hatte. Plötzlich trat sie aus dem Schatten und krümmte sich vor Schmerz. Als sie aufstöhnte, fuhr Joe herum. Er sah, dass ihr Oberkörper nach vorn gebeugt war und dass sie die Hand an ihrer Seite hielt.

»Kommen Sie, setzen Sie sich hierher«, sagte er und erhob sich von seinem Stuhl.

»Es geht schon ...« Sie war zu gehemmt, um seiner Aufforderung Folge zu leisten.

»Jetzt kommen Sie schon. Auch ich hatte mal ein paar Rippen gebrochen, deshalb weiß ich, wie schmerzhaft das ist. Und man kann nicht viel dagegen tun, außer sich schonen.«

Unbeholfen ließ Lizzie sich auf den Stuhl sinken, während Joe einen zweiten für sich heranzog.

»Ist Ihnen nicht kalt? Möchten Sie vielleicht eine Decke oder ein Kissen?«

»Es ist gut, danke.« Sie seufzte. »Vielen Dank, Joe.«

Er tätschelte Lizzies Hand, was ihr unglaublich gut tat, zumal ihr noch nie jemand mit einer solchen Geste Zuneigung vermittelt hatte.

»Ich kann mich an dem Fluss einfach nicht satt sehen«, sagte sie.

»Das geht mir genauso«, entgegnete Joe und erzählte Lizzie, welche Veränderungen er als Flusskapitän im Laufe der Jahre erlebt hatte. Er schilderte ihr, wie er damals angefangen hatte und welch unterschiedliche Aufträge er angenommen hatte. Gebannt lauschte Lizzie seinen Worten. Obwohl sie schon seit Jahren in Echuca lebte, wusste sie so gut wie nichts über den Fluss, da sie sich bei Tageslicht selten nach draußen wagte, außer an Nachmittagen, wenn das Geschäft am Vorabend lau gewesen war. Sie wusste es sehr zu schätzen, dass Joe ihr keine persönlichen Fragen über ihr Leben und ihr Umfeld stellte. Nie zuvor hatte Lizzie eine solch friedliche Nacht erlebt, und sie wünschte sich, dass sie nie enden möge. So ist es also, wenn man ein normales Leben führt, dachte sie voller Sehnsucht und Bedauern. Ein normales und glückliches Leben.

»Nicht zu fassen«, sagte Joe schließlich. »Seit zwei Stunden rede ich jetzt ununterbrochen.« Er hatte es genossen, in der Vergangenheit zu schwelgen und mit Lizzie seine Erinnerungen zu teilen; und den Fragen nach zu urteilen, die sie ihm gestellt hatte, hatte sie das Zuhören ebenfalls genossen.

»Sie haben ein abwechslungsreiches Leben hinter sich«, sagte Lizzie voller Wehmut, denn ihr eigenes Leben war trist und düster.

Joe entgegnete nichts darauf, zumal er annahm, dass Lizzie selbst über keine schönen Erinnerungen verfügte. »Darf ich Sie etwas fragen?«, sagte er, worauf sie sich sichtlich versteifte. Ohne eine Antwort abzuwarten, fragte er: »Ist Ihr Vorname Elizabeth?«

Erstaunt blickte sie ihn an. »Ja. Elizabeth Ann Bolton.« Das hatte sie noch nie jemandem gesagt, aber es hatte sich auch nie jemand danach erkundigt.

Joe fragte sich unwillkürlich, ob sie schon einmal verheiratet gewesen war, oder ob sie sich »Spender« nur zum Schutz ihres Familiennamens ausgedacht hatte. Er streckte die Hand vor. »Ich bin Joseph Quinlan Callaghan. Ich freue mich sehr, Ihre Bekanntschaft gemacht zu haben, Elizabeth.«

Lizzies Augen füllten sich mit Tränen. Seine schlichten Worte bewirkten, dass sie sich zum ersten Mal im Leben respektiert fühlte. »Ich bin ...« Sie blickte auf seine ausgestreckte Hand, bevor sie sie ergriff. »Ich freue mich ebenfalls, dass wir uns kennen gelernt haben, Joseph.«

17

Joe und Ned scheuerten gerade die Decks der *Marylou,* als sie plötzlich Montgomery Radcliffe am Ufer entdeckten, der zu ihnen herübersah. Sie wechselten verwunderte Blicke, weil Monty keinen so selbstsicheren Eindruck machte wie sonst immer.

»Guten Morgen, Montgomery«, sagte Joe zurückhaltend. Er wunderte sich über Montys Erscheinen zu solch früher Stunde.

Monty nahm seinen Hut ab. »Guten Morgen, Joe ... hallo, Ned. Ist Francesca an Bord? Ich würde sie gern kurz sprechen.«

Joe sah zu den Kajüten. Er hatte noch nicht die Gelegenheit gehabt, mit Francesca abzusprechen, wie sie Montgomery über ihre Verlobung in Kenntnis setzen wollte. »Ich weiß nicht, ob sie bereits Besuch empfängt. Wenn Sie eine Minute warten, sehe ich nach.«

Monty nickte. »Ich weiß, es ist sehr früh, aber ich wollte Francesca noch erwischen, bevor ihr ablegt.«

Joe schloss aus der Bemerkung, dass Monty davon ausging, sie würden wie üblich irgendeine Fracht transportieren. Er ging zu Francescas Kajüte und klopfte an. »Monty Radcliffe ist hier, um dich zu sprechen, Frannie«, sagte er, worauf sie mit bestürzter Miene die Tür öffnete.

Sie dachte an Reginas Zurechtweisung und wurde noch blasser. »Ich möchte ihn nicht sehen, Dad. Du musst mich entschuldigen.«

»Aber Frannie ...«

»Sag ihm, ich fühle mich nicht wohl.«

Joe bezweifelte, ob das richtig war. »Früher oder später musst du ihm von deiner Verlobung mit Silas erzählen. Sonst erfährt er es auf anderem Weg. Es wäre besser, du sagst es ihm selbst.«

»Ich kann nicht ... und ich will ihn nicht sehen«, wehrte Francesca ab. »Nicht heute.«

Joe war über ihre Reaktion verblüfft, zumal sie sehr nervös zu sein schien. »Also gut. Ich sag ihm, dass du unpässlich bist.« Es behagte Joe nicht, Monty anzulügen, aber Francescas Wunsch hatte Vorrang.

»Tut mir Leid, Montgomery, Francesca fühlt sich heute Morgen nicht wohl«, erklärte Joe, als er an Deck zurückgekehrt war.

Monty wirkte einen Augenblick lang konsterniert. »Ich verstehe.« Er senkte den Blick und überlegte, ob er Joe glauben sollte. »Es ist doch nichts Schlimmes?«

»Nein. Sie hat bloß schlimme Kopfschmerzen. Ein paar Stunden Schlaf, und es geht ihr wieder besser.«

»Richten Sie ihr bitte aus, dass ich ihr eine rasche Genesung wünsche.«

»Mach ich. Hat mich gefreut, Sie zu sehen.«

Monty nickte und wandte sich zum Gehen.

Joe fiel auf, dass er mit hängenden Schultern und schweren Schrittes davonstapfte. »Er macht einen verdammt deprimierten Eindruck«, raunte er Ned zu. »Wenn er von der Verlobung erfährt, wird er völlig am Boden zerstört sein.«

»Aye«, pflichtete Ned ihm bei. »Das wird ihn von den Socken hauen.«

»Kann man es ihm verübeln? Schließlich will mir das ja selbst nicht in den Kopf.«

»Sie geht mir aus dem Weg«, murmelte Monty zu sich selbst, als er auf sein Pferd stieg. Bis vor kurzem hatte er noch angenommen, dass er und Francesca sich gut miteinander verstanden, aber irgendetwas hatte eine Veränderung bewirkt. Seit dem Wochenende, das sie auf Derby Downs verbracht hatte, hatte er sie weder zu Gesicht bekommen noch mit ihr gesprochen. Seither verhielt auch seine Mutter sich merkwürdig, und offenbar hatte sie ihre Meinung über Francesca geändert. Sie hatte sogar angedeutet, dass Francesca in der Stadt verrufen sei, was Monty seltsam erschien, zumal ihm diesbezüglich nichts zu Ohren gekommen war. Das alles ergab keinen Sinn.

Monty ritt am Ufer entlang, als er plötzlich Lärm hörte. Er sah Silas Hepburn und ein paar Männer am Uferrand, von wo aus sie fassungslos aufs Wasser starrten. Als Monty näher kam, bemerkte er, dass die Pontonbrücke verschwunden war, was Silas offensichtlich in Rage versetzte.

»Was ist passiert?«, fragte Monty.

»Jemand hat sich unbefugt an meinem Ponton zu schaffen gemacht!«, brüllte Silas laut. »Die Taue wurden gekappt, und die Strömung hat den Ponton flussabwärts getrieben.«

Monty war bestürzt. »Wer ist denn zu so etwas fähig?«

»Ich habe keinen blassen Schimmer, aber wenn ich den Hurensohn erwische, wird er sich wünschen, niemals geboren zu sein.« Silas konnte an nichts anderes denken als an den finanziellen Verlust, den er erleiden würde. Mit einem Mal wurde ihm bewusst, dass er ein beträchtliches Stück weiter flussaufwärts nach jemandem suchen musste, um ihm einen neuen Ponton zu bauen – jetzt, da Ezra Pickering aus dem Geschäft war. Die Ironie war nicht zu übersehen.

»So ist das also«, sagte er leise zu sich selbst. »Das ist Ezras Vergeltung.« Doch er musste sich eingestehen, dass er Ezra nicht beweisen konnte, für den Sabotageakt auf seinen Ponton verantwortlich zu sein – genauso wenig wie Ezra den Beweis erbringen konnte, dass Silas für den Brandanschlag auf die Werft verantwortlich war.

Monty wollte gerade die Redaktion des *Riverine Herald* betreten, als er Clara Whitsbury begegnete, die hastig versuchte, sich vor ihm durch die Tür zu zwängen.

»Verzeihen Sie«, sagte er zerstreut, während er ihr die Tür aufhielt.

Wenn Clara bereits bei dem Gedanken an Monty Herzklopfen bekam, so bekam sie beim Blick aus seinen braunen Augen wacklige Knie. »Es tut mir schrecklich Leid«, sagte sie und war über ihr unhöfliches Benehmen selbst entsetzt. »Ich bin ziemlich in Eile.«

»Eine Verabredung?«

»Nein.«

»Arbeiten Sie etwa hier?«, fragte er.

»Ja. Ich bin die neue Bürokraft. Heute ist mein erster Tag.«

»Oh!«

»Mein Name ist Clara. Clara Whitsbury.«

»Clara?« Monty riss sich innerlich zusammen. Ihr hübsches Gesicht war ihm bereits aufgefallen, und auch ihre Figur konnte sich sehen lassen. »Sie sind erwachsen geworden.«

»Sie haben mich gar nicht erkannt, oder?«

»Äh ... doch, natürlich.« Er spürte, dass ihm die Röte ins Gesicht stieg. »Nun ja, nicht sofort, aber das lag an mir. Ich war in Gedanken.«

»Wie heißt sie?«, fragte Clara ohne Umschweife.

Monty war über ihre forsche Art verblüfft. »Bitte?«

»Sie sagten, Sie seien in Gedanken gewesen«, entgegnete Clara ohne die geringste Verlegenheit.

»Ja. Ich habe nachgedacht, was ich heute noch alles erledigen muss.« Monty ließ kurz den Kopf hängen. »Aus Ihnen ist eine bezaubernde junge Frau geworden, Clara. Das soll nicht heißen, dass Sie früher nicht ...« Erneut errötete er und lachte verlegen. »Meine Mutter hat mir gesagt, dass Sie neulich bei uns zum Tee waren.«

»Ja, das stimmt.«

»Sie hat allerdings nichts davon gesagt, dass Sie bei der Zeitung arbeiten.«

»Ich hatte erst am Tag zuvor mein Vorstellungsgespräch. Ich glaube, sie hat ein gutes Wort bei Mr Peobbles für mich eingelegt, denn er hat mir die Stelle gegeben, obwohl sich noch weitere Bewerber vorstellen wollten.«

Monty hatte keine Zweifel, dass seine Mutter Claras Bewerbung unterstützt hatte. »Ich bin sicher, Sie waren die geeignetste Kandidatin für diese Stelle«, schmeichelte er ihr.

Clara klimperte mit den Wimpern. »Nun ... ich sollte mich jetzt bei Mr Peobbles melden«, sagte sie, doch man konnte deutlich heraushören, dass sie lieber noch geblieben wäre. »Sie haben von Erledigungen gesprochen. Sind Sie geschäftlich hier?«

»Ich möchte mit dem Prüfer die Bücher durchgehen«, antwortete Monty.

»Vielleicht sehen wir uns später noch einmal, in der Mittagspause.« Jetzt stieg Clara die Röte ins Gesicht, allerdings vor Aufregung.

In diesem Moment kam Monty eine Idee. Wenn er sich mit einer hübschen jungen Frau wie Clara an seiner Seite zeigen würde, könnte das die Runde machen, und wenn Francesca davon erführe, wäre womöglich ihre Eifersucht geweckt. »Darf ich Sie zum Mittagessen ins Bridge Hotel einladen, um auf Ihren ersten Arbeitstag anzustoßen?«

»Das wäre wunderbar«, hauchte Clara.

Monty wusste, dass es seine Mutter glücklich machen würde, wenn er mit Clara anbändelte, doch sein Hauptmotiv war, Francesca aus der Reserve zu locken.

Clara und Monty aßen gerade Steak mit Nierenpastete, als Silas Hepburn sie im Vorbeigehen zufällig durch die Tür des Speisesaals erblickte. Er schäumte vor Wut, weil die Polizei seiner Meinung nach zu wenig unternahm, um den Missetäter zu finden, der die Befestigungstaue der Pontonbrücke gekappt hatte, doch als er Monty in Gesellschaft einer hübschen jungen Dame speisen sah, vergaß er für kurze Zeit seinen Zorn. Sofort eilte er an ihren Tisch.

»Guten Tag, Monty«, sagte Silas. »Wie ist das Essen?«

Monty sah auf. »Sehr gut, vielen Dank, Silas«, entgegnete er. Er bemerkte, dass Silas Clara neugierig musterte.

Er wollte sie ihm vorstellen, doch Silas kam ihm zuvor. »Sind Sie nicht die Tochter von Terry Whitsbury?«

»Ja«, erwiderte Clara. »Ich war eine Zeit lang auf dem Internat.«

Monty war nicht erstaunt, dass Silas sie wiedererkannt hatte. Silas Hepburn kannte jedes hübsche Gesicht in ganz Victoria, und wenn nicht, sorgte er dafür, dass er sich umgehend vorstellte.

»Ich hoffe, Sie kehren uns nicht bald wieder den Rücken«, sagte Silas schmeichelnd.

Clara warf Monty einen Blick zu, der leichtes Unbehagen ausdrückte.

»Clara hat heute ihre Stelle in der Zeitungsredaktion angetreten. Wir stoßen gerade darauf an«, erklärte Monty.

»Großartig. Ich habe selbst Grund zum Feiern«, entgegnete Silas, der eine Gelegenheit witterte, seine Neuigkeit an den Mann zu bringen.

»Das überrascht mich aber ... nach dem Missgeschick heute Vormittag«, sagte Monty.

Silas runzelte die Stirn. Er wollte lieber nicht daran erinnert werden. »Hätte ich mich nicht verlobt, um in Kürze zu heiraten, würde ich tatsächlich verzweifeln. Aber wenn man verliebt ist, ist selbst das schlimmste Missgeschick leichter zu ertragen.«

»Verlobt!«, entfuhr es Monty, der sich im Stuhl zurücklehnte und sein Besteck auf den Tisch legte. »Ich wusste gar nicht, dass Sie wieder liiert sind, Silas. Meinen Glückwunsch.« Er erhob sich und schüttelte Silas die Hand.

»Danke. Es kommt zwar etwas plötzlich, aber ich könnte glücklicher nicht sein.«

»Kenne ich die zukünftige Braut?«

Silas räusperte sich nervös. »Ja, sie dürfte Ihnen bekannt sein. Francesca Callaghan.«

Montys Kiefer klappte herunter, und er wurde blass. »Francesca!«

»Ja. Gestern beim Abendessen hat sie meinen Antrag angenommen.«

Silas entging nicht, dass Monty zutiefst schockiert war. Er wusste nicht recht, wie er darauf reagieren sollte. »Wir werden in Kürze eine große Verlobungsfeier veranstalten«, sagte er. »Selbstverständlich bekommen auch Sie eine Einladung. Wenn Sie mich jetzt bitte entschuldigen. Ich habe noch einiges zu erledigen.«

Monty war wie vom Schlag getroffen. Er fragte sich, warum Joe ihm das verschwiegen hatte. Jetzt ergab es auch Sinn, dass Francesca ihn in letzter Zeit mied. Ausgerechnet Silas! Warum hatte Francesca eingewilligt, seine Frau zu werden? Sie hatte von Anfang an keinen Zweifel daran gelassen, dass sie Silas verabscheute.

Monty sank auf dem Stuhl zusammen.

Clara nahm an, dass der Grund für Montys Reaktion darauf zurückzuführen war, was Regina von Francesca dachte. »Es überrascht mich sehr, dass Mr Hepburn dieses Mädchen

318

zur Frau nimmt«, sagte sie. »Ihre Mutter sagte mir, dass sie einen fragwürdigen Ruf hat.«

Monty kniff verwundert die Augen zusammen. »Das hat meine Mutter Ihnen gesagt?«

»Ja.« Clara fragte sich unwillkürlich, ob sie eine unpassende Bemerkung gemacht hatte.

»Wann denn?«, wollte Monty wissen.

»Neulich, kurz bevor wir nach Derby Downs gefahren sind. Silas saß mit seiner Verlobten in der Teestube, und Ihre Mutter hat mich auf sie aufmerksam gemacht und auf ihren Ruf hingewiesen.«

Allmählich ging Monty ein Licht auf. Vermutlich hatte seine Mutter irgendetwas zu Francesca gesagt, was diese sehr verletzt haben musste. Das war der Grund, weshalb sie ihn mied. Er war erleichtert, dass es offensichtlich nicht an seinem Verhalten lag. Dennoch konnte er nicht begreifen, dass sie Silas' Heiratsantrag angenommen hatte.

»Guten Morgen, Joe«, sagte Silas.

»Morgen«, erwiderte Joe leise. Im nächsten Augenblick erschien Francesca an Deck. Mit Missmut nahm sie Silas' Erscheinen wahr, zwang sich jedoch zu einem Lächeln.

»Ah, meine Teuerste! Ich hoffe, du hast gut geschlafen.«

»Ja, danke, Mr ... Silas.«

»Einer meiner Leute kommt nachher vorbei und gibt Ihnen eine Fuhre«, sagte Silas zu Joe.

Joe nickte, obwohl er innerlich kämpfen musste, seinen Stolz herunterzuschlucken. Er hasste es, sich in dieser Lage zu befinden; gleichzeitig fieberte er darauf, wieder zu arbeiten, ohne Knüppel zwischen den Beinen. Dennoch war ihm nur zu deutlich bewusst, dass Silas jederzeit die Macht hatte, ihm die Arbeit wieder wegzunehmen, was ihm bitter aufstieß.

»Ich habe soeben Montgomery Radcliffe getroffen«, sagte

319

Silas an Francesca gewandt. Er bemühte sich um einen gleichgültigen Tonfall, aber Francesca entging nicht die Euphorie in seiner Stimme.

»Wie geht es ihm?«, fragte sie betont gleichgültig.

»Ziemlich gut. Er speiste gerade zu Mittag in Gesellschaft eines der hübschesten Mädchen, das mir seit langem begegnet ist, abgesehen von dir, meine Teuerste.«

Francesca war bestürzt. Offenbar hielt sich Montys Liebeskummer entgegen ihrer Erwartung in Grenzen.

Mit einem Stich von Eifersucht beobachtete Silas ihre Reaktion. »Monty war immer schon der Schwarm aller hübschen Mädchen in der Gegend. Regina möchte, dass er bald heiratet, und da die Familie von Clara Whitsbury mehrere Geschäfte in Moama besitzt, bin ich mir sicher, dass Regina und Frederick ihr volles Einverständnis zu der Trauung geben.«

»Ja, bestimmt«, stieß Francesca verbittert hervor.

»Ach, übrigens, Joe, haben Sie gestern Abend zufällig beobachtet, dass jemand am Ufer herumgeschlichen ist?«

»Herumgeschlichen?«

»Die Seile meiner Pontonbrücke wurden gekappt, und sie ist flussabwärts getrieben.«

»Ich habe niemanden bemerkt«, entgegnete Joe, der so etwas hatte kommen sehen und seine Genugtuung im Zaum halten musste. »Kann man den Ponton denn nicht bergen?«

Silas wusste, dass Joe kein Mitleid mit ihm hatte. »Er wurde bereits gesichtet. Er hat sich nur ein paar Meilen weiter in einem Geäst festgesetzt. Im Moment ist Mike Finnion dabei, ihn in Schlepp zu nehmen. Trotzdem wird er mehrere Tage nicht einzusetzen sein, und mir liegt viel daran, den Schuldigen zu finden.«

»Als Francesca und ich vom Hotel zurückgekehrt sind, war es schon dunkel. Wir sind auch niemandem begegnet.« Joe fragte sich, ob Silas ihn verdächtigte. Doch es kümmerte ihn nicht im Geringsten.

»Wir haben gestern Abend auf dem Rückweg keine Menschenseele gesehen«, bekräftigte Francesca.

Währenddessen verfolgte Lizzie heimlich das Gespräch durch die Luke von Francescas Kajüte. Sie ärgerte sich, dass der Ponton nicht bis Goolwa abgedriftet und aufs offene Meer hinausgetrieben war. Das wäre Silas nur recht geschehen.

»Verzeihen Sie, Clara«, sagte Monty. »Ich bedaure, aber ich muss jetzt gehen.« Er hatte voller Ungeduld abgewartet, bis sie ihren Teller leer gegessen hatte. Ihm selbst war der Appetit gründlich vergangen. »Ich danke Ihnen, dass Sie mir beim Essen Gesellschaft geleistet haben. Ich wünsche Ihnen viel Glück bei Ihrer neuen Stelle.« Mit diesen Worten verließ Monty das Hotel und machte sich ein zweites Mal auf den Weg zur *Marylou*, fest entschlossen, dieses Mal mit Francesca zu sprechen.

Francesca saß an Deck. Sie hatte sich die Haare gewaschen und bürstete sie nun durch, um sie anschließend in der Sonne trocknen zu lassen. Da sie sich dabei mit ihrem Vater unterhielt, bemerkte sie Monty nicht, der sich dem Schiff näherte. Neal hatte sich zu ihnen gesellt. Er war zwar alles andere als glücklich über die Verlobung, verstand aber, was sie damit bezweckten. Zudem hatte er Angst um Francesca, da er Silas nicht traute, doch wenn er ganz ehrlich war, war er einfach auch eifersüchtig. Die Vorstellung, Silas könnte Francesca zu einem Kuss drängen, war ihm unerträglich, aber er war entschlossen, seine Gefühle für sich zu behalten, da er kein Recht hatte, besitzergreifend zu werden.

Ned bemerkte Monty zu spät, um Francesca zu warnen. »Montgomery Radcliffe ist schon wieder im Anmarsch«, raunte er ihr zu.

»O nein«, entfuhr es Francesca, die ihn im Augenwinkel erspähte. »Er hat mich bereits gesehen.«

»Den werde ich sofort abwimmeln«, sagte Neal und sprang auf.

Joe befürchtete, es könnte Ärger geben, und er wollte nicht, dass ihr Plan gefährdet wurde. »Überlass das mir, Neal.« Er blickte Francesca an. »Ich sage ihm, dass du dich noch nicht gut fühlst und keine Besucher empfangen kannst.«

»Nein, Dad. Du hattest Recht. Irgendwann muss ich ihm gegenübertreten.« Sie kletterte ans Ufer und ging Monty entgegen, während Neal, Joe und Ned das Geschehen verfolgten. Montys Gesichtsausdruck verriet Francesca, dass Silas sich mit ihrer Verlobung gebrüstet hatte.

Monty verzichtete auf jede Begrüßung und kam direkt zur Sache. »Ich möchte es aus Ihrem Mund hören.« Er hatte sichtlich mit seinen Emotionen zu kämpfen.

Francesca hörte die Verzweiflung in seiner Stimme, und auch der Schmerz in seinem Blick war nicht zu übersehen. »Sie haben erfahren, dass ich mich mit Silas verlobt habe«, entgegnete sie und richtete den Blick auf den Fluss, um Monty nicht ins Gesicht schauen zu müssen.

»Aber warum?«

»Warum geht man eine Verlobung ein, Monty?«

»Ich kenne den Grund, aber ich kann nicht glauben, dass Sie für Silas etwas empfinden.«

Francesca zuckte die Achseln. Reginas Warnung lag ihr noch deutlich in den Ohren, und ein Zittern durchfuhr sie. »Menschen gehen aus unterschiedlichen Gründen eine Verlobung ein. Silas genießt in der Gemeinde hohes Ansehen, und er kann mir alles bieten.«

»Ich glaube Ihnen keine Sekunde, dass Sie ihn nur aus materiellen Gründen und aufgrund seiner gesellschaftlichen Stellung heiraten. Das widerspricht völlig Ihrem Charakter.«

»Vielleicht sehen Sie das falsch.«

»Vielleicht aber auch nicht.«

»Jedenfalls haben Sie nicht lange gebraucht, um sich über mich hinwegzutrösten«, sagte sie spitz.

»Was meinen Sie damit?«

»Ihre Verabredung zum Mittagessen.«

Monty war bestürzt, dass Francesca davon wusste, aber man musste kein Genie sein, um zu erahnen, dass Silas sie davon in Kenntnis gesetzt hatte, und das bestimmt mit größter Genugtuung. Monty verdrängte seine aufkeimende Wut, weil er sicher war, dass in Francescas Stimme Eifersucht mitgeschwungen hatte, was in ihm die Hoffnung nährte, dass sie doch mehr für ihn empfand. »Clara hat heute ihre Stelle bei der Zeitung angetreten, und zu diesem Anlass habe ich sie zum Essen eingeladen. Ursprünglich wollte ich ja Sie bitten, aber Ihr Vater sagte vorhin, dass Sie sich unwohl fühlen.«

Francesca nickte. »Hören Sie, Monty, diese Unterhaltung macht keinen Sinn. Ich bin jetzt verlobt, und das bedeutet, dass wir uns nicht mehr treffen können. Ich wünsche Ihnen alles Glück und würde mich freuen, wenn Sie mir dasselbe wünschen.«

»Mit Silas Hepburn werden Sie niemals glücklich. Das wissen Sie doch, Francesca.«

»Wir alle müssen tun, was wir für richtig halten, Monty. Leben Sie wohl.« Francesca wandte sich zum Gehen.

»Hat meine Mutter etwas Verletzendes zu Ihnen gesagt, Francesca? Sie mischt sich nämlich gern in mein Leben ein, aber ich bin nicht immer einer Meinung mit ihr. Ich habe ihr ausdrücklich zu verstehen gegeben, dass Sie die einzige Frau sind, die ich begehre.«

»Sie wird mich niemals akzeptieren, Monty, und ich kann es nicht dulden, dass sie mich Ihrer nicht für würdig hält.«

»Aber ... ich liebe Sie.«

»Ich bin verlobt, Monty. Suchen Sie sich eine andere, die Sie lieben können.« Daraufhin kletterte sie wieder an Bord und verschwand in ihrer Kajüte, ohne Monty einen weiteren Blick zu gönnen. Ihr war ihr grausames Verhalten bewusst, und Monty hatte ihren Zorn nicht verdient, doch sie konnte keine Verbindung mit einem Mann eingehen, dessen Mutter sie verachtete.

»Ich werde mich nicht damit abfinden«, sagte Monty zu sich selbst. »Niemals!« Er sah zu Neal Mason, der ihn anstarrte. Es hätte ihn weniger überrascht, wenn Francesca sich mit Neal verlobt hätte. Das schürte seine Neugier erst recht.

Kurz nachdem Monty fort war, tauchte einer von Silas' Männern auf. Er unterbreitete Joe mehrere Aufträge, und dieser entschied sich für die Tour vom Staatsforst Gunbower zum McKay-Sägewerk, eine Strecke von dreißig Meilen. Da der Staatsforst achtzig Meilen von Echuca entfernt war, bedeutete dies, dass sie unter der Woche fern von der Stadt sein würden. Das gab für Joe den Ausschlag, sich für diese Fuhre zu entscheiden, abgesehen von dem Geld, das sie ihm einbrachte.

»Wenn euch der Schleppkahn nützt, kann ich ja mit euch mitfahren«, bot Neal an.

»Das kann ich nicht von dir verlangen, Neal«, sagte Joe. »Schließlich ist dein eigenes Schiff wieder voll einsatzfähig.«

»Je früher du deine Schulden an Silas zurückbezahlen kannst, desto besser, Joe. Ich weiß, dir geht es vor allem darum, ihn von Francesca fern zu halten, und ich möchte euch gern meine Hilfe anbieten.«

»Das ist sehr großzügig von dir, Neal.« Joe vermutete, dass es Neal ebenso glücklich stimmen würde wie ihn, wenn Francesca vor Silas Ruhe hatte. »Davon könnten wir beide profitieren.«

»Also abgemacht.«

»Wir laufen direkt morgen Früh aus.«

Am Abend suchte Lizzie nach einer Gelegenheit, mit Joe unter vier Augen zu sprechen. Die Chance bot sich, nachdem sich alle bis auf Joe, der noch kurz die Ankerseile überprüfte, zum Schlafen zurückgezogen hatten.

»Joseph ...«, sagte sie.

»Ja, Elizabeth.«

Es gefiel ihr ungemein, dass er sie bei ihrem richtigen Namen nannte. »Ich habe mitbekommen, dass Sie morgen stromabwärts fahren, weil Sie dort Arbeit haben, daher ...« Sie wusste nicht, wie sie herausfinden konnte, ob sie an Bord weiter erwünscht war.

»Das ist eine großartige Gelegenheit für Sie, ein bisschen mehr vom Fluss zu sehen«, sagte Joe. »Es wird Ihnen bestimmt gefallen.«

»Es war mehr als großzügig von Ihnen, mich so lange zu beherbergen, aber ich sollte Ihre Gastfreundschaft nicht länger ausnutzen.«

»Ausnutzen? Um Himmels willen, Elizabeth, davon kann keine Rede sein. Wenn Sie die Gelegenheit verstreichen lassen, sich von mir die Flusslandschaft zeigen zu lassen, wäre ich sehr enttäuscht.«

Lizzies Unterlippe begann zu zittern. Sie konnte sehen, dass Joe sich aufrichtig darauf freute, ihr »seinen« Fluss zu zeigen. »Ich würde ja liebend gern mitfahren, aber ich würde mir dabei vorkommen wie eine ... Schmarotzerin.«

Joe begriff, dass Lizzie ihren Stolz hatte, und für Stolz hatte er Verständnis. »Sobald Ihre Wunden verheilt sind, können Sie sich Ihren Unterhalt verdienen, indem Sie sich an Bord nützlich machen, falls es Sie beruhigt. Hier auf dem Schiff gibt es immer reichlich zu tun.«

Lizzies Gesicht hellte sich auf. »Das wäre großartig«, sagte sie.

»Also gut. Aber Sie schonen sich so lange, bis die Rippenbrüche verheilt sind.« Joe hatte Lizzie beobachtet. Sie

325

hatte Tee gekocht und versucht, hier und da zu helfen. Joe war nicht entgangen, wie viel Schmerzen ihr jede kleine Bewegung bereitete. »Denken Sie daran, dass ich Sie im Auge behalten werde.« Daraufhin zwinkerte er ihr zu, und Lizzie musste lächeln.

»Und nun ab in die Koje mit Ihnen, Elizabeth. Schlafen Sie gut. Wir brechen morgen in aller Frühe auf.«

Immer noch lächelnd, legte Lizzie sich schlafen. Noch nie war sie einem so netten Mann wie Joe begegnet. Sie hatte gar nicht gewusst, dass es Männer wie ihn überhaupt gab, und sie rechnete insgeheim damit, ihn irgendwann von einer anderen Seite kennen zu lernen. Aber bislang hatte er ihr gegenüber keinerlei Avancen gemacht, was etwas ganz Neues war.

Genau wie das Glücksgefühl, das sie verspürte.

18

Joe sorgte dafür, dass sie bei Tagesanbruch von Echuca ablegten. Er wollte Silas damit die Gelegenheit nehmen, Francesca einen Besuch abzustatten. Ned hatte er bereits einige Stunden vor Anbruch der Morgendämmerung angewiesen, den Kessel anzufeuern. Sobald der optimale Druck erreicht war, setzten sie zum Staatsforst Gunbower über. Der Tag versprach, schön und sonnig zu werden, und es wehte eine sanfte Brise.

Die Fahrt dauerte über sieben Stunden, da sie mehrmals Halt machten, um Neal auf seinem Lastkahn im Schlepptau der *Marylou* hin und wieder eine Pause zu gönnen. Francesca stand am Ruder, während Joe für sie und Lizzie den Fremdenführer spielte. Er machte sie auf Farmen aufmerksam, die am Fluss lagen, sowie auf unzählige Vogelarten, darunter Fischadler, Kingfisher und Haubentaucher. Gelegentlich erspähten sie Emus, die am Ufer tranken, und auch Kängurus, die träge im Schatten der Eukalyptusbäume lagen oder auf den saftigen Wiesen am flachen Ufer grasten.

Auf der Höhe von Boora Boora machte Joe die Bemerkung, dass Francesca hier geboren sei. Er dachte sich nichts dabei, zumal er nicht ahnen konnte, dass Regina sich für ihr Muttermal interessiert hatte. Francesca lagen jede Menge Fragen auf der Zunge, um herauszufinden, ob ihr Vater für Reginas Verhalten eine Erklärung hatte, doch irgendetwas ließ sie innehalten, und das hatte nichts mit Regina zu tun. Sie konnte sich ihr Zögern nicht erklären, aber sie hatte die Ahnung, dass die Wahrheit ihren Vater verletzen könnte.

327

Am Fluss gab es viel zu sehen, und Francesca fand die Fahrt genauso interessant wie Lizzie, zumal sie als Kind das letzte Mal mit ihrem Vater so weit flussabwärts gefahren war. Joe machte sie auf Hütten auf den Klippen und auf Häuser am Uferrand aufmerksam, wobei er Geschichten von den jeweiligen Bewohnern erzählte, unter denen es so manchen Exzentriker gab. Einige Namen und Orte kannte Francesca noch aus ihrer Kindheit. Ihnen begegneten zahlreiche andere Dampfer, die zum Gruß die Pfeife ertönen ließen, und sie war so aufgeregt wie damals als Kind.

Um die Mittagszeit machten sie am Deep Creek Halt, um Holz zu laden und sich zu stärken. Dort gab es eine kleine Siedlung mit einem Gemischtwarenladen. Francesca besorgte Brote, die sie belegte und dann mit den anderen am Ufer im Schatten der Weiden verzehrte, die die Besitzer des Ladens – Sam und Viola – dort vor zehn Jahren gepflanzt hatten. Sam und Viola konnten sich an Francesca als Kind erinnern und waren außer sich vor Freude, sie wiederzusehen. Sie erzählten ihr, dass sie ihr früher bei jedem Besuch ihrer Eltern eine Tüte Lakritz geschenkt hatten, was Francesca ein Lächeln entlockte.

Knapp zwei Meilen weiter passierten sie die Sheepwash-Lagune, wo es von Vögeln wimmelte, darunter hunderte von Pelikanen.

»Wenn ich im Ruhestand bin, werde ich viel Zeit in der Lagune verbringen und angeln«, sagte Joe zu Francesca und Lizzie.

»Ein herrliches Fleckchen«, schwärmte Lizzie.

»Haben Sie schon mal geangelt?«, wollte Joe wissen.

»Nein, aber ich würde es eines Tages gern lernen.« Sehnsüchtig ließ Lizzie den Blick über die Lagune schweifen. Bestimmt würde sie diesen Tag nie erleben.

»Wenn wir heute Abend Anker gesetzt haben, bringe ich's Ihnen bei«, sagte Joe.

Überrascht wandte Lizzie sich ihm zu. »Im Ernst?« Sie hatte ihn und Ned schon öfter angeln sehen, war aber nicht sicher gewesen, ob er die Geduld hatte, es ihr beizubringen.

»Ned und ich sind begeisterte Angler, nur Francesca hat sich nie dafür interessiert«, sagte Joe.

Francesca verzog das Gesicht. »Ich esse zwar gern Fisch, aber die Vorstellung, ihn selbst zu fangen, reizt mich nicht besonders.«

»Sie drückt sich auch davor, den Fisch abzuschuppen oder auszunehmen«, neckte Joe sie, worauf Francesca ihm eine Grimasse schnitt.

»Ich würde es sehr aufregend finden, selber einen Fisch zu fangen, und mir würde es auch nichts ausmachen, ihn auszunehmen oder abzuschuppen«, sagte Lizzie.

Joes Augen wurden größer, als hätte er soeben einen Schatz entdeckt. »Sie sind eine Frau nach meinem Geschmack, Elizabeth. Beim nächsten Halt sammle ich ein paar Würmer.«

»Ich helfe Ihnen«, entgegnete Lizzie und erfüllte ihn erneut mit Staunen.

Francesca war nicht entgangen, dass ihr Vater Lizzie neuerdings mit »Elizabeth« ansprach, während sie »Joseph« zu ihm sagte. Zuerst hatte es sie überrascht, doch sie hielt es für einen netten Zug, und Lizzie wusste es offenbar sehr zu schätzen. Francesca hatte Lizzie ein paar von ihren Kleidern gegeben, die ihr passten, und da ihre Blutergüsse und Schnittwunden allmählich verheilten und sie zudem ihren Appetit wiedergefunden und ein wenig an Gewicht zugelegt hatte, wirkte sie inzwischen wie ein anderer Mensch. Sie hatte ein nettes Gesicht und schöne Haut, weil sie wohl die meiste Zeit ihres Lebens in Häusern verbracht hatte, außerhalb der Sonne. Ihre Augen waren von einem unauffälligen Grün, aber im richtigen Licht spiegelten sie den Fluss wider. Auch wenn sie keine Schönheit war – mit ordentlich geflochtenen Haaren und einer leichten Wangenröte durch den Fahrtwind war sie recht hübsch. Aber am meisten freute sich Francesca darüber, dass sie einen glücklichen und gelösten Eindruck machte.

Von Tag zu Tag fühlte Joe sich mehr zu Lizzie hingezogen. Während ihre sichtbaren Wunden allmählich verheilten, fand unterbewusst ebenfalls eine Veränderung statt. Mittlerweile war sie für Joe nur noch Elizabeth Ann Bolton – Lizzie Spender, eine Frau, mit der er niemals richtig Bekanntschaft geschlossen hatte, verblasste allmählich. Elizabeth war ein guter Mensch, der stets zuerst an andere dachte als an sich selbst. Das schätzte er am meisten an ihr, insbesondere, da sie zu fünft auf engstem Raum zusammenlebten. Mit ihrer großen, schlanken Gestalt ähnelte sie Mary überhaupt nicht, und Joe war froh darüber. Schließlich war er davon überzeugt, dass niemand Mary ersetzen konnte.

Zum ersten Mal im Leben fühlte Lizzie sich lebendig und frei. Wenn die *Marylou* Fahrt machte und ihr der Wind entgegenwehte, atmete sie tief die frische Luft ein. Das Sonnenlicht, das zwischen den Bäumen hindurchfiel und das Wasser zum Funkeln brachte, sowie die prächtige Vogelwelt boten den schönsten Anblick, den sie je erlebt hatte.

Je weiter sie flussabwärts fuhren, desto stärker wurde Lizzies Gefühl, ihr armseliges Leben hinter sich zu lassen, in das sie am liebsten nie wieder zurückkehren wollte. Francesca, Joe, Ned und Neal waren alle sehr freundlich zu ihr und brachten ihr Respekt entgegen, was Lizzie nie zuvor erlebt hatte. Mit Ausnahme der anderen Freudenmädchen hatte sie keine Freunde, geschweige denn Menschen, die sie als gleichwertig behandelten. Hier war das völlig anders. Vor Dankbarkeit stiegen ihr immer wieder Tränen in die Augen.

Joe hatte beobachtet, dass Lizzie häufig mit den Tränen kämpfen musste, auch wenn sie es zu verbergen suchte. Anfangs hatte es ihm Sorgen bereitet; dann aber wurde ihm klar, dass sie viel Schlimmes durchgemacht hatte und dass ihr Aufenthalt an Bord eine ganz besondere Bedeutung für sie besaß – etwas, das sie stets in schöner Erinnerung bewahren würde. Es freute ihn, dass er ihr wenigstens einmal im Leben etwas Gutes tun konnte. Verdiente das nicht jeder?

Gleich nachdem sie Anker geworfen hatten, schnappte Joe sich einen Eimer samt Schaufel, um Köder zu sammeln, begleitet von Lizzie.

»Hin und wieder nehmen wir kleine Fische als Köder«, erklärte er ihr, während er nach einer passenden Stelle Ausschau hielt, um im Uferboden nach Würmern zu graben.

Francesca musste lächeln, als sie beobachtete, dass Lizzie Joe gebannt lauschte.

»Lizzie scheint ja ganz begeistert vom Angeln zu sein«, bemerkte Neal, der sich zu ihr an die Reling stellte.

»Das hat sie mit Dad gemeinsam«, entgegnete Francesca, immer noch lächelnd.

»Hast du Lust auf einen kleinen Spaziergang am Ufer? Ich muss mir mal die Beine vertreten.«

»Einverstanden. Das könnte mir auch nicht schaden.«

Die ersten Minuten legten sie schweigend zurück. »Es ist gut, dass du uns deinen Schleppkahn zur Verfügung stellst«, sagte Francesca schließlich. Je mehr Holz sie transportierten, desto früher wäre ihr Vater in der Lage, Silas das Geld zurückzuzahlen, und dann hätte dieser Albtraum ein Ende.

»Ich weiß, dein Vater will so schnell wie möglich seine Schulden bei Silas Hepburn tilgen.«

Francesca hörte seinen verächtlichen Unterton. »Niemand hasst Silas mehr als ich, Neal. Ich habe mich nicht aus freiem Herzen mit ihm verlobt, sondern nur, um meinem Vater zu helfen.«

»Ich weiß«, entgegnete Neal, dem ihre Selbstlosigkeit Respekt abrang.

In diesem Moment vernahmen sie Lizzies Lachen, sodass beide sich umwandten.

»Es tut Lizzie gut, das Bordell hinter sich zu lassen«, sagte Neal.

»In der Tat«, pflichtete Francesca in schärferem Ton als beabsichtigt bei. »Ich hoffe, sie geht nie wieder dorthin zurück.«

»Das hoffe ich auch. Schließlich ist das ein schlimmer Ort für eine Frau.« Er musste dabei an Gwendolyn denken.

Francesca machte seine Bemerkung stutzig. »Es scheint dich aber nicht davon fern zu halten«, stieß sie angewidert hervor und machte auf dem Absatz kehrt, während er wie angewurzelt stehen blieb.

Lizzie war begeistert, als sie im Fluss einen Kabeljau von mindestens vier Pfund fing, wie Joe schätzte. Sie jubelte und war vor Freude ganz außer sich. Francesca bemerkte, dass ihr Vater ebenfalls völlig aus dem Häuschen war, als hätte er soeben seinen ersten Fisch gefangen. Lizzie bestand darauf, ihn selbst auszunehmen, und Ned zeigte es ihr und bereitete ihn anschließend mit ihr gemeinsam zu. Als das Essen fertig war, entkorkte Joe zur Feier des Tages eine Flasche Wein. Joe und Ned unterhielten Lizzie mit Anekdoten, die sie beim Angeln erlebt hatten, wobei sie sich gegenseitig aufzogen, wenn sie übertrieben und von »besonders dicken Brocken« erzählten, die ihnen entwischt waren. Francesca freute sich, Lizzie so glücklich zu sehen, genau wie ihr Vater und Ned, nur Neal war auffällig schweigsam.

Nachdem Neal sein Nachtlager am Flussufer aufgeschlagen hatte, dachte Francesca noch einmal über ihre missbilligende Reaktion auf seine Bemerkung über das Freudenhaus nach. Im Grunde stand ihr das nicht zu. Überdies musste sie sich eingestehen, dass ihre Empörung von Eifersucht herrührte.

Neal lag bereits zugedeckt auf seiner Schlafstatt unter den Sternen, als Francesca zu ihm stieß. »Tut mir Leid, dass ich dich vorhin angefahren habe«, entschuldigte sie sich. »Schließlich geht dein Privatleben keinen etwas an, und ich weiß es zu schätzen, dass du uns deine Unterstützung anbietest.«

Neal richtete sich auf und betrachtete sie einige Augenblicke lang stumm. »Manchmal trügt der Schein, Francesca«, sagte er schließlich leise.

Sie verstand seine Worte nicht. Immerhin hatte sie ihn im Bordell ein und aus gehen sehen, was nur einen einzigen Schluss zuließ. Mit einem Mal knöpfte Neal sein Hemd auf, und Francescas Blick heftete sich auf seinen nackten Oberkörper. Verwirrt wandte sie den Blick ab.

»Gute Nacht«, verabschiedete sie sich.

»Gute Nacht«, hörte sie ihn erwidern. Sie hatte bereits häufig mit dem Gedanken gespielt, Lizzie über Neals Besuche im Freudenhaus auszufragen, war jedoch bislang davor zurückgeschreckt, weil sie Lizzie nicht an ihre Herkunft erinnern wollte, jetzt, da diese ihre Unbeschwertheit wiedergefunden hatte. Außerdem wollte sie gar nicht wissen, was Neal dort trieb.

Am folgenden Tag machten sie sich in aller Frühe an die Arbeit. Es nahm drei Stunden und zahlreiche Hilfskräfte in Anspruch, um die *Marylou* mit achtundfünfzig Tonnen Holz zu beladen und den Schleppkahn mit weiteren vierzig Tonnen. Die Transportfahrt stromaufwärts zum Sägewerk von McKay dauerte fast vier Stunden, wo das Entladen mit noch mehr Hilfsarbeitern wiederum zweieinhalb Stunden verstreichen ließ. Die Rückfahrt ohne Fracht stromabwärts ging schneller. Nach einem gut zwölfstündigen Arbeitstag waren alle erschöpft, dennoch warfen Joe, Ned und Lizzie die Angelschnur aus, um dabei zu entspannen. Francesca wusch Hemden. Dabei spähte sie immer wieder zu Neal hinüber und ertappte ihn dabei, dass er sie anstarrte. Sie konnte nicht leugnen, dass sie sich unwiderstehlich von ihm angezogen fühlte, und sein feuriger Blick ließ vermuten, dass diese Anziehungskraft auf Gegenseitigkeit beruhte.

Francesca hatte gerade die Hemden von Joe und Ned in deren Kajüten gebracht, als sie im Gang mit Neal zusammenprallte. Er war auf dem Weg zu seinem Nachtlager am Ufer.

»Oh, tut mir Leid«, sagte sie und schalt sich innerlich für ihr Herzklopfen. Seine Hände stützten ihre Arme. Die Berührung seiner Haut elektrisierte sie und sandte Schauer durch ihren Körper. Plötzlich hatte sie vor Augen, wie es war, in seinen Armen zu liegen und von ihm geküsst zu werden. Die starke, sinnliche Anziehungskraft zwischen ihnen war nicht zu leugnen. Francesca wusste bloß nicht, wie sie damit umgehen sollte.

Neal betrachtete sie mit dem Verlangen, sie zu küssen. Die Spannung zwischen ihnen stieg immer höher wie Wasser in einem Topf, das kurz davor stand, überzukochen. »Gute Nacht«, sagte Neal schließlich und ließ sie widerstrebend los.

»Gute Nacht«, flüsterte sie.

Als Francesca sich schlafen legte, kreisten ihre Gedanken einzig um Neal, der am Ufer lag. Selbst mit geschlossenen Lidern sah sie seine dunklen, feurigen Augen vor sich und spürte noch das brennende Prickeln seiner Berührung auf der Haut. Sie musste an seine Küsse denken, die sie zum Beben gebracht hatten, durch und durch. Im nächsten Augenblick vernahm sie das Lachen von Lizzie und Joe. Es freute sie, dass die beiden sich so gut verstanden und in der Gesellschaft des anderen förmlich aufblühten. Ned ging immer früh schlafen, während Joe es liebte, sich nachts an die Reling zu setzen und die Stille auf dem Fluss zu genießen. Und Lizzie war ohnehin ans Nachtleben gewöhnt.

Der darauf folgende Tag verlief wie der Tag zuvor, nur dass Francesca Neals Gegenwart auf dem Schleppkahn stärker bewusst war. Während er mit der Stange den Schleppkahn steuerte, beobachtete sie das Muskelspiel unter seinem Hemd und bewunderte seine Kraft und sein Geschick. Zur

Mittagszeit machten sie Rast, und Francesca wurde jedes Mal nervös, wenn er sich ihr näherte. Als sie ihm seine Mahlzeit reichte, streiften sich ihre Hände, und sie zuckte zurück.

Nach dem Abendessen machte Francesca alleine einen Spaziergang ein Stück den Fluss entlang. Auf dem Rückweg sah sie, dass Neal neben seinem Schlafplatz am Ufer ein Feuer gemacht hatte. Er lag auf dem Rücken, die Hände hinter dem Kopf verschränkt, und betrachtete die Sterne, die mit der einsetzenden Dunkelheit am Himmel zu leuchten begannen.

Francesca stellte sich hinter ihn und sah auf ihn hinunter. »Du legst dich heute Abend aber früh schlafen«, sagte sie.

»Es war ein anstrengender Tag«, entgegnete er.

Sie wusste, wie hart er gearbeitet hatte. »Dann lass ich dich jetzt schlafen«, sagte sie und wollte weitergehen.

»Du kannst doch noch kurz bleiben, oder?«, sagte Neal, der sich mit einem Ellbogen aufstützte und einladend auf die Decke neben ihm klopfte.

Francesca zögerte. Ihr war klar, dass sie im Moment noch keinen Schlaf finden würde, aber konnte sie es wagen, sich neben Neal zu setzen?

»Ich muss dir herzlich danken, dass du meinen Vater unterstützt«, sagte sie und mied seinen Blick. »Du hast dich als wahrer Freund erwiesen.«

»Ich tue das für dich«, entgegnete Neal, ohne den Blick von ihr abzuwenden.

Francesca begriff seine Worte nicht.

Im nächsten Moment streckte Neal ihr die Hand entgegen, um ihr zu bedeuten, sich neben ihn zu setzen.

»Du bringst ein großes Opfer für deinen Vater. Deshalb tue ich das für dich.«

Francesca bemerkte den weichen Klang in Neals Stimme. Nach wie vor wagte sie es nicht, in seine dunklen Augen zu schauen. »Danke. Dad weiß deine Hilfe sehr zu schätzen, und das gilt auch für mich.« Sie ergriff seine ausgestreckte Hand und ließ sich neben ihn auf den Boden sinken.

»Joe hat mir gesagt, dass Silas sich auf eine lange Verlobungsdauer eingelassen hat, aber man kann seinem Wort nicht trauen.«

»Es wird mehrere Monate harte Arbeit und eisernes Sparen erfordern, bis wir das Geld zusammenhaben, damit Dad seine Schulden bei Silas begleichen kann. Das wird zwar ganz schön schwer, aber es ist zu schaffen, wenn wir die Zinsen nicht aufbringen müssen.«

Neal machte ein besorgtes Gesicht.

»Außerdem ist Silas noch nicht von Henrietta Chapman geschieden«, fuhr Francesca fort. »Zumindest hat er noch keine Scheidungsurkunde. Selbst wenn er auf die Hochzeit drängen wollte, kann er das nicht.«

»Dieser Mann ist zu allem fähig, was ihm in den Sinn kommt, Francesca.« Neal betrachtete sie, nach wie vor auf den Ellbogen gestützt.

Sie spürte seinen Blick und richtete ihr Augenmerk auf den Fluss. »Und wenn schon. Ich werde ihm niemals das Jawort geben«, entgegnete sie.

Die Vorstellung, sie könnte die Frau von Silas Hepburn oder eines anderen Mannes werden, versetzte Neal einen Stich ins Herz.

Ein kurzes Schweigen entstand, und die Spannung zwischen beiden wurde fast unerträglich. Ihr Verstand sagte Francesca, aufzustehen und an Bord zu gehen, aber sie konnte sich nicht rühren. Ständig musste sie an Neals Küsse denken und wie sehr sie diese genossen hatte.

Neal verspürte das Bedürfnis, sie in die Arme zu ziehen, war aber nicht sicher, wie sie darauf reagieren würde.

»Ein herrlicher Abend, nicht?«, sagte Francesca und blickte zu den Sternen empor. Da Neal keine Antwort gab, wandte sie sich ihm zu. Seine dunklen Augen schimmerten, und der Schein des Feuers spiegelte sich darin. Sie war von seinem Blick gefesselt. Wenn sie doch nur wüsste, was er gerade dachte!

Er streckte die Hand vor und fuhr sachte mit den Fingerspitzen über die weiche Haut ihres Armes. Sie zitterte, aber er hatte den Eindruck, sie wäre zusammengezuckt, sodass er innehielt. Er sah ihr in die Augen und fragte sich, warum sie nicht zurückwich und ob sie ihn vielleicht genauso begehrte wie er sie.

Francesca bemerkte, dass Neals Atem lauter und schneller ging, so wie ihr eigener. Ihr Blick heftete sich auf seinen Mund, und sie öffnete leicht die Lippen.

Das war das Zeichen, auf das Neal gewartet hatte. Er richtete sich auf, zog sie in seine starken Arme und küsste sie innig, ohne dass Francesca sich sträubte. Vielmehr schmiegte sie sich an ihn und schlang die Arme um seinen Hals, wobei ihr Herz laut klopfte. Neben ihnen knisterte das Feuer, doch die Hitze zwischen ihnen rührte nicht daher.

»Haben Sie große Schmerzen im Arm, Joseph?«, fragte Lizzie. Ihr war aufgefallen, dass er seinen Arm immer wieder massierte, und von Francesca wusste sie, dass Joe nicht mehr in der Lage war, das Ruder zu halten.

»Der Arm schmerzt ständig und ist mittlerweile steif, aber damit muss ich leben«, entgegnete Joe. »Was machen Ihre Rippen?« Er hatte bemerkt, dass sie selten über Schmerzen klagte.

»Die Schmerzen lassen allmählich nach. Wahrscheinlich liegt es daran, dass ich mich hier so wohl fühle.«

»Das freut mich sehr, Elizabeth.«

»Dafür ist es für Sie deutlich schwerer, nicht? Und von der vielen Arbeit wird Ihr Arm bestimmt nicht besser.« Obwohl Joe, genau wie Ned, keine schweren Gegenstände hob, schufteten beide hart, um die Decks sauber zu halten und das Be- und

Entladen der Fracht zu beaufsichtigen. Zudem hackten sie das Holz klein, schürten den Kessel, füllten die Wasservorräte auf und kümmerten sich um zahlreiche kleinere Aufgaben. Sie konnten von Glück sagen, dass Neal mit an Bord war.

»Sobald ich die *Marylou* abbezahlt habe, werde ich kürzer treten«, sagte Joe. »Es werden zwar immer wieder Reparaturen und Wartungsarbeiten anfallen, aber je weniger ich arbeite, desto geringer ist der Verschleiß am Schiff. Außerdem entfallen jetzt die Schulgebühren für Frannie.«

Lizzie blickte Joe an, der das Gesicht abwandte, wie immer, wenn er das Gefühl hatte, dass sie ihn musterte. Ihr wurde bewusst, dass er damit die Narbe an seiner Wange zu verbergen suchte.

»Wir alle tragen Narben, Joseph«, sagte sie sanft. »Manche im Innern.« Sie berührte ihr Gesicht. »Und manche außen.«

Joe entgegnete nichts darauf.

»Ich glaube, Sie können über meine Narben hinwegsehen, so wie ich über Ihre«, sagte Lizzie weiter. »Die Narben und die Lektionen, die wir daraus ziehen, machen uns zu dem, was wir sind. Das ist mir eben erst bewusst geworden, und das habe ich Ihnen zu verdanken.«

»Mir?«

»Ich bin mein Leben lang gebrandmarkt, Joseph, und ich schäme mich für das, was ich bin.«

Joe machte ein betroffenes Gesicht.

»Aber dass Sie mich akzeptieren, hat mir Kraft genug gegeben, um mich vielleicht irgendwann wieder selbst zu akzeptieren, und dafür werde ich Ihnen ewig dankbar sein.«

»Sie wieder lachen zu sehen ist mir Dank genug, Elizabeth.«

Lizzie schüttelte den Kopf, und Tränen stiegen ihr in die Augen.

»Ich wollte Sie nicht zum Weinen bringen«, sagte Joe erschrocken.

»Das sind Freudentränen«, entgegnete Lizzie, die sich über die Augen fuhr. »Ich hätte nie gedacht, dass ich einmal vor Glück weine.«

Joe ergriff ihre Hand und strich ihr liebevoll über den Handrücken. »Sie verdienen es, glücklich zu sein. Solange Sie an Bord der *Marylou* sind, werde ich dafür sorgen, dass Sie stets ein Lächeln auf den Lippen tragen.«

19

Tagsüber verflog die Zeit, aber an den Abenden verbrachten Francesca und Neal eng umschlungen so viele gemeinsame Stunden wie möglich an seinem Lagerplatz am Ufer. Derweil frönten Joe und Lizzie ihrer vor kurzem entdeckten, gemeinsamen Leidenschaft, dem Angeln, und freundeten sich dabei immer mehr an, während Ned außen vor blieb. Er wäre sich wie das fünfte Rad am Wagen vorgekommen, wäre er von dem gewaltigen Arbeitspensum nicht immer so erschöpft gewesen, dass es ihn nicht groß kümmerte.

Joe war aufgefallen, dass Ned die schwere Arbeit immer mehr zu schaffen machte. Er merkte es ja selber in den Knochen, und Ned war einige Jahre älter als er. Folglich beschloss er, sich nach einer etwas leichteren Arbeit umzusehen, zumal Silas ihm nun keine Knüppel mehr zwischen die Beine warf. Doch als er Ned darauf ansprach, wurde der wütend.

»Der Auftrag bringt uns gutes Geld, Joe. Wir sollten ihn behalten. Das monatelange Nichtstun hat mir nicht gut getan, ich werde mich schon wieder umgewöhnen.«

Joe hatte seine Zweifel. Er wusste, dass Ned das Alter zu schaffen machte, und das war ja keine Schande. »Auch ich stoße an meine Grenzen, Ned. Wir müssen der Tatsache ins Auge sehen, dass wir nicht mehr die Jüngsten sind.«

»Ich will dir nicht hinderlich sein, Joe. Du darfst den Auftrag nur aus Rücksicht auf mich nicht abgeben. Ich komme schon klar.«

Joe wusste, Ned hatte seinen Stolz. Zudem fiel jedem das Eingeständnis schwer, dass man das Alter spürte. Das war schon immer Neds wunder Punkt gewesen.

Amos Compton traf Regina in der Bibliothek an. Sie stand seitlich hinter ihrem Schreibtisch und studierte irgendwelche Unterlagen, die sie in der Hand hielt. »Ihre Post, Mrs Radcliffe.«

»Danke, Amos. Hat Mabel gesagt, wann das Mittagessen aufgetragen wird?«

»In einer halben Stunde, Madam, und ich sollte Ihnen auch Bescheid geben, wenn Monty zurück ist.«

»Ist er da?«

»Ja, Madam.«

»Gut.« Regina machte sich große Sorgen um Monty und hatte Amos daher gebeten, sie umgehend zu informieren, wenn er zurück war. Die vergangenen Tage hatte er in der Stadt verbracht und im Commercial Hotel übernachtet. Zwar hatte er geschäftliche Gründe vorgegeben, doch von seinem Kutscher und Leibwächter Claude Mauston hatte Regina erfahren, dass er sich regelmäßig betrank.

Regina blätterte die Post durch, um Wichtiges herauszupicken. Dabei stieß sie auf einen Umschlag, dessen Handschrift ihr bekannt vorkam. Es handelte sich offensichtlich um eine Einladung, doch im Moment war sie nicht in der Stimmung, sich unter Leute zu begeben. Lustlos öffnete sie den Umschlag und überflog den Inhalt des Schreibens. Dabei stachen ihr drei Worte ins Auge. *Silas, Verlobung* sowie *Francesca.*

»O Gott, nein«, stieß sie hervor und sank auf ihren Stuhl.

Amos hörte ihren entsetzten Schrei und eilte in die Bibliothek zurück. »Was ist mit Ihnen, Madam?«, fragte er.

Regina schüttelte stumm den Kopf. Ihr versagte die Stimme.

»Mutter«, hörte sie plötzlich Monty erschrocken rufen. Sofort wusste sie, dass er ebenfalls eine Einladung erhalten hatte. Gleich darauf betrat er mit dem Schreiben in der Hand die Bibliothek, woraufhin Amos sich diskret zurückzog.

»Silas Hepburn hat sich mit Francesca verlobt«, stieß Monty ungläubig hervor. »Das hatte er mir zwar schon mitgeteilt, und Francesca hat es bestätigt, aber ich ...« Er war sicher gewesen, Francesca würde zur Vernunft kommen und die Verlobung lösen.

Regina begriff plötzlich, weshalb Monty sich in letzter Zeit regelmäßig betrank, und es kostete sie große Mühe, die Fassung zu wahren. »Dein Vater und ich haben ebenfalls eine Einladung zur Verlobungsfeier erhalten.«

»Ich kann es nicht fassen«, entgegnete Monty, der sich die Haare raufte und nervös auf und ab ging. Er schenkte seiner Mutter kaum Beachtung. Regina war über sein Aussehen entsetzt. Er war unrasiert und wirkte abgespannt. Offensichtlich hatte er in den letzten Tagen vor lauter Kummer weder vernünftig gegessen noch geschlafen.

»Francesca wird Silas Hepburn nicht heiraten. Denk an meine Worte«, sagte Regina. Ihr war nicht bewusst, dass sie laut dachte.

»Was sollte sie daran hindern?«, gab Monty brüsk zurück.

Sein Ton machte Regina bewusst, was sie angerichtet hatte. »Mir ist schleierhaft, weshalb sie sich mit einem Mann verlobt, der ...« Ihr lag auf der Zunge »der alt genug ist, um ihr Vater zu sein«, doch sie unterbrach sich rechtzeitig. Das käme der Wahrheit gefährlich nahe. »Mit einem Mann wie Silas«, fuhr sie fort. »Dafür gibt es bestimmt einen Grund, Monty, und ich werde ihn herausfinden.«

»Was kümmert es dich?«, entgegnete Monty mürrisch. »Du bist ja ohnehin dagegen, dass ich sie zur Frau nehme.«

»Stimmt, aber das bedeutet nicht, dass sie ausgerechnet Silas Hepburn heiraten soll. Ich will verhindern, dass das Mädchen für einen Kerl wie ihn ihr Leben wegwirft.«

»Ich bezweifle, dass sie das so sieht. Silas ist steinreich. Er kann ihr ein angenehmes Leben bieten.«

»Nein, das kann er nicht«, widersprach Regina vehement. Im nächsten Augenblick eilte sie aus der Bibliothek. Monty starrte ihr offenen Mundes hinterher.

Es war bereits Nachmittag, als Silas das Star Hotel verließ und zur Uferpromenade schlenderte. Auf seinem Weg erspähte er die *Ophelia* am Ufer, und es machte ihn stutzig, dass sie seit Tagen nicht bewegt worden war. Er beschloss, der Sache auf den Grund zu gehen. Er schlenderte weiter über den Pier, wo Mike Finnion mit der *Curlew* vor Anker lag.

»Guten Tag, Mr Hepburn«, sagte Mike. Er reinigte gerade das Deck, nachdem sie Säcke mit Getreide und Hafer abgeladen hatten.

»Tag, Mike. Mir ist aufgefallen, dass die *Ophelia* schon seit Tagen vertäut ist. Wie kommt das?«

»Neal Mason arbeitet wieder für Joe Callaghan auf der *Marylou.*«

Silas war entrüstet. »Warum, wo er doch mit seinem eigenen Schiff Frachtfahrten machen kann?«

Mike konnte sich Silas' Zorn nicht erklären. »Keine Ahnung. Aber da sie den Schleppkahn dabeihaben, nehme ich an, dass sie so viel Holz wie möglich transportieren wollen.«

Silas' graue Augen wurden schmal, und er blickte erneut zur *Ophelia* hinüber. Offenbar wollte Joe möglichst viel Geld verdienen, um seine Schulden schneller zu tilgen. Ich hatte also Recht, dachte er. Francesca plant, unsere Verlobung zu lösen, sobald das Darlehn abbezahlt ist. Und Neal Mason verfolgte sicherlich seine eigenen Pläne. Auf diese Weise konnte er Francesca nahe sein.

»Glaubst du mir jetzt, Silas?«, bemerkte Regina.

Silas fuhr herum und sah, dass sie mit geschürzten Lippen hinter ihm stand. »Wovon redest du, Regina?«, gab er gereizt zurück. Er konnte auf ihre spitzen Bemerkungen gut verzichten.

Mike Finnion, der die Feindseligkeit spürte, sah darin das Stichwort, sich wieder an die Arbeit zu machen.

»Ich habe dir gesagt, dass Francesca ein Techtelmechtel mit Neal Mason hat. Du kannst es schlecht leugnen, zumal die beiden Tag und Nacht zusammen verbringen.« Regina sprach absichtlich laut, damit alle Anwesenden sie hören konnten.

Silas war erbost, dass sie seine Privatangelegenheiten öffentlich ausbreitete. »Joe Callaghan wird seine Tochter gut im Auge behalten. Darauf kannst du Gift nehmen. Im Übrigen haben Francesca und ich uns verlobt.« Verdutzt registrierte Silas, dass Regina bei seinen Worten leichenblass geworden war. Er konnte sich das nur damit erklären, dass sie eifersüchtig war. Er fand es seltsam, dass sie weder bei Henrietta noch bei Brontë Emotionen gezeigt hatte, aber schließlich war keine der beiden so schön wie Francesca.

»Ich kann nicht glauben, dass ein Mann von deinem Ansehen und deiner Intelligenz sich mit einer Frau von derart zweifelhaftem Ruf wie Francesca Callaghan verlobt«, sagte Regina. »Hast du völlig den Verstand verloren?«

»Würdest du bitte leiser sprechen, Regina? Ich habe von keinem ein schlechtes Wort über Francesca gehört, nur von dir. Wie kommt das?«

»Du hast eben nicht genau hingehört, aber das ist typisch für einen Mann. Ihr Männer lasst euch von euren Begierden leiten, statt von eurem Verstand.«

»Ich lasse mir von dir die gute Laune nicht verderben. Aber da wir gerade von Francesca sprechen ... ich wäre dir sehr verbunden, wenn du aufhören würdest, sie schlecht zu machen. Sie wird bald meine Frau, und ich erwarte, dass man ihr mit Respekt begegnet. Jeder, der sich meinem Wunsch widersetzt, wird es mit mir persönlich zu tun bekommen. Ich hoffe, du verstehst mich. Wenn du mich jetzt bitte entschuldigst. Ich muss noch Vorbereitungen für die Verlobungsfeier treffen.« Er wandte sich zum Gehen, hielt jedoch kurz inne. »Ich weiß, die Einladung kommt ein bisschen spät, aber ich hoffe, du und Frederick kommt. Das wird die Feier des Jahres in Echuca, das garantiere ich.«

Nach diesen Worten spazierte er davon, während Regina vor Wut schäumte. Ich werde da sein, Silas, sagte sie sich, aber aus dem einzigen Grund, um Francesca ins Gewissen zu reden. Du wirst deine Tochter nicht heiraten, das garantiere ich dir.

Auf dem Weg zurück zum Bridge Hotel richtete Silas' Aufmerksamkeit sich erneut auf die *Ophelia*. Er traf eine Entscheidung. Nach Joes Rückkehr würde er ihn sich zur Brust nehmen. Er wünschte nicht, dass Neal Mason weiterhin auf der *Marylou* arbeitete, und er würde dafür sorgen, dass Joe ihn wieder loswurde. Sollte Joe nicht hören wollen, würde er sich selber darum kümmern, Neal Mason aus dem Weg zu schaffen – ein für alle Mal.

Regina ging auf der Suche nach Clara über den Flur der Redaktionsräume des *Riverine Herald*. Schließlich entdeckte sie das Mädchen in einem kleinen Büro an einem Schreibtisch.

»Guten Tag, Clara«, sagte sie im Türrahmen. »Wie geht es Ihnen?«

Clara freute sich über ihren Besuch. »Danke, gut, Mrs Radcliffe. Vor einer Woche hat Monty mich zum Mittagessen eingeladen, und seitdem treffen wir uns hin und wieder.« Er hatte zwar keine weitere Einladung zum Essen ausgesprochen, doch Clara war sicher, dass diese folgen würde.

Regina wusste, dass sie erst bei der Verlobungsfeier die Gelegenheit haben würde, sich Francesca vorzunehmen, weshalb ihr Erscheinen zwingend erforderlich wäre. Sie war sicher, dass Monty sie begleiten würde, und wenn auch nur, um Francesca anzuflehen, Silas nicht zu heiraten.

»Monty hat vor kurzem eine Einladung zu einer Feier erhalten, und es würde mich nicht überraschen, wenn er Sie bittet, ihn zu begleiten. Aber behalten Sie das bitte für sich«, sagte Regina.

Vor Freude strahlte Clara übers ganze Gesicht. »Das werde ich, Mrs Radcliffe.«

Silas erwartete bereits die *Marylou,* als diese abends andockte. Zuvor hatte Joe Neal mit seinem Schleppkahn an der Anlegestelle der *Ophelia* abgesetzt.

Lizzie hielt sich in Francescas Kajüte versteckt. Obwohl Joe ihr versprochen hatte, sie vor jedem zu beschützen, war Lizzie noch nicht bereit, Silas gegenüberzutreten. Außerdem wollte sie nicht riskieren, dass Joe herausbekam, dass Silas der Mann gewesen war, der sie so übel zugerichtet hatte. Das würde den Plan gefährden, die *Marylou* abzubezahlen.

»Na, eine harte Woche gehabt, Joe?«, fragte Silas, als Joe das Schiff festmachte.

»Ja, wir sind hundemüde«, entgegnete Joe. »Heute Abend werden wir alle uns früh in die Koje legen.«

Silas runzelte die Stirn. »Ich hatte gehofft, Francesca speist mit mir zu Abend. Ich habe eine Überraschung für sie.«

In diesem Moment kam Francesca an Deck. Sie hatte Silas' Stimme vernommen und wollte ihrem Vater nicht zumuten, sich alleine mit diesem Kerl herumzuschlagen.

»Da ist ja meine zukünftige Braut«, rief Silas freudig aus. »Guten Abend, meine Teuerste.«

Sein bloßer Anblick verursachte Francesca Übelkeit. »Guten Abend, Silas.«

Ihm entging nicht ihr mürrischer Unterton, doch er ignorierte ihn. »Ich habe soeben zu deinem Vater gesagt, dass ich eine Überraschung für dich habe.«

»Eine Überraschung?« Francesca ahnte Schlimmes.

»Ja. Wenn du mir heute Abend beim Essen Gesellschaft leistest, verrate ich sie dir.«

»Ich bin todmüde, Silas. Ich wollte ein Bad nehmen und mich früh schlafen legen.«

Silas stülpte die Lippen vor, sodass er an eine Kröte erinnerte. Er war es nicht gewohnt, dass man ihm eine Abfuhr erteilte. »Ich bin sicher, du hast vorher noch Zeit für einen raschen Happen.«

»Vielleicht ein anderes Mal.«

»Du lässt mir keine andere Wahl, als meine Überraschung preiszugeben: Morgen Abend findet unsere Verlobungsfeier im Bridge statt. Vor ein paar Tagen habe ich die Einladungen verschickt.«

Joe platzte der Kragen. »Silas, ich dachte, wir hätten vereinbart, dass Sie abwarten, bis Ihre Scheidung rechtskräftig wird, bevor Sie die Verlobung öffentlich bekannt geben oder eine Feier organisieren.«

»Und ich habe Wort gehalten, Joe. Ich habe mit meinem Notar gesprochen. Die Scheidung ist rechtskräftig. Die Urkunde erhalte ich innerhalb der nächsten zwei Wochen. Das sind doch großartige Neuigkeiten, nicht wahr? Wie Sie sehen, besteht kein Grund mehr, die Feier aufzuschieben.«

Joe entgegnete nichts.

»Da gibt es etwas, das ich gerne mit Ihnen besprechen würde, Joe. Es macht dir doch nichts aus, Francesca, oder?«

»Keineswegs.« Ihre Gedanken überschlugen sich, und sie überlegte fieberhaft, was Silas vorbringen würde. Neal hatte Recht. Man durfte Silas nicht über den Weg trauen.

Francesca zog sich in ihre Kajüte zurück, sodass Joe und Silas ungestört waren.

»Ich möchte Sie um einen Gefallen bitten, Joe, da wir ja nun eine Familie sind.«

Joe zuckte bei dem Gedanken, mit Silas verwandt zu sein, heftig zusammen. »Und der wäre?«, fragte er misstrauisch.

347

»Es wäre mir recht, wenn Sie nicht mit Neal Mason zusammenarbeiten würden.«

»Und warum?«

»Weil ich den Kerl nicht leiden kann. Außerdem brauchen Sie ihn nicht mehr.«

»Wieso das?«

»Weil ich einen Spitzenauftrag für Sie habe. Ich möchte, dass Sie meinen Alkoholnachschub für meine Hotels von Moama herüberschiffen und Fracht nach Barmah transportieren.«

Joe horchte auf, da es sich um leichte Arbeit handelte. Dennoch war er sicher, dass dieser Job sich nicht so bezahlt machen würde wie der Holztransport, der zudem den Vorteil brachte, unter der Woche fort zu sein. »Ich bin mit meiner derzeitigen Arbeit zufrieden, Silas«, entgegnete er.

»Aber ich bezahle gut, Joe, und der Job ist um einiges leichter als die Plackerei, die ihr hinter euch habt.«

Obwohl Joe wusste, dass es für Ned und ihn besser wäre, auf das Angebot einzugehen, wollte er nicht riskieren, dass Silas Francesca jeden Tag belästigte. Zudem hatte Lizzie ihre Freiheit an Bord genossen.

Silas bemerkte, dass Joe nicht gerade einen Freudensprung machte, und das ärgerte ihn. Jeder andere Schiffer hätte sich um einen solchen Auftrag gerissen.

»Ich werde darüber nachdenken und Ihnen Bescheid geben, sobald ich mit meinem Maschinisten gesprochen habe«, entgegnete Joe.

»Also gut«, sagte Silas verärgert. »Ich würde mit Francesca gern die Verlobungsfeier besprechen. Sorgen Sie dafür, dass sie sich um sieben Uhr im Bridge Hotel einfindet.«

Joes Zorn wuchs. Jetzt erteilte Silas ihnen schon Befehle! »*Wir* werden da sein«, erwiderte er in einem Tonfall, der keine Widerrede duldete.

Silas nickte.

348

Die Hochzeit wird früher stattfinden, als du glaubst, Joe Callaghan, dachte er.

Kurz vor sieben trafen Joe und Francesca im Bridge Hotel ein.

»Ich fürchte, ich muss mir ein paar Gläser genehmigen, um diesen Kerl ertragen zu können«, sagte Joe.

»Geh ruhig kurz in den Schankraum, Dad«, entgegnete Francesca. Sie wusste, wie nervös Silas ihn machte. »Wir treffen uns gleich im Speisesaal.«

»Traust du dir das auch zu, mein Mädchen? Ich werde dich nicht mit Silas alleine lassen, wenn dir das lieber ist.«

»Es wird schon gehen.«

»Aber in ein paar Minuten komme ich nach, versprochen.«

Kaum hatte Francesca den Speiseraum betreten, stürzte Silas ihr entgegen. Er war offenkundig erfreut darüber, dass sie ohne Begleitung war.

»Mein Vater wird gleich zu uns stoßen«, sagte sie und beobachtete mit Genugtuung, wie sein Grinsen Enttäuschung wich.

»Das ist die Gästeliste für unsere Feier«, verkündete Silas.

Francesca überflog die Namen. Keiner davon war ihr bekannt, mit Ausnahme der Radcliffes. Als sie Montys Namen las, wurde ihr das Herz schwer.

»All diese Leute werden dir höchsten Respekt zollen«, versicherte Silas ihr. »Sie werden dich wie eine Königin behandeln.«

Francesca sah ihn zweifelnd an.

»Vertrau mir, meine Teuerste«, sagte er.

Da traue ich eher einer Giftschlange, dachte Francesca.

»Kennst du das Geschäft von Amelia Johnson auf der High Street?«

»Ja«, entgegnete Francesca. Es handelte sich um ein extravagantes Modegeschäft.

»Ich habe für dich dort einen Termin vereinbart, gleich morgen Früh. Amelia wird dir bei der Auswahl des Festkleids behilflich sein, das selbstverständlich auf meine Kosten geht. Sie weiß, was mir vorschwebt.«

Francesca kochte innerlich vor Zorn, biss sich jedoch auf die Zunge. Sie konnte sich vorstellen, was Silas vorschwebte.

»Tut mir Leid, dass die Zeit nicht gereicht hat, um deine ehemaligen Schulfreundinnen einzuladen, meine Teuerste«, fuhr Silas fort, »aber das können wir ja für die Hochzeit nachholen.«

»Schon gut«, entgegnete Francesca mit gezwungenem Lächeln. »Ich wünsche mir lediglich, dass mein Vater und Ned an der Feier teilnehmen, und natürlich auch Neal.«

»Neal Mason?«

»Ja. Er ist ein enger Freund der Familie.«

»Ist er das?« Am liebsten hätte Silas sich geweigert, Neal Masons Erscheinen bei der Feier zu dulden, aber er hielt seine Zunge im Zaum. Um Neal würde er sich schon noch rechtzeitig kümmern.

Francesca hoffte, dass Neals Gegenwart die Zeremonie erträglicher machte.

Als Joe zu ihnen stieß, vom Whisky leicht angeschlagen, erklärte Francesca, sie fühle sich nicht wohl und würde gern zum Schiff zurückkehren.

»Aber wir haben noch gar nicht gegessen!«, protestierte Silas.

»Tut mir Leid, Silas, aber ich fühle mich wirklich nicht besonders. Wir können das Essen an einem anderen Abend nachholen, ja?«

»Also gut«, lenkte Silas zähneknirschend ein. »Vielleicht ist es besser, wenn du dich für die Verlobungsfeier morgen Abend ausruhst.«

»Ich hoffe, bis dahin habe ich mich erholt, nach all der Mühe, die du auf dich genommen hast«, erwiderte Francesca. Sie hakte sich bei ihrem Vater ein, und gemeinsam verließen sie das Hotel.

»Ich bin stolz auf dich, mein Mädchen«, sagte Joe, während sie zum Schiff zurückgingen. »Ich war nämlich nicht in der Stimmung, mich mit diesem Kerl an einen Tisch zu setzen.«

»Ich weiß, Dad. Aber wie sollen wir bloß die Verlobungsfeier überstehen?«

»Gute Frage«, erwiderte Joe.

Francesca hatte gehofft, Neal noch einmal zu sehen, bevor sie schlafen ging, doch als sie an Bord der *Ophelia* nachsah, konnte sie ihn nicht entdecken. Also kehrte sie an Bord der *Marylou* zurück und fragte Ned, ob er von jemandem wisse, der Neals Schwester persönlich kenne.

»Kann ich nicht behaupten, Frannie«, entgegnete er, was ihre Beunruhigung verstärkte. Sie war sicher, dass diese »Schwester« gar nicht existierte.

Nachdem Francesca und Ned sich schlafen gelegt hatten, gesellte Lizzie sich zu Joe ans Heck. Mittlerweile lag der Pier verwaist da, sodass sie sich traute, Francescas Kajüte zu verlassen. Sie atmete tief durch und genoss die frische Luft.

»Sie wissen, dass Sie sich nicht unter Deck verschanzen müssen, Elizabeth«, sagte Joe. »Keiner würde es wagen, Ihnen an Bord der *Marylou* ein Leid zuzufügen.«

Lizzie brachte es nicht über sich, ihm zu sagen, dass sie von Silas misshandelt worden war. Joe hasste ihn ohnehin schon aus tiefster Seele, und sie hatte Francesca versprechen müssen zu schweigen, um zu vermeiden, dass ihr Vater vor Sorge um sie krank wurde.

»Ich weiß«, entgegnete Lizzie. In Joes Gegenwart fühlte sie sich sicher, und allmählich kehrte ihr Selbstvertrauen zurück.

»Mir ist da gerade eine Idee gekommen, Elizabeth. Würden Sie mich zur Verlobungsfeier begleiten?«

»Ich?«

»Ja, Sie. Der Abend wird nicht einfach zu überstehen sein, aber mit Ihnen an meiner Seite würde es mir leichter fallen. Ich möchte, dass Sie mich als moralische Stütze begleiten. Wie sieht's aus?«

Lizzie war sprachlos.

»Ich kaufe Ihnen auch ein zauberhaftes Kleid für den Anlass«, fügte Joe hinzu.

»Ich glaube, Sie vergessen, was ich bin, Joe«, entgegnete Lizzie. Es war ihr zuwider, ihn daran zu erinnern, da sie das Leben an Bord der *Marylou* in vollen Zügen genoss – eine ganz neue Welt für sie, aber eben nicht ihre Welt. »Ein hübsches Kleid ändert nichts daran.«

»Das habe ich keineswegs vergessen, Elizabeth. Sie haben ein Leben geführt, für das Sie sich schämen. Aber das waren nicht Sie. Sie haben es nur getan, um zu überleben. Jeder schämt sich für bestimmte Dinge, die er im Leben getan hat, aber deswegen muss man nicht bis zum Lebensende darunter leiden.«

Lizzie liefen die Tränen über die Wangen. »Sie sind der netteste Mann auf Erden, Joseph Callaghan«, sagte sie, »und ich danke Ihnen für diese freundliche Einladung, aber da Sie mir am Herzen liegen, muss ich ablehnen.« Sie wusste, dass nicht jeder so viel Nachsicht besaß wie Joe, und ihr war die Vorstellung zuwider, dass hinter Joes Rücken über ihn gekichert werden könnte, weil sie in seiner Begleitung war. Vor allem aber war Lizzie noch nicht fähig, Silas gegenüberzutreten.

»Sie sollten Ihre Entscheidung nicht überstürzen. Schlafen Sie eine Nacht darüber«, schlug Joe vor. »Doch bedenken Sie eines: Ich lege nicht den geringsten Wert darauf, was die Gäste bei der Verlobungsfeier von mir denken oder halten. Die Menschen, die mir am Herzen liegen, sind alle auf diesem Schiff.«

Wieder war Lizzie sprachlos.

20

Versprecht mir, dass wir zusammenbleiben«, sagte Francesca auf dem Weg vom Pier zum Bridge Hotel. Einerseits war sie nervös, da sie der feinen Gesellschaft, die Silas eingeladen hatte, gleich unter die Augen treten musste, andererseits war sie froh, ihre Nächsten sowie Neal bei sich zu haben. Voller Unbehagen hatten sie sich zum spätestmöglichen Zeitpunkt auf den Weg gemacht.

Zuvor hatte Francesca mitbekommen, dass Joe Lizzie gebeten hatte, sich ihnen anzuschließen. Doch Lizzie hatte sich geweigert, denn wie immer sie sich kleiden würde, bestand dennoch die Gefahr, dass sie von Silas oder jemand anderem erkannt wurde.

»Wir weichen dir nicht von der Seite, Frannie«, versicherte Joe ihr, und Neal und Ned schlossen sich diesem Versprechen an.

»Du siehst atemberaubend aus«, hatte Neal gesagt, als er sie erblickt hatte. Er hoffte, seine Gefühle für Francesca vor Silas verbergen zu können, auch wenn er insgeheim wusste, dass dies so gut wie unmöglich war.

Francesca trug ein Abendkleid, das Amelia Johnson für sie ausgesucht hatte. Obwohl es traumhaft war, entsprach es nicht Francescas Geschmack; es war ihrer Meinung nach zu tief ausgeschnitten. Außerdem widerstrebte es ihr, sich für Silas derart in Schale zu werfen, zumal die Gefahr bestand, dass er dann die ganze Zeit um sie herumscharwenzelte. Dafür gefiel ihr die Farbe des Kleides ausnehmend gut. Es war aus prächtigem, edlem Samt in Mitternachtsblau, das die Farbe ihrer Augen hervorhob und einen perfekten Kontrast zu ihrer blassen Haut und den dunklen Haaren bildete. Sie trug eine Hochfrisur, die von Zierspangen gehalten wurde.

Trotz ihres Nervenflatterns musste Francesca innerlich lächeln. Es war das erste Mal seit Jahren, dass sie ihren Vater und Ned in ihren Sonntagsanzügen zu Gesicht bekam. Beide machten eine gute Figur, und auch Neal sah fantastisch aus. Dennoch hätte man den Eindruck gewinnen können, Francesca wäre auf dem Weg zum Schafott. »Macht nicht solche Gesichter«, sagte sie aufmunternd und hakte sich bei Ned und ihrem Vater ein. »Man könnte meinen, einer von euch muss sich mit Silas verloben.«

Joe begriff, dass sie versuchte, die Situation aufzulockern, doch es zeigte keine Wirkung. »Ich wollte, es wäre jemand anders als du, Frannie.«

»Ich weiß, Dad, aber wir werden Silas mit seinen eigenen Waffen schlagen. Deshalb müssen wir unsere Rollen heute Abend perfekt spielen – ich ganz besonders. Ich weiß, das wird nicht leicht, zumal wir ehrliche Leute sind, aber da Silas ein übles Spiel spielt, müssen wir eben mitspielen.«

Im Foyer des Hotels, vor dem Speisesaal, wo sich sämtliche Gäste versammelt hatten, überfiel Francesca einen Moment lang nackte Panik. Es war eine Sache, zu behaupten, sie sei dazu fähig, die glückliche Verlobte von Silas Hepburn zu mimen, aber jetzt war der Augenblick der Wahrheit gekommen, und er jagte ihr Angst ein. Sie sah ihren Vater und Ned an, und ein Gefühl der Wärme durchströmte sie. Die beiden fühlten sich so unbehaglich wie zwei linke Schuhe, und das würde noch schlimmer werden, sobald Silas erschien. Doch die *Marylou* stand auf dem Spiel. Es war ihre Idee gewesen, und es hatte sie Überzeugungskraft gekostet, Joe und Ned zum Mitkommen zu bewegen, sodass sie ihnen jetzt beistehen musste.

Neal beobachtete sie und konnte ihr ansehen, dass sie innerlich mit sich rang. »Alles in Ordnung?«, flüsterte er ihr zu.

»Ja«, erwiderte sie und drückte ihm vertrauensvoll die Hand. Es würde schwer sein, so zu tun, als empfinde sie nichts für Neal – genauso schwer, wie allen vorzuspielen, sie empfinde etwas für Silas Hepburn. Aber da musste sie durch.

Als sie sich anschickten, den Saal zu betreten, kam gerade John Henry, der Kapitän der *Syrett*, aus dem Schankraum.

»Guten Abend, Joe«, grüßte er, sichtlich verwundert, Joe im Foyer des Bridge Hotels anzutreffen, und dazu noch festlich gekleidet. »Hallo, Ned ... Neal ...« Sein Blick fiel auf Francesca, und er nickte anerkennend, bevor er sich wieder Joe zuwandte. »Mir ist soeben das verrückteste Seemannsgarn zu Ohren gekommen«, sagte er leise. »Im Schankraum kursiert das Gerücht, dass Silas Hepburn sich mit deiner Tochter verlobt hat.« John bemerkte verdutzt, dass Joe keinerlei Überraschung zeigte. »Das ist doch wohl nicht wahr, oder?«

Joe wurde blass und sah Francesca an. Sie erkannte, dass dies für ihn ein Test war, ob er in der Lage wäre, gute Miene zum bösen Spiel zu machen. Wenn er John Henry nicht überzeugen konnte, dann konnte er niemanden überzeugen.

»Es ist wahr«, sagte Joe voller Unbehagen.

John Henry war schockiert. Er wollte etwas erwidern, brachte jedoch keinen Ton hervor. Offenbar wartete er auf eine nähere Erklärung Joes, doch als diese ausblieb, sagte er: »Ich ziehe Leine. Euch allen noch einen schönen Abend.« Daraufhin verließ er mit verdutzter Miene das Hotel.

Joe warf einen Blick gen Himmel, als würde er um Vergebung oder Kraft bitten. »Ich fühle mich, als hätte ich dem Teufel meine Seele verkauft. Schlimmer noch, die Seele meiner Tochter«, sagte er. Er atmete tief durch und spähte in den Schankraum, wo sich mehrere Flussschiffer aufhielten. In die-

355

sem Moment hätte er alles dafür gegeben, sich zu ihnen zu setzen, statt zu den feinen Pinkeln in den Speisesaal.

»So schlimm wird es schon nicht, Dad«, sagte Francesca. »Halt dir einfach vor Augen, dass die, die im Moment nicht verstehen, irgendwann begreifen werden.«

»Da bin ich mir nicht so sicher, Francesca.«

Die Miene ihres Vaters versetzte ihr einen Stich ins Herz. Er war all dem nicht gewachsen, sodass sich Francesca die Frage aufdrängte, ob es nicht das Beste wäre, auf die *Marylou* zurückzukehren und Echuca so weit wie möglich hinter sich zu lassen.

Bevor sie genauer darüber nachdenken konnte, hatte Silas sie erspäht und stürzte auf sie zu, um sie zu begrüßen. Er war verärgert, weil sie sich so spät blicken ließ und die Gäste fast schon vollzählig versammelt waren. Er hatte sogar die ungeliebte Möglichkeit in Betracht gezogen, dass sie überhaupt nicht erscheinen und ihn zum Gespött machen würde.

»Du kommst spät, Francesca!«, fuhr er sie an. »Unsere Gäste haben schon nach dir gefragt.« Manch einer der Gäste hatte scherzhaft verlautbaren lassen, dass Silas wohl versetzt worden sei, was dieser überhaupt nicht komisch gefunden hatte.

Francesca ließ Silas' Schroffheit kalt, aber sie wusste, sie musste ihn beschwichtigen, wollte sie ihren Plan nicht gefährden. »Tut mir Leid, dass wir uns verspätet haben, das war allein meine Schuld«, entgegnete sie. »Ich wollte mich für dich besonders schön machen.«

Sofort wurden seine Gesichtszüge weicher, seine Gier war geweckt. »Das ist dir voll und ganz gelungen«, sagte er. Er beugte sich vor, um sie zu küssen, wobei sie instinktiv das Gesicht zur Seite wandte, damit seine Lippen nur ihre Wangen trafen. Sie bemerkte, dass seine Augen schmaler wurden, und schenkte ihm ein kokettes Lächeln, um seinen Verdruss über die Zurückweisung zu besänftigen. Silas hatte den Eindruck,

356

dass sie gern kokettierte, was für ihre bevorstehende Ehe prickelnde Abwechslung versprach, der er bereits ungeduldig und voller Gier entgegenfieberte.

»Die Dekoration des Speisesaals ist sehr schön«, sagte Francesca, um ihn abzulenken. Auf der einen Seite des Raumes waren die Tische und Stühle entfernt worden, um eine Tanzfläche zu schaffen. In einer Ecke war Platz für die dreiköpfige Musikkapelle geschaffen worden, und obwohl es an diesem Abend nicht besonders kalt war, loderte ein munteres Feuer im Kamin und verlieh dem Saal eine behagliche Atmosphäre.

Francesca, die sämtliche Blicke auf sich spürte, hielt nach den Radcliffes Ausschau, konnte sie zu ihrer Erleichterung aber nicht entdecken.

»Kommt herein, und nehmt euch etwas zu trinken«, sagte Silas zu Joe, Ned und Neal. Missbilligend registrierte er Neals Erscheinen und nahm sich vor, ihn im Auge zu behalten. »Und nun möchte ich meiner bezaubernden Verlobten einige Leute vorstellen, die sie unbedingt kennen lernen wollen.«

Francesca wusste, sie hatte keine andere Wahl, als Silas' Aufforderung Folge zu leisten. Sie kam sich vor wie ein Lamm, das zur Schlachtbank geführt wurde. Silas machte sie mit mehreren Farmern und deren Gattinnen bekannt, die ihr mit höflicher Distanz begegneten. Man beglückwünschte sie, doch Francesca entgingen nicht die missbilligenden Blicke, die hinter Silas' Rücken gewechselt wurden. Sie wusste, dass insbesondere die Frauen sie für viel zu jung hielten, um seine Ehefrau zu werden – was ja auch zutraf –, und da Silas bereits dreimal verheiratet gewesen war, war sein Privatleben ein gefundenes Fressen für die Klatschmäuler bei den morgendlichen Zusammentreffen und Wohltätigkeitsbasaren, die von der Landfrauenvereinigung veranstaltet wurde.

Sobald die Möglichkeit sich bot, gesellte Francesca sich rasch wieder zu ihrem Vater, Ned und Neal, die in einer Ecke

Platz genommen hatten. Vor ihrem Vater standen bereits zwei leere Gläser, und er kippte gerade das dritte herunter. Francesca verspürte einen Anflug von Angst, weil sie wusste, dass Joe in betrunkenem Zustand im Stande war, Silas und seinen hochnäsigen Konsorten deutlich zu sagen, was er von ihnen hielt.

»Sieh mal, wer gekommen ist«, sagte Joe.

Francesca wandte sich um und sah Regina den Saal betreten. Dahinter wurde Frederick in seinem Rollstuhl von Amos Compton hereingeschoben, der sich gleich darauf diskret zurückzog, um zusammen mit dem Kutscher, Claude Mauston, draußen zu warten.

Bei Reginas Anblick begann Francescas Herz zu hämmern. Wieder musste sie daran denken, dass Regina gesagt hatte, sie wäre eine Schande für die Radcliffes. Allein die Erinnerung an ihre kaltherzige Grausamkeit trieb Francesca die Röte ins Gesicht, sodass sie sich rasch wieder umdrehte.

Ihr Vater reichte ihr ein Glas Wein. »Den kannst du vielleicht gebrauchen«, sagte er. Ihm war aufgefallen, dass Reginas Gesicht erstarrt war, als sie seine Tochter erblickt hatte. Sein Beschützerinstinkt war sofort geweckt. Lieber würde er in der Hölle schmoren statt zuzulassen, dass Francesca ein Leid zugefügt wurde, und das galt auch für die vornehme Gesellschaft von Echuca.

Dankbar nippte Francesca an dem Glas Wein. Sie hatte den ganzen Tag kaum etwas gegessen und genoss die Wärme, die ihren Körper durchströmte. Sie spürte, dass Neals dunkle Augen auf ihr ruhten, und wandte sich ihm zu. Er machte ein besorgtes Gesicht, sodass sie sich zu einem Lächeln zwang, das er mit einem Augenzwinkern erwiderte.

»Silas glaubt, dass jeder hier ihn bewundert und respektiert«, sagte sie, »aber ich habe einen anderen Eindruck. Die Stimmung unter den Gästen scheint mir ziemlich kühl zu sein.«

»Du hast wohl Recht, Frannie«, entgegnete Joe. »Ich bezweifle, dass Silas wirkliche Freunde hat. Die meisten Leute gehen ihm lieber aus dem Weg. Bloß die, die genauso reich sind wie er, arbeiten mit ihm zusammen. Sie handeln nach der Devise, dass eine Hand die andere wäscht.«

»Da sind mir die einfachen Schiffersleute doch wesentlich lieber«, meinte Ned, der den Blick über die Anwesenden schweifen ließ. Die Männer trugen maßgeschneiderte Anzüge, und die Damen hatten sich ebenfalls in Schale geworfen. Ned wusste, Joe und Neal fühlten sich genauso fehl am Platze wie er selbst.

Wir sind hier so erwünscht wie drei nackte Buschmänner, ging es ihm durch den Kopf.

Francesca konnte sehen, wie unbehaglich sich Joe, Ned und Neal zwischen den Farmbesitzern und Silas' Geschäftsfreunden fühlten. Lediglich zwei angesehene Kaufleute aus der Stadt schenkten ihnen Beachtung, und das auch nur, weil man häufig geschäftlich miteinander zu tun gehabt hatte. Sogar Silas ließ sie links liegen. Am liebsten wäre Francesca wieder gegangen, aber das durfte sie nicht.

»Da bist du ja, meine Teuerste«, sagte Silas und nahm sie beim Arm. »Komm, es warten noch andere Gäste auf dich.« Bevor Francesca widersprechen konnte, zog er sie zu einer kleinen Runde, in der sich auch Regina und Frederick befanden. Silas machte sie miteinander bekannt. »Das sind Warren Peobbles und seine bezaubernde Gattin Rebecca. Sie sind Teilhaber des *Riverine Herald*, gemeinsam mit Frederick und Regina, deren Bekanntschaft du ja bereits gemacht hast.«

Francesca schenkte den Peobbles und Frederick ein Lächeln. Dann nahm sie ihren ganzen Mut zusammen, um Regina in die Augen zu sehen, und selbst dieser kurze Moment genügte, dass Reginas eisiger Blick sie schaudern ließ.

»Warren, Rebecca – das ist meine Verlobte, Francesca Callaghan«, sagte Silas stolz.

359

»Wir sind erfreut, Ihre Bekanntschaft zu machen«, erklärte Warren.

»Hocherfreut«, fügte Rebecca in geschliffenem Ton hinzu, in dem so viel Wärme lag wie in einem Schneesturm in den Blue Mountains.

»Was meine Person betrifft, so bin ich enttäuscht von Ihnen, Francesca«, sagte Frederick missmutig.

Sie blickte ihn mit aufgerissenen Augen an, während ihr Reginas Beschimpfungen in den Ohren hallten.

»Ich dachte, Sie würden eines Tages zu unserer Familie gehören, oder ich hatte es zumindest gehofft.« Ein freundliches Lächeln erschien auf seinem Gesicht.

Francesca drängte sich die Frage auf, wie ein so netter Mann an eine derart herzlose Frau wie Regina geraten konnte. »Tut mir Leid, aber es sollte nicht sein«, entgegnete sie gerührt. »Aber wenn ich mir meinen Schwiegervater aussuchen dürfte, müsste er so sein wie Sie.« Sie hätte allerdings noch hinzufügen können, dass Regina als Schwiegermutter ihr schlimmster Albtraum wäre, was sie sich natürlich verkniff. Sie musste Regina nicht einmal anschauen, um deren frostigen Blick auf sich zu spüren, sodass sie unwillkürlich eine Gänsehaut bekam.

»Wie reizend von Ihnen, Francesca. Vielleicht ist es ja noch nicht zu spät, um Monty zur Vernunft zu bringen.«

Tränen brannten in Francescas Augen, weil sie wusste, dass Monty genauso fühlte wie sein Vater, doch mit Regina verhielt es sich anders.

»Ich fürchte, es ist bereits zu spät, Frederick. Montys Fehler ist mein Glück«, posaunte Silas.

»In der Tat, Silas. Sie ist wunderschön, nicht wahr, Regina?«

Francesca wagte es, Regina anzusehen, die sofort ihren eisigen Blick und ihre offensichtliche Erregung überspielte. »Durchaus, Frederick, aber auch Monty ist heute Abend in Begleitung einer außerordentlich reizenden jungen Dame.

Vermutlich hast du sie das letzte Mal gesehen, als sie noch ein Kind war, aber mittlerweile hat Clara sich zu einer bezaubernden jungen Frau entwickelt.«

Niemand außer Francesca schien zu bemerken, dass die Bemerkung ein Seitenhieb Reginas gewesen war.

Frederick machte ein verblüfftes Gesicht und zuckte die Achseln. »Ich kann mit den jungen Leuten von heute nicht Schritt halten. Sei's drum, ich wünsche Ihnen das Allerbeste, meine liebe Francesca. Auch im Namen meiner Gattin – nicht wahr, Regina?«

Regina zwang sich zu einem Lächeln, doch ihre Augen blickten weiterhin kalt. »Wir müssen bei Gelegenheit einen kleinen Plausch von Frau zu Frau halten, Francesca, vorausgesetzt, Silas kann Sie heute Abend entbehren«, sagte sie.

Francesca war erstaunt. Sie hatte keinen blassen Schimmer, worüber Regina mit ihr reden wollte, geschweige denn, was sie überhaupt noch zu bereden hatten. Verwundert bemerkte sie eine unterschwellige Verzweiflung hinter Reginas kontrollierter Fassade.

Silas war von Reginas Vorschlag, ungestört mit Francesca zu reden, ebenfalls nicht angetan. Er hatte Regina zwar gewarnt, Francesca in Ruhe zu lassen, traute ihr aber nicht über den Weg. Außerdem wollte er vermeiden, dass Francesca am Abend ihrer Verlobungsfeier in Bedrängnis geriet.

»Francesca muss heute Abend noch zahlreichen anderen Gästen zur Verfügung stehen, Regina. Deshalb befürchte ich, dass ich sie kaum entbehren kann.«

Im Grunde war Francesca Silas dankbar dafür, dass er sie in Beschlag nahm. So sehr sie ihn auch verabscheute – sie hatte Regina nichts zu sagen und wollte keinen Moment länger als nötig in ihrer Gesellschaft verbringen. Lieber würde sie eine ganze Schiffsladung Fische abschuppen und ausnehmen.

Im nächsten Moment betrat Monty zusammen mit Clara Whitsbury den Saal.

»Wenn man vom Teufel spricht. Da kommt Monty«, sagte Frederick.

Francesca schlug das Herz bis zum Hals. Sie ahnte, dass die Wiederbegegnung mit ihm peinlich ausfallen würde. Sie hatte gebetet, dass er nicht erscheinen würde. Zu ihrer Bestürzung steuerte Monty mit seiner Begleiterin, die in der Tat ein Blickfang war, direkt auf sie zu.

»Guten Abend, Silas«, sagte Monty leise. Obwohl er mit dem Gastgeber sprach, blickte er Francesca an, genau wie Clara. Während Monty einen gequälten Eindruck machte, betrachtete Clara sie von oben herab.

»Guten Abend, Francesca«, sagte Monty mit einer Stimme, aus der verletzter Stolz herauszuhören war. Er warf einen kurzen Blick auf Silas. »Meinen Glückwunsch ... an Sie beide«, fügte er mit sichtlicher Überwindung hinzu.

»Danke sehr«, erwiderte Silas, der Montys Kummer mit Genugtuung registrierte.

Für Monty war offensichtlich, dass Silas der Ansicht war, der Bessere von ihnen habe Francescas Herz erobert, was er allerdings keinen Moment glauben wollte. Es hatte nur einen Grund gegeben, dass er überhaupt zu der Feier erschienen war: Er wollte herausfinden, was Francesca dazu getrieben hatte, Silas das Eheversprechen zu geben.

»Darf ich euch mit Clara Whitsbury bekannt machen«, sagte Monty. »Silas kennen Sie ja bereits, Clara, und meine Mutter ebenfalls. Und das ist mein Vater.«

»Ich kann zwar nicht behaupten, dass ich mich an Sie erinnere, Clara, aber ich freue mich, Ihre Bekanntschaft zu machen«, sagte Frederick höflich.

»Vielen Dank, Mr Radcliffe.«

»Und diese junge Dame ist Silas' Verlobte, Miss Francesca Callaghan«, sagte Monty zu Clara. Er erstickte beinahe an dem Wort »Verlobte«.

Clara blieb sein bekümmerter Ton nicht verborgen, und

sie bemerkte auch den Blick, mit dem er Francesca ansah. Es war offensichtlich, dass er viel für sie empfand. Dies erregte Claras Eifersucht, sodass ihre Begrüßung recht frostig ausfiel. »Sehr erfreut«, sagte sie, wobei sie ihre Rivalin abfällig musterte.

»Ich freue mich ebenfalls, Ihre Bekanntschaft zu machen«, erwiderte Francesca in bemüht gefasstem Tonfall.

Den Blick aus schmalen Augen auf Francesca geheftet, hakte Clara sich besitzergreifend bei Monty ein und schenkte ihm ein verführerisches Lächeln. In diesem Augenblick erschien ein Kellner mit einem Tablett voller Weingläser. Als Regina und Clara sich jeweils ein Glas nahmen, bemerkte Francesca, wie sie stumm einen Blick wechselten. Es war offensichtlich, dass die beiden über sie gesprochen hatten und dass Regina kein gutes Haar an ihr gelassen hatte. Dabei fiel ihr Lizzies Bemerkung ein, dass Regina beabsichtigte, ihren Ruf nachhaltig zu schädigen. Offenbar war es ihr bitterernst damit.

»Entschuldigen Sie mich bitte«, sagte Francesca. Sie konnte Reginas Gegenwart keine Sekunde länger ertragen, sodass sie den Speisesaal verließ und Zuflucht in der Damentoilette suchte, um die Fassung wiederzugewinnen.

»Beeil dich, Liebling«, rief Silas ihr nach. »Ich möchte dich noch zahlreichen anderen Gästen vorstellen.«

Francesca schenkte ihm kaum Beachtung, als sie aus dem Saal floh. Sie kämpfte gegen die Tränen an.

Gleich darauf entschuldigte Monty sich ebenfalls. »Ich habe soeben Herbert Wallace erspäht und muss unbedingt kurz mit ihm reden.« Herbert hatte sich ins Foyer begeben, was Monty die perfekte Ausrede lieferte, Francesca zu folgen.

Als Francesca die Damentoilette verließ, stand Monty wartend davor.

»Ich muss mit Ihnen sprechen«, sagte er drängend.

»Zwischen uns ist alles gesagt, Monty.«

»Ich war mir sicher, Sie würden diese Verlobungsfarce beenden. Es kann unmöglich Ihr Ernst sein, Silas zu heiraten.«

»Wen ich heirate, hat Sie nicht zu kümmern, Monty.«

»Mir ist schleierhaft, warum Sie das tun, Francesca, aber ich kann nicht untätig daneben stehen und zusehen, wie Sie in Ihr Unglück laufen. Das will ich nicht. Dafür sind Sie mir zu wichtig.«

»Ich laufe nicht in mein Unglück, und ich wäre Ihnen dankbar, wenn Sie sich nicht weiter einmischen würden. Würden Sie mich jetzt entschuldigen?« Francesca wollte an ihm vorbei, doch Monty hielt ihren Arm fest. Dabei gerieten sie ins Blickfeld der Gäste im Speisesaal, und Regina wurde auf die beiden aufmerksam. Es war deutlich zu erkennen, dass Monty Francesca anflehte, und Regina fühlte sich hin und her gerissen. Einerseits durfte sie nicht zulassen, dass Francesca Silas heiratete – und Monty wäre in der Lage, das zu verhindern –, andererseits musste sie jeden Kontakt zwischen Monty und Francesca unterbinden. Es war eine verzweifelte Situation.

Regina entschuldigte sich und gesellte sich zu den beiden. »Monty«, stieß sie atemlos vor Angst hervor. »Clara fragt nach dir.«

Obwohl Monty seine Mutter gehört hatte, war er nicht willens, diese Gelegenheit verstreichen zu lassen, da er mit Francesca noch nicht weitergekommen war. »Ich komme gleich«, entgegnete er.

»Es ist unhöflich, Clara warten zu lassen, Monty. Außerdem möchte ich mit Francesca sprechen, und zwar alleine.«

Francesca hätte am liebsten die Flucht ergriffen, doch eine morbide Neugier hielt sie zurück.

»Bitte, Francesca, machen Sie einen Rückzieher«, flehte Monty. »Sonst begehen Sie den größten Fehler Ihres Lebens.«

Francesca erwiderte nichts darauf. Sie senkte den Blick, bis Monty sich entfernt hatte.

Regina zog sie ein Stück zur Seite, sodass sie vom Saal aus

nicht mehr zu sehen waren. »Ich bin derselben Auffassung wie
mein Sohn, Francesca. Sie dürfen Silas Hepburn nicht heiraten«, sagte sie mit gedämpfter, aber nachdrücklicher Stimme.

Francesca wollte ihren Ohren nicht trauen. Zorn stieg in ihr
auf. »Was ich mache, hat Sie nicht im Geringsten zu kümmern.
Schließlich werde ich nicht Ihren Sohn heiraten, also halten Sie
sich gefälligst aus meinen Privatangelegenheiten heraus.«

»Das kann ich nicht, Francesca. Ich kann nicht zulassen,
dass Sie Silas' Frau werden.«

»Und warum nicht?«

Regina schürzte die Lippen. »Ich habe meine Gründe.«

»Ach ja?« Francesca waren ihre Beweggründe gleichgültig; dennoch war ihre Neugier geweckt. »Nennen Sie mir die
Gründe, oder lassen Sie mich in Ruhe.«

»Ich ... kann nicht.«

»Dann ist unser Gespräch beendet«, sagte Francesca verärgert.

»Nein, Francesca, ist es nicht. Jedenfalls nicht, bevor Sie
diese Verlobungsfarce beenden. Sie dürfen Silas nicht heiraten. Suchen Sie sich einen anderen Mann ... mit Ausnahme
von Monty.«

Francesca riss die Augen auf. »Ich nehme an, dass ich weder für Silas noch für Monty gut genug bin«, entgegnete sie.
»Ist das der Grund?«

Regina packte die Verzweiflung. Francesca schien fest entschlossen, Silas zu heiraten, und wenn auch nur, um sie zu
kränken, doch so weit durfte es nicht kommen. Sie drängte
Francesca in eine Kammer neben der Küche und schloss die
Tür hinter sich. Sie schwankte, und ihre Augen hatten einen
irren Glanz angenommen.

»Hören Sie mir gut zu«, sagte sie und packte Francesca
an der Schulter. »Ich darf Ihnen nicht sagen, woher ich das
weiß, aber Silas ist ... mit Ihnen blutsverwandt.«

Francesca reagierte empört. »Das ist ja lächerlich. Glauben

Sie vielleicht, ich wüsste nicht, wenn ich mit Silas verwandt wäre? Mein Vater hätte mir das längst gesagt.«

»Das ist es ja eben. Joe weiß es nicht.«

»Wenn das stimmen würde, müsste er es wissen.«

»Nein, eben nicht ... weil er nicht Ihr leiblicher Vater ist«, brach es aus Regina hervor.

Francesca war schockiert. »Sie würden lügen, bis sich die Balken biegen, nur um Ihren Kopf durchzusetzen, nicht wahr? Ohne Rücksicht auf die anderen.« Sie stieß Regina zurück. »Halten Sie sich fern von mir, oder ich erzähle Silas und meinem Vater, was Sie eben gesagt haben.«

Regina wurde blass. »Sie dürfen Silas nichts sagen. Er kennt die Wahrheit nicht, und er darf sie auch niemals erfahren.« Ihre weit aufgerissenen Augen flackerten wild.

»Das sind ja auf einmal ganz andere Töne. Ich bezweifle sehr, dass Sie die Wahrheit kennen, Regina«, sagte Francesca, der Tränen in die Augen stiegen. »Sie haben sich das alles nur ausgedacht, weil es Ihnen gelegen kommt. Ihr Verhalten ist krankhaft. Und offen gesagt haben Sie weder einen Mann wie Frederick noch einen Sohn wie Monty verdient.«

Francescas Worte verfehlten ihre Wirkung nicht. Regina wurde weiß wie ein Laken. Francesca nutzte die Gelegenheit, um aus der Kammer zu fliehen. Im Foyer stieß sie prompt mit Neal zusammen, der nach ihr Ausschau hielt. Er ergriff rasch ihre Hand und glitt mit ihr in Silas' Büro, um ungestört mit ihr zu sein.

»Was ist los, Francesca?«, fragte er, nachdem er die Tür hinter sich geschlossen hatte. »Warum weinst du?« Er bemerkte, dass sie am ganzen Körper zitterte.

»Ich hatte gerade ein ... ein kurzes Gespräch mit Regina Radcliffe«, entgegnete Francesca und atmete tief durch.

»Was hat sie denn gesagt?«

Francesca schüttelte den Kopf. »Ich möchte, dass sie damit aufhört, sich in mein Leben einzumischen«, stieß sie hervor.

»Dazu hat sie kein Recht«, knurrte Neal. Er konnte lediglich vermuten, dass Regina Francesca wieder mit Monty zusammenbringen wollte.

»Das finde ich auch. Oh, Neal, halt mich einfach fest.«

Ohne zu zögern, breitete Neal die Arme aus und zog sie an sich. Francesca lehnte den Kopf gegen seine Brust und lauschte seinem kräftigen, regelmäßigen Herzschlag, der ungemein tröstend wirkte.

»Ich werde sie in ihre Schranken weisen«, versprach Neal erbost. Er wollte verdammt sein, bevor er zuließe, dass die Radcliffes Francesca erneut übel mitspielten.

»Nein. Versprich mir, dass du den Mund hältst, Neal. Wenn Monty davon erfährt, dass seine Mutter mich schikaniert, wird er außer sich sein.«

Neal verspürte einen Stich der Eifersucht. »Es wird Zeit, dass du zuerst an dich denkst, Francesca. Auf Monty brauchst du keine Rücksicht zu nehmen. Schließlich ist er ein erwachsener Mann, und offensichtlich hat er sich bereits mit einer anderen getröstet.«

Francesca musste an Clara denken und an die Blicke, die sie mit Regina gewechselt hatte. Sie ahnte instinktiv, dass Regina die treibende Kraft war, um Clara mit Monty zu verkuppeln. Dennoch rätselte sie, warum Regina sich so erbittert dagegen sträubte, dass sie Silas heiratete. Francesca konnte nur vermuten, dass Regina – als gute Bekannte von Silas – sie nicht als gut genug für Silas betrachtete. Eine andere Erklärung wollte ihr nicht einfallen, anderenfalls hätte Regina auch nicht die absurde Behauptung aufgestellt, dass Joe nicht ihr leiblicher Vater sei. Reginas Boshaftigkeit übertraf Francescas schlimmste Befürchtungen.

»So habe ich wenigstens die Gelegenheit, dich wieder mal in den Armen zu halten«, sagte Neal und gab ihr einen Kuss.

Silas hielt nach Francesca Ausschau, als Regina ihm begegnete. Sie wirkte sichtlich erschüttert und hatte offenbar geweint. Da er sie noch nie hatte Tränen vergießen sehen, nicht einmal, als sie ihre Affäre beendet hatten, war er konsterniert. Wenn Regina derart aufgewühlt war, fragte er sich unwillkürlich, in welcher Verfassung sich Francesca dann befand.

»Wo ist meine Verlobte?«, fragte er.

»Ich weiß es nicht«, entgegnete Regina.

»Wenn du sie gekränkt hast, Regina, dann gnade dir Gott ...«

»Du darfst dieses Mädchen unter keinen Umständen heiraten, Silas. Du hast etwas Besseres verdient.«

Wieder drängte sich Silas der Verdacht auf, dass Regina eifersüchtig war. »Die Sache mit uns beiden liegt schon lange Zeit zurück, Regina. Meinst du nicht, es ist ein wenig spät, auf meine zukünftige Frau eifersüchtig zu reagieren?«

Regina war entrüstet. »Eifersüchtig? Ich bin ganz bestimmt nicht eifersüchtig. Und würdest du gefälligst leiser sprechen?«

»Auf mich machst du jedenfalls den Eindruck, als wärst du eifersüchtig.«

Regina konnte nicht fassen, wie eigensüchtig Silas war.

In diesem Moment hörte Francesca Silas' Stimme und löste sich aus Neals Armen. Kurz darauf wurde die Tür geöffnet. Silas betrat den Raum, und seine Miene verfinsterte sich schlagartig, als er Neal erblickte. Francesca sah mit Bestürzung, dass Regina hinter Silas im Foyer stand, offensichtlich sehr zufrieden darüber, dass Silas sie mit einem anderen erwischt hatte.

Silas bemerkte, dass Francescas Gesicht tränenüberströmt war. »Was geht hier vor?«, fragte er barsch.

Francesca blickte Neal an, während sie fieberhaft nach einer plausiblen Ausrede suchte. »Die ganze Aufregung hat mir ziemlich zugesetzt«, sagte sie und wischte sich die Nase mit einem Taschentuch ab.

Silas starrte misstrauisch Neal an. »Dann hättest du auch zu mir kommen können.«

»Francesca war es peinlich, Ihnen zu sagen, dass sie das Gefühl hat, in Ihren Kreisen nicht akzeptiert zu sein«, schaltete Neal sich ein. »Ich habe ihr zu erklären versucht, dass sie sich täuscht. Was kann man gegen eine solch bezaubernde junge Frau haben? Sie sind ein Glückspilz, Silas. Aber das wissen Sie ja bereits.«

»Ja, durchaus. Dennoch schickt es sich nicht für meine Verlobte, sich mit einem Mann hierher zurückzuziehen. Francesca«, er bot ihr seinen Arm, »wollen wir uns wieder zu unseren Gästen gesellen?« Es klang eher nach einem Befehl als nach einer Frage.

Francesca blickte Neal an, während sie sich bei Silas einhakte. »Gewiss.«

Silas starrte Neal mit einem Blick an, der als stumme Drohung aufzufassen war.

Als Silas später mit Francesca tanzte, bemerkte er, dass Neal Mason sie dabei keine Sekunde aus den Augen ließ. »Ich weiß, du hast mir gesagt, dass es zwischen dir und Neal Mason nie eine Liaison gegeben hat«, sagte er, »aber das glaube ich dir nicht, Francesca. Schließlich sieht ein Blinder, dass Neal Mason in dich verliebt ist.«

Francesca hob den Kopf und sah ihn an. Sie wusste nicht, was sie entgegnen sollte, da ihr das spontane Lügen schwer fiel, und nachdem Silas dieselbe Frage bereits vor über einer Woche gestellt hatte, waren sie und Neal sich in der Zwischenzeit näher gekommen. Aus Silas' Mund zu hören, dass Neal sie liebte, jagte ihr einen angenehmen Schauer über den Rücken. »Ich bin dir versprochen, Silas«, erwiderte sie schließlich und wandte das Gesicht ab.

»So ist es, und *keiner* pfuscht mir dazwischen.«

Seine Worte machten Francesca Angst, wobei sie nicht um sich selbst fürchtete. Vielmehr hatte sie die Befürchtung, dass Silas aus Eifersucht Neal etwas antun könnte.

Wir müssen von nun an vorsichtiger sein, ging es ihr durch den Kopf.

Auch Joe beobachtete Silas und seine Tochter auf der Tanzfläche. Er hatte bereits mehrere Gläser intus, und sein Groll wurde immer größer. Es war ihm unerträglich, den glücklichen Brautvater zu spielen, und es fiel ihm von Minute zu Minute schwerer.

»Ich werde jetzt mit meiner Tochter tanzen«, murmelte er. Schwankend stand er auf, fest entschlossen, Silas abzulösen.

»Joe, sieh mal«, sagte Ned in diesem Augenblick und deutete auf den Saaleingang.

Joe wandte sich um und erblickte eine Frau. Im ersten Moment erkannte er Lizzie nicht. Sie wirkte wie verängstigt. Lizzie trug das Kleid, das Francesca von Monty geschenkt bekommen hatte, doch es passte ihr nicht richtig, weil es sehr eng geschnitten war. Sie war etwas breiter als Francesca und zudem größer. Während bei Francesca das Mieder wie angegossen saß, war es für Lizzie zu eng, und der Rock war ein Stück zu kurz. Wegen ihrer auffälligen Haarfarbe hatte sie die Haare unter einem Hut hochgesteckt, den sie sich von einem der Freudenmädchen geborgt hatte. Obwohl der Hut ein wenig aus der Mode war, hatten die Mädchen ihr versichert, dass sie sich damit präsentieren könne.

Joe ging ihr entgegen. »Sie sind doch noch gekommen, Elizabeth.« Er war gerührt, aber Lizzie bemerkte, dass alle sich nach ihr umwandten und sie anstarrten.

Lizzie ließ den Blick durch den Saal schweifen und sah dabei einige bekannte Gesichter – Männer, die Gast im Bordell gewesen waren. Schlagartig wurde ihr bewusst, dass sie einen Fehler gemacht hatte. »Das hätte ich nicht tun sollen«, stieß sie hervor und trat zwei Schritte zurück.

»Es bedeutet mir sehr viel, dass Sie hier sind«, sagte Joe.

Francesca hatte Lizzie ebenfalls bemerkt, und auch deren Kleid, sodass sie rasch einen Blick auf Monty warf. Dieser starrte Lizzie mit nachdenklicher Miene an.

»Entschuldige mich, Silas«, sagte sie und eilte zum Saalausgang.

Silas, der erfahren wollte, wer da soeben für Aufsehen gesorgt hatte, folgte ihr.

»Lizzie«, sagte Francesca in drängendem Ton. »Montgomery Radcliffe ist heute Abend hier. Er hat mir dieses Kleid geschenkt.«

Lizzie riss entsetzt die Augen auf.

»Sie sehen bezaubernd darin aus«, fuhr Francesca fort, um ihre Gefühle nicht zu verletzen, »und ich freue mich, dass Sie gekommen sind, aber Silas könnte davon Wind bekommen.«

»Ich werde wieder gehen«, entgegnete Lizzie bedrückt. »Ich hätte gar nicht erst kommen sollen.« Tränen traten ihr in die Augen. Im nächsten Moment bemerkte sie Silas, der auf sie zusteuerte, und sie erstarrte vor Angst.

»Sie bleiben, Elizabeth«, sagte Joe. In seinem angetrunkenen Zustand konnte er nicht mehr klar denken. Deshalb kam ihm gar nicht in den Sinn, wie demütigend die Situation für Lizzie war. Joe war einfach nur froh, dass sie gekommen war, zumal er wusste, dass sie es ihm zuliebe getan hatte.

In diesem Augenblick stieß Silas zu ihnen und starrte Lizzie verwirrt an. Am ganzen Leib zitternd, erwiderte sie seinen Blick, senkte aber gleich darauf beschämt den Kopf.

Lizzies Reaktion irritierte Joe.

Stirnrunzelnd überlegte Silas, woher die Frau ihm bekannt vorkam. Er musterte sie eingehend. Plötzlich wurden seine Augen groß, als er sie wiedererkannte. »Was zum Henker hast du hier verloren?«, fuhr er sie schroff an.

»Sie ist mein Gast«, gab Joe erbost zurück.

»Was?«

»Sie haben richtig gehört«, sagte Joe und hob die geballten Fäuste gegen Silas.

Für Lizzie war es der schlimmste Albtraum, dass Joe sich gezwungen sah, sie zu verteidigen. Sie wandte sich um und wollte davonstürzen, bekam jedoch noch mit, was Silas sagte.

»Sie haben eine Hure zur Verlobungsfeier Ihrer Tochter eingeladen?«, fragte Silas ungläubig.

»Sprich gefälligst leiser, Silas«, fuhr Francesca wütend dazwischen, »und hör auf, Lizzie so zu bezeichnen.«

»Warum denn? Schließlich ist sie eine!«

Francesca verspürte abgrundtiefen Hass.

»Wagen Sie es nicht noch einmal, Elizabeth eine Hure zu nennen«, grollte Joe. Hätte Neal nicht seinen Arm festgehalten und wäre Francesca nicht dazwischengetreten, hätte er Silas einen krachenden Kinnhaken verpasst.

»Besser, du siehst nach Lizzie«, sagte Ned zu Joe. »Ich bleibe so lange hier bei Francesca und bringe sie anschließend nach Hause.«

Joe blickte seine Tochter an.

»Geh schon, Dad. Ich komme gleich nach«, sagte sie. Sie machte sich große Sorgen um Lizzie, da sie wusste, dass deren angeschlagenes Selbstwertgefühl nun völlig zerstört sein würde.

Nach kurzem Zögern verließ Joe das Hotel im Vertrauen, dass Ned und Neal auf Francesca aufpassen würden. Er hatte sich nicht genug im Griff, um auch nur eine Minute länger diesem Scheusal gegenüberzustehen.

»Du kannst ebenfalls Leine ziehen«, sagte Silas zu Neal. »Es gefällt mir nämlich nicht, wie du die ganze Zeit meine Verlobte ansiehst.«

Neal verzog keine Miene. »Und mir gefällt es nicht, mir von Ihnen Befehle erteilen zu lassen«, erwiderte er. »Ich gehe nirgendwohin.«

Silas' Augen wurden schmal.

»Ich glaube, wir sollten uns jetzt alle auf den Weg machen«, sagte Francesca. Sie spürte, dass eine Schlägerei in der Luft lag, sodass sie es für besser hielt, dem aus dem Weg zu gehen, bevor sie es später bereuen musste. Schließlich durften sie ihr Ziel nicht aus den Augen verlieren. »Wenn du mich bei den Gästen entschuldigen würdest«, bat sie Silas. »Wir reden morgen weiter.«

Silas war entgeistert. »Du kannst jetzt nicht gehen! Ich lasse nicht zu, dass du mich zum Gespött machst.«

Francesca war seine Drohungen leid. Sie trat nahe an ihn heran und senkte die Stimme, damit niemand mithören konnte. »Möchtest du vielleicht, dass Lizzie zurückkommt und den Gästen offenbart, dass ihr Stammkunde sie aus purem Sadismus zusammenschlägt?«

Silas wurde blass.

»Gute Nacht«, sagte Francesca.

Silas sah ihr nach, während sie mit Ned und Neal das Hotel verließ.

Sobald wir verheiratet sind, dachte er, und das wird sehr bald sein, wirst du dich mir nicht mehr widersetzen, Francesca ...

Seine Gedanken wanderten zu Lizzie. Er hatte sich bereits gefragt, wo sie untergetaucht war. Aber dass sie sich ausgerechnet auf seiner Verlobungsfeier blicken ließ, damit hatte er nicht im Traum gerechnet. Dass sie sich selbst zum Gespött der Gäste gemacht hatte, ließ ihn völlig kalt, aber er schwor sich hoch und heilig, dass sie dafür bezahlen würde, *ihn* zum Gespött der Gäste gemacht zu haben. Und was hatte es damit auf sich, dass Joe sie »Elizabeth« nannte?

Silas fragte sich auch, woher Francesca wusste, dass er Lizzie verprügelt hatte. Er nahm sich vor, dem ebenfalls auf den Grund zu gehen, aber das konnte bis morgen warten.

Jetzt warteten die Gäste auf eine Erklärung, und er musste sich schleunigst etwas Glaubhaftes einfallen lassen.

21

Tut mir Leid, dass Ihre Verlobte sich unwohl fühlt, Silas«, sagte Rebecca Peobbles ohne eine Spur von Bedauern. »Wann findet die Hochzeit statt?«, fragte sie dann in beinahe gehässigem Tonfall.

Silas kam sich töricht vor, da niemand glauben wollte, dass Francesca sich unwohl fühlte, was ihn maßlos ärgerte. »Meine Verlobte kann es kaum erwarten, meine Frau zu werden, und da wir im kleinen Kreis feiern wollen, könnte die Hochzeit bereits in zwei Wochen stattfinden«, entgegnete er, wobei er mit Genugtuung die Bestürzung in Rebeccas ansonsten ausdruckslosem Gesicht registrierte. Ihm war klar, dass sie die Hochzeit für überstürzt hielt, aber es kümmerte ihn nicht.

Regina stand in der Nähe. Als sie Silas' Bemerkung hörte, wurden ihre schlimmsten Befürchtungen Wirklichkeit, und für einen Moment wurde ihr schwarz vor Augen. Warren Peobbles musste sie stützen.

»Was hast du?«, fragte Frederick. Als Regina keine Antwort gab, schickte er jemanden nach draußen, um Amos Compton zu verständigen.

»Fühlst du dich nicht wohl, meine Liebe?«, fragte er weiter, während Warren Peobbles ihr einen Stuhl heranzog.

»Mir ist ... ein bisschen schwindlig«, entgegnete sie. »Ich möchte nach Hause, Frederick.«

»Natürlich, Liebling. Soll Amos den Doktor holen?«

»Nein.« Sie warf einen Blick auf Silas. »Ich möchte nur nach Hause.«

Silas beobachtete Regina mit Neugier. Ihm dämmerte, dass sie seine Unterhaltung mit Rebecca verfolgt haben musste, was jedoch ihre Reaktion nicht erklärte. War sie etwa zu dem Schluss gekommen, dass es ein Fehler gewesen war, all die Jahre bei Frederick geblieben zu sein? Er hatte schon immer den Eindruck gehabt, dass sie aus Mitleid so gehandelt hatte, nicht aus Liebe, auch wenn sie dies bislang mit keinem Wort eingestanden hatte.

Am nächsten Morgen stand Francesca bei Sonnenaufgang auf. Lizzie schlief noch tief und fest. Francesca ging an Deck und betrachtete das Farbenspiel am Himmel. Kurz darauf gesellte sich Ned zu ihr und reichte ihr eine der beiden Tassen mit heißem Tee, die er in Händen hielt. Schweigend beobachteten sie eine Zeit lang die Eisvögel, die auf der Suche nach Futter über der Wasseroberfläche kreisten, und nippten an ihren Teetassen. Es war eine friedliche Atmosphäre; dennoch war ihr Leben aus der Bahn geraten.

»Es sieht Joe gar nicht ähnlich, so lange zu schlafen«, bemerkte Ned.

»Ich bezweifle, dass er viel geschlafen hat«, entgegnete Francesca. »Ich glaube, er hat die halbe Nacht damit verbracht, mit Lizzie zu reden. Sie war sehr verschlossen, was Dad ziemlich beunruhigt hat.«

Francesca hatte Lizzie und ihren Vater am Abend zuvor ziemlich früh alleine gelassen und sich schlafen gelegt. Joe hatte versucht, Lizzie aufzumuntern, doch seine Worte hatten keine Wirkung gezeigt. Einerseits machte Francesca sich Sorgen um Lizzie, andererseits waren ihre Gedanken fast die ganze Nacht um Reginas Worte gekreist, sodass sie keinen Schlaf gefunden hatte. Um vier Uhr morgens hatte sie immer noch wach gelegen, und Lizzie war noch immer nicht ins Bett gekommen.

»Diese Verlobung verlangt dir zu viel ab, Frannie«, sagte

Ned, dem die dunklen Ringe unter ihren Augen nicht entgangen waren. »Wenn die Sache dir so viel Kummer bereitet, ist sie es nicht wert. Lieber hause ich in einem Zelt, als dich unglücklich zu sehen. Dein Vater ist bestimmt derselben Meinung.«

»Nicht die Verlobung bereitet mir Kummer, Ned.«

»Sondern?«

»Etwas, das Regina Radcliffe zu mir gesagt hat.«

Ned horchte auf. »Was hat sie denn gesagt?«

»Sie behauptet, dass Dad nicht mein leiblicher Vater ist.« Verwundert registrierte Francesca, dass Ned verärgert wirkte und nicht schockiert, wie sie erwartet hatte. »Ned?«

Doch Ned blieb stumm. Er wandte sich wieder dem Fluss zu. Ihm wurde bewusst, dass er Francescas Fragen nicht länger ausweichen konnte. Die Vergangenheit holte früher oder später jeden ein, der versuchte, vor ihr davonzulaufen, und nun hatte eine Lüge, mit der sie siebzehn Jahre lang gelebt hatten, sie alle eingeholt.

»Das ist doch nicht wahr, oder?« Francesca zitterte plötzlich am ganzen Körper und umklammerte die Reling.

»Setz dich, Frannie«, sagte Ned und zog zwei Stühle heran.

Francesca folgte seiner Aufforderung, während Ned sich auf den anderen Stuhl setzte. Er nahm einen Schluck von seinem Tee, wobei er nach den richtigen Worten suchte.

»Ich weiß zwar nicht, woher Regina die Wahrheit kennt, aber es stimmt, was sie sagt. Joe ist nicht dein leiblicher Vater, und Mary war auch nicht deine leibliche Mutter.«

Francesca verschlug es für einen Moment die Sprache. Dann fragte sie stockend: »Aber ... aber wer sind dann meine leiblichen Eltern? Bist *du* mein Vater?« Der Gedanke war nahe liegend, zumal Ned sie genauso liebte wie Joe.

Ned wünschte sich, es wäre so, denn er stand Francesca tatsächlich so nahe wie ein Vater. »Nein. Und ehrlich gesagt, weiß ich nicht, wer dein Vater ist, Frannie. Aber du hättest keine liebevollere Mutter finden können als Mary, und ich brauche dir ja nicht zu sagen, wie sehr Joe an dir hängt.«

Francesca war völlig durcheinander. Unzählige Fragen schossen ihr durch den Kopf, und sie wusste nicht, wo sie anfangen sollte. »Aber wie ...?«

»Wie Mary und Joe zu dir kamen?«, ergänzte Ned, da sie nicht fähig war, weiterzusprechen.

Francesca nickte. Sie kämpfte gegen die Tränen an.

Ned ergriff ihre Hand und drückte sie tröstend. »Auch wenn das jetzt ein Schock für dich sein mag, Frannie, aber wir haben dich gefunden.«

Francesca kniff erstaunt die Augen zusammen. »Gefunden?«

»Am besten, ich erzähle es von Anfang an.« Ned war entschlossen, ihr die Wahrheit so schonend wie möglich beizubringen. Unter normalen Umständen hätte er Joe gebeten, Francesca die Wahrheit zu sagen, aber er wusste, dass Joe derzeit nicht dazu in der Lage war. Joe hatte bereits mehr als genug Sorgen mit der *Marylou*, der Arbeit und Francescas Verlobung mit Silas, ganz zu schweigen von seiner Sorge um Lizzie. »An meinem ersten Arbeitstag hier an Bord haben wir abends an einer Stelle am Ufer angelegt, die Boora Boora genannt wird.«

»Dad hat gesagt, ich sei dort geboren.«

»Das stimmt auch. Ich habe mein Nachtlager am Ufer aufgeschlagen, damit Joe und Mary ungestört waren. Kurz vor dem Einschlafen hörte ich einen Laut, als hätte jemand vor Schmerz geschrien. Da Boora Boora als heilige Stätte der Aborigines bekannt ist, dachte ich zuerst an eine rituelle Zeremonie. Ich bin aufgestanden, um mich umzuschauen, aber es war stockfinster. Im Mondschein auf dem Wasser habe ich dann plötzlich eine kleine Wanne vorübertreiben sehen. Zuerst konnte ich mir keinen Reim darauf machen, aber dann hörte ich ein Baby weinen. Das Baby warst du, Frannie. Du hast in der Wanne gelegen.«

Francesca stockte der Atem.

Ned fuhr fort: »Wir haben dich aus dem Fluss geborgen, konnten aber nie herausfinden, wer dich in diese Wanne gelegt hat. Es war offensichtlich, dass du kurz zuvor zur Welt gekommen bist, doch es gab keinen Hinweis auf deine Mutter. Wir nahmen damals an, dass es sich um ein junges Mädchen in Not gehandelt hat.«

Francesca schüttelte fassungslos den Kopf.

Ned sah ihr an, dass sie nicht verstand. »Vom ersten Augenblick an, als Mary und Joe dich sahen, haben sie dich geliebt. Joe hatte Bedenken, ob sie dich nicht den Behörden übergeben sollten, aber sie brachten es dann doch nicht über sich, weil sie dich als Geschenk Gottes betrachtet haben, nachdem ihnen kein eigenes Kind vergönnt gewesen war. Sie haben dich genauso geliebt, als wärst du ihr eigenes Kind gewesen, Frannie.«

»Das weiß ich, Ned. Aber wie hat Regina davon erfahren?«

»Keine Ahnung. Vor ein paar Wochen habe ich sie auf der High Street angesprochen, um ihr auf den Zahn zu fühlen. Sie hat abgestritten, etwas über die Umstände deiner Geburt zu wissen, aber ich hatte den Eindruck, sie hat gelogen.«

»Wer weiß noch davon?«

»Das ist es ja eben, Frannie. Wir haben es nie einer Menschenseele gesagt. Joe und Mary waren neu in Echuca, deshalb hat nie jemand Verdacht geschöpft, dass du nicht ihr leibliches Kind bist.«

»Fest steht, dass Regina etwas weiß, und was immer es auch sein mag, es muss mit Silas Hepburn zusammenhängen. Sie behauptet, er sei mit mir blutsverwandt. Kannst du dir vorstellen, dass dieses Scheusal mit mir verwandt ist? Ich jedenfalls nicht.«

Ned wusste nicht, was er glauben sollte.

Regina hatte eine schlaflose Nacht verbracht. Beim ersten Tageslicht kleidete sie sich an und erteilte Claude den Auftrag, die Pferde vor die Kutsche zu spannen. Während Frederick und Monty noch schliefen, ließ sie sich in die Stadt fahren.

»Halte an der Hafenpromenade«, befahl sie Claude. Sie musste mit Francesca sprechen, bevor es zu spät war, und hoffte, sie abpassen zu können.

Claude konnte sich zwar keinen Reim darauf bilden, aber er hatte gelernt, den Anweisungen zu folgen, ohne Fragen zu stellen.

Francesca war gerade auf dem Weg zur Bäckerei, die um sechs Uhr öffnete, als sie die Kutsche und Claude Mauston erkannte. Zuvor war sie mit Ned übereingekommen, ihrem Vater vorerst nichts zu sagen, da er bereits genügend Sorgen hatte, aber sie wollte eine Zeit lang alleine sein, um den Schock zu verdauen, bevor sie Joe wieder unter die Augen trat.

Als die Tür der Kutsche geöffnet wurde, rechnete Francesca damit, Monty aussteigen zu sehen.

»Ich muss mit Ihnen sprechen, Francesca«, erklang stattdessen Reginas nervöse Stimme. »Bitte. Es ist dringend.« Da sie erwartet hatte, dass Francesca ablehnen würde, war sie überrascht, als diese sofort nickte.

Francesca wollte Antworten, und die bekam sie nur, wenn sie mit Regina redete, egal, wie groß ihre Abneigung gegen diese Frau war. Deshalb stieg sie in die Kutsche, und Regina wies Claude an, weiter flussabwärts zu fahren und an einer ruhigen Stelle zu halten.

»Inwiefern ist Silas Hepburn mit mir verwandt?«, fragte Francesca. Die Frage hatte ihr die ganze Zeit auf der Zunge gebrannt.

»Pssst«, gab Regina zurück. »Warten Sie, bis wir halten.«

Für Francesca verging die Zeit quälend langsam, bis

Claude die Kutsche schließlich an einem einsamen Platz fluss-abwärts zum Stehen brachte.

»Lass uns bitte allein, Claude«, sagte Regina. »Sei in einer halben Stunde wieder hier.«

Claude blickte verwundert, setzte sich jedoch in Bewegung. Regina wollte nicht riskieren, dass jemand mithörte, was sie Francesca zu sagen hatte, auch wenn dieser Jemand schon zahlreiche Jahre in ihren Diensten stand.

Sobald sie allein waren, verlangte Francesca von Regina, ihr endlich die ganze Wahrheit zu sagen. »Ich habe soeben von Ned erfahren, wie die Callaghans an mich gekommen sind. Daher besteht kein Grund, mir weiter zu verschweigen, was Sie wissen, Regina.«

»Ja, Francesca. Ich wäre nicht hier, wenn es nicht dringend wäre, dass Sie die Wahrheit erfahren.«

»Dringend? Wieso?«

»Weil ich gestern Abend zufällig hörte, dass Silas zu Rebecca Peobbles sagte, er habe die Absicht, in zwei Wochen mit Ihnen vor den Traualtar zu treten.«

Francesca schnappte hörbar nach Luft. »Er hat mir eine lange Verlobungszeit versprochen.«

»Er ist nicht der Mann, der seine Versprechen hält.«

Francesca kam sich töricht vor, weil sie ernsthaft geglaubt hatte, Silas würde ihre Vereinbarung respektieren. »Ich verstehe nicht, weshalb Sie dagegen sind, dass wir heiraten.« Sie wollte Regina vorerst verschweigen, dass sie keinesfalls vorhatte, Silas' Frau zu werden.

Regina erblasste. Dann sagte sie stockend: »Silas ist ... Ihr Vater.«

»Wie kommen Sie zu dieser Behauptung?«

»Es ist die Wahrheit.«

»Nie und nimmer!«

»Es tut mir Leid, Francesca, aber ich schwöre beim Leben meines Sohnes, dass es wahr ist.«

Francesca wurde mit einem Mal furchtbar schlecht. Sie sprang aus der Kutsche und atmete tief durch, um gegen die Übelkeit anzukämpfen. Regina stieg ebenfalls aus.

»Ich weiß, dass es ein furchtbarer Schock für Sie ist, Francesca«, sagte sie, während sie unablässig die Hände rang. »Hätten Sie einen anderen Mann gewählt, hätte ich Ihnen das erspart, aber ich kann doch nicht zulassen, dass Sie Ihren eigenen Vater heiraten!«

Francesca geriet außer sich, und Tränen standen ihr in den Augen. »Wie kann dieser entsetzliche Mann mein Vater sein?« Dabei kamen ihr kurz Lizzies Worte in den Sinn, als sie ihr das Treffen mit Regina an Bord der *Platypus* geschildert hatte: »Mir schien, als hätte Regina gesagt, dass Sie Silas' Tochter sind ...« Bestimmt war Regina die Bemerkung damals unbeabsichtigt herausgerutscht. Und nun ergab es auch Sinn, weshalb sie die Fassung verloren hatte, nachdem Lizzie Silas' Heiratsabsichten erwähnt hatte.

Regina senkte den Blick. Der Abscheu und der Hass in Francescas Augen trafen sie zutiefst.

»Wie kann das sein, Regina? Sagen Sie es mir.«

Regina wandte sich ab. Sie hatte sich vorgenommen, Francesca die ganze Wahrheit zu sagen, doch es fiel ihr ungeheuer schwer. Sie hatte dieses Geheimnis so lange für sich bewahrt, dass es ihr jetzt nicht so einfach über die Lippen kam.

Francesca stellte sich vor Regina hin und packte sie an den Schultern. »Sagen Sie es endlich, Regina! Sonst frage ich Silas!«

»Er weiß nichts davon«, flüsterte Regina.

»Woher wissen Sie es dann?«

Regina starrte in Francescas blaue Augen, die nur eine Spur dunkler waren als ihre eigenen.

Allmählich dämmerte Francesca die Wahrheit, und sie ließ vor Entsetzen die Arme sinken. Mit einem Mal ergab alles einen Sinn. Ihre gemeinsame Leidenschaft für Zahlen und Buchführung, die dunklen Haare, die blauen Augen ...

»Mein Gott. Sie sind meine Mutter, nicht wahr?«

Da Regina es nicht abstritt, erkannte Francesca, dass es die Wahrheit war. Die zwei Menschen, die sie auf der ganzen Welt am meisten verabscheute, waren ihre leiblichen Eltern. Der Gedanke war unerträglich. Sie eilte davon, hinunter zum Fluss, wo sie mit verschränkten Armen dastand und zu den Eukalyptusbäumen auf der anderen Uferseite starrte. Sie war zu betäubt, um zu weinen.

Kurz darauf trat Regina an ihre Seite.

»Das ist doch nicht wahr?«, flüsterte Francesca. Auch wenn sie im Herzen wusste, dass es stimmte, wollte sie es nicht akzeptieren.

»Es ist wahr, Francesca«, entgegnete Regina leise.

»Warum soll ich Ihnen plötzlich glauben? Sie haben mich drangsaliert und beleidigt, auf ganz gemeine Weise ...« Erneut musste sie an die grausamen Worte denken, die Regina ihr ins Gesicht geschleudert hatte.

»Ich weiß, Francesca, aber denk nach. Bei deinem ersten Besuch auf Derby Downs hatte ich Vorbehalte gegen dich, weil ich der Ansicht war, dass Monty etwas Besseres als eine Schifferstochter verdient hat. Aber du hast durch deinen Charme, deine Intelligenz und deine Schönheit bestochen, und du bist eine sehr patente junge Frau. Ich war begeistert von dir, und das habe ich Monty auch gesagt. Ich war uneingeschränkt für diese Verbindung. Ich selbst habe Monty gebeten, dich übers Wochenende auf die Farm einzuladen. Erst als ich dein Muttermal entdeckte, wurde mir klar, wen ich vor mir hatte. Verstehst du denn nicht, Francesca? Monty ist dein Halbbruder! Ich *musste* einen Keil zwischen euch treiben. Es tut mir Leid, dass ich dich verletzt habe, aber ich wusste keinen anderen Ausweg.«

Francesca blieb misstrauisch, was Reginas Beweggründe betraf. Es war zu viel, um alles auf einmal zu verarbeiten.

»Als ich erfahren habe, dass du Silas heiraten willst, deinen eigenen Vater, bin ich verzweifelt.« Regina ging ein paar Schritte zu einem umgestürzten Baum, setzte sich darauf und ließ den Blick über den Fluss schweifen. »Ich hatte vor achtzehn Jahren eine Affäre mit Silas. Heute ist mir das unbegreiflich, aber damals war Frederick ständig fort, und ob du mir glaubst oder nicht, Silas war nicht immer der gierige, intrigante Halsabschneider wie heute. Früher war er charmant, redegewandt und äußerst beharrlich. Als ich erkannte, dass ich schwanger war, war ich völlig überfordert und wusste nicht weiter. Frederick konnte ich nicht glauben machen, dass das Kind von ihm ist, weil er zu lange fort gewesen war.« Im Nachhinein schien Regina sich dafür zu schämen, dass sie überhaupt in Erwägung gezogen hatte, Frederick zu täuschen. »Ich hatte Angst, Frederick zu verlieren, und verspürte geradezu Panik, mich zum Gespött der Leute zu machen. Als Fredericks Frau aber wurde ich respektiert. Doch hätte er von dir erfahren – ich bin sicher, er hätte mir Monty weggenommen. Er ist ein liebevoller Ehemann, Francesca, aber er könnte nie verzeihen, wenn man ihn hintergeht. Ich habe erlebt, dass er selbst mit alten Freunden gebrochen hat, weil sie sich unloyal verhalten hatten. Kurze Zeit später hatte er den Unfall und war auf mich angewiesen.«

»Ned sagte, ich sei in einer Wanne auf dem Fluss ausgesetzt worden. Wie konntest du mir das antun? Wie konntest du so kaltherzig sein?«

»Das war grausam von mir, und mit dieser Schuld muss ich leben. Aber ich war damals zuversichtlich, dass man dich früher oder später entdecken würde. Ich wollte sämtliche Spuren verwischen.« Regina schlug die Augen nieder.

»Ich hätte ertrinken oder weiter flussabwärts bis ins offene Meer hinaustreiben können.«

»Bis zum Meer sind es über tausend Meilen, Francesca. Ich wusste … hoffte … dass man dich spätestens bei Tagesanbruch entdeckt. Schließlich sind auf dem Fluss viele Schiffe unterwegs.«

Francesca kam in den Sinn, dass die Wanne ins Fahrwasser eines Dampfers hätte geraten können und dass Mary bei einem solchen Unfall umgekommen war, und zuckte innerlich zusammen. Sie würde Regina niemals verzeihen, was sie damals getan hatte, nur um ihre Ehe und ihren Ruf zu retten.

»Du musst verstehen, dass ich völlig verzweifelt gewesen bin«, sagte Regina, sah aber, dass Francesca kein Verständnis für ihr Handeln hatte. »Natürlich verstehst du das nicht. Wie auch? Ich verdiene deinen Zorn, aber ich flehe dich an, Monty und Frederick nichts davon zu sagen. Nicht jeder braucht die Wahrheit zu erfahren.«

»Das wäre mir auch peinlich«, räumte Francesca ein.

Regina nickte und schluckte den Kloß in ihrem Hals herunter. »Ich kann mir nicht vorstellen, dass du etwas für Silas empfindest«, sagte sie. »Warum willst du ihn dann heiraten?«

»Will ich gar nicht. Ich bin die Verlobung eingegangen, damit Dad arbeiten kann, ohne dass Silas ihm Knüppel zwischen die Beine wirft. Sobald Vater das Darlehn abbezahlt hat, das er Silas schuldet, werde ich die Verlobung wieder lösen.«

»*Warum* hat Joe bei Silas ein Darlehn aufgenommen?« Regina war mit Silas' Praktiken vertraut, wie fast alle Menschen am Fluss, sodass Joe gewusst haben musste, worauf er sich einließ.

»Der Dampfkessel war undicht, und Dad hatte kein Geld für die Reparatur, musste aber seine Aufträge erfüllen«, antwortete Francesca. »In seiner Not hat er eingewilligt, als Silas ihm das Darlehn anbot. Allerdings zu einem Wucherzins, sodass Dad mit den Ratenzahlungen in Verzug geriet. Dabei war er fest entschlossen, hart zu arbeiten, aber Silas hat seine Arbeit sabotiert und schließlich damit gedroht, sich die *Marylou* unter den Nagel zu reißen. Dann hat er Dad angeboten, ihm die Schulden zu erlassen, im Austausch gegen mein Jawort. Anfangs wollte Dad nichts davon wissen, aber dann kam mir die Idee, mich mit Silas zu verloben, um Zeit zu gewinnen. Wir hofften, Silas auf diese Weise zumindest davon abzuhalten, weiteren Menschen Schaden zuzufügen, zum Beispiel Ezra Pickering und Dolan O'Shaunnessey, die er sich nur deshalb herausgesucht hat, um Dads Einnahmequellen versiegen zu lassen und ihn in Zahlungsschwierigkeiten zu bringen.«

Reginas Augen wurden groß. »Willst du damit sagen, Silas steckt hinter dem Brandanschlag auf Ezras Werft?«

»Ohne jeden Zweifel.«

Regina wusste, dass Silas hinterhältig sein konnte; dennoch war sie schockiert. »Aber Silas hat dich durchschaut, Francesca. Darum plant er die Hochzeit schon in zwei Wochen.«

»Wenn ich die Verlobung jetzt schon löse, kann er mir Wortbruch vorwerfen und die *Marylou* an sich reißen, und das würde Dad das Herz brechen.«

»Aber du kannst Silas unmöglich heiraten!«

»Er muss die Wahrheit erfahren. Das ist die einzige Lösung. Wenn er erfährt, dass ich seine Tochter bin, lässt er uns die *Marylou*.«

Regina verspürte aufkeimende Panik. »Silas würde überall erzählen, dass du seine Tochter bist.«

»Ich habe keine andere Wahl, Regina.«

»Ich gebe euch das Geld, um die Schulden zu tilgen.«

»Nein«, widersprach Francesca heftig. Unvorstellbar, von Regina Geld anzunehmen.

»Das ist das Mindeste, das ich tun kann, Francesca.«

»Nein!«

»Bitte, Francesca, lass mich euch helfen. Dann kann Joe die *Marylou* behalten. Und du legst bestimmt keinen Wert darauf, dass Silas erfährt, dass du seine Tochter bist, wenn du ihn wirklich so verabscheust, wie du behauptest.«

Regina hatte Recht. Francesca legte nicht den geringsten Wert darauf, dass Silas die Wahrheit erfuhr. Die Vorstellung, wie er ihr dann als Vater begegnen würde, war Ekel erregend. Vor allem aber wollte sie Joe nicht verletzen. »Dad würde niemals Geld von dir annehmen. Dafür ist er zu stolz.«

»Wir können uns ja überlegen, wie wir ihm das Geld zukommen lassen, ohne dass er erfährt, dass es von mir stammt.«

Francesca dachte kurz darüber nach. Schließlich stand Regina in Joes Schuld, nachdem er sie, Francesca, großgezogen hatte.

»Ich weiß, dass du das nicht verstehst und wohl auch nie verstehen wirst«, sagte Regina, »aber ich bin froh, dass ich dir die Wahrheit gesagt habe.«

»Erleichtert das dein schlechtes Gewissen?«

Regina erwiderte traurig: »Nein, genauso wenig wie meine finanzielle Unterstützung für euch. Mit dieser Schuld muss ich für den Rest meines Lebens fertig werden.«

»Aber wenn du dein Leben noch einmal leben könntest, würdest du es wieder genauso machen, nicht wahr?«

Im Gegenteil, ging es Regina durch den Kopf. Ich würde mich nicht wieder auf eine Affäre mit Silas einlassen ...

»Im Grunde hast du mir damit einen Gefallen erwiesen«, sagte Francesca, »weil ich es nicht besser treffen konnte, als von Dad, Mary und Ned aufgezogen zu werden. Ich denke oft an Mary. Sie war eine wundervolle Mutter.«

Regina fühlte sich, als hätte Francesca ihr eine Ohrfeige verpasst. Doch sie wusste, sie hatte es nicht anders verdient. »Du hast dich zu einer bemerkenswerten jungen Frau entwickelt, Francesca. In gewisser Weise wünschte ich mir, dass du nicht meine Tochter wärst, zumal du die perfekte Frau für Monty abgeben würdest.«

Francesca empfand dies als Hohn. »Ich betrachte mich nicht als deine Tochter, Regina, aber Monty wird immer einen festen Platz in meinem Herzen haben. Hättest du den Mut und den Anstand gehabt, zu mir zu stehen, wäre er ein wunderbarer Bruder gewesen.«

Jetzt endlich verstand Francesca ihre Zuneigung für Monty und weshalb sie sich so sehr von ihren Gefühlen für Neal unterschied. Sie schätzte Montys Anständigkeit und hatte sich in seiner Gesellschaft stets wohl gefühlt. Obwohl sie die Freundschaft mit ihm genossen hatte, war sie jedoch davor zurückgeschreckt, eine Liebesbeziehung einzugehen, und dafür dankte sie dem Himmel. Sie war im Glauben gewesen, sie und Monty bräuchten mehr Zeit, bis Regina sie akzeptieren würde, dann würde sich alles von selbst ergeben. Dennoch hatte sie instinktiv gezweifelt. Nun verstand sie den Grund dafür: Ihr Instinkt hatte sich dagegen gewehrt, für Monty jemals mehr als Freundschaft zu empfinden. Neal hingegen weckte die Leidenschaft in ihr, und ihr Herz war ihm hoffnungslos verfallen.

22

Silas hatte die halbe Nacht damit verbracht, in seinem Zimmer auf und ab zu wandern, wobei seine Gedanken unablässig um die Feier wenige Stunden zuvor gekreist waren. Lizzies Erscheinen hatte ihm die Sprache verschlagen, und das umso mehr wegen ihres jämmerlichen Versuchs, sich als Dame zu verkleiden. Seit er Lizzie verprügelt hatte, hatte er dreimal wieder das Bordell aufgesucht. Die anderen Mädchen hatten ihm gegenüber behauptet, Lizzie sei spurlos verschwunden, und ihre besorgten Mienen hatten Silas keinen Grund gegeben, ihnen nicht zu glauben, zumal er damit gerechnet hatte, dass Lizzie aus der Stadt verschwunden war, nachdem er sie mit Reginas Armband erwischt hatte.

Aber er hatte offenbar falsch gelegen.

Zudem hatte ihn die Frage beschäftigt, weshalb Joe sie »Elizabeth« nannte und weshalb dieser irische Dickschädel so aufgebracht gewesen war, als er sie als Hure bezeichnet hatte. Es gab nur eine Erklärung dafür: Lizzie war auf der *Marylou* bei Joe und Francesca untergetaucht. Bei diesem Gedanken kochte Silas vor Zorn.

Auch Reginas Verhalten hatte ihn stutzig gemacht. Ob sie dem nachtrauerte, was einmal zwischen ihnen beiden gewesen war? Hatte sie womöglich nach all den Jahren erkannt, dass es ein Fehler gewesen war, ihre Affäre zu beenden? Bei diesem Gedanken fühlte Silas sich geschmeichelt, da Regina immer noch eine ausnehmend schöne und begehrenswerte

Frau war, doch er war fest entschlossen, so bald wie möglich die Ehe mit Francesca zu vollziehen.

Bliebe noch Neal Mason. Was ihn betraf, hatte Silas bereits alles Nötige veranlasst. Bei dem bloßen Gedanken musste er grinsen.

Als er sich am nächsten Morgen zur *Marylou* begab, traf er Ned am Bug an. Offenbar hielt er nach irgendetwas Ausschau.

»Ich will Joe sprechen, sofort«, knurrte Silas ihn an.

Sein arroganter Tonfall verhieß Ned, dass Silas auf Streit aus war.

»Er ist nicht zu sprechen«, entgegnete er, doch Joe hatte Silas bereits gehört und kam an Deck.

»Was wollen Sie hier?«, fragte er mürrisch. Fast die ganze Nacht hatte er Lizzie beschworen, dass es keine Rolle für ihn spiele, was Silas von ihr hielt; deshalb hatte er kaum geschlafen, und umso weniger erfreut war er über Silas' Besuch.

Silas war zu wütend, um Höflichkeit zu wahren. »Ist diese Hure Lizzie bei euch an Bord?«

Joe ballte die Fäuste vor Wut. Hoffentlich hatte Lizzie diesen Mistkerl nicht gehört! Nach all der Demütigung, die sie erlitten hatte, kam sie sich so wertlos vor, dass sie kurz davor gestanden hatte, ins Freudenhaus zurückzukehren. Joe hatte stundenlang auf sie einreden müssen, um sie davon abzuhalten, dass sie wieder ihren Körper verkaufte. »Das hat Sie nicht zu kümmern!«, fuhr er Silas an. »Und ich hab Ihnen gestern Abend schon gesagt, Sie sollen Elizabeth nicht als Hure bezeichnen.«

»Elizabeth – also doch! Sie Elizabeth statt Lizzie zu nennen macht sie aber noch lange nicht zu einem rechtschaffenen Menschen. Ich wünsche nicht, dass meine Verlobte mit einer solchen Frau auf engstem Raum zusammenlebt. Wenn Sie weiter darauf bestehen, eine Dirne zu beherbergen, bestehe ich darauf, dass Francesca sich ein Zimmer im Bridge Hotel nimmt.«

»Meine Tochter bleibt, wo sie ist. Außerdem lasse ich mir nicht vorschreiben, wer sich an Bord meines Schiffes aufhalten darf. Und was das ›rechtschaffen‹ betrifft – Sie sind ein ehemaliger Häftling, der sich auf Kosten anderer bereichert hat. Gerade Sie sollten sich hüten, auf andere herabzusehen.«

Silas verschlug es die Sprache. Noch nie hatte jemand gewagt, ihn auf seine Vergangenheit anzusprechen. Am liebsten hätte er laut herausgebrüllt, dass er sich dennoch in Kürze mit Francesca vermählen werde, ehemaliger Häftling oder nicht, doch er verbiss sich eine Erwiderung. Stattdessen beschloss er, die Kanzlei seines Notars aufzusuchen und auf die Fertigstellung der Scheidungsurkunde zu drängen.

»Ich habe mir den Respekt erarbeitet, Joe Callaghan, und es steht mir völlig frei, auf andere herabzusehen. Im Übrigen scheine ich mich mehr um Francescas Ruf zu sorgen als Sie.«

Joe sah rot und setzte bereits zum Sprung an Land an, doch Ned hielt ihn zurück. »Wie können Sie es wagen, Sie widerliche Kröte? Gehen Sie mir aus den Augen, sonst gnade Ihnen Gott ...«

»Lass gut sein, Joe«, besänftigte Ned, der ihn weiter festhielt. Joe wand sich frei und stapfte ans Heck, bevor ihm sämtliche Sicherungen durchbrannten und er nicht mehr zu halten war.

»Wo ist Francesca?«, wollte Silas von Ned wissen.

»Sie macht Besorgungen«, entgegnete Ned mit mühsam gezügelter Wut.

Silas' boshafte Augen wurden schmal. »Was denn, so früh?«

Ned entgegnete nichts darauf. Stattdessen stieg er in den Maschinenraum, denn er hatte die Anweisung, den Kesseldruck zu überwachen.

390

Silas tobte innerlich, als er den Rückweg zum Hotel antrat. Er schwor sich hoch und heilig, die beiden ihre Unverschämtheit büßen zu lassen.

Unterdessen klopfte Joe an die Tür von Francescas Kajüte, woraufhin Lizzie öffnete. An ihrem Gesicht konnte er ablesen, dass sie das Gespräch mit Silas gehört hatte.

»Alles in Ordnung, Elizabeth?«, fragte er.

»Noch nie hat jemand mich so in Schutz genommen«, erwiderte sie mit bewegter Stimme. »Aber Silas hat Recht. Wenn man mich Elizabeth nennt, ändert es nichts daran, was ich bin.«

»Ja, das steht allein in Ihrer Macht. Silas macht andere Menschen gern nieder, um sich selbst größer zu fühlen. Kehren Sie den Spieß um, Elizabeth! Schließlich ist er ein ehemaliger Häftling und nach wie vor ein Betrüger, Sie aber sind ein anständiger Mensch, vergessen Sie das nie.«

»Aber ich möchte Ihnen keine Scherereien bereiten. Silas ist unberechenbar.« Unbewusst betastete sie ihr Gesicht. Wenn auch die seelischen Narben für immer bleiben würden, die körperlichen Narben waren so gut wie verheilt. Plötzlich wurde Lizzie ihre Geste bewusst, und sie riss entsetzt die Augen auf.

Joes Augen wurden schmal. »Hat etwa dieser Lump Sie so zugerichtet, Elizabeth?«

Lizzie wusste nicht, wie sie reagieren sollte. Sie schüttelte den Kopf, konnte die Wahrheit aber nicht verleugnen.

»Er war es, stimmt's?«, stieß Joe hervor. »Silas ist der Dreckskerl, der Sie so zugerichtet hat!«

Lizzie ließ den Kopf hängen.

»Ich bringe ihn um!«

Im Kesselraum hatte Ned unterdessen Joes Gebrüll gehört, sodass er nach oben ging, um nachzusehen, was los war.

»Tun Sie nichts Unüberlegtes, Joseph«, flehte Lizzie ihn an. »Schließlich steht die *Marylou* auf dem Spiel.«

»Das tut jetzt nichts zur Sache. Dieser Kerl hätte Sie beinahe umgebracht. Dieser nutzlose Feigling ist der reinste Abschaum!«

»Was ist hier los?«, fragte Ned.

»Silas Hepburn ist der Mistkerl, der Elizabeth so zugerichtet hat«, tobte Joe, außer sich vor Zorn.

Francesca, die gerade an Bord gestiegen war, hörte ihren Vater ebenfalls. »Was ist, Dad?« Sie sah Lizzie an, weil sie den Namen »Silas« gehört hatte.

Schlagartig wurde Joe bewusst, dass Francesca mit dem Mann verlobt war, der Lizzie misshandelt hatte. »Du wirst noch heute deine Verlobung mit diesem miesen Schwein lösen«, fuhr Joe sie an. »Er ist der Kerl, der Elizabeth halb totgeschlagen hat.« Leise fluchend ging Joe unruhig auf und ab.

Francesca, die ihren Vater noch sie so aufgebracht erlebt hatte, blickte Lizzie an.

»Es tut mir Leid«, wisperte diese.

Joe erstarrte, als ihm klar wurde, dass Francesca die ganze Zeit gewusst hatte, dass Lizzie von Silas misshandelt worden war. Dennoch war sie die Verlobung eingegangen, damit er, Joe, die *Marylou* behalten konnte. Joe fluchte in sich hinein. Einerseits nahm er es Francesca übel, dass sie ein solches Risiko in Kauf nahm, andererseits wusste er, dass sie es ihm zuliebe tat. Ihr Mut und ihre Opferbereitschaft rührten ihn.

»Ist schon gut, Lizzie«, sagte Francesca und legte den Arm um die Schulter der älteren Frau. Francesca hatte sich ohnehin vorgenommen, ihre Verlobung am folgenden Abend zu lösen. Gemeinsam mit Regina hatte sie einen Plan entworfen, Silas in flagranti mit einer anderen Frau zu erwischen. Zu diesem Zweck würde Regina eine Schauspielerin anheuern, die Silas in eine kompromittierende Lage bringen sollte. Dabei spielte der zeitliche Ablauf die wichtigste Rolle.

Francesca wollte ihrem Vater den Plan verheimlichen, da er anderenfalls darauf bestehen würde, sie zu begleiten, insbesondere, nachdem er jetzt wusste, dass Silas der Schläger war, der Lizzie misshandelt hatte. Außerdem wollte Francesca vorerst für sich behalten, inwiefern Regina in die Sache verstrickt war.

»Lasst uns flussaufwärts fahren«, schlug Ned vor.

Joe war viel zu wütend, um klar denken zu können.

»Wir sollten uns für eine Weile aus dem Staub machen, also lasst uns heute angeln«, sagte Ned, denn er wusste, dass das Angeln stets eine beruhigende Wirkung auf Joe hatte.

»Ja, wir sollten tatsächlich verschwinden«, pflichtete Joe ihm bei. »Aber vorher teile ich Silas persönlich mit, dass die Verlobung geplatzt ist!«

»Das kann auch noch bis zu unserer Rückkehr warten, Dad«, besänftigte Francesca ihn.

»Na schön. Dir zuliebe.«

»Soll ich Neal Bescheid geben, dass wir losmachen?«, fragte Ned.

»Neal gönnt sich sonntags gern eine Auszeit. Lass ihn schlafen. Wir sehen ihn ja nach unserer Rückkehr.«

Sie fuhren bis zur Mündung des Goulborn River, wo sie Anker warfen. Die Landschaft war überwältigend. Zahlreiche Schatten spendende Bäume säumten die Flussauen. Zudem gab es hier reichlich Fische, da einige Arten an der Mündung im seichten Wasser ihre Laichplätze hatten. Trotz seines Grolls konnte Joe sich nicht der besänftigenden Wirkung der Landschaft entziehen.

»Vielleicht sollten wir einen weiteren Tag hier bleiben«, schlug er vor, als die Nachmittagssonne ihre Schatten über die Landschaft warf. Francesca erschrak. Sie mussten am nächsten Tag nach Echuca zurück, damit sie ihren Plan mit Regina ausführen konnte!

Lizzie hatte sich den ganzen Tag sehr still verhalten. Nach

dem Abendessen, das aus drei Seebarschen und einem prächtigen Kabeljau bestand, setzten sie sich ans Heck und lauschten dem Kreischen der Eisvögel in den Bäumen.

»Mein Wutausbruch heute Morgen tut mir Leid, Elizabeth«, entschuldigte sich Joe. »Normalerweise führe ich mich vor einer Dame nicht so auf.«

»Schon gut, Joseph«, sagte Lizzie. »Silas hat ein Talent dafür, andere Menschen zur Raserei zu bringen.«

»Offenbar gilt das aber nicht für Sie«, sagte Joe. »Wäre ich eine Frau, und er hätte mir angetan, was er Ihnen angetan hat, hätte ich ihn längst umgebracht.«

Lizzie verschwieg, dass sie mehrere Male mit dem Gedanken gespielt hatte.

»Ja, Ihre Stärke ist bewundernswert«, sagte Francesca. »Offenbar haben Sie keine Rachegelüste.«

»Doch«, widersprach Lizzie. »Ich überlege ständig, wie ich mich an Silas rächen kann.«

»Und wie?«, fragte Ned erwartungsvoll.

»Ja, sagen Sie es uns, Elizabeth«, bekräftigte Joe, der offensichtlich Gefallen an der Vorstellung fand, Silas eins auszuwischen.

Lizzie erkannte, dass die Männer sie nicht verurteilten, sodass sie offen antwortete. »Einen meiner Pläne habe ich bereits in die Tat umgesetzt«, sagte sie. »Aber leider ohne große Wirkung.«

Joe bekam große Augen. Er hatte begriffen, worauf sie anspielte. »Sie haben die Taue an dem Ponton gekappt, nicht wahr?«

Lizzie nickte.

»Sie hätten auch noch ein paar Bolzen lösen und die Plankenseile durchtrennen sollen«, sagte Ned. »Dann wäre das Ding auseinander gefallen und für Silas endgültig unbrauchbar geworden.«

»Beim nächsten Mal achte ich darauf«, gab Lizzie im

Scherz zurück. Allein das Kappen der Taue hatte ihr unerträgliche Schmerzen bereitet.

»Ich helfe Ihnen dabei«, sagte Joe. »Ich möchte diesen Lump am Boden sehen für all das Leid, das er Ihnen und anderen zugefügt hat. Nun rächt es sich, dass er Ezra und Dolan aus dem Weg geräumt hat, zumal er jetzt im näheren Umkreis keinen mehr findet, der ihm einen neuen Ponton baut, wenn wir seinen versenken. Der einzige Haken dabei ist, dass es für die Farmer, die ihr Vieh über den Fluss bringen wollen, gewisse Nachteile bringt.«

»Das Vieh kann schwimmen«, sagte Ned. »So war es früher ja auch, bevor es Silas' Pontonbrücke gab.«

»Stimmt. Und das würde die Farmer nichts kosten.«

»Ich hatte mir auch überlegt, heimlich Feuer im Bridge Hotel zu legen«, räumte Lizzie ein. Der Gedanke hatte sie eine Zeit lang nicht mehr losgelassen. »Schließlich brüstet Silas sich ständig damit, dass ihm das Restaurant ein Vermögen einbringt, und da dachte ich mir, wenn in der Küche ein Feuer ausbricht, wird ihn das empfindlich treffen. Es würde ihn zwar nicht in den Ruin stürzen, aber er hasst es, Geld zu verlieren. Nach seiner Vorstellung bedeutet Geld Macht.«

»Das ist viel zu gefährlich, Lizzie«, entgegnete Francesca. »Bei einem Brand im Bridge Hotel könnten unschuldige Menschen verletzt oder sogar getötet werden.«

»Francesca hat Recht«, pflichtete Joe ihr bei. »Vergessen Sie die Idee, Lizzie. Ich weiß etwas Besseres. Welches von den Schiffen, das Silas besitzt, ist sein größter Stolz?«

»Die *Curlew*«, erwiderte Lizzie.

»Das denke ich auch. Und er hat sich dieses Schiff auf dieselbe miese Art und Weise unter den Nagel gerissen, wie er es mit der *Marylou* vorhat, sollte ich meine Schulden nicht bezahlen«, sagte Joe verbittert.

Francesca brannte auf der Zunge, dass Regina dafür aufkommen würde. Gemeinsam hatten sie einen Plan ausgearbei-

395

tet, den Regina in die Wege leiten würde, was aber mehrere Tage in Anspruch nähme. Folglich konnte ein Ablenkungsmanöver für Silas ihnen nur dienlich sein. »Dann lasst uns die *Curlew* versenken«, sagte sie entschlossen.

»Genau mein Gedanke«, stimmte Joe zu.

»Das wird nicht allzu schwer«, sagte Ned. »Wir müssen lediglich ein Loch in den Rumpf schlagen, dann säuft sie von alleine ab.«

»Silas hat es nicht besser verdient«, sagte Joe. »Er würde sich nicht scheuen, dasselbe zu tun. Ich bin sicher, er *hat* es schon mehr als einmal getan.«

»Trotzdem wird er uns sofort verdächtigen, vor allem, wenn ich die Verlobung löse«, wandte Francesca ein. Sie dachte dabei einzig an ihren Vater. Sie wollte vermeiden, dass Joe mit dem Gesetz in Konflikt geriet.

»Es wird mehr als genug Zeugen geben, die uns ein Alibi verschaffen«, sagte Ned.

»Stimmt«, pflichtete Joe ihm bei. »Mag sein, dass Silas eine Menge Leute hinter sich hat, aber Männer wie er schaffen sich auch viele Feinde. Unter diesen Umständen ist das äußerst hilfreich.«

Francesca richtete den Blick auf Lizzie. »Sie wissen doch recht gut über Silas Bescheid, oder?«

»O ja. Über die Jahre hinweg habe ich einiges von seinen Geschäften mitbekommen, auch von den schmutzigen«, entgegnete sie. »Außerdem kenne ich seinen Tagesablauf.« Sie versicherte ihnen, dass Silas sonntagabends im Bridge Hotel zu speisen pflegte und im Anschluss daran meist dem Steampacket einen Besuch abstattete, um das Personal und die Geschäfte zu überprüfen. Danach suchte er zu später Stunde meistens das Star Hotel auf, um von den betrunkenen Matrosen nützliche Informationen aufzuschnappen.

Erneut musste Joe daran denken, was Silas Lizzie angetan hatte. Nie würde er vergessen, in welchem Zustand Francesca sie an Bord gebracht hatte. »Heiz den Kessel an, Ned«, sagte er kurz entschlossen. »Wir nehmen wieder Kurs auf Echuca.« Er zwinkerte Lizzie zu, die zurücklächelte.

»Es wird bald dunkel, Joe«, gab Ned zu bedenken.

»Ich kenne den Fluss wie meine Westentasche. Die Dunkelheit ist kein Problem.«

»Du bist der Käpt'n.«

»Eigentlich ist Francesca der Käpt'n, ich bloß der Lotse.«

»Was hast du vor, Dad?«, fragte Francesca.

»Wir werden Silas mit seinen eigenen Waffen eine Lektion erteilen«, erwiderte Joe.

In der Dunkelheit, im Schutz der wolkenverhangenen Nacht, schlichen Joe und Ned sich an den Ponton heran. Da Lizzie lediglich die Taue gekappt hatte, war der Ponton zwar abgetrieben, doch ohne auseinander zu brechen, sodass Mike Finnion ihn hatte bergen und wieder flottmachen können. Diesmal wollten Joe und Ned dafür sorgen, dass er nie wieder repariert werden konnte. Sie durchtrennten sowohl die Befestigungstaue als auch die Seile, die die Planken zusammenhielten, und lösten zudem die Verbindungsbolzen. Kurz darauf brach der Ponton auseinander und trieb auf dem dunklen Fluss mit der Strömung davon.

»Den holt er nicht mehr zurück«, spottete Joe.

»Pssst«, machte Ned, konnte ein Kichern aber nicht unterdrücken.

Am Montagmorgen hielten sich Francesca, Joe, Lizzie und Ned im Ufergebüsch auf der Flussseite in New South Wales versteckt und beobachteten, wie Silas die Stelle inspizierte, an der die Pontonbrücke vertäut gewesen war. Neal, der nichts von ihrer Tat ahnte, war mit der *Ophelia* hinausgefahren. Trotz der Entfernung war deutlich zu sehen, dass Silas außer sich war. Er fuchtelte wild mit den Armen und brüllte die Fährleute an. Zwar verspürten Joe und die anderen Mitleid mit den Männern, doch ihre Genugtuung, Silas so in Rage versetzt zu haben, war noch größer.

»Für gewöhnlich taucht er jeden Montagmorgen früh hier auf, um die Wochenendeinnahmen zu zählen. Der Geizkragen traut niemandem über den Weg, wenn es um sein Geld geht«, sagte Lizzie. »Schätze, wir haben seinen Tagesablauf gewaltig auf den Kopf gestellt.«

Sie mussten lachen.

Joe und Ned hatten den Montagabend ausgesucht, um die *Curlew* zu versenken. Sie bestanden darauf, dass Lizzie und Francesca währenddessen auf der *Marylou* blieben, was Francesca gelegen kam, da sie heimlich plante, dann das Bridge Hotel aufzusuchen, um Silas in flagranti zu erwischen. Die *Marylou* ankerte am Flussufer, gut hundert Meter vom Pier entfernt. Gegen fünf Uhr nachmittags machten sich Joe und Ned zum Hafen auf. Sie wussten, dass auch Mike Finnion und seine Crew feste Gewohnheiten pflegten. Gleich nach dem Anlegen würden sie sich mehrere Stunden in die Kneipe verziehen.

Wie erwartet, suchten Mike und seine Crew nach Feierabend die Schänke des Star Hotels auf. Ned ging ihnen hinterher. Kaum hatten sie sich dort für den Abend gemütlich eingerichtet, verließ Ned ungesehen die Schänke durch den Schmugglertunnel – ein unterirdischer Fluchtweg für Schnapsschmuggler und allerlei Gesindel, um nicht den Constables zu begegnen – und lief zurück zum Pier. Joe hatte unterdessen die Matrosen auf den anderen Schiffen beobachtet. Manche hatten sich in die Kneipe verzogen, andere nach Hause zu ihren Frauen und Kindern.

Während Ned Wache hielt, hieb Joe die Axt in den Rumpf der *Curlew*. Sie hatten überlegt, ob sie das Schiff in Brand stecken sollten, doch das war zu gefährlich, weil zu beiden Seiten der *Curlew* weitere Dampfer festgemacht hatten und zudem die Gefahr bestand, dass das Feuer auf den Pier übergriff. Außerdem wollten sie keine Aufmerksamkeit auf sich ziehen. Sie wollten lediglich das Schiff still und leise auf dem Grund des Flusses verschwinden lassen.

Joe hatte vor, ein Leck vom Durchmesser eines kleinen Eimers in den Schiffsrumpf zu schlagen. Das nahm mehrere Minuten in Anspruch und verursachte ihm Schmerzen in der Schulter, aber da er im Rumpf stand, drangen seine Schmerzensschreie nicht nach draußen. Als das Wasser einströmte, kletterte er an Deck, wo er mit Ned zusammenstieß.

»O Mann. Dank dir, Ned, bin ich soeben um fünf Jahre gealtert.«

»Sorry, Joe«, flüsterte Ned.

»Was machst du hier an Bord? Du sollst doch am Pier Wache halten.«

»Mike Finnion und seine Männer sind im Anmarsch«, stieß Ned aufgeregt hervor.

»Das sagst du mir erst jetzt?«

»So früh hab ich nicht mit ihnen gerechnet. Ich dachte, die bleiben noch mindestens eine weitere Stunde in der Schänke hocken.«

»Wo sollen wir uns jetzt verstecken?«

»Wir werden sicher nicht mit dem Schiff absaufen. Wie würde das denn aussehen?«, sagte Ned. »Es bleibt uns wohl nichts anderes übrig, als ins Wasser zu springen.« Die Vorstellung widerstrebte ihm, da die Nacht frisch war.

Gleich darauf vernahmen sie Schritte und Stimmen, sodass sie zum Heck schlichen, wo sie versuchten, sich leise ins Wasser gleiten zu lassen, doch in der Hektik waren sie dennoch zu hören.

»Was war das?«, sagte Mike Finnion, der noch an Land stand.

Sein Maschinist zündete sich eine Zigarette an. »Was meinst du?«

399

»Hat sich angehört, als wäre jemand ins Wasser gefallen«, sagte Mike.

»Du hörst Gespenster.«

Mit einem Achselzucken tat Mike das Geräusch als Einbildung ab.

Unterdessen schwammen Ned und Joe hinter den vertäuten Schiffen durch das dunkle, eiskalte Wasser, um nicht entdeckt zu werden. Zum Glück lagen mehr als zwanzig Dampfer dicht beieinander, was ihnen eine gute Deckung verschaffte, aber sie würden bis zur Anlegestelle der *Marylou* weiterschwimmen müssen, bevor sie sich an Land wagen konnten.

Die *Curlew* bekam langsam Schlagseite, doch Mike und seine Crew bemerkten es nicht, da sie dem Schiff den Rücken zukehrten und sich über einen Vorfall amüsierten, der sich vor einigen Tagen ereignet hatte.

»Die haben noch gar nicht mitbekommen, dass das Schiff sinkt«, flüsterte Joe Ned zu, während sie durch den Fluss wateten. Sie beobachteten, wie das Ruderhaus nach hinten absackte, und hörten das Knirschen des Rumpfes, der voll Wasser lief.

»Stimmt«, gab Ned mit ungläubiger Stimme zurück. Am liebsten hätte er laut gelacht, aber sie mussten sich leise verhalten.

Wenige Minuten später wandte Mike sich um und wollte an Bord gehen. Von der *Curlew* ragten nur noch der Bug und ein Teil des Ruderhauses aus dem Wasser.

»Was, zum Teufel ...«, fluchte er laut, während er versuchte, Klarheit in seinen vom Alkohol benebelten Schädel zu bekommen. »Das Schiff sinkt!«

Die drei Männer liefen in heller Aufregung durcheinander. Offenbar wussten sie nicht, was sie tun sollten. Aber es war ohnehin nichts mehr zu machen; dafür war es zu spät.

»Stell dir Silas' Gesicht vor, wenn er das erfährt«, flüsterte Joe.

»Mike Finnion hat jetzt die undankbare Aufgabe, Silas mitzuteilen, dass sein ganzer Stolz auf dem Grund des Flusses liegt.«

»Zu schade, dass Lizzie das nicht sehen kann«, sagte Joe.

»Vielleicht sollten wir wieder zum Angeln rausfahren«, gab Ned flüsternd zurück. »Im Campaspe gibt es prächtige Flusskrebse.«

»Gute Idee«, entgegnete Joe. »Wir fragen Neal, ob er mitkommt.«

Aus dem Star Hotel kamen mehrere Männer, durch Mike Finnions Gebrüll neugierig geworden.

»Besser, wir verschwinden von hier«, sagte Joe. Sie schwammen weiter flussabwärts.

Währenddessen blickte Regina unablässig auf die Uhr. Sie saß in ihrer Kutsche vor dem Bridge Hotel, von wo aus sie den Eingang beobachtete. Sie wartete auf Silvia Beaumont, die von ihr angeheuerte Schauspielerin, die sie um sieben Uhr vor dem Hotel treffen sollte. Regina hatte Silvia vor mehreren Jahren kennen gelernt, als sie die Gastaufführung einer Theatergruppe in der Stadt organisiert hatte. Sie hatten sich angefreundet und waren in Verbindung geblieben, nachdem die Theatergruppe wieder nach Ballarat zurückgekehrt war. Silvia war eine außergewöhnliche, charismatische Frau; deshalb sah Regina über ihre dubiose Vergangenheit, die Silvia selbst angedeutet hatte, hinweg. Auf der Suche nach einer geeigneten Frau, um Silas in die Falle zu locken, war Regina sofort Silvia eingefallen, zumal diese ihr ohnehin einen Gefallen schuldete. Silas und Silvia waren sich ein einziges Mal begegnet, anlässlich der Gastaufführung, und an jenem Abend war er sehr von ihr angetan gewesen, sodass kaum zu befürchten stand, dass er ihre Avancen zurückweisen würde.

»Wo bleibt sie nur?«, murmelte Regina und sah erneut auf

die Uhr. Falls Silvia nicht bald erschien, konnte sie ihren Plan begraben.

Als sieben Uhr verstrichen war, wurde Regina von heftiger Unruhe gepackt. Sollte der Plan fehlschlagen, Silas in eindeutiger Pose mit einer anderen Frau zu überraschen, würde Francesca ihm wahrscheinlich offenbaren, dass sie seine Tochter war, und die Verlobung lösen. Silas würde natürlich auf einem Beweis bestehen, und dann würden Frederick und Monty es erfahren. Der bloße Gedanke brachte Regina an den Rand der Hysterie. Sie sagte sich, dass ihr nur noch eine letzte Möglichkeit blieb, zumal die Zeit knapp wurde.

Als Regina sich Silas' Büro näherte, stand die Tür offen. Mit gesenktem Kopf saß Silas über seinen Unterlagen. Sein bloßer Anblick verursachte Regina Übelkeit, sodass sie tief durchatmete und an Frederick und Monty dachte sowie daran, was für sie auf dem Spiel stand.

Ohne anzuklopfen, betrat Regina das Büro und schloss die Tür hinter sich.

Irritiert blickte Silas auf, als er das Einrasten der Tür vernahm. Regina lehnte sich von innen dagegen, und er bemerkte ihren sonderbaren Blick.

»Ist was passiert, Regina?«, fragte er neugierig.

»Ich möchte mit dir reden, Silas. Unter vier Augen. Du hast doch nichts dagegen?«

Ihr Tonfall gab ihm weitere Rätsel auf. »Nein, natürlich nicht.« Ihm lag die Bemerkung auf der Zunge, ob es unbedingt nötig sei, zu diesem Zweck die Tür zu schließen, doch seine Neugier war stärker. »Worüber möchtest du denn sprechen?«

»Denkst du jemals an unsere gemeinsame Zeit zurück, Silas? An die zärtlichen Augenblicke ...?«

»Das ist schon lange her, Regina.«

»Ich denke Tag und Nacht daran«, hauchte sie mit verführerischer Stimme. Dann schritt sie langsam auf seinen Schreibtisch zu, mit wiegendem Hüftschwung. Statt ihm gegenüber Platz zu nehmen, ging sie um den Tisch herum, ließ sich vor ihm darauf sinken und stützte ein Bein auf seinem Stuhl auf. Dabei behielt sie die Wanduhr im Blick, während Silas auf ihre Beine starrte.

In weniger als zwei Minuten würde die Tür aufgehen ...

»Was ist in dich gefahren, Regina?«

»Ich muss ständig an unsere gemeinsame Zeit denken.«

»Da bin ich aber geschmeichelt«, entgegnete Silas, grinste wie ein dummer Flegel und fragte sich, ob Regina betrunken war. »Aber das ist vergangen und vergessen. Wozu jetzt noch darüber reden?«

»Mir kommt es erst wie gestern vor, Silas«, sagte Regina und beugte sich vor, sodass er in ihr Dekolleté blicken konnte. »Ich muss ständig daran denken, wie es war, wenn du mich berührt hast.« Sie nahm seine Hand und führte sie ihren Oberschenkel entlang.

Silas' Augen traten hervor. »Ist das der Grund für deinen Schwächeanfall auf meiner Verlobungsfeier?«

»Du hast es erraten. Der Gedanke, du könntest erneut heiraten, ist mir unerträglich. Mir ist schleierhaft, wie ich mich mit deinen vorherigen Ehefrauen abfinden konnte. Das war die reinste Qual für mich.«

Silas kniff verdutzt die Augen zusammen. »Ich hatte keine Ahnung, was du für mich empfindest ...«

»Ich habe meine Gefühle immer verborgen, aber das geht jetzt nicht mehr. Du fehlst mir, Silas.«

Seine Augen wurden noch größer. Reginas Liebesgeständnis traf ihn völlig unvermittelt. Sie schmeichelte seinem Ego, das diese Aufmunterung bitter nötig hatte. Dennoch war er völlig verblüfft.

»Deine Berührungen sind unvergleichlich, Silas. Keine Frau vergisst so etwas.«

»Regina, hör auf, so zu sprechen.« Nervös sah er zur Tür.

Unter normalen Umständen hätte er sich auf ihr unmoralisches Angebot eingelassen, wollte aber alles vermeiden, das seine Verlobung gefährden konnte. War er erst mit Francesca verheiratet und hatte sie als Frau gehabt, würde sich das ändern.

Regina erkannte, dass jetzt große Überzeugungskraft erforderlich war. Silas war nicht auf den Kopf gefallen und ließ sich nicht so einfach hinters Licht führen. »Du findest mich doch noch attraktiv, Silas?« Wieder warf sie einen Blick auf die Uhr. Ihr blieben nur noch wenige Sekunden, ihn dazu zu bringen, sie zu küssen.

»Ja, sicher ... Aber ich darf meinen Empfindungen nicht nachgeben, Regina.«

»Niemand braucht davon zu erfahren.« Sie rückte näher an ihn heran, sodass er den schweren Duft ihres Parfums wahrnahm.

»Die Tür ist zu.« Sie musterte ihn mit begehrlichen Blicken. »Wir sind ungestört. Ich wünsche mir nur, dass du mich ein einziges Mal wie früher küsst, Silas. Schenk mir eine weitere schöne Erinnerung, von der ich die nächsten Jahre zehren kann.« Obwohl die bloße Vorstellung sie mit Ekel erfüllte, konnte sie Francesca nicht im Stich lassen. Sie musste dieser Verlobung ein Ende setzen.

»Küss mich, Silas«, sagte sie und näherte ihr Gesicht dem seinen.

Silas starrte auf ihre verführerisch gespitzten Lippen, zögerte jedoch.

Daraufhin führte Regina seine Hand von ihrem Oberschenkel über ihre Taille und höher, wo ihre Brüste lockten. Sie bemerkte, wie seine Augen lüstern funkelten. Er hatte angebissen!

Silas sprang vom Stuhl auf und riss sie an sich. Er presste die Lippen auf ihren Mund und drückte sie stürmisch nach hinten über den Schreibtisch.

Regina musste gegen den Impuls ankämpfen, ihn wegzustoßen, obwohl jede Faser ihres Körpers danach schrie.

Draußen vor der Bürotür streckte Francesca gerade die Hand nach dem Türknauf aus. Sie atmete tief durch und öffnete die Tür. »Silas!«

Wie erwartet, fand sie ihn in leidenschaftlicher Umarmung mit einer anderen Frau vor. Beim Klang ihrer Stimme ließ Silas Regina unsanft auf den Tisch fallen.

»Du lieber Himmel!«, rief er bestürzt und errötete.

Francesca war entsetzt. Sie hatte erwartet, eine Schauspielerin anzutreffen. Doch ausgerechnet Regina!

»Regina ...«, stammelte Francesca und rang hörbar nach Luft. Sie musste ihre Überraschung nicht spielen. Die war echt.

Regina blieb stumm. Obwohl sie innerlich tiefe Erleichterung verspürte, gelang es ihr, ein schuldbewusstes Gesicht zu machen. Sie fuhr sich mit dem Handrücken über den Mund, was Silas jedoch nicht bemerkte, da er in das entsetzte Gesicht Francescas starrte.

»Es ist nicht, wonach es aussieht«, sagte er hastig und trat auf Francesca zu. »Ich ...«

»Wie kannst du nur?«, entgegnete Francesca und trat einen Schritt zurück. »Ich dachte, du wolltest mich heiraten.«

»Das ... das will ich auch, Liebes. Ich weiß, was du jetzt denkst«, sagte Silas, der sich über seinen Lapsus maßlos ärgerte. Normalerweise rühmte er sich damit, nichts dem Zufall zu überlassen. Der Kuss war ein schrecklicher Fehler gewesen. »Ich überlasse die Entscheidung dir. Alles, was du willst, soll geschehen.«

Francesca kam kurz der Gedanke, dass dieses Scheusal ihr leiblicher Vater war, was sie mit einem solchen Entsetzen erfüllte, dass sie den Gedanken rasch beiseite schob. Silas durfte niemals die Wahrheit erfahren. Sie und Regina mussten dieses Geheimnis für alle Zeiten wahren.

»Ich will nichts mehr mit dir zu tun haben«, sagte Francesca unter Tränen, die eher von ihrer Erschütterung darüber herrührten, wer ihre leiblichen Eltern waren, als von ihrer Enttäuschung über Silas' Charakterlosigkeit. »Die Verlobung ist geplatzt!«

Francesca stürmte aus dem Raum, während Regina sich ebenfalls zum Gehen wandte. An der Tür hielt sie kurz inne und drehte sich zu Silas um. Der erwiderte ihren Blick und sah die Genugtuung in ihren Augen, was ihn stutzig machte.

Hat sie das etwa absichtlich inszeniert?, fragte er sich. War er hereingelegt worden?

23

Francesca, wo bist du gewesen?«, fragte Joe. Triefend vor Nässe stand er an Deck der *Marylou*. Ned, der neben ihm stand, bot denselben Anblick.

»Erzähle ich dir gleich, Dad. Was ist mit euch beiden passiert?«, erwiderte Francesca.

»Wir mussten vom Pier aus zurückschwimmen«, antwortete Joe, am ganzen Körper zitternd.

»Ich gehe mich umziehen«, sagte Ned, der vor Kälte mit den Zähnen klapperte.

»Das solltest du auch tun, Dad, bevor du dir eine Erkältung holst«, sagte Francesca und scheuchte die beiden in ihre Kajüten.

Als Joe und Ned in trockenen Kleidern wieder erschienen, hatten Francesca und Lizzie eine Kanne Tee gekocht.

»Die nassen Sachen habe ich vorsichtshalber versteckt«, sagte Joe. »Nur für den Fall, dass der Constable uns seine Aufwartung macht.«

»Erzählt, wie ist es euch ergangen?«, fragte Francesca, während sie den beiden Tee einschenkte.

»Mike Finnion und seine Männer sind früher aus der Kneipe zurückgekommen, als wir angenommen haben. Deshalb mussten wir von Bord springen, um nicht erwischt zu werden.«

»Oh, Dad.« Francesca musste daran denken, was alles hätte passieren können.

Ned lachte auf. »Die standen am Pier und haben vor lauter Quatschen nicht mitgekriegt, dass direkt hinter ihnen ihr Schiff absäuft.«

»Wie konnten sie das denn nicht mitbekommen?«, fragte Lizzie verwundert.

Joe schüttelte lachend den Kopf. »Kaum zu glauben, was? Sie standen die ganze Zeit mit dem Rücken zum Wasser. Als sie es bemerkt haben, war es zu spät.« Er wurde ernst und blickte Francesca an. »Wo warst du heute Abend?«, fragte er noch einmal. Es behagte ihm nicht, wenn sie alleine in der Dunkelheit unterwegs war.

»Im Bridge Hotel.«

Joe runzelte die Stirn.

»Es musste sein, Dad«, fuhr Francesca hastig fort, bevor er ihr die Leviten lesen konnte. »Die Gelegenheit war einfach zu günstig.«

»Das musst du mir genauer erklären.«

Obwohl es Francesca zutiefst widerstrebte, ihren Vater zu belügen, war es notwendig, ihm die schmerzliche Wahrheit vorzuenthalten, sodass sie sich bereits eine Ausrede zurechtgelegt hatte. »Gestern Morgen habe ich in der Bäckerei zufällig mitbekommen, wie sich zwei Frauen unterhalten haben. Ich hörte sie sagen, dass Silas heute Abend einen Gast erwartet.«

»Einen Gast?«

»Eine Frau, Dad. Ich dachte, wenn ich ihn zusammen mit dieser Frau überrasche, kann ich die Verlobung lösen, ohne dass er mir Wortbruch vorwerfen kann. Ich habe dir nichts davon gesagt, weil ich dich nicht beunruhigen wollte.«

»Ich hätte auch allen Grund dazu gehabt, Frannie. Das war viel zu riskant.«

»Aber es hat funktioniert, Dad.«

»Hast du ihn in flagranti erwischt?«

»Ja. Gerade, als er die Frau küsste.« Noch immer hatte Francesca nicht verdaut, dass Regina bei ihm gewesen war.

Sie wusste nicht, was sie davon halten sollte. »Ich habe die Verlobung gelöst.«

»Da fällt mir ein Stein vom Herzen, Francesca. Und weil du die Betrogene bist, haben *wir* allen Grund, entrüstet zu reagieren.«

»Ich bezweifle, dass es für Silas eine Rolle spielt, wer der Betrogene ist«, bemerkte Ned. »Er ist bereits stocksauer wegen seinem Ponton, und jetzt hat er auch noch die *Curlew* verloren ... und Francesca ebenfalls. Ich vermute stark, dass er jetzt auf Rache aus ist.«

»Du hast Recht.« Joe zog die Stirn in Falten. »Entweder er bekommt sein Geld ... oder die *Marylou*. Sonst wird er uns nicht mehr in Ruhe lassen.«

Francesca musste an das Geld denken, das Regina ihr zugesichert hatte. Es würde im Laufe des folgenden Tages eintreffen, was bedeutete, dass sie Zeit gewinnen mussten. »Vielleicht sollten wir Echuca ein paar Tage den Rücken kehren, Dad«, schlug sie vor. »Man wird es auf meinen Schock zurückführen, nachdem ich herausfinden musste, dass mein so genannter Verlobter mich mit einer anderen betrügt.«

»Ned hat vorgeschlagen, einen Angelausflug zum Campaspe zu machen ...«

»Gute Idee.«

»Wir sollten das Bridge Hotel abfackeln!«, brach es plötzlich aus Lizzie hervor – mit einer Wildheit, die sie gar nicht an ihr kannten.

»Das dürfen wir nicht, Elizabeth«, beschwichtigte Joe sie. Er verstand ihre Enttäuschung. Wahrscheinlich würde es ihren Schmerz lindern, wenn das Bridge Hotel abbrannte, aber damit würde sie sich auf eine Stufe mit Silas stellen, ganz abgesehen davon, dass es viel zu gefährlich war.

Am nächsten Morgen suchte Joe in aller Frühe Neal auf, um diesem ihr Vorhaben mitzuteilen. Neal hatte bereits davon gehört, dass die *Curlew* gesunken war.

»Anscheinend will Silas einen Taucher hinunterschicken, der herausfinden soll, warum das Schiff untergegangen ist.«

»Kannst du dich für mich auf dem Pier umhören?«, bat Joe.

»Sicher. Ich komme dann später am Nachmittag mit meinem Schiff nach. Ich werde den Campaspe meiden, für den Fall, dass Silas mir seine Spione hinterherschickt, um ihn nicht auf eure Spur zu bringen. Die *Ophelia* lasse ich vorsichtshalber im Murray ankern und schlage mich dann zu Fuß durch die Büsche«, erklärte er.

Joe, Ned und Lizzie verbrachten den restlichen Vormittag damit, vom Schiff aus im Campaspe zu angeln, während Francesca sich um die Hausarbeit kümmerte. Obwohl es ziemlich heiß war, wusch sie die Wäsche und machte anschließend die Kajüten sauber. Am Nachmittag zog sie sich müde zurück, um sich auszuruhen.

Als Francesca einige Zeit später wieder an Deck kam, fand sie Joe und Ned am Heck vor, wo sie eingenickt waren, während ihre Angelruten im Wasser trieben. Sie hatten sich ihre Hüte über die Gesichter gezogen, um lästige Fliegen abzuwehren, und zwischen ihren Stühlen lag eine leere Flasche Rum auf dem Deck. Allein Neds unregelmäßiges Schnarchen oder das gelegentliche Krächzen einer Krähe unterbrachen die Stille. Angesichts der friedlichen Szenerie musste Francesca lächeln. Die Sonne wanderte über die hohen Baumwipfel hinweg, und Libellen schwirrten über die ruhige Wasseroberfläche des Flusses. Man hätte fast den Eindruck gewinnen können, dass es auf dieser Welt keine Sorgen mehr gab, doch die Wirklichkeit sah ganz anders aus.

Am Abend beabsichtigten sie, über ihre weitere Vorgehensweise zu beratschlagen, um Silas Hepburn das Leben schwer zu machen. Sie hatten sich bereits darauf geeinigt, dass sein Weinberg ein gutes Ziel wäre, aber sie mussten noch einen genauen Plan entwerfen.

Francesca fragte sich gerade, wo Lizzie blieb, als sie zwischen den Bäumen plötzlich Neal erspähte. Sein Anblick ließ ihr Herz höher schlagen.

»Hallo, Neal«, begrüßte sie ihn. »Du machst ein sehr zufriedenes Gesicht. Hast du was herausgefunden?«

Joe und Ned wurden durch ihre Stimme geweckt.

»Ja, ich habe interessante Neuigkeiten«, entgegnete Neal. »Wie nicht anders zu erwarten, ist Silas untröstlich, dass die *Curlew* auf dem Grund des Flusses liegt, und nachdem der Taucher ihm von einem großen Leck im Rumpf berichtet hat, ahnt er natürlich, dass etwas faul ist. Nach dem Anschlag auf seine Pontonbrücke ist er zu dem offensichtlichen Schluss gelangt, dass es jemand auf ihn abgesehen hat. Joe, du stehst ganz oben auf seiner Verdächtigenliste, obwohl ihm inzwischen einige mehr eingefallen sein dürften, mit denen er es sich verscherzt hat.«

»Die Liste ist mindestens eine Meile lang«, sagte Joe.

»Das stimmt. Außerdem hat Silas zusätzlichen Ärger. Offenbar wird er beschuldigt, öffentliche Gelder veruntreut zu haben, die für den Bau einer neuen Polizeiwache und eines Gemeindehauses vorgesehen waren. Von John Henry habe ich erfahren, dass jemand dem Richter anonym belastendes Beweismaterial hat zukommen lassen.«

»Wer könnte das gewesen sein?«, sagte Ned.

Francesca hatte eine Ahnung, behielt sie jedoch für sich.

»Sollte Silas als Vorsitzender des Ausschusses, der für die Verteilung der Gelder zuständig ist, einen Teil davon abgezweigt und für die Renovierung des Steampacket Hotels verwendet haben, ist er geliefert. Heute Morgen wurde er bereits vom Richter verhört, wo das fehlende Geld geblieben ist. In der ganzen Stadt brodelt die Gerüchteküche.«

Joe und Ned grinsten.

»Er sitzt ganz schön in der Klemme«, fuhr Neal fort. »Und seit Ezras Werft dank seiner gütigen Mithilfe stillgelegt wurde und Ezra nun einmal der beste Schiffbauer in der Gegend ist, muss er jetzt einen weiten Weg in Kauf nehmen, um einen Mann aufzutreiben, der ihm einen neuen Ponton baut.«

»Das nenne ich Gerechtigkeit«, sagte Joe.

»Das Beste kommt erst noch«, fuhr Neal fort. »Nach dem ersten Anschlag auf den Ponton vor einigen Tagen ist ihm der Planungsausschuss des Gemeinderats in den Rücken gefallen, weil er die Gelegenheit gewittert hat, alte Pläne für den Bau einer Flussbrücke hervorzuziehen, die an Silas' Veto gescheitert waren und die jetzt bei den Bürgern, insbesondere bei den Viehbesitzern, auf große Befürwortung stoßen. Nach dem abermaligen Anschlag auf die Pontonbrücke geht nun das Gerücht, dass die Radcliffes bereit sind, ein Stück Land zur Verfügung zu stellen, um das Vorhaben zu beschleunigen. Die meisten Geschäftsleute unterstützen das, weil dadurch der Handel zwischen Echuca und Moama ausgebaut werden kann.«

»Dann war der Anschlag auf den Ponton im Interesse der Gemeinde«, bemerkte Joe zufrieden. »Das macht es noch besser.«

»Silas hat herumgefragt, ob jemand weiß, wo du steckst, Joe«, sagte Neal.

»Wahrscheinlich will er sein Geld oder die *Marylou,* vor allem jetzt, nachdem er die *Curlew* verloren hat. Das würde ihm die Gelegenheit verschaffen, das Gesicht zu wahren.« Joe schaute sich suchend um. »Wo steckt eigentlich Lizzie? Sie möchte sicher auch gern von dem Schlamassel hören, den Silas sich eingebrockt hat.«

»Ich weiß nicht, Dad«, entgegnete Francesca. »Ich wollte gerade nach ihr suchen, aber dann kam Neal.« Suchend ließ sie den Blick übers Ufer schweifen.

»Ich dachte, sie hätte sich mit dir hingelegt«, sagte Joe.

»Nein, sie war nicht in der Kajüte. Ich dachte, sie ist bei euch an Deck«, erwiderte Francesca. Sie hatte mindestens zwei Stunden geschlafen, sodass es lange her war, seit sie Lizzie zuletzt gesehen hatte.

»Das letzte Mal habe ich sie in der Kombüse gesehen, wo sie sich Tee aufgegossen hat«, sagte Ned. »Kurz bevor wir eingedöst sind.«

»Wo kann sie bloß sein?« Schlagartig befiel Francesca ein schrecklicher Gedanke. »Sie wird doch nicht ... Sie wird doch nicht in die Stadt gegangen sein, um ...« Die Enttäuschung, dass die anderen von ihrer Idee, im Bridge Hotel Feuer zu legen, nicht angetan waren, stand Lizzie im Gesicht geschrieben; dennoch wäre keiner von ihnen auf den Gedanken gekommen, dass Lizzie ihr wahnwitziges Vorhaben auch ohne ihre Billigung ausführen würde. »Oh, Dad ... Lizzie würde doch nicht wagen, das Hotel in Brand zu stecken ...?«

Joe hatte mit einem Mal schreckliche Angst um Lizzie.

»Ich werde am Campaspe entlang zu Fuß zur Stadt gehen«, sagte Francesca. Das war der kürzeste Weg, den Lizzie vermutlich ebenfalls gewählt hatte, zumal man auf dieser Strecke nicht befürchten musste, von jemandem gesehen zu werden.

»Nein, Francesca. Ich werde gehen«, erklärte Joe.

»Du bleibst hier, Joe. Ich werde Francesca begleiten«, sagte Neal daraufhin. »Allerdings brauchen wir eine Laterne. In knapp einer Stunde ist es dunkel.«

»Du musst hier bleiben, Dad, falls sie zurückkommt«, sagte Francesca. Sie hatte die vage Hoffnung, dass Lizzie lediglich einen Spaziergang machte oder dass sie, falls sie tatsächlich daran dachte, den Brandanschlag zu verüben, inzwischen zur Besinnung gekommen war und den Rückweg zur *Marylou* eingeschlagen hatte.

»Seid vorsichtig«, warnte Ned.

»Vielleicht sollten wir den Kessel anfeuern und näher an die Stadt heranfahren«, meinte Joe. »Dann müsst ihr nicht den ganzen Weg im Finsteren zurückgehen.«

»Nein, lass gut sein, Dad. Es dauert mehrere Stunden, um den Kessel aufzuheizen. Bis dahin dürften wir wieder hier sein.«

Joe betete stumm, dass sie Recht hatte.

Kurz darauf folgten Neal und Francesca dem Verlauf des Campaspe in Richtung Stadt. Der Campaspe war längst nicht so breit wie der Murray und floss am Ende der High Street vorüber. Beide Flüsse waren für Echuca lebenswichtig, vor allem der Murray, doch wenn sie Hochwasser führten, stand die Stadt unter Wasser. In den letzten hundert Jahren war dies mehrmals geschehen, aber häufiger kam es vor, dass die Flüsse in der Dürreperiode austrockneten.

»Traust du Lizzie ernsthaft zu, dass sie das Bridge Hotel in Brand setzt?«, fragte Neal, während sie sich vorsichtig am Ufer entlang vorwärts bewegten. Rasch brach die Dunkelheit herein, und Neal zündete die Laterne an. Dennoch mussten sie die Augen nach Rattennestern, Schlangen und Wombatlöchern offen halten.

»Ja. Sie will Rache, und wer kann ihr das verübeln, nachdem Silas sie beinahe totgeschlagen hätte? Aber es macht sie blind für die Folgen. Unschuldige Menschen könnten sterben. Hinzu kommt die Gefahr, von Silas ertappt zu werden. Wir müssen Lizzie unbedingt finden, bevor sie eine schreckliche Dummheit macht oder Silas sie ertappt.«

Neal legte ihr den Arm um die Schulter, woraufhin Francesca sich an ihn drückte, dankbar für die tröstende Geste.

»Ich bin sehr froh, dass du mich begleitest«, sagte sie.

»Ich hätte dich niemals alleine gehen lassen«, gab Neal zurück.

»Vielleicht ist Lizzie ja auch zurück ins Bordell. Sie hat

Dad gegenüber Andeutungen gemacht. Ich dachte zwar, Dad hätte sie wieder aufgerichtet, aber ihr Selbstwertgefühl ist nicht besonders stark.«

Nachdem sie das Bordell erwähnt hatte, fiel ihr wieder ein, dass Neal dort regelmäßiger Gast war, und sie löste sich aus seiner Umarmung. Am liebsten hätte sie ihn gefragt, warum er dort so viel Zeit verbrachte, aber sie war dazu nicht fähig.

Neal ahnte, welche Gedanken Francesca gerade beschäftigten, zumal sie ihn mehrmals dabei beobachtet hatte, wie er im Bordell ein und aus ging. Es brannte ihm auf der Zunge, ihr von Gwendolyn zu erzählen, doch er hielt den Zeitpunkt für ungeeignet.

Silas schritt unruhig in seinem Zimmer auf und ab. Er hatte seinen Kartenspielabend abgesagt, weil ihm die Konzentration fehlte. Er stand kurz vor einem Tobsuchtsanfall, sodass er geradezu an sich halten musste, um seine fünf Sinne nicht zu verlieren. Irgendjemand hatte es auf ihn abgesehen, und er würde herausfinden, wer das war, das schwor er sich. Derjenige würde sich noch wünschen, niemals geboren zu sein, dafür würde er sorgen.

Silas' Gedanken kreisten erneut um Joe Callaghan. Er war sein Hauptverdächtiger, obwohl es Joe nicht ähnlich sah, zu solchen Mitteln zu greifen wie die *Curlew* zu versenken. Zähneknirschend musste Silas sich eingestehen, dass Joe stets den Eindruck machte, ein anständiger Mensch zu sein; außerdem liebte er Dampfschiffe. Es konnte natürlich auch die Vergeltung dafür sein, dass Francesca ihn, Silas, beim Kuss mit Regina erwischt hatte, aber das war eher unwahrscheinlich, zumal es davor bereits die beiden Anschläge auf die Pontonbrücke gegeben hatte. Silas' Gedanken schweiften zu Lizzie, doch er war sicher, dass sie nicht in der Lage wäre, die *Curlew* zu versenken oder die Pontonbrücke zu zerstören. Es sei denn, sie hatte Unterstützung – womit Silas wieder bei Joe landete.

Silas trat hinaus auf den Balkon, just in dem Moment, als der Regen einsetzte. Er machte sich Gedanken um seine Mühle und fragte sich, ob es klüger wäre, über Nacht dort eine Wache zu postieren. Es stand viel auf dem Spiel, sollte die Mühle als Nächstes betroffen sein – weitaus mehr, als irgendjemand ahnte.

Lizzie stand vor der Bäckerei auf der High Street unter der Markise und blickte zum Bridge Hotel hinüber. Bis zum Einbruch der Dunkelheit hatte sie sich versteckt gehalten, aber mittlerweile schüttete es wie aus Kübeln, und die Luft war eisig frisch geworden. Sie beobachtete, wie eine Droschke vor dem Hotel hielt, aus der eine Familie ausstieg – Mutter, Vater und drei Kinder in unterschiedlichem Alter. Das kleinste, vermutlich ein Mädchen, klammerte sich am Rockzipfel seiner Mutter fest. Gleich darauf hob die Mutter die Kleine hoch und drückte ihr einen Kuss auf die Wange, bevor sie mit ihr zur überdachten Veranda eilte. Der Älteste, ein Junge, half seinem Vater mit dem Gepäck. Auf dem Weg zum Hoteleingang legte der Vater liebevoll den Arm um seinen Sohn. Es war ein harmonisches Bild, das Lizzie einen Stich ins Herz gab. Wie gern sie selber Mutter geworden wäre ...

Tränen liefen ihr über die Wangen. Sie dachte an das Elend, das diese Familie erleiden würde, wenn das Hotel brannte. Die bloße Vorstellung, für ein Unglück verantwortlich zu sein, das diese drei Kinder traf, ließ Lizzie zittern.

Nein, sie würde eher sterben, als ihren Plan in die Tat umzusetzen.

»Verflucht sollst du sein, Silas«, sagte sie leise und ging schluchzend die verwaiste Straße entlang, während der Regen ihr entgegenpeitschte. Ziellos stapfte sie voran. Vielleicht müsste sie nur weit genug gehen, um ihre Verzweiflung hinter sich zu lassen.

Bevor es ihr bewusst wurde, hatte Lizzie das Ende der High Street erreicht, wo die Mühle sich ein Stück abseits von der Straße befand. In dem bleiernen Regen wirkte sie gespenstisch. Die Mühle gehörte Silas und weckte in Lizzie wieder die schrecklichen Erinnerungen an den Mann, den sie mehr verabscheute als alles andere.

Während Lizzie mit wild pochendem Herzen wie angewurzelt dastand und zur Mühle starrte, kamen ihr plötzlich Satzfetzen in den Sinn, als Silas mit seinen Geschäftspraktiken geprahlt hatte. In ihrer Verzweiflung jagten Lizzie unzusammenhängende Worte durch den Kopf, deren Bedeutung sie damals nicht verstanden hatte, die aber nun einen Sinn zu ergeben schienen. In betrunkenem Zustand hatte Silas häufig von seiner Mühle gefaselt und öfter angedeutet, dass ihre Mauern Geheimnisse bargen. Lizzie hatte auf brutale Art gelernt, niemals Fragen zu stellen, aber sie hatte keine Wahl, was das Zuhören betraf. Da sie sich damals auf Silas' Andeutungen keinen Reim machen konnte, hatte sie die Geschichte fast schon wieder vergessen; immer wieder hatte sie den Eindruck gewonnen, dass es mit der Mühle etwas Besonderes auf sich hatte, allerdings war ihr schleierhaft, was an einer Getreidemühle Besonderes sein sollte. Außerdem redete Silas im Vollrausch jedes Mal Unsinn. Plötzlich hob sich Lizzies trübe Stimmung.

Francesca und Neal standen unter der Markise der Bäckerei und sahen zum Bridge Hotel hinüber, genau wie Lizzie mehr als dreißig Minuten zuvor.

»Ich kann sie nirgendwo sehen«, sagte Neal. Alles war wie ausgestorben. »Aber es ist ein Glück, dass es schüttet. Der Regen wird verhindern, dass sie ihren irrsinnigen Plan, Feuer zu legen, in die Tat umsetzt.«

»Wo kann sie nur stecken?«, überlegte Francesca. »Lass uns hinter dem Hotel nachsehen.«

Sie wollten gerade die Straße überqueren, als plötzlich Silas aus dem Hoteleingang trat. Im Schein der Lampe über dem Eingang öffnete er einen Regenschirm.

»Wo will der denn bei so einem Wetter noch hin?«, meinte Neal, nachdem er rasch wieder in den Schatten vor dem Eingang der Bäckerei eingetaucht war.

»Keine Ahnung«, entgegnete Francesca beunruhigt.

Silas wandte sich in Richtung High Street.

»O Gott«, sagte Francesca. »Wenn Lizzie hinter dem Hotel ist, entdeckt er sie vielleicht!«

Neal und Francesca huschten ebenfalls die High Street entlang und folgten Silas, der auf der anderen Straßenseite ging. Dabei hielten sie Abstand zu ihm, damit sie schnell in einem dunklen Ladeneingang oder einer der schmalen Gassen Deckung suchen konnten, sollte er sich umdrehen. Doch Silas stapfte mit gesenktem Kopf und hochgeschlagenem Kragen voran, während der Regen von seinem Schirm strömte.

»Wo will er hin?«, sagte Francesca zu Neal.

»Keine Ahnung«, erwiderte Neal. »Wahrscheinlich will er bloß seine Läden abklappern.«

»Welche gibt es denn hier in der Nähe?«

»Ein Möbelgeschäft, den Krämerladen und die Mühle am Ende der Straße.«

Silas blieb vor seinem Möbelgeschäft stehen, das in völlige Dunkelheit getaucht war. Er rüttelte an der Tür, um sich zu vergewissern, dass sie abgeschlossen war. Mit Michael Bromley hatte er einen guten Geschäftsführer gefunden, und der Laden selbst warf regelmäßig Gewinn ab, aber ihm galt nicht seine Hauptsorge.

»Offenbar macht er tatsächlich einen Kontrollgang. Der Krämerladen ist ein Stück weiter auf unserer Straßenseite«, sagte Neal. »Besser, wir verlassen die Straße.« Er packte Fran-

418

cescas Hand und führte sie durch eine schmale Gasse zur Rückseite der Gebäude, um Silas am Ufer des Campaspe entlang weiter zu folgen.

Lizzie schlug eine Fensterscheibe ein und kletterte in das kleine Büro neben der Mühle. Suchend sah sie sich um, ohne genau zu wissen, wonach sie Ausschau hielt, wobei sie die hübsche Geldkassette entdeckte, die ein paar Shilling enthielt. Lizzie steckte sich die Münzen ein. Unerwartet empfand sie Genugtuung, Silas' Geld an sich zu nehmen, ohne eine Gegenleistung dafür zu erbringen. Sie kostete dieses Gefühl aus vollem Herzen aus. Als Nächstes klaubte sie die Unterlagen vom Schreibtisch, zog die Ordner aus den Schubladen und warf alles auf den Fußboden.

»Jetzt werden deine Geheimnisse in Rauch aufgehen, Silas«, murmelte sie und zündete ein Streichholz an. Lächelnd ließ sie es auf das Papier fallen, das sofort Feuer fing. Dann nahm sie die Bürostühle und stellte sie über den Brandherd. Im Nu standen sie in Flammen. Fasziniert betrachtete sie einige Augenblicke ihr Werk, bis der Rauch und die Hitze sie in die Wirklichkeit zurückholten. Lizzie kletterte wieder durch das Fenster ins Freie und ging die High Street hinunter, ohne zu ahnen, dass Silas ihr in der Dunkelheit entgegenkam.

Als Lizzie ungefähr fünfzig Meter von der Mühle entfernt war, wandte sie sich um. In dem trüben Licht und dem Regen konnte sie lediglich einen rötlichen Schimmer durch das Bürofenster wahrnehmen. Das Feuer breitete sich schnell aus, sodass sie erneut lächelte, zufrieden mit sich selbst.

Im nächsten Moment verflog ihr Hochgefühl, weil sie von schlechten Erinnerungen eingeholt wurde. Sie musste daran denken, wie oft Silas sie geschlagen hatte. Sie musste an all die Schimpfnamen denken, die er ihr an den Kopf geworfen hatte, und wie er ihr die letzte Selbstachtung genommen hatte. Er hatte sie vergewaltigt und angespuckt, benutzt und misshandelt. Nun zahlte sie es ihm heim, wie sie es sich geschworen hatte. Wenn die Mühle abbrannte, hätte ihr Leiden unter Silas Hepburn ein Ende. Sie wusste zwar nicht, was die Zukunft bringen würde – falls sie überhaupt eine Zukunft hatte –, dafür aber wusste sie mit Bestimmtheit, dass Silas ihr nie wieder etwas antun könnte. Diese Zeiten waren vorbei.

Lizzie zog den Kopf ein und beschleunigte ihren Schritt. Da es ohne Laterne zu finster war, um zur *Marylou* zurückzufinden, spielte sie mit dem Gedanken, im Bordell zu übernachten. Sie vermisste die anderen Mädchen, die bestimmt froh wären, sie unversehrt zu sehen.

Hastig eilte Lizzie weiter, als sich ihr plötzlich eine Hand über den Mund legte und sie brutal in eine Seitengasse gezerrt wurde. Sie versuchte zu schreien und sich zu wehren, wurde aber von starken Armen festgehalten. Obwohl sie sicher war, dass ihr letztes Stündlein geschlagen hatte, bereute sie es nicht, die Mühle angesteckt zu haben. Es war das Einzige in ihrem Leben, auf das sie stolz war.

»Still, Lizzie«, zischte ihr eine Männerstimme ins Ohr, während sie weiter festgehalten wurde. Starr vor Angst gehorchte sie. Sie schloss die Augen und erwartete hoffnungslos ihr Ende. Nach einer Weile, die ihr quälend lang erschien, vernahm sie in unmittelbarer Nähe Schritte auf der High Street. Sie schlug die Augen auf. Trotz der Finsternis war Silas eindeutig zu erkennen, und ihr Herz begann erneut zu rasen. Sie wand sich, um aus der Umklammerung freizukommen, und als sie den Kopf drehte, erkannte sie Neal. Neben ihm stand Francesca.

»Pssst«, raunte ihr diese zu. Sie verharrten noch einige Minuten mucksmäuschenstill, bevor Neal sich zur Straße wagte, um nachzusehen.

»Die Luft ist rein«, verkündete er gleich darauf, und sie seufzten vor Erleichterung. »Nichts wie weg hier.«

Schützend hielt Silas den Schirm vor sich, während der Regen ihm auf seinem Weg entgegenpeitschte. In der Entfernung konnte er die Mühle ausmachen. Plötzlich schlug sein Puls schneller. Fassungslos nahm er den rötlichen Schein der Flammen wahr, die sich durch das Dach über dem Büro fraßen.

»Zur Hölle mit euch!«, brüllte er in die Nacht.

Während Lizzie, Neal und Francesca die High Street hinunterrannten, hörten sie Silas' Geschrei. »Was hast du getan, Lizzie?«, fragte Neal. Er und Francesca hatten die Rauchschwaden am Himmel entdeckt. Da sie vermutet hatten, dass Lizzie damit zu tun hatte, waren sie losgerannt, um Silas zu überholen. Als sie durch die Seitengasse wieder zur High Street stießen, kamen sie gerade rechtzeitig, um Lizzie abzufangen. Andernfalls wäre sie Silas direkt in die Arme gelaufen.

»Ich ... habe die Mühle in Brand gesteckt«, antwortete sie stockend.

»Besser, wir machen uns rasch aus dem Staub«, sagte Neal.

Sie brauchten durch den Regen anderthalb Stunden, um zurück zur *Marylou* zu gelangen. Joe und Ned waren erleichtert, als sie eintrafen. Nachdem sie sich trockene Sachen angezogen hatten und sich mit heißen Getränken, die Ned zubereitet hatte, zusammensetzten, blieb keinem verborgen, dass Lizzie wie ausgewechselt wirkte. Zum ersten Mal machte sie den Eindruck, sich des Lebens zu freuen.

»Wir sind froh, dass Sie das Bridge Hotel verschont haben«, sagte Francesca.

Lizzie ließ den Kopf hängen. »Ich war entschlossen, es anzuzünden, doch als ich davor stand, fuhr eine Familie mit Kindern vor. Das hat mich schlagartig daran erinnert, wer dort alles übernachtet. Ich wäre lieber tot umgefallen, als das Risiko einzugehen, dass unschuldigen Menschen, vor allem Kindern, etwas zustößt.«

»Das war richtig von dir, Lizzie«, sagte Neal.

»Danke, dass du mich vorhin in die Gasse gezerrt hast«, entgegnete sie. »Damit hast du mir wahrscheinlich das Leben gerettet.« Die bloße Vorstellung, was Silas mit ihr gemacht hätte, jagte ihr einen eiskalten Schauer über den Rücken, aber dennoch war sie der Überzeugung, dass es das Risiko wert gewesen war. Sie sah Francesca an. »Das ist jetzt schon das dritte Mal, dass Sie mich gerettet haben.«

Francesca schenkte ihr kurz ein Lächeln. »Es wird allmählich zur Gewohnheit.«

»Erzählt, was ist passiert?«, wollte Joe wissen.

»Ich habe die Weizenmühle in Brand gesteckt«, erwiderte Lizzie.

»Warum?«, gab Joe zurück. »Ich weiß zwar, dass Silas die Mühle gehört, aber sie ist nur zweitrangig für ihn.«

»Mit der Mühle hat es etwas Besonderes auf sich«, entgegnete Lizzie. »Wenn Silas betrunken war, hat er oft davon gesprochen. Ich weiß noch, einmal hat er gesagt, dass niemand je auf den Gedanken käme, eine Mühle zu überfallen, sodass sie der beste Ort sei, Wertsachen zu verstecken. Damals habe ich gedacht, er redet Unsinn, aber gleichzeitig habe ich noch sein höhnisches Lachen im Ohr. Wer weiß, vielleicht versteckt er dort sein Geld oder wichtige Papiere.«

»Ich halte es für besser, wenn wir ab sofort aufhören«, sagte Joe. »Bevor wir noch irgendwann auf frischer Tat ertappt werden.«

Die anderen stimmten ihm zu.

Silas geriet völlig außer sich, als er sah, dass das Feuer bereits auf die Mühle übergegriffen hatte. Er versuchte hineinzugelangen, aber drinnen wütete ein undurchdringliches Flammeninferno. Kurze Zeit später traf endlich der Löschwagen ein, doch die Flammen hatten das Büro bereits völlig zerstört, genau wie die Holzböden, die Treppen und die Zwischenböden im Innern der Mühle. Übrig blieb lediglich der ausgebrannte, rauchgeschwärzte Turm. Silas ließ seine ganze Wut an den Feuerwehrmännern aus und wurde sogar tätlich. Sie versuchten, ihn damit zu beschwichtigen, dass niemand bei dem Brand umgekommen war, aber trotzdem musste Silas festgehalten werden. Gegen seinen Willen wurde er in eine Kutsche verfrachtet und zum städtischen Hospital gebracht, wo man ihm unter Zwang ein Beruhigungsmittel verabreichte. Nachdem er fort war, ereigneten sich zur Verblüffung der Feuerwehrleute im Keller mehrere Detonationen. Als es ihnen gelungen war, den Brand vollständig zu löschen, deutete alles auf ein geheimes Alkohollager im Keller hin, wo sich zudem die Überreste von Leinensäcken fanden, die offensichtlich mit Geldbündeln gefüllt gewesen waren. Die Säcke waren in einem Mauerspalt versteckt gewesen, doch ihr Inhalt war größtenteils verkohlt, sodass nicht genau bestimmt werden konnte, wie viel Geld Silas dort gehortet hatte. Da es gegen das Gesetz verstieß, ohne Lizenz Alkohol zu lagern, war die Feuerwehr gezwungen, ihren Fund der Polizei zu melden.

Zwei Stunden nach seiner Einlieferung ins Hospital entließ Silas sich selbst und begab sich ins Bridge Hotel, um sich zu betrinken. Binnen kürzester Zeit entfaltete die Mischung aus Alkohol und dem Beruhigungsmittel ihre Wirkung, aber er schaffte es dennoch, zum Bordell zu torkeln. Hätte er Lizzie dort angetroffen, hätte er ihr den Garaus gemacht. Stattdessen trat er Türen ein und zertrümmerte Fensterscheiben. Er machte einen solchen Lärm, dass einer der Nachbarn die Polizei verständigte, die ihn kurz darauf verhaftete.

Silas hatte die Nacht in der Ausnüchterungszelle verbracht. Am nächsten Morgen bot er einen erbärmlichen Anblick und war so deprimiert wie nie zuvor.

»Es ist mir ein Rätsel, was letzte Nacht in Sie gefahren ist,

Mr Hepburn«, bemerkte Constable Walters, als er ihn wieder freiließ. »Sollten Sie weiterhin Unfrieden stiften, muss ich Sie für dreißig Tage einsperren. Beim Richter stehen Sie momentan ohnehin in keinem günstigen Licht da, zumal Ihnen mehrere schwere Vergehen zur Last gelegt werden. Deshalb rate ich Ihnen, sich in nächster Zeit bedeckt zu halten. Außerdem müssen Sie mit einer Untersuchung rechnen, weil man in Ihrer Mühle Spuren illegaler Alkoholvorräte gefunden hat. Daher möchte ich Sie bitten, uns heute noch für eine Befragung zur Verfügung zu stehen.«

Silas starrte den Constable an. »Zuerst verliere ich meinen Ponton, dann liegt mein bestes Dampfschiff auf dem Grund des Flusses, und jetzt wurde auch noch meine Mühle abgefackelt, und ihr Idioten habt nichts Besseres zu tun, als euch um meinen Schnapsvorrat zu kümmern! Warum schnappt ihr stattdessen nicht diesen Wahnsinnigen, der ständig Anschläge auf mein Eigentum ausübt? Ihr solltet nicht mich verhören, sondern Joe Callaghan!«

»Warum gerade Joe Callaghan? Haben Sie Beweise, dass er hinter den Anschlägen auf die Mühle und das Schiff steckt?«

»Nein. Beweise zu erbringen ist eure Aufgabe.« Mit diesen Worten stürmte Silas zurück ins Bridge Hotel, kurz davor, den Verstand zu verlieren. »Diese Narren haben ja keine Ahnung, was ich verloren habe«, murmelte er vor sich hin, während er die Einrichtung seines Zimmers demolierte. Seine Gedanken landeten unweigerlich wieder bei Joe. »Diese Ratte ist sicher der Grund für mein Unglück«, schäumte er. »Ich werde dir alles nehmen, was du besitzt, Callaghan, und zwar sofort und für die nächsten zehn Jahre. Als Erstes schnappe ich mir die *Marylou* ... und glaub bloß nicht, ich hätte Francesca abgeschrieben! Da täuschst du dich gewaltig. Ich schwöre bei Gott, dass du für alles bezahlen wirst, was du mir angetan hast.«

424

24

Als Francesca am nächsten Morgen erwachte, betrachtete sie Lizzie, die friedlich neben ihr schlief. Mittlerweile waren ihre Blutergüsse verblasst und die Blessuren verheilt. Ihr Gesicht wirkte so entspannt wie nie zuvor. Zum ersten Mal konnte Francesca sich vorstellen, dass Lizzie ein normales Leben führen würde. Sie hatte den Eindruck, dass es dafür nicht zu spät war, wenn Lizzie nur den Mut aufbrachte. Auch wenn sie nicht in Echuca bleiben konnte, weil ihr dann Silas das Leben zur Hölle machen und sie ständig an ihre Vergangenheit erinnern würde, betete Francesca, dass Lizzie an einem anderen Ort ein neues Leben beginnen könnte, nachdem sie nun selbst die Chance erkannt und erfahren hatte, dass es auch außerhalb des Freudenhauses Menschen gab, denen sie vertrauen konnte. Sie brauchte nur etwas Glück und die richtige Gelegenheit.

Plötzlich wurde Francesca bewusst, dass die Dampfmaschine ratterte, und sie sprang mit einem Satz aus der Koje.

»Wohin fahren wir?«, fragte sie ihren Vater, den sie oben im Ruderhaus vorfand. Ned war unten und fütterte den Kessel mit Holz.

»Zurück nach Echuca«, gab Joe knapp zurück. Er mied ihren Blick.

Sein Tonfall machte Francesca Angst, und sie betete insgeheim, dass er nicht überstürzt handelte. »Das geht nicht, Dad, wir müssen noch warten.« Sie bezweifelte, dass es Regina in der Zwischenzeit bereits gelungen war, ihren Notar damit zu beauftragen, Joe das Geld zu übermitteln.

425

»Hör zu, Francesca, wir hatten alle unseren Spaß auf Silas' Kosten, aber ich muss mich dem Unvermeidlichen stellen. Ich bin mit den Ratenzahlungen in Verzug ...«

»Es findet sich bestimmt etwas, Dad.«

Joe schüttelte den Kopf, und in seinen Augen lag Mitgefühl. »Ich weiß, dass du fest daran glaubst, mein Mädchen, aber es macht keinen Sinn, auf ein Wunder zu hoffen, weil es nämlich keins geben wird.«

Am liebsten hätte Francesca laut gerufen, dass das Wunder kurz bevorstand, aber sie wusste, dass Joe dann die ganze Wahrheit würde hören wollen und sie ihm die für ihn schmerzliche Offenbarung machen müsste, dass Regina ihre leibliche Mutter und Silas ihr leiblicher Vater war. Sie litt selbst schon genug darunter. Zudem würde Joe Reginas Geld dann niemals annehmen, dafür war er zu stolz. Sie musste unbedingt noch ein wenig Zeit gewinnen.

»Wozu die Eile, Dad? Es gibt keinen Grund, Silas die *Marylou* so schnell wie möglich zu übergeben.«

Joe verzog sein müdes Gesicht. Francesca konnte ihm ansehen, dass die qualvolle Gewissheit, die *Marylou* endgültig zu verlieren, ihm fast das Herz zerriss. Je länger er es hinauszögerte, desto größer wurde sein Schmerz.

»Es tut mir Leid, mein Mädchen. Wir halten den Kurs. Ich will Silas bestimmt nicht hinterherlaufen, aber ich will mich auch nicht länger wie ein Feigling verstecken.«

Francesca wusste, dass Silas noch heute die *Marylou* beschlagnahmen und sie nie wieder herausrücken würde, selbst dann nicht, wenn Joe wie durch ein Wunder mit dem Geld zu ihm käme. Jetzt nicht mehr, nachdem ihre Verlobung geplatzt war.

Als sie im Hafen von Echuca anlegten, erklärte Francesca, sie wolle kurz zum Postamt und nachsehen, ob etwas für sie gekommen sei. Es bestand eine hauchdünne Chance, dass dort bereits der von ihr ersehnte Umschlag bereitlag; sie musste sich einfach vergewissern, bevor Silas die *Marylou* am Pier entdeckte.

Obwohl Francesca nur wenige Minuten fort war, kam es ihr wie eine Ewigkeit vor. Bei ihrer Rückkehr war von Silas nichts zu sehen; dafür war Joe von mehreren Schiffern bestätigt worden, dass Silas sich heute Morgen auf dem Pier nach ihm erkundigt hatte. Einige Schiffer hatten zwar beobachtet, dass die *Marylou* in den Campaspe gebogen war, aber zum Glück waren sie alle mit Joe befreundet. Keiner dieser Männer arbeitete im Auftrag von Silas Hepburn.

»Ich habe einen Brief für dich, Dad«, rief Francesca außer Atem, da sie gerannt war. Der Absender war eine Kanzlei aus Moama, sodass sie wusste, was der Umschlag enthielt, es aber möglichst zu überspielen versuchte. Als der Postvorsteher ihr den Brief ausgehändigt hatte, war ihr vor Erleichterung beinahe das Herz stehen geblieben.

Joe nahm den Brief entgegen, warf einen Blick auf den Absender und ließ ihn achtlos fallen.

»Von wem ist der Brief, Dad?«, fragte Francesca, die versuchte, Ruhe zu bewahren.

»Von einer Kanzlei, zweifellos von Silas' Notar. Ich hätte mir denken können, dass er keine Zeit verschwendet, sein Geld einzufordern.«

»Ich habe die Verlobung erst vorgestern gelöst, sodass ich nicht glaube, dass der Brief von Silas kommt, zumal er seither genügend um die Ohren hatte.« Mit gespielter Ruhe schenkte Francesca sich eine Tasse Tee ein.

»Es gibt nur eine Möglichkeit, das herauszufinden, Dad. Mach ihn auf.« Das Herz schlug ihr bis zum Hals, und sie spähte ständig zum Pier, weil sie insgeheim befürchtete, Silas könnte jeden Moment mit dem Schuldschein ihres Vaters in der Hand dazwischenplatzen.

Joe seufzte. Ihm war klar, dass es nichts nützte, den Brief

zu ignorieren. Wenn er Silas die *Marylou* nicht überließ, würde der einen Haftbefehl gegen ihn erwirken. Joe hob den Brief wieder auf, öffnete ihn und überflog die Zeilen. Francesca beobachtete verstohlen, wie sein Gesichtsausdruck sich beim Lesen veränderte und er den Brief ein zweites Mal durchlas, um den Sinn des Geschriebenen zu erschließen.

»Aber ... das gibt's doch gar nicht«, sagte er perplex und ließ sich auf die Sitzbank sinken.

»Was ist, Dad? Stimmt etwas nicht?«

»Du wirst es nicht glauben ...«

»Was ist denn los, Joe?«, wollte nun auch Ned wissen. Er nahm an, dass Silas Joe vor Gericht bringen wollte.

»Man hat mir Geld vermacht ... viel Geld«, stieß Joe hervor.

Neds Gesicht hellte sich auf. »Wie viel ist es denn?«

Francesca sah den beiden ihre Erleichterung an. Sie wusste, dass Ned sich nicht minder Sorgen gemacht hatte als Joe, obwohl er das nach außen nicht gezeigt hatte. Wie ihr Vater zählte er zu den Menschen, die ein gutes, anständiges Herz hatten. Sie schätzte sich glücklich, dass die beiden zu ihrem Leben gehörten.

»Lies du vor, mein Mädchen«, sagte Joe und reichte ihr den Brief.

Dabei bemerkte Francesca, dass seine Hände zitterten. Sie überflog das Schreiben. »Ein Cousin von dir, ein gewisser John Devaney, hat dich in seinem Testament als Erbe eingesetzt. Er hinterlässt dir ... *tausenddreihundert Pfund*!« Francesca kreischte vor Begeisterung auf und fiel ihrem Vater um den Hals.

»Es könnte sich um ein Versehen handeln, mein Mädchen. Ich kenne nämlich keinen John Devaney«, sagte Joe.

»Du hast mir doch selbst erzählt, dass du einen Großteil deiner Verwandtschaft in Irland gar nicht kennst, Dad.«

»Das stimmt allerdings. Aber warum sollte ein Cousin,

dem ich niemals begegnet bin, mir so viel Geld hinterlassen?«

»Keine Ahnung. Dafür kann es viele Gründe geben. Du nimmst das Erbe doch an, oder?«

»Eher nicht«, entgegnete Joe. »Manche Dinge sind zu schön, um wahr zu sein. Vielleicht liegt da ein Missverständnis vor, und es gibt noch einen anderen Joe Callaghan.«

Francesca und Regina hatten sich eine plausible Geschichte ausgedacht, damit Joe nicht misstrauisch wurde. Sie blickte wieder auf den Brief. »Ich bezweifle stark, dass es einen zweiten Joseph Quinlan Callaghan gibt, der noch dazu am selben Tag wie du geboren ist, Dad. So etwas wird von den Notaren immer genau überprüft. Das ist ihre Pflicht.«

»Ich schätze, du hast Recht.« Fassungslos schüttelte Joe den Kopf. In seinen kühnsten Träumen hätte er nicht damit gerechnet, dass ihm ein solches Wunder zuteil würde. Es war unglaublich.

»Hier steht, dass du das Geld ab sofort in der Kanzlei William Crown an der Marsh Street in Moama abholen kannst. Worauf warten wir noch, Dad?«

Joe war völlig perplex. »Zum ersten Mal im Leben glaube ich an Wunder.« Er blickte Ned und Francesca an. »Ihr wisst, was das bedeutet? Wir müssen die *Marylou* nicht abgeben.« Auf seinem Gesicht erschien ein Lächeln, während Francesca vor Glück zu Tränen gerührt war. Sie hatte den Eindruck, dass Joe und Ned ebenfalls feuchte Augen bekamen. Es war ein Moment, den sie niemals vergessen würde.

»Joe«, rief in diesem Augenblick John Henry, der am Bug der *Syrett* stand, die neben ihnen ankerte. »Silas Hepburn ist im Anmarsch.«

Während Francesca beim Postamt war, hatte Joe John Henry erklärt, weshalb er in die Verlobung von Francesca und Silas eingewilligt hatte. Nachdem diese nun gelöst war, wollte Joe seinen Freunden gegenüber nicht weiter mit der Wahrheit hinterm Berg halten. Er konnte sie nicht in dem Glauben lassen, sich verkauft zu haben.

»Mir kam das von Anfang an spanisch vor«, hatte John Henry erwidert. »Schließlich war Silas dir schon immer verhasst. Du steckst doch nicht etwa hinter Silas' plötzlicher Pechsträhne?«

»Jeder bekommt, was er verdient«, hatte Joe entgegnet, und John war in Gelächter ausgebrochen.

»Lasst uns schnell von hier verschwinden«, sagte Joe jetzt und stieg zum Ruderhaus empor, während Ned auf den Kai sprang, um die Ankerseile einzuholen.

Als Silas das Ende des Piers erreichte, wo die *Marylou* festgemacht hatte, war er außer Atem. Joes Freunde hatten ihm »unbeabsichtigt« Hindernisse in den Weg gestellt, indem sie gemächlich Fässer vor ihm hergerollt hatten und ein Sack mit Kaffeebohnen »versehentlich« vor seinen Füßen geplatzt war.

»Bringt mir sofort mein Schiff zurück!«, brüllte Silas ihnen nach, während die *Marylou* vom Pier zurückstieß. Er schüttelte drohend die Faust, doch Joe grinste nur und salutierte spöttisch in Silas' Richtung. Als Francesca das Schiff mit Kurs auf Moama gewendet hatte, rief er ihm aus dem Ruderhaus zu: »Wir sehen uns heute Nachmittag.« Dann betätigte er die Dampfpfeife, während Francesca das Ruder hielt und die *Marylou* ihre Fahrt nach Moama antrat.

Gegen zwei Uhr nachmittags befand die *Marylou* sich schon wieder auf der Rückfahrt nach Echuca, und Joe Callaghan war um fast tausenddreihundert Pfund reicher, nachdem er zur Feier des Tages ein anständiges Essen und Wein spendiert hatte. Man hatte Joe mitgeteilt, dass es sich bei John Devaney um einen entfernten Cousin väterlicherseits gehandelt habe, der sein Leben lang ein Liebhaber von Schiffen gewesen sei. Anscheinend hatte er längere Zeit in Louisiana am Mississippi gelebt, wo er sich als Matrose auf Schaufelraddampfern verdingt hatte. Er hatte nie geheiratet, besaß keine Geschwister, und seine Eltern waren bereits tot. Ursprünglich hatte er sein Geld einer wohltätigen Organisation vermachen wollen, die sich um ehemalige Matrosen kümmerte, aber nachdem er im Familienstammbaum nachgeforscht hatte, hatte er offenbar entdeckt, dass er einen entfernten Cousin hatte, der Schiffer war und in Australien lebte.

»Mr Devaney hatte seine Eigenarten, daher hat er testamentarisch festgelegt, dass Sie das Erbe ausschließlich für Ihr Schiff verwenden dürfen«, erläuterte William Crown, während er Joe den Scheck überreichte. »Ich weiß, das ist eine recht ungewöhnliche Bedingung, aber wäre das möglich?«

»Oh, das ist kein Problem«, entgegnete Joe. »Wie haben Sie mich eigentlich aufgespürt?«

William Crown sah Joe einen Moment lang verständnislos an.

»Ich nehme an, dass es in Australien nicht so viele Joe Callaghans gibt, Dad«, sagte Francesca rasch, denn Joe durfte nicht stutzig werden.

»So ist es«, bestätigte William Crown. »Sie sind der Einzige, daher gibt es keinen Zweifel.«

»Ich bedaure sehr, dass mein Cousin – Gott habe ihn selig – verschieden ist, aber ich kann Ihnen sagen, dass er sich keinen besseren Zeitpunkt hätte aussuchen können«, sagte Joe. »Woran ist er eigentlich gestorben? Er kann noch nicht sehr alt gewesen sein.«

»Ich ... Sie müssen verzeihen, aber sein Notar hat mich nicht über die genauen Umstände informiert«, erwiderte William Crown beflissen. »Ich weiß lediglich, dass er unter einer schweren Krankheit litt.«

»Nun, ist wohl auch nicht von Belang, da ich ihn ja nicht gekannt habe«, sagte Joe. »Allerdings beschäftigt mich noch eine Frage ...«

Francesca rutschte das Herz in die Hose.

»Ich muss diesen Scheck unbedingt heute noch einlösen, Mr Crown.«

»Gleich gegenüber ist die Bank von New South Wales, dort wird man Ihnen behilflich sein«, entgegnete Crown. »Sie werden bereits erwartet.«

»Das ist äußerst zuvorkommend von Ihnen, Mr Crown.«

»Keine Ursache, Sir. Es hat mich gefreut, Sie in meiner Kanzlei beehren zu können.«

»Die Freude ist ganz auf meiner Seite.« Joe wandte sich zu Francesca und Ned. »Wenn wir bei der Bank waren, schlage ich vor, dass wir einen Abschiedstoast auf John Devaney aussprechen, bevor wir nach Echuca zurückschippern. Silas kann ruhig noch ein wenig auf sein Geld warten.«

Ned lachte fröhlich, und Francesca bekam vor Erleichterung wacklige Knie.

Als die *Marylou* später in Echuca anlegte, erwartete Silas sie bereits am Pier, wo sich einige Schaulustige eingefunden hatten. Es überraschte ihn nicht, dass Joe zurückkehrte, zumal dieser eine ehrliche Haut war und nicht anders konnte. Doch er tobte innerlich, weil Joe ihn so lange hatte schmoren lassen. Dennoch trübte dies kaum Silas' Freude, nun die Möglichkeit zu haben, Joe vor versammelter Meute herunterzuputzen.

Joe war seinerseits genauso wenig überrascht, dass Silas die Schuldpapiere schon in der Hand hielt, aber er versuchte trotzdem, seine Hochstimmung zu verbergen. Er würde genüsslich das Theater abwarten, das Silas gleich veranstalten würde, und ihn gründlich auflaufen lassen.

»Guten Tag, Silas«, sagte er in gespielt resigniertem Tonfall, als er zu ihm an Land trat.

Silas holte tief Luft, um den Moment in die Länge zu ziehen. Dann stieß er den Atem wieder aus und wandte sich sowohl an die Schaulustigen als auch an Joe. »Joseph Callaghan, diese anständigen Leute können bezeugen, dass ich ein großzügiger Mann bin, dem das Wohl der Gemeinde am Herzen liegt, aber da Sie mit den Rückzahlungen für das Darlehn in Verzug sind, beanspruche ich die Sicherheit, mit der Sie gebürgt haben, nämlich die *Marylou*.« Auf dem Pier hätte man in diesem Moment eine Stecknadel fallen hören können. Selbst die Vögel waren verstummt.

»Verstehe«, entgegnete Joe und ließ den Kopf hängen. Ihm war klar, wie schlimm es für ihn geworden wäre, würde das Geld für Silas nicht in seiner Tasche stecken. »Und wie viel genau schulde ich Ihnen, Silas?«

»Mit den Zinsen beläuft sich die Summe auf ...« Silas sah kurz in den Papieren nach, die er in der Hand hielt, obwohl er die Summe bis auf den Penny auswendig wusste. »Neunhundertvierzehn Pfund.«

»Neunhundertvierzehn Pfund!«, wiederholte Joe. »Das ist viel Geld.« Bislang hatte er ihm hundertfünfzig Pfund zurückerstattet, in dem Wissen, dass es nur ein Tropfen auf dem heißen Stein war, da Silas den Zins immer höher geschraubt hatte. »Die Zinsen, die Sie verlangen, sind Wucher, und trotzdem lassen Sie in Ihren Häusern immer noch mit Wasser gepanschten Schnaps ausschenken.«

Er erntete schallendes Gelächter. Bloß Silas lachte nicht mit.

»Das ist gelogen«, widersprach er wütend.

Joe bemerkte das kalte Funkeln in Silas' Augen. Er hatte schon immer den Eindruck gehabt, dass in den toten Augen eines Fisches mehr Wärme lag.

»Sie haben die Bedingungen gekannt, als Sie den Schuldschein unterschrieben haben«, sagte Silas. »Wenn Sie damals schon wussten, dass Sie das Darlehn niemals würden tilgen können, warum haben Sie es dann angenommen? Ich bin ein großzügiger Mensch, aber kein Wohltätigkeitsverein.«

»Sie haben Recht, Silas.« Joe sah kurz in die Gesichter der Männer, die einen Kreis um ihn und Silas gebildet hatten, und bemerkte die mitfühlenden Blicke. Jeder der Männer hatte schon schwere Zeiten durchgestanden, und die meisten hingen genauso an ihren Schiffen wie Joe an der *Marylou*. Er wusste, dass ihm der eine oder andere sogar seine Unterstützung angeboten hätte, wäre es ihm möglich gewesen.

»Ich fordere euch jetzt auf, das Schiff zu räumen«, sagte Silas mit Genugtuung.

»Nein«, gab Joe zurück. »Die *Marylou* bekommen Sie nur über meine Leiche.«

»Muss ich etwa den Constable holen?«, fragte Silas. Es würde seine Rache nur noch stärker befriedigen, mit anzusehen, wie Joe von seinem Schiff geschleift wurde.

Joe hielt seinem Blick eisern stand, und ein Lächeln umspielte seinen Mund. Silas war sichtlich irritiert.

Dann sah er zu, wie Joe in seine Tasche griff und ein Bündel Geldscheine hervorzog. Mit angehaltenem Atem verfolgten er und die versammelten Männer, wie Joe neun Hunderter und vierzehn Ein-Pfund-Noten abzählte. »Hier«, sagte er und drückte Silas das Geld in die Hand. »Jetzt sind wir quitt.« Er holte einen Shilling hervor, schnipste ihn durch die Luft und steckte ihn anschließend in Silas' Brusttasche. »Den gibt es als Trinkgeld.«

Die Zuschauer brachen in johlendes Gelächter aus.

Während Silas fassungslos auf das Geld in seiner Hand starrte, riss Joe ihm den Schuldschein aus der anderen Hand, zerriss ihn in kleine Fetzen und warf sie hoch in die Luft, sodass sie wie Konfetti über den Fluss geweht wurden. Er verspürte überwältigende Erleichterung und Genugtuung angesichts der Gewissheit, dass die *Marylou* wieder sein Schiff war, und er hoffte, dass Mary in diesem Augenblick vom Himmel zu ihm herablächelte.

Silas' Gesicht war zu einer steinernen Maske gefroren.

»Wo haben Sie so viel Geld aufgetrieben?«, brachte er mit krächzender Stimme hervor. Er fragte sich unwillkürlich, ob Joe das Geld in der Mühle gefunden hatte.

»Ich will es mal so ausdrücken: Das Glück war mit mir«, sagte Joe.

»Sie haben es aus der Mühle gestohlen!«, tobte Silas. »Sie haben mir mein Geld gestohlen und danach meine Mühle angesteckt!«

Joe erkannte, dass Lizzie Recht gehabt hatte. Offenbar hatte Silas in der Mühle tatsächlich sein Geld und seine Wertsachen versteckt gehabt. Dieser Gedanke ließ ihn lächeln, denn das setzte dem Ganzen die Krone auf. »Um die Wahrheit zu sagen – mir wurde von einem entfernten Cousin Geld vermacht. Ich komme gerade aus Moama vom Notar. Aber ich höre mit Bedauern, dass in Ihrer Mühle Geld verbrannt ist. Das nennt man Pech.«

Silas' Fassungslosigkeit schlug in Zorn um, als das Publikum Joe jubelnd beklatschte.

»Ich weiß, dass Sie die *Curlew* versenkt haben ... und meinen Ponton ... und dass Sie das Feuer in der Mühle gelegt haben. Glauben Sie ja nicht, Sie kämen ungeschoren davon, Callaghan. Ich werde nicht ruhen, bis man Sie hinter Gitter gesteckt hat.«

Joe reagierte mit gespieltem Erstaunen auf Silas' Bemerkung. »Ich habe von Ihrer unseligen Pechsträhne gehört«, erwiderte er und musste ein Grinsen unterdrücken, als er unter den Schaulustigen Gekicher vernahm. »Ich bin zutiefst erschüttert, dass Sie ausgerechnet mich verdächtigen, mutwillig Ihr Eigentum zerstört zu haben.«

»Dass ich nicht lache«, gab Silas erbost zurück.

»Mehrere meiner Kameraden können bezeugen, dass ich die letzten Tage vor der Sheepwash-Lagune geankert habe, um zu fischen.« Joe wusste, dass seine Kameraden ihm den Rücken stärken würden.

»Aye, das stimmt«, rief John Henry. »Ich habe Joe und die *Marylou* draußen bei der Lagune gesehen.«

»Ich auch«, rief Aidan Fitzpatrick. Ein paar weitere Männer äußerten zustimmendes Gemurmel.

»Sie und Ihr verdammtes irisches Pack, ihr haltet natürlich zusammen«, zischte Silas. »Trotzdem weiß ich, dass Sie es waren, Callaghan, auch wenn ich es nicht beweisen kann.«

Joe machte einen Schritt auf ihn zu und dämpfte die Stimme. »Und ich weiß, dass Sie Ezra Pickerings Werft abgefackelt haben und dass Sie auch für den Unfall von Dolan O'Shaunnessey verantwortlich sind, bloß, ich kann es genauso wenig beweisen.«

»Ich bin noch nicht fertig mit Ihnen, Joe Callaghan«, knurrte Silas.

»Vergessen Sie nicht, Sie haben weitaus mehr zu verlieren als ich«, warnte Joe ihn.

Silas blickte zu Francesca, die an Deck stand. »Da wäre ich mir nicht so sicher, Joe.«

Joe wandte sich um und sah seine Tochter an. Als er sich wieder zu Silas umdrehte, kniff er die Augen zu schmalen Schlitzen zusammen. »Wenn Sie meinem Mädchen auch nur ein Haar krümmen, drehe ich Ihnen mit bloßen Händen den Hals um, Silas.«

»Falls ich dir nicht zuvorkomme, Joe«, sagte Neal. Er hatte sich hinter Silas gestellt und dessen leise Drohung mitbekommen.

Silas wandte sich kurz zu Neal um, die Lippen zusammengepresst; dann sah er Joe wieder an. »Ich werde dafür sorgen, dass ihr beide in dieser Gegend nie wieder Arbeit findet!«

»Habt ihr das gehört?«, rief Joe. »Silas sagt gerade, dass Neal und ich in dieser Gegend nie wieder Arbeit finden. Vielleicht sollte man Silas daran erinnern, dass es in dieser Stadt mehr als zwanzig Schänken gibt, die ihm nicht gehören und die wir genauso gut besuchen können wie seine Kaschemmen.«

»Genau«, murmelten viele der Männer zustimmend.

Silas starrte Joe ins Gesicht. Er wusste, dass Joe in Echuca viele Freunde hatte, sodass er sich vorsehen musste.

»Da ich eine beachtliche Summe geerbt habe, bin ich nicht mehr auf Arbeit angewiesen, Silas. Vielleicht kandidiere ich fürs Bürgermeisteramt oder baue mein eigenes Hotel. Ich könnte mir auch ein Grundstück kaufen und dort Wein anbauen. Man hat viele Möglichkeiten, wenn man viel Geld hat.« Joe übertrieb absichtlich mit seinem neuen Reichtum, um Silas zu ärgern und dessen Zorn auszukosten. Er wusste, dass er Silas am meisten provozieren konnte, wenn er ihm drohte, ihm geschäftlich Konkurrenz zu machen oder noch besser, für ein öffentliches Amt zu kandidieren. Allein die Vorstellung, dass Silas dann für jede amtliche Genehmigung die Zustimmung Joes einholen müsste, musste ihm wie ein Stachel im Fleisch sitzen. Zudem zählte Silas zu der Hand voll Männer, die in der Gegend einen Weinberg besaßen, und vom aufstrebenden Weinhandel versprach er sich in den nächsten Jahren saftige Gewinne.

»Ich werde jedenfalls in Ruhe über meine Zukunft nachdenken und mich in der Zwischenzeit damit begnügen, Passagiere über den Fluss zu befördern, solange die neue Brücke noch nicht gebaut ist.«

Joe sah Silas an, dass dieser ihm am liebsten an die Gurgel gesprungen wäre, und er konnte sein Grinsen nicht länger unterdrücken. Dieser Tag war einfach großartig.

Silas, der kurz vor der Explosion stand, fuhr auf dem Absatz herum und drängte sich durch die Menge. Er wollte vor den Einheimischen nicht die Beherrschung verlieren, aber sobald er alleine war, würde ihn blinde, zügellose Wut übermannen.

»Passen Sie bloß auf das Geld auf«, rief Joe ihm spottend hinterher. Erneut erntete er schallendes Gelächter. Silas war derart aufgebracht, dass er kurz vor einem Zusammenbruch

437

stand. Er verspürte heftige Schmerzen in der Brust und konnte sich kaum noch auf den Beinen halten, als er das Bridge Hotel erreichte.

Lizzie hatte alles durch die Luke der Kajüte verfolgt, und sie musste unwillkürlich lächeln. Obwohl sie nicht jedes Wort gehört hatte, das die Männer gewechselt hatten, hatte Joe offensichtlich Silas völlig aus der Fassung gebracht. Ein wahrhaft denkwürdiger Augenblick.

Im nächsten Moment jedoch erlosch ihr Lächeln wieder, weil sie daran denken musste, wie rachsüchtig Silas war. Zwar konnten Joe und Neal auf sich selbst aufpassen, doch Lizzie hatte Angst um Francesca. Silas würde sie nicht ohne weiteres abschreiben ...

25

Francesca verließ gerade Haggertys Fleischerladen auf der High Street, wo sie Lammkoteletts fürs Abendessen gekauft hatte, als ihr Monty über den Weg lief. Für einen Moment herrschte unbehagliches Schweigen, während sie einander anblickten.

»Wie schön, Sie wiederzusehen, Francesca«, sagte Monty schließlich. »Ich habe gehört, Ihr Verlöbnis ist geplatzt.«

»Gute Neuigkeiten verbreiten sich offenbar schnell«, entgegnete Francesca, während die Erinnerung an den Kuss zwischen Regina und Silas sie erröten ließ.

»Das sind in der Tat gute Neuigkeiten. Ich weiß, dass Sie nichts für Silas empfunden haben, Francesca.«

Francesca schlug die Augen nieder. Sie hatte den Eindruck, dass Monty sich erneut Hoffnungen machte, ihre Freundschaft wieder aufleben zu lassen. Aber das durfte nicht geschehen.

»Bedeutet das eine neue Chance für uns?«, fragte er erwartungsvoll. »Falls ja, verspreche ich Ihnen, dass meine Mutter sich nicht wieder einmischen wird.«

Monty und Francesca bemerkten nicht, dass Neal sie erblickt hatte. Selbst aus dieser Entfernung konnte er sehen, dass zwischen den beiden eine angespannte Atmosphäre herrschte, und er fragte sich, ob Francesca von Monty bedrängt wurde.

»Es tut mir Leid, Monty, aber ...«

In diesem Augenblick kam Neal hinzu und bedachte

Monty mit einem finsteren Blick. »Alles in Ordnung, Francesca?«, fragte er.

»Hallo, Neal. Ja, alles bestens.« Sie blickte Monty an, der wiederum Neal anstarrte. Es war offensichtlich, dass die beiden Männer einander nicht ausstehen konnten.

»Bist du sicher? Du machst einen bekümmerten Eindruck«, sagte Neal.

»Mir geht es gut«, gab Francesca zurück und blickte erneut Monty an. »Ich habe gerade Koteletts fürs Abendessen besorgt. Das ist mal eine Abwechslung zu Fisch.«

»Er ist immer noch in Feierlaune«, sagte Neal. »Ich habe gerade eine Flasche Rum für ihn besorgt. Wolltest du auch zurück zum Schiff?«

»Gleich.«

Wieder warf Neal Monty einen finsteren Blick zu. »Ich kann so lange warten und dich anschließend begleiten, wenn du möchtest.«

Francesca war versucht, Neals Angebot anzunehmen, aber sie hatte mit Monty noch einige Dinge zu klären. Sie musste vermeiden, dass er sich falsche Hoffnungen machte. »Das ist nicht nötig ... trotzdem danke. Ich komme in ein paar Minuten nach.«

Neal blickte Monty missmutig an und schlenderte weiter. Francesca fiel gar nicht auf, dass er die entgegengesetzte Richtung zum Schiff einschlug.

Sollte Monty noch letzte Zweifel gehabt haben, dass Neal bis über beide Ohren in Francesca verliebt war, waren diese nun endgültig verflogen. Mit einem Mal verspürte er heißen Zorn. »Feiert Ihr Vater seinen Geburtstag?«, fragte er steif.

»Nein, ihm ist unverhofft eine größere Geldsumme zuteil geworden, mit der er seine Schulden tilgen konnte. Natürlich ist er sehr glücklich darüber.«

»Ich verstehe.«

Erneut entstand betretenes Schweigen, und Francesca hatte den Eindruck, dass Monty mit sich rang.

»Wissen Sie, Francesca«, sagte er schließlich, »eigentlich hatte ich gehofft, Sie würden mir heute Abend beim Essen Gesellschaft leisten. Ich muss mit Ihnen reden.« Er unterbrach sich, doch Francesca wusste auch so, dass er über eine gemeinsame Zukunft mit ihr sprechen wollte.

»Sind Sie nicht mit Clara liiert?«

»Nein. Ich bin nur mit ihr ausgegangen, um Sie eifersüchtig zu machen. Mein Herz gehört Ihnen, Francesca, und zwar für immer.«

Seine Worte taten Francesca in der Seele weh. »Es tut mir Leid, Monty, aber zwischen uns kann es nur Freundschaft geben.« Wie gern hätte sie ihm gesagt, dass er ihr Halbbruder war; dann hätten sie einander wieder nahe stehen können. Aber sie wusste, das ging nicht.

»Ich dachte immer, wir verstehen uns, Francesca.«

»So ist es auch, Monty, aber es muss ein Funke Leidenschaft vorhanden sein, wenn zwei Menschen sich binden, und so sehr ich Sie auch bewundere, empfinde ich keine Leidenschaft für Sie.« Sie musste sich eingestehen, dass sie ihn nie wirklich begehrt hatte, anderenfalls hätte sie sich nicht so rasch damit abgefunden, dass er ihr Halbbruder war.

»Bitte, sagen Sie nichts mehr, Francesca«, stieß Monty hervor, dem ihre Worte sichtlich Schmerzen bereiteten.

»Ich bedaure das alles zutiefst, Monty. Es war nie meine Absicht, Ihnen Kummer zu bereiten.« Francesca streckte die Hand vor, um ihn zu trösten, doch er wich zurück.

»Ich habe nicht den Eindruck, als hätten Sie uns jemals eine Chance gegeben, Francesca«, sagte er und wandte sich zum Gehen. »Hätte unsere Verbindung sich normal entwickelt, wäre zwischen uns bestimmt die Leidenschaft erwacht.«

»Nein, Monty. Wir können niemals eine Verbindung eingehen, wie Sie Ihnen vorschwebt. Das müssen Sie akzeptieren.«

»Das kann ich nicht.« Monty wandte sich um und eilte davon. Francesca sah, wie aufgewühlt er war, und sie hasste es, der Grund für seinen Schmerz zu sein.

Sie setzte ihren Weg fort, die Augen blind vor Tränen. Sie haderte mit dem Schicksal und der Ungerechtigkeit, der sie sich ausgesetzt sah. Wäre sie an einem anderen Ort als Echuca aufgewachsen, wäre ihr Leben nicht so kompliziert gewesen. Dann hätte sie nie erfahren, dass Joe und Mary Callaghan gar nicht ihre leiblichen Eltern waren, sondern Regina und dieses Scheusal Silas Hepburn. Dann hätte sie auch sicher nicht mit ihrem Halbbruder angebändelt und ihm nicht das Herz gebrochen. Weinend hastete sie voran und stieß plötzlich mit jemandem zusammen.

»Verzeihen Sie«, sagte sie und zwinkerte ihre Tränen fort, um entsetzt festzustellen, dass sie ausgerechnet mit Silas zusammengeprallt war. Sie bedachte ihn mit einem vernichtenden Blick und wollte weitergehen, doch er hielt sie am Arm fest.

»Francesca, ich möchte gern ein Wort mit dir wechseln.«

»Ich bin aber nicht in der Stimmung, mit dir zu reden«, gab sie unwirsch zurück und tupfte sich die Tränen mit einem Taschentuch ab.

»Was hat dich denn so in Erregung versetzt, Liebes?«

»Das geht dich einen feuchten Kehricht an. Und sag nicht *Liebes* zu mir. Ich bin nicht dein Liebes und werde es auch nie sein.«

»Das wird sich vielleicht ändern.«

»Du bist ein elender Schuft, Silas.«

»An dem Vorfall neulich Abend trifft mich keine Schuld. Ich möchte nicht ungalant wirken, aber Regina hat sich praktisch auf mich gestürzt.«

Schlagartig begriff Francesca, dass die Schauspielerin Regina versetzt haben musste, sodass sie gezwungen gewesen war, selbst in die Rolle zu schlüpfen. »Offenbar hast du keine große Gegenwehr geleistet. Aber erspare mir bitte die schlüpfrigen Details.«

»Mein Heiratsantrag hat weiterhin Gültigkeit ...«

Francesca wurde blass. »Das kann nicht dein Ernst sein.«

»O doch.«

»Ich verabscheue dich!«

Ihre Direktheit ließ Silas zusammenzucken. »Dir ist doch klar, dass ich deinem Vater immer noch arg zusetzen kann. Ich bin ein einflussreicher Mann.«

»Soll das eine Drohung sein?«

»Nenn es, wie du willst. Wenn du mich heiratest, hat Joe nichts zu befürchten. Aber wenn nicht ... wer weiß?« Seine Augen funkelten kalt und bedrohlich wie die einer Schlange. Francesca verspürte Zorn und Hass. Der bloße Gedanke, dass sein Blut in ihren Adern floss, verursachte ihr Qualen. Sie hatte gehofft, dass Silas von seinen Heiratsabsichten Abstand nehmen würde, nun, da er gegen ihren Vater kein Druckmittel mehr besaß, aber das war offenbar nicht der Fall. Sie musste ihm die wahnsinnige Idee, sie zu seiner Frau zu machen, ein für alle Mal austreiben, um ihren Vater zu schützen.

»Wenn du meinen Vater schikanierst, wirst du nichts damit erreichen, Silas, weil ... weil ich mich nämlich wieder verlobt habe.«

Silas lachte. »Du erwartest doch nicht, dass ich dir das glaube?« Seine toten grauen Augen wurden schmal. »Ich durchschaue deine Lüge, Francesca. Das behauptest du nur, um deinen Vater zu schützen.«

Francesca zögerte. Sie hatte den Namen eines »Verlobten« nennen wollen, den es gar nicht gab, aber ihr blieb keine andere Wahl. »Du weißt, dass unsere Verlobung eine rein geschäftliche Vereinbarung war, sodass es dich nicht überraschen dürfte, dass ich vorhabe, Neal Mason zu heiraten, den Mann, dem mein Herz gehört.« Sie würde Neal rechtzeitig in ihre Notlüge einweihen. »Nachdem er erfahren hat, dass unsere Verlobung geplatzt ist, hat er um meine Hand angehalten, und ich habe akzeptiert.«

Francesca war immer noch zuversichtlich, Silas täuschen zu können, als sie plötzlich beobachtete, wie Neal aus einem Hotel kam, das sich ein Stück weiter die Straße hinauf befand. Sie hatte angenommen, er sei zum Schiff zurückgekehrt, aber offensichtlich hatte er einen Zwischenstopp in der Schänke eingelegt, um ein Schwätzchen zu halten. Jetzt kam er in ihre Richtung, und sie konnte nichts weiter tun, als tief durchzuatmen und sich innerlich zu wappnen. Sie rechnete damit, dass Neal entsetzt reagierte, wenn Silas ihn auf ihre Verlobung ansprach, zumal er nicht das Geringste ahnte und ohnehin nichts auf den heiligen Stand der Ehe gab, und sie wollte nicht als Lügnerin dastehen. Ihr blieb nur eine Möglichkeit. Sie musste Silas zuvorkommen.

»Hallo, Liebling«, säuselte sie, als Neal zu ihnen stieß. Sie drückte sich an ihn und gab ihm einen Kuss auf die Wange.

Neal kochte vor Wut, Silas an Francescas Seite zu sehen, und ihre stürmische Begrüßung irritierte ihn vollends. »Francesca ...«, begann er, bemerkte aber ihren warnenden Blick, während Silas sie misstrauisch beobachtete.

»Ich habe mich schon gefragt, wo du bleibst, Liebling«, sagte sie und lächelte ihn an.

Besitzergreifend legte Neal den Arm um ihre Taille. Auch wenn er keine Ahnung hatte, was hier gespielt wurde, war er bereit, mitzuspielen – nach allem, was Silas Joe angetan hatte.

»Du hast keine Zeit verschwendet, Mason, was?«, sagte Silas kalt. Er hatte Francesca nicht glauben wollen, obwohl er schon länger vermutete, dass Neal es auf Francesca abgesehen hatte. Selbst Monty hatte diesen Verdacht gehabt. »Du kannst dich glücklich schätzen.« Er konnte nur mit Mühe an sich halten.

Neal blickte Silas verständnislos an. Er hatte keine Ahnung, was er meinte.

»Ich habe Silas gerade erzählt, dass wir uns verlobt haben«, schaltete Francesca sich ein, wobei sie Neals Arm Hilfe suchend drückte, ohne verhindern zu können, dass sie errötete. »Silas dachte, wir beide ... er und ich ... könnten wieder zueinander finden. Aber ich habe ihm gesagt, dass es dafür zu spät ist.«

»Sie haben Ihre Chance gehabt, Silas«, sagte Neal. »Und Sie haben sie vermasselt.« Er wandte sich wieder Francesca zu, die bemerkte, dass alle Farbe aus seinem Gesicht gewichen war. »Hast du etwa die Katze vorzeitig aus dem Sack gelassen, Liebling? Schließlich ist unsere Verlobung nicht offiziell. Noch nicht, jedenfalls.«

Francesca bemerkte sein Unbehagen über diese Lüge. Oder lag es daran, dass er gezwungen war, den Verlobten zu mimen? Sie bemerkte auch, dass Silas vor Wut kochte. Er starrte Neal so hasserfüllt an, dass sie Angst um ihn bekam.

»Mir scheint, Francesca ist so flatterhaft, dass sie alle paar Tage ihren Verlobten wechselt«, stichelte Silas.

»Nehmen Sie sich in Acht, Silas«, warnte Neal ihn.

»Ich bezweifle, dass irgendjemand geglaubt hat, wir wollten aus Liebe heiraten«, rechtfertigte Francesca sich. »Zumal ich bereits die vierte Ehefrau gewesen wäre.«

»Außerdem sind Sie alt genug, um ihr Vater zu sein, Silas«, fügte Neal hinzu.

Francesca verspürte leichten Schwindel.

Silas richtete den Blick wieder auf sie. »Das war mein Ernst vorhin«, murmelte er und ließ sie stehen.

Neal ergriff Francescas Arm.

»Wohin gehen wir?«, fragte sie.

»Auf mein Schiff. Mir scheint, wir haben einiges zu bereden – unter vier Augen.«

445

Kaum waren sie an Bord der *Ophelia,* verlangte Neal eine Erklärung.

»Silas hat mir gesagt, dass er seinen Heiratsantrag aufrechterhält«, sagte Francesca, »und er hat damit gedroht, Dad das Leben schwer zu machen. Als Ausrede, um ihn abzuschrecken, fiel mir lediglich ein, ihm vorzumachen, dass ich bereits fest vergeben bin.«

»Du hättest mir sagen sollen, dass er dir gedroht hat. Dem Kerl hätte ich gezeigt, wo es langgeht!«

»Man darf ihn nicht unterschätzen, Neal. Du weißt ja, dass er auch mit Ezra Pickering und Dolan O'Shaunnessey kurzen Prozess gemacht hat. Ich möchte nicht, dass dir oder meinem Vater etwas zustößt. Es tut mir Leid, dass ich dich in meine Lüge mit hineingezogen habe, aber du schienst mir der geeignete Kandidat, da Silas denkt, dass du in mich verliebt bist. Das hat er mir auf der Verlobungsfeier gesagt.«

Neal sah sie an, und seine dunklen Augen wurden weich. »Ich liebe dich, Francesca, aber ...«

Es war das erste Mal, dass Neal ihr seine Liebe gestand, und Francescas Herz machte vor Freude einen Satz. »Aber du willst keine Ehe und keine Kinder ...« Die Erkenntnis, dass sie nie ein gemeinsames Leben führen würden, zerriss ihr beinahe das Herz, weil auch sie ihn liebte. »Das alles sollte auch kein Versuch sein, dich an mich zu binden, Neal ...« Francesca machte sich bittere Vorwürfe, weil sie ihn für ihre Notlüge benutzt hatte, und Tränen traten ihr in die Augen. Nachdem Silas ihrem Vater gedroht hatte, hatte sie sich nicht mehr anders zu helfen gewusst. »Ich habe Angst um Dad, Neal. Ich könnte es nicht ertragen, würde ihm etwas zustoßen, wenn ich die Möglichkeit habe, ihn davor zu bewahren.« Sie musste sowohl Silas als auch Monty glaubhaft machen, dass sie einen anderen liebte; es war die einzige Möglichkeit. »Tut mir Leid, dass ich dich in diese Lage gebracht habe, Neal.«

446

»Ich verstehe deine Gründe, Francesca.«

»Wir brauchen die Verlobung ja nur so lange zu spielen, bis Silas das Interesse an mir verliert.«

»Das wird nicht funktionieren. Man müsste schon zu drastischeren Mitteln greifen, zum Beispiel eine Hochzeit, um Silas zu überzeugen, dass du für immer vergeben bist. Aber ich glaube, nicht einmal das würde ihn davon abhalten, sich an Joe zu rächen.«

Francesca sah Neal an, dass er in der Klemme steckte. »Wir könnten ja zum Schein heiraten. Das ließe sich doch arrangieren, oder?«

»Ja. Aber willst du, dass dein Vater und Ned die Wahrheit erfahren?«

»Stimmt, ich bezweifle, dass Dad mitspielen würde. Die Scheinverlobung mit Silas hat ihm bereits schrecklich zugesetzt. Auch wenn er dich respektiert und schätzt, Neal, hat er dennoch seinen Stolz. Ich glaube nicht, dass ihm die Vorstellung gefällt, dass du dieses Opfer bringst, nur um mich zu beschützen.« Francesca brach in Tränen aus. »Es tut mir Leid, Neal. Das war unüberlegt von mir.«

Neal schloss sie in die Arme. »Du versuchst ja nur, Joe zu beschützen.« Er hielt kurz inne; dann sagte er: »Ich habe einen Freund, der in die Rolle des Pfarrers schlüpfen könnte, aber du müsstest dann bei mir auf der *Ophelia* leben und eine Kajüte mit mir teilen, wenn du deinem Vater und Ned glaubhaft machen willst, dass wir tatsächlich verheiratet sind. Wärst du dazu bereit?«

Francesca wusste, was er verlangte. Sie spürte plötzlich Schmetterlinge im Bauch. »Ja«, erwiderte sie leise. »Aber es wäre keine richtige Ehe.«

»Trotzdem müssen wir überzeugend wirken, um nach außen keinen Verdacht zu erwecken.«

Francesca wusste, dass Neal Recht hatte. Wenn die Ehe auf Monty und Silas glaubhaft wirken sollte, musste sie auch auf alle anderen glaubhaft wirken, vor allem auf Joe und Ned. Francesca konnte nicht fassen, dass ein kleiner Versprecher, eine harmlose Notlüge, sie in eine derart missliche Lage gebracht hatte, und ihr wurde angst und bange.

Als Silas das Bridge Hotel betrat, sah er Monty mit hängenden Schultern am Tresen. Er wirkte völlig niedergeschlagen, und Silas ahnte den Grund dafür. Da Monty wohl die gleiche Abfuhr erhalten hatte wie er, beschloss er, sich zu ihm zu setzen.

»Wie ich sehe, kennen Sie die Neuigkeiten bereits«, bemerkte Silas und sprach damit auf Francescas Verlobung an. Er nahm neben Monty Platz, der ihn ausdruckslos anstarrte. Er war nicht in der Stimmung für Gesellschaft oder eine Unterhaltung.

Aus Montys glasigem Blick und der Reihe leerer Gläser vor ihm auf dem Tresen schloss Silas, dass Monty bereits ziemlich betrunken war. »Ihre Mutter hat mir gesagt, dass Sie Francesca sehr ins Herz geschlossen haben«, fügte er hinzu.

»So, hat sie?«, brummte Monty geistesabwesend. Er hatte Silas' Worte gar nicht richtig mitbekommen. Er starrte in sein Glas, als lägen die Antworten auf all seine Probleme auf dem Grund der bernsteinfarbenen Flüssigkeit.

»Ich kann es selbst kaum glauben«, fuhr Silas fort. »Sie haben ja schon immer mehr dahinter vermutet, genau wie ich. Trotzdem habe ich nicht mit diesen Neuigkeiten gerechnet, jedenfalls nicht so früh.« Er bestellte sich etwas zu trinken.

Monty nahm Silas' Worte kaum wahr. Er wollte sich bloß noch in seinem Elend ertränken. Wie kam Francesca nur zu der Behauptung, zwischen ihnen könne es keine Leidenschaft geben? Immer wieder fragte er sich, ob es ein Fehler gewesen war, sich stets wie ein Gentleman verhalten zu haben. War er zu zurückhaltend gewesen? Hätte er sie einfach küssen sollen? Er hatte angenommen, Francesca würde seine Zurückhaltung zu schätzen wissen, das hatte sich jetzt als schlimmer Irrtum erwiesen. Wie dumm von ihm, sie mit Samthandschuhen anzufassen, nur, weil sie ihm als etwas ganz Besonderes erschienen war.

Monty musste sich eingestehen, dass er von Frauen keine Ahnung hatte.

»Was für ... Neuigkeiten?«, brachte er lallend hervor. Erst jetzt war ihm bewusst geworden, dass Silas von »Neuigkeiten« gesprochen hatte.

Silas erkannte, dass Monty so betrunken war, dass er ihn gar nicht verstanden hatte. »Die Neuigkeiten über Francesca«, gab er zurück, leerte seinen Whisky in einem Zug und bestellte sich gleich den nächsten. Währenddessen überlegte er fieberhaft. Er hatte zwar bereits Vorkehrungen getroffen, um Neal Mason aus dem Weg zu räumen, doch wie es aussah, waren schwerere Geschütze erforderlich – je eher, desto besser.

Plötzlich war Monty ganz Ohr. »Was soll mit Francesca sein?«

»Sie hat mir soeben mitgeteilt, dass sie sich wieder verlobt hat«, entgegnete Silas. »Zuerst habe ich ihr nicht geglaubt, aber es stimmt anscheinend.«

Monty richtete sich kerzengerade auf. »Verlobt!«

»Ihrem Zustand nach zu urteilen, habe ich gedacht, Sie wüssten es bereits.«

»Ich hab ebenfalls vor kurzem mit Francesca gesprochen, und da hat sie nichts von einer Verlobung erwähnt ...« Monty hatte Francesca immer für einen aufrichtigen Menschen gehalten, doch jetzt befielen ihn Zweifel. Offenbar war dieser Unsinn, zwischen ihnen könne es keine Leidenschaft geben, nur ein Vorwand Francescas gewesen, um ihm zu verschweigen, dass sie einem anderen Mann versprochen war.

»Mit ... mit wem hat sie sich denn verlobt?«

»Mit Neal Mason.«

449

Monty sah seine Befürchtungen bestätigt, sodass seine Überraschung sich in Grenzen hielt. Dennoch verschlug es ihm für den Moment die Sprache, und sein Gesicht wurde aschfahl.

»Offenbar hat Mason sofort um ihre Hand angehalten, nachdem Francesca unsere Verlobung gelöst hatte. Ist mir ein Rätsel, warum sie einen Schiffer heiratet, wo sie doch eine weitaus bessere Partie machen könnte.« Während Silas sich auf sich selbst bezog, nahm Monty in seinem Rausch an, *er* sei damit gemeint.

»Sie darf Neal Mason nicht heiraten«, stieß er hervor und kippte erneut ein Glas herunter. »Das werde ich nicht zulassen!«

Silas musterte Monty. Sein Gesicht wirkte entschlossen, und in seiner Stimme schwang der Wunsch nach Rache mit. Offenbar war es ihm ernst. Dies bestärkte Silas in der Überzeugung, dass Neal Mason ein Problem war, das beseitigt werden musste. Ursprünglich hatte er das selbst erledigen wollen, aber jetzt sah es ganz danach aus, als müsste er sich nicht selbst die Hände schmutzig machen. Auch wenn Silas dem sanftmütigen Monty so etwas im Grunde nicht zutraute – bei manchen Menschen konnte man nie wissen. Wenn Monty sich an seiner Stelle um Neal Mason kümmerte und dafür hinter Gittern landete, wäre der Weg für ihn frei.

»Was haben Sie denn vor?«, fragte Silas. Er wollte sichergehen, dass Montys Drohung nicht nur heiße Luft war.

»Ich hab schon eine Idee«, erwiderte Monty und lehnte sich an den Tresen, um über die Einzelheiten nachzudenken.

»Brauchen Sie Unterstützung?«, fragte Silas im Flüsterton. Er achtete darauf, sich nicht selbst ins Gespräch zu bringen.

»Nein«, lehnte Monty ab. »Je einfacher ein Plan, desto erfolgversprechender.«

Silas nickte zufrieden. »Darf ich Ihnen noch ein Glas spendieren, Monty?«, fragte er mit einem boshaften Funkeln in den leblosen Augen.

Du hältst um die Hand meiner Tochter an?«, sagte Joe erstaunt.

»Ich weiß, es kommt plötzlich«, erwiderte Neal, der mit Francesca an Deck der *Marylou* stand. Er spürte, dass sie zitterte, und drückte sanft ihre Hand, um sie zu beruhigen.

»Das kann man wohl sagen«, gab Joe verdutzt zurück. Zwar war offensichtlich, dass die beiden sich schon seit geraumer Zeit zueinander hingezogen fühlten, aber damit hatte Joe nicht gerechnet, zumal er wusste, dass Neal nicht viel auf die Ehe hielt. Er nahm sich vor, herauszufinden, was diesen Gesinnungswandel bewirkt hatte.

Neal wusste genau, was Joe dachte. »Auch für uns kommt das plötzlich«, sagte er und lächelte Francesca an. »Vor allem für mich«, fügte er bedeutungsvoll hinzu. »Wie du weißt, bin ich überzeugter Junggeselle, und da braucht es schon eine ganz außergewöhnliche Frau, um mich ins Wanken zu bringen.«

»Du sagst ja gar nichts dazu, mein Mädchen«, sagte Joe zur seltsam schweigsamen Francesca.

»Ich bin so aufgeregt, Dad«, antwortete sie leise. Es behagte ihr ganz und gar nicht, ihren Vater zu beschwindeln, doch sie hatte keine andere Wahl. Silas Hepburn war ein gefährlicher Mann mit viel Macht, Geld und Einfluss. Wenn er dazu im Stande war, Ezra Pickerings Werft abzufackeln und Dolan O'Shaunnessey brutal außer Gefecht zu setzen, wollte sie sich lieber nicht ausmalen, was er mit ihrem Vater anstellen würde.

Joe suchte nach Worten. Natürlich war ihm klar gewesen, dass er Francesca eines Tages an ihren zukünftigen Ehemann verlieren würde. Er hatte nur nicht so früh damit gerechnet.

Francesca sah ihrem Vater an, dass er irritiert war. »Komm, ich mache uns einen Tee«, schlug sie vor, weil sie spürte, dass er gern ungestört mit ihr reden wollte. Das bot ihr die Gelegenheit, seine Zweifel auszuräumen.

Neal drückte erneut Francescas Hand, bevor er sie losließ.

Francesca ging mit ihrem Vater in die Kombüse. Sie sah ihm an, dass er nicht verstand, was plötzlich in Neal und sie gefahren war.

»Ich weiß, dass es überstürzt klingt, Dad«, sagte sie, bevor er sich äußern konnte. »Aber da wir uns beide fest wünschen zu heiraten, gibt es keinen Grund, länger zu warten.«

»Bist du sicher? Schließlich bist du noch sehr jung.«

»Ich bin mir ganz sicher, Dad.«

»Und was ist mit Monty?«

Francesca war überrascht, dass er Monty erwähnte. »Was soll mit ihm sein, Dad?«

»Wird es ihm nicht das Herz brechen, wenn er erfährt, dass du Neals Frau wirst? Er war ja schon am Boden zerstört, als du ihm gesagt hast, du würdest Silas heiraten. Eigentlich hätte ich erwartet, dass *er* dir einen Antrag macht, nachdem deine Verlobung geplatzt war.«

Francesca musste gegen Tränen ankämpfen, zumal sie wusste, wie sehr Monty darunter litt. »Ich hätte seinen Antrag nicht angenommen, Dad«, sagte sie. Monty konnte nicht ahnen, dass sie seine Halbschwester war, und er durfte es auch nie erfahren. »Und es war nichts Ernstes zwischen uns«, fügte sie wahrheitsgemäß hinzu.

»Ich weiß aber, dass er sehr von dir angetan ist«, wandte Joe ein.

»Dann weißt du ja auch, dass die Damen im heiratsfähigen

Alter bei ihm Schlange stehen und dass er sich derzeit regelmäßig mit Clara Whitsbury trifft.«

Joe zuckte die Achseln. »Genauso wenig habe ich damit gerechnet, den Tag zu erleben, an dem Neal in den Hafen der Ehe einläuft.«

Neal selbst hat auch nicht damit gerechnet, dachte Francesca.

»Ich hoffe, es ist ihm ernst und er bereitet dir keinen Kummer ...«

»Er wird mir keinen Kummer bereiten, Dad. Neal hat nur gewartet, bis ihm die Richtige über den Weg läuft. Er ist ganz hin und weg von mir«, sagte sie, um die Situation aufzulockern, bevor sie sich womöglich verplapperte.

»Daraus kann ich ihm keinen Vorwurf machen«, erwiderte Joe. »Ich wünschte bloß, deine Mutter ...«

Francesca legte tröstend die Hand auf seinen Arm. »Ich weiß, Dad. Ich hätte auch gern, wenn sie jetzt hier wäre.«

Joe nickte, beklommen vor Ergriffenheit. »Komm, gehen wir wieder nach oben«, sagte er. Als sie wieder an Deck standen, fragte er: »Habt ihr an eine kirchliche Trauung gedacht?«

»Nein«, antwortete Francesca ohne Zögern. »Wir haben uns überlegt, einen Pfarrer kommen zu lassen und die Trauung auf der *Marylou* oder der *Ophelia* abzuhalten. Das würde uns beiden sehr gefallen.« Erwartungsvoll blickte sie Neal an.

»Ich weiß sogar einen Pfarrer«, sagte Neal. »Ich kenne ihn aus Moama.«

»Habt ihr schon einen Termin festgesetzt?«, fragte Joe.

»Morgen«, antwortete Neal rasch, was Francesca mit Überraschung vernahm.

Joe machte ebenfalls ein erstauntes Gesicht. Er richtete den Blick auf seine Tochter. »Habt ihr es so eilig mit der Hochzeit?« Francesca benötigte einen Moment, um seine Anspielung zu begreifen, während Neal sofort verstanden hatte.

453

»Nein, Joe. Ich schwöre dir, dass ich Frannie nicht kompromittiert habe. Aber wir möchten unser Leben gemeinsam verbringen. Warum sollten wir da länger warten?«

»Genauso ist es, Dad«, bekräftigte Francesca. »Wie kommst du bloß auf den Gedanken, Neal und ich hätten ... du weißt schon ...«

»Tut mir Leid, Frannie. Ich weiß, du bist ein anständiges Mädchen, aber das alles kommt so plötzlich.«

»Wenn dir morgen zu überstürzt ist, können wir auch noch ein bisschen warten ...« Francesca sah zu Neal, der zu ihrem Erstaunen missmutig dreinblickte und offenbar nicht länger warten wollte. Sie schloss daraus, dass Neal Silas für weitaus gefährlicher einschätzte, als sie geahnt hatte.

»Nein, nein. Morgen geht in Ordnung«, sagte Joe. »Aber dummerweise habe ich dich am Montag zur Prüfung für dein Kapitänspatent angemeldet, und die fiele dann genau in eure Flitterwochen.«

»Wir haben keine Flitterwochen geplant, Dad«, erwiderte Francesca und errötete erneut. »Ab Montag geht's für uns wieder in eine ganz normale Arbeitswoche.«

»Bist du sicher?«

»Ja, Dad. Wie sehen denn deine Pläne aus? Falls ich das Kapitänspatent schaffe, möchte ich weiterhin die *Marylou* steuern.«

Joe sah Neal an.

»Mir ist es recht, Joe«, sagte Neal. »Ich habe ohnehin vor, auf der *Ophelia* einen Hilfsmatrosen anzuheuern. Du könntest Francesca dann nach der Arbeit bei mir absetzen.«

Er legte ihr den Arm um die Schulter, und Francesca musste den Kloß in ihrer Kehle herunterschlucken. Es hatte ihr nichts ausgemacht zu schwindeln, als sie noch mit Silas verlobt war, doch bei ihrem Vater fiel es ihr weitaus schwerer, als sie gedacht hatte.

»Wenn Silas seine Drohung wahrmacht, könnte es schwer

werden, Aufträge zu bekommen, Neal«, sagte Joe. »Sowohl für uns als auch für dich.«

»Silas hat jetzt keinen Grund mehr, dir das Leben schwer zu machen, Dad«, sagte Francesca. »Da ich Neal heirate, gibt es nichts mehr für ihn zu gewinnen.«

Joe fragte sich unwillkürlich, ob Francesca Neal nur deswegen heiratete, damit er vor Silas Ruhe hatte, doch er verwarf diesen Gedanken rasch wieder. Es war nicht zu übersehen, dass Neal und Francesca verliebt waren. »Ihr handelt doch nicht wegen Silas so überstürzt?«, fragte er dennoch, um sein Gewissen zu beruhigen. Abwechselnd sah er von Fran zu Neal.

»Nein, Dad«, versicherte Francesca ihm.

»Trotzdem rate ich dir, Neal, gut auf mein Mädchen aufzupassen. Ich traue dem Kerl nicht.«

»Du kannst dich darauf verlassen«, entgegnete Neal.

»Wir haben keine Eile, Arbeit zu finden«, sagte Joe. »Ich möchte einige Reparaturen an der *Marylou* vornehmen, und dank meiner Erbschaft kann ich mir das jetzt leisten. Aber eins nach dem anderen. Wen möchtet ihr zu eurer Hochzeit einladen?«

Darüber hatte Francesca sich noch gar keine Gedanken gemacht. »Euch beide«, antwortete sie, »und natürlich Lizzie.«

»Was ist mit deinen Angehörigen, Neal? Du hast mal erwähnt, dass du eine Schwester hast.« Erst jetzt wurde Joe bewusst, dass er niemals die Bekanntschaft von Neals Schwester gemacht hatte, obwohl er Neal schon seit Jahren kannte.

»Meine Schwester kann leider nicht kommen, und weitere Angehörige habe ich nicht in Victoria«, erwiderte Neal in einem Tonfall, der allen den Eindruck vermittelte, dass er über seine Familie nicht sprechen wollte.

Am Morgen des Hochzeitstages suchte Neal seinen Freund in Moama auf, der den Pfarrer mimen sollte. Zuvor hatte er

Francesca das Geld für ein Brautkleid aufgezwungen und darauf bestanden, dass sie sich für den Anlass etwas Besonderes leistete. Francesca hatte den Eindruck, dass er bezweckte, Monty auszustechen, indem er ihr ein noch schöneres Kleid schenkte, zumal er kein Geheimnis daraus gemacht hatte, wie wenig er von dessen Geschenk hielt.

Am Vorabend hatten die *Marylou* und die *Ophelia* eine idyllische Stelle am Fluss angesteuert, direkt gegenüber dem Hafen von Moama. Beide Schiffe ankerten Seite an Seite, doch die Trauung sollte auf der *Ophelia* stattfinden. Im Anschluss daran war mittags ein schlichtes Festmahl auf der *Marylou* geplant.

Während der Zeitpunkt der Trauung näher rückte, kam Francesca mit einem Mal alles unwirklich vor. Als sie in ihrem Brautkleid aus der Kajüte trat, verschlug es Joe die Sprache; doch der Glanz in seinen vor Rührung feuchten Augen verriet, dass er sie hinreißend fand.

»Wenn deine Mutter dich jetzt sehen könnte ...«, sagte er leise, nachdem er seine Stimme wiedergefunden hatte.

Sie wusste, wie es gemeint war, weil sie denselben Gedanken gehabt hatte. Zusammen mit Lizzie hatte sie die Geschäfte in Moama abgeklappert und das perfekte Kleid aus elfenbeinfarbener Spitze entdeckt. Der Rock, dessen hoher Bund direkt unter der Brust angesetzt war, bauschte sich. Das Kleid hatte einen rechteckigen Ausschnitt und lange, maßgeschneiderte Ärmel. Es war schlicht und elegant zugleich – so, wie sie es sich für ihre richtige Hochzeit erträumt hatte.

Für Lizzie, die in der Rolle als Begleitdame sehr unsicher war, kaufte Francesca ein schlichtes, aber modisches Kleid. Es war fliederfarben und stand ihr großartig. Da Lizzie zum ersten Mal im Leben zu einer Hochzeit eingeladen war und noch dazu in die Vorbereitungen mit einbezogen wurde, war sie entsprechend nervös. Nichtsdestotrotz war sie die perfekte Begleitdame, und Francesca wäre ohne sie verloren gewesen. Lizzie machte ihr eine Hochfrisur aus Ringellocken und flocht kunstvoll ein Band mit falschen Perlen hinein. Das Ergebnis war atemberaubend.

Nie würde Fran den Gesichtsausdruck Neals vergessen, als sie am Arm ihres Vaters auf ihn zuschritt und er ihr dabei half, von der *Marylou* auf die *Ophelia* hinüberzusteigen. Er war sprachlos und zu Tränen gerührt. Seine Reaktion verwunderte Francesca umso mehr, da er ja wusste, dass die Hochzeit nur gespielt war.

Auch Jefferson Morris spielte seine Rolle als Pfarrer sehr überzeugend. Er war in vollem Ornat, trug Talar und eine Bibel und gab sich sehr väterlich. Zudem sprach er die richtigen Worte, als hätte er bereits hunderte von Trauungen vollzogen. Sein routiniertes Auftreten war mit ein Grund, dass diese Farce so täuschend echt wirkte. Als Neal ihr mit zitternden Händen den Trauring über den Finger streifte, bemerkte Francesca, dass seine dunklen Augen schimmerten, und vor Rührung liefen ihr ein paar Tränen über die Wangen. Zuvor war ihr bereits sein nervöser Unterton aufgefallen, als er sein Eheversprechen gab, und das hatte sie stutzig gemacht. Nur zu gern hätte Francesca geglaubt, dass er genauso tiefe Gefühle hegte wie sie selbst, aber sie war sich sicher, dass seine Unruhe auf seine ablehnende Haltung zur Ehe zurückzuführen war.

Als Francesca an der Reihe war und Neal ihrerseits gelobte, ihn bis ans Ende ihrer Tage zu lieben, zu ehren und zu achten, wusste sie, dass sie jedes dieser Worte aus tiefster Seele sprach. Sie legte ihm den Trauring an und drückte seine warme Hand. Neal holte tief Luft, als der »Reverend« sie zu Mann und Frau erklärte, und küsste Francesca anschließend. Frannie hatte sich auf einen kurzen, flüchtigen Kuss eingestellt, doch er war zärtlich, liebevoll und anhaltend.

Sie blickte zu ihrem Vater und Ned, die beide sichtlich gerührt waren, und wäre vor Schuldgefühlen, weil alles nur gespielt war, am liebsten im Boden versunken. Gleich darauf umringten Joe, Ned und Lizzie unter fröhlichem Jubel die »Frischvermählten« und umarmten sie. Als Lizzie sie drückte, flüsterte sie Francesca ins Ohr, dies sei der glücklichste Tag in ihrem Leben. Francesca hatte mit dem Gedanken gespielt, Lizzie einzuweihen und ihr anzuvertrauen, dass die Hochzeit nur gespielt war, aber nach Lizzies Bemerkung war sie froh, es nicht getan zu haben.

Während Joe und Ned das junge »Brautpaar« hochleben ließen, betrachtete Neal Francesca voller Staunen. Auf ihrem Kleid und in ihrem Haar spiegelte sich schimmernd das Sonnenlicht, das durch die Baumwipfel drang. Noch nie hatte sie so schön ausgesehen. Francesca erwiderte Neals zärtlichen Blick mit einem liebevollen Lächeln. Auch er hatte nie zuvor so gut ausgesehen. Zu ihrem Erstaunen hatte er sich einen neuen Anzug, ein gestärktes weißes Hemd und ein gestreiftes Halstuch zugelegt. Er sah unwiderstehlich aus, und Francescas Herz strömte über vor Liebe.

Sie wünschte sich, dies alles wäre Wirklichkeit.

Nach der Trauungsfeier und einem kleinen Festmahl, das Lizzie auf der *Marylou* vorbereitet hatte, setzten sie zurück nach Echuca. Joe machte am Pier fest. Er freute sich riesig, endlich die Ersatzteile kaufen zu können, die er für die Reparaturen an der *Marylou* benötigte, und konnte es kaum erwarten, mit der Arbeit zu beginnen. Zuvor hatten er und Ned verschiedene Pläne diskutiert, wobei Francesca aufgefallen war, dass Joes Einstellung zum Geld sich geändert hatte. Er hatte nicht vor, die ganze Summe auf den Kopf zu hauen, wie er es früher getan hätte. Stattdessen wollte er das Geld, das noch übrig war, mit Bedacht verwenden.

Francesca und Neal warfen an einer abgelegenen Stelle am Ufer Anker. Zu Francescas Verwunderung zog Neal sich gleich darauf um und entschuldigte sich mit den Worten, er habe noch zu tun. Unvermittelt alleine gelassen an ihrem Hochzeitstag, zog Francesca sich ebenfalls um und ging an

Land. Aus einiger Entfernung beobachtete sie, wie Neal über die Uferpromenade ging – und wollte ihren Augen nicht trauen, als er im Bordell verschwand.

Francesca war zutiefst schockiert. Auch wenn die Hochzeit nicht echt war, konnte sie nicht fassen, dass Neal ausgerechnet an diesem einzigartigen Tag das Bordell aufsuchte.

»Neal Mason, du wirst mich nie wieder anfassen«, gelobte Francesca sich unter Tränen. Ihr erster Impuls war, zur *Marylou* zu laufen, doch ihr Gefühl der Scham war größer. Stattdessen ging sie zurück auf die *Ophelia* und sperrte sich in einer Kajüte ein.

Als Neal kurze Zeit später zurückkam, war er bester Stimmung. Es hatte geklappt mit Gwendolyn. Er hatte ihr eine einfache, leicht verständliche Version der Wahrheit geschildert, obwohl er nicht sicher war, ob sie ihm hatte folgen können. Gwens einzige Sorge war, dass er sie weiterhin regelmäßig besuchte, wie er es ihr versprochen hatte. Jetzt musste er Francesca nur noch über Gwendolyn ins Bild setzen und ihr sagen, dass sie der Grund für seine häufigen Besuche im Bordell war.

Das Schiff machte einen verlassenen Eindruck. Laut rief Neal nach Francesca, doch sie antwortete nicht. Er nahm an, dass sie sich bereits schlafen gelegt hatte, und wollte in der Kajüte nachschauen, doch zu seiner Verwunderung war die Tür abgeschlossen.

»Francesca«, rief er erneut, ohne eine Antwort zu erhalten. »Warum ist die Tür verschlossen?«

»Was willst du?«, gab sie wütend zurück. Sie konnte nicht fassen, dass er die Frechheit besaß, zurückzukommen und so zu tun, als wäre nichts geschehen.

»Mach auf«, sagte Neal und rüttelte am Türknauf.

»Nein!«, rief Francesca und kämpfte gegen die Tränen an.

Neal war ihr Verhalten ein Rätsel. Es wäre ein Leichtes für ihn gewesen, die Tür aufzubrechen, doch Francesca war in einer so schlimmen Verfassung, dass es keinen Sinn gehabt hätte. Neal stieß einen tiefen Seufzer aus und stieg hinauf an Deck, wo er eine Flasche Wein aufmachte, die er eigens für den Abend besorgt hatte. Er trank direkt aus der Flasche. Er hätte ohnehin nicht gewusst, wie der Abend verlaufen wäre, zumal es ihm unter diesen Umständen nicht richtig schien, zu Francesca in die Koje zu steigen und Zärtlichkeiten auszutauschen. Mit diesem feindseligen Verhalten hatte er allerdings nicht gerechnet. Es würde sehr schwierig werden, das glückliche Brautpaar zu spielen, wenn sie nicht einmal fähig waren, freundschaftlich miteinander umzugehen.

Später am Abend verließ Francesca die Kajüte. Da es an Bord seit längerer Zeit mucksmäuschenstill war, vermutete sie, dass Neal sich in eine Schänke oder wieder ins Bordell verzogen hatte. Umso überraschter war sie, als sie ihn an Deck vorfand. Er war im Sitzen eingeschlafen, die Beine auf die Reling gestützt. Der Mond schien hell und tauchte die Landschaft in ein weiches, silbern schimmerndes Licht. Francesca konnte den Blick nicht von Neal wenden, der im Schlaf so unschuldig wie ein Kind wirkte. Er hatte ihr seine Liebe gestanden, und trotzdem war er nicht fähig, sein Junggesellendasein aufzugeben. Sie malte sich aus, wie es wäre, tatsächlich mit ihm verheiratet zu sein ...

Mit einem Mal schlug Neal die Augen auf und blickte sie an. Francesca hatte nicht damit gerechnet und war verlegen, weil Neal sie dabei ertappt hatte, wie sie ihn heimlich betrachtete. Dann kam er zu ihr und ergriff ihre Hand. Seine Berührung war warm und tröstend, doch Francesca wich zurück und floh in die Kajüte. Einen Augenblick später hörte Neal, wie die Tür zugeschlagen und von innen der Riegel vorgeschoben wurde.

»Wenn so das Eheleben aussieht, war meine Abneigung begründet«, sagte er zu sich selbst.

Am Montagmorgen brach Francesca in aller Frühe zur *Marylou* auf. Ned und ihr Vater wollten sie zum Gebäude neben dem Gericht begleiten, wo sie vor der Kommission ihre Prüfung zum Schiffskapitän ablegen würde. Neal hatte Fran ebenfalls angeboten, mitzukommen, doch sie hatte abgelehnt. So hatte er ihr von Herzen Glück für die Prüfung gewünscht.

Das ganze Wochenende hatten Fran und Joe alles durchgekaut, was man für die Prüfung wissen musste. Dies hatte Francesca zugleich einen Grund geliefert, Neal aus dem Weg zu gehen, zumal ihr Verhältnis mittlerweile sehr angespannt war. Sein Stolz untersagte es ihm, sie nach dem Grund zu fragen, weshalb sie sich in der Kajüte einsperrte, während die Selbstachtung es Frannie untersagte, seinen Besuch im Bordell an ihrem Hochzeitstag zur Sprache zu bringen – mit dem Resultat, dass sie nur noch das Nötigste miteinander redeten. Am Samstag war Francesca abends gegen sechs auf die *Ophelia* zurückgekehrt, um Essen zu kochen, doch Neal hatte behauptet, er habe bereits gegessen. Sie war sich schrecklich dumm vorgekommen, dass sie ihm überhaupt angeboten hatte, ihm etwas zu kochen.

Am Sonntagabend dann war sie erst um acht zurückgekommen, nachdem sie zuvor gemeinsam mit Ned, ihrem Vater und Lizzie zu Abend gespeist hatte, ohne Neal zu fragen, ob er gegessen habe. Er hatte mit dem Essen gewartet, weil er angenommen hatte, sie würden diese Mahlzeit gemeinsam einnehmen. Ihrem Vater, Ned und Lizzie hatte Fran erzählt, Neal habe sie gebeten, mit ihnen zu essen, weil Neal selbst bei seiner Schwester eingeladen sei. Frannie hatte keinerlei Gewissensbisse, Neals Schwester als Ausrede zu benutzen – die ihrer Ansicht nach ohnehin nicht existierte –, da Neal diese imaginäre Schwester ja ebenfalls als Ausrede für seine Besuche im Bordell benutzte.

Die Prüfungskommission bestand aus drei Schiffskapitänen und zwei Maschinisten. Da Francesca sich der Kommission alleine stellen musste, warteten Joe und Ned draußen vor dem Prüfungssaal. Den beiden gelang es nicht, ihre Nervosität zu unterdrücken. Die Kommissionsmitglieder saßen hinter einer langen Tafel und machten ernste Gesichter. Während Francesca vor ihnen stand und darauf wartete, dass sie aufgefordert wurde, Platz zu nehmen, fühlte sie sich wie vor einem Erschießungskommando. Nach einer scheinbaren Ewigkeit, während die Männer ihre Unterlagen ordneten, blickte einer der Prüfer sie schließlich über den Rand seiner Brille hinweg an und bat sie, Platz zu nehmen. Derselbe Mann stellte ihr die Kommissionsmitglieder vor, wobei er sie in kühlem Ton mit »Miss Callaghan« ansprach. Er fragte sie nach ihrem Alter und danach, wie lange sie schon ein Schiff steuere. Ein anderer Prüfer wollte wissen, wer ihr das Steuern beigebracht habe. Sie gab kurze, präzise Antworten, ohne den ernsten, ausdruckslosen Gesichtern entnehmen zu können, wie sie ihre Angaben bewerteten. Als Nächstes wurde Frannie von vier der fünf Mitglieder mit Fragen über die Sicherheit und das Verhalten in Notsituationen bombardiert. Eine Frage lautete, wie sie das Schiff unter Kontrolle halten könne, wenn das Ruder gebrochen sei. Ein anderer wollte wissen, wie sie bei Feuer an Bord reagieren würde. Sie wurde zu Geschwindigkeitsbeschränkungen und Schiffshornsignalen, Maschinenproblemen und Hafenvorschriften befragt. Francesca beantwortete sämtliche Fragen mit unerschütterlichem Selbstvertrauen. Sie war sich ihrer selbst sicher, bis der fünfte Prüfer, der sich bislang mit Fragen zurückgehalten hatte, sie auf das Rennen ansprach, das sie sich mit Mungo McCallister auf dem Fluss geliefert hatte. Francesca hatte nicht erwartet, dass die Kommission darüber informiert war, und sie errötete.

»Der Kommission liegt ein Augenzeugenbericht vor, wonach die Rudergänger der *Marylou* und der *Kittyhawk* sich bei diesem Vorfall, der erst wenige Wochen zurückliegt, äußerst rücksichtslos verhalten haben«, führte der Mann aus. »Uns wurde mitgeteilt, dass die Sache damit endete, dass der Kessel der *Kittyhawk* explodiert ist. Entspricht das den Tatsachen, Miss Callaghan?«

»Ja. Mungo McCallister hatte seinen Maschinisten angewiesen, den Kesseldruck bis über den Anschlag hinaus zu erhöhen«, erwiderte Francesca aufrichtig.

Die Brauen des Prüfers wanderten in die Höhe, und er musterte Francesca eingehend. »Mr McCallister hat dabei Verbrennungen erlitten, nicht wahr?«

»Ja, aber das war seine eigene Schuld.«

»Er hätte sein Leben verlieren können.«

»Ja ...«

»Haben Sie während dieses Vorfalls am Ruder der *Marylou* gestanden?«

»Jawohl, unter Aufsicht meines Vaters.«

»Wollen Sie behaupten, dass Sie keine Schuld an diesem Vorfall trifft?«

»So ist es. Wir ... mein Vater und ich ... hatten es in keiner Weise auf das Rennen angelegt, aber der Rudergänger der *Kittyhawk*, Mr McCallisters Sohn Gerry, hat uns mehrfach bedrängt und mich zu Ausweichmanövern gezwungen, um eine Kollision zu verhindern.«

»Sie hätten das Ufer ansteuern sollen, Miss Callaghan.«

»Ich ... wir hatten einen wichtigen Liefertermin und wollten unseren Auftraggeber nicht verstimmen. Wir legen großen Wert auf Zuverlässigkeit.« Francesca verschwieg absichtlich, dass sie zudem unter dem Druck gestanden hatten, das Geld für die Ratenzahlungen zu verdienen, zumal sie den Eindruck hatte, dass die Prüfer keine weiteren Erklärungen hören wollten.

»Unsere Befragung ist hiermit abgeschlossen, Miss Callaghan. Wir werden Ihnen unsere Entscheidung zu gegebener Zeit mitteilen. Wenn Sie uns nun entschuldigen würden, damit wir über das Ergebnis beraten können.«

Francesca hatte den Eindruck, sie sei nun entlassen, sodass sie sich erhob. Sie sah die Kommissionsmitglieder der Reihe nach an, doch jeder von ihnen mied tunlichst ihren Blick. Obwohl Frannie ahnte, dass sie versagt hatte, wünschte sie den Prüfern einen angenehmen Tag und verließ hoch erhobenen Hauptes den Raum. Doch kaum hatte sie die Tür von außen hinter sich zugezogen, brach sie in Tränen aus. Joe und Ned saßen ein Stück weiter unten im Flur. Sie eilten sofort an ihre Seite.

»Was ist, mein Mädchen?«, fragte Joe.

»Ich werde mein Kapitänspatent nicht bekommen«, schluchzte Francesca. Sie fühlte sich schrecklich, weil sie ihren Vater enttäuscht hatte.

»Haben die das etwa zu dir gesagt?«, sagte Ned aufgebracht.

»Nein, aber sie haben mich auf das Rennen mit der *Kittyhawk* angesprochen, haben mir rücksichtsloses Verhalten vorgeworfen und mich kritisiert, dass ich nicht das Ufer angesteuert habe, statt mich auf das Rennen einzulassen. Ich habe ihnen zwar erklärt, wie es dazu gekommen ist, aber es hat sie nicht beeindruckt.« Francesca tupfte sich die Tränen ab. »Habe ich die Möglichkeit, die Prüfung zu wiederholen?«

»Es gibt keinen Grund, dir das Patent zu verweigern«, sagte Joe wütend. Ohne zu zögern, betrat er den Prüfungsraum, wo die Kommissionsmitglieder über Francesca berieten.

»Verzeihen Sie, Gentlemen«, platzte er dazwischen. »Ich habe Ihnen etwas mitzuteilen.« Am einen Ende des Tisches erkannte er Frank Gardener. Da dieser ein guter Bekannter von Mungo McCallister war, wusste Joe sofort, von wem die Information über das Rennen stammte. Er hatte damit gerechnet, dass Mungo sich auf irgendeine Weise für die Demütigung rächen würde, doch es erfüllte ihn mit Zorn, dass es ausgerechnet auf Kosten Francescas geschehen sollte, die sich so hart auf die Prüfung vorbereitet hatte.

»Wie einige von Ihnen wissen, bin ich Joe Callaghan, Francescas Vater. Fran stand unter meiner Aufsicht am Ruder. Bei dem Vorfall mit der *Kittyhawk* hat sie lediglich meine Anweisungen befolgt.«

»Wir sind der Meinung, dass Ihre Anweisungen nicht gerade ratsam waren, Mr Callaghan«, entgegnete einer der Prüfer.

Joe zügelte mühsam seine Wut. »Meine Anwesenheit war in dieser Situation erforderlich. Seit siebzehn Jahren befahre ich diesen Fluss, und mein Verhalten war stets vorbildlich, auch bei dem fraglichen Zwischenfall. Wir haben alles getan, was in unserer Macht stand, um das Rennen mit der *Kittyhawk* zu vermeiden. Wir haben sogar zwischendurch das Ufer angesteuert.«

»Miss Callaghan hat nichts von einem Zwischenstopp am Ufer erwähnt.«

»Das war unsere erste Reaktion, aber die *Kittyhawk* hat neben uns gehalten. Mungos Sohn schlug eine Wettfahrt vor, aber wir haben den Vorschlag zurückgewiesen. Nachdem wir wieder abgelegt hatten, ist uns die *Kittyhawk* gefolgt, und Mungos Sohn, wie Sie vermutlich bereits von meiner Tochter erfahren haben, hat mehrmals unsere Fahrrinne blockiert. Nicht wir, sondern einzig und allein Mungo und sein Sohn haben sich rücksichtslos verhalten. Da sie zudem die entgegenkommenden Schiffe behindert haben, gab ich meiner Tochter den Befehl, mit voller Kraft voraus zu fahren, um sie abzuhängen. Das ist uns auch gelungen, aber dann ist der Kessel der *Kittyhawk* explodiert.«

»Haben Sie Halt gemacht und Hilfe geleistet? Wir haben Grund zu der Annahme, dass Sie es unterlassen haben.«

»Selbstverständlich haben wir unsere Hilfe angeboten!

Aber Mungo McCallister hat abgelehnt. Sie dürfen meiner Tochter nicht die Schuld an diesem Vorfall geben. Francesca hat großes Geschick am Ruder eines Schaufelraddampfers. Sie ist ein Naturtalent.«

»Vielen Dank für Ihren Einwurf, Mr Callaghan, aber wir können ihn bei unserer Entscheidung nicht berücksichtigen. Miss Callaghan wird das Ergebnis innerhalb der nächsten Tage mitgeteilt.«

Joe ahnte, dass Frannie die Prüfung nicht bestehen würde. Es brach ihm fast das Herz.

27

Von den zwanzig Schankstuben in Echuca hatte Joe bereits fünfzehn abgeklappert, bevor er Mungo McCallister im Fisherman's Inn auf der Red Gum Street vorfand. Er hockte alleine an einem Tisch in der hintersten Ecke der verräucherten Kneipe, eine einsame, Mitleid erregende Gestalt, verbittert in ihrem fehlgeleiteten Groll. Als Joe sich ihm näherte und Mungo daraufhin den Kopf hob, konnte man seine innere Verfassung deutlich an seiner mürrischen Miene ablesen. Für Joe gab es keinen Zweifel, dass Mungo der Kommission von dem Vorfall berichtet hatte, der zur Explosion seines Schiffskessels führte.

Als Joe seinen Tisch erreichte, bemerkte er die Brandnarben an Mungos Händen, dem Arm und dem Hals, wobei er an die vielen Narben denken musste, die sich unter seinem Hemd verbargen. Doch Joe war entschlossen, Francesca zuliebe bis zu Mungos finsterem Herzen vorzudringen.

»Was willst du?«, knurrte Mungo.

»Ich bin sicher, du hast mit meinem Besuch gerechnet«, entgegnete Joe.

Mungo musterte ihn mit eiskaltem Blick, und Joe konnte ihm förmlich ansehen, dass sein Hirn auf Hochtouren lief. Mungo fragte sich, ob Joe wusste, dass er Frank Gardener mit Informationen versorgt hatte.

»Du sabotierst absichtlich und böswillig die Chancen meiner Tochter, ihr Kapitänspatent zu erlangen«, hielt Joe ihm zornig vor.

»Du traust mir ja einiges zu«, gab Mungo bissig zurück, war aber nicht fähig, Joes Blick standzuhalten.

»Du weißt genau, dass du durch deine rücksichtslose Art dein Schiff selbst zerstört hast. Genau wie du für Marys Tod verantwortlich bist, als du uns damals gerammt hast.«

»Das ist doch alles Schnee von gestern. Lass endlich gut sein«, höhnte Mungo und kippte die letzten Tropfen aus seinem Glas herunter.

Das war zu viel für Joe. Er packte Mungo am Kragen, wobei der Tisch umkippte. Ein voller Aschenbecher flog in hohem Bogen durch die Luft und fiel scheppernd zu Boden, zusammen mit mehreren leeren Gläsern. Joe war entschlossen, Mungo den Hals umzudrehen, weil dieser Kerl es gewagt hatte, über Marys Tod zu spotten, doch der Barkeeper und ein zweiter Mann stürzten herbei, um Joe zurückzuhalten.

Nach zähem Ringen gelang es Joe, die beiden abzuschütteln. Regungslos stand er da und starrte auf Mungo, der seinen Stuhl wieder aufhob und sich darauf sinken ließ, sichtlich angeschlagen und noch grimmiger als zuvor.

»Jeder macht Fehler«, sagte Joe keuchend und wischte sich Speichel aus dem Mundwinkel, »aber du hast Francesca die Mutter genommen, und das Schlimmste daran ist, dass du nichts daraus gelernt hast. Es fehlte nicht viel, und du hättest auch Leo Mudluck auf dem Gewissen gehabt, aber du lässt dich einfach nicht beirren. Ich weiß wirklich nicht, was in deinem verdammten Schädel vor sich geht. Muss erst noch ein Mensch sterben, damit du endlich zur Besinnung kommst und darüber nachdenkst, was du tust?«

»Quatsch«, gab Mungo ungerührt zurück. »Du warst immer schon melodramatisch.«

Joe schüttelte den Kopf. Es war offensichtlich, dass er hier nur seine Zeit verschwendete. »Ich kann es nicht fassen, dass du deine Rachegelüste an Francesca auslässt. Wie tief du doch gesunken bist, Mungo!«

»Wie kommst du darauf, dass ich meine Rache an Francesca auslasse?«

»Mir war klar, dass du die Sache mit deinem Schiff nicht auf sich beruhen lässt, zumal du in deinem falschen Stolz gekränkt warst. Francesca hat sich hart auf ihre Prüfung vorbereitet. Wenn du noch einen letzten Funken Anstand besitzt, dann gestehe der Kommission ein, dass du die Explosion in deinem Kesselraum durch eigene Dummheit verschuldet hast. Du hast Leo den Befehl erteilt, bis über die Belastungsgrenze hinauszugehen. Das wissen wir beide.«

»Ich werde keinen Finger für deine Tochter rühren. Eine Frau hat am Ruder eines Dampfers nichts verloren. Und was mein Schiff betrifft ... es war alles, was ich hatte, um meinen Lebensunterhalt zu sichern. Aber was kümmert es dich?«

»Francesca ist zehnmal vernünftiger, als du es jemals sein wirst, und auch wesentlich besser geeignet, ein Schiff zu steuern, als du oder dein Sohn. Ein Glück, dass dein Schiff nicht versichert war. Je länger du nämlich vom Fluss wegbleibst, desto sicherer ist das für alle.«

Darauf hatte Mungo keine Antwort, sodass Joe sich umwandte und die Kneipe verließ.

Im Schutz der Bäume auf der Uferseite des Flusses in New South Wales beobachtete Monty heimlich Neal Mason an Bord der *Ophelia.* Er hatte mit dem Ausspähen begonnen, nachdem er von Silas erfahren hatte, dass Francesca sich neu verlobt hatte. Da die Pontonbrücke nicht mehr existierte, war er gezwungen gewesen, von der Uferböschung der Farm aus das Pferd durch den Fluss zu treiben und anschließend flussabwärts zu reiten, bis die *Ophelia* am gegenüberliegenden Ufer in Sicht kam. Entsetzt hatte Monty beobachtet, dass Francesca bereits zwei Nächte an Bord verbracht hatte – zwei Nächte, die Monty bis zum Morgengrauen ausgeharrt hatte, um Gewissheit zu erlangen. In dieser Zeit hatte Silas herausgefunden, dass Francesca inzwischen mit Neal vermählt war. Monty war am Boden zerstört, aber entschlossener denn je, sein Vorhaben in die Tat umzusetzen. Er würde Neal Mason ein für alle Mal aus dem Weg räumen, und wenn es das Letzte war, was er tat.

Neal hatte den Auftrag bekommen, Post und Versorgungsgüter von Echuca nach Barmah zu transportieren. Es war eine lukrative und begehrte Fuhre, doch Neal ahnte nicht, dass Monty den Auftraggeber bestochen hatte, Neal den befristeten Vertrag anzubieten, damit er, Monty, ihn genauestens im Auge behalten konnte. So verfolgte Monty minutiös, wo und wann Neal und sein Hilfsmatrose Holz luden, und er verspürte mit Genugtuung, dass sein Plan aufging. Falls alles klappte, war Francesca bald Witwe.

Die *Ophelia* lag im Schatten hoher Eukalyptusbäume, auf die eine warme Nachmittagssonne schien. Als Francesca an Bord ging, traf sie Neal alleine am Heck an. Er saß mit einer Flasche dort und ließ sich voll laufen. Sein Hilfsmatrose, Wally Carson, wohnte in der Stadt und ging nach Feierabend immer nach Hause.

Francesca war den ganzen Tag todunglücklich gewesen und hatte rot geweinte Augen. Sie fühlte sich innerlich ausgetrocknet. Neal genügte ein Blick, um zu wissen, dass sie ihre Prüfung nicht bestanden hatte – so wie Francesca ein Blick genügte, um zu erkennen, dass er betrunken war.

»Was ist passiert?«, fragte er.

»Die Kommission wusste von unserer Wettfahrt mit der *Kittyhawk,* und sie kreidet es mir an. Das Thema kam erst zum Schluss zur Sprache. Bis dahin hatte ich den Eindruck gehabt, dass es gut für mich lief.« Erneut traten ihr Tränen in die Augen, die sie ungeduldig fortwischte. Sie war das Selbstmitleid und die Tränen leid.

»Du kannst jetzt sicher ein Glas Wein vertragen.«

»Nein ...«

»Das beruhigt dich ein bisschen«, beharrte Neal. Er schenkte ihr ein Glas ein und zog einen Stuhl neben seinen. Nachdem Francesca sich gesetzt hatte, bemerkte sie, dass Neal die Angelschnur ausgeworfen hatte, und sie folgerte daraus, dass er noch nicht gegessen hatte.

»Wie hat die Kommission von der Wettfahrt mit der *Kittyhawk* erfahren?«, fragte Neal.

»Dad sagt, unter den Prüfern ist ein Freund von Mungo McCallister.«

»Joe muss stocksauer sein.«

»Er hat sich irgendwann verzogen, ohne zu sagen, wohin. Hoffentlich will er sich nicht Mungo vorknöpfen.«

Schweigend saßen sie eine Zeit lang da. Nachdem Francesca ihr Glas geleert hatte, füllte Neal es wieder nach. Sie atmete mehrmals tief durch, und die Anspannung des Tages fiel zum ersten Mal ein wenig von ihr ab. Während die Sonne allmählich hinter den Baumkronen am anderen Flussufer versank, legte sich ein warmer rötlicher Schimmer über die Wasseroberfläche.

»Ich kann es gar nicht abwarten, älter zu werden«, bemerkte Francesca aus heiterem Himmel.

»Warum das denn?«

»In jungen Jahren hat man nicht genügend Menschenkenntnis. Man glaubt an das Gute im Menschen ... und dann ist die Enttäuschung umso größer. Wenn man älter ist, lässt man sich bestimmt nicht mehr so oft ins Bockshorn jagen und hat ein Gespür dafür entwickelt, wem man trauen kann.«

»Es spielt keine Rolle, wie alt man ist – wenn es um Menschen geht, kann man sich immer und überall irren«, entgegnete Neal. Mit einem Mal hatte er Gewissensbisse, weil er mit dem Gedanken gespielt hatte, mit ihr zu schlafen. »Manchmal wird man enttäuscht, aber manchmal erlebt man auch angenehme Überraschungen.«

Francesca hatte nicht allzu viele angenehme Überraschungen in ihrem Leben erlebt. »Wie gehst du mit Enttäuschungen um, Neal?«

Er blickte einen Moment nachdenklich drein. »Enttäuschungen lassen sich nicht vermeiden, Francesca, sie gehören zum Leben. Ich finde, man muss das Glück beim Schopf packen und jeden Augenblick genießen.«

»Das hört sich gut an«, sagte Francesca. Vom Alkohol war sie gelöster und nun auch offen dafür, das Leben von einer anderen Seite zu betrachten, und Neals Ratschlag machte Sinn. Wozu sollte es gut sein, sich ständig den Kopf über die Zukunft zu zerbrechen? »Vor lauter Grübelei, was in nächster oder ferner Zukunft alles eintreten könnte oder nicht, verpasse ich völlig, was um mich herum vorgeht.«

»Stimmt«, pflichtete Neal ihr bei und sah sie an.

Francesca betrachtete sein attraktives Gesicht. In seiner Gegenwart fühlte sie sich immer wie von einer unsichtbaren Kraft zu ihm hingezogen, besonders in diesem Moment, wo ihre Gesichter sich so nahe waren. Um sie herum tauchte die Abendsonne die Landschaft in ein sanftes, beinahe magisches Licht, und die Luft war mild und von tausend Düften erfüllt. Der Alkohol hatte Frannies Widerstand geschwächt, und sie spürte, wie sie in den Bann der dunklen Augen Neals geriet.

Auch Neal war Francescas Charme verfallen – von dem Moment an, als er ihr zum ersten Mal begegnet war. Anfangs hatte er sich noch dagegen gewehrt, aber diesen Kampf konnte er nicht gewinnen. »Genieße den Augenblick, wann immer du kannst, Francesca«, sagte er mit heiserer Stimme, während sein Blick sich auf ihre Lippen heftete, die leicht geöffnet waren, verlangend und erwartungsvoll.

Francesca beugte sich dicht zu ihm, bis ihrer beider Atem sich vermischte, und sah tief in seine dunklen, unergründlichen Augen. »Liebe mich, Neal«, flüsterte sie.

Ihre Lippen vereinigten sich in einem zärtlichen Kuss. Alles schien vergessen, sie gaben sich völlig dem Augenblick hin. Neals starke Arme umschlossen sie, und sein Kuss wurde leidenschaftlicher. Francesca fühlte sich warm und geborgen, und wundervolle, erregende Empfindungen erfassten sie.

»Bist du sicher, dass du das willst, Francesca?«, fragte Neal mit rauer Stimme und küsste ihren Hals. »Es muss nichts geschehen, was du nicht ...«

»Pssst.« Francesca umfasste sein Gesicht mit beiden Händen und drückte ihre Lippen auf seine, während er sie in die Kajüte trug.

Monty beobachtete sie vom gegenüberliegenden Ufer aus. In seinem Innern raste die Eifersucht. Wäre er jetzt auf der anderen Uferseite gewesen, hätte er Neal eine Kugel verpasst. Blind vor Wut und Hass, wandte er sich ab und ließ seine Verbitterung an den umstehenden Bäumen aus. Er schrie vor innerer Qual und schlug sich die Fingerknöchel blutig, bevor er erschöpft auf die Knie sank und schluchzte.

Stürmisch rissen Francesca und Neal sich die Kleider vom Leib und wälzten sich leidenschaftlich auf dem Bett. Neal ging so behutsam wie möglich vor, doch ein plötzlich aufflammendes Gefühl von Liebe ließ Francesca alle Scheu vergessen. Sie liebte Neal voller Lust und Leidenschaft und aus vollem Herzen. Es war ein befreiendes Gefühl, dies endlich einzugestehen und ihm ihre Liebe zum Ausdruck zu bringen. Als sie eins wurden, vergaßen sie die Welt um sich her.

Später lagen sie dicht beieinander. Neal vergrub das Gesicht in ihrem duftenden Haar, während ihre Hand auf seinem heftig pochenden Herzen lag. Beide kosteten den Augenblick aus.

»Ich liebe dich, Neal«, flüsterte Francesca, bevor sie die Augen schloss und einschlief.

Neal, in dessen Innerem die Wogen der Leidenschaft nur

473

langsam verebbten, hatte die Augen offen und hing seinen Gedanken nach. Er musste daran denken, wie Francesca ihre gemeinsame Zukunft in rosigen Farben geschildert hatte, und das schon nach den ersten Küssen. Er ahnte, was sie sich insgeheim versprach. Eine Ehe, Kinder, ein glückliches Zusammenleben ...

Aber das war kein Leben für ihn. Er wusste, dass Francesca nicht für den Augenblick leben konnte. Es war töricht von ihm gewesen zu glauben, dass sie dazu fähig war.

Als Francesca am nächsten Morgen wach wurde, lag sie alleine in der Koje. Der verlockende Duft von gegrilltem Fisch stieg ihr in die Nase, und sie merkte, dass sie einen Bärenhunger hatte. Ihr wurde bewusst, dass sie nackt im Bett lag, und die Erinnerung an das herrliche Gefühl, in Neals Armen zu liegen und von ihm geliebt zu werden, ließ sie erröten.

Sie traf Neal in der Kombüse an, wo er Fisch briet.

»Guten Morgen«, sagte er schläfrig. »Der Bursche hat heute Nacht angebissen und kommt gerade recht zum Frühstück. Bist du hungrig?«

Francesca war kurz vor dem Verhungern. Doch alles, was sie herausbrachte, war: »Ein bisschen.«

»Ich hab eine Kanne Tee gekocht. Bedien dich.«

Francesca fiel auf, dass Neal ihr kaum in die Augen blicken konnte, wo sie sich doch nach nichts anderem sehnte, als in seinen Armen zu liegen und seine leidenschaftlichen Küsse zu erwidern, wie in der vergangenen Nacht. Doch Neal tat so, als wäre zwischen ihnen beiden nichts Besonderes vorgefallen, während Francesca vor Glück laut hätte jubeln können.

»Neal, wir sollten uns über vergangene Nacht unterhalten ...«

»Hör zu, Francesca, du darfst da nicht zu viel hineininterpretieren.«

»Hineininterpretieren?« Seine Ausdrucksweise entsetzte

sie. Schließlich hatte sie ihm ihren Körper, ihre Seele und ihr Herz geschenkt, und Neal hatte dankbar zugegriffen. Aber er war offensichtlich nicht gewillt, ihr das wiederzugeben. Sie kam sich ausgenutzt vor.

Sie wollte ihm gerade sagen, wie sie fühlte, als plötzlich jemand am Ufer rief: »Francesca Callaghan!« Es war ein junger Bursche.

»Sie heißt Francesca Mason«, rief Neal durch die Kombüsenluke, was bei Frannie Verwunderung hervorrief. Jetzt verstand sie gar nichts mehr.

Der Bursche machte ein ratloses Gesicht und blickte auf einen Umschlag in seiner Hand.

»Hast du einen Brief für mich?«, rief Francesca ihm zu, als sie an Deck trat. Sie rechnete insgeheim damit, dass es ihr Prüfungsergebnis war. Vor Nervosität schlug ihr das Herz bis zum Hals.

»Ich habe ein Schreiben für Miss Francesca Callaghan. Ich wollte es vorhin auf der *Marylou* abgeben, aber dort hat man mir gesagt, dass ich Miss Callaghan auf der *Ophelia* finde«, antwortete der Bursche.

Francesca ging an die Reling. »Ich bin Francesca Callaghan ... vielmehr, ich war es. Ich habe kürzlich geheiratet.«

»Oh«, sagte der Bursche und überreichte ihr den Umschlag. »Ich soll Ihre Antwort abwarten, Ma'am.«

Francesca starrte kurz auf ihren Namen, bevor sie den Umschlag öffnete.

»Was ist das?«, sagte Neal, der jetzt ebenfalls an Deck trat.

Der Umschlag enthielt eine kurze schriftliche Mitteilung. Sie stammte von Regina Radcliffe.

Liebe Francesca,
erweist du mir heute Abend die Ehre, mit mir zu speisen,
zumal ich dringend etwas mit dir zu bereden habe? Monty
ist nach Ballarat gefahren, und Frederick besucht eine Vieh-

475

auktion in Shepparton, sodass wir ungestört sind. Ich hoffe,
du kommst.
Regina

»Eine Einladung von Regina Radcliffe«, entgegnete Francesca, während sie das Schreiben zusammenfaltete und in den Umschlag zurücksteckte. »Sie lädt mich für heute Abend zum Essen ein, auf die Farm. Anscheinend sind Monty und Frederick außer Haus.«

Sofort war Neals Misstrauen geweckt. Er fragte sich unwillkürlich, ob Monty seine Mutter benutzte, um ein Treffen mit Francesca einzufädeln.

Francesca hatte hingegen den Eindruck, dass zwischen Reginas Zeilen Einsamkeit herausklang. Sicherlich ging es ihr nicht darum, ihr Mutter-Tochter-Verhältnis zu klären. Vielleicht wollte Regina mit ihr ja über das Geld sprechen, das sie ihrem Vater hatte zukommen lassen. Zudem sollte sie, Francesca, auch deshalb zu Regina fahren, um sie wissen zu lassen, dass sie nun mit Neal verheiratet war und dass sie sich wegen Monty und Silas nicht mehr zu sorgen brauchte. Regina musste ja nicht wissen, dass es sich um eine Scheinhochzeit handelte ...

»Ich habe Regina vor kurzem einige neue Methoden der Buchprüfung gezeigt«, sagte Frannie zu Neal. »Vielleicht hat sie Schwierigkeiten damit und benötigt meine Unterstützung.«

»Du solltest nicht alleine fahren«, sagte Neal. Er dachte dabei an Silas' Drohungen.

Francesca wurde nervös, da sie den Eindruck hatte, Neal wolle sie begleiten. Doch sie wäre nicht fähig, mit Regina offen über Joes angebliche Erbschaft zu sprechen, wenn Neal dabei wäre.

»Ich bringe dich mit der *Ophelia* dorthin und hole dich später wieder ab«, schlug er vor.

»Einverstanden, aber du musst dann auf deinen Hilfsmatrosen verzichten, weil er abends ja immer nach Hause geht.«

»Kurze Strecken schaffe ich auch alleine, und auf dem Wasserweg ist es bis Derby Downs nicht weit. Außerdem kannst du das Steuer übernehmen, wenn ich den Kessel schüren muss.«

Daraufhin schrieb Francesca eine kurze Antwort, dass sie Reginas Einladung annehme, und reichte sie dem Botenjungen.

Über mehrere Tage hinweg hatte Monty genau beobachtet und notiert, wo die *Ophelia* ihr Holz lud, sodass er Ort und Zeitpunkt von Neals jeweils letzter Fuhre kannte. Er hielt sich versteckt, um von den Besatzungen der anderen Schiffe nicht bemerkt zu werden, bis die *Ophelia* in Sicht kam. Gleich darauf schob er ein Holzscheit, das er zuvor präpariert hatte, in den Holzstapel, und ging rasch wieder in Deckung, um aus seinem Versteck heraus Neal und dessen Hilfsmatrosen Wally Carson beim Aufladen zu beobachten. Hinterher würde er sich vergewissern, ob das Scheit verschwunden war, in dem eine Stange Sprengstoff steckte. Sein Plan war sorgfältig durchdacht. Er hatte sich sogar von einem der Schiffer erklären lassen, wie weit ein Dampfer wie die *Ophelia* kam, bevor Holz im Dampfkessel nachgelegt werden musste. Daraufhin hatte er einige Berechnungen angestellt und war zu dem Ergebnis gekommen, dass Neal erst wieder auf der zweiten Fahrt nach Derby Downs Holz nachladen musste, wenn er alleine unterwegs war, um Francesca abzuholen. Monty hatte vorhergesehen, dass Neal Frannie niemals alleine mit der Kutsche im Dunkeln nach Derby Downs fahren lassen würde – was der Botenjunge ihm bestätigt hatte.

»Es würde momentan zu großen Verdacht erregen, die *Ma-rylou* verschwinden zu lassen, aber ich begnüge mich auch mit der *Ophelia*«, sagte Silas zu Mike Finnion.

»Aber Neal Mason wohnt mit seiner jungen Braut an Bord«, wandte Mike ein, den eine schreckliche Ahnung befiel. Er hatte längst die Nase voll, für Silas Hepburn die Drecksarbeit zu erledigen, wusste aber nicht, wie er ihm das beibringen sollte, zumal er Silas' Bösartigkeit zur Genüge kannte.

Silas ärgerte es, an die Heirat von Neal und Francesca er-innert zu werden. »Es kann doch nicht so schwer sein, die beiden vom Schiff zu holen, oder?«, fuhr er Mike zornig an.

»Ich weiß nicht, Silas ... Ich finde, wir sollten uns für eine Weile zurückhalten, um nicht gleich in Verdacht zu geraten, wenn die *Ophelia* verschwindet.«

»Mich wird niemand verdächtigen, weil *du* mit dem Schiff den Fluss hinauffährst, es umlackierst und ihm einen neuen Namen verpasst. Du kannst auch einige Umbauten vorneh-men lassen. Niemand wird Lunte riechen.«

»Aber nur, wenn ich mich mit dem Schiff nicht mehr in Echuca blicken lasse«, sagte Mike, doch Silas schien das kalt zu lassen. Mike hatte den Verdacht, Silas wollte die *Ophelia* in neuer Aufmachung direkt vor den Augen Joes und Neals zur Schau stellen. Silas spekulierte sicherlich darauf, dass Neal sein Eigentum zurückfordern würde – und es würde Si-las unglaubliche Genugtuung verschaffen, wenn Neal dann nicht beweisen konnte, dass es sein Eigentum *war*.

Mike sah ein, dass niemand Silas von seinem Vorhaben abbringen konnte. »Wann soll die Sache über die Bühne ge-hen?«, fragte er resigniert.

»Am besten gleich heute Nacht. Ich weiß auch schon, wie wir den Kerl von seinem Schiff locken.«

Später am Abend schickte Silas seinen persönlichen Laufburschen, Jimmy, vom Bridge Hotel zur *Ophelia,* um Neal eine Nachricht zu überbringen, doch Jimmy kehrte unverrichteter Dinge wieder zurück, weil die *Ophelia* abgelegt hatte. Silas tobte vor Wut, während Mike Finnion sich insgeheim freute. In der Zwischenzeit war ihm klar geworden, dass er nach dem Verschwinden der *Ophelia* unvermeidlich der Hauptverdächtige wäre und dafür den Kopf hinhalten müsste, wenn er kurze Zeit später mit einem neuen Schiff in Echuca einliefe. Und Silas, das wusste Mike, würde ihn weder in Schutz nehmen noch ihm sonst wie behilflich sein, wenn man ihn einsperrte. Zweifellos würde Silas bestreiten, in die Sache verwickelt zu sein. Und sollte Mike es wagen, ihn zu beschuldigen, stünde Aussage gegen Aussage.

»Ich gehe mal runter zum Pier. Vielleicht kann ich herausfinden, wohin die *Ophelia* im Dunkeln wollte«, sagte Silas. »Du kommst in ein paar Minuten nach.«

Gemeinsam mit dem Laufburschen Jimmy verließ Silas das Bridge Hotel in der Hoffnung, die *Ophelia* sei inzwischen zurückgekehrt, sodass Jimmy die Nachricht überbringen könnte. Währenddessen tat Mike Finnion etwas sehr Ungewöhnliches. Er missachtete Silas' Befehl. Stattdessen ging er nach Hause und packte seine Sachen, um Echuca noch am Abend den Rücken zu kehren. Er hatte genug davon, von Silas Hepburn benutzt zu werden, und wollte sich im Hafen von Melbourne eine Stelle suchen. Mit etwas Glück würde er Silas nie wieder zu Gesicht bekommen.

Am Pier konnte Silas nichts in Erfahrung bringen, doch seine hilflose Wut verflog, als plötzlich die *Ophelia* erschien und in nächster Nähe am Ufer festmachte. Silas wartete ab, um zu beobachten, ob jemand von Bord ging, doch niemand ließ sich blicken.

»Lauf jetzt los, Jimmy«, wies er den Jungen an. »Und vergiss nicht – eins der Freudenmädchen hat dich geschickt.«

»Jawohl, Sir, Mr Hepburn«, erwiderte Jimmy und flitzte davon.

Währenddessen schaute Silas sich ungeduldig nach Mike Finnion um. »Wo bleibt der Kerl, zum Teufel?«, murmelte er.

Neal war überrascht, eine Nachricht aus dem Bordell zu erhalten, und befürchtete das Schlimmste. Rasch überflog er den Inhalt. Die Nachricht war kurz und bündig: Gwendolyn war ernsthaft erkrankt.

Neal eilte sofort los.

Silas verbarg sich im Schatten auf der Uferpromenade und beobachtete, wie Neal an ihm vorüberstürmte. »Bist du ganz sicher, dass niemand sonst an Bord ist?«, fragte er Jimmy, als der Junge zurückkam.

»Ja. Nachdem Mr Mason losgerannt ist, hab ich kurz auf dem Schiff nachgesehen.«

»Wo bleibt Mike Finnion, verdammt?«, murmelte Silas ungehalten. Neal würde in wenigen Minuten zurückkommen, und dann wäre die Chance vertan. Die Zeit drängte. Als Silas plötzlich Schritte hörte, nahm er an, Mike Finnion würde endlich auftauchen.

Er wandte sich um in der Absicht, ihm gehörig die Meinung zu sagen ...

Verwirrt verließ Neal das Bordell. Die Mädchen hatten beteuert, ihm keine Nachricht geschickt zu haben. Gwendolyn war in guter Verfassung und schlief bereits tief und fest. Neal verstand zwar nicht, was hier gespielt wurde, aber wenigstens hatte er Francesca sicher in Derby Downs abgesetzt. In Kürze würde er wieder losmachen, um sie abzuholen.

Doch zuvor musste er den Kesseldruck überprüfen und Holz nachlegen.

28

Regina wartete auf der Veranda, als die *Ophelia* anlegte. Als Francesca die Wiese zwischen Haus und Fluss überquerte, kam Regina ihr entgegen. Francesca verspürte leichtes Unbehagen, nicht nur, weil Regina ihre leibliche Mutter war, sondern auch, weil sie noch lebhaft die Szene vor Augen hatte, wie Silas Regina geküsst hatte.

»Danke, dass du gekommen bist«, sagte Regina. Sie sah der *Ophelia* hinterher, die wieder flussabwärts gewendet hatte. »Ich bin überrascht, dass Neal Mason dich hergebracht hat.«

Francesca holte tief Luft. »Neal ist jetzt mein Ehemann«, erwiderte sie. Sie wusste nicht, warum, doch sie war von einer seltsamen Unruhe erfüllt, als sie Regina dieses Geständnis machte. Selbstverständlich würde sie ihr verheimlichen, dass die Ehe nicht echt war.

Regina machte ein erstauntes Gesicht. »Das wusste ich nicht ...« Sofort wanderten ihre Gedanken zu Monty. Jetzt verstand sie auch den Grund für seine verzweifelte Stimmung.

»Neal und ich haben letzte Woche geheiratet.«

»Das war aber ziemlich plötzlich.«

»Ja. Vor ein paar Tagen bin ich zufällig Silas begegnet, und er hat indirekt damit gedroht, meinen Vater zu schikanieren, falls ich ihn nicht heirate. Offenbar spielt es für Silas keine Rolle, dass ich ihn dabei erwischt habe, wie er ...« Francesca war nicht fähig, weiterzusprechen.

Reginas hellblaue Augen funkelten zornig. »Silas ist ein Mistkerl.«

Francesca sah sie befremdet an. Sie wusste noch immer nicht, was sie davon halten sollte, dass Silas Regina geküsst hatte.

Regina ahnte ihre Gedanken. »Die Schauspielerin, die ich engagiert habe, Silvia Beaumont, ist nicht erschienen, also blieb mir nichts anderes übrig, als in ihre Rolle zu schlüpfen. Anderenfalls wäre es fraglich gewesen, ob sich je wieder die Gelegenheit geboten hätte, Silas in flagranti zu erwischen. Er ist nämlich nicht auf den Kopf gefallen.«

»Ich dachte mir so etwas schon, aber ich war mir nicht sicher.«

»Du hast doch nicht ernsthaft geglaubt, es würde mir Spaß machen, dieses Scheusal zu küssen?«

Francesca zuckte die Achseln. »Nun, du hattest eine Affäre mit ihm ...«

»Das ist schon lange her, und damals war Silas ein ganz anderer.«

Francesca nickte. Sie konnte nicht leugnen, dass sie Regina zu Dank verpflichtet war, weil sie dadurch ihre Verlobung hatte auflösen können. »Ich weiß dein Opfer sehr zu würdigen.«

Ihre Worte bedeuteten Regina mehr, als sie selbst jemals gedacht hätte. »Offenbar hast du ebenfalls ein Opfer gebracht, nämlich die Heirat mit Neal.«

»Das ist etwas anderes.«

»Wieso?« Regina bemerkte den gequälten Ausdruck in Francescas Augen. »Liebst du Neal?«

»Ja«, gestand Francesca, »aber manchmal reicht Liebe allein nicht aus, damit eine Partnerschaft funktioniert.«

»Lass uns ins Haus gehen«, sagte Regina.

Drei Stunden später schlenderten Francesca und Regina wieder zur Anlegestelle hinunter.

»Das Essen war köstlich, Regina. Vielen Dank«, sagte Francesca, während sie sich dem Ufer näherten, wobei Amos Compton ihnen vorausschritt, eine Laterne in der Hand, da inzwischen die Nacht angebrochen war. Amos, der schon bei Tageslicht einen Furcht erregenden Eindruck machte, war in der Dunkelheit noch erschreckender anzusehen, doch Regina bestand darauf, dass er sie begleitete. Zum Glück hatten auf diesem Teilstück in letzter Zeit weder Schafe noch Rinder geweidet; dennoch mussten sie sich vor den Hinterlassenschaften der Kängurus in Acht nehmen.

»Es wäre wirklich nicht nötig gewesen, dass du mich ans Ufer begleitest«, sagte Francesca. »Es hätte mir nichts ausgemacht, alleine zu gehen.«

»Nach dem Essen tut mir der kleine Verdauungsspaziergang bestimmt gut«, entgegnete Regina.

Francesca wusste, dass Regina nicht aus mütterlicher Fürsorge handelte. Sie war kaum weniger reserviert als sonst. Ohnehin war es ein merkwürdiger Abend gewesen. Sofort nach ihrer Ankunft auf Derby Downs hatte Francesca das Gefühl gehabt, dass Regina etwas im Schilde führte. Sie hatte versucht, der Sache auf den Grund zu gehen, doch ohne Erfolg.

Weshalb hatte Regina sie überhaupt eingeladen?

Ihre Unterhaltung hatte sich vor allem um Joe gedreht – und dessen Erleichterung, nicht mehr in Silas' Schuld zu stehen –, sowie um Francescas Heirat, über die Regina sich umso mehr freute, als Monty seine Hoffnungen nun endgültig begraben musste. Zugleich hoffte sie, dass Neal Francesca nicht das Herz bräche. Schließlich war Neal Mason für seinen Ruf berüchtigt.

»Lasst euch Zeit, du und Neal«, riet Regina. »Ihr müsst euch erst aneinander gewöhnen. Als alter Junggeselle tut Neal sich bestimmt schwer damit, plötzlich jemanden um sich zu haben.« Sie räusperte sich. »Bestimmt braucht er eine gewisse Zeit, sich damit abzufinden, dass er durch die Ehe seine Freiheiten verliert.«

Francesca wusste, dass Regina auf Neals Ruf als Schürzenjäger anspielte. Sie musste wieder an seinen Besuch im Bordell am Tag ihrer Scheinhochzeit denken. Sie spürte, wie sie bei dem Gedanken errötete, und wechselte rasch das Thema. »Was Monty angeht ... Ich habe versucht, ihm klar zu machen, dass wir keine Verbindung eingehen können. Ich habe es ihm so schonend wie möglich beigebracht, aber es hat ihn sehr getroffen. Ehrlich gesagt, mache ich mir Sorgen um ihn. Was macht er in letzter Zeit für einen Eindruck?«

»Nicht den besten«, entgegnete Regina, deren Blick sich erneut in der Ferne verlor, »aber mach dir keine Gedanken, das wird schon wieder. Dafür werde ich sorgen.« Sie spielte Montys derzeitige Verfassung absichtlich herunter, falls er eine Dummheit plante und sie ihn decken musste. In Wahrheit war Regina mehr als nur besorgt um ihn. Sie hatte geradezu panische Angst um ihren Sohn. Seit Tagen ließ er sich kaum noch zu Hause blicken, und wenn doch, machte er einen geistesabwesenden und beängstigenden Eindruck. Von Amos hatte sie erfahren, dass Montys Pferd, ein edles Vollblut, völlig verwahrlost war. Nachdem sie sich selbst von dem erbärmlichen Zustand des Tieres überzeugt hatte, bestand sie darauf, Monty ein anderes Pferd zu geben, damit der Stallbursche sich um das Vollblut kümmern konnte.

Reginas Besorgnis hatte weiter zugenommen, als sie entdecken musste, dass Monty seine geschäftlichen Pflichten völlig vernachlässigte – womit sich die Frage ergeben hatte, was er mit seiner Zeit anstellte, wenn er nicht zu Hause war. Auch Frederick war dies nicht entgangen. Als er sich verwundert über die ständige Abwesenheit Montys äußerte, hatte Regina ihn angeschwindelt, Monty habe alle Hände voll zu tun, neue Geschäftsfelder zu erschließen.

Ein Glück, dass Frederick nun mit einem Freund zur

Viehauktion nach Shepparton gefahren war und ein paar Tage fortblieb. Eigentlich hätte Monty ihn begleiten sollen, doch Regina hatte sich erneut eine Ausrede für ihn einfallen lassen. Sie hoffte inständig, dass Monty bald über Francesca hinwegkam und wieder Normalität in ihr Leben einkehrte, bevor Monty vor Wut und Verzweiflung irgendeine Dummheit beging, die er für den Rest seines Lebens bereuen musste …

Als die beiden Frauen am Ufer auf Neal warteten, zog das Schweigen zwischen ihnen sich immer mehr in die Länge.

»Neal müsste jeden Moment erscheinen«, sagte Francesca schließlich. »Du brauchst nicht zu warten, Regina.«

»Nein, nein, ich bleibe gern noch bei dir an der frischen Luft«, erwiderte Regina. Normalerweise mied sie nachts den Fluss, weil er dann unheimlich wirkte – vor allem aber, weil er Erinnerungen an Francesca in ihr weckte, die sie lieber verdrängte.

»Was macht Monty eigentlich in Ballarat?«, fragte Francesca.

»Wie bitte?«, fragte Regina verwundert.

»In deiner Nachricht stand, er sei nach Ballarat gefahren.« Wieder hatte Francesca den Eindruck, dass Reginas Gedanken abschweiften.

»Ach ja, richtig. Er … er ist in geschäftlichen Angelegenheiten dort. Morgen erwarte ich ihn zurück.«

Francesca hatte das Gefühl, dass Regina sie belog, sodass sie sich erneut fragte, was sie eigentlich im Schilde führte. Irgendetwas war hier faul, doch ihr Instinkt riet Francesca, sich herauszuhalten.

Gleich darauf vernahm sie das Geräusch von Schaufelrädern und das Tuckern eines Schiffsmotors. Sie, Regina und Amos blickten flussabwärts, wo die gewaltige schwarze Silhouette eines Dampfers in der Flussbiegung erschien.

»Das muss Neal sein«, sagte Francesca, wobei sie sich wun-

485

derte, dass an Bord kein Licht leuchtete und das vereinbarte Hornsignal ausblieb.

»Na also«, bemerkte Regina, die sich über die Arme fuhr. Sie fühlte sich unbehaglich und konnte es kaum abwarten, ins Haus zurückzukehren.

Francesca blieb die Erleichterung in Reginas Stimme nicht verborgen. Offensichtlich war sie froh, ihre Tochter loszuwerden, was Francescas Neugier über den wahren Grund der Einladung nur noch mehr entfachte.

Was hatte Regina mit der Einladung bezweckt …?

Schweigend beobachteten sie, wie das Schiff näher kam. Als Francesca die *Ophelia* erkannte, schlug ihr Herz schneller, und sie musste lächeln. Auch wenn Neal sie nicht auf dieselbe Weise liebte wie sie ihn, spielte das im Moment keine Rolle für sie. Eines Tages wollte sie *wirklich* seine Frau sein und betete insgeheim, dass Neal dies mit der Zeit erkannte.

Während ihr Blick auf der *Ophelia* ruhte, die noch gut fünfzig Meter entfernt war, geschah es. Ein riesiger Lichtblitz erhellte die Nacht, und eine gewaltige Explosion ließ den Boden zu ihren Füßen erbeben. Alle drei warfen sich instinktiv zu Boden. Der Nachthimmel leuchtete grell, als ein gelber Feuerball inmitten weißer, orangefarbener und roter Strahlenkränze aufloderte. Das Ruderhaus, die Radkästen und das Oberdeck des Schiffes zerbarsten in Millionen winzige Trümmerteile, die auf den Fluss und das Ufer regneten. Der ohrenbetäubende Donnerschlag erstickte die Schreie der Frauen, die ihre Gesichter bedeckten.

Wenige Sekunden später rappelte Francesca sich auf. »Neal!«, schrie sie und presste die Hände gegen die Ohren, die fast taub waren. Sie rannte ein paar Schritte am Ufer entlang und stürzte erneut zu Boden.

Amos Compton half Regina hoch. »Was war das?«, fragte sie schockiert. »Großer Gott!«

Francesca kniete am Boden und schrie, während der Rumpf der *Ophelia,* der bei der Detonation auseinander gerissen war, in den dunklen, trüben Fluten des Murray versank. Auf der Wasseroberfläche waren nur noch ein paar brennende Wrackteile zu sehen, die kurz darauf erloschen oder mit der Strömung davontrieben. Am ganzen Körper zitternd, starrte Francesca ihnen mit tränenüberströmtem Gesicht hinterher.

»Neal«, schrie sie verzweifelt, während sie auf Händen und Knien am Ufer kauerte. Doch es gab kein Lebenszeichen. Neal war verschwunden.

Claude Mauston brachte Regina und Francesca mit der Kutsche in die Stadt. Nach dem Unglück war Francesca nicht zu beruhigen gewesen, sodass Amos sie ins Haus getragen hatte, wo Regina ihr zwei Gläser Brandy einflößte. Jetzt, in der Kutsche, schluchzte sie leise, und Regina wusste nicht, wie sie ihr Trost spenden sollte, zumal sie den schrecklichen Verdacht hegte, dass Monty für die Explosion der *Ophelia* verantwortlich war. Bevor Regina in die Kutsche gestiegen war, hatte sie Amos angewiesen, Monty aufzuhalten, falls er auf der Farm erschien, und ihn unter keinen Umständen aus den Augen zu lassen.

Als die Kutsche auf der Uferpromenade hielt, herrschte Tumult auf dem Pier. Die Nachricht von der Explosion hatte sich durch Landstreicher und Ureinwohner, die in der Nähe des Unglücksortes ihr Lager aufgeschlagen hatten, in Windeseile verbreitet; nun wurde wild darüber spekuliert, welchen Raddampfer es erwischt hatte.

Joe und Ned waren außer sich vor Angst, weil sie nicht wussten, wo sich die *Ophelia* mit Neal und Francesca an Bord befand. Als Joe Francesca erblickte und sah, in welcher Verfassung sie war, konnte er sich zunächst keinen Reim darauf machen.

Francesca war zu aufgewühlt, um ihrem Vater zu schildern, was passiert war, sodass Regina dies übernehmen musste.

»Frannie war heute Abend zum Essen auf Derby Downs, und Neal wollte sie anschließend abholen. Während wir am Ufer gewartet haben, kam die *Ophelia* in Sicht. Augenblicke später ist sie ... ist sie in die Luft geflogen.«

»Gütiger Himmel«, stieß Joe hervor und nahm Francesca in die Arme.

»Wir sollten einen Suchtrupp aufstellen«, schlug Ned vor, der die schwache Hoffnung hatte, dass Neal noch am Leben war. Doch Regina schüttelte betrübt den Kopf. Ned verstand und führte Francesca zu ihrer Kajüte.

»Neal kann unmöglich überlebt haben«, sagte Regina zu Joe, nachdem Francesca außer Hörweite war. »Von dem Schiff ist nichts mehr übrig ...«

An Bord der *Marylou* versuchte Lizzie, Francesca zu trösten, doch sie stand vollkommen unter Schock. Weinend warf sie sich auf die Koje, während Lizzie sich an die Luke stellte, um mitzuhören, was draußen gesprochen wurde. Einige Männer machten den Vorschlag, zur Unglücksstelle zu fahren, um einen Beweis dafür zu finden, dass die *Ophelia* explodiert war, während andere argumentierten, dass dies vor Tagesanbruch keinen Sinn mache. Lizzie hörte, dass viele Leute den Verlust eines so anständigen Mannes wie Neal Mason bedauerten, und sie musste an die arme Gwendolyn denken. Jemand musste dem Mädchen die traurige Nachricht übermitteln.

Ob Francesca über Gwendolyn Bescheid wusste? Lizzie schüttelte den Kopf. Was spielte das jetzt noch für eine Rolle, nachdem Neal tot war?

»Bring mich so schnell wie möglich nach Hause, Claude«, befahl Regina, als sie wieder in ihre Kutsche stieg. Nachdem sie Francesca bei der *Marylou* abgesetzt hatte, wollte sie schleunigst nach Derby Downs zurück. Innerlich völlig aufgewühlt, wahrte sie nur mit Mühe die Fassung. Der gemeinsame Abend mit Francesca war Montys Idee gewesen. Er hatte Regina gebeten, Francesca zum Abendessen einzuladen. Er hatte sogar darauf bestanden und ihr versprochen, ihr am späteren Abend die Erklärung dafür zu liefern. Dennoch hatte Regina instinktiv geahnt, dass irgendetwas faul war, und war den ganzen Abend von Unruhe erfüllt gewesen. Sie hatte nur deshalb eingewilligt, weil ihr Montys seelische Verfassung in letzter Zeit Kummer bereitet hatte. Jetzt verfluchte sie sich für ihre Einfalt, zumal sie die schreckliche Ahnung befiel, dass Monty Neal auf dem Gewissen hatte.

Dabei hatte Monty sogar angedeutet, er wolle mit Neal Mason Frieden schließen, um einen Schlussstrich unter seine Beziehung zu Francesca zu ziehen, doch es hatte unglaubwürdig geklungen angesichts seines zwanghaften Verhaltens. Trotzdem hätte Regina niemals gedacht, dass Monty etwas Schlimmes im Sinn hatte, vor allem, da er nach eigenem Bekunden Interesse an Clara zeigte. Zudem verabscheute Monty als wahrer Gentleman Gewalttätigkeit. Doch seine Liebe zu Francesca hatte ihn vielleicht zum Äußersten getrieben – ein Gedanke, der Regina das Herz noch schwerer machte.

Als sie vor der Villa vorfuhren, kam Amos die Eingangstreppe herunter.

»Master Montgomery ist da, Madam«, sagte er.

Regina war so erleichtert, dass ihr beinahe die Knie nachgaben, als sie zitternd aus der Kutsche stieg.

Amos stützte ihren Arm. »Er ist gekommen, kurz nachdem Sie fort waren, Madam.«

»Gott sei Dank.« Als Regina mit eigenen Augen gesehen hatte, wie der Dampfer in die Luft geflogen war, hatte sie für einen Moment die schreckliche Angst beschlichen, Monty könnte die *Ophelia* gekapert und Neal womöglich als Geisel an Bord festgehalten haben. Da Monty sich mit Schiffen nicht auskannte, hatte Regina in ihrer Angst befürchtet, er könnte die Dampfmaschine unabsichtlich zur Explosion gebracht haben.

Regina fand Monty im Salon vor. Sein Anblick ließ sie vor Entsetzen schaudern. Offenbar hatte er sich seit Tagen weder rasiert noch gewaschen; er sah aus wie ein Landstreicher. Erschrocken bemerkte sie, dass seine Kleidung feucht war. Reginas erster Impuls war, ihn nach dem Grund zu fragen, wo es doch überhaupt nicht geregnet hatte, aber plötzlich war sie sich nicht mehr sicher, ob sie es wissen wollte. Sie war entsetzt, wie viel Gewicht er innerhalb kurzer Zeit verloren hatte, ja, sie konnte kaum glauben, dass ihr eigener Sohn vor ihr stand. Er sah wie ein Fremder aus – und er benahm sich auch so.

»Was hast du getan?«, fragte Regina, nachdem Monty ihr Erscheinen hartnäckig ignorierte.

Monty gab keine Antwort. Sie bemerkte, dass er mit glasigem Blick auf seine Hände starrte, die er über der Tischplatte verschränkte. Sie stellte sich die Frage, ob er betrunken war, ahnte jedoch, dass es weitaus schlimmer um ihn stand. »Ich nehme an, du weißt, dass die *Ophelia* explodiert ist und Neal Mason dabei vermutlich ums Leben kam?«

Monty wirkte nicht im Geringsten überrascht, was Reginas schlimmste Befürchtungen bestätigte. Das Herz wurde ihr schwer. »O Gott, Monty. Ich kann nicht glauben, dass du zu so einer Tat fähig bist ... dass du sogar den Verlust von Menschenleben in Kauf nimmst.«

»Ich liebe Francesca, Mutter«, erwiderte er ausdruckslos. »Kein anderer Mann soll sie haben.«

Regina hätte am liebsten laut herausgeschrien, dass Francesca seine Halbschwester war. Allein ihre Angst, Monty dann für immer zu verlieren, hielt sie davor zurück.

»Verzeihung, Madam«, unterbrach in diesem Augenblick Amos Compton.

»Jetzt nicht, Amos!«, entgegnete Regina schroff.

Amos räusperte sich. »Ein Constable Watkins wünscht Sie zu sprechen, Madam.«

Regina zuckte zusammen und wurde aschfahl. Ihr erster Gedanke war, Monty zu verstecken.

»Sag ihm, ich kann ihn im Moment nicht empfangen, Amos. Es ist jetzt sehr ungünstig«, erwiderte Regina. Sie musste erst ihre Fassung zurückgewinnen und benötigte Zeit, um in Ruhe nachzudenken. Da Amos ihrer Aufforderung nicht nachkam, wandte sie sich um, und ihre Augen weiteten sich, als sie den Constable in der Tür stehen sah.

Der junge Polizeibeamte hatte alles gehört, was sie gesagt hatte, und war nicht gewillt, sich abweisen zu lassen. »Verzeihen Sie die Störung, Mrs Radcliffe, aber es ist dringend.«

»Das bezweifle ich. Ich empfange im Moment keine Besucher«, stieß sie hervor. Fieberhaft überlegte sie nach einem Alibi für Monty. Sie könnte behaupten, der Grund für seine feuchte Kleidung sei, dass er in den Fluss gesprungen war, um Neal zu retten. Das würde glaubhaft klingen. »Wir haben einen Todesfall in unserem Bekanntenkreis, Constable Watkins. Die Ehefrau des Verunglückten war heute Abend hier auf Derby Downs zu Gast, als das Schiff ihres Mannes vor unseren Augen explodierte. Gewiss werden Sie Verständnis dafür haben, dass wir alle zutiefst erschüttert sind.«

Constable Watkins zwängte sich unbeeindruckt an Amos vorbei und betrat den Salon. Er reagierte sichtlich überrascht auf Montys Anblick, den er nur als gepflegten, tadellos gekleideten Mann kannte. »Ich bin über das Schiffsunglück informiert, Mrs Radcliffe, aber ich bin in einer dringenden Angelegenheit hier.«

Regina blickte zu Monty. Das Herz schlug ihr bis zum Hals. Monty hingegen machte einen geistesabwesenden Eindruck.

»Worum ... handelt es sich denn?«, fragte Regina stockend.

Instinktiv stellte sie sich neben ihren Sohn und legte ihm die Hand auf die Schulter.

Der junge Constable bemerkte ihre beschützende Geste, doch seine ernste Miene ließ ahnen, dass er gekommen war, um Monty zu verhören oder sogar zu verhaften.

»Vielleicht möchten Sie vorher lieber Platz nehmen, Mrs Radcliffe.«

»Das ist nicht nötig!«, fauchte Regina.

Constable Watkins sah sie mit ernstem Blick an. In dem stillen Haus vernahm Regina plötzlich das Ticken einer Uhr im Nebenraum. Das Geräusch dröhnte unerträglich laut in ihren Ohren.

»Ich muss Ihnen leider etwas Unerfreuliches mitteilen«, begann Constable Watkins.

Regina war einer Ohnmacht nahe. Ihre Welt brach um sie herum zusammen, und sie konnte nichts dagegen tun.

»Ich habe von der Wache in Shepparton eine Benachrichtigung erhalten ...«

»Shepparton?« Regina verstand gar nichts mehr. Mit einem Mal fiel ihr ein, dass Frederick in Shepparton war.

»Ja. Ich muss Ihnen leider mitteilen, dass Ihr Ehemann vor mehreren Stunden bei einer Viehauktion zusammengebrochen ist. Er hatte einen Herzanfall.«

Mit weit aufgerissenen Augen sank Regina auf einen Stuhl neben Monty, der jetzt noch verständnisloser dreinblickte. »Es geht ihm doch gut, oder?«

Constable Watkins zögerte einen Augenblick. »Leider nein. Es wurde zwar sofort ein Arzt geholt, aber er konnte nichts mehr tun. Mrs Radcliffe, ich möchte Ihnen mein aufrichtiges Beileid aussprechen ...«

29

Francesca hatte die ganze Nacht keinen Schlaf gefunden und geweint, bis keine Tränen mehr kamen. Dann hatte sie wach gelegen und auf die Kajütenwand gestarrt, während ihre Gedanken unablässig um Neal kreisten. Sie dachte daran, wie schön es gewesen war, in seinen Armen zu liegen, und dankte Gott für die eine Nacht, in der sie Neal ihre Liebe hatte zeigen dürfen.

Am Morgen war Joe an Land gegangen, wo er beobachtete, dass die Polizei die Schiffer und Matrosen am Pier befragte. Er selbst hatte mit zwei Constables gesprochen, die die Unglücksstelle flussaufwärts begutachtet hatten. Zudem wurde flussab nach Trümmern gesucht, um Beweise zu finden, dass es sich bei dem explodierten Schiff tatsächlich um die *Ophelia* handelte. Ein Beweisstück wurde rasch geborgen: ein Metallschild, auf dem der Name des Dampfers eingraviert war. Sicherlich würde es eine gerichtliche Untersuchung über Neals Tod geben, und auch die Unglücksursache galt es noch zu klären.

»Hast du Silas gesehen, Joe?«, fragte John Henry. Er kam soeben von seinem Gespräch mit den Constables.

»Der Kerl kann bleiben, wo der Pfeffer wächst«, entgegnete Joe verbittert.

»Ich kann deine Wut gut verstehen. Darum wird es dich freuen, dass die Polizei einen Haftbefehl gegen ihn hat. Ich nehme an, es hängt mit den Fördergeldern zusammen, für deren Verschwinden Silas verantwortlich sein soll, und mit den illegalen Alkoholvorräten in seiner Mühle.«

»Dann wünsche ich der Polizei viel Glück bei der Suche«, erwiderte Joe.

»Das ist es ja gerade. Niemand weiß, wo Silas steckt.«

»Denkst du, dieser Mistkerl hat sich aus dem Staub gemacht?«

»Sieht ganz danach aus.«

»Das sieht diesem Feigling ähnlich«, sagte Joe, der zugleich Erleichterung verspürte. Vielleicht hatte Francesca jetzt endlich Ruhe vor Silas.

»Wie geht es deinem Mädchen?«, fragte John Henry.

»Sie steht unter Schock. Wie konnte so etwas geschehen?«

John Henry schüttelte den Kopf. »Wenn der Kessel in die Luft fliegt, muss deswegen nicht gleich das ganze Schiff explodieren. Da drängt sich einem schnell ein finsterer Verdacht auf.«

»Nämlich?«, fragte Joe.

»Beispielsweise könnte jemand das Brennholz mit Sprengstoff präpariert haben. Das wäre nicht das erste Mal.«

Joe wurde blass. Plötzlich kam ihm der Gedanke, dass Silas aus Eifersucht Neals Tod geplant haben könnte. »Mein Gott«, stieß er hervor. John Henrys Bemerkung kam ihm wieder in den Sinn. Silas wurde vermisst. Vielleicht hatte er die Stadt verlassen, um nicht verdächtigt zu werden. »Du entschuldigst mich, John. Ich muss dringend mit den Constables sprechen.«

Die Beamten führten Joe zum Richter, um diesem seinen Verdacht darzulegen.

»Es dürfte nicht leicht sein, Ihre Anschuldigung zu beweisen, Mr Callaghan, vor allem nicht, solange wir Mr Hepburn nicht gefunden haben«, sagte der Richter.

Joe hatte ihm auch seinen Verdacht geschildert, dass Silas hinter den Anschlägen auf Ezra Pickerings Werft und auf Dolan O'Shaunnessey steckte.

»Wir brauchen Beweise, Mr Callaghan. Wir können kein

Ermittlungsverfahren einleiten oder gar Anklage erheben, wenn wir uns lediglich auf Gerüchte und Theorien stützen können.«

»Dann treiben Sie diesen verdammten Beweis endlich auf«, entgegnete Joe, dem der Geduldsfaden riss. »Meine Tochter ist ein gebrochener Mensch, und daran ist dieser Kerl schuld.«

Der *Riverine Herald* berichtete in einem Sonderblatt über Neals Tod und die Explosion der *Ophelia*. Joe hielt es sorgsam vor Francesca unter Verschluss. Sie hatte ihre Kajüte nicht mehr verlassen, seit Regina sie abgesetzt hatte. Sie aß nichts und schlief kaum. Sie weinte nur noch.

Gegen Mittag traf die Kutsche mit Fredericks Leichnam auf Derby Downs ein. Regina war wie gelähmt vor Schmerz und Trauer, und Monty war ihr keine Stütze. Während sie sich um das Begräbnis kümmerte und Beileidsbesuche empfing, verschanzte Monty sich in seinem Zimmer und dachte an Francesca. Erst am Abend, als er den Salon betrat, in dem der offene Sarg aufgebahrt war, zuckte er erschrocken zusammen und starrte auf seinen toten Vater.

Obwohl Monty und Frederick grundverschieden waren, hatten sie sich dennoch sehr nahe gestanden. Als Einzelkind hatte Monty die ungeteilte Aufmerksamkeit beider Eltern genossen, doch Frederick war für ihn mehr als ein Vater gewesen – er war sein Freund. Frederick hatte sich längst damit abgefunden gehabt, dass Monty andere Interessen hatte, als Stiere mit dem Lasso zu fangen oder am Viehtrieb teilzunehmen, aber das spielte keine Rolle. Frederick war damit zufrieden gewesen, dass sein Sohn sich zu einem anständigen Menschen entwickelt hatte, auf den er stolz sein konnte.

Während Monty auf das friedliche Gesicht seines Vaters starrte, blitzten vor seinem geistigen Auge Erinnerungen an glückliche Stunden auf, und ein Gefühl der Trauer überkam ihn, gefolgt von tiefem Schmerz. Es war, als hätte Monty einen Schlag ins Gesicht bekommen, der ihn jäh aus seinem Trancezustand riss, sodass er mit einem Mal erkannte, was er getan hatte. »O Gott«, schrie er auf und sank auf die Knie.

Sofort stürzte Regina in den Salon. Sie hatte in der Eingangshalle gewartet, um Monty ungestört von seinem Vater Abschied nehmen zu lassen. »Monty ...« Sie ging zu ihm und zog ihn hoch in ihre Arme.

»Mutter, was habe ich getan?«, schluchzte er an ihrer Schulter.

»Es wird schon wieder gut«, sagte sie tröstend. Sie war entschlossen, alles zu tun, um ihren Sohn zu schützen, wie sie es immer schon getan hatte.

Die Nacht war bereits hereingebrochen, als Lizzie Joe am Heck der *Marylou* vorfand, wo er auf einem Stuhl saß. Ned lag bereits in seiner Koje. Obwohl Joe – wie die anderen auch – sich erschöpft und ausgelaugt fühlte, fand er keinen Schlaf. Er döste lediglich vor sich hin.

Joe hatte Lizzie erzählt, dass Silas spurlos verschwunden war. Sie hoffte, dass er nie wieder zurückkam, weil sie sich zum ersten Mal seit vielen Jahren frei fühlte.

»Wie geht es meinem Mädchen?«, fragte Joe.

Lizzie schüttelte den Kopf. »Ich wünschte, ich könnte ihr helfen, aber ich bin mit meinem Latein am Ende«, antwortete sie. »Ich weiß nicht, was ich noch zu ihr sagen soll.«

»Das weiß keiner von uns, Elizabeth.« Joe stützte den Kopf in die Hände. »Ich komme mir so nutzlos vor. Schließlich bin ich ihr Vater, aber es gelingt mir einfach nicht, ihren Schmerz zu lindern.«

Lizzie verstand seine Enttäuschung. Joe wollte seine Tochter beschützen, doch in einer Situation wie dieser hätte kein Mensch auf der Welt ihr helfen können.

»Wenn Silas mir jetzt unter die Augen käme, würde ich

ihm den Hals umdrehen!«, stieß Joe hervor. »Das wäre mir eine große Genugtuung ... aber leider würde es Neal nicht zurückbringen. Er war ein anständiger Kerl. Er hätte mit Francesca Kinder haben können. Die beiden hatten das ganze Leben noch vor sich ...«

Lizzie trat näher an Joe heran und stellte sich neben ihn. Sie verspürte den unbändigen Wunsch, ihn zu trösten, wusste aber nicht, wie sie es anstellen sollte. Es war ihr fremd, Mitgefühl zu zeigen, doch Joe war so bedrückt, dass es Lizzie schier das Herz zerriss.

Sie streckte die Hand aus und strich ihm zögernd übers Haar. Seine Reaktion verblüffte sie. Er wandte sich ihr zu, nahm sie in die Arme und lehnte den Kopf an ihren Leib. Lizzie blickte auf ihn hinunter und spürte, wie er schluchzte. Sie strich ihm sanft über den Rücken, um seinen Kummer zu besänftigen. Es war vollkommen ungewohnt für sie, dass sie von einem Mann ohne sexuelle Absichten umarmt wurde. Ungewohnt und wundervoll zugleich.

Nach ein paar Minuten gewann Joe seine Fassung zurück. »Sie ahnen nicht, wie froh ich bin, dass Sie da sind, Elizabeth«, sagte er.

Lizzie war gerührt. Noch nie hatte ihr jemand das Gefühl gegeben, gebraucht zu werden. »Ich habe doch gar nichts getan«, erwiderte sie und senkte den Kopf.

»Sie wissen gar nicht, was für ein besonderer Mensch Sie sind, nicht wahr?«, sagte Joe.

Lizzie wusste nichts darauf zu erwidern. Am liebsten hätte sie entgegnet, dass nicht sie, sondern Joe ein ganz besonderer Mensch sei und dass sie noch nie jemandem wie ihm begegnet sei, doch die Worte kamen ihr nicht über die Lippen.

»In Zeiten wie diesen wird uns erst wieder bewusst, wie kostbar unser Leben ist. Ich habe viele Jahre mit Frannie verloren, weil ich sie aufs Internat geschickt habe. Ich wollte, ich hätte es nicht getan.«

Lizzie wusste, dass Mary unerwartet aus dem Leben gerissen worden war, und Neals Tod hielt Joe wahrscheinlich erneut vor Augen, wie schnell man einen geliebten Menschen verlieren konnte. »Vor Ihnen liegen noch viele gemeinsame Jahre mit Francesca, Joe. Sie dürfen sich keine Vorwürfe machen.«

»Was ist mit Ihnen, Elizabeth?«

»Mit mir?«

»Sie bleiben doch bei uns, oder?«

Lizzies Herz klopfte schneller. »Ja ... wenn ich erwünscht bin.«

Joe nickte, wirkte aber zu erschöpft, um einen klaren Gedanken zu fassen.

»Legen Sie sich hin, Joe«, sagte Lizzie, die erkannte, dass sie seine Worte unter diesen Umständen nicht zu ernst nehmen durfte. »Wenn Sie nicht schlafen können, ruhen Sie sich wenigstens aus. Sie müssen sich erholen.«

Nachdem Joe sich kurz darauf zurückgezogen hatte, schlich Lizzie heimlich vom Schiff und machte sich auf den Weg zum Freudenhaus. Solange Silas verschwunden blieb, fühlte sie sich auf den Straßen sicher. Bestimmt konnten die anderen Mädchen ihr sagen, was die Zeitungen berichtet hatten. Zwar konnte nur Maggie lesen, doch Maggie wusste bestimmt nicht, wie sie es Gwendolyn beibringen sollte, und wäre froh über Lizzies Unterstützung. Das war das Mindeste, das sie für Neal tun konnte.

Überrascht stellte Lizzie fest, dass die Eingangstür verschlossen war, sodass sie anklopfen musste.

»Verschwinde. Wir haben geschlossen«, hörte sie Maggies laute Stimme.

»Ich bin es, Lizzie«, rief sie zurück.

Kaum hatte Maggie die Tür geöffnet, packte sie Lizzie am Kragen und zerrte sie ins Haus, um gleich darauf die Tür zuzuknallen. »Willst du, dass Silas dich erwischt?«, sagte sie.

»Schon gut, Maggie«, entgegnete Lizzie. »Soviel ich weiß, ist er spurlos verschwunden.«

»Silas und spurlos verschwunden? Was du nicht sagst!«

»Die Polizei hat einen Haftbefehl gegen ihn. Bestimmt ist er deshalb untergetaucht. Warum ist denn die Tür abgeschlossen, Maggie? Und warum brennt hier nirgendwo Licht?«

»Der Laden ist vorübergehend dicht.«

»Das sehe ich. Aber warum?«

Von den Stimmen neugierig geworden, erschienen nun auch Bridie und Mitzi auf der Bildfläche. Mitzi trug eine Kerze in der Hand.

»Was ist hier eigentlich los?«, fragte Lizzie. »Wo ist Lori? Geht es ihr gut?«

»Sie ist im Hinterzimmer«, entgegnete Maggie, die durch den ausgeblichenen Vorhang spähte, um sich zu vergewissern, dass niemand Lizzie gefolgt war.

Lizzie war verwundert über diese Heimlichtuerei.

»Geht mit Lizzie nach hinten«, sagte Maggie mit gedämpfter Stimme.

»Geht es Gwendolyn gut, Maggie?«

»Bei aller Liebe, Lizzie, aber du stellst eine Menge Fragen. Gwendolyn schläft, also geh jetzt erst mal mit Bridie nach hinten«, erwiderte Maggie und scheuchte sie mit ihren dicken Armen vor sich her. Maggie war die Älteste unter ihnen, gewissermaßen die Hausdame. Sie war klein und drall, mit riesigen Brüsten. Dank ihrer mütterlichen Ausstrahlung brachte sie viele Männer dazu, ihr ihre dunkelsten Geheimnisse anzuvertrauen.

Die verwunderte Lizzie folgte Bridie durch den schmalen Durchgang, hinter dem ein Licht brannte. In dem kleinen Hinterzimmer angelangt, konnte sie erkennen, dass jemand im Bett lag, offenbar ein Mann, zumal seine Füße aus Bridies Bett ragten. Es war nicht weiter ungewöhnlich, einen Mann

499

im Bordell zu sehen, aber dieser arme Kerl war in einem schlimmen Zustand, dem geschwollenen und zerschundenen Gesicht nach zu urteilen.

»Wer ist das, und was ist mit ihm geschehen?«, fragte Lizzie.

»Sieh mal genau hin«, flüsterte Bridie.

Ihr Unterton machte Lizzie neugierig. Sie ging näher an das Bett heran, hob die Lampe und beugte sich zum Gesicht des Mannes hinunter. Als sie ihn erkannte, stockte ihr der Atem, und sie hätte beinahe die Lampe fallen lassen. Bridie nahm sie ihr ab.

»Wir haben ihn in diesem Zustand in einer Seitengasse gefunden. Wir wissen zwar nicht, wer das verbrochen hat, aber wer immer es gewesen ist – er hatte es auf sein Leben abgesehen. Bis jetzt weiß niemand, dass er hier ist, und das sollte auch so bleiben, bis er wieder auf die Beine kommt.«

Lizzie brachte vor Erschrecken kein Wort heraus.

Joe hatte in der Dunkelheit wach gelegen und darauf gelauscht, ob Lizzie ebenfalls in die Koje ging, doch als er nach einer Stunde noch immer nicht die Tür von Francescas Kajüte gehört hatte, machte er sich Sorgen, stand auf und sah auf den einzelnen Decks und in der Kombüse nach, entdeckte aber keine Spur von Lizzie. Zu guter Letzt suchte er Francescas Kajüte auf und öffnete die Tür so leise wie möglich. Das Mondlicht schien durch die Luke, und er konnte lediglich eine Gestalt im Bett erkennen. Es war Francesca. Zufrieden sah er, dass sie endlich vor Erschöpfung eingeschlafen war. Aber wo steckte Lizzie?

Ihm kam ein schrecklicher Gedanke. Bestimmt war sie zum Bordell gegangen. Er überlegte, ob sie lediglich den Mädchen einen Besuch abstatten wollte oder ob vielleicht mehr dahinter steckte. Zweifelsohne fühlte Lizzie sich jetzt sicher genug, von Bord zu gehen, nachdem Silas verschwunden war. Doch Joe traute dem Kerl alles zu. Er konnte unverhofft wieder auftauchen, an jedem Ort, zu jeder Zeit.

Joe machte sich auf den Weg zum Bordell, fest entschlossen, Lizzie zurück an Bord zu bringen. Er wusste, dass es mit ihrer Selbstachtung nicht weit her war; dennoch quälte ihn der Gedanke, sie könnte glauben, keine andere Wahl zu haben, als sich wieder für die Prostitution herzugeben. Es war schon sehr spät, sodass niemand draußen zu sehen war, auch nicht vor dem Bordell, was ungewöhnlich war. Mit gemischten Gefühlen schritt Joe den kurzen Pfad zur Eingangstür hinauf, seiner selbst nicht sicher. Als er davor stand, fiel sein Blick auf einen Zettel, der an der Tür befestigt war. Mit Mühe entzifferte er die Worte: »Wir haben geschlossen.« Joe klopfte an, doch nichts rührte sich in der Stille. Er klopfte erneut, dieses Mal lauter, worauf eine keifende Frauenstimme sagte: »Verschwinde.«

»Ich suche Elizabeth«, rief Joe laut. »Ist sie hier?«

»Hier gibt es keine Elizabeth«, gab Maggie zurück, die Joe für einen Betrunkenen hielt.

»Das ist Joseph Callaghan«, sagte Lizzie zu Maggie. »Er meint mich.« Sie öffnete die Tür. »Was machen Sie hier, Joseph?«

»Was machen *Sie* hier, Elizabeth?«

»Ich wollte nur ...«

»Bitte, kommen Sie mit mir zurück auf die *Marylou*«, fiel Joe ihr ins Wort. »Ich dachte, Sie hätten erkannt, wie wichtig Sie mir sind und dass ich mich um Sie kümmern werde.«

Hinter sich hörte Lizzie eines der Mädchen kichern.

»Ich komme ja zurück, Joseph«, entgegnete sie, tief gerührt von seinen Worten. Dann warf sie einen raschen Blick auf Maggie. »Kommen Sie kurz herein, Joseph.«

»Das geht nicht, Lizzie ...«, wandte Maggie ein und spähte an Joe vorbei, um sich zu vergewissern, dass niemand sein Kommen beobachtet hatte, bevor sie die Tür wieder schloss.

»Aber ich kann Joseph nicht im Ungewissen lassen, Maggie«, sagte Lizzie. »Er ist ein anständiger Mann und hat es verdient, die Wahrheit zu erfahren.«

»Wenn wir auffliegen, können wir uns warm anziehen. Das ist dir doch klar?«

»Joseph wird schon wissen, was zu tun ist«, versicherte Lizzie ihr.

»Worum geht es denn, Elizabeth?«, fragte Joe beunruhigt.

»Kommen Sie mit«, erwiderte Lizzie und führte ihn durch den schmalen Gang ins Hinterzimmer. Die Lampe war heruntergedreht, sodass es im Raum ziemlich dunkel war.

Von der Türschwelle aus betrachtete Joe den Mann im Bett. Er sah, dass er übel zugerichtet war. »Wer ist das?«

Lizzie machte Licht, während Joe näher ans Bett trat.

»Jesus, Maria und Josef! Das ist ja Neal!« Es war ein Wunder. »Was ist mit ihm geschehen? Wie kommt er hierher?«

»Lori und Mitzi haben ihn in einer Seitengasse entdeckt. Er sah aus, als wäre er von einem Ochsenwagen überrollt worden, so schlimm wurde er zusammengeschlagen.«

»Es braucht mehr als einen Mann, um Neal so zuzurichten. Diese Schweinehunde!« Joe blickte Lizzie an. »Tut mir Leid«, murmelte er gleich darauf.

Lizzie musterte ihn erstaunt, was er jedoch nicht bemerkte. Noch nie hatte jemand sich bei ihr dafür entschuldigt, in ihrer Gegenwart einen Kraftausdruck benutzt zu haben. Noch nie war ihr jemand mit so viel Respekt begegnet wie Joe.

In diesem Augenblick verlor sie ihr Herz an ihn.

Neal, der Stimmen gehört hatte, schlug plötzlich die Augen auf und sah blinzelnd ins Licht. Sein Gesicht war geschwollen und blauviolett verfärbt. »Joe ...«, brachte er flüsternd heraus. »Bist du das?«

»Neal, wir dachten schon, du wärst ...« Für einen Moment versagte Joe die Stimme. »Gott sei Dank, dass du am Leben bist, mein Freund.«

»Darüber ist das letzte Wort noch nicht gesprochen«, erwiderte Neal stöhnend. »Wie lange bin ich schon hier?«

»Seit gestern«, antwortete Lizzie.

»Du hast ja keine Ahnung, wie Francesca sich freuen wird, wenn sie dich sieht«, bemerkte Joe.

»Aber nicht in diesem Zustand«, sagte Neal und krümmte sich vor Schmerz. »Ich habe zwar noch nicht in den Spiegel geschaut, bin aber sicher, mein Anblick wird sie zu Tode erschrecken.«

Joe wusste, dass er Francesca keinen Augenblick länger in dem Glauben lassen durfte, Neal sei tot, egal wie schlimm verletzt er sein mochte. »Vertrau mir, Neal. Sie wird vor Freude außer sich sein.« Er wandte sich an Lizzie. »Hat schon ein Arzt nach ihm gesehen?«

»Nein«, entgegnete Lizzie. »Die Mädchen wollten nicht, dass jemand spitz kriegt, dass er hier ist. Sie fürchten sich vor Rache ... verständlicherweise.«

Joe blickte wieder zu Neal. »Ich hole den Doktor. Er wird dir was gegen die Schmerzen geben.«

Neal nickte, denn seine Schmerzen waren schier unerträglich.

Joe wandte sich erneut zu Lizzie. »Ich passe auf, dass niemand mich sieht, wenn ich den Doktor hole und hierher bringe.«

»Sie können den Hinterausgang benutzen«, entgegnete Lizzie. »Maggie glaubt, dass sein Arm gebrochen ist, und er hat eine große Beule am Hinterkopf. Er war bewusstlos, als Mitzi und Lori ihn gefunden haben.«

»Wann und wo bist du von Bord der *Ophelia* gegangen, Neal?«, fragte Joe.

»Die *Ophelia*? Die müsste doch am Ufer liegen. Ich war gerade auf dem Rückweg zum Schiff, als ich plötzlich von hinten einen Schlag gespürt habe. Zuerst hab ich nur noch Sterne gesehen, und dann wurde mir schwarz vor Augen ...«, sagte Neal leise. Er war zwar noch benommen, wusste aber mit Sicherheit, wo er sein Schiff zurückgelassen hatte.

Joe dämmerte, dass jemand das Schiff gestohlen haben musste. Aber wer? Und wer war an Bord gewesen, als es in die Luft geflogen war? »Wir reden später darüber. Ich hole erst einmal Dr. Carmichael. Sobald er dich verarztet hat und grünes Licht gibt, bringe ich dich auf die *Marylou*.«

Maggie erhob keinen Einspruch. Auch wenn sie Neal sehr gern mochte, hatte sie schreckliche Angst, dass seine Peiniger herausfanden, dass sie und die anderen Mädchen ihm Zuflucht gewährt hatten, und sich an ihnen rächten. Allein Gwendolyn zuliebe – und weil Neal sie alle stets anständig behandelte – waren sie dieses Risiko eingegangen. Deshalb war es ihr recht, wenn Neal das Haus rasch verließ, sodass sie die Geschäfte wieder aufnehmen konnten.

Eine halbe Stunde später wurde Neal von Dr. Carmichael gründlich untersucht. Er hatte zwar keine Platzwunden, die genäht werden mussten, aber sein gebrochener Arm musste geschient werden, und der Arzt prüfte zudem seine Sehkraft und befragte ihn zu seinen Kopfschmerzen. Gegen die Prellungen und die gebrochenen Rippen konnte er nichts tun. Sie würden von alleine verheilen.

»Es ist möglich, dass er eine Schädelfraktur erlitten hat. Darum sollte er sich die nächsten paar Wochen schonen«, sagte der Arzt zu Joe. »Wenn die Kopfschmerzen nicht nachlassen, muss ich ihn vielleicht nach Melbourne überweisen.«

Neals linker Arm war direkt unter dem Ellbogen gebrochen. Anhand der Verletzung folgerte der Arzt, dass er offenbar versucht hatte, den Schlag eines Holzknüppels abzuwehren, wobei der Knochen zersplittert war. Auch am Kopf war er getroffen worden, sowie am Oberkörper. Allein der Umstand, dass er sehr muskulös war, hatte ihn vor weiteren Knochenbrüchen bewahrt.

»Du kannst von Glück sagen, dass du noch lebst, Neal«, sagte der Doktor. »Offenbar hält dein Kopf einiges aus.«

»Kein Wunder«, bemerkte Joe. »Ich hab immer schon gesagt, dass er einen Dickschädel hat.«

»Wer den Schaden hat, braucht für den Spott nicht zu sorgen«, entgegnete Neal. Er lachte auf, stöhnte aber gleich darauf vor Schmerz.

»Können wir ihn zur *Marylou* transportieren, Doktor?«, fragte Joe den Arzt.

»Bringt mich lieber auf die *Ophelia*«, sagte Neal.

Joe überhörte seinen Einwand geflissentlich. Jetzt war nicht der richtige Zeitpunkt, Neal zu sagen, was mit seinem Schiff geschehen war.

»In diesem Zustand kann er nicht laufen«, erwiderte Dr. Carmichael, der allerdings Verständnis dafür hatte, dass Joe Neal nicht im Bordell lassen wollte. »Aber ich habe eine Tragbahre.«

Nachdem er Neal eine Spritze verabreicht hatte, um die Schmerzen zu lindern, wurde der Verletzte vorsichtig auf die Trage gehoben; dann trugen Joe und Dr. Carmichael ihn im Schutze der Dunkelheit zur *Marylou*. Maggie versprach Lizzie, Gwendolyn, die noch schlief, Bescheid zu geben, dass Neal weggebracht worden war, um seine Verletzungen auszukurieren.

Wieder an Bord der *Marylou* bettete Joe Neal in seine Koje. Ned, der ohnehin nicht schlafen konnte, stand auf, als er hörte, wie Joe sich von Dr. Carmichael verabschiedete.

»Was ist los?«, fragte er verwirrt.

»Du wirst es nicht glauben, Ned, aber Lizzie hat Neal gefunden.«

Ned wurde blass. »Ist er ...?«

»Er ist in einem schlimmen Zustand, aber er lebt. Ich habe ihn soeben in meine Koje verfrachtet.«

»Dem Herrgott sei Dank!«, jubelte Ned. »Francesca wird außer sich sein vor Freude.«

»Als ich vorhin gegangen bin, hat sie geschlafen. Da sie seit gestern kein Auge mehr zugemacht hat, lassen wir sie am besten in Ruhe und sagen es ihr als Allererstes morgen Früh.«

»Ich kann es kaum erwarten, ihr Gesicht zu sehen. Aber was ist denn eigentlich mit Neal geschehen?«

»Sieht so aus, als hätte jemand versucht, ihn umzubringen«, antwortete Joe ernst.

»Zwei der Freudenmädchen haben ihn schwer verletzt in einer Gasse gefunden«, fügte Lizzie hinzu. »Sie haben ihn mit ins Bordell genommen und dort versteckt.«

»Dann war er gar nicht an Bord, als die *Ophelia* explodiert ist? Wer war es dann? Und wieso?«, fragte Ned entgeistert. Das ergab alles keinen Sinn für ihn.

»Neal glaubt, dass sein Schiff immer noch am Ufer liegt. Aber ich hab keine Ahnung, wer am Ruder war, als die *Ophelia* zerrissen wurde.« Joe verstummte mit einem Achselzucken.

Joe hatte sich zum Schlafen auf den Boden vor seine Koje gelegt, um bei Neal zu wachen, falls der ihn brauchte. Doch er fand wenig Schlaf, zumal Neal bei jeder noch so kleinen Bewegung vor Schmerz stöhnte. Als Joe in der Morgendämmerung aufstand, schlief Neal endlich tief und fest. Da Joe wusste, dass Neal Schlaf bitter nötig hatte, um wieder gesund zu werden, machte er sich so leise davon, wie er nur konnte.

Zu seinem Erstaunen entdeckte er Francesca am Heck, von wo sie auf den Fluss schaute. Über dem Wasser lag ein gespenstischer Nebelschleier, der zu Frannies Stimmung zu passen schien. Sie wirkte so traurig und verloren, dass es Joe einen Stich ins Herz versetzte. In der Kombüse füllte er zwei

Tassen mit schwarzem Tee und begab sich anschließend zu ihr nach draußen. »Guten Morgen, mein Mädchen«, sagte er und reichte ihr eine Tasse.

Francesca nahm sie entgegen, ohne etwas zu erwidern. Es erstaunte sie, dass ihr Vater einen solch unbekümmerten Ton anschlug. Für sie würde es nie wieder einen guten Morgen geben.

Joe, der geahnt hatte, dass Francesca schockiert reagieren würde, wartete geduldig, bis sie am Tee genippt hatte, um ihr gleich darauf die Tasse aus der Hand zu nehmen und sie aufs Deck zu stellen.

»Was machst du da, Dad?«, fragte sie.

»Ich muss dir etwas sagen, mein Mädchen. Es gibt großartige Neuigkeiten.«

Francesca starrte ihren Vater mit großen blauen Augen an. Noch nie hatte sie auf Joe so jung und zerbrechlich gewirkt wie in diesem Moment.

»Was denn?«, sagte sie leise. Was konnte nach Neals Tod denn noch »großartig« sein?

»Man hat Neal gefunden. Er ist am Leben!«, sprudelte es aus Joe heraus.

Einen Moment lang starrte Francesca ihren Vater ungläubig an. Sie fragte sich kurz, ob sie träume, zumal sie denselben Traum tatsächlich gehabt hatte. »Hast du ... hast du eben gesagt, Neal ist am Leben?«

»Das ist kein Traum, mein Mädchen, glaub mir.« Er nahm sie in die Arme. »Das sind doch wundervolle Neuigkeiten, nicht wahr?«

Francesca, der die Knie weich wurden, sah ihrem Vater in die Augen. Sie bemerkte den Ausdruck von Kummer darin und ahnte, dass er ihr nicht die ganze Wahrheit erzählt hatte. »Wo ist Neal jetzt, Dad? Ich möchte ihn sehen.«

Joe nickte, zögerte jedoch. »Er ist hier ... an Bord, Fran.« Noch immer hielt er sie an den Schultern fest, doch sie versuchte, sich freizuwinden. »Warte, Frannie, er ist ziemlich schwer verletzt.«

Francesca blickte ihn entgeistert an. »Wie schwer, Dad?«

»Er kann von Glück sagen, dass er noch lebt. Und er hat Angst, dass sein Anblick dich schockiert.« Joe wollte sie schonend darauf vorbereiten; dann aber fiel ihm ein, dass Neals Zustand nicht viel schlimmer war als Lizzies, als Francesca sie an Bord gebracht hatte.

»Er ist am Leben, Dad. Nur das zählt. Ich kann mich um seine Verletzungen kümmern, Hauptsache, ich habe ihn wieder.« Freudentränen rannen ihr über die Wangen.

Joe nickte mit mattem Lächeln und machte sich mit Francesca auf zu seiner Kajüte.

»Neal ... Neal«, sagte Francesca, als sie ihn sah. Obwohl sie über die Blutergüsse und Prellungen erschüttert war, kniete sie sich neben die Koje ihres Vaters und ergriff Neals Hand. In ihren Augen standen Tränen, aber sie lächelte.

»Francesca«, flüsterte Neal, als er die Augen aufschlug. Ihr Anblick war wie Balsam für seine Seele. Die ganze Zeit hatte ihn nur ein einziger Gedanke gequält: Frannie nie wiederzusehen, sollte er nicht überleben. Jetzt erst hatte Neal erkannt, wie viel sie ihm bedeutete. »Wahrscheinlich sehe ich aus, als wäre ich durch den Fleischwolf gedreht worden.«

»Du bist zwar nicht mehr der schöne Mann, den ich geheiratet habe, aber das wird schon wieder«, entgegnete Francesca mit liebevollem Blick.

»Wir müssen der Polizei melden, dass Neal am Leben ist«, sagte Ned zu Joe, als sie in der Kombüse zusammensaßen. »Auf der *Ophelia* muss jemand anders ums Leben gekommen sein. Bestimmt wird der Betreffende von seinen Angehörigen vermisst.«

»Ich frage mich, ob jemand den Kessel mit Sprengstoff präpariert und das Schiff blind auf Kurs geschickt hat«, meinte

Joe. »Aber dann wäre es sicherlich nicht bis Derby Downs gekommen, ohne vorher auf Grund zu laufen. Was bedeutet, dass jemand die *Ophelia* gesteuert hat. Aber wer könnte das gewesen sein?«

»Keine Ahnung. Jedenfalls müssen wir die Polizei verständigen«, sagte Ned.

»Ja. Dann findet sie vielleicht heraus, wer hinter dem Mordanschlag auf Neal steckt«, sagte Joe. »Ich tippe nach wie vor auf Silas Hepburn.«

»Wenn es keine Waren mehr gibt und auch keine Löhne, wozu sollen wir dann noch arbeiten?«, sagte Moira Smithson. Sie war die Köchin des Bridge Hotels und unterhielt sich gerade mit dem jungen Jimmy. Er war seit seinem vierzehnten Lebensjahr Waise, und kurz nach ihrer Heirat mit Silas hatte Henrietta Chapman sich seiner angenommen. Da sie Jimmys Mutter gekannt hatte, hatte sie Mitleid mit dem Jungen gehabt und ihm ein Zimmer im Hotel überlassen, wo er zum Handlanger und Laufburschen für Silas wurde.

»Ich weiß nicht, Moira. Ich mache mir ernste Sorgen um Mr Hepburn. Bestimmt ist ihm etwas passiert, sonst wäre er nicht spurlos verschwunden.« Jimmy dachte an das letzte Mal, als er Silas gesehen hatte, und an die Explosion der *Ophelia*. Er war sicher, dass Mike Finnion an Bord gewesen war. Er hatte sich sogar auf die Suche nach Mike begeben, jedoch erfolglos.

»Silas vergnügt sich bestimmt mit irgendeinem Weibsbild, wenn du mich fragst«, sagte Moira. »Ich gehe jedenfalls nach Hause. Falls Silas tatsächlich wieder auftauchen sollte, richte ihm von mir aus, dass ich zuerst meinen Lohn haben will, bevor ich mich wieder in die Küche stelle.«

»Nimmst du denn nicht an der Versammlung teil?«, fragte Jimmy.

»Nein. Zu Hause warten ein Berg schmutzige Wäsche und

der Putzlappen auf mich. Du kannst mir ja später erzählen, was dabei herausgekommen ist.«

Kurz nach Mittag, nachdem zahlreiche verärgerte Gäste fortgeschickt worden waren, fand sich das Hotelpersonal zu einer Versammlung im Speisesaal ein. Auch das Personal des Steampacket Hotels war gekommen. Doch niemand konnte sich Silas' Verschwinden erklären. »Wahrscheinlich müssen wir das Hotel schließen, bis wir Näheres erfahren«, sagte Frank Millstrom, der Schankwirt.

Er blickte in betroffene Gesichter, da eine Schließung des Hotels für alle bedeutete, keine Arbeit mehr zu haben und deshalb auch keinen Lohn, auf den sie angewiesen waren, denn die meisten hatten eine Familie zu ernähren.

»Hast du der Polizei gemeldet, dass Mr Hepburn vermisst wird, Jimmy?«, fragte Flo White. Sie war eines der Zimmermädchen im Bridge, genau wie Carmel und Dolcie Bird. Da das Restaurant geschlossen war, waren die Serviererinnen erst gar nicht erschienen.

»Ich?«, entgegnete Jimmy.

»Du warst der Letzte von uns, der ihn lebend gesehen hat«, sagte Frank.

Jimmy sah bestürzt drein. »Wo ... woher wollt ihr das wissen?«, stotterte er.

»Zufällig weiß ich, dass du etwas für Mr Hepburn erledigen solltest.«

Jimmy hatte zwar niemandem erzählt, dass er an jenem Abend in Silas' Auftrag unterwegs gewesen war; dennoch war er nicht überrascht, dass Frank davon wusste. Frank wusste stets über alles Bescheid, und bestimmt hatte er sich das restliche Personal bereits vorgeknöpft.

In diesem Augenblick betrat Silas' Notar, Conrad Emerick, den Saal, und rettete Jimmy durch sein Erscheinen. Das Personal verstummte, nachdem Conrad um Aufmerksamkeit gebeten hatte.

»Ist die Polizei bereits über Mr Hepburns Verschwinden benachrichtigt worden?«, wollte er wissen.

Nachdem seine Frage verneint wurde, bot er an, dies zu übernehmen. »Sollte Mr Hepburn einem Verbrechen zum Opfer gefallen sein, fallen die beiden Hotels in den Besitz seiner ehemaligen Frau Henrietta. Wie Sie sicher alle wissen, ist Mr Hepburn inzwischen von Henrietta geschieden. Es dürfte Ihnen allerdings neu sein, dass er sein Testament noch nicht geändert hat.«

Das Personal wechselte Blicke. Henrietta war bei ihnen beliebt, im Gegensatz zu Silas. Aber würde sie die Hotels tatsächlich weiterführen oder sie verkaufen?

»Und was sollen wir in der Zwischenzeit tun?«, fragte Frank Millstrom.

»Ich kann vorübergehend einen Geschäftsführer einstellen, falls sich kurzfristig jemand findet. Andernfalls müssen wir die Hotels schließen«, erwiderte Conrad. »Als Erstes müssen sämtliche Bargeldbestände in Mr Hepburns Safe deponiert werden. Danach werde ich zur Polizei gehen und eine Vermisstenanzeige aufgeben.«

»Die Polizei war bereits wegen Silas hier«, sagte Frank. »Wie Sie sicher wissen, liegt ein Haftbefehl gegen ihn vor, und die Polizei vermutet, dass er untergetaucht ist.«

»Das halte ich für höchst unwahrscheinlich. Silas hat in dieser Stadt zu viele geschäftliche Verpflichtungen, um auf eine solch unsinnige Idee zu kommen.«

»Du solltest eine Aussage bei der Polizei machen«, sagte Frank, an Jimmy gewandt.

Daraufhin blickte Conrad Emerick Jimmy ernst an. »Hast du uns etwas zu sagen, Junge?«, fragte er streng.

»Nein«, erwiderte Jimmy, der es mit der Angst bekam. »Ehrlich, ich weiß nichts.«

30

Als Joe die Polizeiwache betrat, fand er Constable Watkins am Schreibtisch vor. Erleichtert nahm er zur Kenntnis, dass keine Zivilperson anwesend war.

Als der junge Constable Joe wiedererkannte, stellte er sich innerlich darauf ein, dass dieser ihm erneut wegen Silas Hepburn Beine machen wollte. »Es tut mir Leid, aber ich habe noch nichts Neues für Sie, Mr Callaghan«, sagte er. »Sie können sich aber darauf verlassen, dass wir in dieser Angelegenheit weiter ermitteln ...«

»Dafür habe ich Neuigkeiten für Sie«, unterbrach Joe ihn, »allerdings sind sie streng vertraulich.«

»Worum handelt es sich?«, fragte Constable Watkins stirnrunzelnd.

»Wir haben Neal Mason gefunden. Man hat ihn schlimm zugerichtet, aber er lebt. Jemand hat einen Mordanschlag auf ihn verübt und hätte beinahe Erfolg gehabt.«

»Sind Sie sicher, dass seine Verletzungen nicht von der Explosion seines Schiffes herrühren?«

Joe beherrschte sich mühsam. Was für eine dumme Frage! »Erstens hat er keine Verbrennungen erlitten, und zweitens hat man ihn in einer Seitengasse in der Stadt gefunden, nicht am Ufer. Sie können doch nicht ernsthaft glauben, dass er durch die Detonation so weit weggeschleudert wurde. Ich habe den Doktor kommen lassen, und der sagt, seine Verletzungen würden darauf schließen lassen, dass er mit einem Holzknüppel zusammengeschlagen wurde. Jemand hatte es auf sein

512

Leben abgesehen, und ich wette, dieser Jemand war Silas Hepburn.« Als Joe den skeptischen Ausdruck im Gesicht des jungen Constable sah, fügte er rasch hinzu: »Selbstverständlich wird er jemanden dazu beauftragt haben. Schließlich wissen wir alle, dass Silas sich niemals selbst die Hände schmutzig macht, auch wenn mancher die Augen davor verschließt.«

»Wenn Sie bitte kurz Platz nehmen würden, Mr Callaghan, dann schaue ich nach, ob der Richter Sie empfängt.«

Joe trat von der Theke zurück und setzte sich, als just in diesem Moment Conrad Emerick die Wache betrat.

»Was kann ich für Sie tun, Mr Emerick?«, fragte Constable Watkins.

»Ich möchte offiziell melden, dass einer meiner Mandanten, Mr Silas Hepburn, seit knapp zwei Tagen vermisst wird.«

»Ach, das ist ja eine Überraschung«, schaltete Joe sich ein. »Dann ist Ihnen wohl noch nicht zu Ohren gekommen, dass er untergetaucht ist, nachdem er in dieser Stadt ein heilloses Chaos angerichtet hat.«

Conrad wandte sich um und blickte ihn hochmütig über den Rand seiner Brille hinweg an. »Ich kann Ihnen versichern, mein Mandant hat sich nicht abgesetzt. Schließlich hat er zahlreiche geschäftliche Verpflichtungen in dieser Stadt, die er niemals vernachlässigen würde.«

»Wegen seiner Machenschaften droht ihm das Gefängnis, und ich bezweifle, dass er dorthin zurück möchte«, entgegnete Joe.

»Halten Sie sich bitte heraus, Mr Callaghan«, sagte Constable Watkins, »solange ich Mr Emerick befrage.«

»Keiner von euch hat den Mumm, Silas Hepburn zur Rechenschaft zu ziehen, das ist das Problem«, sagte Joe aufgebracht. »Bloß weil er reich ist, kommt er mit allem ungeschoren davon.«

Von der lautstarken Auseinandersetzung aufgeschreckt, kam Constable Bennett aus dem Hinterzimmer.

Constable Watkins bat ihn, Joe zum Büro des Richters zu führen.

»Hier entlang, Mr Callaghan«, sagte Bennett.

Bevor Joe aufstehen konnte, betrat Sam Fitzpatrick als Nächster die Wache. Da Joe wusste, dass er der Maschinist auf der *Curlew* war, war er neugierig, was der Mann hier wollte. Es hatte mehrere Tage gedauert, die *Curlew* mit zwei Kränen vom Grund des Flusses zu bergen – ein schwieriges und riskantes Unterfangen. Anschließend hatten ein Frachter und ein Schlepper die *Curlew* in die Mitte genommen und ins Trockendock gezogen, wo sie repariert wurde.

»Ich möchte melden, dass Mike Finnion vermisst wird«, sagte Sam. »Seit knapp zwei Tagen ist er wie vom Erdboden verschluckt.« Er blickte Conrad Emerick an. »Sie sind doch Mr Hepburns Notar, nicht wahr?«

»Ja.«

»Eigentlich sollte er schon vor zwei Tagen den Auftrag für die Reparatur der *Curlew* unterschreiben.«

»Haben Sie nicht eben noch behauptet, Silas würde niemals seine geschäftlichen Verpflichtungen vernachlässigen?«, wandte Joe sich an Emerick, bevor er sich erhob und Constable Bennett folgte.

Ratloser denn je kehrte Joe zur *Marylou* zurück. »Mike Finnion ist verschwunden, und Silas' Notar hat ebenfalls eine Vermisstenanzeige aufgegeben«, berichtete er Ned.

Ned kratzte sich am Kopf. »Vielleicht hat Silas Mike beauftragt, die *Ophelia* zu kapern, sodass Mike der arme Teufel war, den es bei der Explosion erwischt hat«, meinte er.

»Genau das vermute ich auch, aber der Richter will von meiner Theorie nichts wissen. In einer Stunde wird Constable Watkins vorbeikommen, um Neal und Francesca zu befragen. Mittlerweile steht zwar fest, dass es die *Ophelia* war, die explodiert ist, aber niemand weiß, wer am Ruder stand. Ich

514

muss Neal aufklären, bevor der Constable erscheint. Er weiß immer noch nicht, dass er jetzt ein Kapitän ohne Schiff ist.«

»Das mit deinem Schiff tut mir Leid, Neal«, sagte Joe, nachdem er es ihm so schonend wie möglich beigebracht hatte.

Betrübt schüttelte Neal den Kopf. Ihm fiel wieder die Nachricht ein, die er am Abend des Überfalls erhalten hatte. Sie hatte dazu gedient, ihn vom Schiff zu locken. »Hauptsache, ich war nicht an Bord, als die *Ophelia* explodiert ist«, sagte er. »Trotzdem, ich verstehe das alles nicht. Der Kessel war einwandfrei in Schuss. Ich habe ihn überprüfen lassen, als das Schiff im Trockendock lag, er kann also unmöglich die Ursache der Detonation gewesen sein. Das aber bedeutet, dass das Schiff mit Sprengstoff präpariert worden ist, der vermutlich zwischen dem Brennholz versteckt wurde. Aber warum wurde ich dann in der Gasse zusammengeschlagen und liegen gelassen? Wäre es nicht einfacher gewesen, mich mit meinem Schiff in die Luft zu jagen?«

»Vermutlich hat irgendjemand genau das vorgehabt. Aber es gab noch einen zweiten Unbekannten, der dich umbringen und anschließend dein Schiff stehlen wollte.«

»Menschenskind, ich bin vielleicht beliebt, was?«, meinte Neal spöttisch.

»Sieht ganz so aus. Aber da hat der eine Mörder dem anderen dazwischengefunkt.«

Neal zitterte sichtlich. »Mir war gar nicht bewusst, dass ich Feinde habe. Zugegeben, der eine oder andere hat sich schon mal über mich ärgern müssen, aber nicht so, dass er einen Grund hätte, mich umzubringen.«

»Mit Ausnahme von Silas. Wahrscheinlich ist er durchgedreht, als er von deiner Hochzeit mit Francesca erfahren hat – und Silas traue ich alles zu.«

»Aber er kennt sich mit Schiffen nicht aus«, wandte Neal ein.

»Stimmt, aber er hat Helfershelfer, die sich darauf verstehen, Sprengstoff an Bord eines Schiffes zu schmuggeln. Und ich traue ihm auch zu, dass er dir einen Schläger auf den Hals hetzt.«

»Bestimmt hat er nicht damit gerechnet, dass ich überlebe«, sagte Neal.

»Ich war gerade auf der Polizeiwache«, sagte Joe. »Ich musste dort melden, dass du noch am Leben bist, aber man hat mir versprochen, dies zumindest für die Dauer der Ermittlungen vor der Öffentlichkeit geheim zu halten. Hier bist du sicher, also mach dir keine Sorgen. Conrad Emerick, der Notar, war ebenfalls auf der Wache, um Silas als vermisst zu melden. Er bestreitet, dass Silas sich aus dem Staub gemacht hat, aber wir wissen schließlich alle, dass er im Gefängnis gesessen hat und bestimmt nicht dorthin zurück will. Und schließlich war Sam Fitzpatrick auf der Wache, um zu melden, dass Mike Finnion vermisst wird.«

»Merkwürdig. Mike wüsste zum Beispiel, wie man ein Schiff mit Sprengstoff präpariert.«

»Stimmt. Aber wozu sollte er sich selbst in die Luft sprengen? Oder Silas?«

Joe und Neal schüttelten ratlos die Köpfe. Beide konnten sich keinen Reim auf diese Sache machen.

Eine Stunde später kam Constable Watkins an Bord. Er bat darum, zuerst mit Francesca zu sprechen.

»In erster Linie suchen wir nach einem Motiv für den Überfall auf Ihren Ehemann, Mrs Mason«, sagte er. Sie saßen in der Kombüse. Joe wollte der Befragung beiwohnen, aber Francesca hatte darauf bestanden, dass er sie alleine ließ.

»Ich verstehe«, entgegnete Francesca.

»Trifft es zu, dass Sie bis vor kurzem mit Mr Silas Hepburn verlobt waren?«, fragte Watkins.

Francesca errötete. Sie war alles andere als stolz darauf. »Ja.«

»Erlauben Sie mir die Frage, warum Sie die Verlobung gelöst haben?«

»Dazu muss ich Ihnen zuerst erklären, dass ich zu keiner Zeit die Absicht hatte, seine Frau zu werden.«

Constable Watkins machte ein verdutztes Gesicht.

»Urteilen Sie bitte erst über mich, wenn Sie die Hintergründe kennen, Constable Watkins. Mein Vater hat sich vor einiger Zeit von Silas Geld geliehen, um Reparaturen an seinem Schiff vorzunehmen. Silas hat ihm angeboten, ihm die Schulden zu erlassen, wenn ich ihm mein Jawort gebe. Nachdem mein Vater abgelehnt hat, drohte Silas, die *Marylou* zu übernehmen, die Dad als Sicherheit eingesetzt hatte. Zusätzlichen Druck hat er ausgeübt, indem er die Arbeit meines Vaters sabotierte, sodass Dad die Ratenzahlungen nicht mehr aufbringen konnte.«

»Können Sie das beweisen, Mrs Mason?«

»Nein, dafür ist Silas zu gerissen. Für kurze Zeit hat mein Vater dann für Ezra Pickering gearbeitet, aber Silas hat Ezra gezwungen, Dad zum Teufel zu jagen, indem er ihm drohte, seine Aufträge zu sperren.«

»Würde Mr Pickering das bestätigen?«

»Ja, bestimmt, falls seine Aussage vertraulich behandelt wird. Ezra hat meinen Vater daraufhin zu Dolan O'Shaunnessey geschickt, der jedoch kurz darauf einen mysteriösen Unfall hatte, sodass er den Betrieb einstellen musste. Und Ezras Werft wurde niedergebrannt. Silas hat darauf geachtet, dass man ihn nicht mit diesen Vorfällen in Verbindung bringen konnte, und ich wusste, es würde meinem Vater das Herz brechen, wenn er die *Marylou* abgeben müsste. Deshalb kam mir die Idee, mich mit Silas zu verloben, damit Dad in der Lage war, sein Darlehn abzubezahlen, ohne dass Silas noch mehr unschuldigen Menschen Schaden zufügen konn-

517

te. Silas hatte sich zwar mit einer langen Verlobungsdauer einverstanden erklärt, muss dann aber misstrauisch geworden sein, zumal er plötzlich mit den Hochzeitsvorbereitungen begann. Dann aber habe ich die Verlobung gelöst, als ich ihn dabei erwischte, wie er eine andere Frau geküsst hat.« Francesca verschwieg absichtlich Reginas Namen sowie den Umstand, dass sie Silas eine Falle gestellt hatten.

»Hat Silas wütend auf die geplatzte Verlobung reagiert?«, fragte Constable Watkins.

»Und ob! Umso mehr, als mein Vater unverhofft eine größere Summe geerbt hatte, sodass er den Kredit abbezahlen konnte. Kurz darauf bin ich Silas in der Stadt begegnet. Er sagte, sein Heiratsantrag bestehe nach wie vor. Ich habe erwidert, dass ich ihn verabscheue, worauf er gedroht hat, meinen Vater weiter zu schikanieren. Da ich Angst um Dad hatte, sagte ich ihm, ich hätte mich mit Neal verlobt.«

Der Constable machte sich Notizen. »Sie haben auch Bekanntschaft mit Montgomery Radcliffe gepflegt, nicht wahr, Mrs Mason?«

Francesca war überrascht, dass der Constable auf Monty zu sprechen kam. »Ja, das stimmt.«

»Wie hat er es denn aufgenommen, dass Sie sich mit Mr Hepburn verlobt haben, um kurz darauf Mr Mason zu heiraten?«

»Nicht sehr gut«, räumte Francesca ein. Ihr wurde bewusst, dass sie Monty damit belastete, doch sie war überzeugt, dass er nie zu körperlicher Gewalt greifen würde. Das sah ihm überhaupt nicht ähnlich.

»Würden Sie sagen, dass es ihn sehr getroffen hat?«

»Ja. Monty ist ein feinfühliger Mensch. Er nimmt sich alles sehr zu Herzen, bewahrt dabei aber stets Haltung.«

Constable Watkins musste daran denken, in welchem Zustand Monty gewesen war, als er nach Derby Downs hinausgefahren war, um ihn über den Tod seines Vaters zu informieren. Constable Watkins hatte ihn noch nie in einem so schrecklichen Zustand gesehen. Monty hatte kaum eine Reaktion auf die Nachricht vom Tod seines Vaters gezeigt. »Vorgestern Abend war ich auf Derby Downs, um Mrs Radcliffe und Monty darüber zu verständigen, dass Frederick Radcliffe bei einer Viehauktion in Shepparton einem Herzanfall erlegen ist.«

Francesca war bestürzt. »O nein.« Tränen traten ihr in die Augen. »Frederick war so ein liebenswürdiger Mensch …«

»Ich habe ihn persönlich nicht sehr gut gekannt, aber ich weiß, dass er in der Gemeinde hohes Ansehen genoss.«

»Sicher ist es ein schwerer Schlag für die Familie.«

»Ja, die Nachricht war ein Schock für sie«, entgegnete Constable Watkins, aber je mehr er darüber nachdachte, desto mehr stutzte er über Montgomerys merkwürdige Teilnahmslosigkeit. »Mrs Mason, ich muss Sie noch zu der Schiffsexplosion befragen, zumal Sie Augenzeugin waren. Können Sie mir etwas dazu sagen?«

»Ich war von Regina Radcliffe zum Abendessen auf Derby Downs eingeladen. Regina, ich und Amos Compton, einer ihrer Bediensteten, warteten am Ufer, wo Neal mich abholen wollte. Nach einer Weile kam die *Ophelia* in Sicht. Neal hatte versprochen, dreimal die Dampfpfeife zu betätigen, sobald er die Flussbiegung erreicht hatte, aber das Signal blieb aus. Zu diesem Zeitpunkt konnte ich nicht ahnen, dass er gar nicht an Bord war, wie ich inzwischen weiß.«

»Ist Ihnen sonst noch etwas Ungewöhnliches aufgefallen?«

Francesca überlegte kurz. »Ja. Ich fand es merkwürdig, dass kein Licht an Bord brannte.«

»Haben Sie etwas an Bord beobachtet, bevor es zur Explosion kam?«

»Was meinen Sie damit?«

»Eine Bewegung an Deck, zum Beispiel. Hatten Sie den Eindruck, dass mehr als eine Person an Bord war?«

»Ich glaube nicht ... aber ich bin mir nicht sicher. Schließlich war es Nacht, und wir standen ein gutes Stück vom Schiff entfernt.«

»Ich danke Ihnen, Mrs Mason. Sie waren uns sehr behilflich«, sagte Constable Watkins.

»Ich hoffe, Sie erwischen denjenigen, der Neal überfallen hat. Aber es wird sich wohl nie feststellen lassen, wer an Bord der *Ophelia* war, als sie in die Luft geflogen ist.«

»Wer weiß? Vielleicht führen unsere Ermittlungen uns ja doch weiter. Vielleicht geht auch der eine oder andere nützliche Hinweis aus der Bevölkerung ein.«

»Haben Sie denn schon Hinweise bekommen?«

»Oft löst man ein Geheimnis wie ein Puzzle. Die einzelnen Teile ergeben erst dann einen Sinn, wenn man sie zusammenfügt.«

Als Nächstes begab sich Constable Watkins in Joes Kajüte, um sich mit Neal zu unterhalten.

»Was haben Sie an dem Abend gemacht, an dem Sie überfallen wurden, Mr Mason?«

»Gegen sechs Uhr abends habe ich Francesca auf Derby Downs abgesetzt und bin zurück nach Echuca gefahren. Um neun Uhr wollte ich sie wieder abholen, aber gegen halb acht erhielt ich unvermittelt eine Nachricht.« Ned erklärte, was darin gestanden hatte und dass sich dann herausgestellt hatte, dass die Nachricht gefälscht war. »Ich weiß noch, dass ich zur *Ophelia* zurückgegangen bin, aber dann fehlt mir jede Erinnerung. Ich nehme an, jemand hat mir von hinten eins über den Schädel gezogen.«

»Dann können Sie mir keinerlei Hinweise geben, die auf den Angreifer schließen lassen?«

»Leider nein.«

»Hatten Sie an den Tagen vor dem Überfall den Eindruck, beobachtet zu werden?«

»Nein, aber ich habe auch nicht darauf geachtet.«

»Wo und wann haben Sie das letzte Mal Brennholz geladen?«

»Das war am selben Nachmittag, bei Strommeile 299.«

»War es ein regelmäßiger Zwischenstopp?«

»Ich machte den Stopp erst, seit ich einen befristeten Auftrag für Fahrten zwischen Echuca und Barmah angenommen hatte.«

»Wer ist Ihr Auftraggeber?«

»Um ehrlich zu sein, ich weiß es nicht genau. Mir wurde der Auftrag über einen Mittelsmann angeboten. Ich dachte noch, dass ich eine Glückssträhne erwischt habe, zumal es sich um einen Spitzenauftrag handelte. Ich hatte nichts weiter zu tun, als Briefe und Lebensmittel zu den Siedlungen zwischen Echuca und Barmah zu transportieren. Die Fracht war leicht, und die Bezahlung gut.«

»Wann hat man Ihnen dieses Angebot gemacht?«

»Vor ungefähr einer Woche.«

»Können Sie mir den Namen des Vermittlers nennen?«

»Harry Marshall.«

»Ich danke Ihnen, Mr Mason. Ich wünsche Ihnen rasche Genesung.«

»Sie lassen mich doch wissen, wenn Sie den Schuldigen gefunden haben, der mein Schiff in die Luft gesprengt hat?«, sagte Neal.

»Natürlich, Sir.«

»Verzeihen Sie, Madam, Constable Watkins ist schon wieder hier«, sagte Amos Compton bedeutungsvoll. Regina saß an ihrem Schreibtisch in der Bibliothek.

»Ach?«, entgegnete Regina ein wenig überrascht, aber nicht ganz bei der Sache. Seit heute Morgen hatte sie einen Kondolenzbesuch nach dem anderen erhalten, und nun wurde sie von rasenden Kopfschmerzen geplagt.

»Er wartet in der Eingangshalle, Madam.«

»Bitte ihn, sich eine Minute zu gedulden«, erwiderte Regina. Sie konnte den Constable nicht im Salon empfangen, wo Frederick nach wie vor aufgebahrt war. Die Beisetzung sollte am nächsten Vormittag stattfinden.

»Ja, Madam«, sagte Amos und entfernte sich.

Regina versuchte sich zu sammeln. Sie hatte sich bereits eine Geschichte zurechtgelegt, falls sie zu Monty befragt wurde. Noch am Vorabend hatte sie sich mit Monty abgesprochen, wobei sie fürchterlich in Streit geraten waren, doch Regina war fest entschlossen, Monty unter allen Umständen zu decken.

Wenige Minuten später erschien Amos erneut im Türrahmen. »Constable Watkins, Madam«, verkündete er.

»Danke, Amos. Kommen Sie herein, Constable. Nehmen Sie Platz.«

»Vielen Dank, Mrs Radcliffe. Tut mir Leid, dass ich Sie erneut stören muss, aber ich bin mit der Untersuchung der Explosion der *Ophelia* betraut, und da Sie Francesca Mason als eine Freundin der Familie bezeichnet haben, nehme ich an, dass es Ihnen nichts ausmacht, ein paar Fragen zu beantworten. Mit Mr und Mrs Mason habe ich bereits gestern Nachmittag gesprochen. Dabei haben sich neue Fragen ergeben.«

»Wie kann ich Ihnen behilflich sein?«

»Ist Ihr Sohn zu Hause?«

Regina zuckte zusammen. »Ich glaube nicht, Constable Watkins. Möchten Sie ihn ebenfalls sprechen?«

»Ich würde ihm gern ein paar Fragen stellen.«

»Vielleicht kann *ich* Ihnen helfen?«

»Schon möglich. Im Zuge unserer Ermittlungen über die Explosion an Bord der *Ophelia* ...«

Regina unterbrach ihn. »War es nicht der Kessel, der explodiert ist, Constable?«

»Das bezweifeln wir. Jedenfalls haben wir in der Zwischenzeit zahlreiche Befragungen durchgeführt, Mrs Radcliffe, so-

522

wohl bei den hiesigen Geschäftsleuten als auch bei den Farmern. Im Zuge dieser Befragungen ist uns aufgefallen, dass in letzter Zeit mehrmals Montgomerys merkwürdiges Verhalten erwähnt wurde. So ist er zum Beispiel nicht zu geschäftlichen Treffen erschienen, und er kassiert auch nicht mehr die Pacht für die Läden, die im Besitz Ihrer Familie sind ...«

»Er hat in letzter Zeit sehr viel zu tun«, unterbrach Regina. »Aber was haben versäumte Geschäftstreffen und nicht eingeholte Pachtgebühren mit dem Schiffsunglück zu tun?«

»Ich versuche lediglich, mir ein Bild vom Verhalten Ihres Sohnes in letzter Zeit zu machen.«

Regina bekam Angst um Monty.

»Zudem hat er sein Pferd durch den Fluss getrieben und sich am anderen Ufer auf dem Grundstück Ihrer Nachbarn herumgetrieben«, fuhr der Constable fort. »Haben Sie eine Erklärung dafür?«

Regina wurde blass. »Nachdem es den Ponton nicht mehr gibt, ist jeder gezwungen, die Pferde und das Vieh durch den Fluss zu treiben, daher scheint mir diese Frage unerheblich.«

»Sie haben soeben erwähnt, dass Ihr Sohn in letzter Zeit viel zu tun hat. Können Sie das genauer erklären?«

»Ja, sicher.« Regina hielt es für besser, sich kooperativ zu zeigen, um nicht den Eindruck zu erwecken, dass sie etwas zu verbergen hatte. »Sicherlich ist Ihnen bekannt, dass mein Sohn rege Bekanntschaft mit Francesca Callaghan gepflegt hat, der jetzigen Mrs Mason. Er hat sich in sie verliebt, aber seine Gefühle wurden nicht erwidert.«

Regina bemerkte das kurze Aufleuchten in den Augen des Constable, weil sie ihm ein mögliches Motiv Montys für den Überfall auf Neal Mason genannt hatte. »Frederick hat sich große Sorgen um ihn gemacht. Montys Verzweiflung war so groß, dass Frederick sogar befürchtete, er würde sich ... vielleicht das Leben nehmen.« Tränen stiegen in Reginas Augen.

»Tatsächlich?«

»Ja. Frederick ist vor Sorge um Monty fast krank geworden. Es würde mich nicht überraschen, wenn das zu seinem Herzanfall geführt hat. Ich glaube, Monty ist sich dessen bewusst und gibt sich die Schuld am Tod meines Mannes. Er ist noch verzweifelter als zuvor.« Sie hoffte, dies würde Montys verwahrlosten Zustand erklären, in dem der Constable ihn bei seinem ersten Besuch angetroffen hatte.

»Die Frage fällt mir schwer, Mrs Radcliffe, aber glauben Sie, dass Monty aus Liebeskummer fähig gewesen wäre, Neal Mason etwas anzutun?«

»Monty? Niemals! Frederick hat häufig mit Montys Sanftmut gehadert. Er kann keiner Fliege etwas zu Leide tun. Frederick hingegen hätte an Montys Stelle ...«

Der junge Constable runzelte die Stirn. Regina tat so, als habe sie Angst davor, zu viel zu sagen. »Sie müssen mich jetzt entschuldigen, Constable, aber ich bin müde. Ich habe vergangene Nacht kaum ein Auge zugetan.«

»Ich bin ohnehin fast fertig, Mrs Radcliffe. Eine letzte Frage: Wäre es möglich, dass Ihr Ehemann Ihrem Sohn geholfen hat?«

Regina tat, als wäre sie bestürzt darüber, dass der Constable durch Zufall auf die Wahrheit gestoßen war. »Inwiefern?«

Der Constable blickte unbehaglich drein. Regina wusste genau, was in ihm vorging.

»Glauben Sie, dass Ihr Mann vielleicht ...«

»Jemandem den Auftrag gegeben hat, die *Ophelia* in die Luft zu sprengen?«, ergänzte Regina seine Frage.

»Ja. Halten Sie das für möglich?«

Regina blickte auf die Unterlagen vor ihr. »Frederick war ein liebevoller, rücksichtsvoller Mann, genau wie Monty, aber wenn man ihn zum Äußersten trieb, kannte er kein Erbarmen. Er liebte seinen Sohn mehr als sich selbst. Er hatte auch Francesca ins Herz geschlossen und gehofft, die beiden würden eines Tages heiraten.« Sie lächelte traurig. »Frederick hätte für Monty seinen rechten Arm geopfert. Obwohl es mir schwer fällt, muss ich gestehen, dass mein Mann zu so etwas fähig gewesen wäre.«

Monty hielt sich derweil im Salon auf, wo er am Sarg seines Vaters stand. Er hatte jedes Wort seiner Mutter gehört; nun hatte er das Gefühl, als würde eine Messerklinge sich durch sein Herz bohren. »Dad«, flüsterte er. »Ich weiß, ich bin auf Abwege geraten, was ich bereue, aber ich kann und werde nicht zulassen, dass dein Ansehen in den Schmutz gezogen wird.« Er legte die Hände auf die seines Vaters, und Tränen stiegen ihm in die Augen. Schließlich wandte er sich um und begab sich in die Bibliothek.

»Das reicht, Mutter«, sagte er von der Tür aus.

»Monty!«, entfuhr es Regina, die sich ruckartig erhob. Ihr Herz schlug heftig. Sie betete insgeheim, dass Monty nichts sagte, womit er sich selbst belastete. Nicht jetzt, nachdem sie so mühsam den Vorwurf ausgeräumt hatte, der über ihm schwebte! Sie blickte ihn flehentlich an, doch Montys Entschluss stand fest.

»Ich werde nicht dulden, dass du den guten Namen meines Vaters in den Schmutz ziehst. Das lasse ich nicht zu«, sagte er. »Er ist nebenan im Salon aufgebahrt, und du scheust dich nicht, ihn einer Tat zu bezichtigen, die *ich* verbrochen habe!«

»Monty, bitte ...«, flehte Regina.

Constable Watkins erhob sich. »Eine Tat, die *Sie* verbrochen haben?«, sagte er zu Monty. »Sind Sie für die Explosion an Bord der *Ophelia* verantwortlich?«

»Natürlich nicht! Er weiß nicht, was er redet!«, sagte Regina. »Um Himmels willen, Monty, lass es sein. Du erreichst damit gar nichts.«

»Ich gestehe, dass ich des Mordes an Neal Mason schuldig bin«, sagte Monty. »Ich habe ein mit Sprengstoff präpariertes Scheit in dem Brennholzstapel versteckt, von dem Mr Mason sich stets Nachschub holte. Ich war verrückt vor Eifersucht ... aber das ist natürlich keine Entschuldigung für mein feiges Verhalten.«

»Ich kann Sie nicht wegen Mordes anklagen, Mr Radcliffe, da Neal Mason nicht tot ist. Er war zum Zeitpunkt des Unglücks nicht an Bord.«

Montys Augen weiteten sich. »Neal ist gar nicht tot?«

»Nein, Sir.«

Monty wurden vor Erleichterung die Knie weich, während Regina auf ihren Stuhl zurücksank und hörbar die Luft ausstieß.

»Aber ... wer war dann an Bord der *Ophelia*?«, fragte sie.

»Das wissen wir nicht, Mrs Radcliffe. Trotzdem rate ich Ihnen, Ihren Anwalt zu verständigen.«

»Was wird meinem Sohn zur Last gelegt?«

»Zunächst einmal mutwillige Sachbeschädigung. Falls wir jedoch ermitteln können, wer an Bord des Schiffes war, muss er mit einer Anklage wegen vorsätzlichen Mordes rechnen.«

31

Es war um die Mittagszeit, als Francesca und Lizzie sich zum Stoffgeschäft aufmachten. Joe hatte Lizzie Geld gegeben, damit sie sich neu einkleiden konnte, aber er wusste, sie würde nicht den Mut aufbringen, alleine zu gehen, und wenn er mitkäme, würden sie in der Stadt ungewollt Aufsehen erregen. Deshalb hatte er Francesca gebeten, Lizzie zu begleiten, zumal ein wenig Ablenkung beiden nur gut tun konnte. Anfangs hatte Francesca gezögert, Neal alleine zu lassen, doch er hatte ihr versichert, dass alles in Ordnung sei und dass er während ihrer Abwesenheit ohnehin schlafen würde.

Als die beiden Frauen über die High Street schlenderten, gestand Lizzie Francesca, dass sie Angst davor habe, erkannt zu werden. Bei jedem männlichen Passanten, der sich ihr näherte, senkte sie den Kopf, weil sie befürchtete, angesprochen zu werden.

»Ist Ihnen denn nicht klar, wie sehr Sie sich verändert haben?«, sagte Francesca. »Sie haben zugenommen, tragen die Haare anders und sind ganz anders gekleidet als damals.« Aus Takt hielt Francesca die Bemerkung zurück, was für ein schreckliches Bild Lizzie früher abgegeben hatte. Francesca war vor allem im Gedächtnis geblieben, Lizzie niemals lächeln gesehen zu haben. Inzwischen wusste sie, dass Lizzie damals zutiefst unglücklich gewesen war und dass Silas sie regelmäßig misshandelt hatte. Doch seit sie an Bord der *Marylou* war, lächelte sie häufig, und in ihre Augen war wieder ein wenig Glanz getreten. Und seit sie sich mehr Mühe mit ihren

527

Haaren gab und öfter in der Sonne war, was ihr eine gesunde Gesichtsfarbe verliehen hatte, wirkte sie deutlich jünger. Das Rouge und der knallrote Lippenstift, bei Dirnen beliebt, waren längst passé, und eine weitaus attraktivere Frau als früher war zum Vorschein gekommen.

»Ich weiß, dass ich anders aussehe, das spüre ich ja auch, aber trotzdem habe ich Angst davor, erkannt zu werden«, entgegnete Lizzie. »Ich bin mein Leben lang erniedrigt worden, sodass es mir nicht neu ist, aber ich will Ihnen und Joseph peinliche Situationen ersparen. Silas hat mir ständig vorgehalten, wie nutzlos ich bin ...« Sie hielt inne und errötete. »Und seine Brutalität mir gegenüber hat mich in dem Glauben bestärkt, dass er Recht hat. Umso mehr muss ich Ihrem Vater und Ned danken, weil sie mir mit so viel Respekt begegnen. Sie haben mir ein völlig anderes Leben aufgezeigt und mir bewiesen, dass nicht alle Männer in mir lediglich einen Körper sehen, den man benutzt, wie und wann es einem gefällt.«

»Sie können erhobenen Hauptes über die Straße gehen, Lizzie. Nicht nur, weil Sie ein guter Mensch sind, sondern weil Sie es verdient haben, ein glückliches Leben zu führen.«

Tränen schimmerten in Lizzies Augen. »Sie haben mir Zuflucht geboten und mir damit das Leben gerettet. Das wissen Sie doch, Francesca? Ich weiß nicht, wie ich Ihnen das jemals vergelten soll.«

»Das haben Sie bereits, Lizzie. Ich weiß, dass es an dem Abend, als Neal überfallen wurde, bitterkalt war. Hätten die Mädchen aus dem Bordell ihn nicht mitgenommen, hätte er die Nacht nicht überlebt. Und hätten Sie ihn dort nicht entdeckt, würde ich immer noch um ihn trauern.« Sie legte den Arm um Lizzies Schultern. »Kommen Sie, wir suchen jetzt ein paar hübsche Kleider für Sie aus.«

Gregory Pank und seine Gehilfin behandelten Lizzie wie jeden anderen Kunden, sodass sie ihre Hemmungen verlor und bald Freude daran bekam, sich neu einzukleiden. Dennoch achtete sie immer noch auf jeden männlichen Passanten, aus Furcht, als Dirne erkannt zu werden. Sie hatte sich bereits ein anderes Leben ausgemalt, ein Leben an der Seite Joes, wagte es aber nicht, offen mit Francesca darüber zu sprechen. Auch wenn Francesca nichts gegen ihre Freundschaft mit Joe einzuwenden hatte – alles, was darüber hinausging, würde sie bestimmt nicht tolerieren.

»Ihr Vater ist sehr großzügig zu mir, und damit meine ich nicht nur das Geld, das er mir gegeben hat, um mich neu einzukleiden. Er ist in jeder Hinsicht ein großzügiger Mensch«, sagte Lizzie, als sie mit Paketen beladen auf dem Rückweg zur *Marylou* waren. Sie erwähnte jedoch nicht, dass Joe ihr angeboten hatte, für immer auf der *Marylou* zu bleiben, und dass er versprochen hatte, sich stets um sie zu kümmern.

»Ja, Dad hat ein großes Herz«, erwiderte Francesca. »Das ist eine der Eigenschaften, die ich so sehr an ihm liebe.«

Lizzie lag die Bemerkung auf der Zunge, dass es bei ihr nicht anders sei, verkniff sie sich aber rechtzeitig.

Während sie über die High Street spazierten und die Auslagen in den Schaufenstern betrachteten, fielen Francesca plötzlich zwei Männer auf, die vor der Polizeiwache von ihren Pferden stiegen: der große, hagere Constable Watkins in seiner Polizeiuniform sowie ein Mann in Handschellen, der Francesca seltsam vertraut vorkam. Trotz der Entfernung bemerkte sie den verwahrlosten Eindruck des Unbekannten, obwohl er eine würdevolle Haltung bewahrte. Erst als sie und Lizzie näher gekommen waren und der Mann kurz die Straße entlangblickte, bevor er die Wache betrat, erkannte Francesca, wer er war: Monty. Einen flüchtigen Augenblick trafen sich ihre Blicke – lange genug, dass Francesca seine Verzweiflung wahrnahm.

»Das war Monty ... in Handschellen!«, sagte Francesca zu Lizzie. Sie war wie vom Donner gerührt. »Was kann er verbrochen haben, dass er verhaftet wurde?«

»Glauben Sie, es könnte etwas mit dem Schiffsunglück zu tun haben?«, entgegnete Lizzie.

»Niemals«, erwiderte Francesca. Die bloße Vorstellung war absurd; dennoch schlug ihr das Herz bis zum Hals. »Hören Sie, Lizzie, ich muss herausfinden, warum man ihn verhaftet hat. Sagen Sie bitte meinem Vater, dass ich noch etwas erledigen wollte, aber verraten Sie nicht, um was es geht. Falls Neal wach sein sollte, sagen Sie ihm, dass ich bald wieder bei ihm bin.«

»Wohin wollen Sie, Francesca?«

»Zur Polizeiwache. Wenn ich dort nichts in Erfahrung bringen kann, fahre ich nach Derby Downs und statte Regina einen Besuch ab. Ich wollte ihr ohnehin mein Beileid zu Fredericks Tod aussprechen. Vielleicht kann ich auch von ihr erfahren, warum Monty festgenommen wurde.«

Auf der Wache konnte Francesca nichts in Erfahrung bringen, da Monty noch vom Richter verhört wurde, sodass sie unverzüglich den Mietstall aufsuchte, der den Radcliffes gehörte. Dort angekommen, bat sie Henry ein zweites Mal um eine Kutsche und machte sich auf den Weg nach Derby Downs. Als sie dort eintraf, fand sie Regina auf der Veranda vor, von wo sie den Blick über den Fluss schweifen ließ. Sie sah mitgenommen aus, was Francesca nicht wunderte.

»Mein aufrichtiges Beileid«, sagte Francesca, als sie die Eingangstreppe hinaufstieg und einen raschen Blick in die Eingangshalle warf, wo Fredericks leerer Rollstuhl stand. Es schmerzte sie, ihn nicht wie gewohnt mit einem Lächeln darin sitzen zu sehen.

»Danke«, brachte Regina leise hervor. Francesca nahm neben ihr auf einem Rattanstuhl Platz. »Ich wusste, dass er ein schwaches Herz hatte, aber ich hätte nie damit gerechnet, ihn so früh zu verlieren. Sein Tod kommt völlig unerwartet. Ich kann es kaum noch ertragen, im Haus zu sein. Es ist hier so still wie auf einem Friedhof.«

Plötzlich hob Regina den Kopf und blickte Francesca in die Augen.

»Ich bin froh, dass Neal am Leben ist«, sagte sie.

Francesca erschrak, dass Regina darüber informiert war. Unwillkürlich fragte sie sich, wer sonst noch davon wusste und ob Neal in Gefahr schwebte. »Woher weißt du das?«

Regina wirkte peinlich berührt. »Von der Polizei.«

»Von der Polizei?«

»Ja.« Regina sah auf ihre Hände, die in ihrem Schoß ruhten. »Monty wurde verhaftet«, stieß sie mit zitternder Stimme hervor.

In Francesca keimte ein furchtbarer Verdacht. »Weshalb?«

Regina blickte sie an, während sie nach Worten suchte. Francesca bemerkte den gequälten Ausdruck in ihren Augen. Sie wusste, was Regina sagen würde, noch bevor diese die Worte ausgesprochen hatte. Schon auf der Fahrt hierher hatte sie ständig darüber nachgedacht. Obwohl sie es nicht glauben wollte – es ergab einen Sinn. Dennoch betete sie im Stillen, dass sie Unrecht hatte. Sie zitterte, als Regina zu sprechen begann.

»Monty hat gestanden ...«, sagte Regina. Wieder hatte sie Mühe, die Worte über die Lippen zu bringen. Ihre Augen füllten sich mit Tränen, und sie umklammerte Francescas Hand. »Er hat zugegeben, das Brennholz, das Neal auf die *Ophelia* geladen hat, mit Sprengstoff präpariert zu haben.«

Obwohl Francesca mit diesen Worten gerechnet hatte, traf es sie wie ein Schlag. Sie erhob sich, ging ans Ende der Veranda und versuchte, den Schock zu verarbeiten. Sie konnte nicht begreifen, dass jemand wie Monty zu solch einer Gewalttat fähig war. »Ich kann nicht glauben, dass Monty versucht hat, Neal zu ermorden«, flüsterte sie. »Mein Gott, es hätte mich ebenfalls treffen können, wäre ich an Bord gewesen.«

»Nein, Francesca. Auch wenn Monty vor Eifersucht beinahe verrückt war, hat er dafür gesorgt, dich unter einem Vorwand von Bord zu locken.«

»Aber hätte ich deine Einladung nicht angenommen, wäre ich an Bord geblieben, und dann ...« Mit einem Mal begriff Francesca. Sie hatte ja gleich geahnt, dass Regina an jenem Abend, als sie bei ihr zum Essen eingeladen war, irgendetwas im Schilde geführt hatte. Nun wusste sie, was es gewesen war. »Du hast es gewusst, Regina, nicht wahr? *Deswegen* hast du mir die Einladung zum Essen geschickt. Du hast mit Monty gemeinsame Sache gemacht!« Francesca war benommen.

»Nein, ehrlich, ich hatte keine Ahnung. Ich dachte, dass Monty ungestört mit Neal reden wollte, ohne dass du dabei bist. Natürlich hatte ich bemerkt, dass er sich seltsam verhielt, aber ich hätte nie gedacht, dass er ... dass er durchdrehen würde. Andernfalls hätte ich ihn daran gehindert, Francesca, das musst du mir glauben. Ich hätte niemals zugelassen, dass er einen Mord begeht.«

Francesca holte tief Luft. Sie spürte, dass Regina die Wahrheit sagte. »Das ist nun das Ergebnis all dieser Lügen!«, stieß sie zornig hervor. »Monty hätte die Wahrheit erfahren müssen, dass ich seine Schwester bin. Dann wäre es nie so weit gekommen.«

»Du weißt genau, warum ich es ihm nicht gesagt habe, Francesca.«

»Du hattest Angst, ihn zu verlieren, aber ist nicht genau das jetzt eingetreten?«

Regina tupfte sich die Tränen ab, die über ihre Wangen rannen. »Wenigstens hat er Neal nicht auf dem Gewissen«, sagte sie schluchzend. »Er bereut aus tiefstem Herzen, was er getan hat ... und du kannst dir nicht vorstellen, wie erleichtert er war, als er erfuhr, dass Neal nicht an Bord gewesen ist.«

Francesca kam zu ihr. »Was wird ihm zur Last gelegt?«

»Sachbeschädigung mit Tötungsabsicht ...«

»Neal hat er zwar nicht auf dem Gewissen, dafür aber jemand anders«, sagte Francesca mit leiser Stimme.

»Ich weiß. Wenn sie herausfinden, wer das Schiff gesteuert hat ...« Regina drückte sich das Taschentuch vors Gesicht und schluchzte.

Francesca setzte sich wieder neben sie und strich ihr tröstend über den Rücken. Mit einem Mal verspürte sie Mitleid mit dieser gepeinigten Frau, die innerhalb kürzester Zeit ihren Ehemann und ihren Sohn verloren hatte. Schnell schlug sie ein anderes Thema an: »Silas wird vermisst. Die Polizei nimmt an, dass er sich abgesetzt hat, weil ihm Ärger droht.«

»Silas würde niemals davonlaufen. Dafür hat er zu viele geschäftliche Verpflichtungen in der Stadt«, erwiderte Regina. »Außerdem bin ich mir sicher, dass er glaubt, sich mit Geld aus allem freikaufen zu können.«

»Gegen Silas liegt ein Haftbefehl vor, weil er öffentliche Gelder veruntreut und in der Mühle illegal Alkohol gelagert haben soll. Ich weiß nicht, ob er auch des Anschlags auf Neals Schiff verdächtigt wird. Ich hielt ihn für den Schuldigen, bis du mir gesagt hast ...« Francescas Stimme schwankte kurz. »Aber ich bin mir sicher, dass Silas eher die Stadt abbrennt, als dass er wieder ins Gefängnis geht. Mike Finnion, der Kapitän der *Curlew,* wird übrigens ebenfalls vermisst«, fügte sie hinzu.

Regina schüttelte den Kopf und blickte nachdenklich drein, als versuchte sie, sich einen Reim darauf zu machen. »Hat Neal erwähnt, dass er an dem Abend jemand anderen hierher geschickt hat, um dich abzuholen?«

»Nein«, antwortete Francesca. »Er wusste nicht einmal, dass sein Schiff fort war.«

»Dann wurde es gestohlen?«

»Es sieht ganz danach aus.«

»Und wo war Neal zu diesem Zeitpunkt?«

»Er lag in einer Gasse und rang um sein Leben«, antwortete Francesca. »Jemand hatte ihn mit einem Holzknüppel zusammengeschlagen, im Dunkeln, aus dem Hinterhalt.« Zum ersten Mal keimte in Francesca der Verdacht, dass Monty der Angreifer gewesen sein könnte.

Regina schien es zu erahnen. »Ich weiß, was du jetzt denkst, Francesca, aber Monty ist nicht gewalttätig. Das sähe ihm überhaupt nicht ähnlich.«

»Wie kannst du dir so sicher sein? Schließlich wollte er Neal mitsamt dem Schiff in die Luft jagen.«

Regina senkte vor Scham den Kopf. »Ja. Und deshalb kann er nicht in der Stadt gewesen sein und den Überfall auf Neal ausgeführt haben.«

Francesca wusste, dass sie Recht hatte. Offensichtlich besaß Neal mehr als einen Feind – was den Verdacht wieder auf Silas lenkte. Vielleicht hatte Silas keine Schuld an der Explosion, aber wie sah es mit dem Überfall auf Neal aus?

Auf der Rückfahrt beschloss Francesca, ein zweites Mal zu versuchen, mit Monty zu sprechen. Sie *musste* mit ihm persönlich reden, um ihre Gefühlswelt wieder ins Gleichgewicht zu bringen. Beständig schwankte sie zwischen Mitleid und Wut. Auf der Polizeiwache teilte man ihr mit, dass man Monty in einer Zelle hinter der Wache in Gewahrsam genommen habe. Francesca bettelte, ihn wenigstens ein paar Minuten sprechen zu dürfen, doch Constable Watkins befürchtete, sie könnte Monty etwas antun, weil der versucht hatte, ihren Ehemann umzubringen.

»Sie tragen doch keine Waffe bei sich, Mrs Mason, oder?«

Francesca war empört. »Selbstverständlich nicht.« Sie legte ihren Mantel ab und hielt ihm ihre Handtasche entgegen, doch Watkins verzichtete darauf, sie zu durchsuchen. »Ich möchte lediglich begreifen, was Monty zu der Tat getrieben hat, mehr nicht«, sagte sie.

Constable Watkins hatte Verständnis dafür. In ihrer Situation würde es ihm nicht anders ergehen. »Monty Radcliffe erwartet zwar seinen Anwalt, aber der ist noch nicht erschienen. Und da der Richter gerade außer Haus ist, erlaube ich Ihnen ausnahmsweise, Mr Radcliffe zu sehen. Aber nur für ein paar Minuten«, sagte er.

»Vielen Dank«, erwiderte Francesca leise, deren Nerven inzwischen blank lagen.

Auf dem Hof hinter der Wache befanden sich vier Zellen. Drei davon waren mit massiven Türen mit Sehschlitz gesichert. Monty hatte man in die vierte Zelle verfrachtet, die eine Gittertür besaß, damit er sich mit seinem Anwalt bereden konnte, der jeden Moment erwartet wurde. Er saß auf einer Holzbank, die Ellbogen auf die Knie gestützt, mit hängendem Kopf. Ihm war mehr als deutlich anzusehen, dass er tief in seiner Würde und seinem Stolz getroffen war.

Sein verlorener Anblick ließ Francescas Wut verrauchen. Obwohl sie noch immer nicht begreifen konnte, wie er zu so etwas fähig gewesen war, sah sie keinen Mörder in ihm. Genau wie sie selbst war auch Monty ein Opfer der Verlogenheit seiner Mutter und der tragischen Umstände.

Monty hob den Kopf, als er Schritte im Kies vernahm. »Was suchen Sie hier?«, fragte er. Francesca erschrak über die Kälte in seiner Stimme, sah aber, dass er Mühe hatte, Haltung zu wahren. Ihr Besuch war ihm offensichtlich peinlich.

»Ich komme soeben von Derby Downs, wo Ihre Mutter mir sagte, dass Sie den Mordversuch an Neal gestanden haben«, entgegnete Francesca.

Monty ließ den Kopf hängen.

»Warum, Monty? Was hat Sie zu einer so schrecklichen Tat getrieben?« Es schmerzte Francesca, dass es so weit gekommen war. Wäre die Wahrheit nicht verheimlicht worden, hätten sie und Monty einander wie Geschwister lieben können.

»Meine Liebe zu Ihnen ist alles, was ich zu meiner Verteidigung vorbringen kann, Francesca. Ich war krank vor Eifersucht, als Sie Neal Masons Frau wurden.«

»Ich sagte Ihnen doch schon, dass es für Sie und mich keine Zukunft gibt. Daran hätte auch Neals Tod nichts geändert.«

»Vielleicht doch.«

»Nein, Monty.«

»Wenn Sie mir eine echte Chance gegeben hätten ...«

»Hören Sie auf, Monty. Zwischen uns wird es niemals etwas geben.«

Montys Gesichtsausdruck bestätigte Francescas Vermutung, dass seine Hoffnung nie erloschen war. »Es wäre viel Leid vermieden worden«, sagte sie vorwurfsvoll.

»Wie kann ein Mann vermeiden, sich in eine Frau zu verlieben?«

Francesca beschloss, Monty die Wahrheit zu sagen, darüber, weshalb sie seine Gefühle nicht erwidern konnte.

»Monty, all diese Unglücke hätten sich vermeiden lassen, wenn man Ihnen gesagt hätte, wer ich wirklich bin ...«

»Wer Sie wirklich sind? Was soll das heißen, Francesca?«

Sie holte tief Luft. »Ich bin deine Halbschwester.«

Monty wurde schlagartig blass, schüttelte aber entschieden den Kopf. »Nie und nimmer! Wie kommen Sie auf so einen Unsinn?«

»Es ist kein Unsinn, Monty. Es ist die Wahrheit. Als ich es erfahren habe, war ich genauso schockiert wie du.«

Monty starrte Francesca entgeistert an. Sein Verstand sträubte sich gegen das, was er hörte, doch er sah, dass Francesca es ernst meinte.

»Ich habe ein unverkennbares Muttermal am Oberschenkel. Es sieht aus wie ein Stern. An dem Wochenende, an dem ich auf Derby Downs eingeladen war, hat deine Mutter es zufällig gesehen und sofort erkannt.«

»Meine Mutter ... hat es erkannt? Wie das?«

536

»Wenn du dich erinnerst, hat sie sich damals in ihrem Zimmer eingeschlossen und sich geweigert, herauszukommen. Sie stand unter Schock. Damals habe ich das nicht gewusst, aber etwas später hat sie mir dann die Wahrheit gesagt.«

»Wahrheit? Welche Wahrheit?« Monty begriff immer noch nicht völlig, was er zu hören bekam.

»Dass Regina nicht nur deine Mutter ist, sondern auch meine.«

»Das ergibt überhaupt keinen Sinn, Francesca. Warum sollte sie mir das verschweigen und Ihnen nicht?« Monty sprang auf und stellte sich an die Gittertür.

»Wir brauchen jetzt nicht mehr so förmlich miteinander umzugehen, Monty. Deine Mutter hatte Angst, dass du und dein Vater, dass ihr euch von ihr abwendet, wenn sie euch gestehen würde, dass ich ihre Tochter bin. Mehr will ich darüber gar nicht sagen. Das ist Reginas Aufgabe. Sie wird sicher bald herkommen. Jedenfalls ... nachdem ich erfahren habe, dass wir Geschwister sind, musste ich unsere Verbindung lösen.«

Ein gequälter Ausdruck erschien auf Montys Gesicht. »O Gott«, stieß er hervor und sank gegen die Gitterstäbe.

»Tut mir Leid, Monty, dass ich dir so viel Kummer bereitet habe, doch am meisten bedaure ich, dir nicht eher die Wahrheit gesagt zu haben. Dann wärst du jetzt nicht hier.«

»Wahrscheinlich werde ich für meine Wahnsinnstat hingerichtet«, sagte er. »Gott möge mir vergeben.«

Francescas Augen füllten sich mit Tränen. »Vielleicht stimmt es den Richter milde, wenn er die genauen Umstände erfährt. Wir dürfen die Hoffnung nicht aufgeben.«

Monty, der sich nach wie vor gegen die Gitterstäbe lehnte, hob den Kopf und blickte sie so schmerzerfüllt an, dass es Francesca beinahe das Herz brach. Er war nur noch ein Schatten jenes Mannes, den sie vor ein paar Monaten kennen gelernt hatte. Damals hatte er Warmherzigkeit und Lebensfreude besessen, und eine strahlende Zukunft lag vor ihm. Frannie konnte nicht verhindern, dass sie sich an seinem Untergang mitschuldig fühlte.

»Eigentlich müsste *ich* hinter Gittern sitzen, und nicht du, Monty«, erklang plötzlich eine betrübte Stimme hinter ihnen.

Francesca wandte sich um und sah Regina. Mit tränenüberströmtem Gesicht blickte sie ihren Sohn an.

Als Monty seine Mutter sah, kauerte er sich wieder auf die Bank und ließ den Kopf hängen.

Regina warf einen Blick auf Francesca, während sie versuchte, sich zu sammeln, um ihrem Sohn zu gestehen, dass sie seinen Vater vor vielen Jahren mit Silas Hepburn betrogen hatte.

»Ich musste ihm erklären, weshalb ich seine Gefühle nicht erwidern kann. Den Rest überlasse ich dir«, raunte Francesca ihr zu.

Dann ließ sie die beiden alleine. Regina tat ihr Leid, doch ihr Mitleid mit Monty war größer.

»Montgomery Radcliffe wurde verhaftet«, berichtete Francesca ihrem Vater, Ned und Neal nach ihrer Rückkehr. Sie bemerkte Neals erschrockenes Gesicht. »Er hat sich schuldig bekannt, ein Scheit von dem Brennholz, das du aufgeladen hast, mit Sprengstoff präpariert zu haben.«

»Warum sollte er so etwas tun?«, fragte Neal.

»Er konnte sich nicht damit abfinden, dass ich dich geheiratet habe.«

»Woher weißt du das?«, fragte Joe.

»Ich habe zufällig gesehen, dass er in Handschellen zur Wache gebracht worden ist, also habe ich Regina aufgesucht. Sie hat zwar eingeräumt, dass ihr Montys sonderbares Verhalten in letzter Zeit aufgefallen war, aber sie war gar nicht auf die Idee gekommen, er könnte jemandem Schaden zufügen.«

Neal sah, wie aufgewühlt Francesca war. »Dann hat der Anschlag den Dieb meines Schiffes das Leben gekostet, obwohl es mich treffen sollte?«

Francesca kniete sich neben seinen Schlafplatz und legte den Kopf an seine Schulter. »Ja. Es ist eine schreckliche Geschichte, Neal, und ich danke Gott, dass ich dich noch habe.«

Schweigend hörte Monty Regina zu, als diese ihm erklärte, dass sie sich vor Jahren aus Einsamkeit auf eine Affäre eingelassen, Francesca am Flussufer zur Welt gebracht und sie dann in einer Wanne auf dem Wasser ausgesetzt hatte. Sie hatte Mühe, Monty ihre damalige Verzweiflung und Angst begreiflich zu machen, da sie im Grunde wusste, dass er niemals Verständnis dafür aufbringen würde. Allerdings hatte sie eine völlig andere Reaktion erwartet.

»Ich kann nicht glauben, dass du dein eigenes Kind ausgesetzt hast. Andererseits weiß ich, dass ich keine bessere Mutter haben könnte als dich«, sagte er. »Ich verzeihe dir, weil ich dich liebe, und ich weiß, Vater hätte dir ebenfalls verziehen. Vielleicht hätte es einige Zeit gedauert, aber er hat dich angebetet, und wir wissen ja beide, wie sehr er Francesca ins Herz geschlossen hatte.« Montys Mundwinkel zuckten. »Dann hätte ich eine Schwester gehabt«, fuhr er fort. »Das hätte mir so sehr gefallen ...«

Weinend umklammerte Regina die Gitterstäbe. »Ich war sicher, dass Frederick mir niemals verzeihen würde. Sonst hätte ich ihm die Wahrheit gesagt. Du und dein Vater, ihr habt mir alles bedeutet. Ich hatte solche Angst, euch beide zu verlieren.«

Monty wirkte bekümmert und erschöpft. »Wer ist Francescas Vater?«, fragte er.

»Das spielt keine Rolle.«

»Für mich vielleicht nicht, aber weiß es Francesca?«

»Ja, aber sie will nichts mit dem Mann zu tun haben. Sie betrachtet Joe Callaghan als ihren Vater, und das ist gut so ...«

Ned entdeckte Francesca in der Abenddämmerung am Flussufer, wo sie alleine spazieren ging. Neal schlief, Joe und Lizzie saßen am Heck und angelten.

»Alles in Ordnung, Frannie?«, fragte er, als er sie eingeholt hatte. Er spürte, dass sie jemanden zum Reden brauchte.

»Es wird schon wieder, Ned. Ich mache mir große Sorgen um den armen Monty.« Die Vorstellung, er könnte gehenkt werden, erfüllte sie mit Entsetzen.

Ned hatte sich ebenfalls Gedanken gemacht. Er wusste, dass Francesca nach all den Ereignissen noch unter Schock stand, spürte aber, dass irgendetwas anderes sie zusätzlich belastete. »Ist Regina deine leibliche Mutter, Frannie?«

Francesca erschrak, weil Ned die Wahrheit erraten hatte, aber sie nickte.

»Und hätte Monty das gewusst«, fuhr Ned leise fort, »hätte er nicht versucht, Neal umzubringen ...«

»Oh, Ned«, stieß Francesca hervor und ließ sich in seine Arme fallen.

Ihr Kummer schmerzte Ned. Sie war noch so jung und hatte in der kurzen Zeit, seit sie wieder zu Hause war, Schlimmes durchmachen müssen. Es war ihm ein Rätsel, wie sie das durchstand.

»Das wird schon wieder, Frannie. Auch wenn du Mitleid mit Monty hast – Eifersucht ist keine Entschuldigung für das, was er getan hat. Daran ändert auch nichts, dass Regina deine leibliche Mutter ist.«

»Ich weiß, Ned. Aber hätte Monty die Wahrheit früher erfahren ...«

»Hat Regina dir gesagt, wer dein Vater ist?«, fragte Ned dazwischen.

Francesca sah, dass er Angst vor der Antwort hatte. »Er

war ihr ehemaliger Liebhaber«, entgegnete sie bloß, denn die Wahrheit war zu grausam, um sie zu offenbaren. »Es spielt keine Rolle, wer er ist, Ned. Joe Callaghan ist mein Vater und wird es immer bleiben, und du bist mein Lieblingsonkel. Das ist alles, was für mich zählt.« Sie drückte Ned an sich.

»Wirst du Joe sagen, wer deine leibliche Mutter ist?«, fragte er weiter.

»Nein«, gab Francesca leise zurück. »Regina und ich sind geschiedene Leute.«

Obwohl es unnachgiebig klang, war Ned erleichtert.

Über Neds Schulter hinweg konnte Francesca Joe am Heck der *Marylou* sehen, wo er mit Lizzie saß. Nie zuvor hatte sie so viel Liebe und Dankbarkeit verspürt wie in diesem Augenblick. Auch wenn ihre eigene Mutter sie einem ungewissen Schicksal ausgesetzt hatte, konnte sie sich mehr als glücklich schätzen, dass sie von Joe und Mary Callaghan und ihrem Maschinisten Ned Guilford gerettet worden war.

Francesca wusste, dass sie in jener Nacht auf dem Fluss bei Boora Boora einen Schutzengel gehabt hatte.

32

Ich kann nicht mehr untätig herumliegen«, sagte Neal und setzte sich mühsam auf. Er stöhnte, weil sein Körper protestierte und das Hämmern in seinem Schädel ihn daran erinnerte, dass er seit über zwei Wochen zur Untätigkeit verdammt war.

»Es besteht kein Grund zur Eile, Neal. Du musst dich mindestens noch eine weitere Woche lang schonen«, entgegnete Francesca. »Dr. Carmichael hat dir strenge Bettruhe verordnet, und wir müssen seine Anordnungen befolgen.«

»Währenddessen lauert Silas irgendwo und wartet nur darauf, zuzuschlagen. Du bist in Gefahr. Es nützt weder dir noch sonst jemandem, wenn ich hier herumliege.«

Francesca wusste, dass Neal verzweifelt war. »Silas wurde seit mehr als zwei Wochen nicht gesehen, Neal. Du brauchst dir keine Sorgen zu machen.«

»Vielleicht will er dich entführen. Das wäre ihm zuzutrauen. Er lässt sich wahrscheinlich nur nicht blicken, um uns alle in Sicherheit zu wiegen.«

»Du hast eine lebhafte Fantasie, Neal.« Francesca lachte, musste aber gestehen, dass sie ebenfalls beunruhigt war. »Dad und Ned behalten mich ständig im Auge. Mir kann nichts geschehen.«

Neal griff sich an die linke Seite, seine Rippen schmerzten. Obwohl seine Prellungen allmählich abklangen, hatte Francesca den Verdacht, dass er eine Gehirnerschütterung erlitten hatte, die er jedoch verschwieg. »Ich muss an die frische Luft, Francesca. Hilfst du mir an Deck?«

Francesca konnte sich vorstellen, dass Neal sich fühlte, als wäre er eine Ewigkeit eingesperrt gewesen. »Also gut«, sagte sie. »Draußen ist herrliches Wetter, und vielleicht tun dir die Sonne und die frische Luft ja gut.«

»Das hoffe ich«, entgegnete er und zwinkerte ihr anzüglich zu.

Behutsam stand er auf, und Francesca half ihm an Deck, wo er sich auf einen Stuhl sinken ließ, der in der Sonne stand. »Offenbar waren Joe und Ned sehr fleißig«, bemerkte er, als er den Blick umherschweifen ließ. Sie hatten die Lackierung ausgebessert und die Seile erneuert, mit denen die Reling abgesichert war, sowie zahlreiche kleinere Arbeiten verrichtet, die lange Zeit vernachlässigt worden waren.

»Ja, jetzt sieht die *Marylou* wieder richtig schmuck aus, nicht wahr?«, erwiderte Francesca. Sofort bereute sie ihre unbedachte Äußerung – Neal schmerzte der Verlust der *Ophelia* immer noch sehr. »Sobald dir die Versicherungssumme ausbezahlt wird, kannst du ein neues Schiff in Auftrag geben«, fügte sie rasch hinzu.

Neal nickte. »Aber ich weiß nicht, von wem ich es bauen lassen soll. Ezra war der Beste seines Fachs.«

»Du wirst schon jemanden finden. Möchtest du einen Tee?«

»Gern.«

Lizzie war in der Kombüse und kochte.

»Das riecht köstlich«, sagte Francesca, als sie hereinkam, um für Neal Tee zu kochen.

»Es gibt Auflauf mit Huhn und Pilzen«, sagte Lizzie.

»Dad schwärmt immer noch von dem Auflauf, den Sie letzte Woche gemacht haben.«

Lizzie strahlte. Es machte ihr Freude, Joe und Ned zu bekochen. Den beiden schmeckte, was sie ihnen auftischte, und so fühlte sie sich nützlich. »So kann ich mich ein wenig für die Liebenswürdigkeit Ihres Vaters revanchieren«, sagte sie, »und außerdem macht es mir Spaß.«

Lizzie hatte offenbar großen Gefallen am Leben auf dem Fluss entwickelt. »Dad und Ned werden Sie niemals ziehen lassen, wenn Sie weiterhin so gut für die beiden kochen«, sagte Francesca.

Das wäre zu schön, um wahr zu sein, ging es Lizzie durch den Kopf. Obwohl sie im Bordell nur wenig Hausarbeit gemacht hatte, genoss sie es aus vollem Herzen, sich an Bord der *Marylou* nützlich zu machen, indem sie Wäsche wusch, sauber machte und kochte. Damit entlastete sie auch Francesca, die die meiste Zeit bei Neal wachte. Zudem liebte Lizzie den Sonnenschein. In ihrem früheren Leben hatte sie viel zu viele Tage verschlafen.

Francesca machte Neal ein Sandwich zum Tee und setzte sich zu ihm aufs Deck, bis er müde wurde. Als er sich wieder in die Kajüte zurückzog, um sich hinzulegen, machte Francesca sich zu einem Spaziergang in die Stadt auf. Sie hoffte, dort Claude Mauston oder Amos zu begegnen. Ihr war zu Ohren gekommen, dass Monty gegen Kaution auf freien Fuß gesetzt worden war, allerdings verbunden mit der Auflage, auf der Farm zu bleiben, bis die Polizei ermittelt hatte, wer sich zum Zeitpunkt der Explosion an Bord der *Ophelia* aufgehalten hatte. Francesca hoffte, etwas über Monty in Erfahrung zu bringen, zumal sie sich nicht überwinden konnte, nach Derby Downs hinauszufahren. Schließlich lebte sie mit Neal zusammen, und sie wusste, dass sie sich aus Montys und Reginas Leben heraushalten musste.

Francesca ging gerade am Bridge Hotel vorbei, als jemand laut nach ihr rief.

»Entschuldigen Sie ...«, sprach eine Frau sie an.

»Ja?«

»Sie sind Francesca Mason, nicht wahr?«

Die Frau stand im Eingang des Hotels, das nun schon seit fast drei Wochen geschlossen war.

»Ja«, erwiderte Francesca.

»Ich bin Henrietta Chapman, die ehemalige Mrs Silas Hepburn«, stellte sie sich vor und trat auf sie zu.

»Oh. Woher wussten Sie, wer ich bin?«

»Einer der Hotelangestellten hat es mir gesagt. Gehe ich recht in der Annahme, dass Sie mit meinem geschiedenen Mann verlobt waren?«

Francesca zögerte. »Ja«, sagte sie dann. »Allerdings nur sehr kurz.«

»Ein Glück für Sie«, erwiderte Henrietta zu Francescas Erstaunen.

Henrietta war eine kräftige Frau mit attraktivem Gesicht, das weiblicher gewirkt hätte, hätte sie die Haare nicht zu einem strengen Dutt zusammengebunden, den sie unter einer weißen Haube verbarg. Doch Francesca gefiel die sachliche Art dieser Frau.

»Sie sind sicher sehr beschäftigt, aber ich wollte gerade einen Tee trinken. Haben Sie Lust, mir dabei Gesellschaft zu leisten?«, fragte Henrietta.

Francesca war überrascht. »Ja, gern«, erwiderte sie, obwohl Henriettas Angebot sie ein wenig nervös machte.

Sie betraten den verlassenen Speisesaal, und Henrietta schenkte ihr frisch gekochten Tee ein. »Ich möchte mich für die Unannehmlichkeiten entschuldigen, die mein geschiedener Mann Ihnen und Ihrer Familie vermutlich bereitet hat«, sagte Henrietta, während sie Platz nahmen und sie einen Teller mit Gebäck und Kuchen aufdeckte. »Ich bin zwar erst seit wenigen Tagen in Echuca, aber mir ist schon einiges zugetragen worden über das Leid, das Silas den Bürgern dieser Gemeinde nach meinem Weggang zugefügt hat. Sie waren so kurze Zeit mit Silas verlobt, dass er Ihnen vermutlich übel mitgespielt hat.« Bevor Francesca etwas erwidern konnte,

545

fügte Henrietta hinzu: »Da ich Silas kenne, überrascht mich das nicht, und es tut mir sehr Leid.«

»Es ehrt Sie, dass Sie sich für Silas entschuldigen«, sagte Francesca. »Aber Sie sind für seine Machenschaften nicht verantwortlich. Ich bezweifle, dass Silas sich von irgendjemandem hineinreden lässt.«

»Ich habe es versucht, weiß Gott, aber letztlich musste ich mich geschlagen geben und ihn verlassen. Ich lebe seither in Melbourne und arbeite in einem Frauenhaus in Malvern.«

»Ich bin in Malvern zur Schule gegangen«, sagte Francesca.

»Dann kennen Sie das Frauenhaus auf der Barnaby Street?«

»Die Barnaby Street ist nicht weit von meiner alten Schule entfernt.«

»Was für ein Zufall. Im Frauenhaus werden immer Helfer gesucht, und glücklicherweise nimmt man dort viel Rücksicht auf meine Kinder. Sie ahnen ja nicht, wie viele Frauen und Mädchen dort Zuflucht suchen. Es ist traurig. Falls ich in Echuca bleibe, würde ich hier gern auch so eine Einrichtung gründen. Frauen, die verlassen werden oder auf sich allein gestellt sind, müssen schwere Zeiten durchmachen und enden häufig im Bordell. Gäbe es eine Anlaufstelle, wären sie dazu nicht mehr gezwungen.«

»Da stimme ich Ihnen zu«, sagte Francesca und dachte dabei an Lizzie. Sie holte tief Luft. »Ich will ehrlich sein, Henrietta, und Ihnen sagen, dass ich niemals die Absicht hatte, Silas zu heiraten.«

»Warum haben Sie sich dann mit ihm verlobt?«

»Ich weiß, dass es hinterlistig war, aber ich habe es nur getan, damit mein Vater seine Schulden bei Silas zurückzahlen konnte, ohne befürchten zu müssen, ständig bei seiner Arbeit sabotiert zu werden.«

»Das verstehe ich nicht. Warum sollte Silas Ihren Vater daran hindern zu arbeiten, wenn er ihm Geld schuldete?«

»Er wollte Dad in Zahlungsschwierigkeiten bringen. Das verschaffte ihm die Möglichkeit, meinem Vater das Angebot zu machen, ihm die Schulden zu erlassen – im Austausch gegen die Erlaubnis, um meine Hand anhalten zu dürfen.«

Henrietta schürzte die Lippen. »Ich verstehe.«

»Als mein Vater abgelehnt hatte, setzte Silas ihn unter Druck. Als Dad dann für Ezra Pickering Holz transportierte, hat Silas Ezra gezwungen, meinem Vater den Auftrag wieder wegzunehmen, indem er Ezra gedroht hat, dessen Auftraggeber zu verprellen. Aus schlechtem Gewissen hat Ezra meinen Vater an Dolan O'Shaunnessey vermittelt. Kurz darauf verunglückte Dolan schwer, sodass der Betrieb in seinem Werk eingestellt werden musste. Und dann ist auch noch Ezras Werft niedergebrannt.«

»Sie glauben doch nicht etwa, dass diese Unglücke zufällig passiert sind?«

»Nein, genauso wenig wie mein Vater. Ich habe Silas' Antrag angenommen, damit nicht noch mehr unschuldigen Menschen Leid zugefügt wurde und mein Vater sein Schiff behalten konnte.«

»War Silas wütend, als Sie die Verlobung gelöst haben? Zumal ich annehme, dass Sie dabei die treibende Kraft gewesen sind.«

»Ich habe Silas dabei überrascht, wie er eine andere Frau geküsst hat, aber ich kann Ihnen versichern, es hat mir nicht das Herz gebrochen. Kurz darauf hat mein Vater eine Erbschaft gemacht und konnte von dem Geld seine Schulden tilgen. Silas war außer sich, vor allem, als ich einen anderen Mann geheiratet habe. Erst vor kurzem wurde das Schiff meines Mannes, die *Ophelia,* in die Luft gesprengt, während man ihn selbst in einer dunklen Gasse halb totgeprügelt hat.«

»Das ist ja schrecklich! Wie geht es ihm?«

»Er erholt sich allmählich, aber wir haben keine Ruhe, solange wir nicht wissen, was mit Silas geschehen ist.«

»Sein Verschwinden ist rätselhaft und widerspricht völlig seinem Charakter. Er lässt seine Geschäfte nicht gern im Stich.«

»Wer immer das Schiff meines Ehemannes gestohlen hat, wusste jedenfalls nicht, dass Monty Radcliffe Sprengstoff an Bord versteckt hatte. Offenbar hat der Dieb meinen Mann mit einer falschen Nachricht vom Schiff gelockt und ihn anschließend zusammengeschlagen. Wir bezweifeln allerdings sehr, dass Silas die *Ophelia* gestohlen hat, zumal er nicht weiß, wie man ein Dampfschiff steuert.«

»Das stimmt allerdings.«

»Mike Finnion wird ebenfalls vermisst. Er war Kapitän auf der *Curlew*.«

»Ich weiß«, sagte Henrietta. »Solange wir nicht wissen, wo Silas sich aufhält, ist alles in der Schwebe. Ich möchte die Hotels gern wieder eröffnen, zumal das Personal auf den Lohn angewiesen ist. Andernfalls leiden ganze Familien Not. Doch soviel ich weiß, müssen sieben Jahre verstrichen sein, bis eine vermisste Person offiziell für tot erklärt wird, was bedeutet, dass ich die Hotels nicht vor Ablauf dieser sieben Jahre erbe. Ich weiß nicht, was ich tun soll. Ich bin zwar in der Lage, ein Hotel zu leiten, brauche allerdings eine amtliche Genehmigung für den Alkoholausschank. Aber wie ich diese Spießbürger kenne, lehnen die mich ab, weil ich eine Frau bin. Als rechtmäßige Besitzerin sähe alles ganz anders aus. Deshalb werde ich mein Anliegen vorbringen und um die Hotels kämpfen.«

»Ich wünsche Ihnen viel Glück«, sagte Francesca.

»Danke. Haben Sie und Ihr Mann ein Haus in der Stadt?«

»Nein. Wir leben auf dem Fluss. Derzeit wohnen wir auf dem Schiff meines Vaters.«

»Da muss es ja ganz schön eng sein.«

»Man gewöhnt sich daran.«

»Dennoch ist es keine ideale Situation für Frischvermählte. Sollten Sie den Wunsch haben, sich ein Hotelzimmer zu nehmen, sind Sie herzlich willkommen. Die Zimmer stehen nämlich alle leer.«

»Das ist sehr großzügig von Ihnen.«

»Das ist das Mindeste, was ich tun kann. Sie müssen sich allerdings selbst versorgen. Ich lasse zwar regelmäßig ein Zimmermädchen kommen, um das Haus sauber zu halten, bis ich weiß, wie es weitergeht, aber das ist auch schon alles.«

»Ich werde mit meinem Mann sprechen, aber es kann sein, dass er Ihr Angebot ablehnt.«

»Das macht nichts. Ich hätte Verständnis dafür. Ich möchte nur, dass Sie wissen, dass das Angebot bestehen bleibt.«

»Ich danke Ihnen, Henrietta.«

Jimmy klopfte an die Tür des Hauses Humphries Street 5, wo Mike Finnion sich bei einer Mrs Weatherby eingemietet hatte. Da die Außentür offen stand, konnte er durchs Fliegengitter in die breite Eingangsdiele spähen. Der schwache Dunst von gebratenen Zwiebeln zog an ihm vorüber. Am Ende der Diele erschien eine Frau aus der Küche.

»Ja?«, rief sie.

»Hallo«, rief Jimmy zurück.

»Das Zimmer ist bereits vergeben, falls du deswegen hier bist«, sagte Mrs Weatherby.

»Ich wollte nur fragen, ob Sie etwas von Mike Finnion gehört haben.«

»Warum willst du das wissen?«

Jimmy spürte, dass sie auf der Hut war. »Ich mache mir Sorgen um ihn.«

Daraufhin humpelte Mrs Weatherby auf ihren entzündeten Fußballen zur Tür.

»Ich habe den Herrn von der Polizei bereits gesagt, dass ich nicht weiß, wo er steckt«, sagte sie, während sie sich die Hände an ihrer schmutzigen Schürze abwischte.

549

»Wenn Sie etwas wissen, wäre ich Ihnen sehr dankbar, wenn Sie es mir sagen würden«, bat Jimmy. Er musste wenigstens wissen, ob Mike noch am Leben war. Viele Existenzen hingen davon ab.

Mrs Weatherby musterte Jimmy. Im Laufe der Jahre hatten an die hundert Untermieter bei Mrs Weatherby logiert, sodass sie eine gute Menschenkenntnis entwickelt hatte. Jimmy schien ein anständiger Bursche zu sein.

»Mike schuldete mir noch eine Wochenmiete«, sagte sie.

Jimmy verstand dies als versteckte Aufforderung, ihr das Geld zu geben, damit sie seine Fragen beantwortete.

»Tut mir Leid, ich habe kein Geld ...«, sagte er traurig.

»Schon gut. Ich habe es gestern mit der Post erhalten.«

Jimmys Augen wurden groß. »Dann ist Mike am Leben?«

»Es geht wohl in Ordnung, wenn ich dir verrate, dass er nach Melbourne ist und dort auf dem Dock arbeitet.«

Jimmy stieß einen Seufzer der Erleichterung aus. Er war unendlich froh, dass Mike lebte, zumal er ein anständiger Kerl war. »Danke, Mrs Weatherby«, sagte er. »Sie wissen gar nicht, wie vielen Menschen Sie damit einen großen Gefallen erweisen.«

»Gern geschehen«, erwiderte sie und humpelte zur Küche zurück.

Jimmy musste sich gut überlegen, wie er mit dieser neuen Information verfuhr. Er wusste, wenn er Silas beschuldigte, Neal Mason unter einem Vorwand vom Schiff gelockt zu haben, würde er sich womöglich selbst belasten. Aber gleichzeitig wusste er auch, dass das Personal des Bridge Hotels und ihre Familien Not litten. Zudem war ihm klar, dass er wieder auf der Straße landen würde, wenn die Hotels verkauft würden, und davor fürchtete er sich am meisten.

Jimmy ging zum Pier, wo zwei Constables mit Joe Callaghan und Neal Mason ein Gespräch führten. Neal hatte gerade erst erfahren, dass die Gesellschaft, bei der er sein Schiff versichert hatte, ihm vorerst seinen Zahlungsanspruch verweigerte. Er vermutete, dass es damit zusammenhing, dass noch kein offizieller Polizeibericht eingegangen war, der wiederum nicht abgeschlossen werden konnte, solange die Polizei nicht ermittelt hatte, wer am Ruder der *Ophelia* gestanden hatte.

»Sie müssen etwas unternehmen«, sagte Neal zu den beiden Constables. Er ärgerte sich, dass die Ermittlungen nicht vorangingen. »Ich bin der Geschädigte, muss aber selbst für den Schaden aufkommen. Das kann doch wohl nicht richtig sein, oder?«

»Ich bedaure«, sagte Constable Watkins.

»Montgomery Radcliffe hat doch gestanden, dass er das von mir geladene Brennholz mit Sprengstoff präpariert hat. Das sollte für einen vorläufigen Polizeibericht genügen, um die Versicherungsgesellschaft zufrieden zu stellen.«

»Ich fürchte, so einfach ist das nicht«, entgegnete Constable Bennett. »Erst wenn wir ermittelt haben, wer am Steuer der *Ophelia* stand, können wir den Bericht abschließen.«

»Vielleicht kann ich helfen«, mischte Jimmy sich ein, der sich der Gruppe näherte.

»Weißt du etwas, Jimmy?«, fragte Joe. Er hatte Jimmys Vater gut gekannt und wusste, dass Henrietta Chapman sich nach dessen Tod um den Jungen gekümmert hatte.

»Ich weiß, dass von Silas die Nachricht stammt, die Neal am Abend der Explosion erhalten hat«, sagte Jimmy.

»Und woher weißt du das?«, wollte Constable Watkins wissen.

»Weil er selbst sie abgegeben hat«, sagte Neal, der Jimmy plötzlich wiedererkannte. An jenem Abend war es bereits dunkel gewesen, und er hatte dem Jungen kaum Beachtung geschenkt. Der Polizei hatte er nur eine ungenaue Beschreibung von Jimmy geben können, aber jetzt, wo er ihn wiedersah, kehrte seine Erinnerung zurück.

»Das stimmt«, bestätigte Jimmy. »Ich sollte für Silas die Nachricht überbringen, und Mike Finnion sollte an dem Abend die *Ophelia* stehlen, ist aber nicht aufgetaucht. Ich habe gerade erfahren, dass er nach Melbourne ist und dort auf dem Dock arbeitet.«

»Kannst du das beweisen?«, fragte Constable Watkins.

»Gestern hat seine Wirtin einen Brief erhalten, in dem das Geld für die Miete steckte, die er ihr noch schuldig war.«

»Weißt du auch, wer die *Ophelia* gestohlen hat?«, fragte Constable Watkins.

Jimmy senkte den Kopf. »Silas hat getobt, weil Mike nicht erschienen ist«, sagte er leise. »Er wusste, dass Mr Mason in wenigen Minuten zurückkommen würde. Ich musste Silas zu der Stelle am Ufer bringen, wo die *Ophelia* vor Anker lag.« Jimmy scharrte unbehaglich mit den Füßen. »Dann hat er mich zum Hotel zurückgeschickt. Ich bin losgerannt, habe aber noch einmal zum Schiff geschaut und gesehen, dass Silas an Bord gestiegen ist. Seitdem ist er spurlos verschwunden.«

Constable Watkins wandte sich an Joe und Neal. »Das scheint des Rätsels Lösung zu sein. Der Junge wird zwar noch vor dem Richter aussagen müssen, aber ich denke, wir können unseren Bericht jetzt abschließen.«

»Weißt du auch, ob Silas einen Schläger auf mich angesetzt hat, Jimmy?«, fragte Neal.

Der Bursche wurde rot. Er war sicher, dass er bereits zu viel gesagt und sich damit selbst belastet hatte.

»Ich verspreche dir, mein Junge, dass ich dir in keiner Weise eine Mitschuld gebe. Ich muss nur wissen, ob ich für den Rest meines Lebens auf der Hut sein muss.«

»Bevor ich Silas zu der Anlegestelle geführt habe, hat er noch kurz im Star Hotel vorbeigeschaut«, sagte Jimmy. »Wenige Minuten später kam er wieder zu Vorschein, zusammen mit zwei Raufbolden ... die Sorte, die gern mit den Matrosen

Streit anfängt, aus Spaß an einer Prügelei. Ich kannte die beiden nicht, aber sie waren ziemlich betrunken und machten den Eindruck, als wären sie darauf aus, jemanden in die Mangel zu nehmen. Silas hat die beiden offenbar gekannt. Er hat ihnen Geld in die Hand gedrückt. Dann sind sie in der Dunkelheit verschwunden.«

»In welche Richtung sind sie gegangen?«, fragte Neal.

Jimmy zeigte auf das Bordell.

»Ich habe die beiden Kerle danach nicht mehr gesehen«, sagte Jimmy. »Ich bin sicher, die waren nicht von hier.«

Während die beiden Constables Jimmy mit zur Wache nahmen, blickten Joe und Neal sich eine Weile stumm an.

Endlich war das Rätsel gelöst.

Kurz darauf gesellten Francesca und Lizzie sich zu den beiden an Deck.

»Was wollten die Constables, Neal?«, fragte Francesca. Durch die Luke in ihrer Kajüte hatte sie gesehen, wie die Polizisten sich entfernt hatten.

»Wir hatten gerade über den noch ausstehenden Polizeibericht gesprochen, als plötzlich ein junger Bursche erschien, der uns erzählt hat, was am Abend der Explosion vorgefallen ist.«

Francesca riss die Augen auf. »Willst du damit sagen, du weißt, wer dein Schiff gestohlen hat?«

»Es war Silas«, sagte Joe.

»Silas? Heißt das, er war an Bord, als das Schiff explodiert ist?«

»Sieht ganz so aus.«

Francesca musste diese Neuigkeit erst verdauen. »Dann ist ihm seine eigene Skrupellosigkeit zum Verhängnis geworden ...«, sagte sie schließlich.

»Hätte er das Schiff nicht gestohlen, wären ich und wahrscheinlich auch du an Bord gewesen, Francesca. Silas hat uns auf seltsame Art und Weise das Leben gerettet.«

»Vergiss nicht, dass er zwei Totschläger auf dich angesetzt hat, Neal«, sagte Joe.

»Es steht mir nicht zu, über Silas zu richten, aber vielleicht hatte er es nicht anders verdient«, warf Ned ein, der bis dahin schweigend zugehört hatte. »Ich glaube, wir alle bekommen, was wir verdienen«, fügte er hinzu und blickte dabei Francesca an. Sie wusste, dass Ned an die Nacht dachte, in der er die Wanne im Fluss entdeckt hatte. Statt Regina und Silas hatte sie Mary und Joe als Eltern gehabt.

Nun schien es, als wäre das Schicksal ihr und Neal erneut zu Hilfe geeilt ... und als hätte Silas bekommen, was er verdiente.

33

Teddy McIntyre war soeben hier«, sagte Neal, nachdem Francesca ihm von Henrietta Chapmans Einladung erzählt hatte. »Er hat gefragt, ob ich mich um die *Bunyip* kümmere, solange er seine Tochter in Bunbury besucht. Es war sehr großzügig von deinem Vater, mir seine Kabine zu überlassen, aber er hat jetzt schon lange genug auf dem Boden geschlafen, deshalb habe ich Ja gesagt.«

»Das ist schon in Ordnung, Neal. Ich hatte Henrietta schon gesagt, dass du ihr Angebot vielleicht ablehnst, und sie hat Verständnis dafür.«

»Ich weiß ihre Einladung zu schätzen, aber ich bleibe lieber auf dem Fluss. Das verstehst du doch, Francesca?«

Francesca musste daran denken, dass Neal ihr bereits einmal gesagt hatte, dass er nie ein konventionelles Leben in einem Haus würde führen können und dass er sich nicht vorstellen könne, verheiratet zu sein und Kinder zu haben.

»Ja, Neal. Das verstehe ich. Du hattest mir bereits gesagt, dass so ein Leben nichts für dich ist.«

Plötzlich wirkte Neal verunsichert. »Kommst du mit mir?«, fragte er.

»Möchtest du das denn?«, fragte sie mit leichtem Zittern in der Stimme.

»Ja. Ich weiß nur nicht, ob du es willst. Schließlich sind wir nur verheiratet, um deinen Vater zu schützen.« Neal fühlte sich unbehaglich, weil Francesca nicht die ganze Wahrheit kannte.

Als sie nichts erwiderte, fuhr er fort: »Ich muss dir etwas sagen.«

Francesca Herz schlug schneller. Sie hoffte, dass Neal ihr sagen würde, dass es nun nicht mehr nötig sei, ihre Scheinehe aufrechtzuerhalten, da Silas keine Bedrohung mehr darstellte. Obwohl die Ehe nicht rechtskräftig war, fühlte sie sich dennoch als seine Frau, ja, sie konnte sich ein Leben ohne ihn nicht mehr vorstellen.

»Und was?«, fragte sie mit leiser Stimme.

»Es hat mit unserer Ehe zu tun ...«, antwortete Neal, wurde in diesem Moment jedoch von Joe unterbrochen, der vom Deck aus nach Francesca rief.

»Neal hat uns gesagt, dass er Teddy McIntyre versprochen hat, sich um die *Bunyip* zu kümmern«, sagte Joe. »Daher haben Ned und ich uns überlegt, runter nach Goolwa zu schippern. So bekommt Elizabeth ein bisschen mehr vom Fluss zu sehen. Außerdem können wir alle eine Erholungspause gebrauchen. Bist du einverstanden, mein Mädchen?«

»Sicher, Dad. Das ist eine großartige Idee.« Da ihr Vater in dem Glauben war, sie sei tatsächlich mit Neal verheiratet, nahm er natürlich an, dass sie Neal auf die *Bunyip* begleiten würde. Francesca blickte in sein glückliches, unbeschwertes Gesicht und brachte es nicht über sich, ihm die Wahrheit zu sagen. Es war lange her, dass sie ihn das letzte Mal hatte lächeln sehen. »Aber wie willst du mit deinem steifen Arm die *Marylou* steuern, Dad?«

»Elizabeth wird am Ruder stehen«, entgegnete er und lächelte Lizzie an. Francesca sah, dass Lizzie von der Idee begeistert war.

»Vielleicht sollten Sie Ihr Kapitänspatent machen, Lizzie«, schlug sie vor.

»Daran habe ich auch schon gedacht«, sagte Joe.

Lizzie riss erstaunt die Augen auf. »Traut ihr mir das wirklich zu?«

»Aber sicher«, entgegnete Joe.

»Sie können alles schaffen, Lizzie, Sie müssen es nur wollen«, sagte Francesca, doch ihr war die Enttäuschung anzuhören, dass ihr selbst das Kapitänspatent verwehrt geblieben war.

Lizzie spürte Francescas gedrückte Stimmung. Vermutlich gefiel es Frannie nicht, ihren Platz auf der *Marylou* für sie, Lizzie, zu räumen. Das bestätigte Lizzie auch in der Überzeugung, dass Francesca niemals eine Beziehung zwischen ihr und Joe tolerieren würde.

Francesca blickte ihren Vater an. »Dann werde ich jetzt meine Sachen packen, ihr könnt es sicher kaum abwarten, loszumachen.«

Joe spürte ebenfalls, dass mit Francesca etwas nicht stimmte. Er schob es darauf, dass sie ihn und Ned vermissen würde. Aber sie war jetzt eine verheiratete Frau und gehörte zu Neal. »Es besteht kein Grund zur Eile, mein Mädchen, aber bestimmt freut ihr Frischvermählten euch darauf, mal ungestört zu sein.«

Francesca errötete – nicht nur, weil ihr Vater annahm, sie und Neal würde es nach Intimität verlangen. Sie fragte sich, was sie tun sollte, wenn Neal sie nicht mitnehmen wollte.

»Dad, Ned und Lizzie setzen nach Goolwa über«, sagte Francesca zu Neal, als sie wieder in die Kajüte zurückgekehrt war. »Er geht davon aus, dass ich dich auf die *Bunyip* begleite.«

»Das war zu erwarten«, sagte Neal. Eigentlich hätte er ein schlechtes Gewissen haben müssen, weil er Joe täuschte, aber im Grunde täuschte er vor allem Francesca. Es war höchste Zeit, ihr die Wahrheit zu sagen.

»Leider war jetzt nicht der richtige Moment, meinem Vater zu gestehen, dass wir nur zum Schein verheiratet sind«, sagte Francesca.

»Genau darüber wollte ich mit dir sprechen«, entgegnete Neal.

In Francesca stieg Angst auf. »Das können wir auf später verschieben, Neal. Dad kann es kaum abwarten, den Anker zu lichten, deshalb sollte ich zuerst meine Sachen packen.«

Das Packen nahm fast eine Stunde in Anspruch; dann legten Joe und Ned längsseits der *Bunyip* an, die in Höhe von Strommeile 297 vor Echuca ankerte.

»In ein paar Wochen sehen wir uns wieder«, sagte Joe zum Abschied. »Wir müssen jetzt los, solange noch Tageslicht herrscht.«

Wenige Minuten später winkten Francesca und Neal ihnen zum Abschied hinterher.

»Das war's«, meinte Neal. »Jetzt sind wir unter uns.« Er hatte den Eindruck, Francesca fühle sich unwohl in ihrer Haut, und schob es auf die Trennung von Joe, Ned und Lizzie.

»Ja«, erwiderte Francesca, die sich mit einem Mal gehemmt fühlte. »Hast du Hunger? Ich kann uns etwas zubereiten.«

Neal hatte keinen Hunger, nicht einmal Appetit, hielt sich jedoch zurück. »Teddy sagte, dass in der Speisekammer ein bisschen Brot und Käse sei, und auch Wein«, entgegnete er. »Das reicht uns für heute, nicht wahr? Wir können morgen einkaufen.«

»Soll mir recht sein«, sagte Francesca und betrat mit Neal die Vorderkajüte. Auch sie verspürte keinen Hunger. Stattdessen hatte sie ein flaues Gefühl im Magen, genau wie in ihrer Hochzeitsnacht.

Die *Bunyip* war größer als die *Marylou* und besser ausgestattet. Beim Packen hatte Neal Francesca erzählt, dass Teddy und seine Frau Mavis drei Kinder an Bord großgezogen hatten, doch Mavis war vor einigen Jahren gestorben, und die Kinder waren mittlerweile erwachsen und hatten selbst Familie. Teddy, der inzwischen über sechzig war, verbrachte mehr Zeit damit, seine Kinder zu besuchen, als auf dem Fluss zu schippern. Doch während seiner letzten Abwesenheit von Bord war das Schiff geplündert worden, sodass Teddy die *Bunyip* in guten Händen wissen wollte, wenn er selbst nicht mit dem Schiff unterwegs war. Da Teddy wusste, dass Neal sein Schiff verloren hatte, hatte er ihm das Angebot gemacht, die *Bunyip* in den Zeiten seiner Abwesenheit zu übernehmen – ein Angebot, das Neal nur zu gern angenommen hatte. Denn solange er nicht wusste, wann die Versicherung das Geld ausbezahlen würde, konnte er kein neues Schiff in Auftrag geben.

Während Francesca nun ihre Sachen verstaute, konnte sie Neal in der Kombüse hören. Als sie in die Vorderkajüte zurückkehrte, hatte er Kerzen angezündet, Brot und Käse hergerichtet und schenkte gerade Wein in zwei Gläser.

»Ich möchte mich bedanken, dass du mich in den letzten Wochen so gut gepflegt hast«, sagte er und reichte Francesca eines der Gläser. »Ich war bestimmt kein einfacher Patient ...«

»Nun, du musstest große Schmerzen ertragen«, erwiderte Francesca nervös. »Außerdem weiß ich, wie hart es für dich war, wochenlang in einer Kajüte eingesperrt zu sein.«

»Das Schlimmste war, dass ich nachts auf dich verzichten musste«, sagte Neal. »Auch wenn unsere gemeinsame Zeit auf der *Ophelia* nur kurz war, musste ich immerzu daran denken.«

»Mir ist es nicht anders ergangen«, gestand Francesca und nahm einen Schluck Wein. Sie staunte über Neals Worte, da sie angenommen hatte, er wolle ihr den Laufpass geben.

Neal umfasste ihr Gesicht mit beiden Händen. »Als ich in der Gasse im Dreck lag, war meine größte Angst, dich nie wiederzusehen.« Mit dem Daumen fuhr er zärtlich über ihre weiche, volle Unterlippe. »Und nie mehr deine Lippen zu küssen ...« Er zog Francesca in seine Arme und küsste sie leidenschaftlich. Als er sie wieder freigab, sagte er leise: »Ich begehre dich.«

Vor Verlangen bekam Francesca weiche Knie, denn sie begehrte Neal nicht minder.

Kurz darauf lagen sie in einer der Kajüten in der Koje. Neal zog Francesca behutsam aus. Während er mit geschickten Fingern die Knöpfe aufmachte und sie nach und nach entkleidete, küsste er ihre nackte Haut, und jede Berührung ließ sie innerlich beben.

»Ich habe noch keine Frau so sehr begehrt wie dich, Francesca«, raunte er ihr ins Ohr. »Ich liebe dich.«

»Ich liebe dich auch«, flüsterte sie. »Mehr als du dir vorstellen kannst ...«

Sie liebten sich fast die ganze Nacht und fielen in den frühen Morgenstunden erschöpft in Schlaf. Als Francesca von dem Sonnenlicht wach wurde, das in die Kabine fiel, lag Neal nicht mehr neben ihr. Sie warf einen Blick auf die Uhr und stellte erschrocken fest, dass es kurz vor Mittag war. Rasch stand sie auf. Sie fand Neal an Deck, wo er auf den Fluss schaute, der im Sonnenschein funkelte. Er hatte sich weder gekämmt noch rasiert und sah verschlafen aus, aber Francesca konnte nur an seine leidenschaftlichen Küsse denken und seufzte zufrieden. Wenn jeder Tag so perfekt würde wie dieser, wäre sie für den Rest ihres Lebens glücklich.

»Einen wunderschönen guten Morgen«, sagte sie mit zärtlicher Stimme.

Neal wandte sich um und sah sie lächelnd an. Sie trug einen Morgenrock, und ihre dunklen Haare waren zerzaust; dennoch fand er sie bezaubernder denn je. »Ja, es ist ein wunderschöner Morgen«, entgegnete er, und sein Lächeln wurde verschmitzt, als er in ihre strahlend blauen Augen blickte.

560

Francesca musste an ihre erste Begegnung denken, als sie den Hafenarbeiter ins Wasser geschubst hatte. Damals hatte Neal sie genauso angelächelt, und auch damals hatte ihr das Herz bis zum Hals geklopft.

»Ich hab ein wenig Brot und Käse hergerichtet, falls du hungrig bist«, sagte er und nahm sie in die Arme.

»O ja. Ich habe einen Bärenhunger«, erwiderte sie und kuschelte sich an ihn. Seine starken Arme umfingen sie, und sie seufzte vor Wonne.

»Ich habe eine Überraschung für dich«, sagte er, die Lippen an ihrem Ohr.

»Eine Überraschung? Was denn?«

»Hier auf dem Schiff gibt's eine Wanne, in der Platz genug für zwei ist.«

Francescas Augen leuchteten auf. »Und wo ist sie?«

»Im Bad.«

»Es gibt ein Bad an Bord?«

»Ja. Vor zwei Stunden habe ich angefangen, Wasser für die Wanne heiß zu machen. Was hältst du davon, wenn wir sie jetzt ausprobieren?«

»Worauf warten wir noch?«, erwiderte Francesca.

Es war bereits Nachmittag, als Neal und Francesca zur Stadt aufbrachen.

»Kommst du mit zur Bäckerei?«, fragte Francesca.

»Nein, ich besorg inzwischen das Fleisch«, gab Neal zurück.

»Sollen wir uns vor dem Fleischerladen treffen?«

»Nein«, sagte Neal hastig. »Ich weiß nicht, wie lange es dauert. Am besten, wir treffen uns auf der *Bunyip*.«

Er hatte sich fest vorgenommen, noch heute ernsthaft mit Francesca zu reden. Das hätte er schon gestern tun sollen, aber er hatte nicht ihren ersten gemeinsamen Abend seit Wochen verderben wollen. Auch wenn es egoistisch und feige

561

von ihm gewesen war, so hatte er wenigstens diese schöne Erinnerung, falls sie ihm den Laufpass geben sollte.

Nachdem sie zwei frische Brotlaibe und Eintopfgemüse gekauft hatte, machte Francesca sich auf den Rückweg zur *Bunyip.* Sie beschloss, den Weg durch den Hafen zu nehmen. Am Pier wurde sie kurz von John Henry aufgehalten. Er hatte gehört, dass Joe nach Goolwa übergesetzt hatte, und wollte wissen, wo Francesca untergekommen war. Freudig erzählte sie ihm, dass sie vorübergehend auf der *Bunyip* wohnte, als sie zufällig zum Bordell blickte.

Sie erstarrte. Spielten ihre Augen ihr einen Streich? War das Neal, der gerade durchs Tor eintrat? Ungläubig beobachtete sie, wie er anklopfte und gleich darauf im Innern verschwand, den Arm um die Taille einer Frau geschlungen.

Francescas Herz begann zu rasen, und ihr wurde heiß und schwindlig. Wie konnte Neal sie fast die ganze Nacht lang lieben und am nächsten Tag zu einer Prostituierten gehen? Wie konnte er etwas so Kostbares wie ihre Liebe mit Füßen treten? Sie versuchte sich einzureden, dass er sich bloß bei den Mädchen bedanken wollte, weil sie ihn gerettet hatten, doch sie wusste, dass dies längst geschehen war.

Francesca murmelte eine Ausrede und schlug den Weg zurück in die Stadt ein. Tränen liefen ihr übers Gesicht, sodass sie blindlings voranstürzte. Sie nahm kaum wahr, dass John Henry ihr etwas hinterherrief, als sie zum Marktplatz eilte.

Dort angekommen, wusste Francesca nicht, welche Richtung sie einschlagen sollte. Am liebsten wäre sie zu ihrem Vater und zu Ned gerannt, aber sie waren beide fort. Sie war ganz auf sich allein gestellt. Als ihr Blick auf das Bridge Hotel fiel, kam ihr Henrietta in den Sinn. Obwohl das Hotel geschlossen war, stand die Eingangstür offen. In Tränen aufgelöst, betrat Francesca das Foyer, in dem kurz darauf Henrietta erschien.

»Francesca! Was ist denn passiert?«, fragte sie bestürzt.

Doch Francesca konnte nur noch den Kopf schütteln. Sie ließ ihre Einkäufe auf den Boden fallen. Da Henrietta ahnte, dass etwas Schreckliches vorgefallen war, nahm sie Francesca mit nach oben in eines der Zimmer.

»Setzen Sie sich«, sagte sie und reichte ihr ein großes Taschentuch. »Ist Ihrem Vater etwas zugestoßen?«

Francesca brachte kein Wort hervor. Schluchzend vergrub sie das Gesicht in den Händen. Henrietta ahnte, dass Francescas Kummer mit ihrem Ehemann zusammenhing, doch sie wollte nicht aufdringlich erscheinen und stellte keine dahingehenden Fragen. »Ich mache uns einen heißen Tee. Sie bleiben erst einmal hier sitzen«, sagte sie. »Sie können bleiben, so lange Sie wollen. Machen Sie es sich bequem.«

Langsam gelang es Henrietta, Francesca zu beruhigen.

»Ich verstehe die Männer nicht«, stieß Francesca unglücklich hervor.

»Da sind Sie nicht die Einzige«, entgegnete Henrietta. »Aber manchmal sehen die Dinge gar nicht mehr so schlimm aus, wenn man Zeit gefunden hat, in Ruhe darüber nachzudenken.« Henrietta ging davon aus, dass es sich lediglich um einen dummen Ehekrach handelte. Schließlich war Francesca noch jung und unerfahren.

»Ich muss weg von hier«, sagte Francesca.

»Aber warum? Bleiben Sie noch ein Weilchen hier im Hotel«, entgegnete Henrietta. »Falls Sie ungestört sein möchten, braucht niemand davon zu erfahren.«

»Nein, Henrietta. Ich fahre noch heute Abend mit dem Zug nach Melbourne.«

»Handeln Sie nicht überstürzt, Francesca? Sie sollten erst einmal alles in Ruhe überdenken. Ich weiß zwar nicht, was zwischen Ihnen und Ihrem Mann vorgefallen ist, aber wenn er Sie mit einer taktlosen Bemerkung gekränkt hat, wird er sich bestimmt dafür entschuldigen.«

Wieder kamen Francesca die Tränen. »Wenn es doch nur so wäre ...«

»Möchten Sie darüber sprechen?«

»Ich habe gesehen, dass er ins Freudenhaus gegangen ist, Henrietta. Dafür gibt es keine Entschuldigung. Das kann ich ihm niemals verzeihen. Zwischen uns ist es aus und vorbei.«

Henrietta wusste nicht, was sie darauf erwidern sollte. Sie musste an Silas denken. Auch er hatte sich damals im Bordell herumgetrieben. Sie hatte es ebenfalls nicht verwinden können, und es war zur Trennung gekommen, weshalb sie Francesca ihren Zorn und Schmerz nachfühlen konnte. »Haben Sie denn eine Anlaufstelle in Melbourne?«

Francesca schüttelte den Kopf.

»Wo wollen Sie unterkommen?«

Francesca blinzelte und tupfte ihre Tränen ab. »Ich könnte ja ins Frauenhaus auf der Barnaby Street gehen, von dem Sie gesprochen haben. Dort könnte ich mir auch meinen Lebensunterhalt verdienen. Sobald ich alleine zurechtkomme, kann ich mich um eine Arbeitsstelle und eine Unterkunft bemühen.« Francesca fiel plötzlich ein, dass sie kein Geld hatte. »Könnten ... könnten Sie mir Geld für die Fahrkarte leihen, Henrietta?«

»Selbstverständlich, meine Liebe.«

»Sobald ich kann, schicke ich Ihnen das Geld zurück. Sie haben mein Wort.«

Als Neal an Bord der *Bunyip* zurückkehrte, nahm er an, dass Francesca dort auf ihn wartete, doch sie war nicht da. Anfangs war er nur ein wenig beunruhigt, doch als sie nach Einbruch der Dunkelheit immer noch nicht zurück war, machte er sich ernsthafte Sorgen. Er zog sich einen Mantel von Teddy über und machte sich auf die Suche nach ihr. Nachdem er die Stadt abgegrast hatte, ging er hinunter zum Pier und hörte sich dort bei den Schiffern um. Vom Maschinisten der *Eliza Jane* erfuhr er, dass Francesca sich nachmittags noch mit John Henry unterhalten hatte. Daraufhin suchte Neal die *Syrett* auf.

»Ich hab gehört, dass du heute mit Francesca gesprochen hast«, sagte Neal zu John Henry.

»Ja, ich habe heute Nachmittag kurz mit ihr gesprochen«, entgegnete John und bedachte Neal mit einem merkwürdigen Blick.

»Was ist?«, fragte Neal.

»Ich mische mich ja ungern in anderer Leute Angelegenheiten, Neal, aber warum treibst du dich im Bordell herum, wenn du so eine schöne und junge Frau hast?«

Neal wusste keine Antwort darauf.

»Während wir unser Schwätzchen hielten, hat Francesca zufällig beobachtet, wie du heute Nachmittag bei Maggie angeklopft hast. Sie war am Boden zerstört.«

»Oh, verflucht«, stieß Neal leise hervor. Er war wütend auf sich selbst, weil er mit Francesca nicht schon früher geredet hatte. »Wohin ist sie anschließend gegangen?«

»In Richtung Marktplatz.«

Wenige Minuten später stand Neal auf dem Marktplatz, wo er herauszufinden versuchte, welche Richtung Francesca eingeschlagen hatte. Dabei blieb sein Blick am Bridge Hotel hängen, und sofort fiel ihm Henriettas Angebot ein. Da die Eingangstür verschlossen war, klopfte er laut an.

»Wer ist da?«, fragte eine Frauenstimme.

»Neal Mason. Ich suche nach meiner Frau Francesca.«

»Sie ist nicht hier«, entgegnete Henrietta.

Neal bemerkte ihren geringschätzigen Unterton und ahnte, dass Francesca bei ihr gewesen war. »Bitte, machen Sie auf«, bat er.

»Das kann ich nicht«, gab Henrietta zurück.

»Bitte, Mrs Hepburn!«

565

Die Tür schwang auf, und Henrietta starrte ihn an. »Ich trage diesen Namen nicht mehr«, stieß sie hervor. »Ich heiße Henrietta Chapman.«

»Verzeihung, Miss Chapman. Bitte, sagen Sie mir, wo Francesca steckt, falls Sie es wissen. Es gab ein Missverständnis zwischen uns.«

»So nennen Sie das also?«, sagte Henrietta, verschränkte die Arme und schürzte die Lippen.

»Ja.« Neal war sichtlich unbehaglich zumute. »Ich weiß, sie hat mich vor dem Bordell gesehen, aber was sie jetzt sicher vermutet, stimmt nicht.«

Henrietta hob skeptisch die Augenbrauen.

»Ich liebe Francesca«, sagte Neal. »Sie ist die Frau meines Lebens.«

Henrietta entgegnete nichts darauf. Stattdessen starrte sie Neal mit eisigem Blick an. Sie musste gestehen, dass Neal ein sehr attraktiver Mann war und dass die beiden ein reizendes Paar abgaben. Jammerschade, dass er alles vermasseln musste. Aber das hatte er sich selbst zuzuschreiben.

»Ich kenne sämtliche Ausreden der Männer für ihre Lüsternheit, Mr Mason. Sie müssen sich schon etwas Besseres einfallen lassen, um mich milde zu stimmen.«

Neal erkannte, dass es kein leichtes Unterfangen sein würde, Henrietta zu bewegen, ihm Francescas Aufenthaltsort zu verraten. Ihm blieb nur eines. »Wissen Sie, wo meine Frau ist, Miss Chapman?«

»Schon möglich«, entgegnete Henrietta herausfordernd.

»Darf ich eintreten?«

Henrietta wich nicht von der Stelle.

»Geben Sie mir nur fünf Minuten Ihrer Zeit. Damit retten Sie meine Ehe und helfen meiner Frau, ihr Gleichgewicht wiederzufinden.«

»Sind Sie sicher, Mr Mason?«

»So sicher, wie ich hier stehe.«

34

Warum haben Sie Francesca das nicht gesagt?«, fragte Henrietta vorwurfsvoll.

»Ich hatte Angst vor ihrer Reaktion«, gestand Neal. »Selbst wenn sie mir die Gelegenheit gibt, mit ihr zu sprechen, habe ich sie womöglich für immer verloren.«

»Darauf müssen Sie gefasst sein«, entgegnete Henrietta, die ihn nicht so leicht davonkommen lassen wollte. Männer waren sich manchmal selbst ihr größter Feind, wie sie nur zu gut wusste.

»Bitte, sagen Sie mir, wo Francesca ist!«, flehte Neal.

Kurz darauf rannte er zum Bahnhof. Er hörte bereits den Pfiff der Dampflok, die zur Abfahrt nach Melbourne bereitstand, und das Herz schlug ihm bis zum Hals. Als er den Bahnhof erreichte, kontrollierte der Schaffner gerade die Fahrausweise der letzten Passagiere, die zustiegen. Neal drängte die Leute zur Seite und sprang auf einen Wagon auf.

»He«, rief der Schaffner und kam ihm hinterher. »Wo ist Ihre Fahrkarte?«

Neal eilte weiter durch die Zugabteile auf der Suche nach Francesca. Er sah, dass ein zweiter Schaffner über den Bahnsteig rannte, der ihn durch die Fenster verfolgte und ihm etwas zurief, doch Neal beachtete den Mann nicht. Er würde nicht zulassen, dass der Zug mit Francesca an Bord abfuhr.

Als er die Tür des letzten Abteils aufstieß, entdeckte er Francesca zusammengekauert und weinend auf einem Sitz in der Ecke. Er eilte auf sie zu, hörte aber schon die Schritte des Schaffners hinter sich.

Als Francesca Neal erblickte, riss sie entsetzt die Augen auf. »Lass mich in Ruhe!«, fauchte sie ihn wütend an. Andere Fahrgäste drehten sich erstaunt nach ihr um.

Kurz entschlossen nahm Neal sie in die Arme und rannte mit ihr zum Ende des Zuges, wo er auf die Schienen sprang, um dem Schaffner auf dem Bahnsteig nicht in die Arme zu laufen.

»Was machst du da?«, stieß Francesca wütend hervor. »Lass mich sofort runter!«

Der Schaffner, der Neal durch den Zug verfolgt hatte, sah durch die offene Abteiltür nach draußen. »Alles in Ordnung, Miss?«

»Es heißt ›Mrs‹«, rief Neal zurück. »Sie ist meine Frau.«

»Nein, bin ich nicht«, widersprach Francesca. »Sehen Sie denn nicht, dass ich entführt werde?«, rief sie dem Schaffner zu, erbost darüber, dass Neal sie sich einfach geschnappt hatte. »Rufen Sie die Polizei!«

»Francesca, bitte, hör mich nur fünf Minuten an«, flehte Neal. »Wenn du mich dann immer noch verlassen willst, kannst du morgen in den Zug steigen, ohne von mir aufgehalten zu werden. Bitte.«

Francesca sah zu dem Schaffner, der den Kopf schüttelte, nachdem er erkannt hatte, dass es sich um einen Ehekrach handelte. »Wir müssen jetzt abfahren«, sagte er mit Blick auf seine Taschenuhr. »Möchten Sie immer noch, dass die Polizei verständigt wird?«

Francesca schüttelte den Kopf, und Neal seufzte erleichtert.

»Egal was du sagst – nichts kann meinen Entschluss ändern«, sagte sie, wobei sie gegen die Tränen ankämpfte. »Du zögerst bloß das Unvermeidliche hinaus.«

»Vielleicht hast du Recht«, entgegnete Neal und ließ sie herunter, während der Zug abfuhr. In diesem Augenblick prasselte ein Gewitterschauer auf sie nieder. Neal zog Teddys Mantel aus, legte ihn Francesca um die Schultern und hob sie auf den gegenüberliegenden Bahnsteig. Nachdem er ebenfalls hinaufgeklettert war, nahm er ihre Hand, und sie rannten zur Uferpromenade. Francesca nahm an, dass er sich irgendwo mit ihr unterstellen wollte, um zu reden, sodass sie völlig schockiert war, als sie sich dem Bordell näherten und Neal das Eingangstor aufstieß.

»Ich gehe da nicht rein!«, sagte sie. »Niemals! Hast du den Verstand verloren?«

Ohne ein Wort zog Neal sie zur Eingangstür und klopfte an.

»Um Himmels willen, Neal«, sagte Francesca und kämpfte vor Wut mit den Tränen. »Lass mich los.« Sie versuchte, ihre Hand aus der seinen freizubekommen, doch er hielt sie fest.

»Vertrau mir, Francesca. Ich habe nicht die Absicht, dich zu demütigen.«

»Hier zu sein ist demütigend genug«, fauchte Francesca, als plötzlich die Tür geöffnet wurde.

Das Lächeln im Gesicht der Frau, die in der Tür stand, verblasste, als ihr Blick auf Francesca fiel, und sie raffte ihren Morgenrock zusammen. »Neal, ich dachte, du bist ...« Sie biss sich auf die Zunge. »Heute Abend ist nichts los«, fuhr sie fort. »Was machst du hier?«

»Hallo, Bridie. Das ist meine Frau Francesca«, stellte er sie vor.

Bridie sah Francesca ihr Unbehagen an, doch ihr war schon seit langem gleichgültig, was andere von ihr dachten. »Guten Abend«, sagte sie mit starkem irischen Akzent. Stirnrunzelnd blickte sie Neal an. »Wollt ihr hereinkommen?«, fragte sie, ohne schlau daraus zu werden, warum Neal seine Frau mitgebracht hatte.

»Ja. Ist Gwendolyn wach?«

»Ich glaube schon«, entgegnete Bridie und trat zur Seite.

Francesca versuchte erneut, sich loszureißen. »Ich will deine Geliebte nicht kennen lernen!«, zischte sie, doch Neal verstärkte lediglich den Griff um ihre Hand und zog sie ins Haus, während Bridie sie missbilligend musterte. Neal zerrte Francesca durch einen schummrig beleuchteten Gang, in dem ihr der Geruch von billigem Parfum in die Nase stach. Durch die offenen Türen entlang des Flures erhaschte sie Blicke in dämmrig beleuchtete Zimmer und auf spärlich bekleidete Frauen, sodass ihre Wangen vor Scham glühten. Gleich darauf traten sie durch die Hintertür nach draußen in den Regen und gingen auf einen kleinen Anbau zu. Neal klopfte an die Tür.

»Ich bin's, Gwendolyn«, rief er, während er den Kragen seines Hemdes hochschlug, weil der Regen hineinlief.

»Ich kann nicht glauben, dass du mir zumutest, deine Geliebte kennen zu lernen«, stieß Francesca hervor. »Ich dachte, ich kenne dich, aber offensichtlich bist du mir völlig fremd, sonst würdest du mich nicht so grausam behandeln.«

Neal wandte den Kopf und blickte sie an. Trotz der Dunkelheit nahm Francesca seinen gequälten Gesichtsausdruck wahr. Jetzt verstand sie überhaupt nichts mehr.

Im nächsten Augenblick wurde die Tür geöffnet. »Neal«, rief eine mädchenhafte Stimme. Francesca erwartete, eine weitere Person im Zimmer zu erspähen, da die Stimme gar nicht zu der Frau passte, die Neal jetzt um den Hals fiel. Francesca wollte sich umdrehen und davonlaufen, doch Neal hielt sie fest.

»Können wir hereinkommen, Gwennie?«, fragte er. »Es regnet in Strömen.«

Mit einem Kichern machte Gwennie den Weg frei. Neal zog Francesca ins Innere und schloss die Tür hinter ihnen. Sein Hemd war völlig durchnässt, und er zitterte, doch Francescas Aufmerksamkeit war auf ihre Umgebung gerichtet.

Irritiert blickte sie auf eine Ansammlung von Puppen und nahm kaum wahr, dass Neal ihrer Gastgeberin, die ihnen im Nachthemd die Tür geöffnet hatte, heimlich einen Morgenrock überstreifte. Der Raum sah aus wie ein Kinderzimmer. Francesca kam kurz in den Sinn, dass die Frau, die ihnen die Tür geöffnet hatte, vielleicht ein gemeinsames Kind mit Neal hatte, obwohl sie nicht der Typ dafür war, wie immer der auch aussehen mochte. Sie war von kräftiger Statur; ihre blonden Haare waren im Nacken zusammengebunden, und sie trug eine Brille mit dicken Gläsern. Ihr Gesicht war nichts sagend, doch ihre blauen Augen funkelten aufgeregt.

»Gwendolyn, ich habe dir doch erzählt, dass ich eine Frau namens Francesca geheiratet habe«, sagte Neal langsam und betont.

»Ja«, erwiderte Gwen und spielte nervös mit den Fingern, während sie unruhig von einem Bein aufs andere trat.

»Ich habe sie heute mitgebracht, damit ihr euch kennen lernt«, fuhr Neal fort. »Das ist Francesca, meine Frau.«

Francesca war verwirrt, weil Neal so langsam und in einfachen Sätzen sprach. Sie fragte sich, ob Gwendolyn taub war und von seinen Lippen las.

Gwendolyn würdigte Francesca kaum eines Blickes. »Hast du mir ein Geschenk mitgebracht, Neal?«, fragte sie stattdessen.

»Du hast heute schon ein Geschenk von mir bekommen. Willst du Francesca denn nicht begrüßen?«

Gwen warf Francesca einen schüchternen Blick zu, bevor sie ihr um den Hals fiel und sie so fest an sich drückte, dass Francesca kaum noch Luft bekam.

»Sachte, Gwennie«, mahnte Neal, dem Francescas Bestürzung nicht verborgen blieb.

Als Gwendolyn sie schließlich losließ, blickte Neal Francesca an. »Gwendolyn ist meine Schwester«, sagte er mit weicher Stimme.

Francesca konnte es nicht fassen. »Deine Schwester!« Damit hatte sie am wenigsten gerechnet.

»Ja. Sie wohnt hier. Nicht wahr, Gwennie?«, sagte Neal.

»Ja, ich wohne hier.«

»Gwennie kocht und putzt für die Mädchen«, erklärte Neal.

»Ich kann Kartoffel- und Zwiebelsuppe«, sagte Gwennie. »Magst du Suppe?«

»Äh ... ja«, stammelte Francesca. Allmählich dämmerte ihr, dass Gwendolyn geistig behindert war.

»Ich putze auch die Böden«, verkündete Gwendolyn stolz. »Die Mädchen sind meine Freundinnen. Sie sind nett zu mir.«

»Wir müssen jetzt wieder gehen, Gwennie«, sagte Neal. »Wir sind vom Regen ganz nass und müssen uns umziehen, damit wir uns nicht erkälten. Aber wir sehen uns morgen wieder. Schließ die Tür ab, ja?«

»Ja, Neal, bis morgen.« Sie lächelte wie ein Kind. »Auf Wiedersehen, Fran-ces-ca. Kommst du morgen auch? Dann zeig ich dir meine Puppen.«

»Ja«, erwiderte Francesca lächelnd und verließ mit Neal das Zimmer, noch immer so überrascht, dass sie nicht wusste, was sie denken oder sagen sollte.

Mittlerweile war es stockdunkel, aber es hatte aufgehört zu regnen. Neal horchte, bis Gwendolyn den Innenriegel vorgeschoben hatte, bevor er Francesca zu einem Hinterausgang lotste, der nur von innen geöffnet werden konnte. Scheppernd fiel die Tür hinter ihnen ins Schloss. Er hakte Francesca unter, und sie machten sich auf den Rückweg zur *Bunyip*.

»Tut mir Leid, dass ich dir nicht schon früher von Gwendolyn erzählt habe«, sagte Neal. »Ich habe ständig auf den richtigen Zeitpunkt gewartet, aber wenn ich ehrlich bin ... ich habe es immer wieder vor mir hergeschoben. Gwendolyn ist der Grund, weshalb ich regelmäßig ins Bordell gehe – der einzige Grund. Ich weiß, ich habe bei den Damen einen gewissen Ruf, aber ich habe mich mit keinem der Mädchen je eingelassen. Wenn du mir nicht glaubst, kannst du sie selbst fragen, oder Lizzie.«

»Warum hast du mir die Wahrheit verschwiegen, Neal? Du hättest mir viel Kummer erspart.«

»Ich weiß. Doch anfangs dachte ich, ich wäre dir gleichgültig und bräuchte keine Rücksicht auf dich zu nehmen. Aber nachdem sich zwischen uns etwas Ernstes angebahnt hatte, hättest du es erfahren müssen. Verzeih mir. Ich hätte dir von Gwendolyn erzählen müssen.«

»Schämst du dich ihretwegen?«

»Nein. Ich liebe Gwennie von ganzem Herzen, aber Menschen können nun mal grausam sein.«

»Warum lebt sie im Bordell?« Francesca hielt das für den denkbar ungeeignetsten Ort für jemanden wie Gwendolyn.

Neal machte ein betretenes Gesicht. »Meine Mutter ist vor elf Jahren gestorben, und mein Vater starb kurz darauf. Damals hatte ich mir die *Ophelia* gerade erst angeschafft und einen Berg Schulden. Ich musste bis in die Nacht hinein arbeiten, um das Darlehn abzustottern. Ich wollte, dass Gwendolyn mit mir an Bord lebt, aber damals war sie noch sehr jung und hatte panische Angst vor dem Wasser. Inzwischen ist sie Mitte zwanzig, aber die Ärzte sagen, geistig sei sie auf der Stufe einer Zwölfjährigen. Gwennie kann die Sicherheitsvorkehrungen auf einem Schiff nicht verstehen. Und weil sie das Wasser meidet, gibt es keine Chance, ihr das Schwimmen beizubringen. Selbst wenn ich sie irgendwie aufs Schiff bekommen hätte ... hätte ich die ganze Zeit Angst haben müssen, dass sie über Bord geht oder dass ihr an Bord etwas passiert, sodass ich meine Arbeit nicht hätte verrichten können. Also habe ich versucht, ihr eine Stelle und eine Unterkunft in der Stadt zu besorgen, aber niemand wollte sie aufnehmen.«

»Was ist mit Verwandten? Gibt es keine Onkel oder Tanten?«

»In Australien leben keine Verwandten von uns. Ich habe ein paar Tanten in England und Irland geschrieben, aber nie eine Antwort erhalten.«

»Und wie kam es dazu, dass sie hinter dem Bordell wohnt?«

»Maggie und die anderen Mädchen haben mich und Gwendolyn häufiger in der Stadt gesehen, wenn ich versucht habe, sie zu vermitteln. Schließlich haben sie mich angesprochen. Obwohl die Mädchen von manchen Leuten verachtet werden, sind sie liebenswert und freundlich und haben ein großes Herz, so wie Lizzie. Sie haben Gwendolyn das Hinterzimmer angeboten und versprochen, sich um sie zu kümmern. Als Gegenleistung macht Gwennie die Hausarbeit. Da sie anfällig für Keuchhusten ist, beruhigt es mich zu wissen, dass die Mädchen nach ihr sehen. Das alles hört sich ungewöhnlich an, ich weiß, aber bisher hat es wunderbar geklappt. Die Mädchen schlafen meistens tagsüber, und Gwennie macht es Spaß, für sie zu waschen und ihnen einfache Gerichte zu kochen. Sie ist zwar ein bisschen langsam, aber mit Leib und Seele bei der Sache, und Maggie achtet darauf, dass sie von den Männern in Ruhe gelassen wird. Sobald es dunkel ist, zieht sie sich in ihr Zimmer zurück und schließt hinter sich ab. Ihr kann kaum etwas passieren, aber trotzdem erinnere ich sie bei jedem Besuch daran, die Tür zu verriegeln, für den Fall, dass ein Betrunkener sich nach draußen zu ihr verirrt.«

»Verzeih mir, Neal, dass ich dich völlig falsch eingeschätzt habe«, sagte Francesca. Sie schämte sich vor sich selbst.

»Das ist nicht deine Schuld. Bis jetzt habe ich Gwendolyn noch nie jemandem vorgestellt. Schließlich trage ich die Verantwortung für sie, und das schreckt manche Frauen ab. Gwen ist auch der Grund dafür, dass ich nie heiraten oder Kinder haben wollte. Mein Vater hat mich stets gewarnt, ich könnte ebenfalls ein behindertes Kind zeugen, während die Ärzte sich in diesem Punkt streiten. Ich liebe Gwennie von ganzem Herzen, Francesca, aber ich habe miterlebt, was meine Eltern durchgemacht haben. Gwennie ist zu vertrauensselig und manchmal sehr ungestüm in ihrer Liebesbedürftigkeit, wie du sicher bemerkt hast. Man darf sie keine Sekunde aus den Augen lassen, weil sie naiv ist wie ein Kind. Sie kam zur Welt, als meine Mutter schon nicht mehr damit rechnete, noch ein Kind zu bekommen, und mein Vater war damals schon von seiner Krankheit gezeichnet. Auch wenn es grausam klingt – ich glaube, dass Gwennie die beiden so früh ins Grab getrieben hat.«

»Es gibt keinen Grund, davon auszugehen, dass du ein Kind wie Gwendolyn zeugst, Neal, aber selbst wenn, würdest du es ebenfalls ins Herz schließen. Genau wie ich.«

Neal blieb stehen und zog Francesca in seine Arme. »Ich weiß wirklich nicht, womit ich dich verdient habe«, sagte er gerührt. »Du weißt nicht, wie sehr ich dich liebe.«

Francesca sah ihm an, dass er mit den Nerven am Ende war. Die Ereignisse des Tages hatten beide sehr mitgenommen. Sie hielten sich einige Augenblicke lang fest umschlungen.

»Wo ich gerade dabei bin, all meine Sünden zu beichten«, sagte Neal, »muss ich dir noch etwas sagen. Es geht um unsere Ehe.«

»Ich weiß, dass sie bloß gespielt ist, Neal, aber sag mir jetzt bitte nicht, dass du sie beenden möchtest«, entgegnete Francesca, der erneut Tränen in die Augen stiegen. »Es tut mir Leid, dass ich dir misstraut habe, aber ich könnte es nicht verkraften, dich jetzt zu verlieren.«

Neal schüttelte den Kopf. »Ich meine etwas anderes«, sagte er. Auch er wollte Frannie um keinen Preis verlieren, aber er musste endlich mit offenen Karten spielen. »Ich möchte, dass es zwischen uns keine Lügen mehr gibt.«

Francesca blinzelte, während ihre Wimpern von den Tränen feucht glänzten. Sie hatte keine Ahnung, was Neal ihr offenbaren wollte.

»Du weißt doch, dass ich in Moama war, um einen Freund zu bitten, bei unserer Trauung den Pfarrer zu spielen?«

Sie nickte.

»Nun, ich konnte meinen Freund nicht aufspüren. Irgendjemand sagte mir, er sei auf die Goldfelder gegangen.«

»Ich verstehe nicht ...«, sagte Francesca verwundert. »Dann war Jefferson Morris ein anderer Freund von dir? Oder ein Schauspieler?« Sie hatte gehört, dass es in Moama eine Theatertruppe gab.

Neal ergriff ihre linke Hand und betrachtete den Trauring, der in der Dunkelheit schimmerte. Er dachte daran, wie er sich gefühlt hatte, als er sein Ehegelübde abgelegt und Frannie den Ring übergestreift hatte. Es war einer der bewegendsten Momente seines Lebens gewesen. Obwohl er stets vor dem Gedanken an eine Heirat zurückgeschreckt war, hatte er nicht damit gerechnet, sein Herz an eine Frau wie Francesca zu verlieren, und er hatte jedes Wort aus tiefster Seele gesprochen. »Jefferson Morris ist ein richtiger Pfarrer«, sagte er. Forschend sah er Francesca in die Augen. »Wir sind rechtmäßig Mann und Frau.«

Francesca stockte der Atem. »Wir sind *tatsächlich* verheiratet?«

Neal nickte. Er rechnete mit einem Wutausbruch, den er auch verdient hätte. »Es war verkehrt, dir vor der Hochzeit nicht die Wahrheit zu sagen. Ich weiß, wir haben uns auf eine Scheinehe geeinigt, um deinen Vater zu retten, aber tief im Herzen habe ich gespürt, dass uns etwas ganz Besonderes verbindet. Ich glaube, du hast es ebenfalls gespürt, vor allem in der Nacht, als wir uns das erste Mal geliebt haben. Spätestens da wusste ich, dass ich mein Leben mit dir verbringen möchte. Aber es hat mir schlaflose Nächte bereitet, dir die

Sache mit Gwennie zu beichten. Ich glaube, ich wollte warten, bis du dich an mich gewöhnt hast ... als deinen Mann.« Er verstummte kurz. »Jedes Gericht würde das als arglistige Täuschung werten, falls es dein Wunsch ist, die Ehe annullieren zu lassen.«

»Annullieren? Hast du den Verstand verloren?« Francesca fiel ihm um den Hals und weinte vor Glück. Sie erinnerte sich, wie ergriffen Neal während der Trauung gewesen war, und vor Freude strömte ihr das Herz über.

»Heißt das, du verlässt mich nicht?«, fragte Neal und drückte sie an sich.

»Du kannst ja mal versuchen, ob du mich wieder loswirst.«

Die nächsten zwei Wochen vergingen wie im Flug. Neal und Francesca genossen ihre Zweisamkeit an Bord der *Bunyip*. Es war wie Flitterwochen. Sie lagen in der Badewanne, tranken Wein und beobachteten die Abenddämmerung oder den Sonnenaufgang. Manchmal bildete sich Nebel über dem Fluss, den Francesca besonders liebte, sodass sie Neal dann bat, sich mit ihr an Deck zu stellen und sie in den Armen zu halten. Sie fühlte sich, als würden sie in ihrer eigenen Welt des Glücks leben. Hin und wieder statteten sie Gwendolyn einen Besuch ab, die sich immer mehr über Francescas Gesellschaft freute. Wenn Passanten sie mit hochgezogenen Augenbrauen dabei beobachteten, wenn sie an die Tür des Bordells klopften, musste Francesca im Stillen lachen.

Bei einem Ausflug in die Stadt schaute Francesca kurz bei Henrietta vorbei, während Neal die Versicherungsgesellschaft aufsuchte, um seine Ansprüche geltend zu machen. Francesca wollte Henrietta dafür danken, dass sie Neal damals gesagt hatte, dass sie im Zug nach Melbourne saß, und ihr das geliehene Geld zurückgeben. Außerdem wollte sie ihr erklären, dass ihr Streit mit Neal auf einem Missverständnis beruht hatte. Doch Henrietta sagte ihr, dass Neal sie damals bereits ins Bild gesetzt hätte.

»Andernfalls hätte ich ihm nicht verraten, wo Sie sind«, sagte Henrietta lächelnd, die sich aufrichtig freute, Francesca wieder glücklich zu sehen. »Außerdem«, fügte sie hinzu, »ist Neal einer der wenigen Männer, die eine zweite Chance verdienen.«

Nachdem Silas offiziell für tot erklärt worden war, hatte Henrietta die Hotels geerbt. Sie war bei den Behörden vorstellig geworden und hatte ihre Hotelierslizenz erhalten, woraufhin sie das Steampacket und das Bridge Hotel wiedereröffnete. Zudem erwähnte sie gegenüber Francesca, dass sie sich mit Ezra Pickering getroffen und ihm finanzielle Unterstützung für den Wiederaufbau seiner Werft angeboten habe. Er hatte angenommen – unter der Bedingung, dass sie Teilhaber wurde.

»Das ist ja großartig! Jetzt kann Neal ihn damit beauftragen, sein neues Schiff zu bauen«, sagte Francesca begeistert.

»Ja. Und es macht mir Freude, Silas' Geld sinnvoll zu verwenden«, sagte Henrietta. »Außerdem eröffne ich eine Wäscherei, in der ich Frauen beschäftige, die andernfalls im Bordell landen würden. Das wird vor allem die Männer auf den Schiffen freuen«, fügte sie hinzu. »Und die Frauen können gegen geringes Geld in den hinteren Zimmern wohnen.«

»Eine großartige Idee«, sagte Francesca. Sie wusste aus eigener Erfahrung, wie eng es auf einem Dampfschiff zuging, sodass es praktisch war, die Wäsche weggeben zu können.

Nur der Umstand, dass Monty wegen Mordes an Silas Hepburn in Haft saß und bald vor Gericht stehen würde, trübte Francescas Glück. In der Stadt kursierte das Gerücht, dass man Monty hängen würde. Sie fühlte sich verpflichtet, Regina einen Besuch abzustatten, doch irgendetwas ließ sie davor zurückschrecken.

Am Tag darauf machte Francesca einen Einkaufsbummel

in der Stadt, während Neal einem Freund aushalf, der in der Klemme steckte, weil sein Kahnführer sich verletzt hatte. Francesca wollte die Vorräte aufstocken, zumal sie jeden Tag ihren Vater, Ned und Lizzie zurückerwartete, und sie hatte vor, ihnen ein besonderes »Willkommensmenü« zu bereiten. Sie schlenderte über die High Street, als sie plötzlich Amos Compton vor der Mastfutterhandlung erspähte. Sie beschloss, die Gelegenheit zu nutzen, um sich nach Regina und Monty zu erkundigen, atmete tief durch und ging auf ihn zu.

»Guten Morgen, Amos«, grüßte sie. Er lud gerade Säcke mit Hafer und Spreu auf eine Kutsche.

»Guten Morgen, Mrs Mason«, erwiderte er.

»Wie geht es Regina?«

Amos richtete sich auf, so weit es ihm möglich war. Den Kopf wie immer zur Seite geneigt, antwortete er: »Nicht besonders.«

»Sie ist sicher krank vor Angst um Monty«, sagte Francesca.

»Aye. Jetzt, wo sie ihren Mann verloren hat und Monty bis zum Hals in Schwierigkeiten steckt, weiß sie nicht mehr ein noch aus. Ich mache mir ernsthaft Sorgen um sie.«

»Empfängt sie Besucher?«

»Nein, sie weist jeden ab.«

»Aber sie braucht Freunde, mit denen sie reden kann.«

Amos nickte. »Das stimmt. In letzter Zeit isst sie wie ein Spatz. Außerdem schläft sie kaum noch. Und sie verbietet mir, dass ich den Doktor hole. Ich weiß nicht, was ich noch tun soll. Wenn sich nicht bald etwas ändert, stirbt sie an gebrochenem Herzen.«

Francesca fasste einen Entschluss. »Fahren Sie jetzt gleich nach Derby Downs zurück?«

Amos nickte erneut. »Ich bin nicht gern lange weg vom Haus. Wenn etwas sein sollte, ist Mabel auf mich angewiesen.«

»Darf ich mitfahren, Amos? Ich weiß zwar nicht, ob ich etwas ausrichten kann, aber vielleicht hilft es ja schon, wenn ich Regina ein offenes Ohr schenke.«

Amos wusste, dass Francesca bei Regina eine besondere Stellung einnahm. Und auch wenn er nicht den Grund dafür kannte, so ahnte er doch, dass nur Francesca bis zu Reginas Innerem vordringen konnte. »Sicher«, entgegnete er. »Aber seien Sie nicht enttäuscht, wenn sie Sie wieder fortschickt.«

»Gehen Sie hinein«, sagte Amos, als sie vor dem Haus, das eine gespenstische Stille umgab, zum Stehen kamen. »Ich bringe die Kutsche nach hinten zu den Ställen.«

Francesca drückte die Eingangstür auf und rief laut nach Regina, bekam jedoch keine Antwort. Im Haus war es ungewohnt kühl und still wie in einem Mausoleum. Sie ging durch bis zum Salon, in dem die Vorhänge zugezogen waren. Gleich darauf kam ihr Mabel aus der Küche entgegen. Sie war überrascht, Francesca zu sehen.

»Hallo, Mabel. Warum sind die Vorhänge zugezogen?«

»Mrs Radcliffe erlaubt mir nicht, sie aufzuziehen.«

Francescas Besorgnis wuchs. »Ist sie unten?«

»Nein, in ihrem Zimmer, aber sie empfängt keine Besucher.«

»Das sagte Amos mir bereits. Würden Sie ihr trotzdem ausrichten, dass ich hier bin?«, bat Francesca.

Mabel machte ein bekümmertes Gesicht. »Ich sage es ihr, aber ich bezweifle, dass sie herunterkommen wird.«

»Vielleicht sollte ich einfach nach oben gehen. Oder schläft sie gerade?«

Mabel schüttelte den Kopf. Die tiefen Sorgenfalten, die sich in ihr Gesicht gegraben hatten, ließen sie erschöpft aussehen. Es war offensichtlich, dass sie die Situation als genauso belastend empfand wie Amos. »Sie hat kein Auge zugetan, seit Master Monty verhaftet wurde«, sagte Mabel. »Sie wandert die ganze Nacht schlaflos umher. Es bricht einem das Herz.« In ihrer Kehle stieg ein Schluchzer hoch, und sie wandte sich ab, um vor Francesca ihre Tränen zu verbergen.

Kurz darauf klopfte Francesca an Reginas Zimmertür, doch sie reagierte nicht. Sie klopfte erneut, dieses Mal mit mehr Nachdruck.

»Was gibt es denn, Mabel?«, fragte eine gebrochene Stimme.

Francesca öffnete die Tür einen Spalt und steckte den Kopf hindurch. »Ich bin es, Mutter«, sagte sie. Im nächsten Augenblick schlug sie die Hand vor den Mund. Sie hatte gar nicht beabsichtigt, Regina »Mutter« zu nennen. Es war ihr herausgerutscht. »Francesca«, fügte sie lauter hinzu in der Hoffnung, dass Regina das Wort »Mutter« nicht gehört hatte.

»Komm herein«, erwiderte Regina. Sie saß aufrecht im Bett.

Als Francesca an das Bett herantrat, sah sie entsetzt, dass Regina erschreckend abgemagert war. Sie wirkte um zehn Jahre gealtert. Sie trug ein Nachthemd und darüber einen Morgenrock, der völlig zerknittert war. Ihr Haar, das sie sonst immer in einer ordentlichen Frisur getragen hatte, hing ihr strähnig und ungekämmt bis auf die Schultern. Die Regina, wie Francesca sie zu Beginn kennen gelernt hatte, hatte mit dieser Frau keine Ähnlichkeit mehr.

Francesca setzte sich auf einen Stuhl neben dem Bett. Regina wandte den Blick von ihr ab und starrte wieder gedankenverloren aus dem Fenster. Sämtliche Vorhänge waren zugezogen bis auf einen, der ihr einen schmalen Ausblick auf den Himmel ermöglichte. Francesca sah, dass Regina bitterlich geweint hatte. Ihre Augen waren rot und geschwollen.

»Wie geht es dir?«, fragte Francesca sanft.

»Nicht besonders«, erwiderte Regina. »Und wie steht es mit dir?«

Francesca war verwundert über die Frage. »Mir geht

es gut.« Sie hatte beinahe ein schlechtes Gewissen, weil sie glücklich war.

Regina musterte sie kurz, wobei sie den Ausdruck der Verliebtheit auf Francescas Gesicht bemerkte. Ohne zu fragen, wusste sie, dass Frannie und Neal sämtliche Probleme, die sie belasteten, ausgeräumt hatten, zumal Francesca schöner aussah denn je, was Regina erneut den Schmerz ihres Sohnes vor Augen führte. »Was führt dich hierher?«

»Ich mache mir Sorgen um dich.«

Regina war gerührt. »Ich wollte, ich selbst käme an den Galgen, anstelle meines Sohnes«, sagte sie, wobei ihr Tränen in die Augen stiegen.

»Du kannst aber nicht mit Monty tauschen, Regina. Außerdem bist du für seine Tat nicht verantwortlich.«

»Doch. Hätte ich ihm gesagt, dass du meine Tochter bist, wäre er auf deine Verbindung mit Neal gar nicht erst eifersüchtig gewesen.«

Francesca wusste, dass Regina die Wahrheit sprach. Trotzdem hatte sie Neds Worte im Ohr. Egal wie eifersüchtig Monty sein mochte – es war keine Rechtfertigung dafür, dass er einen Mordanschlag auf Neal verübt hatte. »Gibt er dir die Schuld?«

»Nein. Er sagt, er habe sich mit seinem Schicksal abgefunden, aber ich weiß, dass er schreckliche Angst hat.« Ihre Stimme war lauter geworden. »Und ich ebenso. Die Vorstellung, ihn hängen zu sehen, geht über meine Kraft. Das ist so ungerecht, Francesca! Nicht einmal Silas hatte den Tod verdient, und dabei war er ein rücksichtsloses Scheusal, während Monty stets ein anständiger Mensch gewesen ist.«

»Wenn sein Verteidiger dem Richter die genauen Umstände erklärt, lässt er vielleicht Milde walten.«

»Silas war charakterlos, aber in der Gemeinde geachtet. Mit der Zeit hat er einige einflussreiche Freunde gewonnen, darunter auch Richter Gleeson. Wenn er die Verhandlung gegen Monty führt, wird er an ihm ein Exempel statuieren, da bin ich mir sicher. Wäre Frederick noch am Leben – er wüsste, was zu tun ist. Er hatte großen Respekt vor ihm, und das zu Recht. Ich vermisse ihn schmerzlich. Jedes Mal, wenn ich nach unten gehe, höre ich seinen Rollstuhl«, sagte Regina und drückte beide Hände auf die Ohren. »Das Geräusch hört nicht auf ...«

Francesca verspürte tiefes Mitleid. Sie erhob sich, setzte sich aufs Bett und umarmte Regina, die an ihrer Schulter den Tränen freien Lauf ließ.

Zum ersten Mal fühlte Francesca sich als ihre Tochter.

»Ich muss jetzt in die Stadt zurück«, sagte Francesca etwas später.

Regina nickte und trocknete ihr tränenüberströmtes Gesicht mit einem zerknüllten Taschentuch. Francesca sah ihr an, dass es ihr widerstrebte, sie gehen zu lassen, aber sie musste sich auf den Weg machen. Sie wollte nicht, dass Neal von ihrem Besuch bei Regina erfuhr. Er würde kein Verständnis dafür haben.

»Ich werde für Monty beten«, sagte Francesca und wandte sich zur Tür.

Regina nickte müde und verfiel wieder in ihre Depression. Die einst so stolze, starke Frau war nur noch ein Häufchen Elend.

»Ich verdiene nicht, dass du mich ›Mutter‹ nennst«, sagte Regina leise.

Francesca blieb vor der Tür stehen und wandte sich um. Offenbar hatte Regina doch gehört, dass sie »Mutter« zu ihr gesagt hatte. Sie blickte durch die offenen Verandatüren zum wolkigen Himmel empor. »Und ich habe auch keinen Sohn wie Monty verdient.«

Francesca beschlich die Angst, sie könnte eine Dummheit begehen. Sie blickte hinaus auf den Balkon und sah bildlich vor sich, wie Regina in den Tod sprang. »Du hast Fehler gemacht, Regina, aber jeder macht Fehler. Ich habe dir verziehen, und Monty wird dir ebenfalls verzeihen – wenn er es nicht schon getan hat, so wie ich.«

»Ich wünschte, er wäre wütend auf mich, aber das Gegenteil ist der Fall. Er hat sogar gesagt, dass es ihm gefallen hätte, eine Schwester zu haben, und dass er glaubt, Frederick hätte mir verziehen. Das macht die Sache aber nur noch schlimmer, denn hätte ich nicht an der Liebe meines Mannes gezweifelt, würde meinem Sohn jetzt nicht der Galgen drohen.«

»Wir können die Zeit leider nicht zurückdrehen«, stieß Francesca heiser hervor.

»Nein, das können wir nicht«, sagte Regina. »Sonst würde ich vieles anders machen.«

35

Claude Mauston brachte Francesca zurück in die Stadt. Sie hatte mehr Zeit bei Regina verbracht, als sie beabsichtigt hatte, da ihr Zustand Besorgnis erregend war. Es war spät geworden, und Francesca fürchtete, dass Neal dahinter kommen könnte, wo sie gewesen war. Sie bat Claude, sie auf der High Street abzusetzen statt auf der Uferpromenade, und stieg unverzüglich aus, als die Kutsche zum Stehen gekommen war.

Nachdem Neal den ganzen Tag mit seinem Freund Fred Cook gearbeitet hatte, war er mit ihm noch auf ein Glas ins Orient Hotel gegangen. Obwohl es ihn drängte, zu Francesca zu kommen, hatte er Freds Vorschlag angenommen, weil er noch eine gute Flasche Wein für den gemeinsamen Abend mit Francesca besorgen wollte. Er verließ gerade das Hotel, als er Francesca aus der Kutsche der Radcliffes aussteigen sah und beobachtete, wie sie in einer Gasse verschwand, die zur Uferpromenade führte. Neal war so verwundert, dass er sich erst an ihre Fersen heftete, nachdem die Kutsche losgefahren war.

Francesca lief mit schnellen Schritten, sodass sie den Pier erreichte, bevor Neal sie entdecken konnte. Sie war ganz aus dem Häuschen vor Freude darüber, dass die *Marylou* dort vor Anker lag. Während sie am Pier entlangeilte, winkte sie Ned, der an Deck war.

»Francesca!«, rief Neal laut, als er sie beinahe eingeholt hatte. »Wo bist du gewesen?«

Francesca erschrak, als sie seine Stimme vernahm, die zornig klang. »Neal«, stieß sie atemlos hervor und wandte sich ihm zu. Sie sah ihm an, dass er verärgert war. Kurz kam ihr in den Sinn, dass Neal sie beobachtet hatte, als sie aus der Kutsche der Radcliffes ausgestiegen war. »Die *Marylou* ist zurück«, sagte sie, um ihn abzulenken.

»Wo bist du gewesen?«, wiederholte Neal und blickte sie zornig an.

»Ich ...« Sie überlegte, ob sie ihm eine Ausrede auftischen sollte, verwarf den Gedanken aber sofort wieder. Neal hatte Ehrlichkeit verdient. »Ich war bei Regina Radcliffe«, antwortete sie. »Ich mache mir große Sorgen um sie und ...«

Neal fiel ihr ins Wort. »Machst du dir Sorgen um Regina oder um Monty?«

Francesca starrte ihn verblüfft an. »Um Regina. Aber ich bin natürlich auch wegen Monty besorgt«, entgegnete sie.

»Hast du denn schon vergessen, dass er versucht hat, mich umzubringen?«

»Selbstverständlich nicht ...«

»Das scheint mir aber so. Regina macht gemeinsame Sache mit ihm, indem sie dich von der *Ophelia* lockt, damit er mich mit dem Schiff in die Luft jagen kann, und du hast nichts Besseres zu tun, als zur Farm zu fahren und dich nach dem Befinden der werten Gesellschaft zu erkundigen.«

»Es ist eine Tragödie, Neal.«

»Zumindest hätte es eine werden können.«

»Regina hat ihren Mann verloren, und jetzt sitzt auch noch Monty in Haft, und ihm droht der Strick ...«

»Hättest du mit ihnen auch Mitleid gehabt, wenn sie mich in die Luft gesprengt hätten?«, knurrte Neal. Nie zuvor war er so wütend gewesen.

»Wie kannst du so etwas fragen, Neal? Ich liebe dich, das weißt du doch.«

»Da habe ich meine Zweifel«, gab er schroff zurück und stapfte davon.

Francesca starrte ihm nach. Dann warf sie einen Blick auf die *Marylou,* von deren Deck aus Ned sie mit bekümmerter Miene beobachtete. Er hatte den Streit verfolgt.

Als Francesca an Bord der *Marylou* stieg, standen Joe und Lizzie mittlerweile ebenfalls an Deck, sodass Ned lieber den Mund hielt.

»Francesca!«, rief Joe aus und umarmte sie. »Wie schön, dich zu sehen.«

»Hallo, Dad ... Lizzie. Habt ihr euch gut erholt?« Francesca machte ein tapferes Gesicht, obwohl es ihr innerlich das Herz zerriss.

»Und ob, und wir haben ganze Eimer voll Fische gefangen. Elizabeth ist im Angeln mittlerweile äußerst geschickt. Sie übertrifft sogar mich.« Er zwinkerte Lizzie kurz zu, die ihm kokett zulächelte. »Trotzdem bezweifle ich, dass du uns vermisst hast.«

»Natürlich habe ich euch vermisst«, widersprach Francesca, wobei sie den Blick ihres Vaters mied, damit er nicht bemerkte, wie aufgelöst sie war. Joe deutete ihr Unbehagen als Verlegenheit. Er hingegen hatte nie glücklicher ausgesehen, fand Francesca, was auch für Lizzie galt. Offensichtlich hatte der Urlaub ihnen sehr gut getan.

»Wo steckt Neal?«, fragte Joe.

»Er hat heute Fred Cook ausgeholfen, aber inzwischen dürfte er wieder auf der *Bunyip* sein. Ich sollte jetzt besser gehen, Dad, aber morgen komme ich wieder.« Das geplante Willkommensmenü hatte sie ganz vergessen.

»Wir freuen uns schon darauf«, erwiderte Joe und gab ihr einen Kuss auf die Wange. Obwohl er enttäuscht war, dass sie sich nicht später am Abend sehen konnten, hatte er Verständnis dafür, dass es zwei frisch Verheirateten schwer fiel, längere Zeit voneinander getrennt zu sein.

Während Joe und Ned in die Kombüse gingen, stieg Lizzie an Land und eilte Francesca hinterher. Sie hatte den Entschluss gefasst, Francesca über ihr Verhältnis zu Joe aufzuklären, das sich in der kurzen Zeit ihrer Abwesenheit vertieft hatte. Joe hatte mit keinem Wort erwähnt, dass er das Thema zur Sprache bringen würde, und Lizzie hatte das Bedürfnis, als Erste mit Francesca darüber zu sprechen. Sollte Francesca ihre Liaison nicht tolerieren, würde sie sich überlegen, was sie tun würde.

»Francesca«, rief Lizzie außer Atem. »Warten Sie bitte. Ich möchte etwas mit Ihnen bereden«, sagte sie. Das Herz schlug ihr bis zum Hals, und vor Angst hatte sie einen trockenen Mund.

»Ich kann jetzt nicht, Lizzie«, entgegnete Francesca gereizt. Sie wollte so schnell wie möglich zu Neal. »Ich muss weiter.« Sie setzte ihren Weg eilig fort.

Lizzie war wie vor den Kopf gestoßen und starrte ihr hinterher. Wahrscheinlich ahnte Francesca, was sie ihr hatte mitteilen wollen, und wahrscheinlich behagte es ihr nicht. Lizzie fühlte sich verletzt und zurückgestoßen – Gefühle, die ihr nur allzu vertraut waren. Außerdem kam sie sich töricht vor. Wie konnte sie jemals glauben, ein anderes, besseres Leben führen zu können?

Es wurde bereits dunkel, als Francesca die *Bunyip* erreichte, und bestürzt stellte sie fest, dass an Bord kein Licht brannte. Das Schiff war verlassen. Sie suchte das Ufer ab und rief dabei nach Neal, konnte ihn aber nirgends aufspüren.

Francesca wartete eine Stunde an Bord. Als Neal nicht erschien, schlug sie wieder den Weg zur *Marylou* ein. Ihr Vater war überrascht, sie zu sehen, und bemerkte erschrocken, dass sie geweint hatte.

»Was ist los, Frannie?« Er saß gerade zusammen mit Lizzie und Ned bei einer Tasse Tee in der Kombüse.

Lizzie erhob sich. »Entschuldigt mich«, sagte sie. »Ich habe Kopfschmerzen und möchte mich hinlegen.«

Joe war irritiert, weil Lizzie die ganze Zeit nichts von Kopfschmerzen erwähnt hatte. »Alles in Ordnung, Elizabeth?«

»Ja, ich brauche nur ordentlich Schlaf. Bis morgen.«

»Gute Nacht«, sagte Joe und lächelte sie an. Nachdem Lizzie sich zurückgezogen hatte, richtete er seine Aufmerksamkeit auf seine Tochter. »Also, was ist, Francesca?«

»Ich weiß nicht, wo Neal ist«, entgegnete sie.

Joe begriff nicht. »Hattet ihr Streit?«

Francesca ließ den Kopf hängen. »Er hat herausbekommen, dass ich heute auf Derby Downs war, und jetzt ist er furchtbar wütend«, sagte sie.

»Oh«, sagte Joe. Er verstand, weshalb Neal sich aufregte. »Das ist nicht weiter verwunderlich, Francesca. Immerhin hat Monty einen Mordanschlag auf ihn verübt.«

»Ich weiß, Dad, aber erst vor kurzem hat Regina ihren Mann verloren, und nun steht sie wegen Monty Todesängste durch. Ich habe gestern Amos Compton in der Stadt getroffen, und er hat mir gesagt, dass er und Mabel sich große Sorgen um Regina machen. Wenn ich ehrlich sein soll ... es geht mir genauso. Ich habe Angst, sie könnte eine Dummheit begehen und sich womöglich etwas antun.«

»Um Regina brauchst du dir keine Sorgen zu machen, Francesca. Du hast ein mitfühlendes Wesen, was an sich nicht verkehrt ist, aber du musst eine Grenze ziehen, was die Radcliffes betrifft. Neals Wut ist völlig verständlich. Monty hat nicht nur versucht, ihn umzubringen, sondern dir obendrein den Hof gemacht ...«

»Neal hat keinen Grund zu glauben, dass ich für Monty etwas empfinde.«

»Nach allem, was er durchmachen musste, weiß er wahrscheinlich gar nicht, was er mit all dem anfangen soll, Francesca. Wenn nicht nur einer, sondern gleich zwei Leute dir nach dem Leben trachten, kann dich das ganz schön aus der Bahn werfen.«

»Aber meine Gefühle Monty gegenüber sind nicht romantischer Natur.«

»Ich nehme an, dass es deinem Mann schwer fällt, das zu verstehen.«

Francesca erkannte, dass ihr Vater Recht hatte. Sie war sehr unsensibel gewesen. »Kann ich heute Nacht auf der *Marylou* bleiben, Dad?« Morgen würde sie sich auf die Suche nach Neal begeben, um ihm begreiflich zu machen, dass sie nichts für Monty empfand.

»Selbstverständlich, Francesca«, erwiderte Joe. »Aber sei bitte leise wegen Elizabeth. Sie war schon den ganzen Tag seltsam still.«

»Vielleicht liegt es an Echuca«, mutmaßte Francesca.

»Schon möglich. Sie hat unseren Ausflug sehr genossen.« Sie war wie eine Rose aufgeblüht. Allein die Erinnerung daran, wie unbeschwert sie gewesen war, ließ Joe lächeln. Und bei dem Gedanken an ihren ersten Kuss schlug sein Herz schneller. Obwohl sie beide sehr nervös gewesen waren und sich ungeschickt angestellt hatten, hatte Joe dennoch gespürt, dass es gut und richtig war. Ihre Küsse waren immer leidenschaftlicher geworden; schließlich hatten sie sich geliebt und dabei vor lauter Glück Tränen vergossen. Es war ein ganz besonderer, bewegender Augenblick für sie gewesen, besonders für Lizzie. Sie hatte so heftig geweint, dass Joe sich gesorgt hatte, doch sie hatte ihm versichert, sie sei lediglich überwältigt vor Glück.

»Ich schnapp mir eine von den Decken und schlafe hier auf der Bank«, sagte Francesca.

»Lizzie wird es nicht stören, wenn du dich zu ihr ins Bett legst«, erwiderte Joe. Schließlich war die Bank nicht gerade bequem zum Schlafen. Sie war zwar lang genug und gepolstert, aber trotzdem.

»Nein, das genügt mir. Wenn Lizzie Kopfschmerzen hat, will ich sie lieber nicht belästigen.«

Am nächsten Morgen waren Francesca und Ned als Erste auf den Beinen. Wie schon so oft standen sie Seite an Seite an der Reling, eine Tasse Tee in der Hand. Ein leichter Wind wehte, und die Sonne spiegelte sich glitzernd auf der Wasseroberfläche und vertrieb die letzten Schatten der Nacht. Leider konnte die Sonne Francescas Ängste nicht vertreiben. Sie hatte kaum geschlafen und sich fast die ganze Nacht den Kopf darüber zerbrochen, ob Neal ihr jemals verzeihen würde.

»Du hast kein Auge zugetan, nicht wahr, Frannie?«, sagte Ned, dem die dunklen Ringe unter ihren Augen auffielen.

Francesca schüttelte den Kopf.

»Ich glaube nicht, dass Neal für deinen Besuch auf Derby Downs Verständnis aufbringt, solange du ihm nicht sagst, dass Regina deine leibliche Mutter ist«, fuhr Ned fort.

Francescas Gedanken kreisten um nichts anderes. Vor einiger Zeit war sie zu dem Schluss gekommen, je weniger Menschen die Wahrheit über ihre leiblichen Eltern wussten, desto besser. Außerdem würde Neal kein Verständnis dafür aufbringen, dass sie ihm ihre Herkunft verheimlicht hatte, insbesondere nachdem er gesagt hatte, zwischen ihnen solle es keine Lügen mehr geben. »Ich weiß nicht, Ned«, entgegnete sie. »Je mehr Leute davon wissen, desto größer ist die Wahrscheinlichkeit, dass Dad ebenfalls davon erfährt. Das darf ich nicht zulassen.«

»Ich habe ja Verständnis dafür, dass du Rücksicht auf Joe nimmst, Fran, aber Neal ist dein Ehemann. Daher hat er das Recht, es zu erfahren. Wenn du nicht offen mit ihm sprichst, wird er weiterhin denken, dass du für Monty Empfindungen hegst und dass diese Empfindungen dich zu Regina treiben.«

Francesca dachte kurz darüber nach. »Du hast Recht, Ned. Ich wüsste gar nicht, was ich ohne dich tun würde.«

»In dieser Hinsicht kannst du ganz beruhigt sein«, entgegnete Ned lächelnd.

Francesca lächelte ebenfalls und umarmte ihn. Sie wusste,

wie kostbar solche Momente mit Ned waren, zumal er in die Jahre kam.

Als Francesca zurück zur *Bunyip* ging, fand sie Neal alleine auf dem Heck des Schiffes vor, tief in Gedanken versunken. Sie bemerkte, dass er immer noch seine Arbeitskleidung vom Vortag trug und ahnte, dass er gar nicht im Bett gewesen war. Er würdigte sie kaum eines Blickes, als sie sich neben ihn setzte, und sein Gesichtsausdruck ließ sie beinahe verzweifeln. Es war offensichtlich, dass er sich hintergangen fühlte.

Francesca lag die Frage auf der Zunge, wo er die ganze Zeit gesteckt hatte, aber diese Frage war im Moment nicht angemessen. Sie musste zuerst eine Erklärung abgeben.

»Neal, ich weiß, du bist wütend auf mich«, begann sie.

»Ich bin enttäuscht, Francesca. Monty hat versucht, mich umzubringen, und du machst dir Sorgen um diesen Kerl.«

»Ja. Aber aus einem völlig anderen Grund, als du denkst, Neal.«

Neal drehte sich zu ihr und runzelte die Stirn. »Was meinst du damit?« Er war die ganze Nacht ziellos umhergelaufen und hatte sich den Kopf zerbrochen, wie er reagieren sollte, wenn sie ihm gestehen würde, dass Monty ihr nicht gleichgültig war. Er war zu keiner Antwort gekommen.

Francesca holte tief Luft. »Monty ist mein Halbbruder.«

»Was sagst du da?« Mit einem Satz war Neal aufgesprungen. »Wie kann das sein?«

»Regina Radcliffe ist meine leibliche Mutter«, sagte Francesca leise.

Neal setzte sich wieder, während sich Fassungslosigkeit auf seinem Gesicht spiegelte.

»Ich habe es die ganze Zeit für mich behalten ... aus Rücksicht auf Dad«, erklärte Francesca. »Er weiß es nämlich nicht, und er soll auch niemals die Wahrheit erfahren.«

»Seit wann weißt du das alles?«, fragte Neal.

»Ich habe es kurz nach meiner Verlobung mit Silas erfahren.«

»Und wie?«

»Regina hat es mir gesagt.«

Neal begriff immer noch nicht, sodass Francesca ihm erzählte, was damals in jener Nacht am Fluss geschehen war, so wie Ned es ihr berichtet hatte.

»Regina hat mich in Boora Boora zur Welt gebracht und dann in einer kleinen Wanne im Fluss ausgesetzt.«

Neal starrte sie offenen Mundes an.

»In jener Nacht schien der Mond, und Ned hatte sein Nachtlager am Ufer aufgeschlagen. Er hat Reginas Schreie während der Geburt gehört, und kurz darauf entdeckte er die Wanne im Fluss. Als er dann den Schrei eines Babys hörte, reagierte er sofort. Er und die Callaghans haben mich aus dem Fluss geborgen.«

»Mein Gott, Francesca«, sagte Neal und zog sie an sich. »Du hättest ertrinken können.«

»Ich weiß. Wenn sie mich nicht so schnell entdeckt hätten, würde ich vermutlich jetzt nicht hier sitzen und mit dir reden.«

Neal wollte gar nicht daran denken, was hätte geschehen können, wäre die Wanne zum Spielball des Flusses geworden. »Hat Regina gewusst, dass die Callaghans und Ned dich aus dem Wasser gefischt haben?«

»Nein, sie hat mich erst als ihre Tochter erkannt, als ich das Wochenende auf Derby Downs verbracht habe. Ich habe Kleider anprobiert, und dabei hat sie das Muttermal an meinem Bein gesehen. Wie du weißt, hat es eine sehr charakteristische Form. Nachdem Regina mich nach meinem Geburtsdatum gefragt hatte, sah sie ihre schlimmsten Befürchtungen bestätigt. Ich war wieder in ihr Leben getreten, und zudem hatte ihr Sohn sich in mich verliebt. Dabei hatte sie nicht die Absicht, mir oder Monty die Wahrheit zu sagen, sondern wollte einen Keil zwischen uns treiben, indem sie mich in Verruf brachte, damit Monty das Interesse an mir verlor.«

»Warum ist sie dann erst nach deiner Verlobung mit Silas mit der Sprache herausgerückt? Im Grunde hätte ihr das sehr gelegen kommen müssen.«

Francesca senkte den Blick. »Ich vertraue dir jetzt etwas an, von dem nur Regina und ich wissen, Neal. Als mein Ehemann sollst du die Wahrheit erfahren, aber du musst mir versprechen, dass es unter uns bleibt.«

»Du hast mein Wort.«

»Vielleicht siehst du mich mit anderen Augen, wenn du es weißt ...« Ihre Stimme zitterte.

»Ich werde dich immer lieben, Francesca.« Er nahm ihre Hand und drückte sie. »Daran wird sich nie etwas ändern.«

Seine Worte verliehen Francesca den nötigen Mut. »Silas Hepburn war mein leiblicher Vater.«

Neal wurde bleich.

»Deshalb war Regina gezwungen, mir die Wahrheit zu offenbaren. Sie wollte verhindern, dass ich meinen eigenen Vater heirate.«

Neal schüttelte fassungslos den Kopf. »Ich ... mir fehlen die Worte, Francesca.« Nach kurzem Schweigen fuhr er fort: »Was konnte eine Frau wie Regina bloß einem Kerl wie Silas abgewinnen?«

»Sie sagt, er sei früher anders gewesen.«

»Hat sie ihm gesagt, dass sie ein Kind von ihm unter dem Herzen trägt?«

»Nein, und dafür bin ich dankbar. Sie hat die Affäre beendet, weil sie Frederick nach wie vor liebte, und dann stellte sich heraus, dass sie schwanger war. Da Frederick oft monatelang fort gewesen ist, konnte sie ihm das Kind nicht unterjubeln, sodass sie mich loswerden musste, ohne Spuren zu hinterlassen. Ich glaube, kurz darauf hatte Frederick seinen Unfall, aber Regina war fest davon überzeugt, dass er ihr niemals verzeihen würde, dass sie ihn betrogen hatte. Es lässt sich nicht bestreiten, dass ihre Tat verwerflich war, aber sie hatte Angst, Frederick und Monty zu verlieren.«

»Bist du sicher, dass es ihr nicht bloß um ihren Ruf ging?«

»Ich bin sicher, dass sie um ihren guten Namen gefürchtet hat, und das hat mir am schlimmsten zugesetzt. Aber ich habe ihr verziehen, Neal. Das Tragische daran ist – wäre Monty im Bilde gewesen, hätte er niemals den Anschlag auf dich verübt und müsste jetzt nicht den Galgen fürchten.«

»Mag sein, Francesca. Aber Mord ist keine Lösung, wenn die Frau, die man liebt, einen anderen zum Mann nimmt. Das kann ich Monty nicht verzeihen.«

Francesca verstand, wie Neal sich fühlte. »Ich habe aber das Gefühl, dass ich an dieser Tragödie nicht unschuldig bin. Es wird noch lange dauern, bis das alles verarbeitet ist, Neal. Ich möchte bloß wissen, ob du jetzt verstehst, weshalb ich bei Regina war.«

Neal nickte, wirkte aber dennoch bekümmert. »Aber ich habe kein Verständnis dafür, dass du Monty besuchst, Francesca. Versprichst du mir, es nicht zu tun?«

Francesca versprach es, und Neal schloss sie erneut in die Arme.

Am nächsten Tag machte Francesca sich auf den Weg zu ihrem Vater, Ned und Lizzie. Als sie die *Marylou* erreichte, wirkte ihr Vater schlecht gelaunt.

»Was ist, Dad?«, fragte sie.

»Nichts«, gab Joe brüsk zurück und stieg zum Ruderhaus hoch.

Francesca blickte Ned verwundert an. »Was hat er denn?« Sie wusste, das diese Schroffheit Joes Methode war, wenn er seine Gefühle nicht zum Ausdruck bringen konnte. Das war schon immer so gewesen.

Ned führte sie in die Kombüse und machte die Tür hinter ihnen zu. Er schenkte Tee in zwei Tassen und setzte sich. »Ich weiß es nicht genau, aber Lizzie ist verschwunden. Ich habe mitbekommen, dass sie vorhat, in der Wäscherei zu arbeiten, die Henrietta Chapman eröffnet hat.«

»Sie hat bereits eröffnet?« Henrietta steckte voller Überraschungen. In geschäftlichen Dingen schien sie genauso zielstrebig zu sein wie Silas, aber glücklicherweise besaß sie nicht dessen Skrupellosigkeit.

»Ja, sie hat den alten Wollschuppen am Ende der Uferpromenade gepachtet und einen Kessel, der von einem gesunkenen Dampfer stammt, und mehrere Bottiche gekauft. Ich glaube, sie hat bereits ein halbes Dutzend Frauen eingestellt. Lizzie hat durch einen der Handzettel davon erfahren, die Henrietta drucken und auf allen Schiffen am Pier verteilen ließ, um für ihre Wäscherei zu werben.«

»Ich dachte, Lizzie ist glücklich, an Bord der *Marylou* leben und arbeiten zu können«, sagte Francesca.

»Sie war auch glücklich. Ich glaube, genau da liegt der Hase im Pfeffer.«

»Ich verstehe nicht, Ned ...«

»Lizzie und Joe sind sich sehr nahe gekommen.«

»Und warum ist das ein Problem?«, fragte Francesca nichts ahnend.

Ned hob die Brauen, und Francescas Augen weiteten sich. »Willst du damit sagen ...«

»Ja. Beide hegen ernste Gefühle füreinander.«

Francesca schnappte nach Luft. »Etwa ... romantische Gefühle?«

»O ja«, erwiderte Ned.

»Dad und Lizzie?«

»Ja. Sie waren sich schon sehr nahe gekommen, bevor wir nach Goolwa übergesetzt haben, aber ich glaube, dass sich mehr daraus entwickelt hat.«

»Dad ... und Lizzie«, wiederholte Francesca. Sie konnte

nicht fassen, dass sie es nicht bemerkt hatte. »Warum hat mir keiner der beiden etwas davon gesagt?«

»Du kennst doch deinen Vater. Über solche Dinge spricht er nicht, nicht einmal mit mir. Er findet, dass es nur ihn etwas angeht. Und was Lizzie betrifft, habe ich so eine Vermutung, weshalb sie dir nichts gesagt hat.«

»Und die wäre?«

»Bestimmt glaubt sie, du hast wegen ihrer Vergangenheit etwas gegen die Verbindung.«

Francesca hatte gar nicht die Zeit gehabt zu überlegen, wie sie darüber dachte. Stattdessen fragte sie Ned: »Wie denkst du denn darüber, Ned? Schließlich seid ihr beide schon seit vielen Jahren unter euch.«

»Das hört sich an, als wären wir zwei verkalkte alte Junggesellen.«

Francesca musste lächeln. »Du weißt schon, wie es gemeint war.«

»Ja. Wenn ich ehrlich bin, freue ich mich darüber, Fran. Immerhin bin ich ein gutes Stück älter als dein Vater, was vermuten lässt, dass er eines Tages alleine zurückbleibt.«

»Bitte, Ned, sag so etwas nicht.«

»Es ist nun mal die Wahrheit, Frannie. Aber mach dir keine Sorgen, ich hab noch ein paar Jährchen und bleibe euch noch eine Weile erhalten. Aber ich hatte schon seit längerem gehofft, dass dein Vater eine Frau kennen lernt, die ihn genauso liebt, wie deine Mutter ihn geliebt hat.«

»Und du meinst, Lizzie ist diese Frau?«

»Ja.«

Francesca hatte keine Mühe, die Wäscherei zu finden. Tatsächlich stand Lizzie an einem der Bottiche, wo sie fremde Wäsche auf einem Waschbrett schrubbte. Obwohl es an diesem Tag nicht besonders warm war, stand ihr der Schweiß auf der Stirn. Es gab fünf weitere Bottiche, an denen Frauen arbeiteten, sowie einen riesigen Kessel dazwischen. Ein Mann war damit beschäftigt, Holz zu zerkleinern und den Kesselofen damit zu befeuern. Wegen der Hitze, die aus dem Kessel drang, war es in dem alten Lagerschuppen heiß und feucht wie in den Tropen.

»Wenn Sie noch wilder schrubben, schrammen Sie sich die Hände auf«, sagte Francesca zu Lizzie, die überrascht zu ihr aufblickte und sichtlich um Worte verlegen war.

»Können wir uns vor der Tür unterhalten?«, bat Francesca.

»Die Wäsche hier muss bis um zehn Uhr fertig sein«, entgegnete Lizzie und wischte sich mit dem Unterarm über die Stirn.

»Es wird nicht lange dauern«, sagte Francesca.

Daraufhin ließ Lizzie die Karbolseife in den Zuber fallen und folgte Francesca hinaus in die Morgensonne.

Einen Moment lang standen die beiden Frauen sich schweigend gegenüber. Francesca konnte immer noch nicht fassen, dass ihr nicht aufgefallen war, dass sich zwischen ihrem Vater und Lizzie eine Liaison angebahnt hatte.

»Ich möchte mich dafür entschuldigen, dass ich gestern so kurz angebunden war, Lizzie. Ich hatte ein Missverständnis mit Neal, und ich wollte es so schnell wie möglich aus dem Weg räumen.«

»Das ist nicht weiter schlimm«, entgegnete Lizzie, doch Francesca sah ihr an, wie verletzt sie war.

»Worüber wollten Sie denn mit mir sprechen?«, fragte sie.

»Das hab ich ganz vergessen«, murmelte Lizzie. »War nicht weiter wichtig.«

Francesca wusste, dass sie schwindelte. »Darf ich fragen, weshalb Sie von Bord gegangen sind, Lizzie? Ich dachte, Sie verstehen sich gut mit Dad und Ned.«

Lizzie ließ den Kopf hängen. »Das stimmt, Francesca, aber ich kann nicht ewig bleiben. Ihr Vater war schon so großzügig, mir in der Not eine sichere Zuflucht zu geben. Ich will seine Gastfreundschaft nicht ausnutzen.«

Francesca hatte Verständnis für Lizzies Stolz. Jede andere Frau in ihrer Situation hätte sich keine Gedanken darüber gemacht, sich von einem Mann aushalten zu lassen, selbst dann nicht, wenn es nicht der eigene Ehemann wäre. Aber nicht Lizzie. »Sie nutzen niemanden aus, Lizzie. Obwohl niemand Sie dazu aufgefordert hat, haben Sie gekocht und sauber gemacht. Sie haben mehr als Ihren Beitrag geleistet.«

Lizzie blickte aufs Wasser und wurde von Trauer übermannt, da sie den Fluss inzwischen genauso liebte wie Joe. Sie konnte sich ein Leben ohne ihn gar nicht vorstellen, zumal sie erst jetzt erfahren hatte, was Glücklichsein bedeutete.

»Ihnen gefällt doch das Leben an Bord, Lizzie«, sagte Francesca. »Es ist auf jeden Fall besser, als den ganzen Tag in der Wäscherei zu stehen. Der Schweiß läuft Ihnen nur so herunter, und dabei haben wir noch nicht mal Sommer.«

»Ich wäre gern an Bord geblieben, aber es war Zeit, weiterzuziehen. Und harte Arbeit macht mir nichts aus.«

Francesca erkannte, dass Lizzie ihre Gefühle nicht freiwillig offenbaren würde. »Lizzie, mein Vater ist todunglücklich, seit Sie fort sind. Ich glaube, er liebt Sie.«

Lizzie wurde rot bis unter die Haarwurzeln. »Es tut mir Leid, Francesca. Ich wollte Ihnen Peinlichkeiten ersparen.«

»Peinlichkeiten? Wovon reden Sie, Lizzie?«

»Ich mache Ihnen keinen Vorwurf, weil Sie eine ehemalige Dirne als Frau für Ihren Vater ablehnen. Das ist verständlich.«

»Das habe ich niemals gesagt, Lizzie! Mir war nur nicht bewusst, dass Sie und mein Vater verliebt sind. Glauben Sie vielleicht, ich hätte nicht bemerkt, dass Dad in den letzten Wochen vor Glück strahlt? Und wenn das Ihr Verdienst ist, Lizzie, stehe ich in Ihrer Schuld.«

Lizzie verspürte Erleichterung, aber sie wusste, dass Francesca ein großes Herz besaß. »So einfach ist das nicht. Ich habe Angst, Joseph mein Herz zu schenken ... und eines Tages wacht er auf und überlegt es sich anders, weil seine Freunde hinter seinem Rücken über ihn lachen.«

»Sie sollten wissen, dass es Dad völlig egal ist, was andere von ihm denken. Das war schon immer so.«

»Joe behandelt mich wie einen ganz normalen Menschen«, sagte Lizzie kopfschüttelnd, als könnte sie es immer noch nicht begreifen.

»Joe sieht in Ihnen mehr als einen normalen Menschen. Sie sind für ihn etwas ganz Besonderes.«

»Sie verstehen nicht, Francesca. Ich bin schon als Mädchen geschlagen und vergewaltigt worden. Seitdem kann ich selber keine Kinder bekommen. Und Sie wissen ja selbst, wie brutal Silas war. Ich habe immer gedacht, ich habe es verdient, wie er mich behandelt.«

»Aber Sie haben sich geirrt, Lizzie! Ich dachte, das hätten Sie mittlerweile erkannt. Dad liebt Sie. Wenn Sie ihn ebenfalls lieben, packen Sie das Glück beim Schopf. Lassen Sie die Chance nicht vorübergehen.«

Lizzies Augen füllten sich mit Tränen. »Meinen Sie das ernst, Francesca?«

»Natürlich. Schließlich sind Sie ... bist du meine beste Freundin, und ich habe keine Zweifel, dass du die perfekte Stiefmutter abgeben wirst.«

»Stiefmutter!« Lizzie fiel Francesca um den Hals. »Du ahnst gar nicht, wie glücklich du mich machst«, sagte sie lachend und weinend zugleich.

»Nicht halb so glücklich wie meinen Vater, wenn du ein Leben lang bei ihm bleibst«, entgegnete Francesca. »Und jetzt lass uns auf die *Marylou* gehen.«

»Und was ist mit meiner Wäsche?«, fragte Lizzie und wischte sich die Tränen ab.

»Ich werde Henrietta alles erklären. Ich bin sicher, sie wird sich mit dir freuen.«

Joe stand am Heck der *Marylou* und blickte aufs Wasser, als Francesca Lizzie zurück an Bord brachte. Francesca musste an früher denken, weil ihr Vater genauso verloren wirkte wie damals, nachdem ihre Mutter umgekommen war.

»Sieh mal, wen ich gefunden habe«, sagte sie. Sie hatte den Arm um Lizzies Schulter gelegt.

Joe wandte sich um. »Elizabeth!«, sagte er. Die Hoffnung, sie sei für immer zurückgekommen, stand ihm ins Gesicht geschrieben. Francesca sah ihm an, dass er Lizzie von ganzem Herzen liebte. Sie musste blind gewesen sein, dass ihr das vorher nicht aufgefallen war.

»Ich habe das meine getan, Dad, jetzt kannst du Elizabeth zu deiner Frau machen. Schließlich kann ich nicht dulden, dass mein eigener Vater in Sünde lebt. Die Schande wäre unerträglich.«

Joes irisches Temperament kam zum Vorschein. »Es kümmert mich einen feuchten Kehricht, was ...« Er verstummte, als er bemerkte, dass Francesca und Lizzie über ihn lachten. »Wenn sie mich haben will, werde ich genau das tun«, sagte er.

Lizzie stürzte in seine ausgebreiteten Arme.

»Francesca«, rief Ned vom Bug. »Du hast Besuch.«

Francesca ließ Joe und Lizzie allein und ging neugierig zum Bug.

Kurz darauf kam sie zurück, ein Dokument in der Hand, während Ned mit einem Matrosen der *Captain Proud,* die neben ihnen ankerte, ein Schwätzchen hielt.

»Könnt ihr noch eine gute Neuigkeit vertragen?«, sagte sie.

»Sicher, welche denn?«, fragte Joe, den Arm um Lizzies Taille geschlungen.

»Ich habe mein Kapitänspatent!« Voller Stolz hielt sie es hoch.

»Was sagst du da? Hat die Kommission es sich plötzlich anders überlegt?«

»Alles der Reihe nach, Dad«, entgegnete sie freudestrahlend. »Anscheinend hat Leo Frank Gardener und den anderen Kommissionsmitgliedern gesagt, was genau sich zugetragen hat, bevor Mungos Schiff explodiert ist. Nachdem sie seine Aussage angehört hatten, mussten sie sich neu beraten.«

»Das ist ja großartig, mein Mädchen!«, sagte Joe und umarmte sie. »Ich freue mich riesig für dich!«

»Tja, Dad, ab sofort darfst du mich Käpt'n Francesca Mason nennen. Klingt ganz gut, finde ich.«

»Das klingt großartig«, sagte Joe.

»Herzlichen Glückwunsch, Francesca«, sagte Lizzie. »Ich bin mächtig stolz auf dich.«

»Danke, Lizzie«, erwiderte Francesca. Sie platzte fast vor Glück und konnte es kaum abwarten, Neal die gute Neuigkeit mitzuteilen.

In diesem Moment gesellte Ned sich zu ihnen, der jedoch alles andere als glücklich wirkte.

»Was ist los?«, fragte Francesca. »Ist etwas mit Neal?«

»Nein, Frannie.«

»Was ist es dann?«

»Ich habe soeben gehört, dass der Prozess gegen Monty Radcliffe morgen eröffnet wird.«

36

Während Francesca der Gerichtsverhandlung beiwohnte, sammelte Neal Brennholz am Ufer, nahe der Anlegestelle der *Bunyip*. Francesca hatte ihm erklärt, dass Regina jetzt jeden Beistand brauchen könne, und Neal hatte Verständnis dafür gezeigt, konnte sich aber nicht überwinden, am Prozess teilzunehmen. Zum Glück hatte man nur eine schriftliche eidesstattliche Erklärung von ihm verlangt.

Obwohl er keine Fahrt machte, musste Neal für Brennholznachschub sorgen, um den Kessel zu befeuern, damit es ausreichend warmes Wasser zum Baden gab. Das lenkte ihn zugleich davon ab, sich über Montys Schicksal Gedanken zu machen oder darüber, dass Monty versucht hatte, ihn umzubringen.

Am Ufer lagen zahlreiche umgestürzte Bäume und dicke Äste, die Neal entweder zum Schiff schleifte, um sie dort klein zu hacken, oder an Ort und Stelle zerlegte und dann an Bord trug. Er hielt gerade nach einem weiteren großen Ast Ausschau, als er plötzlich einen leblosen Körper am Ufer erspähte. Im ersten Moment nahm er an, dass es sich um einen Ertrunkenen oder Ermordeten handelte, doch bei genauerem Hinsehen erkannte er Jock McCree.

»Jock«, sagte er und rüttelte ihn an der Schulter. Er war zwar völlig verdreckt, wies aber keine sichtbaren Verletzungen auf. Neal kam der Gedanke, dass er vielleicht an einer tödlichen Krankheit gestorben war, bis er die leere Flasche neben ihm entdeckte.

Jock war seit vielen Jahren als Säufer bekannt. Er hatte weder eine feste Unterkunft noch irgendwelche Verwandten. Er belästigte häufig Leute, um Geld oder Essen zu erbetteln, doch Neal hatte immer Nachsicht mit Jock gezeigt. Jock wusste heitere Anekdoten zu berichten, da er ein abwechslungsreiches, abenteuerliches Leben geführt hatte – zumindest gab er es vor. Wenn man ihm Glauben schenken durfte, hatte er in jungen Jahren zweimal auf den Goldfeldern ein Vermögen gemacht und wieder verloren, was eine beachtliche Leistung ist, die nur wenige schaffen. Er behauptete, das erste Vermögen verspielt und für Weibsbilder verschleudert zu haben, während das zweite ihm angeblich geraubt worden war. Die meisten Leute hielten Jock für einen Aufschneider mit einer blühenden Fantasie, weil er seine Geschichten ständig ausschmückte, und je betrunkener er war, desto schlimmer übertrieb er.

Als er auch auf heftiges Rütteln nicht reagierte, machte Neal sich ernsthafte Sorgen. Er drehte Jock auf den Rücken und legte ihm die Hand auf die Brust, um seinen Herzschlag zu fühlen. »Jock«, sagte er eindringlich.

»Nich' so laut«, protestierte plötzlich der alte Vagabund in seinem schweren schottischen Akzent. »Hab 'nen Brummschädel.«

Neal stieß einen erleichterten Seufzer aus. »Du hast mir einen Heidenschreck eingejagt, Jock. Na los, hoch mit dir«, sagte er.

»He, was soll das, Kumpel?«, sagte Jock entrüstet und schob Neals Hand weg. Neal erschrak, dass die Hände des alten Mannes kalt wie Eisklötze waren, und er sah, dass Jocks Zehen aus den Löchern in seinen Socken und Schuhen ragten.

»Lass mich in Ruhe«, grummelte Jock und rollte sich wieder zusammen. Er trug einen schäbigen Anzug, der völlig verdreckt war. Unter seinem Jackett trug er ein Hemd mit ausgefranstem Kragen und einen löchrigen Pullover. Neal erschien es wie ein Wunder, dass Jock sich keine Lungenentzündung geholt hatte, zumal es nachts sehr kalt sein konnte.

»Komm schon, Jock, du siehst aus, als könntest du einen heißen Tee und etwas zu essen vertragen.«

Daraufhin murmelte Jock wüste Verwünschungen, die Neal aber nicht persönlich nahm. Stattdessen zog er ihn auf die Beine. Der alte Mann stöhnte, als seine steifen Knochen knackten.

»Du stinkst, Jock«, sagte Neal. »Wann hast du das letzte Mal gebadet?«

»O Mann, der Fluss ist saukalt«, gab Jock zurück.

»Puh«, stieß Neal aus, als er erneut einen Hauch von ihm abbekam.

»Ich hab auch Gefühle, weißt du, Kumpel«, stieß Jock zornig hervor.

»Aber offensichtlich keinen Geruchssinn mehr«, erwiderte Neal.

Jock zuckte die Achseln. »Ich kenne ja keine Damen, die ich beeindrucken muss. Im Gegensatz zu dir.«

»In deinem Fall ist das auch gut so, und ich habe inzwischen meine Herzensdame gefunden.«

»Willst mich wohl veräppeln, Kumpel? Ein hübscher Kerl wie du hat doch jede Menge Eisen im Feuer.«

»Das ist vorbei. Ich bin jetzt verheiratet.«

»Verheiratet?«

»Ganz recht. Mit dem bezauberndsten Mädchen der Welt.«

Nachdem Neal ihn an Bord der *Bunyip* geschafft hatte, brühte er Tee auf.

»Hier an Bord gibt es jede Menge heißes Wasser. Du kannst ein Bad nehmen, sobald du etwas gegessen hast«, sagte er.

Jock rieb sein stoppeliges Kinn. »Ich könnte auch eine klitzekleine Rasur vertragen«, sagte er.

Neal musste über seine plumpe Andeutung fast lächeln. »Du kannst mein Rasiermesser benutzen.«

Nachdem Neal zwei Tassen mit Tee gefüllt hatte, schnitt er zwei dicke Brotscheiben und ein großes Stück Käse ab und machte sich dann daran, heißes Wasser in die Wanne zu gießen.

»Du hast nicht zufällig 'n Schluck Rum für den Tee, Kumpel?«, rief Jock zu ihm herüber.

»Nein«, entgegnete Neal. »Du musst ihn so trinken, aber er wird dir trotzdem gut tun.«

Jock murmelte fluchend vor sich hin; dennoch nippte er dankbar am heißen Tee. Neal hatte gesehen, dass Jock sich auf das Brot und den Käse gestürzt hatte, als hätte er seit Tagen nichts mehr in den Magen bekommen.

Als die Wanne gefüllt war, rief Neal ihn zu sich. »Wirf deine Kleidung einfach auf den Boden«, sagte er. »Ich leg dir was Sauberes zum Anziehen bereit, wenn du fertig bist.«

Während Neal seine Kleidung und ein paar alte Anziehsachen durchsah, die Teddy ihm hinterlassen hatte, hörte er Jock selig seufzen, als dieser seinen halb erfrorenen Körper in das dampfende Wasser gleiten ließ.

Neal musste lächeln, zufrieden, dass der alte Mann seine klapprigen Knochen wärmte. Er suchte ein Hemd, eine Hose, eines seiner Jacketts und einen Pullover von Teddy heraus.

»Was hast du für eine Schuhgröße?«, rief er zu Jock hinüber.

»Keine Ahnung, Kumpel«, entgegnete Jock. »Ich hab klitzekleine Füße, aber wenn mir deine Schuhe zu groß sind, kann ich sie ja mit Zeitungspapier ausstopfen.«

Neal schüttelte den Kopf. Er betrat wieder das Bad und hob mit spitzen Fingern Jocks zerschlissene Kleider vom Boden auf, um sie in einen Beutel fallen zu lassen.

»Warte, Kumpel«, sagte Jock. Er griff nach dem Jackett und räumte die Taschen leer.

»Sind das deine Wertsachen, Jock?«, fragte Neal kichernd.

»Das sind meine Glücksbringer, Kumpel«, erwiderte Jock. »Ohne die wäre ich längst ein toter Mann.«

»Was sind das für Glücksbringer?«, fragte Neal, verwundert, dass ein alter Mann so viele Talismane mit sich herumtrug.

Daraufhin streckte Jock ihm eine übel riechende Hasenpfote und einen grünen Gegenstand entgegen, der mit Dreck verschmiert war. Neal rümpfte angewidert die Nase, fragte Jock jedoch, was es mit dem grünen Gegenstand auf sich habe, der wie eine Anstecknadel aussah. Jock tauchte sie kurz unter Wasser, um den Schmutz abzuwaschen. Als Neal die Nadel genauer betrachtete, wurden seine Augen groß. »Wo hast du die gefunden, Jock?«, fragte er verwundert.

»Ich hab sie nicht gefunden, Kumpel«, entgegnete Jock, der sich über Neals Reaktion wunderte.

»Hat jemand sie dir gegeben?«

»Ich habe sie nicht gestohlen, falls du das denkst. Sie hat mich vor dem Ertrinken bewahrt«, sagte Jock, der daran denken musste, dass der ursprüngliche Besitzer nicht so viel Glück gehabt hatte.

»Vielleicht erzählst du mir, wie du darangekommen bist«, sagte Neal.

Der Gerichtssaal, in dem der Prozess gegen Monty stattfand, war berstend voll. Die gesamte Gemeinde hatte sich um die Plätze gerangelt, und jene, die leer ausgegangen waren, warteten draußen das Urteil ab. Viele nahmen erstaunt zur Kenntnis, dass Francesca neben Regina saß – auch Joe, der von Lizzie und Ned begleitet wurde.

Nach anderthalb Stunden, in denen die Zeugen angehört worden waren, ordnete Richter Gleeson eine kurze Unterbrechung an. Montys Verteidiger hatte die Erlaubnis erwirkt, dass Regina und Francesca einige Minuten lang mit

Monty sprechen durften, bevor er in den Zeugenstand gerufen wurde. Mehrere Zeugen hatten bereits ausgesagt, darunter Sol Baxter, Gelegenheitsarbeiter in einer Mine, der Monty gegen gute Bezahlung eine Stange Dynamit besorgt hatte. Harry Marshall hatte erklärt, Monty habe ihn bestochen, um Neal die Fuhre zwischen Echuca und Moama zu geben. Drei Farmer hatten übereinstimmend ausgesagt, dass Monty sich auf ihren Grundstücken in Ufernähe herumgetrieben habe. Alle drei gaben an, Monty habe die *Ophelia* beobachtet, doch William Randall, Montys Verteidiger, erhob Einspruch mit der Begründung, dies seien Mutmaßungen.

Überdies wurden sechs Gemeindemitglieder im Zeugenstand über Montys Verhalten in den Tagen vor der Explosion befragt. Zwei waren Pächter von Geschäften, die im Besitz der Radcliffes waren. Sie sagten aus, dass Monty geschäftliche Termine nicht wahrgenommen und offenbar große private Sorgen gehabt habe. Wieder erhob Verteidiger Randall mit der Begründung Einspruch, dass es sich um bloße Mutmaßungen handle.

Dann berichteten mehrere Stammgäste des Hotels über Montys sonderbares Verhalten: übermäßiger Alkoholkonsum, Streitlust, Launenhaftigkeit. Einigen fiel es sichtlich schwer, gegen Monty auszusagen, weil er allgemein beliebt war und großen Respekt genoss. Nichtsdestotrotz lag es auf der Hand, dass Monty jede Hoffnung auf Verständnis seitens des Richters begraben konnte.

Francesca stand ebenfalls auf der Zeugenliste, doch sie hatte auf Befangenheit plädiert, mit der Begründung, ihre Aussage sei für die Anklagevertretung nicht von Nutzen. Die Anklage verzichtete tatsächlich darauf, da Monty nicht bestritt, was ihm zur Last gelegt wurde. Stattdessen gestand er, aus Eifersucht gehandelt zu haben, um Francesca das Martyrium eines richterlichen Verhörs zu ersparen, obwohl sein Verteidiger ihm dringend geraten hatte, dies nicht zu tun. Als Monty in Fußketten und Handschellen in einen Vorraum abgeführt wurde, konnte Regina nicht mehr an sich halten.

»Ich werde dem Gericht mitteilen, dass Francesca meine Tochter ist und dass ich dir die Wahrheit verschwiegen habe«, sagte sie zu Monty. »Wenn der Richter die näheren Umstände berücksichtigt, lässt er vielleicht Milde walten. Ich sage William, er soll mich als Zeugin aufrufen.«

»Das ist nicht nötig, Mutter«, entgegnete Monty niedergeschlagen.

»Doch, das werde ich tun«, widersprach Regina. »Ich kann nicht untätig der Verhandlung beiwohnen, ohne dir zu helfen.«

»Ich habe eine schreckliche Tat begangen, Mutter, und ich lasse nicht zu, dass du dafür büßen musst ... oder Francescas Vater. Francesca hat entschieden, Joe zu verschweigen, dass du ihre leibliche Mutter bist, und das sollten wir respektieren.«

»Aber nicht auf deine Kosten, Monty«, sagte Regina verzweifelt. Sie warf Francesca einen flehentlichen Blick zu.

Auch wenn Francesca der seelische Zustand ihres Vaters sehr am Herzen lag, war Montys Tod ein viel zu hoher Preis dafür. »Das rettet dir das Leben, Monty. Ich werde Dad die Wahrheit sagen«, beschied sie ihm. »Du hast es nicht verdient, wegen einer Kurzschlusshandlung gehängt zu werden.«

»Ich danke dir für deine Großmut, Francesca. Ich habe viel darüber nachgedacht, was ich getan habe. Ich weiß selbst nicht, was in mich gefahren ist. Es war, als hätte ich mich in einen anderen Menschen verwandelt. Trotzdem muss ich die Verantwortung für meine Tat übernehmen. Ihr sollt nicht für meine Unbesonnenheit büßen. Ich habe mich mit meinem Schicksal abgefunden, deshalb bitte ich euch beide: Lasst mich das Richtige tun, und zwar mit Würde.«

»Nein, Monty, ich will dich nicht verlieren«, stieß Regina hervor und sank weinend auf die Knie.

Francesca bemerkte, dass Montys mühsam aufrechterhaltene Fassade zu bröckeln begann, als er sah, wie seine Mutter sich quälte. Er starrte an die Decke, um nicht die Fassung zu verlieren. Ihm war deutlich anzusehen, dass er versuchte, um ihretwillen Stärke zu bewahren, doch Francesca erkannte, dass er schreckliche Angst vor dem Galgen hatte. Nach wie vor trug er Handschellen, aber er beugte sich dennoch vor und half Regina wieder hoch.

»Ich muss wieder in den Gerichtssaal, Mutter. Bitte, gib dir keine Schuld an dem, was ich getan habe. Ich bin ein erwachsener Mann und für meine Taten alleine verantwortlich. Aber ich bin froh, dass Vater meine Schande nicht mehr erleben muss. Ich bitte dich, denk stets an die guten Zeiten, die wir hatten, und vergiss nicht, dass ich dich liebe.« Er rang sich ein Lächeln ab, doch seine Augen waren feucht, und seine Lippen bebten. Er blickte Francesca an. »Leb wohl, kleine Schwester«, flüsterte er.

»Oh, Monty«, sagte Francesca und umarmte ihn. »Ich liebe dich.«

»Ich liebe dich auch«, erwiderte er mit leiser Stimme. »Bitte ...« Er rang innerlich mit sich selbst, bevor er weitersprechen konnte. »Gib auf Regina Acht, sie wird dich brauchen.« Er sah kurz auf seine Mutter. »Und versprecht mir, immer füreinander da zu sein.«

Während der Wachmann Monty zurück in den Saal führte, brach Regina weinend an Francescas Schulter zusammen.

Als Monty in den Zeugenstand gerufen wurde, gab er eine kurze, nüchterne Schilderung seiner Tat zu Protokoll. Regina und Francesca waren bewegt, weil er sich so tapfer hielt, und zugleich bekümmert darüber, dass er gewillt war, seine Strafe anzunehmen – ohne jeden Versuch, das Gericht milde zu stimmen. Hätte ihre Tochter nicht neben ihr gesessen, hätte Regina vielleicht die Wahrheit hinausgeschrien. Fran versuchte sie zu trösten, war vor Angst aber selbst wie betäubt.

Mit Würde und Gefasstheit erklärte Monty dem Gericht, dass seine Eifersucht ihn in einen anderen Menschen verwandelt habe, dem jede Vernunft abhanden gekommen sei. Er beschrieb, wie er den Anschlag auf die *Ophelia* geplant hatte. Dann erklärte er, dass er keine persönliche Abneigung gegen Neal Mason hege, den er im Gegenteil für einen anständigen Mann hielte. Er gestand, dass es ihm allein um Francesca gegangen sei. Er sagte aus, dass er bereits bei ihrer ersten Begegnung gespürt habe, dass sie etwas Besonderes verband, aber dass er sich nicht damit habe abfinden können, dass sich daraus nie eine Liebesbeziehung entwickeln würde. Er verschwieg jedoch, dass er inzwischen wusste, dass sie Geschwister waren.

»Ich habe ein schreckliches Unrecht begangen, und durch meine Tat musste ein Mensch sterben«, sagte er. »Mit Neal Mason hätte es einen unschuldigen Menschen getroffen, so aber traf es einen Dieb, denn inzwischen wissen wir alle, dass Silas Hepburn dieser Dieb war. Ich übernehme die volle Verantwortung für seinen Tod. Auch wenn es mir nicht zusteht, das Gericht um Milde anzuhalten, bitte ich dennoch zu berücksichtigen, dass ich bis zu diesem Verbrechen ein Mann von tadellosem Ruf war, der in der Gemeinde hohes Ansehen und Respekt genoss.« Die folgenden Worte kosteten ihn alle Selbstbeherrschung: »Ich möchte nicht, dass meine Mutter sich wegen mir Ächtungen ausgesetzt sieht, und ich hoffe auf die Gnade des Gerichts.«

»Sie dürfen den Zeugenstand wieder verlassen, Mr Radcliffe«, forderte Richter Gleeson Monty auf, nachdem dieser seine Aussage beendet hatte.

Monty wurde wieder zu seinem Verteidiger geführt. Sein demütigender Weg über den Holzfußboden des Saales wurde von den Fesseln verlangsamt, deren Rasseln und Klirren das einzige Geräusch war, das in der gespannten Stille im Gerichtssaal zu vernehmen war.

»Haben Sie abschließend noch etwas zur Verteidigung Ihres Mandanten vorzubringen, Mr Randall?«, fragte Richter Gleeson.

William Randall erhob sich. »Euer Ehren, da mein Mandant Silas Hepburn nicht vorsätzlich umgebracht hat, bitte ich das Gericht, die Anklage wegen Mordes in Totschlag umzuwandeln.« Mit ein wenig Glück drohte Monty dann eine lange Haftstrafe, nicht aber der Strick.

»Ich werde Ihren Antrag in Erwägung ziehen, Mr Randall.«

Daraufhin zog sich der Richter für zehn Minuten ins Richterzimmer zurück, die allen als die längsten zehn Minuten in der Geschichte der Menschheit erschienen.

»Ich kann dieses Warten nicht mehr ertragen«, sagte Regina in dem Moment, als der Richter zurückkehrte und der Gerichtsdiener die Anwesenden bat, sich zu erheben.

Nachdem der Richter Platz genommen hatte, setzten auch die Zuschauer sich wieder. Aufmunternd drückte Francesca Reginas Hand.

»Würden Sie Ihren Mandanten bitte auffordern, sich zur Urteilsverkündung zu erheben?«

»Ja, Euer Ehren.« William wandte sich Monty zu, der der Aufforderung nachkam, kreidebleich und mit resigniertem Gesichtsausdruck.

Sowohl Francesca als auch Regina versuchten, die Entscheidung Richter Gleesons am Klang seiner Stimme vorauszuahnen, doch Gleeson wahrte professionelle Sachlichkeit. Es blieb ihnen nichts anderes übrig, als das Urteil abzuwarten.

Der Richter räusperte sich. »Nach Anhörung sämtlicher Beweise und der Aussage des Angeklagten bin ich in diesem Verfahren zu einem Urteil gelangt.« Er blickte auf Monty, der mit hängendem Kopf dastand. Im Saal herrschte völlige Stille, und Richter Gleesons Miene war ernst.

»Montgomery Arthur Radcliffe, Sie haben gestanden, den Mord an Neal Mason vorsätzlich geplant zu haben. Ihr Plan hat zum Tod von Silas Hepburn geführt, ob vorsätzlich oder nicht. Aus diesem Grunde werde ich die Anklage nicht in Totschlag umwandeln. Sie haben aus Berechnung gehandelt, und auch wenn Sie Reue zu zeigen scheinen, hat das Gericht keine andere Wahl, als die Todesstrafe zu verhängen.«

Regina schrie gellend auf.

Der Richter ließ den Hammer niedersausen. »Ruhe im Saal!« Nachdem der Aufruhr sich gelegt hatte, war nur noch Reginas leises Schluchzen zu hören, als Gleeson verkündete: »Wegen Mordes an Silas Hepburn verurteile ich Sie zum Tod durch den Strang.«

»Nein«, schrie Regina und sank gegen Francesca, die sie festhielt, wobei ihr ebenfalls Tränen über die Wangen liefen.

Joe saß hinter seiner Tochter. Er beugte sich vor und flüsterte ihr zu: »Lass uns rausgehen.« Er verabscheute es, Francesca leiden zu sehen; schließlich war keinem damit gedient, zuzuschauen, wie Monty abgeführt wurde, den Tod durch Erhängen vor Augen, wobei der Vollstreckungstag noch festgesetzt wurde.

Francesca schüttelte den Kopf.

Während Richter Gleeson sich anschickte, den Saal zu verlassen, wurde plötzlich die hintere Tür geöffnet, und Neal erschien mit Jock McCree, der wie ein neuer Mensch aussah. Sein Jackett und die Hose waren sauber, auch wenn sie ihm nicht richtig passten; sein struppiger Bart war abrasiert, sein Haar nach hinten gekämmt. Es dauerte ein paar Momente, bis er von den ersten Zuschauern erkannt wurde.

Da sich das Urteil bereits bis zu der Menge draußen herumgesprochen hatte, befürchtete Neal, dass sie zu spät kamen. »Entschuldigen Sie, Euer Ehren!«, rief er, als der Richter sich erheben wollte. »Silas Hepburn ist nicht bei der Explosion der *Ophelia* ums Leben gekommen!«

Im überfüllten Saal brach Tumult aus.

»Ruhe!«, rief Richter Gleeson und schwang erneut den Hammer. »Ich fürchte, die Beweisaufnahme ist bereits abgeschlossen, Sir«, sagte er zu Neal, sichtlich verärgert. »Jede weitere Störung wird als Missachtung des Gerichts gewertet und mit Arrest bestraft.«

»Mein Name ist Neal Mason, Euer Ehren. Ich bin der Mann, dem Monty Radcliffe das Leben nehmen wollte.«

»Ich weiß, wer Sie sind.«

»Dann sind Sie gewiss einer Meinung mit mir, Sir, dass ich der Letzte wäre, der dem Gericht entlastendes Beweismaterial vorlegen würde.« Neal warf einen kurzen Blick auf Francescas tränenüberströmtes Gesicht und hatte keine Zweifel mehr, das Richtige zu tun. Ihr Glück bedeutete ihm alles.

»Was soll das heißen? Können Sie etwa beweisen, dass Mr Hepburn zum Zeitpunkt der Explosion nicht an Bord der *Ophelia* gewesen ist?« Da im Wasser und im näheren Umkreis weder eine Leiche noch irgendwelche Überreste gefunden worden waren, konnte der Richter einen möglichen Gegenbeweis nicht ignorieren.

»Ich habe sowohl einen Zeugen als auch einen Beweis, Euer Ehren«, entgegnete Neal.

»Treten Sie bitte vors Gericht, Sir, zusammen mit Ihrem Zeugen.«

Neal trat mit Jock vor den Richter. »Das ist Jock McCree, Euer Ehren.«

Der Richter musterte Jock kurz. »Das kann nicht Ihr Ernst sein, Mr Mason«, erwiderte er. Da Jock bereits viele Male wegen kleinerer Vergehen wie Trunkenheit und ungebührlichen Benehmens vor Gericht gestanden hatte, kannte Richter Gleeson ihn.

»Es ist mein voller Ernst, Euer Ehren«, betonte Neal.

»Also gut.« Richter Gleeson blickte auf den Gerichtsdiener. »Führen Sie Mr McCree in den Zeugenstand, und nehmen Sie ihm den Eid ab.«

Nachdem Jock den Eid abgelegt hatte und der Richter Ruhe im Saal befohlen hatte, wies er William Randall an, mit der Befragung zu beginnen.

Neal beugte sich kurz zu William und raunte ihm etwas zu.

»Schildern Sie uns bitte, was an dem Abend geschehen ist, als die *Ophelia* explodiert ist, Mr McCree«, begann William.

Jock räusperte sich. »Am Abend der Explosion, da war ich am Flussufer, wo ich mir 'nen klitzekleinen Schluck Rum gegönnt hab.«

Im Saal wurde gekichert, und der Richter schwang erneut den Hammer und bedachte Neal mit einem Blick, der auszudrücken schien, dass er Jocks Berufung in den Zeugenstand für reine Zeitvergeudung hielt.

»Ich hab gesehen, dass Mr Hepburn an Bord der *Ophelia* gestiegen ist und davor noch die Leinen losgemacht hat. Ich hab mich durch Rufen bemerkbar gemacht.«

»Weshalb?«, fragte William.

»Ich wollte ihn um eine klitzekleine Spende bitten«, antwortete Jock. »Um was in den Magen zu kriegen, verstehen Sie?«, fügte er hinzu, woraufhin wieder Gelächter erscholl. »Ich hab Mr Hepburn fluchen hören, und dann ist er raus an Deck gekommen. Er hat mich gefragt, ob ich mich mit Dampfschiffen auskenne. Ich hab gesagt, dass das der Fall ist. Ich war früher mal Kapitän, aber das ist lange her.«

»Kommen Sie zum Punkt, Mr McCree«, mahnte Richter Gleeson ungeduldig.

Jock machte ein finsteres Gesicht. »Was glauben Sie denn, was ich hier gerade mache?«

»Dann machen Sie schneller«, gab der Richter zurück.

Jock fuhr fort. »Mr Hepburn hat mich gebeten, das Ruder zu übernehmen und flussaufwärts zu fahren. Das hab ich getan. Während der Fahrt hat Mr Hepburn mir gesagt, ich soll auf das Unterdeck gehen. Er ist mir nachgegangen, hat mich plötzlich am Jackett gepackt und mich vor die Reling geschleudert. Im ersten Moment wusste ich gar nich', wie mir geschah, aber dann is' mir klar geworden, dass er mich über Bord werfen wollte, in den Fluss.«

»Ist es ihm gelungen?«, fragte William.

»Beinahe, aber ich konnte mich an seinem Jackett festklammern. Er war außer sich und schlug auf mich ein. Dann ist plötzlich die Reling durchgebrochen, sodass ich nach hinten gekippt bin, aber ich hab ihn mitgerissen.«

»Sind Sie ganz sicher?«

»Ja. Der Mistkerl ist neben mir ins Wasser geplumpst.«

»Achten Sie bitte auf Ihre Ausdrucksweise, Mr McCree«, ermahnte der Richter ihn, was Jock allerdings nicht zu beeindrucken schien. »Und wie wollen Sie beweisen, dass Mr Hepburn tatsächlich zusammen mit Ihnen ins Wasser gestürzt ist?«

Jock griff in eine Tasche seines Jacketts. »Damit, Sir.« Er streckte die Hand aus und legte eine Anstecknadel auf das Richterpult. Richter Gleeson erkannte sie sofort.

»Wie sind Sie darangekommen?«, wollte er wissen.

»Als Silas versucht hat, mich über Bord zu werfen, hab ich mich in Todesangst an ihm festgekrallt. Dabei muss ich es ihm von seiner Jacke abgerissen haben. Als ich ins Wasser gestürzt bin, ist es in mein Hemd gerutscht. Am Ufer hab ich dann gemerkt, dass mich was piekt.«

Das Emblem zeigte ein grünes Kleeblatt, in das der Buchstabe *S* eingraviert war. An der Nadel hing noch ein kleiner Stofffetzen. Silas hatte diese Nadel stets am Revers seiner Anzüge getragen. Das war jedem Bürger in der Stadt bekannt, selbst dem Richter.

616

»Es steht für Glück. Ich glaube fest daran, dass es mir das Leben gerettet hat«, sagte Jock.

Der Richter sah ihn zweifelnd an. »Ist die ehemalige Mrs Hepburn im Gerichtssaal?«, wandte er sich an die Anwesenden.

Henrietta erhob sich. »Das bin ich, Sir. Mein Name lautet richtig Henrietta *Chapman*.«

»Würden Sie bitte vortreten, Madam?«, bat Richter Gleeson.

Henrietta ging zum Richterpult. Gleeson zeigte ihr die Anstecknadel.

»Können Sie das Emblem identifizieren?«, fragte er.

Henrietta betrachtete es. »Ja, Sir. Diese Anstecknadel gehört meinem geschiedenen Mann. Er hat sie in Melbourne anfertigen lassen. Es handelt sich um ein Einzelstück.«

»Ich danke Ihnen, Madam. Sie dürfen an Ihren Platz zurückkehren.« Der Richter wandte sich wieder an Jock. »Wissen Sie, was mit Mr Hepburn geschehen ist, nachdem er ins Wasser gestürzt war?«

»Ich hörte ihn um Hilfe schreien, aber ich hatte nicht vor, ihn zu retten, nachdem er mir an den Kragen wollte.« Jock machte ein bestürztes Gesicht. »Ich krieg doch jetzt keine Schwierigkeiten deswegen, Kumpel?«

»Nein, Mr McCree. Und nennen Sie mich bitte nicht *Kumpel*.«

»Sorry, Kump ... äh, Sir.«

»Haben Sie Grund zu der Annahme, dass Mr Hepburn ertrunken ist?«

»Ich hab's ja selber nur mit Mühe und Not ans Ufer geschafft, ich kann nämlich nich' schwimmen. Und das Wasser war eiskalt.«

»Silas konnte auch nicht schwimmen«, rief Henrietta dazwischen. Sie ahnte, dass der Richter Jock McCrees Aussage anzweifelte.

Richter Gleeson legte die Stirn in Falten. Der Verteidiger trat zu ihm vor und teilte ihm mit gedämpfter Stimme irgendetwas mit, doch Jock konnte es nicht hören. Der Verteidiger machte das Gericht darauf aufmerksam, dass vor einigen Tagen flussabwärts bei Morgan eine Leiche entdeckt worden war. Offenbar hatte sie längere Zeit im Wasser getrieben. Der Leichnam war noch nicht identifiziert, aber es handelte sich um einen Mann zwischen vierzig und fünfundvierzig Jahren. Der Richter erkannte sofort, dass die Beschreibung genau auf Silas Hepburn passte.

»Ich beantrage daher, die Anklage wegen Mordes fallen zu lassen«, sagte William Randall.

»Dem Antrag wird stattgegeben«, verkündete Richter Gleeson, der es sichtlich bedauerte, dass ihm keine andere Wahl blieb.

Regina stieß einen Jubelschrei aus. Monty sank das Kinn auf die Brust. Er schloss die Augen, stieß erleichtert die Luft aus und blickte dann zu seiner Mutter.

Joe tippte Francesca vorsichtig auf die Schulter. Sie wandte sich um und schenkte ihm ein zaghaftes Lächeln, doch er sah ihr an, wie schlimm die Ereignisse des heutigen Tages sie mitgenommen hatten.

»Ruhe!«, rief der Richter. »Das Verfahren wird erst eingestellt, wenn Miss Chapman den Leichnam identifiziert hat, der flussabwärts angeschwemmt wurde. Außerdem bleibt die Anklage wegen schwerer Sachbeschädigung bestehen …«

»Verzeihen Sie die Unterbrechung, Euer Ehren«, sagte Neal laut. »Ich möchte meine Anzeige gegen Mr Radcliffe wegen Sachbeschädigung zurückziehen.«

»Sind Sie sicher, Mr Mason?«

»Ja, Euer Ehren.«

Monty blickte Neal fassungslos an. Der Richter erklärte sämtliche Anklagepunkte gegen ihn für nichtig und entließ ihn in die Freiheit.

Francesca fiel Neal um den Hals. »Oh, Neal, ich liebe dich«, sagte sie.

Regina eilte zu ihrem Sohn und umarmte ihn, nachdem ein Constable ihm die Fußfesseln und Handschellen abgenommen hatte. Sie weinte hemmungslos vor Glück.

Monty wurde sofort von einer Horde Gerichtsreporter umringt, doch er bahnte sich einen Weg zu Neal, der Francesca im Arm hielt. »Ich verdanke Ihnen mein Leben«, sagte er.

»Ich konnte Sie schließlich nicht für etwas hängen lassen, für das Sie nicht verantwortlich sind«, entgegnete Neal.

»Aber warum haben Sie die Anzeige wegen Sachbeschädigung zurückgezogen? Immerhin habe ich Ihr Schiff in die Luft gejagt.«

Das war Neal nur allzu bewusst. »Meine Bestimmung in diesem Leben besteht darin, meine Frau glücklich zu machen«, gab er zurück und sah tief in Francescas blaue Augen.

»Auch wenn Sie mir vielleicht nicht glauben, wünsche ich Ihnen beiden alles Glück der Welt«, sagte Monty.

»Neal weiß, dass du mein Bruder bist«, raunte Francesca ihm zu.

Monty nickte. »Das ist gut. Es mag Ihnen vielleicht nicht bewusst sein, Neal, aber nachdem Sie die Anzeige zurückgezogen haben, wird Ihre Versicherung die Auszahlung verweigern, zumal keine höhere Gewalt vorliegt. Deshalb sollen Sie wissen, dass ich die Kosten für das neue Schiff tragen werde. Es wird das schönste und beste Schiff auf dem ganzen Fluss, das verspreche ich Ihnen. Ich werde immer in Ihrer Schuld stehen.« Er blickte Francesca an. »Ach, Sie sind ein Glückspilz, Neal, aber Sie haben es wahrlich verdient. Ich weiß, Worte bewirken nicht viel, aber was ich getan habe, werde ich mein Leben lang bereuen.«

Neal wusste, dass es aufrichtig gemeint war, und hielt Monty die Hand hin. Monty kämpfte vor Rührung gegen die Tränen an; dann schüttelte er Neals dargebotene Hand.

»Auch ich danke Ihnen aus tiefstem Herzen, Neal«, meldete Regina sich zu Wort und legte eine Hand auf die der beiden Männer. »Lass uns nach Hause fahren, mein Sohn.« Sie nahm Montys Arm, und gemeinsam verließen die beiden den Gerichtssaal.

Lächelnd blickte Francesca ihnen nach. »Sie haben beide Fehler gemacht, Neal, aber im Grunde haben beide ein gutes Herz. Sie haben eine zweite Chance verdient.«

»Hätte ich mir deine Großzügigkeit nicht zum Vorbild genommen, hätte ich vielleicht falsch reagiert und Jock nicht hergebracht, Francesca.«

»Doch, das hättest du, Neal. Du hast ein gutes Herz. Nimm deine Schwester als Beispiel. Nach dem Tod eurer Eltern hast du dein Glück geopfert, um für sie da zu sein.«

Neal blickte in Francescas lächelndes Gesicht, und sein Herz strömte vor Liebe über. »Ich möchte dich heute Abend zu einem ganz besonderen Essen einladen, Mrs Mason«, sagte er.

»Das hört sich himmlisch an, aber um ehrlich zu sein, sehne ich mich eher nach einem Bad in der Wanne. Ich hoffe, es gibt noch genug warmes Wasser an Bord.«

Neal musste an das Chaos denken, das Jock im Bad hinterlassen hatte, und an das viele warme Wasser, das er verbraucht hatte. Außerdem war er nicht mehr dazu gekommen, Jocks stinkende Kleidung von Bord zu schaffen. »Bist du sauer, Francesca?«, fragte er.

»Wie kommst du denn darauf?« Sein zerknirschter Tonfall machte sie stutzig.

Neal blickte zu Jock hinüber. »Vor ein paar Stunden habe ich Jock am Ufer gefunden. Er hat schlimmer gestunken als ein gammeliger Fisch ...«

Francesca runzelte die Stirn. »Neal, du hast doch nicht etwa ...«

Er nickte stumm.

Francesca schnitt eine Grimasse, lächelte jedoch gleich darauf wieder. »Ein Glück für dich, dass ich so gute Laune habe.«

Joe, Ned, Lizzie und Henrietta kamen zu ihnen. Allen stand die Erleichterung ins Gesicht geschrieben.

»Könnten Sie uns heute Abend einen Tisch im Speisesaal des Bridge Hotels reservieren, Henrietta?«, fragte Francesca.

»Selbstverständlich. Nur für Sie und Neal?«

»Nein.« Francesca rechnete im Kopf nach. »Für insgesamt sechs Personen.«

»Gern. Ich werde einen besonderen Wein bereitstellen.«

Neal blickte verwirrt drein. »Warum für sechs Personen?«

»Du und ich ... Ned ... Dad und Lizzie, die ihre Verlobung zu feiern haben ... und Jock.«

»Jock!«

»Ja. Ich finde, das sind wir ihm schuldig.«

Neal lächelte. »Weißt du eigentlich, wie sehr ich dich liebe?«, sagte er.

»Ja, das hast du heute unter Beweis gestellt«, antwortete Francesca.»Dann können wir heute auch gleich auf eure bevorstehende Hochzeit anstoßen«, sagte sie dann zu Joe und Lizzie, als alle gemeinsam den Gerichtssaal verließen.

»Bis dahin sind noch ein paar Stunden Zeit«, meinte Joe. »Wir könnten so lange mit der *Marylou* zum Angeln rausfahren.«

»Du hast nur noch das Angeln im Kopf, Dad«, zog Francesca ihn auf. »Ich frage mich, ob Lizzie noch viel von dir hat.«

»Ich liebe das Angeln genauso sehr wie Joseph«, sagte Lizzie.

»Ich auch«, krächzte der alte Jock. »Solange eine klitzekleine Flasche Rum mit an Bord ist.«

Ned lachte. »Ich glaube, das lässt sich einrichten.«

Während alle zum Pier aufbrachen, hielt Francesca Neal am Ärmel fest, stellte sich auf die Zehenspitzen und küsste ihn.

»Vielleicht sollte ich meinen Mann lieber von euch fern halten«, sagte sie zu den anderen. »Sonst lässt er sich noch von eurer Begeisterung für das Angeln anstecken.«

»Wir haben schon verstanden ...«, gab Joe lachend zurück und ging mit den anderen davon.

»Du musst eben tun, was du kannst, um mich vom Gedanken an das Angeln abzulenken«, sagte Neal verschmitzt.

»Da wüsste ich etwas«, erwiderte Francesca leise. »Lass uns die nächsten Stunden alleine auf der *Bunyip* verbringen.«

Neal lächelte. »Das ist wirklich eine gute Idee.«

**Ein fesselnder Australienschmöker für alle,
die vom Fünften Kontinent fasziniert sind**

London 1954: Als Estella von ihrem Mann James wegen der reichen Witwe Davinia verlassen wird, kehrt sie England den Rücken. Sie beschließt, in Australien eine Stelle als Tierärztin anzunehmen. Doch das Leben im australischen Busch ist hart für eine junge Städterin, und Estella hat nach ihrem Studium nie als Tierärztin praktiziert. Um weitere Vorurteile zu umgehen, verschweigt sie, dass sie gerade geschieden wird. Als die Farmer und Dorfbewohner beginnen, sie zu akzeptieren, holt ihre Vergangenheit sie ein: James hat inzwischen erfahren, dass Estella *sein* Kind erwartet und Davinia keine Kinder bekommen kann, ihre Erbschaft jedoch an Nachkommen gebunden ist ...

ISBN 3-404-15159-3

Der Stoff, aus dem die Bestseller sind.
»Besser kann man nicht erzählen.«
THE BOOKSELLER

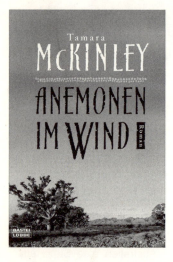

Tamara McKinley
ANEMONEN IM WIND
Roman
432 Seiten
ISBN 3-404-15276-X

Auf einer Farm in der Wildnis Australiens kämpft die junge Ellie gegen die Naturgewalten – und für ihre Liebe zu Joe, der in den Krieg gezogen ist. Erst als Charlie, Joes Zwillingsbruder, schwer verwundet von der Front zurückkommt, wird ihr Glauben an ein Glück mit Joe erschüttert. Ellie ist hin und her gerissen zwischen ihrer Treue zu Joe und der Zuneigung für Charlie – einen Mann, der schon immer besitzen wollte, was seinem Bruder gehört ...
Einmal mehr verzaubert uns Tamara McKinley mit den Farben, Düften und Klängen Australiens – in einem ergreifenden Buch über die Macht der Liebe und den Trost der Hoffnung, das bis zum überraschenden Ende gefangen nimmt.

Bastei Lübbe Taschenbuch